KB180577

재조일본인과 식민지 조선의 문화 1

본서는 2013년 정부(교육인적자원부)의 재원으로 한국연구재단의 지원을 받아 수행된 연구 (KRF-2007-362-A00019)이다.

일본학총서 26
식민지 일본어 문학·문화시리즈 23

재조일본인과 식민지 조선의 문화 1

식민지 일본어 문학·문화연구회
엄인경·김효순 편저

역락

머리말

　본서 『재조일본인과 식민지 조선의 문화 1』은 20세기 전반 한반도에 식민자로서 재주·체재하였던 일본인들이 식민지 조선 및 조선인과 접촉하게 되면서 발생한 문학·문화 분야의 다양한 문제의식을 반영하여 식민지 문화의 혼종성(Hybridity)이라는 관점에서 기획한 연구서이다. 본서의 집필에는 고려대학교 일본연구센터 <HK(인문한국)사업단> 핵심 아젠다 중 하나인 '식민지 일본어 문학·문화연구회'의 구성멤버 및 외부 강연자 등 도합 13명의 연구자들이 참여하였다.

　개화기에서 일제강점기에 이르기까지 통시적, 종합적 차원의 식민지 일본어 문학·문화에 대한 연구 필요성을 절감하여 출발한 '식민지 일본어 문학·문화연구회'는 지속적인 연구회 활동을 통해 지금까지 간과되거나 주로 회의적으로 인식되던 식민지기 한반도에서 쓰여진 일본어 자료를 적극적으로 재조명해왔다. 그 결과 식민지기 일본어 자료가, 문학의 영역뿐 아니라 문화, 역사, 사회, 정치 등 다양한 분야에서 이 시대와 관련한 연구를 수행하기 데에 의미 있는 논점과 정보를 제공하는 지식의 보고라는 점에 인식을 공유하게 되었고, 다수의 번역서와 연구서 간행을 통해 그 성과를 보고해 왔다. 또한 본 연구팀은 HK사업의 차세대 연구자 양성이라는 취지에 적극 부응하기 위해, 해당분야를 전공하는 대학원 석·박사과정생들과 함께 연구회를 운영해 왔으며, 그 성과로 본서 『재조일본인과 식민지 조선의 문화 1』에도 대학원생의 연구논문 세 편을 함께 실었다. 본서는 식민지 조선의 일본어 매체나 일본어 글쓰기, 문학·문화 활동의 다양한 범주를 대상으로 하여 각 집필자의 전문 분야를 특화하여 분석한 연구결과들을 엮은 것이다.

본서는 크게 제1부 '재조일본인의 잡지에 그려진 조선', 제2부 '일본어와 식민지 조선인의 글쓰기', 제3부 '식민지 조선의 문예 활동'으로 구성되어 있으며, 각 장의 내용은 다음과 같다.

우선 제1부는 '재조일본인의 잡지에 그려진 조선'을 테마로 한 다섯 장으로 구성되어 있다. 일본이 한국을 강제병합하기 이전부터 한반도에서 활발하게 간행된 일본어 미디어, 특히 잡지 매체에서 재조일본인이 조선을 어떻게 수용하거나 혹은 대상화하였는지 민속학이나 번역, 괴담 등 다양한 시각에서 고찰하였다.

정병호는 제1장에서 한반도 일본어 문학 연구에서 불모지격이던 1910년대에 착목하여 식민지 조선의 대표적 종합잡지 『조선 및 만주(朝鮮及滿洲)』의 문예란과 기사를 토대로 해당 시기의 특징과 논리를 검토하였다. 1900년대 재조일본인들의 계도라는 목적과 조선문학을 부정하던 자세에 비해, 1910년대에는 재조일본인들에 의한 '조선 문단'을 형성하려는 내재적 의식이 노정되며 식민지 문단의 출현을 욕망하는 과정을 분석하였다.

김효순은 제2장에서 19세기 말부터 종전에 이르기까지 조선문예물이 일본어로 번역된 양상과 특징을 네 시기로 나누어 개괄 제시하였다. 그 중 한반도 최초의 일본어 종합잡지로 평가되는 『한반도(韓半島)』에 주목하여 잡지에 게재된 조선문예물의 번역을 검토하였는데, 이를 통해 1차 '한류붐' 시기인 러일전쟁 전후에 조선사회의 실상과 풍속, 사상의 전달이 재조일본인의 경제적 이익과 이민생활 정착으로 직결되는 과정을 분석해냈다.

김계자는 제3장에서 『조선시론(朝鮮時論)』이라는 잡지를 통해 조선의 변화상과 민의가 재조일본인들에게 어떻게 소개되는지를 천착하였다. 그 과정에서 '일본어'를 매개로 번역되거나 생성되는 '조선'과 '조선의 문학'의 소개를 상세히 분석하고, 원문과 일본어역 사이의 간극과 문제점을 짚어냄으로써 식민지 문화가 억압되거나 일본에 동질화되는 매커니즘을 분석하였다.

엄인경은 제4장에서 일본 전통시가(詩歌)이면서 대중문학의 성격을 갖는 센류(川柳)와 그 전문 잡지 『센류삼매(川柳三昧)』를 다루었다. 문학잡지 『센류삼매』의 구성과 특징, 게재된 센류 작품과 센류론을 분석하여 조선의 센류 문단과 '조선적 센류'가 담고 있는 문화와 언어의 혼종성을 도출하였으며, 또한 발간 주체 남산음사(南山吟社)의 구성원 중 이마무라 도모(今村鞆)의 활약을 통해 센류의 외연이 조선민속학과 맞닿아 있음을 규명했다.

나카무라 시즈요는 제5장에서 일본에서 괴담 붐이 일어난 시기에 식민지 조선에서 전개된 괴담의 특징을 일본어 종합잡지 『조선공론(朝鮮公論)』을 대상으로 파악하였다. 여러 괴담 중 특히 조선왕조와 결부된 「사자상의 괴기」를 통해 '민비'의 메타포와 조선의 '미신'이 결착되면서 발생하는 문제점을 거쳐, 괴담이 가지는 두려움이 재조일본인이 아닌 '민비'의 체험으로 전도된 모순을 지적하였다.

다음 제2부는 '일본어와 식민지 조선인의 글쓰기'라는 주제를 다룬 논문으로 구성되어 있다. 재조일본인들을 통해 '일본어'와 마주하게 된 조선인들이 그 '일본어'를 수단으로 창작을 하거나, 제국의 언어를 염두에 두면서 '조선어'로 글을 쓰는 과정에서 드러나는 제상을 분석한 연구들로 근대 초기부터 일제 말기까지 시기에 따라 그 변화를 이해할 수 있는 글들을 모은 것이다.

송혜경은 제6장에서 일본에 의한 한국의 강제병합이 이루어지는 시기를 전후하여 최남선이 발간한 잡지 『소년』의 연재물을 중심으로 조선에서 번역된 「수신요령」의 의도와 파급효과를 다루고 있다. 이로써 실제 후쿠자와 유키치(福沢諭吉)가 직접 집필한 것이 아니었던 「수신요령」이 조선에 수용되면서 보편성을 획득하고 나아가 독립을 위한 계몽으로까지 변용되는 과정의 모순을 밝히고자 하였다.

이민희는 제7장에서 1922년 일본에서 발표된 기쿠치 간(菊池寬)의 연재소설 「불꽃(火華)」과 이듬해부터 『매일신보』에 리극성이 번역 연재한 「불꽃」을 대조하였다. 원작의 무대와 틀이 어떻게 조선식으로 옮겨졌는지 상세히 언급하며, 내용상 생략되거나 혹은 가필되면서 변형된 번역물을 통해 1920년대 식민지 조선과 제국 일본의 사회적 배경의 차이, 나아가 계급문학에 대한 차이 역시 분명히 하였다.

유재진은 제8장에서 김삼규라는 조선인이 창작한 일본어 탐정소설 「말뚝에 선 메스(杭に立つたメス)」를 다루었다. 기존에 한국인이 쓴 최초의 일본어 탐정소설로 알려진 김내성의 1935년작 「타원형의 거울(楕円形の鏡)」보다 무려 6년이나 앞서 발표된 이 작품의 발굴과 분석으로, 한국의 탐정소설사는 재기술되어야 하며 식민지 조선의 일본어 문단 존재와 상황 역시 적극적으로 연구되어야 할 필요성이 있음을 천명하였다.

김욱은 제9장에서 친일문학으로 치부되던 유진오의 일본어 작품 세 편을 통해 조선인의 일본어 문학 의도와 작품에 내재된 조선 표상을 정치하게 고찰하였다. 텍스트 분석을 통해 유진오가 일본어 창작에서도 애착을 보인 조선이라는 민족적 자아와 그 모순성, 일본어 독자를 인식한 조선 표상의 발신 방법이라는 착종하는 문제들이 단순한 친일문학으로 치부될 수 없는 이유임을 증명하였다.

마지막 제3부는 '식민지 조선의 문예 활동'을 주제로 삼은 네 개의 장이다. 영화와 연극, 노래 공연과 단카(短歌) 등을 대상으로 일본의 정책과 시대의 추이에 따라 식민지 조선에서 이루어진 공연 예술과 문예 창작이 어떻게 전개되었는지, 또는 일본에 어떻게 소개되었는지를 추적하였다.

함충범은 제10장에서 일본의 강제병합이 이루어진 1910년대 조선의 영화계에는 총독부 정책이 어떻게 반영되고 영향을 받았는지를 고찰하였다. 활동사진으로 일컬어진 당시의 영화가 일제에 의해 정치성을 부여받으며 통제되거나 활용되는 사례를 총독부 기관지 『매일신보』의 기사를 중심으로 분석함으로써, 경성의 영화가 언론정책과 결부되며 일본의 동화정책을 체계화화는 도구로 교묘히 이용되며 식민정책을 반영하는 시대상을 드러냈다.

이병진은 제11장에서 시라카바(白樺)의 멤버 야나기 무네요시(柳宗悅)의 부인이자 성악가인 야나기 가네코(柳兼子)의 음악 활동을 중심으로 식민지 조선에서의 예술과 공연문화를 기술, 분석하였다. 야나기 가네코가 조선에서 1920년대에서 1930년대에 걸쳐 개최한 음악회와 그 주변인물을 통해 조선인들에게 알려지는 과정을 천착함으로써, 예술 지상주의적 세계관과 서양 음악회가 일본인이라는 필터를 통해 조선에 전달되면서 계몽주의와 근대가 어떻게 수용되는지 비판적으로 검토한 논고이다.

김보현은 제12장에서 한반도에서 전개된 일본 전통시가 중 단카(短歌)라는 문예 장르에 주목하여 1938년 간행된 『현대조선가집(現代朝鮮歌集)』을 분석하였다. 특히 이 가집의 단카를 구체적으로 제시함으로써 1930년대의 조선 가단만의 특색이 일제말기의 국책문학으로 어떻게 편입되고 '외지'의 전쟁단카 특색을 어떻게 부각시키는지, 지금까지 잘 알려지지 않았던 조선 가단이 1930년대 후반에 어떠한 행보를 보이며 일제말기로 접어드는지를 고찰하였다.

이정욱은 제13장에서 조선의 대표적 고전『춘향전』이 1930년대 말 일본에서 연극으로 상연되어 '한류'에 상응하는 붐이 일어난 현상에 주목하였다. 일본에서『춘향전』공연에 크게 공헌한 무라야마 도모요시(村山知義)의 연극, 영화 시나리오 활동을 통해 조선의 고전이 재해석된 방식과 일본인에 의한 식민지주의 비판과 저항을 적극적으로 읽어내려고 하였다.

이상과 같이 본서는 지금까지 연구의 미개척지로 남아 있던 재조일본인의 문학과 문화 활동을 식민지 문화의 혼종성이라는 각도에서 다양하게 재조명한 연구서이다. 기존연구에서 소홀히 다루어지거나 혹은 전혀 언급조차 되지 않았던 잡지 매체와 그 내용을 제시하고, 조선인의 일본어 활동을 통해 과연 그 동안의 일국문학적 시각이 타당했는지에 대해 문제를 제기하며, 활자 기록이 부족하거나 활자화되었어도 간과되었던 식민지 조선의 다양한 문예활동을 발굴한 점에 본서의 의의가 있다고 하겠다. 나아가 제국의 언어인 '일본어'를 매개로 한 식민지 조선의 매체와 조선인들, 그리고 조선에서 이루어진 문예활동은 모두 '번역'이라는 문제를 내포할 수밖에 없는 환경에 놓여 있었다는 점에서 식민지 문학연구의 큰 과제 또한 제시되었다. 아울러 지금까지 한국이나 일본 학계의 식민지 문학 연구에서 거의 언급된 바 없는, 식민지 조선의 '재조일본인 문단'이 다양한 형태로 시도되었고 이를 위해 각 시기별로 다양한 방식의 노력이 존재하였다는 사실을 구체적으로 밝힐 수 있었던 점도 본서의 중요한 성과라 할 수 있을 것이다.

전반적으로 한국에서는 오랫동안 20세기 전반의 일본어 문헌은 말소해야 할 오욕의 역사로 인식되어 오다 2000년 전후부터 문학, 문화 분야에서 커다란 연구의 붐이 일어났다. 일본에서도 1990년대 중반부터 식민지 문학에 대한 연구열이 고양되었지만 주로 '외지'를 경험한 대작가를 중심으로 연구가 이루어졌으며, 재조일본인의 일본어 문예활동에 관한 구체적인 분석은 부족했다. 본서가 지금까지 논외시되거나 알려지지 않았던 재조일본인과 조선인들의 문화적 교섭의 실상을 밝히는 데에 일조를 할 수 있으리라 믿는다. 앞으로도 본 연구회는 식민지 조선의 일본어 문학과 문화 활동에 대한 지속적인 연구를 통해 각 분야의 다양한 자료의 발굴과 번역은 물론 이들 자료가 가지는 문학, 문화적 의미, 더 나아가 역사적, 사회적 가치에 대한 탐구를 계속해 나갈 것이다.

이 책은 지난 1년간 '식민지 일본어 문학·문화연구회' 정례연구회와 콜로키엄에서 이루어진 발표와 토론의 산물이라 할 수 있다. 이번에 실리지 못한 연구논문을 중심으로 현재 머지않은 시기에 『재조일본인과 식민지 조선의 문화 2』를 기획하고 있다. 항상 독려하며 본 연구회를 이끌어주시는 정병호 교수님과 일본연구센터 소장 유재진 교수님을 비롯하여, 콜로키엄에서 강연을 하고 이번에 옥고를 내주신 세종대 이병진 교수님과 본 연구회 구성 멤버, 대학원생들 모두에게 감사의 마음을 표한다. 끝으로 이 책의 기획부터 편찬의도, 편집, 장정에 이르기까지 본 연구회를 신뢰하고 적극적으로 출간에 부응해 주신 도서출판 역락 관계자분들께도 감사의 말씀을 올린다.

2014년 봄
편자 엄인경, 김효순

차례

제3부 식민지 조선의 문예 활동 / 267

제1부

재조일본인의 잡지에 그려진 조선

제1장

1910년대 재조일본인의 식민지 반도문학 형성과 재조일본인의 표상

『조선 및 만주』(朝鮮及滿洲)의 「문예」란의 변용과 일본어 문학

정병호

1. 서론

한국과 일본에서 한반도 내 <식민지 일본어 문학>을 논할 때 그 논의는 중일전쟁에서 태평양전쟁으로 이어지는 시기인 1930, 40년대 작품들이 그 중심에 있음은 주지의 사실이다. 연구가 이 시기에 집중되었던 이유는 국책(國策)에 편승한 한국인 작가의 일본어 문학이 이 시기에 집중되어 있다는 점, 일본인 작가도 이 시기 한반도에서 문단활동을 전개하고 있다는 점, 장혁주, 김사량 등 도일(渡日) 조선인 작가의 일본어 문학이 등장했다는 점 등을 들 수 있겠다.

그러나 이미 1900년대에 들어와 주로 일본어 신문·잡지를 중심으로 한반도 내에서 일본어 문학이 창작되고 있었으며 1945년 일본의 패전에 이르기까지 시간의 흐름에 따라서 다양한 형태의 <식민지 일본어 문

학>이 전개되고 있었다.[1] 특히, 이러한 일본어 문학에 대해서 도입기라할 수 있는 1900년대에 대해서는 몇몇의 연구성과[2]가 있지만 일본에 의한 강제병합이 이루어진 1910년대와 1920년대에 대한 연구는 상당히 미비한 실정이다.

물론 1910년대 일본어 문학에 대한 연구는 홍선영의 연구[3]와 박광현의 연구[4]가 있지만 전체적으로 한반도 내 일본어 문학 연구에서 차지하는 비중이 가장 낮은 편이라 할 수 있다. 이는 주로 1900년대는 한반도

---

1) '한반도 식민지 일본어 문학'의 대략적인 흐름과 연구성과에 대해서는 정병호(2010), 「한반도 식민 <일본어 문학>의 연구와 과제」, 『일본학보』, 한국일본학회를 참조. 이외에 한국 국문학계 및 일본문학계에서 이 분야에 대한 연구경향과 성과에 대해서는 노상래(2008), 「일제하 이중어문학의 연구 성과와 기대 효과」, 『어문학』 제102집, 한국어문학회 ; 김순전 외(2010), 『조선인 일본어소설 연구』, 제이앤씨 ; 조진기(2010), 『일제 말기 국책과 체제 순응의 문학』, 소명출판 등의 연구사 정리가 있다. 한반도에 한정하지 않았지만 일본의 경우는 식민지 일본어 문학에 대해서는 神谷忠孝・木村一信 編(2007), 『<外地>日本語文學論』, 世界思想社가 비교적 최신의 연구서라 할 수 있다.

2) 1900초년대의 대표적 연구로는 메이지시대 '한국이주 일본인 문학'을 '이주문학', '도한문학'이라는 시각에서 연구를 시도한 허석의 연구(「명치시대(明治時代) 한국이주 일본인의 문화결사와 그 특성에 대한 조사연구」<한국일본어문학회 『일본어문학』 제3집, 1997. 6>, 「한국에서의 일본문학연구의 제문제에 대해서 – 도한문학의 "존재"에 초점을 맞추어」<한국일본어문학회 『일본어문학』 제13집, 2002>, 「<日本文學硏究の多樣な視点>移(住)民文學の成立可能性とその展望 – 韓國の場合を中心に」<한국일본어문학회 『일본어문학』 제30집, 2006>와 러일전쟁, 을사보호조약, 한일병합에 이르는 시기 일본어 신문・잡지의 문예란을 대상으로 한 정병호의 연구(「20세기 초기 일본의 제국주의와 한국 내 <일본어 문학>의 형성 연구 – 잡지 『조선』(朝鮮, 1908-11)의 「문예」란을 중심으로 – 」<『일본어문학』 제37집, 2008.6)>, 「근대초기 한국 내 일본어 문학의 형성과 문예란의 제국주의 – 『朝鮮』(1908-11)『朝鮮(滿韓)之實業』(1905-14)의 문예란과 그 역할을 중심으로」<『외국학연구』 제14집, 2010.6>)를 들 수 있다.

3) 홍선영(2003), 「일본어신문 『조선시보(朝鮮時報)』와 『부산일보(釜山日報)』의 문예란 연구 – 1914년~1916년 – 」, 『일본학보』 제57집 2호, 한국일본학회.

4) 박광현의 연구(「1910년대 『조선』(『조선급만주』)의 문예면과 "식민 문단"의 형성」, 한국비교문학회 『비교문학』 Vol.52, 2010)는 본 연구와 중첩되는 바가 많다. 그러나 그의 논문은 "식민문단" 형성이라는 측면에 중점이 놓여 있어서 개별 작품에 대한 분석이 이루지지 않았고 작품의 경향이 작품 창작, 향수의 주체인 1910년대 재조일본인 담론과 어떻게 연관되어 있는지에 대해 주목하고 있지 않으며 나아가 1900년대와의 비교 고찰이라는 본 연구의 관점과도 방향을 달리하고 있다.

에서 일본어 문학이 성립, 형성되는 시기였기 때문에 주목을 끌 수 있는 점이 많았지만 1910년대는 이러한 흐름이 지속되었을 뿐 1920년대처럼 한국문학자와 일본문학자의 교류가 형성되어 조선인 작가들이 일본에서 간행되는 잡지에 작품을 투고하거나 1930년대 이후처럼 본격적인 일본어 창작이 등장했다거나 하지 않았다는 점에 기인하는 바 크다고 할 수 있다.

본 논문은 한반도 내 <일본어 문학> 연구 중에서 가장 불모지라 할 수 있는 1910년대의 일본어 문학의 특성을 고찰하고자 한다. 구체적으로는 1910년 한일병합으로 인해 일제의 식민지로 전락한 한반도에서 이들 일본어 문학은 1900년대와 비교하여 어떠한 변화가 초래되었는지, 그리고 이들 일본어 문학의 역할과 목적은 무엇이었는지, 1910년대 일본어 문학에서 주로 관심을 가지고 있었던 테마는 무엇이었는지를 파악하고자 한다. 또한 이 당시 한반도에서 발표된 일본어 작품을『조선 및 만주(朝鮮及滿州)』(京城：朝鮮雜誌社, 1912.1-)의 문예란을 중심으로 고찰하여 1910년대 일본어 문학의 논리와 그 내용적 변용을 검토함으로써 1910년대 한반도 일본어 문학의 전모를 분명히 하고자 한다.

2. 1900년대 한반도 〈일본어 문학〉에서 1910년대 〈식민지 일본어 문학〉으로

한반도 내 식민지 일본어 문학은 1900초년대『조선의 실업(朝鮮之實業)』 『조선신보(朝鮮新報)』,『조선(朝鮮)』 등 일본어 신문・잡지에 마련된 문예란을 중심으로 하여 본격적으로 개시된다. 조선 내 일본어 문학을 확산시키고자 하는 주요 논리는 (가) 조선인 사회와는 구별되는 재한 일본일사회의 우월적인 아이덴티티 확보, (나) 일본에서 건너온 재조일본인들의 타락과 폐풍을 구제하기 위한 계몽적 역할, (다) 조선문학이 고유한 문학 내용을 가지고 있지 않다는 논리와 그렇기에 조선에 일본어 문학을 이식해야 한다는 식민지주의적 논리, (라) 조선문학 및 예술의 번역·소개가 식민지의 지(智)를 획득하는 계기로 의도되었으며 이는 조선문학 부재론이라는 표상에 토대하고 있었다는 점 등을 들 수 있다.[5] 전체적으로 러일전쟁 승리와 한반도 보호국화에 성공하였던 재조일본인들이 완전한 식민지화를 촉구하며 시국 중심적인 발상에 근거하여 조선 내 일본어 문학을 기획하고자 하였다고 할 수 있다.

그렇다고 한다면 한국 강제병합에 의해 완전한 식민지화를 이루었던 1910년대 식민지 일본어 문학은 그 이전과 비교하여 어떠한 특징을 내포하고 있는 것일까? 위와 같은 논리를 계승한 형태였을까, 아니면 1900 초년대의 논리와 준별되는 또 다른 시각이 내재되어 있었던 것일까? 본 장에서는 『조선 및 만주』의 문학작품을 분석하기에 앞서 우선 1910년대 일본어 문학 및 문학과 관련된 기사를 중심으로 하여 1910년대 일본어 문학에 대한 관념과 역할, 나아가 그 위치를 그 이전 시기의 논리와 비교하여 파악하고자 한다.

1900년대 재조일본인들은 "취미의 타락을 교정하는 것은 목하의 급무"라면서 "순문학의 보급은 타락한 거류민의 취미를 구제하는 일수단이 될 수 있다"[6]고 주장하며 재조일본인들의 도덕적 구제와 계몽, 나아

---

5) 정병호(1908-11), 「근대초기 한국 내 일본어 문학의 형성과 문예란의 제국주의-『朝鮮』」 참조.
6) 「趣味の涵養-当居留民の趣味」, 『朝鮮新報』, 1907.6.20, 제5面.

가 이를 통해 조선인 사회와 준별되는 우월적인 공동체 구축이라는 측면
에서 조선 내 일본어 문학의 확산을 촉구하였다. 그러나 1910년대 일본
어 문학 관련 기사에는 그러한 흔적은 보이지 않는다. 물론 "공리주의,
현실주의, 현금주의의 속물화", "수단을 돌아보"지 않고 "파렴치한 행위
를 범하"며 "색(色)과 술에 탐닉"[7]하는 재조일본인들의 타락과 속물근성
을 우려하는 기사가 산견되지만 이러한 실상을 문학의 제공을 통해 극복
해야 한다는 계몽적 문학관은 나타나지 않았다.[8] 따라서 타락과 속물주
의의 계도라는 관점에서 재조일본인들에게 일본어 문학을 확산시키고자
하는 경향은 한일병합 이후에는 거의 보이지 않게 된다.

한편, 조선문학 부재론의 제시와 더불어 "조선의 노래에는 신운(神韻)이
있는 것이 거의 없으며 저속하고 외설(猥褻)스런 것이 가장 많은데 (중략)
동요에까지 권세 쟁탈의 뜻을 빗대어 말한다고 하는 것은 정말로 조선식
이다"[9]라는 시각에서 조선의 가요를 번역, 소개하며 조선문학 속에서 부
정적 조선인상을 찾고자 하였던 자세도 1910년대에는 거의 찾아볼 수가
없다. 수적으로 그렇게 많지 않지만 1910년대 조선문학 소개나 번역은
대개 가치평가를 배제한 채 작품 자체의 평범한 전달이 그 중심이 되고
있다.[10] 물론 "우리들은 유래 조선 역사에 웅대한 기백을 찾을 수 없고

7) 旭邦(1915), 「植民地と靑年」, 『朝鮮及滿州』 제98호, 朝鮮雜誌社, p.1. 이 잡지로부터의 인용
　은 이후 호수나 발행연도만 표기.
8) 물론, 1900년대와 같이 도서관, 극장, 공회당, 음악당 등 조선의 오락시설의 불비와 재
　주 조선인의 타락을 관련지우는 기사는 여기저기서 볼 수 있다.
9) 甘笑子(1908), 「朝鮮の歌謠」, 『朝鮮』 제1권 제3호, p.56.
10) 예를 들면 조선의 호랑이와 관련된 전설 및 이야기를 소개할 때에 "일본에는 호랑이
　는 옛날부터 서식하지 않았기 때문에 호랑이에 관한 신화, 전설 등은 개무(皆無)이지만
　과연 조선은 호랑이의 본고장인 만큼 호랑이에 관한 이야기, 비유, 속전(俗傳) 등은 풍
　부하다."(今村鞆(1914), 「虎の迷信及び俗傳」 제78호, p.87)라는 설명을 통해 조선의 속전
　(俗傳)을 소개하고 있다. 조선문학을 소개하고 있는 기사는 다음과 같다.
　　文學士 今西龍, 「羽衣の說話」(제48호, 1912.2)－조선의 설화와 티베트 설화의 유사성 소

숭고한 기품을 찾을 수 없고 대인물을 찾을 수 없고 대문학을 찾을 수
없고"[11]라는 식으로 조선의 자연환경과 관련지워 조선의 뛰어난 문학과
예술이 부재함을 주장하는 기사가 없는 것은 아니지만 조선문학을 소개
할 때는 1900년대와 같은 자세는 보이지 않는다.

　이와는 대조적으로 1910년대 문학과 관련된 기사를 보면 1900초년대
에 비해 일종의 문학론이라고 볼 수 있는 글이 증가했음을 엿볼 수 있
다. 예를 들면 일본문학자들이 문학교양과 외국문학에 대한 지식이 결여
되어 있음을 지적하고 문학의 의의와 목적 등을 논한 「새로운 사람의 새
로운 문예수업(新しい人の新しい文芸修業 附 文學の目的如何)」,[12] 소설의 목적을
"인생의 연구자"[13]라는 입장에서 도쿄의 소설계를 비판하고 조선적 현
실을 그린 문예가 나타나지 않음을 한탄한 「눈내리는 밤(雪ふる夕―朝鮮文芸
の一夕談)」, 하이쿠의 해설과 예술론 및 장르론을 전개한 「하이쿠사해(俳句
私解<一>)」,[14] 역시 하이론(俳論)에 해당하는 「하이쿠 취미로부터 보는 설
날(俳趣味より見たる元日)」,[15] 한시의 기능과 인생에서의 의미를 기술한 「일본
시관 일편(日本詩觀一片)」,[16] 오우타도코로(御歌所)에서 올해의 칙제(勅題)로
선정된 "해변가 소나무"를 소개하면서 소나무와 연관된 와카의 역사를

개, 淸家彩果 「溫泉より」(제48호, 1912.2)-춘향전의 번역, 望月桂軒 「貞婦 春香歌」(제49호,
　1912.3)-한시의 형태로 춘향가 소개, 文學士 今西龍 「朝鮮と西藏の類似せる俗話」(제54호,
　1912.7/제58호, 1912.9)-조선의 설화와 티베트 설화의 유사성 소개, 淺見生 「牛に關する
　朝鮮の昔噺及俚諺」(제66호, 1913.1)-조선의 소에 관한 설화, 이야기, 속담 소개, 松尾目
　池 「朝鮮の俚諺に見ゆる虎と日本の俚諺」(제78호, 1914.1)-호랑이와 관련된 속담 등을 비
　교, 加藤生 「朝鮮の俗謠」(제150호, 1919.12)-조선의 민요, 속요, 시조 등을 번역소개.
11)　釋尾旭邦(1918), 「朝鮮化論 我內地人を戒る」 제130호, p.4.
12)　法學士 弁護士 工藤忠輔(1914), 「新しい人の新しい文芸修業 附 文學の目的如何」 제80호.
13)　草葉生(1914), 「雪ふる夕―朝鮮文芸の一夕談」 제78호, p.127.
14)　宮內里風(1913), 「俳句私解(一)」 제68호.
15)　やまと新聞編輯長 臼田亞浪(1915), 「俳趣味より見たる元日」 제90호.
16)　仁川稅關長 平井三男(1919), 「日本詩觀一片」 제146호.

논한 「칙제 해변가 소나무에 대해(勅題「海辺松」について)」[17] 등을 들 수 있겠다.[18]

그런데 이 중에서 첫 번째 글과 두 번째 글은 『경성일보(京城日報)』 지상에서 1913년 11월 초 야마가타 슈코(山縣蓊湖)가 「과거의 죄(過去の罪)」(東京)라는 소설을 번역하면서 서문에 쓴 글이 발단이 되어 세 명이 도쿄문단과 문학에 대한 의견을 둘러싸고 일종의 문학논쟁을 벌이고 있었음을 시사하고 있다. 이러한 문학논쟁이 확산되거나 발전적으로 계승되지 못한 점은 아쉽지만 그래도 경성 내에서 이러한 논쟁적 기사가 언급되고 있음은 문학담론의 새로운 현상이라 할 수 있다.

한편 이와 관련하여 1910년대 또 다른 특징 중 하나는 도쿄의 주류문단의 흐름과 현황을 파악하여 이를 소개하고자 하는 움직임이 상당히 활발하게 전개되고 있다는 점이다. 이미 잡지명이 개명되기 이전인 1911년도에도 동시대 일본 현지의 문학계, 연극, 가부키(歌舞伎)의 동향과 다양한 문학잡지에 실린 작품 등에 대해 소개·설명·비평을 시도한 난바 히데오(難波英夫)의 「동도 문단 기억 그대로(東都文壇記憶のまゝ)」[19]라는 연재기사가 이에 해당할 것이다. 한편 도쿄의 연극의 현황을 소개한 「연예동지회 제2회시연(演藝同志會第二回試演)」[20]도 이러한 부류에 들어갈 것이나 보다 본

---

17) 文學士 坪內孝(1918), 「勅題「海辺松」につい t 」 제127호, p.114.

18) 이외에도 문학 및 예술론과 관련된 기사에는 文學士 灰野庄平 「調子と特長」(제49호, 1912.3), 文學士 灰野庄平 「幅」(제50호, 1912.4), 河西健次 「書に就て」(제56호, 1912.8), 辯護士 法學士 工藤忠輔 「學問と藝術の自作自給」(제88호, 1914.11), 黑田鹿水 「琵琶に關する管見」(제93호, 1915.4), 東京 山浦瑞洲 「現今に於ける日本美術界の分野」(제105호, 1916.4), 農學士 渡邊龍田 「櫻文學」(제105호, 1916.4), 今司罵倦 「蘇峯文撰を讀む」(제105호, 1916.4), 東京支局 万二千峯學人 「仏國から歸つた島崎藤村氏と語る」(제127호, 1918.1), 在大連 渡辺龍田 「酒と人生——名酒文學」(제127호, 1918.1), 山崎斌 「露西亞今次の革命まで——チエ—ホフの「箱の中の男」を讀んで—」(제118호, 1917.4) 등이 있다.

19) 可水(1911), 「東都文壇記憶のまゝ」, 『朝鮮』 제38, 40, 41, 44호.

20) 東京 文學士 灰野庄平(1912), 「演藝同志會第二回試演」 제48호.

격적인 차원의 일본문단 소개기사로 「문예소식(文藝消息)」을 들 수 있다. 이 「문예소식(文藝消息)」은 1918년 4월호(제130호)부터 1919년 4월호(제142호)까지 연재되고 있는데 주로 문학계를 중심으로 하여 미술계, 극단, 음악계까지 일본현지의 현황을 소개하고 있다.

이와 같이 문학과 관련된 평론이 증가하면서 도쿄의 문단을 매번은 아니라 할지라도 이렇게 규칙적으로 소개하고 있다는 점은 일본 현지문학에 대한 관심이 그만큼 증폭되고 있음을 방증한다. 예를 들면 경성의 책방에서 신간물의 판매고를 물어본 후 순문예잡지인『와세다문학(早稻田文學)』과『미타문학(三田文學)』의 판매고가 예상 이상이라는 점에서 경성의 "문예취미의 범위도 그렇게 비관적이지 않다."[21]라는 기사나 "소설이 많은『중앙공론(中央公論)』이나『미타문학(三田文學)』"[22]의 판매고가 높다는 기사, 조선에 있는 일본인들은 "조선이나 만주에서 나온 잡지보다 도쿄에서 만들어진 것을 읽고 싶어"하며, "여자에 관해 쓴 것이나 소설이지 않으면 인기가 나쁘다"[23]는 기사가 이에 해당한다. 비단 문예관련 기사뿐만 아니라 이 당시 도쿄의 소식을 알리는 정기적 기사는 물론 다양한 내용의 기사가 빈출하고 있음은 재조일본인의 <내지> 일본에 대한 높은 관심을 어떤 형태로든『조선 및 만주』에서 흡수하려고 했다는 노력으로 볼 수 있다. 게다가 위의 인용에서 알 수 있듯이 <내지> 일본문학에 대한 인기도 높았기 있었기 때문에 일본의 현지문예를 소개하려는 다양한 시도가 있었다고 볼 수 있다.

그런데 이와 더불어 1910년대에는 식민지 문학을 일본 현지와는 구분

---

21) 草葉生(1914),「雪ふる夕―朝鮮文芸の一夕談」제78호, p.126.
22) 放浪男(1914),「京城暗黒道(二)」제86호, p.101.
23) 위의 곳.

되는 조선문단이라는 의식을 보여주는 움직임이 등장하게 된다. 이들 재
조일본인들이 그 동안 경성을 중심으로 전개되어온 조선의 일본어문학
을 정리, 회고하고 짧은 시간이나마 그 문학적 궤적을 일목요연하게 기
술하고 있다는 점이 바로 그것이다.

> ① 우선 첫째로 역사를 조사해 보기로 한다. 경성 조루리계의 역사는
> 상당히 오래되었다. 지금부터 10여년전 아마 1905, 6년 무렵이었다
> 고 생각하는데 야소타유(八十太夫)라는 자가 있었다. 이 사람은 기
> 예도 매우 뛰어났고 당시 조루리계 제1인자임과 동시에 경성 조루
> 리계의 원조이다.[24]
> ② 이래 중앙(일본현지-인용자주)에서 하이단(俳壇)이 융성함에 따라
> 조선의 하이쿠계도 요시노 사에몬(吉野左衛門) 씨가 경성일보 상에
> 「경일하이단(京日俳壇)」을 창설하여 스스로 그 선정을 담당하고 (중
> 략) 약 3년간은 이 「경일하이단」을 중심으로 대단한 장관을 이루고
> 숱한 새로운 하이진(俳人)을 배출하였다. (후략)[25]
> ③ 그 때부터 6, 7년이 지난 오늘날까지 경성의 문학적 운동을 미덥지
> 못한 자신의 기억을 더듬어 간단하게 표면적으로 써 보려고 생각한
> 다.[26]

①의 문장은 경성 내 조루리계의 "과거 10여년간의 역사와 그 소장(消
長) 및 현재의 모습"에 대한 글이다. ②는 경성 내 하이쿠의 역사 및 문
단형성사에 대해 상술하고 있는데 특히 그 중심에 있었던 요시아키(義朗)
에 대해 작가론을 전개하고 있다. 이는 경성의 하이쿠론이자 재조일본인
들에게 가장 인기 있는 장르 중 하나였던 하이쿠를 통해 <외지>의 문

---

24) 草野ひばり(1918),「京城の淨瑠璃界」제136호, p.84.
25) 在龍山 橘緣居主人(1918),「義朗氏と其俳句」제130호, p.93.
26) 英夫(1917),「京城と文學的運動」제117호, p.103.

학사, 작가론을 시도하고 있다. ③은 난바 히데오(難波英夫)가 쓴 글로 특정한 장르에 한정하지 않고 초기 식민지 일본어 문학의 흐름에 대해 기술하고 있는데 하이진(俳人)·가진(歌人), 일본어 신문 및 잡지의 문예란, 문학잡지의 창간 움직임, 문학회(단체)의 내역 등 다기에 걸쳐 경성의 문단을 정리하고 있다. 특히 이 기사에서 관심을 끄는 점은 하이쿠·단가계를 중심으로 경성에서 『반도문예(半島文芸)』라는 잡지의 창간을 도모하거나 『적나라(赤裸々)』(植民地詩社) 및 『반도문학(半島文學)』이 만들어졌다는 사실인데 전자는 3호를 내고 후자는 창간호를 내고 발매금지 처분을 받았다고 한다. 이러한 측면에서 난바 히데오는 "마지막으로 조선의 극단적인 언론단속이 이러한 운동에도 적지 않은 지장이 되고 있음은 유감스럽게 느끼지 않을 수 없"(p.105)음을 피력하며 글을 마치고 있다.

그렇다고 한다면 식민지 조선의 일본어 문학에 대한 이와 같은 글들이 쓰인 이유는 어디에 있는 것일까? 대략 이러한 글들이 쓰인 것은 1917, 8년 무렵이며 대략 『조선 및 만주』의 전신인 『조선』이 간행되고 나서 10년 전후에 해당하는 시기이다. 따라서 이러한 시간의 추이에 대한 관념에서 이들 문학의 소역사라도 정리해야 한다는 의식이 작용하였으며 또 다른 측면에서는 조선에서 비록 미약할지라도 어느 정도 식민지 문학을 정리할 수 있을 만큼의 내용과 문학자들의 활동이 축적되었음을 방증하는 것이다.27) 이러한 기술은 특히 조선에 거주하는 일본인 문인들에 의해 식민지문학이 정리되었다는데 그 의미를 확인할 수 있으며 이로 인해 조선 내 일본어 문학은 <내지> 일본과 구분되는 일종의 조선문단

---

27) 물론 이전 시기에도 「京城の謠曲界」(제55호, 1912.7.15), 羽水生「京城の冬 趣味と京城人」(제66호, 1913.1), 坂崎青丘「朝鮮短歌會の席上より」(제104호, 1916.3) 등의 글에서 요쿄쿠, 하이쿠, 회화, 문학, 서도, 자기(磁器), 음악계, 단카(短歌) 등 각 방면에서 활동하고 있는 재조일본인을 소개하고 있다.

의식을 가지게 되었다고 해도 과언이 아닐 것이다.

그러나 1917에서 19년에 이르는 시기는 단지 문예 분야뿐만 아니라 다양한 문화예술 장르에서도 그 역사를 되돌아보고 현재의 상황에 대해 기술하고 있었던 시기였다. 예를 들면, "경성 비파(琵琶)계의 역사"와 "상황" 그리고 "현재"의 "융성"함28)을 기술하고 있는 「경성의 비파계(京城の 琵琶界)」, 각 장르의 공연상황과 더불어 "경성의 극장과 요세(寄席)와 활동사진관의 수와 그 변천의 개략"29)을 설명한 「경성의 흥업계(京城の興業界)」 등이 그 예이다.30) 이렇게 본다면 1910년대 후반은 문학장르뿐만 아니라 식민지 조선 내에 각 문화예술분야의 역사와 현황을 서술할 수 있을 만큼 내적 역량을 축적한 시기라 볼 수 있다.

이러한 의미에서 1910년대의 식민지 일본어문학은 1900년대와는 분명 다른 형태로 일본어 문학이 전개되었다고 할 수 있다. 러일전쟁을 거치면서 제국주의적 색채가 짙었던 일본어 문학 이식논의는 약해지고 문학에 관한 일반적 논의가 제한된 범위에서 이루어지고 있었으며 적극적으로 도쿄문단의 현황을 조선에 소개하고자 하였다. 이러한 흐름 속에서 식민지 조선의 일본인 문단을 포함해 각 예술분야의 역사를 정리하고자 하는 시도는 재조일본인들 사이에 <내지> 일본과는 구분되는 식민지

---

28) 琵琶法師(1918), 「京城の琵琶界」 제130호, p.97.

29) 夢酒舍主人(1919), 「京城の興業界」 제148호, p.113.

30) 이외에도 경성의 문화예술계 역사 및 현황에 관한 기사에는 △△生 「京城謠曲界の大天狗小天狗」(제104호, 1916.3), 匪之助 「京城音樂界の昨今(琴と尺八)」(제78호, 1914.2), 半可通生 「京城音樂界の昨今(二)」(제80호, 1914.3), 凸凹子 「朝鮮美術協會(第一回展覽會を觀る)」(제87호, 1914.10), 黑田鹿水 「琵琶に關する管見」(제93호, 1915.4), ビワ法師 「琵琶界のぞ記」(149호, 1919.11), ビワ法師 「頃日の京城琵琶界」(144호, 1919.6), 木の葉天狗 「京城淨瑠璃界近況」(제144호, 1919.6), ビワ法師 「本年の筑前琵琶界」(제139호, 1919.1), 草野ひばり 「京城の箏曲界」(제135호, 1918.9), 「京城の謠曲界」(제130호, 1918.4), 森の字 「京城の素人義太夫」(제115호, 1917.1) 등이 있다.

조선문단에 대한 자기 의식이 내재되어 있었으며 실제 각 분야의 내용과
활동이 어느 정도 축적되었음을 보여주고 있다.

3. 『조선 및 만주』〈문예란〉의 변용과 식민지 반도문학 형성의 열망

한반도에서 간행된 최초의 일본어 종합잡지인 『조선』은 1912년 1월호
를 기점으로 "교통상으로 조선과 만주는 그 경역(境域)이 철거되고 있으
며" "만주에서 우리 실력의 부식을 촉구하는 일이 급하"31)(p.10)다는 인
식 아래 제47호부터 잡지명을 『조선 및 만주』로 개제하였다. 잡지명의
개제와 더불어 찾아온 변화는 "조선을 연구·소개·평론함과 동시에 아
울러 만주를 연구하고 소개하고 평론하여 우리 국민의 만주경영, 지나(支
那)연구에 이바지하"겠다는 의도로부터 알 수 있듯이 만주지역에 대한
적극적 기사화라고 할 수 있을 것이다.32) 그런데 잡지명의 개제는 이러
한 잡지편성의 내용적 변화뿐만 아니라 다음과 같이 잡지 발행빈도수,
잡지의 편집형식에도 다대한 변화를 일으킨다.

　　본지는 유래 경적(硬的) 기사를 그 특색으로 함으로써 일반의 초닌(町
　　人)이나 농민은 어려워 읽을 수 없다고 하고(중략) 이에 본지는 1일호는

---

31) 「本誌の改題」(제47호, 1912.1), p.10.
32) 1912년 2월호에서 "관동주 및 남만주 연선의 일대가 우리의 조차지로 되어 일본의 이
　　주자가 차츰 많아지고 그 숫자가 아직 10만 내외에 지나지 않"(「日本化されたる朝鮮及滿
　　州」, 제48호, 1912.2, p.8)는다고 소개하고 있지만 이들 재만주 일본인도 당연 『조선 및
　　만주』의 독자로 상정되는 셈이다.

본지 종래의 어조를 유지하고 경적 기사의 특색을 한층 더 발휘하는데 노력하고 별도로 15일호를 발행하여 이를 선데이와 같은 464배판으로 하여 통속적 기사와 연적(軟的) 기사를 주로 하여 실업 방면과 사회방면을 주로 개척하여 일반의 유상무상(有象無象)을 제도(濟度)하기로 하였다.[33]

　이와 같이 정치·경제를 중심으로 한 딱딱한 "경적 기사"보다는 사회·문예와 같은 부드러운 기사를 중심으로 한 15일자를 새롭게 발행하는 까닭은 이 잡지가 "초난", "농민" 등 비지식인층과 소통이 불가능하다는 이유 때문이었다. 그렇기 때문에 "연적 기사"를 통해 이들을 구제하고자 한다는 의도를 제시하고 있지만 실제 이러한 잡지간행의 변화는 잡지경영 문제과 밀접하게 연관되어 있었다. 왜냐하면 이 잡지의 100호에서 편집자 및 경영자인 샤쿠오 순조(釋尾春仍)가 "잡지경영"이 "곤란한 사업"임을 토로하며 이의 이유로서 오늘날 "조선만주"가 "세인들에게 흥미를 끌지 못"하고 있다는 점, "조선이나 만주에 있는 자가 조선이나 만주에서 나온 잡지보다 도쿄에서 만들어진 것을 읽고 싶어"한다는 점, "내지인들은 조선이나 만주에서 만들어진 잡지를 읽어 볼 정도의 여유와 흥미를 가지"고 있지 않다는 점, "조선인"이나 "지나인"은 "일본문의 잡지를 읽"을 만큼 "세련"[34]되지 않았다는 점을 지적하고 있기 때문이다. 이러한 인식에 토대하여,

　　조선에서는 정치 쪽 뿐만 아니라 사회문제에서도 문예에 관한 것이라도 자극성이 강한 것은 검열관이 발행정지를 한다. 비교적 관대한 것은 3면적인 음매(淫賣)기사인데 이것도 너무 저촉하게 되면 마음을 놓을 수없다. (중략) 또한 지금의 세태는 대개 의론(議論)이라든가 주의·주장이라

---

33) 「本誌は月二回發行とせり」(제52호, 1912.6), p.8.
34) 旭邦生 「百號の後ちに」(제100호, 1915.11), p.247.

든가 또는 이름이 없는 사람이 쓴 학예나 문장을 진지하게 읽는 촌스런
자는 적어졌다. 여자에 관해 쓴 것이나 소설이지 않으면 인기가 없다.[35]

샤쿠오가 "잡지경영"이 "곤란한 사업"이라는 근거로 제시한 위의 글
을 보면 왜 "연적(軟的) 기사" 중심의 15일자를 별도로 발행하게 되었는
지를 잘 알 수 있다. 그것은 기존에 고수해 왔던 딱딱한 평론이나 주의,
주장과 같은 글보다는 "통속적 기사와 연적(軟的) 기사"와 같은 내용을
싣지 않으면 잡지의 일정한 판매를 보장할 수 없다는 사정을 들 수 있
다. 그런데 이러한 15일자의 발행으로 인해 기존의 <문예란>도 새로운
변화를 겪게 된다. 15일자 잡지는 동일한 내용을 한 섹션으로 묶는 기존
의 형식을 버리고 있는데 같은 해 12월 15일자를 내고 결국 간행을 중
단하게 된다.

15일자호 발행의 실패여부는 차치하더라도 이의 영향으로 인해 1913
년 1월호(제66호)부터 각 기사란(발행호에 따라 약간씩 차이가 나지만 대체로 口
繪/主張/論說/談叢/硏究/雜纂/文芸/調査資料/備忘錄/朝鮮滿洲問答 등의 난<欄>을 설정)이
없어지게 되고 이에 따라 산문소품(수필 포함), 소설, 장시, 한시, 와카(단
카), 하이쿠 등으로 구성되었던 <문예란>도 사라지게 된다. 그리하여 문
예란의 흔적을 보이는 것은 <歌>란에 한시와 하이쿠가 배치되거나(제66
호), 그냥 특별한 난이 없이 한시, 하이쿠, 단카 등이 함께 배치되는 정도
였다. 그러다가 <문예>라는 난의 표식이 다시 등장하는 것은 제98호부
터이며 이후에도 약간의 변화를 보이다 제108호부터는 한시, 와카, 단카,
하이쿠가 <문예>란이라는 이름으로 안정적으로 정착된다.

그렇다고 해서 기존의 <문예란>을 구성하였던 산문소품이나 수필,

---

35) 위의 곳.

소설 등의 장르가 완전히 배제된 것은 아니다. 왜냐하면 <문예란>이 사
라진 1913년 1월호를 보면 <歌>란 앞에 「개척자(開拓者)」(山地白雨), 「여인
의 편지(女の手紙)」(淸家彩果), 「운(運)」(西村濤蔭), 「복수초(福壽草)」(牛人)와 같은
소설풍 작품이나 산문소품 등이 게재되고 있는데 이들 작가들은 기존 문
예란의 필진으로 활약했던 자들이기 때문이다. 이러한 의미에서 <문예
란>이 『조선 및 만주』의 여타 섹션처럼 단일하게 편집되지는 못하였지
만 <문예란>의 자취는 계속되었다고 볼 수 있다.

한편 소설의 경우는 단일한 섹션으로 편집되지 않았던 1912년 7월 15
일자(제55호)에서 소설란이 분리되어 「바다(海)」라는 작품이 실리게 되며
이후에 1912년 3편, 1914년 1편, 1915년 3편, 1916년 2편, 1917년, 7편,
1918년 4편, 1919년 9편이 실리게 된다. 그런데 <소설> 장르와 관련하
여 주의 깊게 보지 않으면 안 되는 점은 비록 목차는 본문에 <소설> 표
기가 되어 있지 않다고 하더라도 형식이나 내용적인 측면에서 소설로 읽
어도 전혀 무방한 작품들이 다수 게재되어 있다는 점이다. 이러한 작품
은 어딘가를 탐방하거나 누군가에게 들은 바를 전언의 형식으로 전하거
나 자신이 겪은 실화를 전하는 방식을 취하고 있는 경우도 있지만 서사
의 형태가 소설적이며 모든 형식이 소설적 구조를 취하는 경우도 적지
않다.

이러한 장르들이 등장하게 된 배경에는 역시 "통속적 기사와 연적(軟
的) 기사" 또는 "여자에 관해 쓴 것이나 소설"만이 인기가 있다는 현실적
인 편집의도36)와도 밀접하게 관련되어 있다고 보여진다. 특히, 15일자호

---

36) 한편 잡지 편집자 샤쿠오가 지적한 위의 의견이 그르지 않았음은 재조일본인의 황폐
  함과 통폐를 지적하며 경성의 책의 판매에 대해 "어디든 『부인세계(婦人世界)』나 『여
  학세계(女學世界)』, 내지는 그것과 비슷하게 읽혀 허영을 도발하는 듯한 여성용의 잡지
  를 제1로 하고 뒤이어 소설이 많은 『중앙공론(中央公論)』이나 『미타문학(三田文學)』 등

가 발행되기 시작한 이후, 매소부나 예기(藝妓), 창기(娼妓) 등과 관련된 이른바 "3면적인 음매(淫賣)기사"37)가 늘어나고 있는데 이러한 유형의 탐방기사가 계속 유지되고 있다. 이러한 탐방기사로부터 영향을 받으면서도 이로부터 탈피하여 소설적 형태를 취하면서 완전히 새로운 형태의 문학적 작품이 탄생했다고 볼 수 있을 것이다.38) 특히 주목할 만한 점은 이러한 작품들이야말로 오히려 경성의 현실과 재조일본인의 생생한 모습을 직사(直射)하고 있는데 이러한 의미에서 식민지 조선의 재조일본인들을 가장 잘 구현하고 있는 장르라고도 볼 수 있다.

이러한 <문예란>의 변용과 더불어 이 당시 문예창작의 분야에서 식민지 조선에 기반한 식민지 문예의 출현을 촉구하는 다음과 같은 글은 식민지 문학사상 특기할 만하다.

① 다이쇼(大正)시대의 하이쿠는 다이쇼의 머리로 만들어야 한다. 고인의 주형(鑄型)에 들어가 고인의 조박(糟粕)을 핥는 일은 우리가 취하지 않는 바이다. (중략) 조선은 다이쇼의 사람에 의해 개척되며 조선의 하이쿠 이 또한 새로운 머리로 개척하지 않으면 안된다.39)

② 그리고 사회적 흥미를 중심으로 한 작품의 출현을 소망함과 더불어

어느 것이든 즉흥적인 잡지뿐"(放浪男(1914), 「京城賭黑道(二)」제86호, p.101)이라고 한탄하며 주색(酒色)과 관련된 모임이나 연회에는 바로 나가지만 "연구 서적이나 질이 높은 출판물"은 거의 보지 않는다고 한탄하는 기사를 보아도 확인할 수 있다.

37) 실제 15일자호가 처음 발행된 1912년 6월과 7월의 기사를 보면 "음매기사"에 해당하는 「變手古な藝妓屋」「京城藝妓品評」「賣笑婦の研究と花柳病患者」「京城の藝妓は益々下落する」「京城藝妓の內幕」등이 실리고 있으며 이후 이러한 취지의 기사는 일정하게 유지되고 있다.

38) 한편 초기의 이러한 글들은 "만약 내가 소설가였다면 내가 들은 이 재료는 확실히 재미있는 대소설을 저술했음에 틀림이 없다."(風來山人(1914), 「小說に似たる某紳士の家庭(一)」, 제84호)라며 소설가, 종교가, 도덕가를 비교하면서 소설장르를 상당히 의식하고 있음은 특기해도 좋을 것이다.

39) 俳句 黑柳木耳識(1914), 「我等の旗幟」제89호, p.86.

나는 취재의 범위를 좀 더 지리적으로 넓혔으면 한다고 생각한다. (중략) 특히 대만이라든가 가라후토(樺太)라든가 내지는 조선과 같은 신영토에 제재를 취하게 된다면 매우 재미있는 것이 만들어질 것이라고 생각한다. 이 문예와 신영토라는 문제는 작가에게도 또한 그 지역의 사람들에게도 아주 흥미가 있는 문제라고 생각한다. 나는 사회적 흥미 중심의 작품과 신영토를 무대로 한 작품을 금후의 작자에게 기대하며 그 출현을 간절히 희망하는 자이다.[40]

③ 부산에서 나오고 있는 『식민지에서(植民地より)』라는 잡지에 「비통한 반도문예(悲痛なる半島文芸)」라는 제목으로 실제 이 반도에서 탄생한 심혹(深酷)한 비통한 문예가 있었으면 한다는 취지를 쓴 적이 있었다. (중략) 이 동요하는 신개지(新開地)의 한기로부터 솟아나는 화려한 일면, 또는 점차 컬티베이트되어 가는 반도의 산야, 그러한 밝은 것이라도 좋지만 그 조차도 나타나지 않는다. 반도에는 결국 문예가 탄생하지 않은 것일까.[41]

동시대 하이쿠 의식을 여실히 보여주는 ①의 기사는 과거의 취향을 그대로 모방만 하는 하이쿠 창작에 대해 비판을 가하며 "조선의 하이쿠"는 일본의 "산광(山光)", "수색(水色)", "계제(季題)취미"를 버리고 "선토(鮮土)의 만상"과 "반도의 풍물"을 적극적으로 그려야 한다며 조선적 풍토에 입각한 창작을 적극 선언하고 있는 글이다. ②는 근래 일본문단의 경향이 주로 "자기고백"을 중심으로 하여 "연애문제나 가정의 파란만"을 그리는 "심리적 흥미물"만 많고 "사회적 흥미물"은 잊혀지고 있다고 비판하면서 식민지 신영토에서 제재를 취한 작품의 등장을 강하게 촉구하고 있는 글이다. ③은 이미 부산의 다른 매체에서 "반도에서 탄생한" 문예의 출현을 갈망하면서 "신개지", "반도의 산야"를 그린 작품이 나타나지

40) 文學史 生田長江(1913), 「文芸と新領土」 제70호, p.13.
41) 草葉生(1914), 「雪ふる夕―朝鮮文芸の一夕談」 제78호, p.126.

않음을 한탄하고 있는 내용이다.42)

이러한 글을 본다면 재조일본인 문인들은 "로컬 컬러"로서 조선적 특징을 잘 보여 주는 조선에서 만들어진 일본어 문학의 탄생을 상당히 갈망하고 있었음을 알 수 있다. 수필체 문장은 장르의 성격상 원래 조선을 그린 작품이 많았지만, 이러한 담론의 영향인지 소설장르에서도 조선을 배경으로 하고 있는 작품의 수는 1910년대 시간의 흐름과 더불어 비약적으로 증가하게 된다. 예를 들면 1914년에는 6작품 중 조선물이 5편, 1915년에는 10작품 중 조선물이 6편, 1916년에는 총 8작품 중 조선물이 7편, 1917년에는 10작품 중 조선물이 8편, 1918년에는 총 17작품 중 조선물이 13편, 1919년에는 총 14작품 중 조선물이 6편인 점을 보더라도 이를 잘 방증하고 있다고 볼 수 있다.

따라서 『조선 및 만주』를 중심으로 보았을 때, 1910년대 일본어 문학은 식민지화된 조선의 특징, 조선이라는 무대에 바탕한 식민지 일본어 문학을 갈망하고 있었으며 이는 <문예란>의 변화와 보조를 맞추며 실제 작품들도 이에 적극적으로 부응해 갔던 시기라고 할 수 있다. 더구나 1900초년대부터 "한국의 풍경, 역사, 멸망해 가고 있는 현재 조선의 운명, 설화 등으로부터 새로운 일본문학의 "시제(詩題)"를 발견하여 그것을 문학화해야 함을 강하게 제언"43)하고 있었다는 점을 고려한다면 1910년대는 조선에 거주하고 있는 일본인들의 일상적인 삶을 비추어 이를 구현하고 있다고 볼 수 있다.

---

42) 한편 제48호의 문예란 에세이에서 조선의 남쪽에 와 있는 문학지망 친구에 대해 "뿌리가 있는 반도문학이 나타나지 않으면 안 된다고 그를 격려했습니다."(山地白雨(1912), 「舊友」 제48호, p.88)라는 글을 보면 지속적으로 이러한 의식을 가지고 있었음을 알 수 있다.

43) 정병호, 「근대초기 한국 내 일본어 문학의 형성과 문예란의 제국주의-『朝鮮』(1908-11)』, 『朝鮮(滿韓)之實業』(1905-14)의 문예란과 그 역할을 중심으로」 참고.

4. 식민지 반도문학의 구축과 경성 재조일본인의 표상

사실 앞장에서 볼 수 있었듯이 『조선 및 만주』의 문예장르에서는 적어도 식민지 조선, 특히 경성을 무대로 하는 작품이 연이어 발표되고 있음은 조선의 현실과 풍토를 반영한 "반도문학"의 창출이라는 열망을 반영하고 있었다는 점을 잘 보여주고 있다. 그렇다고 한다면 이들 소설 장르는 식민지 조선의 무엇을 그리고자 하였는가? 나아가 해당 작품은 작품세계의 주요 등장인물＝재조일본인들을 어떻게 표상하고 있는 것인가? 만약에 이러한 질문에 대답이 가능하다면 일본 현지에 있든 식민지 조선에 체류하든 당시 소설창작의 주체＝지식인에게 각인된 식민지 경성과 재조일본인들의 이미지에 대한 윤곽을 포착할 수 있을 것이다.

사실 식민지 조선을 무대로 한 소설을 본다면 구사바(草葉)가 말한 "반도에서 탄생한 심혹(深酷)한 비통한 문예", "동요하는 신개지(新開地)의 한 기로부터 솟아나는 화려한 일면, 또는 점차 컬티베이트되어 가는 반도의 산야, 그러한 밝은 것"[44]이라는 측면에서 본다면 전자에 가까운 테마가 압도적으로 많다. 특히 일본 현지를 무대로 한 소설을 제외하고 식민지 조선을 무대로 한 이른바 '조선물'을 중심으로 보았을 때 대다수가 전자에 속하며 그 중에서도 다음과 같은 내용의 소설이 절대 다수를 차지하고 있다.

① 메이지초(明治町) 거리를 나오자 언제나 떠들썩하게 손님을 부르고
있는 나미하나칸(浪花館)이 눈 탓은 아니겠지만 오늘은 조용히 닫혀
있었다. (중략) 그곳은 저 근처 일면에 산재되어 있었던 조선인의

---

44) 草葉生(1914), 「雪ふる夕―朝鮮文芸の一夕談」 제78호, p.126.

음매(淫賣)굴 골목을 조금은 들어간 곳인데 문 앞에서 상스러운 갈
보(カルボ)들이 일본어, 조선어를 반씩 섞은 회화로 손님을 부르고
있는 모습이 보였다.[45]

② 아이즈(會津) 중좌(中佐)는 그 이후 이 반도의 참혹한 숱한 병란과
소요를 보고 있는 사이에 자신도 빛나는 군복을 벗고 한 시민이 되
어야 할 때가 왔다. 아직 이국의 수도였던 경성에서 그 무렵부터
살고 있었던 일본인들은 공사관의 무관실에서 나온 이 한 시민을
기쁘게 환영하였다. 그들은 이 사람을 잡아 두면 뭔가 이권이나 돈
벌이의 연줄로 반드시 이용할 수 있다고 생각했기 때문이다.[46]

③ 작년 9월 (중략) 호리(堀)는 불쑥 경성으로 왔는데 그 날부로 이전에
있었을 때부터 자주 다녔던 유곽의 여자를 만나러 갔다. (중략) 돈
이 떨어지자 사람들은 점점 호리로부터 멀어졌다.[47]

④ 아름다운 여자나 젊은 부인을 보면 바로 음분(淫奔)한 여자, 부정한
여자를 연상하게 되었다. (중략) 양심이 마비된 그녀는 현해의 검은
노도를 보아도 그 더럽혀진 몸과 섞은 마음을 이 파도에 묻어버리
고 그녀를 깊이깊이 사랑한 남편에게 사죄한다는 행동으로도 나오
지 않았다.[48]

작품 ①은 안정된 현실생활을 혐오하며 일본, 조선, 만주 등을 방랑하
며 자신을 "개척자"라고 부르는 32세의 독신남자 마쓰모토의 이야기를
그린 작품인데, 작품의 내용은 차치하더라도 인용한 부분은 당시 경성의
모습, 밤거리를 그릴 때 자주 등장하는 테마이다. ②번 소설은 강화도조
약 때부터 군인으로서 조선 식민지화의 역사를 목도하였던 두 군인 가문
의 이야기이다. 내용의 중심은 경성 일본공사관 무관이었던 아이즈 중좌

45) 山地白雨(1913), 「開拓者」 제66호, p.124.
46) 岩波櫛二(1917), 「小說 退役中佐の娘投身す」 제126호, p.94.
47) 岡島睦(1917), 「小說 金を持てぬ男」 제122호, pp.110-113.
48) 雪の舍生(1918), 「活弁に魅られた女」 제129호, p.80.

가 퇴역후 재조일본인들에게 "이권이나 돈벌이의 연줄"로 이용당하다
채무관계로 딸 시나코(志那子)가 약탈결혼을 당하고 방탕아였던 남편의 폭
력으로 딸을 데리고 가출하여 자살에 이르는 이야기이다. 백두산 근처의
국경에 근무하는 장교 하타케나카(畑中) 중위의 시선으로 그려지는 이 작
품은 돈벌이나 이권을 위해 인간을 이용하고 배신을 일삼으며 부도덕한
유곽을 드나드는 방탕한 젊은이의 폭력, 가족을 위해 희생하지 않으면
안 되는 여주인공의 모습이 식민지화되어 가는 조선 역사와 더불어 활사
되어 있다.

　③의 소설은 호리라는 방탕자가 조선에서 유곽출입을 하며 사업차 가
지고 있던 돈을 모두 낭비하고 돈이 많았을 때 그를 환영하였던 하숙집
주인과 주변 사람들이 돈이 떨어지자 그를 비하하는 재조일본인들의 퇴
폐와 황금주의, 그리고 몰인정한 세태를 그린 것이다. 한편 작품 ④는 결
혼하고 얼마 되지 않은 경성의 고등관으로 근무하는 관리의 부인이 활동
사진관 변사와 불륜을 거듭하는 이야기로 조선의 타락한 풍속과, 탈선,
풍기를 어지럽힌 여성과 재조일본인사회에 대한 규탄의 메시지가 들어
가 있다.

　「사쿠라이초의 여인(櫻井町の女)」이란 작품에서 화자는 지문에서 자신이
"세상을 팔고 친구를 팔고 그 절개를 팔고 더욱이 그 아내를 팔고 아이
를 파는 일조차도 태연히 결행되는 사회에 호흡하고 있"49)다고 되뇌고
있다. 이상의 작품을 보더라도 알 수 있듯이, 1910년대 『조선 및 만주』
의 소설작품들은 식민지 경성과 그곳에서 살아가는 재조일본인들의 모
습을 적극적으로 그렸는데, 그 형상이란 다름 아닌 재조일본인들의 퇴폐,

---

49) 闇の男(1914), 「櫻井町の女」 제83호, p.121.

기풍문란, 음욕, 몰인정, 배신, 황금만능주의, 부정 등의 부정적 이미지였
다.50) 그러한 이미지는 관리와 부랑자, 남자와 여자, 중노년자와 젊은 사
람을 가리지 않고 전반적으로 이러한 분위기에 침전되어 있는 모습으로
그려지고 있다. 그렇다고 한다면 많은 작품들에서 재조일본인들을 이렇
게 표상하고 있는 이유는 어디에 있었던 것일까?

> 허영, 위선, 풍기퇴폐, 박정 등의 불쾌한 공기는 신영토 식민지 등에서
> 통폐로 하는 바이지만 경성만큼이나 이러한 약점과 결점을 격심하게 폭
> 로하고 있는 곳은 아마 적을 것이다. 공리주의, 현실주의, 이기주의자가
> 모여든다고도 할 수 있는 경성의 도의(道義) 퇴폐는 결코 이상한 바는 아
> 니지만 이는 서로의 손해이지 않겠는가. 남녀 모두 정조관념이 박약하고
> 허위(虛僞)의 교제, 허위의 부부관계를 계속하고 있어서는 인생의 의의라
> 든가 권위라든가 가치라고 하는 것을 어디에 찾아낼 수 있겠는가. 첩, 매
> 춘부, 유탕아가 발호하고 있음은 경성시민 일반의 도의심이 약하고 사회
> 적 제재(制裁)력이 빈약함을 의미하고 있는 것이다. 진정으로 통한해야 할
> 일이다.51)

이 기사는 위의 작품 ④와 연관이 있는데 "작년 본지에 기재한『변사

---

50)『조선 및 만주』의 소설류 중에서 이러한 경향의 주요작품을 들면 다음과 같다.
　山名白紅「衣替」(제82호, 1914.5), 山名白紅「田毎庵」(제84호, 1914.7), 秋村晶一郎「愛妻通
　信(1)」(제90호, 1915.1), 玉盞花「靑嶋後家 (京城妾氣質)」(제95호, 1915.6), 玉盞花「女按摩(1,
　2)」(제97호, 1915.8/제98호, 1915.9), 肥後守「靑い目の朝鮮見物一」(제100호, 1915.11), 天
　來生「奈落の女」(제106호, 1916.5), 玉盞花「巷談 惡夢」(1917.2), 岩波櫛二「小說 男を試驗す
　る女」(1917.7), 須賀野「小說 破はされた女」(1917.11), 秋山永世「朝鮮で育つた少年の告白」
　(1918.1), 竹の子生「慾の深い藪医者と花嫁」(1918.4), 日野山人「呪はれたる一家」(1918.4), 煩悶
　の男「負傷の四ヶ月」(1918.5), 日野山人「泥水から泥水へ」(1918.7), 七草迂人「喜美子」(1918.
　8), 日野山人「さすらひの女」(1918.8), 雪の舍生「毛色の変わった色魔」(1918.12), 難波英夫「小
　說 ただ目的もなく」(1919.2), 日野山人「活動寫眞館の女給になるまで―私の 『忘れえぬ人々』」
　(1919.3), 藻花漂人「南山雙紙 三巴伽羅枕」(1919.5)
51)　△△生(1919),「活弁生活の裏面」140호, p.69.

에 매료된 여인』(活弁に魅せられた女)이라고 하는 자는 경성 천지에 아직도 많이 있다고 한다"(p.68)라며, 경성 재조일본인들의 "허영, 위선, 풍기퇴폐, 박정", "이기주의", "허위"를 지적하고 그들의 문화적 현재성에 비판을 가하고 있는 기사이다. 이 인용문은 사회적 실제와 잡지의 기사, 작품 사이의 연관성을 보여주는 기사인데, 사실 이 당시 재조일본인에 대한 평가를 보면 이런 식의 판단이 주를 이루고 있다고 해도 과언이 아니다.

> ① 일반의 인정은 삭막해지고 물질본위로 되었다. 모두 계급적 관념에 구속되어 인간의 가치는 돈의 유무를, 관리의 관등급으로 비교하여 가늠되는 형편이고 (중략) 게이샤(芸者)와 서로 알고 요리점의 여주인과 친구가 아니면 신사의 한패에 들 수 없다고 생각하고 있는 듯한 사람들이 사교계의 중심이 되어 있다.52)
> ② 비굴, 망종, 표리부동, 철면피, 사대주의, 인순고식(因循姑息), 불활발, 무기력 음험, 질투, 배제(排擠), 독선주의 물질주의, 육욕주의 (중략) 강자에 아부하고 약자를 학대하고 (중략) 이것들은 조선인의 특질로 한다. 그러나 이제는 조선의 내지인은 조선인의 이 특질에 감염하는 바가 매우 심하다.53)

　①의 기사는 조선에서의 생활과 경험을 도쿄에서 회상하며 쓴 글인데 이는 조선 내에서의 평가와 그다지 다른 점이 없고 이러한 의미에서 "그러한 사람들이 가는 유일의 길은 술과 여자 밖에 없었다."고 결론을 맺고 있다. ②의 기사는 조선인을 문명인으로 동화시켜야 할 재조일본인들이 오히려 그 반대로 조선인의 영향을 받고 있다는 논리이다. 이는 당시 『조선 및 만주』지상에 꽤 넓게 인식되고 있었던 재조일본인의 조선인화

---

52) 難破英夫(1919), 「『朝鮮及滿州』と私達」 150호, p.128.
53) 釋尾旭邦(1918), 「朝鮮化論　我內地人を戒る」 130호, p.3.

(여보<ヨボ>화)라는 틀 속에서 그들의 부정적 이미지를 조선인에게 비추어 평가하는 논리인데 이는 재조일본인의 타락상과 부정적 이미지가 일본인 본래의 기질이 아니라는 논리에서 출발하고 있다. 그러나 그 결론은 마찬가지이며 "조선 내지인의 정신방면"이 "활동력", "기백", "웅대한 기상", "고결한 정신"이 부족하고 "소성공을 다투고 소명예를 다투고 서로 으스대며", "극히 물질적이며 현실적이다"라고 진단하고 있다.[54]

물론 대중취향이 강한 여성물이나 유곽 및 남녀의 치정이 대중적 관심을 가지고 있는 테마라는 앞의 지적과 이러한 소설류의 테마성에는 일정한 연관성이 있으리라 생각한다. 그렇지만 1910년대 일본어잡지 『조선 및 만주』의 소설물이 포착하고 있는 식민지 경성의 "로컬 컬러"란 당시 여러 기사들에서 표상화되고 있었던 부정적 재조일본인상에 다름 아니었다고 할 수 있다. 앞에서 보았듯이 1900년대에는 순문학의 확산을 통해 타락한 재조일본인을 계몽해야 한다는 논리가 있었지만 오히려 1910년대가 되면 타락하고 속물적인 재조일본인의 그러한 이미지가 작품의 테마로서 전경화되어 있다고 할 수 있다. 그런데 이 당시 재조일본인에 대한 부정적 표상, 나아가 이른바 조선물 중 이러한 재조일본인 표현, 이러한 이미지는 단지 식민지에서만의 문제는 아니었다. 예를 들면 "조선 및 만주, 이것은 근시 모국에 있어서는 그다지 인기가 좋은 제목이 아니다. 조선으로부터의 귀국, 만주로부터의 귀국이라고 하면 모국인은 일종 모욕의 눈을 가지고 이들을 맞이한다"[55]는 글을 상기하면 <내

---

54) 이러한 종류와 관련된 기사를 소개하면 다음과 같다.
飛魚漁郎 「東京通信」(141호, 1919.3), 放浪男 「京城暗黑道(二)」(제86호, 1914.9), 釋尾旭邦 「제百五十号に題す」(제150호, 1919.12), 旭邦 「植民地と靑年」(제98호, 1915.9), 原田金之祐 京城商業會議所會頭 「京城に於ける靑年の問題」(제103호, 1916.2), 「趣味化の設備」(제49호, 1912. 3), 「時事寸言」(제53호, 1912.6)
55) 釋尾旭邦(1917), 「本誌の滿十年号に題す」 제118호, p.6.

지> 일본에서도 이러한 이미지를 상당히 공유하고 있었음을 시사한다.

한편 1912년 1월호부터 잡지명을 『조선 및 만주』로 개제하면서 "만주를 연구하고 소개하고 평론하여 우리 국민의 만주 경영, 지나연구에 이바지하"겠다는 취지에 맞게 만주에 대한 정치, 경제, 평론, 탐방 등의 기사가 증가하고 있었다. 문예 분야에서도 재만주 작가의 글을 받아들인다든가, 만주를 무대로 한 소설작품을 게재한다든가 하는 형태로 이러한 움직임에 보조를 맞추었다. 예를 들면, 1912년 10월호 <문예란>에 "하이쿠 만주하이단(俳句 滿州俳壇)"[56]이라는 난을 만들어 만주의 하이단에서 만들어진 하이쿠를 소개하는 조치가 이에 해당한다.

한편 소설 분야에서도 만주 지역의 대항구에 있는 창고관리 일에 종사하는 사야마(佐山)의 고된 일과 저임금, 그리고 가난에 대한 슬픔을 그린 소설 「소설 슬픈 익살(小說 悲しき洒落)」,[57] 만주 대농장의 일본인 관리인과 중국인 노동자의 관계와 관리인의 딸이 실종되는 사건을 그린 「소설 끌리는 쪽으로(小說 惹かるる方へ)」,[58] 마사키(正木)가 러일전쟁 중 만난 중국인 진병(陳炳) 부자와의 관계 따뜻한 관계를 그린 「소설 대평원의 흙(小說 大平原の土)」,[59] 대련의 한 유곽에서 모르핀 밀거래와 떠돌이 손님과 게이샤의 동반자살 해프닝을 그린 「만주희극 위조 모르핀(滿州喜劇 贋造モヒ)」[60] 등을 들 수 있겠다. 이외에도 조선과 만주의 이동, 이주를 그린 소설[61]도 등장하는가 하면 다양한 형태의 만주관련 문예물이 등장하고 있다.[62]

---

56) 제60호, 1912.10.
57) 大連 凡仏, 「小說 悲しき洒落」(제139호, 1919.1)
58) 在大連 吹木黄金冠, 「小說 惹かるる方へ」(제149호, 1919.11)
59) 東京 大倉桃郎, 「小說 大平原の土」(제100호, 1915.11)
60) 長城生, 「滿州喜劇 贋造モヒ」(제130호, 1918.4)
61) 在大連 ○○女, 「滿妻春枝の日記」(제131, 132호, 1918.5,6), 秋山永世, 「朝鮮で育つた少年の告白」(제127호, 1918.1).

이들 만주를 무대로 한 소설의 창작과 잡지 게재도 분명 식민지 "신영토"에 기반한 문학 창작의 열망을 반영하는 형태임은 두말할 필요도 없을 것이다. 따라서 1910년대는 식민지 일본어 문학이 "로컬 컬러"에 바탕한 식민지 문학 등장이라는 담론과 더불어 일본어 잡지에서도 이에 적극적으로 부응하여 현지에 기반한 식민지 문학이 적극 모색되었던 시기였다고 할 수 있겠다.

5. 결론

1910년대 『조선 및 만주』를 중심으로 살펴본 일본어 문학의 특징을 정리하면 다음과 같다. (가) 문학에 대한 진지한 평론이 시도되고 문학을 비롯하여 식민지 조선에 있어서 각 문화예술분야의 정착과 전개과정, 현황 등에 대한 정리와 기술이 이루어지고 있었다. (나) 한국문학에 대한 평면한 소개가 이루어졌다. (다) 식민지 조선을 구체적으로 형상화하는 현지 재조일본인들을 소재로 한 작품이 만들어져야 한다고 주장되었고 문예란도 이를 반영하여 식민지 조선을 배경으로 한 다량의 소설작품이 쓰여졌다. (라) 이들 작품들은 당시 폭넓게 논의되고 있었던 타락하고 부정한 재조일본인상을 테마로 한 경우가 많았으며 잡지명의 변경과 더불어 재만주 작가의 작품이나 만주를 배경으로 하는 작품들도 늘어나고 있음을 확인할 수 있었다.

---

62) 이외에도 만주, 중국과 연관된 다음의 작품들이 있다. 東京 岡本綺堂, 「海城のやどり」(제101호, 1915.12), 斷琴女史 意譯, 「支那奇聞 豪快八大王(上)」(제68호, 1913.3), 大連支局 梁吟生, 「ハイカラ男と浮草を追ふ女」(제131호, 1918.5).

　그러나 이들 일본어 문학에는 이들과도 성격을 달리하는 다양한 가능
성을 보여주는 새로운 시도들이 있었다. 예를 들면 3·1독립운동을 시대
적 배경으로 한 「소설 꽃이 필지 말지」(小說 咲くか咲かぬか)는 일본 현지 작
가에 의해 쓰여진 글이다. 이 작품은 나가노현(長野縣) 우에다(上田)의 "잠
사학사"(蠶絲學舍)에 유학온 "조선귀족의 아들"인 김(金)과 그의 하숙집 딸
인 지카코(智果子)의 남녀관계를 그린 소설인데 조선과 일본의 현재성을
상당히 의식하고 그린 소설이라 할 수 있다. 예를 들면 김이 조혼을 하
였다는 점, 김이 도쿄의 유학생 독립선언 참여와 지카코 사이에 고민하
고 있다는 점, 3·1운동을 시대적 배경으로 하고 있다는 점,[63] 둘 사이
의 내선(內鮮)결혼의 가능성을 열어놓고 있다는 점 등이 이에 해당한다.

　실제 "내선결혼" 문제는 "일제말기에" "일제의 지배정책에 의하여 강
제된 측면이 보다 우세했"고 "따라서 일제말기 소설 가운데 내선연애나
내선결혼을 다룬 소설은 상당수에 이르고 있으"[64]며 이와 관련된 연구
도 일제말기를 대상으로 많은 연구가 이루어지고 있다.[65] 그러나 이 소
설은 실제 1910년대 이 잡지를 중심으로 내선결혼에 대한 담론[66]이 있
었던 점을 고려하면 일제말기 이러한 유형의 소설을 미리 제시하고 있다

---

63) 이 작품에서 3·1독립운동을 "조선의 폭동"이라고 지칭하고 있지만 결국 도쿄와 조선
　　으로 건너가지 못한 김이 "돌아갔다면 좋았을 텐데. 돌아가는 것이 옳았다."다라고 말
　　하는 부분에서 조선인 청년에 대한 객관적 입장을 살릴려고 했음을 엿볼 수 있다.(東京
　　松美佐雄(1919), 「小說 咲くか咲かぬか」, 150호, p.191)
64) 조진기(2007), 「내선일체의 실천과 내선결혼소설」, 『한민족어문학』 제50집, 한민족어문
　　학회 p.435.
65) 조윤정(2009), 「내선결혼 소설에 나타난 사상과 욕망의 간극」, 『한국현대문학연구』 제
　　27집, 한국현대문학회, pp.243-237 참고.
66) 이 당시 내선결혼에 대한 입장은 조선인 동화라는 정책적 차원의 내선결혼에는 반대
　　의 입장을 취하고 인종과 국경을 초월하는 사랑의 문제로 접근하면서 그 실제를 소개
　　하기도 하고 있다. 예를 들면 姑射仙人, 「緣は異なもの 日鮮男女艶物語」(제57호, 1912.8/제
　　63호, 1912.11.15), 難波可水, 「內鮮人通婚の狀態如何」(제125호, 1917.11), 天來生, 「內鮮結婚
　　者と其の家庭」(제125호, 1917.11)과 같은 기사가 이에 해당한다.

고도 할 수 있다.

다음으로 "중앙정계의 책사로서 이름을 알리고 실업계에도 상당한 지반과 세력을 가지고 있는 야마카미(山上) 씨가 돌연 도선(渡鮮)"[67]한다는 부분에서 이야기가 시작되는 「소설보다 진기한 모사업가의 로망스(小說より奇なる某事業家ローマンス)」라는 소설은 그의 1881, 2년경 한국정부의 고문으로 조선에 건너왔으나 본국 일본의 의지에 반하면서도 한국정부의 이익을 도모하여 일본정부로부터 쫓기게 되어 한국의 대관집에 숨어 종적을 감추었다는 내용이다. 그래서 그 집안의 딸과 사랑에 빠져 아이를 가졌으나 공개적으로 혼인을 맺을 수 없어 아들인 고마오(高麗雄)를 일본으로 데려 갔다가 이번에 다시 함께 한국에 나온다는 이야기이다. 이 소설은 한국정부고문, 대원군, 하나부사(花房)소동, 민비사건, 조선 양반가의 특징, 러일전쟁 등을 시대적 배경으로 하여 식민지 조선의 역사를 전경화했다는 데 그 특징을 엿볼 수 있는 소설이다.

한편 「소설 대평원의 흙(小說 大平原の土)」은 러일전쟁을 배경으로 마사키(正木)라는 병사가 이 전쟁 중에 만난 중국인 진병(陳炳) 부자와 맺은 인간적 관계, 종전 후 그 부자의 안부를 염려하는 소설이다. 이 소설은 "무장을 해제하고 총을 버리고 평화롭고 자유"[68]로운 삶을 희구하고 있으며 그가 만난 중국인에 대해 인간적 정서를 느끼며 "외국과 외국의 싸움 때문에 봉변을 당하여 부득이 소유지를 전장으로 제공할"(p.235) 수밖에 없었다는 인식을 가지고 있다. 이러한 면에서 전쟁에 휩쓸린 중국인에 대한 동정과 평화기원, 반전의식을 내포한 소설로서 특기할 만하다고 하겠다.

---

67) 靜波小史(1919), 「小說より奇なる某事業家ローマンス」 148호, p.139.
68) 東京 大倉桃郎(1915), 「小說 大平原の土」 제100호, p.234.

　이러한 측면에서 1910년대『조선 및 만주』의 문예물[69]은 1900초년대의 일본어 문학과도 그 양상을 달리하며 1920년대 일본어 문학으로 넘어가는 새로운 유형과 다양한 가능성을 보여주고 있었다고 할 수 있겠다.

---

69) 月見草(1914),「鐘路の夕べ」제78호. 기존의 소설들은 주로 재조일본인들만 등장하는 형태를 취하고 있는데 이 소설은 일본어가 능숙한 조선인 여성이 등장하고 있다는 면에서 다른 소설과 차이를 보여주는 작품이다.

제 2 장

러일전쟁 전후기 한류의 기원으로서의 조선문예물 번역 연구

한반도 간행 최초 일본어 종합잡지 『한반도』를 중심으로

김효순

1. 한류의 기원과 일본어 번역

어떤 형태로든 많든 적든 번역에 정치와 권력이 개입되는 것은 주지의 사실로 그것이 가장 극명하게 드러나는 예 중에 하나가 한일/일한 번역일 것이라고 생각한다. 한국과 일본 사이에서는 근대 이후 수많은 번역이 이루어졌다. 특히 해방 이후부터는 일본으로부터의 일방적 번역이 문제가 되었고, 한국의 출판계에서는 일본 문예물의 번역이 압도적 비중을 차지히는 현상에 대해 문화세국주의나 문화권력에 대한 우려의 목소리도 존재해 왔다. 동시에 문화개방이 이루어진 1990년대 후반 이후 나타나기 시작한 한류현상의 일환으로 최근에는 한국의 드라마나 영화의 원작, 인터넷 소설 등이 일본어로 활발하게 번역되고 있으며, 이러한 현상은 최근 연구자들의 주목의 대상1)이 되기 시작하고 있다.

그런데, 이러한 한일/일한 번역에 존재하는 역사적, 문화적 콘텍스트에 관한 연구는 연구사도 길지 않고, 그 연구대상도 해방 이후의 번역현황에 치중되어 있다.[2] 그러나 한일/일한 번역에 존재하는 정치성은 식민시기의 번역에 가장 노골적으로 드러나 있다. 한일/일한 번역은 한국이 식민지화되기 이전부터 이루어지고 있었고, 초기 번역은 '식민지 경영에 도움이 되는 식민지 지(知)의 획득, 즉 조선연구라는 과제에 힘입은 바컸다'[3]고 할 수 있다. 이와 같은 사실에 주목하여 2000년대 이후에는 식민지시기의 번역 양상과 의의를 규명하고자 하는 연구가 이루어지기 시작했다. 그러나 그것은 식민지 초기[4]나 1940년대,[5] 혹은 특정 작가[6]에 한정되어 있는 등, 개별 연구에 머물고 있어 식민지시기 동안 이루어진 조선문예물 번역의 통시적 고찰은 이루어지지 않고 있다. 조선문예물의 일본어번역을 통한 식민지 지의 획득과정, 주체, 구체적인 목적 등은 한일

---

1) 예를 들어 박미정의 「인터넷소설의 '속어' 한일번역 분석」,(『일어일문학연구』 제81집, 2012.5), 이하자(2009)의 「한국드라마 『겨울연가』의 일본어번역에 나타난 「お(ご)-する」 표현」, 『日本語敎育』, Vol.47 등이 그것이다.

2) 윤상인, 김근성, 강우원용, 이한정 지음(2008), 『일본문학 번역 60년 현황과 분석 : 1945-2005』, 소명출판는 제목에 나타난 바와 같이 1945년 이후의 일한 번역 현황을 개괄, 분석하고 있다.

3) 정병호(2011), 「1910년 전후 한반도 <일본어 문학>과 조선 문예물의 번역」, 『日本近代文學硏究』 第34輯, p.147.

4) 예를 들어 정병호(2011)의 「1910년 전후의 한반도 <일본어문학>과 조선 문예물의 번역」, 『日本近代文學硏究』 第34輯.

5) 예를 들어 윤대석(2007), 「1940년대 한국문학에서의 번역」, 『民族文學史硏究』 第33號 ; 서은주(2007), 「일본문학의 언표화와 식민지 문학의 내면」, 『상허학보』 22, 상허학회.

6) 윤상인(2010), 「번역과 제국의 기억-김소운의 '조선시집'에 대한 전후 일본의 평가에 대해-」, 『일본비평』 서울대학교 일본연구소 ; 양동국(2011), 「제국 일본 속의 <조선 시붐>」, 『아시아문화연구』 제23집 ; 황호덕(2008), 「제국 일본과 번역 (없는) 정치-루쉰·룽잉쭝·김사량, '阿Q'적 삶과 주권」, 『대동문화연구』 제63집, 2008 ; 박지영(2010), 「'번역불가능성'의 심연-식민지시기 김소운의 전래동요 번역(일역)을 중심으로-」, 임용택(2000), 『金素雲『朝鮮詩集』の世界-祖國喪失者の詩心-』, 中公親書 등이 바로 그러한 예에 해당한다.

간의 정치, 경제적 상황, 그에 따른 언어정책이나 문화정책에 따라 달라지며, 특히 한반도에서 발행된 일본어 잡지에 번역, 게재된 조선문예물은 재조일본인을 주된 독자로 상정하고 있다는 점에서, 식민지 본국 일본에서 출판된 조선문예물의 번역과는 다른 양상을 보이고 있다. 더욱이 일본의 조선문예물에 대한 관심은 식민지배 이후부터 시작된 것이 아니라 19세기 말 정한론이 일기 시작했을 때부터 시작해서 청일전쟁과 러일전쟁으로 한반도에서의 지배권을 확보할 무렵에는 일종의 붐을 이루었다. 한류의 개념을 해외에서의 한국 문화에 대한 관심과 소비 붐이라 한다면 한류의 기원은 바로 이 19세기 말에서 청일전쟁, 러일전쟁 시기까지 거슬러 올라가야 할 것이다.

이 글에서는 일본의 한반도에 대한 관심이 고조되는 19세기 말부터 식민지배가 끝나는 1945년까지를, 한일간 정치, 경제상황의 변화와 그와 관련된 언어정책, 문화정책에 따라 시대구분을 하고, 그 중 제1기에 해당하는 러일전쟁 전후기에 누가, 무엇을, 어떤 목적으로, 어떻게 번역했는지를 한반도 간행 최초의 일본어종합잡지 『한반도(韓半島)』(1903.1-1906.5)를 중심으로 검토해 보고자 한다. 이러한 검토에 의해 역사적, 사회적 맥락과 번역의 주체, 대상, 방법의 상호관련 양상을 파악할 수 있을 뿐만 아니라 한류의 기원의 성격을 파악할 수 있을 것이라 생각한다.

2. 조선문예물의 번역과 시대구분

잡지 『한반도』 게재 조선문예물의 번역 현황과 양상을 검토하기 전에, 일본인이 한반도로 이주, 이민을 시작한 근대 이후부터 1945년 조선이

해방을 맞이하기까지의 기간 동안 한일간 정치·경제적 상황, 조선에서 시행된 언어·문화정책의 변화에 따라 시대를 구분하면 다음과 같다.

제1기 : 정한론의 대두에서 청일전쟁·러일전쟁 전후기(제1차 한류 붐 시기)

이 시기에는 일본 국내에서 정한론의 대두로, 일본의 새로운 투자처, 특권을 기대할 수 있는 장소로서 조선이 주목되어, 조선이민론이 본격적으로 대두된 시기이다. 무역이나 상업, 전쟁에 필요한 정보를 얻기 위해 조선어회화 붐이 일어나고,[7] 조선문예물이 활발하게 번역되기 시작하였다. 이 시기는 제1차 한류 붐의 시기라 할 수 있다.

제2기 : 한일합방 전후시대

이 시기는 러일전쟁에서 승리한 일본이 제1차한일협약(1904), 제2차한일협약(을사조약, 1905), 통감부의 설치(1906) 등을 통해 재정과 외교를 장악하고, 내정간섭과 행정권의 장악에 의해 영토와 세력을 확대하고자 제국적 색채를 노골화한 시기이다. 그에 따라 재조일본인의 수도 급증하고, 그들을 대상으로 하여 『조선지실업(朝鮮之實業)』(1905-1914), 『조선(朝鮮)』(1908.3-1911.11)이 창간되었고, 그곳에는 많은 수의 조선문예물이 게재된다. 특히 한국 문예물 소개에 적극적이었던 곳은 잡지『조선』으로, 이 잡지에는 조선의 가요, 속요, 동요, 시조, 이언(俚諺), 신체시(新体詩), 소설, 야

---

7) 성윤아(2012)는 「근대 일본에서의 조선어회화 학습 열기-조선어회화서 붐의 실체-」, 『아시아문화연구』 제25집에서 러일전쟁이후 조선어에 대한 관심이 급격히 높아져 조선어회화서의 발행 및 교육기관이 급증했다고 한다. 또한 櫻井義之(1964)의 조사에 의하면, 메이지 초년부터 한일 합병까지 출판된 문헌자료는 600여권에 이르며, 분야별로는 경제, 산업 부문이 가장 많고 조선의 사전, 정치, 역사, 지리, 어학의 순으로 출판되었다고 소개하고 있다.

담집(野談集), 속언 등 다양한 장르의 번역물이 게재되었다. 그러나 한국이 일본에 의해 강제적으로 병합되고, 내선일체 사상을 고취하기 위해 조선인들에게 일본어를 국어로 교육시키고자 하는 목소리가 부각되면서 외국어로서의 조선어를 학습할 필요성도 감소하고,[8] 그만큼 조선문예물 번역도 급감한다.

제3기 : 1920년대~1930년대(제2차 한류 붐 시기)

이 시기에는 1919년 3·1운동 이후 문화정책의 일환으로 총독부 관리 승진시험으로서 조선어시험을 실시하여 철도, 경찰, 우편국 등의 관리들은 조선어를 배울 필요성이 커졌다. 이에 따라 조선어장려시험이 실시되는데 1918년-1920년판『조선총독부 시정연보(朝鮮總督府施政年譜)』에 의하면 그 취지는 다음과 같다.

> 조선에서 내지인 관리로 하여금 조선어를 알게 하기 위해 각종 정책실행에 편리를 도모하고 조선인과의 융화를 위해 필요하면 경찰 단속, 산업 장려 등에서 인민의 오해를 불러일으키는 일이 많은 바 총독부 및 소속 관서에 근무하는 내지인 직원, 특히 인민과 접촉하는 지방청 직원에 대해 조선어 학습을 장려하고 1920년 이후 한층 장려하여 내지인 관리로 하여금 조선어에 숙달한 자에 대해 장려수당을 지급하는 계획을 세워 1920년부터 이를 실시하여 조선사정에 밝아 각종 정책 실행에 있어 편리하도록 한다.[9]

즉 각종 정책실행에 편리를 도모하고 조선인과의 융화를 위해 관리들

---

8) 성윤아(2012), 「근대 일본에서의 조선어회화 학습 열기－조선어회화서 붐의 실체－」, 『아시아문화연구』 제25집, p.71.
9) 『朝鮮語總督府施政年譜』(1918-1920)(1922), pp.140-141.

에게 조선어를 교육시킬 목적으로 조선어장려시험이 실시되었음을 알
수 있다. 이 시기에는 위와 같은 배경 하에 내선일체, 효율적인 정책 운
용을 위해 총독부 주도로, 민요, 설화 등의 채록·수집·번역 등이 이루
어졌다.[10]

   동시에 이 시기에는 식민정책의 안정화에 따라 일본어를 구사할 수
있는 조선의 지식인에 의한 일본어 창작이나 번역이 나타나면서, 조선문
학(번역) 붐[11]이 일어난다. 그 영향으로 이광수의 「가실」, 「유정」 등이 일
본어로 번역되고, 『통속조선문고(通俗朝鮮文庫)』 전12권(自由討求社, 1921), 『만
선총서(鮮滿總書)』 전11권(自由討求社, 1922-1923), 『조선문학걸작선(朝鮮文學傑作
集)』 전10권(奉公會, 1924) 등 조선고전문학이 번역되었다. 또한 『오사카매
일신문(大坂毎日新聞)』(朝鮮版)의 조선문학 특집인 『반도신인집(半島新人集)』(1934.
6-10), 『조선작가단편집(朝鮮作家短編集)』(1935.1-2), 「반도여류작가집(半島女流作
家集)」(1936. 4-6), 『모던 일본(モダン日本)』의 '임시대중판 조선판'이 성공
(1938. 11)(이광수작, 김사량 번역의 『무명(無名)』)하였고, 김사량의 「빛 속으로(光
の中)」(『文芸春秋』 1940. 3), 김소운 『젖빛 구름(乳色の雲)』(1940. 5), 『조선대표작
집(朝鮮代表作集)』(申建譯編, 敎材社, 1940), 『조선문학선집(朝鮮文學選集)』 전3권(赤
塚書房, 1940), 『조선시론(朝鮮試論)』에 게재된 이익상의 「망령의 난무」(1926.
6), 김동인의 「감자」(1926. 7), 현진건의 「고향」(1926. 8), 「피아노」(1926. 9),

---

10) 총독부 주도로, 민요, 설화 등의 채록·수집·번역의 구체적 양상에 대해서는 「1920년
    대 식민지조선의 어문정책과 조선문예물 번역 연구」(『일본학보』 제96집, 2013.8)에서
    검토한 바 있다.
11) 이 시기에 도쿄에서 『문예수도(文芸首都)』를 중심으로 일어난 조선 붐 현상을 일컫는
    표현으로, 이와 관련하여 황호덕은 '장혁주가 극본을 쓰고 도쿄 신쿄(新協)극단에 의해
    공연된 <순코우텐(春香傳)>(1938.10.25,10.27)을 기점으로 하여, 내지의 문예잡지는 조
    선문학 특집과 기사들을 봇물처럼 쏟아내고 있었다'(황호덕(2008), 「제국 일본과 번역
    (없는) 정치-루쉰·룽잉쭝·김사량, '阿Q'적 삶과 주권」, 『대동문화연구』 제63집, pp.
    381-382)라고 지적하고 있다.

최서해의 「기아와 살육」(1926. 9) 등 근대문학작품의 일본어번역[12]도 활발히 이루어졌다. 그리고 1920년대 모더니스트 시인들이나 경성제국대학 잡지『청량』의 한국인 작가들은 한일 양국어 창작을 실현하여,[13] 근대어로서의 조선어 실험을 시도하기도 했다.

이와 같이 이 시기에는 총독부의 문화정책의 일환으로써, 혹은 식민정책의 안정화에 따라 조선문화에 대한 관심이 고조되어 조선문예물의 일본어 번역이 활발히 이루어졌다는 점에서 제2차 한류 붐 시기라 할 수 있다.

제4기 : 1940년대 초기

이 시기는 1937년 중일전쟁의 발발, 1938년 2월 <육군특별지원병제도>의 공포, 3월 <제3차 조선교육령의 발포>, 4월 <국가총동원령>, 1942년 5월 조선인징병제의 실시 등으로, 전시동원체제가 절정에 달한 시기였다. 조선어학회사건(1942년 10월 1일)을 기점으로 공식적인 장에서의 조선어 창작은 금지되고, 조선의 작가들은 일본어로 창작함으로써 일본제국에 협력하든가, 아니면 붓을 꺾든가 해야 하는 시대였다.

이러한 환경 하에서 조선문학의 번역은 1942년 이후 감소경향[14]을 보

---

12) 나카네 다카유키(中根隆行)는 1930년대 조선인 작가들의 번역 의미를 '창작으로 가는 중간 과정' 혹은 '창작을 할 수 없는 조선인 작가들이 창작으로 가는 단계로서 선택한 것, 혹은 총독부가 창작을 곧바로 강요하기 어렵기 때문에 번역으로 시작한 것'(中根隆行(2004),『'朝鮮'表象の文化誌』, 新曜社, p.243-263)이라고 분석하고 있다.

13) 이것의 의미는 김효순/유재진(2011)이 「한국 모더니즘 문학과 일본어 글쓰기-정지용의 일본어 시작(詩作)을 중심으로」, 중앙대학교 일본연구소『일본연구』제30집, p.290에서 규명한 바 있다. 즉 정지용은 1920년대 일본유학시기 동안 한일양국어 창작 과정을 통해 한국어가 '일본어 체계에 흡수될 미숙한 언어가 아니라 한국어/일본어 상호 호환 가능한 언어로 인식'하고 있었음을 밝혔다.

14) 윤대석(2007)은 「1940년대 한국문학에서의 번역」,『민족문학사연구』33집에서 이 시기 번역 급감 현상을 표로 제시하고 있다.

이고, 이 시기 조선의 작가들은 모어가 아닌 일본어에 의한 창작을 강요
당함으로써, '머리속 번역'15)이라는 방법을 취해야 했다. 김사량의 이하 발
언은 이 시기 조선인 작가에게 번역행위란 무엇이었는지를 잘 말해 준다.

> 조선의 작가에게는 불가능한 상담을 들고 나와 일본어로 쓰라고 하는
> 것은 부당하다. 그 대신 조선어문학을 번역할 수 있는 조직을 만들어 도
> 쿄문단이나 세계문단과의 교류를 꾀하며, 조선문학의 현상이나 조선문학
> 이 진정 조선의 말로 쓰여지지 않으면 안되는 까닭을 고시해야만 한다.16)

협의의 번역은 출발어를 전제로 하고 있으며, 그런 의미에서 이중어상
황하에 처한 조선인 작가들은 일본어 창작을 강제당하여, 모어 창작=번
역을 억압당했다17)고 인식하고 있음을 알 수 있다. 따라서 이 시기의 조
선문학 일본어번역은 거의 조선작가들이 담당하고 있었고, 조선어로 창
작하고 그것을 일본어로 번역한다고 하는 것은 자신의 아이덴티티의 증
명임에 다름 아니었다고 할 수 있다.

이상과 같이 근대 이후부터 식민지배가 끝나는 1945년까지 동안의 시
기를 문화사적인 측면에서 보면, 청일전쟁과 러일전쟁을 통해 한반도의
지배권을 확립한 시기, 그리고 문화정책의 실시와 식민지배가 안정화된
1920-30년대 두 차례에 걸쳐, 일본의 조선문화에 대한 관심이 고조됨으

---

15) 윤대석(2007), 「1940년대 한국문학에서의 번역」, 『민족문학사연구』 제33집, p.312.
16) 金史良(1973), 「朝鮮文學風月錄」, 『文芸首都』 1939. 6, 『金史良全集』 IV, 河出書房新社, p.15.
17) 이러한 상황에 대해, 윤대석은 '번역은 식민지 지배자에게는 일본어의 우위성을 나타
　내는 기표이지만, 식민지인에게는 조선어의 특권성, 번역 불가능성을 나타내는 기표가
　된다'(윤대석(2007), 「1940년대 한국문학에서의 번역」, 『민족문학사연구』 제33집, p.324)
　고 하고, 임종국은 '결론적으로 일치 말엽의 조선 작풍의 일역 또는 일본 작품의 조선
　어역은 바로 내선의 문화교류 및 국어보급 문제에 직결되는 것이었고, 따라서 이것은
　친일 작품은 아니지만, 그 방조적 역할만은 부인할 수 없는 것이었다'(임종국(1966),
　『친일문학론』, 평화출판사, p.218)고 분석하고 있다.

로써 조선문예물의 일본어 번역이 붐을 이루었음을 알 수 있다. 즉 근대
이후부터 식민지시기를 통틀어 두 차례에 걸친 한류 현상이 존재했다고
할 수 있는 것이다. 이 글에서는 그 중 제1차 한류 붐 시기에 해당하는
청일전쟁과 러일전쟁 전후기의 조선문예물 번역의 구체적 양상을 검토
해 보겠다.

3. 『한반도(韓半島)』의 조선문예물 번역

(1) 『한반도』의 간행 목적과 시대적 배경

잡지 『한반도』가 간행된 시기(1903~1906)는 일본국내에서의 정한론의
대두로 새로운 투자처이며 특권을 얻을 수 있는 새로운 장소로서 조선이
주목의 대상이 된 시기로서, 위에서 고찰한 번역의 시기구분 중 제1기에
해당하는 시기이다. 이 시기에는 '이민을 하는 일본인을 위한 회화서, 철
도업무 종사자를 위한 회화서, 일본인 경찰을 위한 회화서, 토지조사를
위한 조선어 회화서, 교육에 종사하는 자를 위한 조선어 회화서' 등이
출판되었다.[18] 이러한 조선에 대한 관심은 청일 전쟁과 러일 전쟁의 승리
에 의해 한층 더 고조된다. 그러나 정치·경제적 필요성이나 생활상의 정
착을 위한 정보에 대한 수요를 충족시켜 주는 출판물은 부족한 상태였다.
1903년 11월 재한 일본인 사회에서 발간한 최초의 일본어 종합잡지
『한반도』가 창간된 것은 바로 그러한 시대적 요청에 의한 것이라 할 수

---

18) 성윤아(2012), 「근대 일본에서의 조선어회화 학습 열기-조선어회화서 붐의 실체-」,
    『아시아문화연구』 제25집, pp.83-84.

있다. 이 잡지는 러일전쟁을 전후하여 5호까지 발행 — 1903년 11월 제1
호 발간, 1904년 1월 제2호 발간 후 중지, 1906년 3~5월까지 제2권 제
1~3호 발행 — 되고 폐간되어 비교적 단명으로 그쳤다. 그러나 일본인
들의 초기 한국 연구 내용을 알 수 있는 귀중한 자료라 할 수 있다.

지면구성은 논설, 사전(史傳), 지리(地理), 인정풍속, 문학, 소설잡조(小說雜
俎), 문원(文苑), 실업, 교통과 안내, 근사요건(近事要件) 등으로 이루어져 있
으며, 발간 취지는 한국에 대한 소개, 정보제공 범위는 역사, 문학, 풍속,
지리, 경제상황 등에 걸쳐 있다. 편집인 겸 발행인인 하세가와 긴지로(長
谷川金次郎, 필명 長谷川白適)의 발행사를 보면 그 취지가 구체적으로 나와 있
다. 그는 '조선은 동양 파란(波瀾)의 원천'으로, '동방의 평화를 보호하는
근거지는 한반도'라고 전제한다. 그리고 '러일 양국 간 육군의 운동은 반
드시 한반도 지역에서 이루어져야 할' 것이므로, 조선은 '우리 국방의 책
원지(策源地)'이며 '상략(商略)상에서도 역시 조선문제를 등한시할 수 없다'
고 파악하고 있다. 그런데, '유신(維新) 이후 대한(對韓) 정책에서 항상 실
패를 거두는 것은 한반도의 사정'을 몰랐기 때문이라고 지적한다. 그리
고 그 이유에 대해서는 '이는 비단 당국자의 잘못만이 아니라, 조야인사
(朝野人士)에 이 나라를 연구하고자 하는 자 적고 따라서 그 형세사정(形勢
事情)을 모르고 앉아 있을 뿐으로, 이것이 우리 나라가 대한책(對韓策)에 있
어 실패의 역사를 거듭하는 소이이다'[19]라고 분석한다. 그리고 다음과
같이 잡지 간행의 취지를 피력한다.

반도의 연구에 뜻을 두고 한국연구자의 지도가 되고 소개자가 될 뿐만
아니라 다른 한편으로 재류인(在留人)의 공덕(公德)을 크게 양성하고 그 명

---

19) 長谷川自適, 「發刊の辭」, 『韓半島』 第一卷第一号、 p.1.

성을 발휘하며, 장형국민(兄長國民)으로서 한국의 부액(扶掖)에 힘씀은 물론 내외의 우리 동포에게 이 반도국의 신현상을 알리고 그로써 표준을 삼게 하여 구구한 영욕(榮辱)에 얽매이지 않고 오로지 우리 동포의 이해(利害)에 힘쓰며 국가의 전도(前途)를 우려하고 또한 세상에 권세 있음을 모르며 직언직필(直言直筆)을 강고히 하여 훼예득상(毁譽得喪)의 밖에서 초연히 언론가의 본령을 발휘하고자 한다.[20]

상권확보(商權確保)와 상략상(商略上) 조선의 중요성을 강조하는 것은 전형적 콜로니얼 담론이라 할 수 있지만, 주목하고자 하는 것은 대한정책(對韓政策) 실패의 원인을 한반도 사정을 몰랐기 때문이라 하고, '이는 비단 당국자의 잘못 만이 아니라, 조야인사(朝野人士)에 이 나라를 연구하고자 하는 자 적고 따라서 그 형세사정(形勢事情)을 모르고 앉아 있을뿐'이라고 분석하며 민간인의 역할의 중요성을 지적하는 것이다. 이처럼 정부당국만이 아니라 민간경제인 입장에서 실익과 생활상의 정착을 위해 조선에 관한 정보의 수요가 있었다고 하는 사실은 이하 다카기 마사요시(高木正義)의 발행 축하 글에 더 구체적으로 나타나고 있다.

어쩌다 한반도를 소개하는 저서가 있어도 대부분은 역사나 지리를 설명하는데 그치며, 가끔 신문지상에 현재의 상태를 보도하는 것이 있지만 말하자면 수미가 일관하지 않은 영쇄(零碎)한 기사가 많아 도저히 한국을 연구할 만한 자료로서 만족할 수가 없다. (중략) 이에 우리는 늘 그 결점을 보완하는 것이 발행되기를 절실하게 기다리던 차에 하세가와군(長谷川君) 역시 이에 생각하는 바 있어, 역사에, 지리에, 사전(史傳)에, 문학에, 실업에, 교통에 기타 다방면으로부터 제종(諸種)의 재료를 모아 월간잡지『한반도』를 발행한다.[21]

---

20) 長谷川自適, 「發刊の辭」, 『韓半島』第一卷第一号、pp.1-2.
21) 第一銀行京城支店支配人/京城商業會議所會頭高木正義, 「韓半島の發刊を祝す」, 『韓半島』第一卷

한반도에 진출한 경제인으로서 한국의 '국정(國情)'과 '동포가 각지에서
발전하는 상태'에 관한 정보가 한정되어 있으며, 그래서 새로운 투자처,
이민지로서의 조선에 관한 다양한 정보의 필요성이 얼마나 절실한지, 결
과적으로 『한반도』에서 소개하는 '역사에, 지리에, 사전(史伝)에, 문학에,
실업에, 교통에 기타 다방면으로부터 제종(諸種)의 재료'에 대한 기대가
얼마나 큰 지 알 수 있는 글이다.

이와 같이 『한반도』는 한반도 진출을 계획하고 있는, 혹은 진출한 재
조일본인에게 이주를 촉진하고 경제적 실익과 생활상 정착에 필요한 한
국에 관한 소개와 정보제공을 목적으로 간행된 것이며, 그 내용도 역사,
문학, 풍속에서 지리, 경제상황, 최신 사건에 이르기까지 광범위에 이르
고 있음을 알 수 있다.

(2) 『한반도』 '문예'란의 의의와 조선문예물의 번역

이번에는 위와 같은 맥락에서 '문예'란 설정의 의의와 조선문예물 번
역의 양상을 검토해 보겠다. 잡지 『한반도』에는 <문예> 관련 지면에
<문학>, <문예(혹은 소설) 잡조(雜組)>, <문원(文苑)> 세 가지 종류가 있
다. 오늘날 문학 개념으로 생각하면 모두 '문학', '문예'의 의미로 볼 수
있겠지만, 이 잡지에서 이 세 가지 용어는 뚜렷이 구분되어 일관적으로
서로 다른 개념으로 사용되고 있다.

우선 <문학(文學)>란은 제1권 제1호에 한 번 설정되었고 기사는 아유
카이 후사노신(鮎貝房之進)의 「한문학(韓文學)」(第1卷 第1号, 1903.11)이 유일하

第一号、p.3.

다. <문학>이란, '시가·희곡·소설 등 문학작품을 연구하는 학문. 자연과학·정치학·법률학·경제학 등 이외의 학문 즉, 사학·사회학·철학·심리학·종교학 등 제분과를 포함한 호칭'(『日本國語大辭典』)으로 학문 분과의 하나의 의미로 사용되었다. 아유카이 후사노신의 「한문학」은 한국문학에 관한 평론으로 위와 같은 학문 분과의 개념에 해당하는 '문학'에 해당한다.

두 번째는 <문예(혹은 소설) 잡조(雜俎)>로, '잡조'란 '여러가지 것을 모은 것. 또는 그 모양'(『日本國語大辭典』)의 의미이다. 용례를 보면 '중국 명대의 수필로, 천(天), 지(地), 인(人), 물(物), 사(事)의 다섯 종류로 나누어 명대의 정치, 경제, 사회, 문화, 자연과학 등 각 방면의 자료를 섞어 그것을 고증하고 시비를 논한 것'인 『오잡조(五雜俎·五雜組)』(1619), '당대의 명가(名家)에 태어난 은성식(段成式)에 의한 백과전서적 전개를 갖는 수필집. 도교·불교·박물학·의식습관·이사기문(異事奇聞) 등 당시의 사상·사회의 저류를 규명하는 귀중한 자료'인 『유양잡조(酉陽雜俎)2』 등이 있다. 즉 '잡조'란 수필이라는 문예적 속성도 있지만, '정치, 경제, 사회, 문화, 자연과학 등 각 방면의 자료', '도교·불교·박물학·의식습관·이사기문' 등의 글을 일컫는 말이라고 할 수 있다. 이와 관련하여 <『한반도』 게재 문예관련기사>의 내용과 그것이 어느 란에 게재되었는지를 보자.

『한반도』 게재 문예 관련기사

卷号(年月)	揭載欄	著者(譯者)	題 目	内 容
第一卷 第一号 (1903.11)	文學	鮎貝房之進	韓文學	한국 문학에 관한 평론
	小說雜組	長谷川自適	小說囲いもの	남편이 다른 여자와 바람이 난 예기 출신 오스즈(お鈴)의 박복한 인생 이야기
		自適軒主人	夏の和城臺	시정 풍부한 왜성대에 올라가 조망한 감상문
		無名散人	雨窓小品	비온 뒤 쓴 조선에 관한 상식
		茶樂齋	無題錄	세태 비판과 짤막한 처세술 모음

巻号(年月)	掲載欄	著者(譯者)	題目	内容
第一卷 第一号 (1903.11)	文苑	上村賣劍	漢詩	
		槐園	和歌	
		南山洞逸人	俳句	
第一卷 第二号 (1904.1)	小說	銀杏生	はつ姿	장차 경성의 신사로서 성공하기 위해서 품행을 조심하고 자부심을 가져야 한다고 충고하는 이노우에(井上)와 그 친구의 대화.
		自適軒主人	初夢	오사카 제일 가는 부자 집안의 새해 첫꿈 이야기. 근검 절약 정신 강조
		南村	琴よこ	정월 대보름의 유래가 된 신라 소지왕(炤智王) 시대 왕비와 그 신하의 역모에 관한 이야기.
		それがし	朝鮮白銅譚前篇(一)	인천, 월미도를 배경으로 매도罵倒선생의 눈에 비친 재조일본 상인들의 황금만능주의 비판. 덕의와 절조 요구.
	文芸雜組	長風生	棧橋雜記	송파 일대를 중심으로 하는 한국 경험 회상기.
		上村湖南譯	韓國の小說	춘향전 소개.
		明浦生	宮女	조선궁녀의 지위, 역할과 그 인척관계 소개.
		碌々閑人	韓國の妓生	기생의 종류 소개.
		峨冠居士	半島の樂土	이주지로서의 부산체험담.
		瓢零生	秋風錄	도한자의 애환과 거류지 묘사.
		長谷川自適	汽車雜觀	인천행 기차 속에서 본 풍경.
	文苑		漢詩	
			和歌	
			俳句	
第二卷 第一号 (1906.3)	小說	鳥越長円	ふたり妻	인천의 호상인 오하마 마나미(大浜万濤)와 그의 후처 사이지(才次), 그녀를 사랑하는 한인 홍반로(洪半魯)의 엇갈리는 운명을 그린 이야기.
		村田仙骨	小技師	모성(謀省)의 고등관 부부의 아들 다케오(武男)에 대한 기대와 조선(造船) 기사가 되고 싶어하는 다케오의 심리를 그림.
第二卷 第一号 (1906.3)	小說	長谷川自適	日露開戰前の七日間	러시아가 득세하고 일본이 위축되며 개전의 목소리가 고조되고 있는 러일전쟁 개전전의 경성 거류민사회의 분위기를 정육점에서 일하는 젊은 일본인의 눈으로 그림.
	文芸雜組	菊池幽芳	京城南山に上る	남산에서 바라본 경성의 지세. 자연 풍광은 교토보다 훌륭하지만 그곳에 사는 조선인은 불결.
		菊池長風	滿月臺に逍遙す	고려 고왕궁터 견물기.
		春邱居士	二つの泉の記	요양차 찾은 온천지를 읊은 운문.

巻号(年月)	揭載欄	著者(譯者)	題目	内容
第二卷 第一号 (1906.3)	文芸雜俎	上村濤畝	薄命曲	백제 4대왕 개루왕(盖婁王)과 그의 신하 도미 아내의 정조 이야기.
		上村濤畝	烈女吟	백제 개루왕과 그의 신하 도미 부부의 노래.
		村田仙骨	空竹の話	조선의 빈대 명칭에 관한 유래.
		自適軒主人	漢城の月夜	한성의 시내 종로, 광화문, 경복궁일대를 산책하며 그린 봄밤의 풍경.
		天然齋	巨絃細絃	조선의 오락으로서의 매춘정보
	文苑	山根果園/金子東山/結城蕃堂/柳原松塢	漢詩	
		仙骨 福井敏蔭	新体詩 南山の上にに立ちて 韓山の叫び	
		槐園	和歌	
		鷗盟/長円/東李園主人	俳句	
第二卷 第二号 (1906.4)	小說	鳥越長円	ふたり妻(完)	제2권 제1호 참조.
		長谷川自適	七日間(承前)	제2권 제1호 참조.
	文芸雜俎	上村濤畝	新羅 丕寧子	신라 진덕여왕 시대 백제의 침략을 박아 싸운 비령자와 그 아들 거진, 그리고 그 노복 합절의 충절 이야기.
		黑衣仙	南山の巫女	화가인 필자가 남산에 올라 노인에게 들은 세상사 이야기.
		円子	妓生を見ざるの記	편집자료를 구하기 위해 기생집을 찾지만 일본인이라는 이유로 문전박대당하는 이야기.
		自適軒主人	酒幕と賣春家	한국의 하류 계층 노동자를 위한 위안소인 주막과 일본인 거류지 주변의 매춘가 소개.
		天然齋	巨絃細絃	해외이주의 급선봉으로서 조선의 오락시설, 일본인들의 세태 묘사.
	文苑	五山生/竹史/金華老人/蘭史生/白生/高橋鶴洲	漢詩	
		東李園主人	和歌	
		自適軒主人	俳句	
第二卷 第三号 (1906.5)	小說	巴之助	情知らず	키워준 어머니이자 매춘부인 오쓰루(お鶴)에 의해 사랑하는 사람이 있음에도 은행가와 결혼을 강요당하는 오엔(お艶)의 이야기.
		長谷川自適	ゆく春	경성의 상인 다카하마(高浜)를 둘러싼 예기의 운명을 그린 이야기.

卷号(年月)	揭載欄	著者(譯者)	題目	内容
第二卷 第三号 (1906.5)	文芸雜組	橫天溟	統營遊記	부산거주 도한 일본인의 통영여행기.
		それかし	山影水聲記	남산과 한강을 중심으로 한 경성의 산수에 대한 단상.
		自適軒主人	春宵夢	남산에 올랐다 만난 미인과의 짧은 대화에 대한 감상.
		黑衣仙	庵晴止睡	미, 이상, 종교, 남녀관계 등에 대한 단상.
		天然齋	巨紱細紱	이주지 조선의 물가와 성공을 위한 마음가짐.
	文苑	梅卜生他	漢詩	
		天我他	和歌	
		震郞他	俳句	
		福井畝蔭	新体詩	

이 중 제1권 제1호 <문예잡조>란을 보면, 조후세이(長風生)의 「잔사잡기(棧槎雜記)」(송파 일대를 중심으로 하는 한국 체험담), 우에무라 고난(上村湖南) 역 「한국의 소설(韓國の小說)」(춘향전 소개), 아키우라세이(明浦生)의 「궁녀(宮女)」(조선 궁녀의 지위, 역할, 인척관계 등 소개), 로쿠로쿠 한인(碌々閑人)의 「한국의 기생(韓國の妓生)」(기생의 종류 소개), 아관거사(峨冠居士)의 「반도의 낙토(半島の樂土)」(이주지로서의 부산체험담), 효레이세이(瓢零生)의 「추풍록(秋風錄)」(도한자의 애환과 거류지 묘사), 하세가와 지테키(長谷川自適)의 「기차잡관(汽車雜觀)」(인천행 기차에서 본 풍경) 등이 있다. <문예잡조>란은 이주지로서의 한반도 체험담, 일상생활, 풍속, 습관, 풍경 등을 소개하는 설명문이나 수필 등으로 구성되어 있음을 알 수 있다.

세 번째로 <문원(文苑)(=文園)>이란 '문장·작품을 모은 것. 문집(文集)' (『日本國語大辭典』)을 의미하며, 예로서는 『문원영화(文苑英華)』(982-987)가 있다. 이 서적은 '양말(梁末)에서 당(唐)·오대(五代)까지의 시문을 모은 총집(總集)'이다.(『世界文學大事典』) 즉 '문장·작품'을 모은 것이지만 주로 '시문' 즉 운문을 일컫는 개념임을 알 수 있다. 『한반도』의 <문원>란 역시 한

시, 와카(和歌), 하이쿠(俳句)가 중심이며, 간혹 신체시(新体詩)가 들어가는 경우도 있다.

이상과 같이 살펴보면, 이 잡지에서 <문학>, <문예(소설)잡조>, <문원>이 어떤 차별성을 띠며 설정되었는지 알 수 있다. 즉 선행연구에서 한반도 간행 일본어 잡지의 문예란 설정 의의로서 자주 지적하는, 이민자, 식민자로서의 자기동일성의 발견, 재조일본인 사회의 우월적 문화공동체의 구축, 내셔널리즘의 추구22) 등은, 한시, 와카, 하이쿠와 같은 일본 전통문학 장르로 구성되어 있는 <문원>란이 핵심이 되고 있었던 것이다.

이와 같이 생각하면 우에무라 고난 역 『한국의 소설((1)춘향전)』(第1卷第2号, 1903.12)의 번역 의의를 짐작할 수 있을 것이다. 이 기사가 <문예잡조>란에 게재된 사실 그 자체가 역자, 혹은 편자의 인식을 보여준다고 할 수 있겠는데, 이하 인용문에서 좀 더 구체적으로 검토해 보겠다.

> 한문학(韓文學) 즉 한국고유의 문학은 여전히 우리나라 중고(中古)의 국문학에서처럼 발달이라든가 진보와 같은 유망한 역사를 갖지 않는다. (중략) 한문(漢文)에 완전히 압도되어 겨우 하등사회, 부인사회(婦人社會)에서 근근히 명맥을 잇고 있는 몹시 딱한 처지이다.23)

---

22) 이 시기의 문예란 설정의의에 대해서는 '자신들이 일본인이면서 본국을 떠나 조선에 거주하는 일본인=재조일본인이라는 이중적 자기동일성을 발견하고, 또 자신들의 존재를 '내지'에 호소히기 위한 차원'(박광현(2010), 「조선거주 일본인의 일본어 문학의 형성과 (비)동시대성-『韓半島』와 『朝鮮之實業』의 문예란을 중심으로」, 『日本學研究』第31輯, p.320), '러일전쟁과 을사보호조약, 한일병합이라는 이 시기 한반도 <일본어 문학>의 특징은 문학이라는 장르를 통해 당시 콜로니얼 담론에 호응하며 조선인 사회와 준별되는 한국 내 일본인사회의 우월적인 문화공동체를 구축하고 재조일본인들에게 문학적 오락을 제공하기 위함'(정병호, 「한반도 식민지 <일본어 문학>의 연구와 과제」, 한국일본학회 『日本學報』第85輯, 第2章), '디아스포라적 내셔널리즘의 문학적 추구의 일환'(허석(2007), 「근대 한국 이주 일본인들의 한국문학 번역과 유교적 지의 변용」, 최박광 외, 『동아시아의 문화표상』, 박이정, p.562) 등의 해석이 존재한다.

이는 중국의 한문학(漢文學)에 압도되어 한국고유의 문학이 발달하지 못하고 겨우 하등사회나 부인사회에서 명맥을 유지하고 있다는 일종의 조선문학부재론이라고 할 수 있다. 이러한 조선문학부재론은 이 시기 일반화된 조선문학·문화에 대한 일본인들의 시각 즉 '조선은 문예에 있어서 일본의 사전(師傳)이었지만 한문의 세력이 너무 심대하였기 때문에 특유의 문학이 번창하지 않고, (중략) 오늘날 조선은 거의 미술, 공예가 완전히 없어져 존재하지 않기에 이르렀다',24) '불행하게도 나는 조선에 문학이 없다고 단정하지 않을수 없다. 물론 한국에는 시가 있고 음악도 있고 미술도 있다. 그렇지만 이 모두는 지나의 시, 지나의 미술, 지나의 음악이지 한국 특유의 것은 아니다'25)와 같은 조선문학·문화부재론의 일단을 그대로 보여준다고 할 수 있다.26) 그럼에도 불구하고『한국의 소설((1)춘향전)』을 번역, 게재하여 소개한 이유는 무엇인가?『한국의 소설((1)춘향전)』의 역자 우에무라 고난의 한국문학에 대한 인식은「한문학」에 나타난 아유카이 후사노신의 한국문학 인식과 흡사하다. 아유카이 후사노신은 '한국의 전기소설(伝記小說)은 모두 하나 같이 천편일률적'이라 하고,「춘향전」에 대해서는 '이 소설이 다른 소설과 유별되는 점은 소재를 지나에서 취하지 않은 점, 다른 소설은 전기소설 뿐인데 이 소설은 연애소설 즉 일본의 인정본(人情本)에 해당하는 점이다. 그렇기 때문에 한국관리사회의 정태(情態) 및 부인사회의 정태를 유감없이 그려내고 있을 뿐만

---

23) 鮎貝房之進(1903),「韓文學」,『韓半島』第一卷第一号, p.83.

24) 小山東助(1905),「朝鮮同化論」,『新人』, pp.14-15.

25)「朝鮮の文學(上)」(『朝鮮新報』1907.9.10)

26) 임경화는『민족의 소리로서의 민요』상층문화를 중국 문화에 오염된 것으로 비판하고, 반면 '조선민요'는 향토의 '소박', '솔직', '야생'이라는 말로 표상되는 원시성으로 설명하고 있으며, 이를 통해 그들은 '권력에 대한 순종성', '지나 문화에 대한 종속성', '창조성의 결핍' 따위를 '조선민족' 특유의 특성으로 제시하고 있다고 지적하고 있다.

아니라 그 문장도 다른 무미삭막(無味索寞)한 언해적(諺解的)인 것이 아니라 약간 출중(出色)한 감이 있다. 우선 한국의 소설로서는 제일류로 꼽지 않을 수 없다'[27]고 평가한다. 한국문예물 중에 제일류로 「춘향전」을 들고 있는데, 중요한 것은 그 이유로서 '그 문장'이 '출중한 감'이 있다고 하는 문학성보다는, '한국관리사회의 정태(情態) 및 부인사회의 정태를 유감없이 그려내고' 있다는 점을 우선시하고 있는 태도이다. 이 작품을 문학작품이기 이전에 한국사회에 대한 정보를 제공하는 정보원으로서 파악하고 있음을 알 수 있다. 이는 아유카이 후사노신[28]이 조선고대의 지명·왕호(王号) 등에 대한 고증연구를 하는 언어학자, 혹은 역사학자로서 언어학적, 민속학적 방법으로 접근한 사실과도 관련이 있을 것이다.

이번에는 우에무라 고난의 학국문학 인식과 「춘향전」에 대한 평가를 보자. 그는 『한국의 소설((1)춘향전)』에서, 「춘향전」 번역 전에 한국문학을 개괄적으로 소개하고 있다. 내용은 '한국의 소위 소설패사(小說稗史)는 원래 역사적으로 봐서 청국인(淸國人)이 편저(編著)한 것을 번역한 것이 적지 않다', '소설가로서는 그 전문가가 없고', '원래 한국인은 오늘날에 이르러서도 소설패사에 대한 관념이 희박한 결과 명작이라고 해도 고작 부녀자, 혹은 야인배(野人輩)들의 심심풀이에 지나지 않는다, 따라서 강독자는 적지 않아도 그 저작물로 하여금 일세의 명성을 떨치는 일은 거의 드물

---

27) 鮎貝房之進, 「韓文學」, 『韓半島』第一卷第一号、pp.88-89.
28) 아유카이 후사노신(鮎貝房之進, 1864.2.11~1946. 2.24)은 일본의 언어학자이자 역사학자, 가인(歌人)이다. 그는 1884년 관비유학생으로서 도쿄외국어학교 조선어학과(東京外國語學校朝鮮語學科)에 입학하였고, 1894년 조선에 건너와 경성에서 5개 사립소학교 창설 책임자가 되었다. 1916년에는 조선총독부박물관의 협의원(協議員)이 되고, 1933년에는 조선총독부 보물고적명승천연기념물 보존회위원이 된다. 대표적 저작인 『잡고(雜攷)』는 조선의 지명, 왕호 등을 연구한 것으로 1931년 5월부터 1938년 5월에 걸쳐 경성에서 출판되었다.

다'[29]라고 하고 있다. 우에무라 역시 아유카이와 마찬가지로 한문학 영향으로 조선문학은 전문가도 적고, '소설패사에 대한 관념'도 희박하며, 그 레벨은 '고작 부녀자, 혹은 야인배(野人輩)들의 심심풀이에 지나지 않는다'고 인식하고 있음을 알 수 있다. 그리고 '다만 모 한국인 작품 중에 『춘향전』『사씨남정기』『구운몽』 같은 것은 소위 명작이라 할 만하며 『춘향전』은 인정연애(人情戀愛)를 그린 것'이라고 평가하고 있다. 이와 같이 「춘향전」이 조선사회의 실상, 인정을 그리고 있음을 평가하고자 하는 인식은, 위 <표 2>에서 확인할 수 있듯이 대개 이주지, 이민지로서의 조선에 대한 정보제공의 성격이 강한 <잡조>란에 게재된 것으로도 이미 드러나 있다.

이와 같은 조선문예물에 대한 역자들의 의식은 번역의 방법에도 영향을 미친다. 다음은 「춘향전」에 대한 역자의 인식과 번역 방법을 피력한 글이다.

> 기자는 이 기회에 전술한 춘향전 및 기타 한 두 작품의 대략을 번역하여, 그로써 독자에게 한국소설 일반을 소개하고자 한다. (중략) 고로 그 기사는 거의 저자의 이상의 표현으로 춘향은 그 이름만 끌어다 쓴 것에 불과하다. 그 줄거리는 번역을 보면 차차 알게 될 것이다.[30]

이 글에서 번역의 목적은 '독자에게 한국소설 일반을 소개하고자'하는 것이며, 그 방법으로서는 '대략' '줄거리를 번역'하는 방법을 취하고 있음을 알 수 있다. '한국의 관리'와 '기생 같은 천업부' 사이의 인정을 다루는 패사로서 소개하는 데 목적이 있고, 인정의 세계를 대략 소개하

---

29) 上村湖南譯(1903), 『韓國の小說((1)春香傳)』, 『韓半島』第1卷第2号, pp.104-105.

30) 上村湖南譯(1903), 『韓國の小說((1)春香傳)』, 『韓半島』第1卷第2号, pp.104-105.

면 되기 때문에 줄거리만 소개한다는 것이다. 앞에서 '그 문장도 다른 무미삭막(無味索寞)한 언해적(諺解的)인 것이 아니라 약간 출중(出色)한 감이 있다'고 하며 높이 평가한 문학적 요소의 전달은 전혀 고려되고 있지 않다. <잡조>란에는 「춘향전」 외에도 미나미무라(南村)의 「가야금상자(琴はこ)」(제1권 제2호), 우에무라 도보(上村濤畝)의 「박명곡(薄命曲)」(제2권 제1호), 우에무라 도보의 「열녀음(烈女吟)」(제2권 제1호), 우에무라 도보의 「신라 비령자(新羅 丕寧子)」(제2권 제2호) 등 조선의 고전 설화를 소개하고 있다. 이들 역시 조선의 문예물로 인식된 것이 아니라 이주민들에 대한 정보 제공의 자료로서의 의미를 갖고 있기 때문에 그 내용을 역자가 요약, 소개하는 방법을 취하고 있다.

이와 같이 내용전달에 비중이 있기 때문에 조선 고유의 역사적, 사회적 배경에 대한 지식이 필요한 부분에 대해서는 상세한 주석을 가하고 있다. 예를 들면 이몽룡이 암행어사로서의 자신의 신분을 밝히는 클라이막스 장면에는 다음과 같은 역자주가 본문과 함께 나란히 실려 있다.

> 역자 왈. 한국 국전(國典)에 어사(御使)는 폐하의 어명을 받아 행하기 때문에 그 권위가 지극히 높고 늘 암행비찰(暗行秘察)을 주로 하며, 만약 수령(受領)에게 판사엄벌(判事嚴罰)할 점이 있으면 곧장 그 지역에 모습을 드러낸다. 그것을 어사출도라 한다. 그 출도 방법으로는 우선 처음부터 출도를 포고(布告)하는 방법과 갑자기 출도하는 방법이 있다. (후략) 31)

민중의 의식, 사상, 철학 등의 내용 전달이 목적이기 때문에 역사적 사회적 배경 설명에 주력하고 있음을 알 수 있다.

이상, 『한반도』에 나타난 한국문학 인식, 번역의 주체, 대상, 목적 등

---

31) 上村湖南譯(1903), 『韓國の小說((1)春香傳)』, 『韓半島』第１卷第2号, p.108.

을 정리해 보면, 한국문학은 이민, 식민자들에게 필요한 정보제공이라는
측면에서 재조일본인에게 소개되었음을 알 수 있다. 그것을 수용하는 것
은 상권 확보상, 상략상의 실익을 추구하는 민간 경제인이었고, 번역하
는 방법도 언어예술로서 원문에 충실한 번역이 아니라 개략적인 내용전
달을 주로 하는 줄거리의 대략적인 소개와 역사적 사회적 배경에 대한
상세한 주석의 방법을 취했음을 알 수 있었다.

4. 경제적 이익 추구와 제1차 한류 붐

이상 근대이후부터 식민지배기간의 조선문예물 번역의 전체상 ― 시대
에 따라 번역의 주체, 목적, 대상, 방법 등이 어떻게 변화하는지 ― 을 개
괄하기 위해 시대를 구분하고 그 제1기에 해당하는 청일전쟁·러일전쟁
직후 즉 제1차 한류 붐 시기에 창간된 『한반도』의 조선문예물의 성격을
검토해 보았다.

식민지시기의 조선문예물은 기본적으로 식민지배를 위한 정책 실현이
나 통치상의 편의를 위한 식민지 지의 구축의 일환으로 번역되었음은 틀
림없는 사실이다. 그러나, 각 시기별로 그 구체적 양상은 변화를 보인다.
특히 『한반도』의 조선문예물은 러일전쟁 이후 일본인이 식민지배를 위
한 욕망을 노골적으로 드러내면서 경제적 이윤 추구를 위한 식민지 정보
를 요구하는 기대에 부응하는 형태로 번역되었음을 확인할 수 있었다.
따라서 이 시기의 조선문예물 번역은 재조일본인 사회의 국민적 일체감
형성이나 위안, 오락을 추구하기 위해 게재된 일본의 전통문예장르와는
달리 조선사회의 실상, 풍속, 사상 등을 전달함으로써 교역, 상업상의 이

득을 꾀하고 조선사회와의 교류, 이민생활의 정착에 주요 목적이 있었다. 그리고 그것은 번역의 대상이나 방법에도 영향을 미쳐, 언어예술로서의 측면보다 조선사회의 인정이나 풍속의 표현을 우선적으로 고려하여 작품을 선정하고 방법상으로는 요약, 의역, 상세한 역자주의 삽입이라는 방법을 취하고 있음을 확인할 수 있었다.

이러한 초기의 조선 문예물 번역의 양상, 즉 제1차 한류 붐은, 식민정책의 수립이나 통치상의 필요에 의해 관주도로 이루어진 조선문예물의 번역의 정치적 목적과는 달리, 교역이나 상업상의 이득이라는 경제적 목적, 조선사회와의 교류나 이민생활의 정착에 필요한 지극히 현실적인 목적에 부합하는 형태로 이루어졌음을 확인할 수 있다.

제3장

재조일본인 잡지 『조선시론』과 조선

김계자

1. 1920년대 식민지 조선의 문학장과 재조일본인

1920년대는 식민지 조선에 근대 학문의 이념과 지식체계 담론이 형성되어 가던 시기였다. 3·1운동 이후 '무단정치'에서 '문화정치'로 일제의 정책이 변하면서, 제한된 범위이지만 '신문지법'[1]을 통해 신문·잡지의 발행이 부분적으로 허용되고 출판문화가 활기를 띠게 되었으며 사회·문화 전반에 걸쳐 근대적 제도가 형성되어갔다.[2] 이 시기 조선의 출판

---

[1] 1907년에 공포된 '신문지법'에 의해 허가를 받으면, 특히 잡지의 경우 발행 전에 관할 관청에 인쇄물 2부를 납본하도록 규정하고 있다. 즉 사전에 원고 검열을 받지 않아도 됐던 것이다.

[2] '신문지법'에 의해 허가된 잡지는 시사문제를 다루는 논단과 문예작품을 모두 게재할 수 있어 종합잡지로서 체재를 갖출 수 있게 된다. 1920년대는 이러한 '신문지법'의 허가를 받은 종합잡지의 발간이 본격화되는 시기였다(김봉희(2008), 「일제시대의 출판문화－종합잡지를 중심으로－」, 『한국문화연구』, pp.179-180).

산업의 규모는 비약적으로 커졌고 이와 더불어 근대적 교육이 확산됨에 따라 근대 대중독자층이 형성되었다.3) 당시의 대표적인 언론으로 『동아일보』, 『조선일보』가 창간(1920)되었으며, 『개벽』(1920), 『신천지』(1922), 『조선지광(朝鮮之光)』(1922), 『조선문단』(1924) 등의 동인지를 중심으로 한국문학 담론의 장이 구축되어 가던 시기였다.

독서 대중화시대의 인프라가 구축된 1920년대 식민지 조선의 이와 같은 변화를 가장 빠르게 간취한 사람들은 동시대에 한반도에 건너와 다양한 분야에서 활동하고 있던 소위 '재조일본인(在朝日本人)'들이었다. 이들은 조선에 대한 관심을 당사자인 재조일본인들에게 알리고 나아가 일본 '내지'에까지 널리 알릴 목적으로 일본어잡지를 발간하거나 한국문학을 번역 간행했다. 『통속조선문고(通俗朝鮮文庫)』(전12권, 自由討究社, 1921~26), 『선만총서(鮮滿叢書)』(전11권, 1922~23), 『조선문학걸작집(朝鮮文學傑作集)』(1924, 奉公會) 등 1920년대에 들어 한국문학이 일본어로 적극 번역, 소개되는 예들이 이를 방증해주고 있다.4) 그런데 이들은 모두 1908년에 한반도로 건너와 1910년에 조선연구회를 창설하고 1920년에 자유토구사를 설립했으며, 자유토구사가 폐사한 이후 봉공회를 설립해 한국 고전문학 번역 작업을 지속적으로 행한 호소이 하지메(細井肇, 1886~1934)의 활동에 의한 결과물이다.5)

이와 같이 식민지 초기 한국문학을 일본어로 번역해 일본인에게 알리는 활동의 중심에는 재조일본인이 있었다고 할 수 있다. 호소이 하지메

3) 천정환(2008), 『근대의 책읽기』, 푸른역사, pp.28-31.
4) 정병호(2011), 「1910년 전후 한반도 <일본어 문학>과 조선 문예물의 번역」, 『일본근대학연구』, p.138.
5) 박상현(2010), 「번역으로 발견된 '조선(인)'」, 『일본문화학보』 제46집 ; 최혜주(2009), 「한말 일제하 재조일본인의 조선고서 간행사업」, 『대동문화연구』 제66집 참고.

가 한국 고전문학 번역에 주력하면서 1920년대 재조일본인의 식민지 문단을 만들어가고 있을 때, 이와는 다른 방향에서 한국문학을 번역 소개해간 또 다른 재조일본인이 있었다. 그는 바로 오야마 도키오(大山時雄, 1898~1946)라는 편집인으로서 동시대의 한국문학에 관심을 가지고 일본어로 번역 소개해간 사람인데, 종래의 연구에서는 이러한 동시대 조선문학의 번역 소개라는 측면이 거의 주목받지 못했다. 오야마 도키오가 잡지 발간을 통해 펼친 한국문학 번역 소개 활동은 동시대 한국문학의 동향을 주시하고 이를 재조일본인 사회, 그리고 일본 '내지'에 소개하려고 한 동시대성에 그 특징이 있다고 하겠다.

오야마 도키오는 조선의 시대적 변화를 간취하고 조선의 민의(民意)를 살펴 재조일본인에게 알리고자 일본어잡지『조선시론(朝鮮時論)』6)을 간행했다.

〈『조선시론』 창간호 표지〉

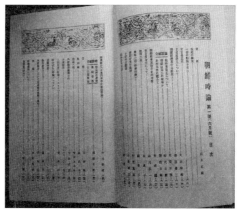

〈『조선시론』 창간호 목차〉

6)『朝鮮時論』(朝鮮時論社 編)은 1926년 6월에 창간하여, 7, 8, 9, 12월(10월호 결, 11월 발매금지), 1927년 1, 2・3, 4, 5, 8월(10월호 결)까지 간행되었다. 본문 인용은 복각판『朝鮮時論』(日本植民地文化運動資料9, 綠蔭書房, 1997)에 의한다.

『조선시론』은 '신문지법'의 허가를 받아 경성에서 1926년 6월에 창간
되어 이듬해 10월까지 발행된 일본어잡지로, 오야마 도키오가 발행 겸
편집인으로 활동했다. 『조선시론』은 조선의 근대 지식체계가 형성되어
가던 1920년대에 조선의 시사 문제가 일본인에 의해 어떻게 다뤄지고
있었는지를 살펴볼 수 있는 자료이기도 하다.

이 글에서 잡지 『조선시론』의 성격을 살펴보고 이에 소개된 조선 문
학의 양상을 고찰해, 동시대의 조선 문학이 일본인에게 어떻게 번역 소
개되고 있었는지 살펴보고자 한다. 하나의 언어가 다른 언어로 옮겨지는
과정에서 생기는 의미의 변전현상을 '번역'이라고 정의해본다면, 『조선
시론』에 번역 소개되고 있는 조선의 문학은 '일본어'가 매개되면서 그
의미가 분절, 전의되고 있음을 알 수 있다. 비록 총 간행 횟수는 많지 않
지만 조선 문학의 번역 소개나 주로 언어적 관점에서 조선의 문화를 소
개한 『조선시론』의 지면구성을 통해, 일본어역에 의해 구성된 '조선'이
의미하는 바를 도출해내고 '일본어'로 생성·번역되는 '조선'의 문제기
제를 생각해 보고자 한다.

2. 오야마 도키오와 잡지 『조선시론』

『조선시론』의 발행 겸 편집인 오야마 도키오의 아버지 오야마 마쓰조
(大山松藏)는 후쿠시마(福島) 현의 몰락지주의 장남으로, 1909년 통감부 관
리가 되어 도키오가 11세 때 한국으로 건너왔다. 일제에 한국이 강제 병
합된 이후 마쓰조는 조선총독부에서 일을 했고, 1921년부터 1927년까지
김천에서 군수로 재직했다. 도키오는 아버지를 따라 유년시절부터 기독

교도 조합교회에 다녔으며, 경성중학교, 동양상업학교(이후 경성고등상업학교)를 졸업했다. 조선인 김순학과 결혼, 도시샤(同志社) 대학 상과에 진학한 오야마는 1922년에 조선으로 돌아온다. 그는 도시샤 대학에 다닐 때 에스페란토 공부를 시작했고, 사회주의에도 접근한다. 이후 조선으로 돌아와 에스페란토연구회를 설립하여 에스페란토운동을 시작했으며, 김억을 만나 초보를 배웠다고 한다.[7] 이와 같은 오야마의 내력은 후일 『조선시론』의 내용 구성에 적극 반영된다.

오야마 도키오는 1926년 2월에 정도사(正道社)를 설립하여 회장으로 취임하는데, 같은 해 6월에 창간된 『조선시론』은 사실상 정도사의 기관지나 다름없었다. 정도사를 설립한 오야마 도키오는 언론기관 없이 주의 주장을 펼치는 것은 무력해지기 쉽다는 판단 하에 잡지의 간행을 서두른다. 정도사 본부와 조선시론사의 공동강령에, "현실을 직시한 조선 문제의 비판, 조선 민중의 여론 및 문원(文苑) 소개, 조선 및 조선인의 미적 탐구, 조선 문제에 대한 무이해(無理解) 철저 비판, 민중을 기조로 하는 양 민족의 공영 제창"이라고 적고 있다. 즉 정도사는 조선과 조선인에 대한 일본인의 무지를 비판하고 이를 바로잡으려는 취지를 내세우고 있는 단체였던 것이다. 또한 선언문에 "동양의 영원한 평화와 일선(日鮮) 양 민족의 행복을 위해 우리는 보다 좋은 일본인이 될 것을 기(期)한다"는 문구와 뒤이어 취지서가 소개되어 있는데, 주요 부분을 이하의 인용을 통해 살펴보겠다.

생각건대 우리가 의식해서 그들(조선인-인용자주)을 차별하고 모욕해

---

7) 다카사키 소지(高崎宗司)(2006), 「한국인의 목소리를 대변한 잡지 『조선시론』의 발행인 오야마 도키오」, 『그때 그 일본인들』, 한길사, pp.322-324.

반감을 사는 것은 상상도 할 수 없는 일이다. 그러나 무의식중에 이와 같
은 언동이 없다고 누가 말할 수 있겠는가. 정도사는 이를 깊게 생각해 말
은 좀 이상하지만 조선인을 사랑하는 것이 아니라, 조선인에게 존경받을
수 있도록 보다 좋은 일본인이 될 것을 여기에 제창하는 바이다. 그래서
조선인이 일본인으로서의 생활을 향유할 수 있도록 최선의 노력을 아끼
지 말아야 한다.8)

위의 인용에서 '우리'는 일본인에 한정된 의미임을 알 수 있다. 즉 정
도사의 회원은 재조일본인에 한정되어 있었던 것이다. 따라서 잡지『조
선시론』도 재조일본인을 독자로 상정한 채 발행된다.9) "민중을 기조로
하는 양 민족의 공영"을 제창하면서 조선인이 일본인으로 살 것을 강조
하고, 또 잡지의 독자를 일본인에 한정해 조선인으로부터 존경받는 일본
인이 되자는 취지인 것이다.

즉, 여기에서 말하는 "양 민족의 공영"은 어디까지나 일본이 중심적
주체에 있고 조선은 주체에서 결락되어 대상화되고 있을 뿐이다. 이는
일본을 중심에 두고 조선을 타자화시켜 외연으로 밀어내고 있는 결과로,
제국과 식민지의 불균형한 권력 관계를 여실히 드러내고 있다. 물론 정
도사나『조선시론』이 표방한 제국주의적 폭력에 대해 단죄하는 것이 이
글의 목적은 아니지만, 조선인과 소통하지 않는 '조선' 이해를 추구하는
『조선시론』이 "한국인의 목소리를 대변한 잡지"10)로서 평가를 받기란
애초에 어불성설이었다.

잡지『조선시론』에서 주목할 점은 조선에 대한 '무이해'를 철저히 비

---

8) 『조선시론』 창간호, pp.2-3.
9) 정도사 요강에 "회원이 될 수 있는 자는 내지인에 한정한다"고 명시하고 있다. 『조선시
　론』 창간호, p.100.
10) 다카사키 소지, 앞의 책, p.321.

판한다는 정도사의 취지하에,[11] 조선에 대한 정보를 제공하고 조선인의 생각을 알아갈 목적으로 동시대의 조선의 신문이나 잡지에서 내용을 선별해 번역 소개하고 있는 지면 구성이다. 매호 그 달의 조선의 행사를 소개하면서 '내선 풍속의 비교'를 정리하고, "조선민중의 여론 경향을 알기 위해"[12] <언문신문사설소개>라는 섹션을 구성해『동아일보』,『조선일보』,『시대일보』,『매일신보』등을 중심으로 1개월간 실린 사설 중에서 몇 편씩을 골라 번역 전재했다. 또 동시대에 조선의 잡지에 발표된 시나 소설을 일본어로 번역해 소개함으로써 조선의 저널리즘과 시대적 분위기를 공유하려는 편집방향을 보이고 있다. 조선의 어떤 문학작품이 어떻게 번역되어 소개되고 있는지 호별로 살펴보겠다.

3. 『조선시론』에 번역 소개된 동시대 조선의 문학

『조선시론』은 <문예>란을 별도로 구성하고 있지 않았다. 번역 소개되고 있는 조선의 문학작품은 시와 소설이 주였는데, <목차>에 '역시(譯詩)', '소설', '소설 번역', '창작 번역', 혹은 '시 및 소설' 등의 항목으로 소개되었다. 편집부에서 선택한 시나 소설을 주로 일본어로 번역하여 소개하고 있었는데, 때로는 에스페란토로 번역하고 있는 점도 특징적이다.

---

11) "우리 내지인은 조선 및 조선인을 이해하는 것이 급선무이다. 그러나 그 이해는 넓고 또한 바른 것이어야 한다. 나는 조선에서 생활한 지 이미 10년이 지났는데, 스스로 생각해봐도 조선에 관한 지식이 부족한 데에는 놀라울 정도이다. (중략) 만약 진정으로 내선융화를 이루려고 한다면 내지인은 어디까지나 조선인을 이해하고 누긋하게 유도하는 수밖에 없다."(창간호, 平山正,「內鮮の融和に就て正道社の諸賢に望む」, p.67.)

12) 『조선시론』 창간호, p.12.

창간호에 일본어로 번역 소개한 이익상의 「망령의 난무」[13]에 다음과 같이 부기(附記)하고 있다.

  본지(本誌)는 가능한 한 매호 조선 문단의 걸작을 번역 전재(轉載)하려고 생각한다. 작품을 선출하는 것은 매우 곤란하고 또 각각의 입장에 따라 어쨌든 비난은 피할 수 없을 것 같다. 이 점 양해를 구한다.

  사실 "매호 조선 문단의 걸작을 번역 전재하려고" 한다는 편집 방침이 실제로 끝까지 지켜진 것은 아니었다. 목차에 제목만 들어가 있고 내용이 삭제된 정황이나 발매 금지된 호가 있는 것으로 봐서 당국의 검열이 관여한 사실을 추측할 수 있고,[14] 호를 거듭해감에 따라 조선의 문학 작품을 소개하는 지면 구성 자체가 축소되는 경향도 보인다. 이는 당국의 검열이 점차 강화되고 있었음을 방증해주고 있다. 구체적으로 살펴보자.

  『조선시론』 6월 창간호에는 『문예운동(文藝運動)』(1926.2)에 실린 두 편의 시, 이호(李浩)의 「전시(前詩)」와 이상화(李相和)의 「도쿄(東京)에서」가 번역 소개되었다. 『문예운동』(편저자 양대종)은 1926년 2월에 창간되어 동년 6월에 통권 3호로 종간된 문학잡지로, 1926년 2월에 창간되었던 조선프롤레타리아예술동맹(KAPF)의 준 기관지격인 잡지이다.[15] 이 두 편의 역시

---

13) 『개벽』 1926년 5월에 발표된 것을 번역 전재한 것임.

14) 잡지에 대한 검열이 7월호에서는 단편 「감자」만 삭제된 상태로 발매되기에 이르렀지만, 11월호는 잡지 전체가 발매 금지처분을 받게 된다. 12월호의 표지 뒷면에 그 경위에 대해, "11월호는 불행히 당국의 기휘(忌諱)에 저촉되어 치안 방해 혐의로 발매금지 명령을 받아 대부분 압수되었습니다. 재발행도 생각해봤습니다만 아무튼 전체적으로 안 된다고 했기 때문에 단념했습니다"고 공지하고, "조의(弔意)를 표하"는 차원에서 11월호의 목차를 소개하고 있다. 이를 보면 김희명(金熙明)의 「화장터(火葬場)」와 단편 「고향(故鄕)」의 에스페란토역이 실릴 예정이었음을 알 수 있다.

15) 최덕교 편저(2004), 『한국잡지백년1』, p.98. 『조선시론』에 소개된 두 시에는 공히 "1926년 문예운동 1월호에서 번역 게재함"이라고 말미에 명시되어 있는데, 이는 잘못 기재된 것이다.

와 함께, 소설로는 이익상의 「망령의 난무(亡靈の亂舞)」가 소개되어 있다. 「망령의 난무」는 바로 전달인 5월호의 『개벽(開闢)』지에 발표된 것을 번역 전재한 것이다. 『개벽』은 천도교의 종교적 색채를 띤 잡지로, 총독부로부터 지속적인 검열을 받으면서 특히 1920년대 이후의 조선의 사상적 흐름을 이끌었던 잡지이다. 1920년대 낭만주의나 자연주의를 비판하고 사회주의 경향의 문학을 표방하고 있던 경향파 소설을 많이 소개하고 있었는데, 이익상의 「망령의 난무」도 이러한 성격을 지니고 있다고 할 수 있다.

7월호의 『조선시론』에는 김동인의 「감자」(『조선문단』 1925.1)가 번역 소개될 예정이었으나, 목차에만 들어 있고 총 20쪽에 달하는 내용은 원문이 삭제된 채로 발간되었다. <편집후기>에 "번역에 앞서 평양에 있는 김동인 씨에게 몇 번 서간을 보냈는데 대답이 없어 친우 주(朱) 씨에게 양해를 구해 여기에 번역, 전재하게 되었다. 원작은 여러 의미에서 잘 된 작품이라고 평해지고 있다"고 적고 있는 것으로 봐서, '신문지법'에 의해 사전검열은 피할 수 있었으나 잡지가 다 완성된 이후에 납본한 것이 검열에 걸려 원문이 삭제된 상태로 발매된 것으로 보인다.[16]

8월호에는 현진건의 「조선의 얼굴」이 번역 소개되었다. 「조선의 얼굴」은 본래 「그의 얼굴」(『조선일보』 1926.1.3)이라는 제명으로 발표된 것이 그후 단편집 『조선의 얼골』(글벗집, 1926)에 수록될 때 「고향」으로 제명이 바뀌는데, 『조선시론』에서 번역 전재할 때 이를 단행본의 표제인 「조선의 얼굴」로 바꾸어 소개하고 있는 것이다.[17] 대구에서 경성으로 가는 기

---

16) 8월호의 편집 후기에 "전호(前號)의 소설 번역 감자(10쪽)가 당국의 주의에 의해 삭제되었습니다. 이 작품은 작년 조선문단의 5월호에서 번역 전재한 것이기 때문에 당시 검열계가 엉성해서 당연 금지해야 할 것을 놓친 것이라고 합니다"(p.109)라고 적고 있다.

17) 8월호 편집후기에 "현빙허(玄憑虛) 씨의 단행본 『조선의 얼굴』의 마지막 단편 「고향」

차 안에서 일본인, 중국인과 동승하게 된 '그'를 통해 서술자인 '나'가 일제하 조선 농민의 비참한 삶의 모습을 그려내고 있는 이야기이다. 「그의 얼굴」이 고향을 상실하고 유랑하는 '그'에 초점을 두고 있다면, 후에 바뀌는 「고향」은 '그'의 상황을 조선 농민의 문제로 확대시키고 있는 상징성이 있다고 할 수 있다. 「조선의 얼굴」은 이들을 아우르는 제명으로, 고향을 상실한 조선 농민의 비참한 삶을 조선의 실상으로 전달하려는 편집 의도가 엿보인다.

9월호에는 이상화의 시 「통곡」을 일본어역한 것과, 최서해의 「기아와 살육」(『조선문단』 1925.6) 일본어역이 실렸고, 현진건의 「피아노」(『개벽』 1922.11)가 일본어역과 에스페란토역으로 동시에 게재된다. 이 외에도 조선인 이외의 것으로 보이는 시와 창작도 게재되는 등,[18] 9월호는 문학작품의 분량이 눈에 띄게 늘어난다.

「기아와 살육」에서 특기할 사항은 번역자가 임남산(林南山)으로 명시되어 있다는 사실이다. 8월호까지는 번역자를 별도로 명기하지 않은 채 일본어역이 게재되었는데 9월호부터 명기하고 있는 점도 주의를 요하지만, 임남산이라는 번역자가 누구인가 하는 점을 주목할 필요가 있다. 번역자 임남산에 대한 인물정보는 그가 조선인인지 재조일본인인지조차 알 수

을 개제(改題)해서 번역 전재하기로 했습니다. 니시무라(西村) 검열 담당관과 전화로 교섭해서 승낙을 얻어 안심입니다"고 적고 있다. 아울러 동 8월호에 함께 실을 예정으로 선출해 놓은 최서해의 「누가 멸하는가」(『신민(新民)』 1926.7)가 게재 불가로 결정되었음을 밝히고 있다. 이와 같이 각 호마다 편집후기에 작품의 검열 결과 여부를 적고 있는 정황으로 봐서 당시에 이미 한국어로는 발표된 작품이라 하더라도 일본어역의 경우에 검열이 별도로 이루어지고 있었음을 짐작케 한다.

18) 조선인에 의한 문학작품을 소개할 때는 작가의 이름을 명시했지만 그 외의 작품은 필명인 경우가 많고, 시사적인 논단의 경우는 이러한 현상이 더욱 뚜렷이 나타난다. 이는 이미 창간호 편집후기에서 익명의 필자를 구성해 신분을 밝히지 않고 글을 실음으로써 "숨어있는 미지의 동지를 모으는 일에 고심하고 있다"고 밝히고 있다(창간호, p.101).

없을 정도로 현재 구체적인 사항을 파악하기 어렵다. 다만, 『동아일보』 1934년 5월 16일자에 '조선문인사(朝鮮文人社)' 창립 멤버에 이름이 들어가 있고, 1935년 6월 5일자에는 '중앙일보 동경지국장'이라는 신분으로 임남산이라는 이름 석 자를 확인할 수 있다. 또한 잡지『모던일본』조선판을 마해송과 함께 기획했으며, 한일 저명인사로 구성된 최승희 후원회로 있으면서 심훈, 최승일 등과 함께 신극 연구단체인 '극문회(劇文會)'를 조직했다는 사실을 확인할 수 있다. 그러나 번역자로서의 임남산에 대한 정보는 현재 확인되는 내용이 없는 실정으로, 그가 재조일본인이라기보다는 조선인이었을 가능성이 더 크다고 짐작될 뿐이다. 그래서 『조선시론』에서의 그의 번역 활동은 더욱 주목할 만하다.

「기아와 살육」과 함께 실린 「피아노」는 경제적으로 여유 있는 신혼부부가 이상적인 가정을 꾸리기 위해 피아노를 들여놓았는데 나중에 서로 피아노 치는 법을 모른다는 사실을 알게 된다는 풍자적인 이야기로, 전체적으로는 축자번역을 하고 있으나 다소 구두점이 이동해 있고 국한문 혼용체의 옛 문투가 표준적인 일본어로 바뀌어 있는 점이 눈에 띈다. 특기할 사항은 임남산의 일본어역과 동시에 에스페란토역을 병기하고 있다는 점이다. 에스페란토역을 한 사람의 이름은 명시되어 있지 않다.

주지하듯이 우리나라에 처음으로 에스페란토를 보급한 사람은 김억(金億, 1896~?)이다. 김억은 1930년대에 「피아노」 외에도 「사진」(전영택), 「감자」(김동인), 「명화(名畵) 리디아」(김동인)를 에스페란토역해서 국내외에 소개했고, 『폐허』와 『개벽』지를 통해 에스페란토 보급 활동을 폈다. 물론 이상의 활동은 「피아노」 에스페란토역이 『조선시론』에 실린 것에 비해 뒤에 일어난 일이고 번역자가 명시되어 있지 않기 때문에 정확한 사실은 확인할 수 없으나, 김억이 조선시론사의 문예부에 소속되어 있었고 오야

마 도키오에게 에스페란토를 전수해 준 사실과 『조선시론』(1927.1)에 김
억의 에스페란토란을 별도로 마련되는 사실 등을 감안하면, 김억에 의한
번역이 아닐까 추측된다.[19] 국가나 민족을 뛰어넘는 연대로서 제안된 에
스페란토를 제국주의에 대한 저항으로 방법화해 가는 김억의 『조선시론』
에서의 활동의 단면을 엿볼 수 있는 부분이다.

9월호의 『조선시론』에는 이광수의 단편이 김억의 에스페란토역으로
소개되어 있을 뿐, 이후 조선 문학작품의 일본어역은 실리지 않게 된다.
대신 일본인에 의한 시나 단편, 필명으로 발표된 소설, 희곡 등으로 메워
진다. 『조선시론』은 1927년까지 단속적(斷續的)으로 간행되었는데, 조선의
신문 사설을 번역 소개하는 코너는 비교적 끝까지 유지된 반면에 문학에
대한 소개는 이후 보이지 않게 되는 것이다.

4. 조선 문학작품의 일본어역에서 보이는 문제

『조선시론』에 번역 소개된 조선의 문학작품은 1920년대 식민지 조선
의 현실을 문학화한 시나 소설들이 선택된 것을 알 수 있다. 보통 시의
번역이 소설 번역에 비해 시어가 함유하는 상징적이고 토속적인 의미나
운율이 주는 형식미를 살려내기 어렵다고 할 수 있다. 그러나 『조선시론』
에 실린 작품들을 보면 시보다는 소설에 본문의 이동(異同)이 많이 일어
나고 있음을 알 수 있다. 이는 번역의 의도가 조선의 문학작품을 어떻게

---

19) 1927년 1월호의 표지 뒷면에 조선시론사 관련 인사들의 새해인사에 김억이 조선시론
사 문예부 소속으로 열거되어 있다.

수용할 것인가에 초점이 놓여 있었다기보다는, 독자인 재조일본인들에게 조선의 현실을 어떻게 전달할 것인가에 방점을 두고 작품을 편의적으로 개작한 때문으로 생각된다. 물론 이에는 여러 차례에 걸친 오야마 도키오의 글에서도 짐작할 수 있듯이 당국의 검열이 관여하고 있음은 물론이다. 이하 일본어로 번역되는 과정에서 그 이동이 가장 많은 소설의 주요 부분을 분석해 보겠다.

(1)「망령의 난무」일본어역

「망령의 난무」는 작중인물 창수가 생활고에 쫓겨서 죽은 아내의 무덤을 파헤쳐 아내의 주검과 함께 묻혀 있는 귀금속을 꺼내가면서 스스로를 도덕적으로 책망하는 심정이 그려진 작품으로, 창수의 고뇌를 통해 조선인이 맞닥뜨리고 있는 '가난'의 문제를 드러내고 있다. 이하는『개벽』에 발표되었던 원문이『조선시론』의 일본어역으로 바뀌는 과정에서 그 의미가 많이 변화된 부분이다(이하 밑줄 친 부분은 모두 인용자에 의한 것임).

> 「여보! 그대도 아는 바와 가티 우리집안이 전에야 어듸 요모양으로 지내엇소? 그래도 여러대를 두고 의식걱정은 아니하고지내다가 나는 요모양이 되엇소그려!」
> 　이러케 말할때에 묘직이는 실지로보는창수의 채림채림과 미리부터 드러두엇든소문이 빈틈업시 맛는것을 비로소 알엇다.
> 　「그야 당신댁 뿐이신가요? 우리조선사람살기가 다그러케 되어가는판이 아님닛가?」하고 창수를 또한번위로하듯말하엿다
> 　「아니람니다 조선사람이라구 다요모양이겟소 우리가튼사람이나 그렇치요! 그래도 우리가 예전에야 요모양은 아니엇섯지요 하도갑갑하기에 산수탓이나 아닌가하고……」

창수는 여긔까지 말을 하기는하엿스나 그다음말이 잘나오지안햇섯다.

「お爺さん! 私の家がこんなことになるとは思はなかつたのです。私の父や祖父の時代まで、兎に角喰ふ事や着ることに困るやうなことの無かつたのは、お爺さんも知つて居る通りですがね……」

此處まで昌洗が語つた時、初めて墓守は噂に聞いた昌洗と、目の前に座つて居るみすぼらしい彼の姿とを、ぴつたりと思ひ合はすことができた。

「それはね! あなたの家計りぢやありません。朝鮮人の暮しは誰も彼も皆さうなつたのですぜ」と墓守は、昌洗を慰めるやうに云つた。

「さうぢやありませんよ、<u>朝鮮人だつてみんなさうきまつたものぢやありませんよ、私ばかりが斯う落ちぶれるのを見ると、此れは何か譯があるに違ひないんです。私の家だつて五六年前まではこんなぢやなかつたんですからね</u>……これはきつと墓の祟りではないかと思つて……」と、まで云つたが次ぎの言葉は續かなかつた。

위의 일본어역에서 보면 원문의 '우리'가 '나(私)'로 대체되어 번역되어 있는 것을 알 수 있다. 즉, 현재 창수가 겪고 있는 가난의 책임이 창수 개인에게 있다는 논리를 만들어 내고 있는 것이다. 또 원문에 없는 "5, 6년 전까지는 이렇지 않았다"는 대사를 덧붙여 말하게 함으로써, 창수의 가난을 조선이 일제의 식민지가 되면서 생긴 문제라기보다 3·1만세운동 이후에 초래된 결과로 논리지우고 있음을 알 수 있다. 다음의 일본어역에서도 창수 개인에게 문제의 소지를 돌리고 있는 서술을 확인할 수 있다.

엇잿든 이묘디(墓地)에는 창수에게직접으로 화복(禍福)의 영향을밋치게 될 산소가여러개가 잇슴으로 묘직이가 어느것인것지 그것을뭇는것도 상당한일이엇다.

彼に<u>直接關係のある墓</u>なることに変りのある筈はないのである。<u>若し祟りがあるとすれば昌洗に祟るべき墓</u>が、余りに多くあることを知つて居る墓守は、どの墓を掘るのかと聞くのも、禍福說を信じて居る彼れとしては当然であつた。

창수를 향한 비난의 화살은 윤리적인 면에 집중되면서 부정적인 면을 강조하는 반면, 일제에 대한 내레이터의 비판적인 내용을 암시하는 부분은 삭제된다. 이하의 인용을 비교해 보자.

> 나는 물론 너의들중에서 <u>앳서모아준모든 것을</u> 헛되이 업샛는지도알수 업다 아니다。 헛되이 업샛다。 그우에 무엇을 더탐하야 루긔사업에모든것을 내바티엇다。 술을먹엇다。 녀자를간음하엿다。 그리고 다른사람을 학대하엿다。 <u>그러나 나는아즉것 남의것을 빼앗지는아니하엿다</u> 남에게몹슬짓을 하지아니하엿다。 내가 내버린그것만치 다른사람이 어덧슬뿐이다。 나는 적선을하엿다。
>
> 　勿論俺は爾等の中の誰かが<u>人の膏血を搾つて造り上げた</u>身代を空しく費したのかも知れない。俺が人を虐待したのも、女の貞操を弄んだのも、今日亡妻の遺骨に侮辱を加へるやうな行爲になつたのも、<u>その作り上げた財のさせたわざなんだ。</u>俺は決してむごいことをした覺えはない。

밑줄 친 부분을 보면 창수 개인에 대한 윤리적인 단죄가 강조된 반면에, "남의것을 빼앗지는아니하엿다"는 말은 일제의 한국 국권 침탈로 유추해석이 가능한 부분인데, 이는 삭제되고 대신에 부정하게 쌓아올린 재산이 문제라는 식으로 의미하는 바를 애매하게 옮겨 적고 있음을 알 수 있다.

> 또한 땅속에 무처잇는 사랑하는 안해에게 「사랑하던안해여! 나의 오늘날하는행위를 용서하라! 그대에게 거짓행동을 만히한것을용서하라! 그리고 그대의지니고잇는 모든보물을 이리로내노라 그러하야 나의남은생을 질겁게하라 나는아즉도젊은피를 가젓노라! 나는그대가 죽을때 모든것을 그대의관속에 깁히깁히너흔것도 말하면 모도가허위엇노라! <u>그대의혼을 위로할랴는 양심으로만 그런것이아니라 체면을보앗고 이름을어드랴하엿고 또는그밧게 여러불순한감정이 잇섯든것이사실이다</u> 그대여! 안해여! 내

의 불순한동긔로 준모든선물을 나에게로 돌려보내라 그쓸데업는물것을-
그물건이 내손에들어온뒤에 나는 다시 그것으로 이젊은몸의 불순한피에
다시불을부치려하노라. 나는다만이것을 엇더케 쓰겟다는것을 그대에게
맹서할수가업노라! 그대여 원망치마라 미워하지마라저주지는 더욱말라!
내가 그대의나라로 도라갈때에 모든것을 그대에게 사과하리라」하고 업대
여부르지지엇슬것이다.

　　又地の下深く眠つて居る亡妻に向つては、「いとしい妻よ！　俺の今やつて居ることを
許して呉れ！　俺は僞つた。お前を欺した。そしてその棺桶の枕元に腐れかかつて居る
宝を俺に渡して呉れ！　元々貰ふ爲めに入れた金や銀では勿論なかつた。併し俺は、
俺は今それが欲しいのだ。その贅澤品も今お前の住む平和な世界には不用なのだ。
お前には何の役にも立たないものが俺には入用なのだ。それで俺の不純な血を又燃し
盡くすことが出來るんだ。併しこれをどう使はふとお前は何も云つてくれるな！　亡妻よ恨
むな！　憎むな！　お前は靜かな世界に住んで居る。お前には不用な宝を以つて世間の奴
等にもう一度拝ませてやるのだ！」と地べたに額をびつたりとつけて詫びたかも知れな
い。

　위의 일본어역을 보면 창수가 아내의 무덤을 파헤쳐 보물을 꺼내는
이유를 세상에 허세를 부리기 위함이라고 내레이터가 단정해 버리고 있
다. 반면에 창수가 자신의 과거의 허위를 고백하는 내용은 삭제되고 단
지 보물을 욕심내고 있다는 대사로 대체되고 있다. 방탕하고 허위에 둘
러싸여 있던 과거를 토로하고 앞으로의 일을 중의적이고도 격정적인 언
사로 이어가는 창수의 대사가 일본어역에서는 내용과 문체가 모두 축소
되어 있음을 알 수 있다.

(2) 「기아와 살육」 일본어역

「기아와 살육」은 북만주에서 극도로 빈궁하게 살아가던 경수가 결국

에는 가족을 몰살하고 닥치는 대로 살인을 저지르게 된다는 이야기로, 식민지 현실에 대한 분노와 저항을 계급적인 의식까지 끌어올리지 못하고 개인적인 차원에서 형상화한 동시대의 경향파 소설과 맥을 같이 하고 있다고 볼 수 있다. 이하에서 원문에 비해 일본어역이 많이 바뀐 부분을 중심으로 살펴보자.

> 「이놈 남의 나무를 왜도적해가늬?」
> 하고 산님자가 뒤ㅅ덜미를 집는것가태서 마암까지 괴로웠다. 벗어버리고십흔 마음이 여러번 나다가도 식구의 덜ㅅ떠는 꼴을 생각할때면 다시 이를 갈고 긔운을 가다듬엇다.
> 「オーイ、人の薪を盜つて行くのは誰だ─?」と云ふて、山の持主に後を追掛けられるやうで、心までが咎められて來るのであつた。<u>それよりもつと山の持主が、支那人であることを思ひ出すと、彼の胸は、今更のやうにギクツとした。朝鮮人は、善くてもおさえ付けられてゐる。この支那人の土地から、彼奴等のものを盜むのであるから……</u>擔いで來た荷物まで、投げ捨てて丶了ひたい考えが、何べんとなく繰返されたが、然し寒さに慄へて居る家族のことを思ふと、再び齒を喰ひしばつて、元氣を出さうとした。

위의 인용은 소설의 시작부분으로, 밑줄 친 부분은 원문에 없는 내용이 일본어로 번역될 때 덧붙여진 곳이다. 북만주를 배경으로 이야기가 전개되고 있다는 사실이 원문에서는 중반 이후에 밝혀지는데 일본어역에서는 이를 처음에 밝힘으로써, 주인공 경수의 갈등이 만주로 이주해간 조선인의 문제임을 전제하고 있는 것이다. 또 중국에서의 조선인의 생활을 비판적으로 서술하는 내용이 덧붙여져, 결국 경수가 무차별 살육을 하게 되는 결말의 문제적인 요소가 상쇄되도록 작용하고 있다.

> 「글ㅅ기는? 우리가 두고 안준답듸까? 에그 그게트림하는 꼴들을 보지

말구 살엇스면⋯⋯」

「惡いと云ふたつて？私等が持つて居て拂はんのぢやないんでしよう？實際あの威
張り返つてゐる樣を見ないで暮されたら⋯⋯糞にもならない滿洲くんだりに流れて來てゐ
る奴等は話にならないや⋯⋯」

원문에 없는 "비료로도 못 쓰는(아무런 도움도 되지 않는) 만주 변방에 흘
러들어오는 녀석들은 말할 가치도 없어"라는 말이 일본어역에 추가된
것은 무엇을 의미하는가? 만주에 대한 비하 발언은 1920년대 만주를 둘
러싼 일본의 시대적 분위기를 잘 보여주고 있다. 1920년대에 접어들면서
'토지조사사업'이나 '산미증식계획'의 영향 아래 조선농민의 만주 이주
가 본격화되는데, 이렇게 이주해 간 조선인은 일제의 만주로의 세력 확
대를 위한 첨병 역할을 하게 된다. 이에 재만 조선인에 대한 중국 정부
의 탄압이 더욱 심해지는데,[20] 주인공 경수가 처한 상황을 통해 이러한
시대적 분위기를 엿볼 수 있다. 아직 만주가 일본의 '생명선'이라는 말이
공공연하게 나오기 이전에 일본의 제국주의가 중국의 내셔널리즘과 첨
예하게 대립하고 있던 1920년대의 상황을 감안하면, 덧붙여진 위의 만주
비하 발언은 의도적으로 행해졌다고 볼 수 있을 것이다.

이와 같이 당시의 만주에 대한 일본의 입장을 대변하는 서술이 원문
에 없음에도 불구하고 덧붙여져 번역되었는데, 이러한 개작이 바로 임남
산이라는 식민지 조선인으로 추정되는 인물에 의해 행해졌다는 사실은
간과할 수 없다. 식민지 조선인이 제국 일본의 입장에 서서 조선의 문제
를 보고자 자처하는 식민지적 주체의 일면을 바로 이 임남산의 일본어역
에서 찾아볼 수 있는 것이다.[21]

---

20) 노기식 · 한석정 저(2008), 『만주—동아시아 융합의 공간』, 소명, p.201.
21) 윤상인은 일제 말기에 일본어로 번역 출간된 김소운의 『조선시집』에 대한 전후 일본

다음의 두 부분은 번역 시 삭제된 소설의 마지막 부분이다.

> 「모두 죽여라! 이놈의 세상을 부시자! 복마전(伏魔殿)가튼 이놈의 세상
> 을 부시자! 모다죽여라!」
> ―以下三行削除―

> 「내가 미처? 내가 도적놈이야? 이 악마가튼놈덜 다죽인다!」
> 「俺が氣違だつて？俺が盜坊だと？」
> ―以下一行削除―

조선인의 봉기를 암시하는 두 부분이 거의 동시기에 한국어로 발표된 소설에서는 온전히 실렸던 것에 반해, 재조일본인을 독자로 하는 일본어 잡지에서는 삭제 검열을 받은 것이다. '삭제'되었다고 일부러 표시해 놓은 정황으로 봐서, 검열에 의해 삭제되었다는 사실을 알리려는 편집 의도가 엿보인다. 이는 1920년대 당시의 검열이 재조일본인에게 보다 철저히 행해진 측면이 있음을 짐작케 한다.

이상에서 일본어역에 이동이 많이 발견된 「망령의 난무」와 「기아와 살육」의 본문을 살펴봤는데, 두 작품 모두 1920년대 식민지 조선의 현실을 문학화한 것으로 카프문학의 전사를 이룬 신경향파 소설에 속한다. 주된 작중인물이 창수와 경수 같은 가난한 패배자로 설정되어 있고 이들이 보여주는 조선의 현실은 곤궁하고 부정적인 모습으로 그려지고 있다.

의 평가가 지나치게 높은 점에 대해, "김소운과 같은 식민지적 주체를 통해 비폭력적 방법으로 제국과 식민지 간의 '가교'를 구축한 제국의 문화적 관용은 식민지 지배에 대한 역사적 재평가를 주장하기에 충분한 전사(戰史)로 기억되고 있는 것이다"고 하면서 일본 전통의 시적 규범과 정서로 수렴시키는 번역 태도를 지적하고 있는데, 이는 제국 일본의 입장을 스스로 대변하고자 자처한 식민지 조선인의 번역 태도라는 점에서 임남산의 경우에도 적용될 수 있는 내용이다(윤상인(2010), 「번역과 제국과 기억―김소운의 『조선시집』에 대한 전후 일본의 평가에 대해」, 『일본비평』 2호, p.87).

또한 가난을 일제 치하에서 필연적으로 촉발된 것이라기보다는 개인의 윤리적 문제로 환원시킴으로써 조선의 현실을 사회적으로 문제화시키는 데 역부족이었던 당시 경향파 소설의 한계성을 드러내고 있다고 할 수 있다.22)

그런데 같은 소설 장르에서 현진건의 「조선의 얼굴」이나 「피아노」의 일본어역이 비교적 이동이 적은 반면에 경향파 소설의 일본어역에 특히 이동이 많은 사실은 주의를 요한다. 요컨대, 재조일본인 독자에게 식민지 조선의 현실을 제재로써 보여주기는 하되, 식민주의 현실의 문제성을 폭로하기보다는 조선인 개인의 문제로 문제의 소지를 축소시키려는 의도가 일본어역에 반영되어 있음을 알 수 있다. 특히 3·1운동 이후 활발해지는 사회주의 운동의 영향을 받아 이들 경향파 작품들 속에 표현된 식민지 조선의 현실과 이를 상대적으로 바라보는 재조일본인의 관점을 일본어역에서의 이동이 보여주고 있는 것이다.

5. 재조일본인이 번역한 '조선'

이상의 논의에서 『조선시론』이 당초 표방한 "양 민족의 공영"을 기조로 조선의 시사와 문학을 일본인 독자에게 소개한 특징을 살펴보았다. 물론 독자를 일본인, 정확히 말하면 재조일본인에 한정한 점과 당시의 검열제도로 인해 잡지에서 다루고 있는 내용에 제한을 받기는 했지만, 조선의 시사문제나 문학작품 외에도 '내선 풍속의 비교'나 '조선의 행사'

---

22) 박상준(2000), 『한국 근대문학의 형성과 신경향파』, 소명, p.125.

를 기획 소개하는 등, 조선에 대한 다양한 관심을 보이고 있다.23)

특히 '조선어'에 대한 관심을 보이고 있는데, 창간호에 보이는 「차별적 언동에 대하여」, 「'여보(ㅋホ)'어 금지에 대하여」, 「소학교 아동에 대한 조선어 교육에 대하여」 등의 일련의 논고는 일본인의 조선어에 대한 차별적 언동을 비판하고 일본인의 조선어 교육문제를 짚고 있다. 또한 1927년 4월호의 「시론(時論)식 조선어사전」과 「재미있는 조선어」(橫山保)는 조선어의 향토색이나 풍속을 동시대적인 문맥을 살려 구체적으로 설명을 덧붙이고 있어 매우 흥미롭다. 제국 일본의 지방으로서의 로컬리티로 '조선'을 자리매김해가려는 당시의 경향을 여기에서도 확인할 수 있다.

비록 총 간행 횟수는 많지 않지만 조선 문학의 번역 소개나 언어적 관점에서 조선의 문화를 소개한『조선시론』의 문제군은 조선의 문화를 바라보는 재조일본인의 관점을 잘 반영해주고 있다. 특히 조선의 문화에 대한 소개는 조선시론사의 사장이자 잡지 편집자인 오야마 도키오가 직접 쓴 글들이 대부분으로, 재조일본인의 관점에서 제국의 로컬리티로 구성되는 '조선'이 다양한 제재로 그려지고 있다.

이에 비해 임남산과 같은 식민지 조선인이 관여하고 있는 조선 문학의 일본어역은 번역을 둘러싼 제국과 식민지의 정치적 역학관계의 단면을 잘 드러내주고 있다. 물론 이러한 관계는, 임남산이 번역자라는 사실이 「기아와 살육」에만 명시되어 있고 다른 작품에는 에스페란토역을 주로 담당했던 김억 외에는 번역자가 별도로 명시되어 있지 않기 때문에 잡지『조선시론』에 소개된 조선 문학의 번역에 대해 일괄적으로 적용시

---

23) 이러한 내용의 글은 주로 편집자 오야마 도키오가 집필했는데, 그는 자신의 본명 외에도 초양생(超洋生), 녹풍생(綠風生) 등의 필명으로『조선시론』의 매호에 시론, 평론, 에세이 등을 다수 싣고 있다.

킬 수는 없다. 다만, 식민지 조선인이 번역한 「기아와 살육」에 특히 본문의 이동이 많고 개작된 내용에 식민 종주국의 입장에서 조선의 문제를 바라보는 관점이 개입되어 있는 사실은 우연이 아니다. 욕망의 식민 공간에서 행해지는 제국의 언어로의 번역은 식민지 주체로 하여금 스스로의 문화를 억압하고 제국의 그것에 동질화되어 가도록 하는 메커니즘의 영향권 안으로 들어가도록 종용하는 것이다. 이는 이후 조선인에 의한 일본어문학이 양산되는 1930, 40년대에 일본어라는 관성에서 결코 자유로울 수 없는 식민지 조선 문학의 내면을 묻고 있는 것이기도 하다.

제4장

식민지 조선의 잡지 『센류삼매(川柳三昧)』와 이마무라 도모(今村鞆)의 조선민속학

엄인경

1. 들어가며

한·일 양국 문학계에서 1990년대 이후 현재까지 '외지(外地)'에서 향유된 '일본어문학'에 관한 연구가 이루어지면서, 식민지기에 일본에서 활동한 조선인 문학자나 당시 전개된 '이중언어문학'의 양상을 규명하려는 움직임이 활발하다. 그러나 당시 여러 사정으로 조선에 오랜 시간 거류하게 된 '재조선일본인(이하 '재조일본인'으로 칭함)'들에 의해 창작된 '일본어문학'은 그 전모나 특성이 완전히 규명되지 않아 아직 개척 중인 분야라 할 수 있다. 특히나 1910년 일본에 의한 한국의 강제 병합이 이루어지기 이전부터 1945년에 이르기까지 '재조일본인'들의 '일본어문학'의 중핵이었다고 할 만한 단카(短歌)나 하이쿠(俳句), 센류(川柳)와 같은 일본 고전시가 연구는 이제 본격적으로 착수되는 과정이다. 이 글에서는 식민지

조선에서 영위된 일본 고전시가 장르에 관련된 문헌 조사연구[1]를 바탕
으로 하여, 쇼와(昭和) 초기에 경성에서 간행된 센류 전문 월간지『센류삼
매(川柳三昧)』를 분석하고자 한다.『센류삼매』는 1928년 1월호부터 1930년
12월호까지 3년분 36호가 현존한다.

센류란 18세기 중반 이후 성행한 일본의 전통 운문의 하나인데, 하이
쿠와 같은 5·7·5의 음수율을 기본으로 하지만 계절을 드러내는 기고
(季語)나 기레(切れ)의 제한이 없고, 기본적으로 통속적인 구어나 언어유희
를 기반으로 하는 장르라 할 수 있다. 메이지(明治) 후반, 즉 20세기에 들
어와 사카이 구라키(阪井久良伎)[2]와 이노우에 겐카보(井上劍花坊)[3]에 의해 일
본 근대 센류는 중흥을 이루었고, 그 동안 취미나 오락성으로 기울었던
센류가 비약적인 발전과 변화를 거듭하며 신(新)센류로 거듭났다. 이와 같
은 메이지 후반의 신센류 유행은 1910년 이후 조선을 비롯한 '외지'로
즉시 파급되었다. 대중성과 풍자성을 골자로 한 센류는 1910년대부터
1920년대에 걸쳐 "식민지 기풍과 센류풍"이 "활기 있는 인간미에 있어

---

1) 대표적인 선행 조사연구는 다음과 같다. 정병호·엄인경(2013),「한반도에서 간행된 일
본전통시가 문헌의 조사연구-단카(短歌)·하이쿠(俳句) 관련 일본어 문학잡지 및 작품
집을 중심으로-」,『일본학보』제94집, 한국일본학회, pp.93-110. 엄인경(2013),「한반도
에서 간행된 일본 고전시가 센류(川柳) 문헌 조사연구」,『동아인문학』제24집, 동아인문
학회, pp.203-233.

2) 사카이 구라키(阪井久良伎, 1869-1945년)는 센류 혁신운동을 편 작가로 10개 이상의 필
명을 가지고 한시, 와카, 수필 창작에도 힘썼다. 잡지『일본(日本)』의 센류단(川柳壇)의
선자를 역임했으며 1910년대까지『사자머리(獅子頭)』,『센류문학(川柳文學)』등의 센류
잡지를 주재하여 센류 연구가나 신인 작가들을 많이 배출하였다. 東野大八著, 田辺聖子監
修·編(2004)『川柳の群像―明治·大正·昭和の川柳作家100人』, 集英社, pp.169-171.

3) 이노우에 겐카보(井上劍花坊, 1870-1934년)는 야마구치 현(山口縣) 출생으로 본명은 고이
치(幸一)이며 겐카보 외에 류손지(柳樽寺) 대화상, 슈켄(秋劍) 등의 별호가 있었다. 겐카보
는 신문『일본(日本)』에 센류란을 마련하고 류손지 센류회(柳樽寺川柳會)를 결성하였으며
1905년 기관지『센류(川柳)』를 탄생하게 한 류손지 파의 수장이었고, 메이지(明治) 시대
골계와 낙관주의, 유머라는 작풍을 통해 일본 센류계에서 눈부신 활약을 한 인물이다.
東野大八著, 田辺聖子監修·編(2004) 위의 책(『川柳の群像』), pp.45-48.

서 합치되고 직접 영합하"[4)는 특성으로 인해 식민지 조선에서도 크게 유행하였다.

그러나 식민지기 조선에서 향유된 일본 전통시가와 관련하여 단카와 하이쿠 분야에서 일부 연구가 진행[5)되고 있는 것에 비해, 센류에 대해서는 한·일 양국의 연구가 매우 부진하다 할 수 있다. 우선 일본에서는 센류 세계화에 대한 노력의 일환으로 센류 영역(英譯)에 관한 논이 많은 편이고,[6) 그 문학성을 재발견하고자 하는 특집이 몇 차례 시도되었다.[7)

4) 柳建寺土左衛門(1922), 『朝鮮川柳』 京城：川柳柳建寺, 「はしがき」 항목에 "植民地氣風と柳風とは、活氣ある人間味に於て合致し、直ちに迎合せられ"라 기술되어 있다. 『朝鮮川柳』는 "조선의 경(輕)문학 중 단행으로 출판된 것은 본서를 그 효시로 하는 영광을 입는다(朝鮮に於ける輕文學中、單行上梓さるるは本書を以て嚆矢の光榮に浴す"라고 되어 있어 조선에서 센류 작품집으로는 최초의 단행본이었을 것으로 보며, 1911년부터 11년간 조선에서 창작된 센류 30만구 중 4600구 이상을 선정하여 수록한 작품집이다. 엄인경(2013), 앞의 논문(「한반도에서 간행된 일본 고전시가 센류(川柳) 문헌 조사연구」), pp.210-212.

5) 식민지 조선에서 이루어진 단카(短歌), 하이쿠(俳句)에 관련해서 다음 논고들이 참고할 만하다. 허석(1997), 「明治時代 韓國移住 日本人의 文學結社와 그 特性에 대한 調査研究」, 『日本語文學』제3집, 한국일본어문학회, pp.281-309. 유옥희(2004), 「일제강점기의 하이쿠 연구－『朝鮮俳句一万集』을 중심으로－」, 『일본어문학』제26집, 일본어문학회, pp.275-300. 구인모(2006), 「단카(短歌)로 그린 조선(朝鮮)의 風俗誌－市內盛雄 編、朝鮮風土歌集(1935)에 對하여」, 『사이(SAI)』1輯, 국제한국문학문화학회, pp.212-238. 허경진·박혜민(2009), 「식민지 시기 한국 작가의 하이쿠 창작 양상과 과제」, 『영주어문』제18집, 영주어문학회, pp.111-132. 楠井淸文(2010), 「植民地朝鮮における日本人移住者の文學－文學コミュニティの形成と『朝鮮色』『地方色』」, 『アート·リサーチ』第10卷, 立命館大學アート·リサーチセンター, pp.5-14. 나카네 다카유키(中根隆行)(2011), 「조선 시가(朝鮮詠)의 하이쿠 권역(俳域)」, 『日本研究』第16輯, 고려대 일본연구센터, pp.27-42. 엄인경(2011), 「20세기 초 재조일본인의 문학결사와 일본전통 운문작품 연구－일본어잡지 『조선지실업(朝鮮之實業)』(1905~07)의 <문원(文苑)>을 중심으로－」, 『日本語文學』제55집, 일본어문학회, pp.381-404. 정병호·엄인경(2012), 「러일전쟁 전후 한반도의 일본어잡지와 일본어 문학의 성립－『한국교통회지(韓國交通會誌)』(1902~03)와 『한반도(韓半島)』(1903~06)의 문예물을 중심으로－」, 『일본학보』제92집, 한국일본학회, pp.175-194.

6) 速川和男(1971), 「英譯川柳」, 『現代英米研究』第6輯, 現代英米研究會, pp.34-39. 撫尾淸明(1972), 「短歌と川柳－英譯に關する一短編」, 『佐賀龍谷短期大學紀要』第22輯, 佐賀龍谷短期大學, pp.65-71. 撫尾淸明·藤能成·牧山敏浩(1996), 「川柳の國際化」, 『佐賀龍谷短期大學紀要』第42輯, 九州龍谷學會, pp.61-77.

7) 일본문학잡지의 센류 특집호의 예는 다음과 같다. 學燈社編(2007), 『國文學解釈 と教材の研

이와 더불어 최근 일본의 『샐러리맨 센류(サラリーマン川柳)』[8] 붐에서 알 수 있듯 센류가 가진 문학적 고유함, 즉 현실성, 세계성, 대중성의 공과(功過)가 주목되고 있다. 하지만 바로 그 점 때문에 연구 방면에서 하이쿠나 단카에 비해 적극적으로 논해지지 못했으며, 더구나 식민지 조선에서 창작된 센류에 관한 논고는 가와무라 미나토(川村湊)의 『조선센류(朝鮮川柳)』(1922년 간행)에 관한 고찰[9]뿐이라 해도 과언이 아니다.

한편 한국에서는 2000년 이후 일부 논고들[10]을 통해 센류가 다루어졌지만, 한국 사설시조에 중점을 두거나 하이쿠를 중심에 놓고 그 비교 대상으로 센류에 접근하고 있어서 본격적인 센류 연구라고 하기는 어렵다. 더구나 식민지 조선의 센류에 관한 연구는 앞서 언급한 조사연구[11]와 1920년 이전 식민지 문학의 혼종성을 드러낸 지적[12] 정도에 불과하다.

이제 본격적으로 시정문학과 대중시를 표방한 센류가 식민지 조선의 현실과 조우하여 어떻게 전개되었고 그 특징이 어떠했는지, 센류 전문잡

究』-2卷9号(特集川柳一狂歌・狂句・雑俳), 學燈社, pp.1-143. 川柳学会事務局編(2007), 『川柳学』Vol.3(川柳の国際化), 新葉館出版, pp.2-18.

8) 헤이세이(平成, 원년은 1989년) 이후 큰 인기를 얻은 일종의 센류 콩쿨 대회를 말한다. 경기의 좋고 나쁨, 해마다의 유행어 등 현실 세상을 월급쟁이의 시선으로 유머와 풍자를 담아 센류로 읊어낸 것으로, 매년 모집과 선고가 이루어지며 선발 센류들은 단행본에 개제된다.

9) 川村湊(2005), 「植民地と川柳①―朝鮮川柳の卷」, 『川柳学』 Vol.1, 新葉館出版, pp.58-62.

10) 신은경(2004), 「18·19세기 한·일 市井文學 비교 : 사설시조와 센류(川柳)를 중심으로」, 『한국언어문학』 제52집, 한국언어문학회, pp.191-219. 박소현(2003), 「하이쿠(俳句)의 본질과 예술성에 대한 고찰-센류(川柳)와 하이쿠의 비교를 통하여-」, 『일본학보』 제57집, 한국일본학회, pp.407-419.

11) 엄인경(2013), 앞의 논문(「한반도에서 간행된 일본 고전시가 센류(川柳) 문헌 조사연구」), pp.203-233.

12) 엄인경(2013), 「식민지 조선의 일본고전시가 장르와 조선인 작가-단카(短歌)·하이쿠(俳句)·센류(川柳)를 중심으로-」, 『民族文化論叢』 제53집, 영남대학교 민족문화연구소, 2013, pp.81-109. 이 논문은 1908년부터 1910년대에 걸친 센류 작품들을 통해 재조일본인과 조선인들 간의 상호 언어 인식과 실제 사용, 문화 탐색과 습작, 이해와 반감 등 식민지 문학의 혼종성을 지적한 것이다.

지 『센류삼매』를 통해 분석하기로 한다. 먼저 2장에서는 지금까지 연구된 바 없는 『센류삼매』가 어떠한 잡지였는지 그 성격과 구성을 파악하고, 3장에서 잡지 내의 센류 작품에서 드러난 조선에 대한 인식 및 특징을 포착할 것이다. 그리고 4장에서는 라엔(螺炎)이라는 아호로 활발한 문필활동을 전개한 이마무라 도모(今村鞆)에 초점을 맞추어 그의 조선민속학 기술(記述) 작업과 『센류삼매』를 기반으로 한 남산음사(南山吟社) 동인 활동을 통해 재조일본인 대중시 센류와 조선의 민속학이 연결되는 접점을 찾고자 한다.

이로써 통속성이나 대중성을 이유로 일본 문학 연구에서 소외되던 센류를 재조명할 수 있을 것이며, 지금까지 주요 소설(가), 시(인) 연구에 치우쳐 있던 '식민지 일본어문학' 연구의 지평을 확장하고 균형을 도모할 수 있을 것이다. 특히 '외지' 조선에서 유력자 동인들에 의해 발행된 『센류삼매』를 분석하는 작업은 생생한 조선의 현실과 식민자의 관찰 시선을 파악하는 가장 적확한 '식민지 일본어문학' 연구가 되며, 재조일본인들이 조선에서 편 문학 활동과 문학관을 이해하는 초석이 될 것이다.

2. 한반도 류단(柳壇)과 『센류삼매(川柳三昧)』

1920년대는 '내지' 일본은 물론, '외지' 조선에서도 곳곳에 센류 전문 문학결사가 형성되었고, 센류가 상당히 왕성하게 창작, 향수된 시기이다. 활발한 향수와 창작에 비해 센류를 전문으로 하는 잡지는 오래 유지되기 어려웠는데, 이러한 정황은 『센류삼매』 이전에, 존속의 불안감을 안고 간행된 '외지' 센류 잡지들에 대해 붙여진 '삼호잡지(三號雜誌)'라는 불명

예스러운 별칭에서도 극명히 드러난다. 왜냐하면 1920년 10월 창간된
『남대문(南大門)』은 1921년 12월에 8호로 종간, 『신선로(神仙爐)』는 1922년
9월에 5호를 끝으로 휴간, 1922년 10월 창간된『계림센류(鷄林川柳)』는 12
월에 3호를 끝으로 종간, 1923년 4월 창간된『메야나기(芽やなぎ)』는 1924
년 3월 9호로 폐간되었기 때문이다.[13]

　이는 주로 경인(京仁) 지역을 중심으로 한 내용이지만, 이 지역 외에도
1925년 6월 평양에서『센류쓰즈미(川柳鼓)』라는 센류잡지가 창간되었는데,
그 안에도 "반도(=조선)의 센류잡지 수명이 짧다(半島の柳誌の持命が短い)"[14]
는 지적이 보이므로 이는 한반도 전역에서 1920년대 중반까지 센류계가
처한 현실이었다고 볼 수 있다.

　이러한 정황을 감안하면 1927년 4월 경성에서 창간되어 1930년 12월
(통권 제45호)[15]까지 확인되는『센류삼매』는 한반도 센류 잡지의 대표격이
라 할 수 있다. 그 내용과 구성의 충실함은 일본 류단(柳壇)에서도 상당히
주목하고 "내지에서 간행되는 많은 센류 잡지를 능가"[16]하기에 이르렀

---

13) 이 글에서『센류삼매(川柳三昧)』인용은 정병호・엄인경 공편(2013),『한반도 간행 일본
　　전통시가 자료집 37-40 센류잡지편①-④』(도서출판 이회)에 의한다.『센류삼매』의 발
　　행처는 모두 南山吟社이며, 이하 글이 게재된 호와 이 자료집의 페이지로 표기한다. 橫
　　山巷頭子(1928),「南無山房雜筆」13号, ①pp.197-200.
14) 大島濤明(1925),「『鼓』に望む」,『川柳鼓』平壤 : つゞみ川柳社, p.5. 참고로『센 류삼매』에
　　따르면『센류쓰즈미』는 1929년 4월에 46호를 끝으로 폐간되었다. 巷頭子(1929),「南無
　　山房雜記」26号, ②p.399.
15) 1930년 4월 기념특집호에 '알림'으로『센류삼매』의 발전과 더불어 일이 증가하여 편
　　집겸 발행인 1인 체제였던 것을 투고, 잡지구독, 편집의 세 간사 업무로 새롭게 분장
　　하게 되었다는 기사 내용으로 짐작하건데 이 잡지의 투고층과 독자층이 상당히 두터
　　워진 것을 알 수 있다. 또한 현존본 마지막 호인 1930년 12월호에도 다음 해의 모집
　　구제가 제시되어 있고 특별한 변동사항에 관한 기재가 보이지 않으므로 1931년 이후
　　에도 상당 기간 속간되었을 것으로 추측된다.
16) "內地から刊行される幾多の柳誌を凌駕すると云つても過言でない"라는 표현이 보인다. 橫山巷頭
　　子(1928),「南無山房雜筆」13号, ①p.197.

다고 자평할 정도가 되었다. 잡지 발행의 주체는 경성의 남산음사(南山吟社)라는 단체였고, 월간 센류 연구잡지를 표방하였으며, 편집겸 발행인은 요코야마 고토시(橫山巷頭子),[17] 표지의 그림은 아사카와 노리타카(淺川伯敎)[18]가 담당하였다. 창간 당시에는 200부였지만 1년 만에 400부로 증쇄한 것, 창간호는 총 17쪽이었는데 2년 만에 50쪽을 넘는 잡지가 된 것[19]에서 『센류삼매』 초기의 성장을 알 수 있다.

『센류삼매』의 구성은 역시 센류 잡지였던 만큼 센류 작품이 위주였는데, 해당 호의 「잡영(雜詠)」과 제목이 미리 주어진 센류를 실은 「제영(題詠)」, 남산음사 주요 멤버들의 센류를 실은 「센류삼매초(川柳三昧鈔)」, 크고 작은 센류회에서 제출된 작품들이 매호마다 수많이 게재되었다. 센류평의 경우는 전월호 작품에 대한 선자 외의 제3자에 의한 선평(選評), 동인들 간에 서로의 좋은 작품을 뽑는 호선(互選), 연작에 대한 대가(大家)의 평가 등 종류가 다양하고 상세하며 내용도 신랄했다. 또한 기본적으로 두세 달 후에 발간될 호의 「제영(題詠)」을 모집하기 위한 센류 구제(句題)와 그 구제에 적합한 선자(選者)가 미리 제시되어 있어서 센류 모집 과정과 잡지 출간이 매우 체계적이었음[20]을 알 수 있다.

---

17) 『센류삼매』 이전에 『南大門』부터 『芽やなぎ』까지 경인지역에서 간행된 센류 잡지에 꾸준히 관여하며 편집의 경험을 쌓아왔다. 橫山巷頭子(1930), 「三昧編輯余談」36号, ③p.430. 또한 『조선공론(朝鮮公論)』 류단(柳壇)의 편집자였으므로 당시 센류계의 편집자로서 일인자였던 것으로 보이며 1924년경까지 다이나곤(大納言), 이후 고토시로 호를 바꾸었고, 남(나무)산방(南無山房)이라 칭하기도 했으며, 『센류삼매』의 편집후기에서는 삼매당(三昧堂)을 자칭하였다.

18) 아사카와 노리타카(淺川伯敎, 1884-1964년)는 조각가이자 조선 도자기의 신이라 일컬어지던 도자기 연구가이다. 1924년 동생 아사가와 다쿠미(淺川巧), 야나기 무네요시(柳宗悅)와 함께 조선민족미술관(朝鮮民族美術館)을 설립하였는데, 1920년대부터 1340년대까지 한반도에서 간행된 전통시가 문예잡지들 및 문예서 표지 그림을 많이 그린 점이 주목된다.

19) 三昧堂(1928), 「さんまい雜記」11号, ①p.125. 矢田冷刀(1929) 「二ヶ年を振返る」25号, ②p.316.

20) 엄인경(2013), 「『센류삼매』 해제」『한반도 간행 일본 전통시가 자료집 37-센류잡지 편』,

이상의 측면 즉, 엄격한 비평에 기반하며 작품 모집과 잡지 출간 이 매우 체계적이었던 점은 단카와 하이쿠 잡지에서도 보이므로 한반도의 일본 전통 시가단(詩歌壇)에 공통되는 점이라 할 수 있다.[21] 그리고 「잡영」 이나 「제영」의 센류 출품자가 경성, 인천 뿐 아니라 평양, 겸이포와 같은 북서선(北西鮮), 봉천(奉天) 등의 만주 지역, 도쿄(東京), 오사카(大阪), 마쓰에 (松江) 등 다양한 지역에 분포되어 있어서 조선과 일본, 만주 지역 센류가 인적으로 잘 연계된[22] 것을 뒷받침한다.

이 잡지의 소통권역은 『센류삼매』의 독후감이나 새로운 센류에 관한 내용에 대한 기고에서도 알 수 있다. 여기에는 『조선 및 만주(朝鮮及滿州)』 의 샤쿠오 도호(釋尾東邦), 『조선신문사(朝鮮新聞社)』의 마쓰모토 데루카(松本輝 華), 『진인(眞人)』의 이치야마 모리오(市山盛雄) 등의 감상도 실려 있으므로 경성을 중심으로 한 재조일본인 지식층에 널리 읽힌 잡지였음을 알 수 있으며, 내용적으로도 당시 경성의 잡지계와 신문계의 장르를 넘나드는 횡적 소통이 상당한 수준에서 이루어졌음을 증명한다.

센류 외에도 남산음사 동인이나 당시 소위 조선에 관한 전문적 지식 을 가졌다는 평판을 가진 명사들의 센류론, 수필, 기행, 혹은 조선 관련 풍속에 대한 기사들, 소설적 내용 등이 실려 있다. 또한 「가십(gossip)」란 이 따로 마련되었고, 「회보」나 「촌평」, 「예회(例會)」를 안내하며 남산음사

도서출판 이회, pp.33-36.

21) 당시 일본과 한반도에서 간행된 단카 잡지 『진인(眞人)』, 하이쿠 잡지 『풀열매(草の實)』 등을 보면 거의 두세 달 앞의 모집에 대한 공고, 이전호 게재작품에 대한 비평이 간행 멤버 혹은 초빙 명사에 의해 상세히 기록되고 있는 것을 공통적으로 확인할 수 있다.

22) 평양에서 간행된 『센류쓰즈미』에도 일본, 조선, 만주지역의 사람들이 센류를 투고하고 있는 점, 『센류삼매』의 판권지에 따르면 잡지의 판매처는 경성의 오사카야(大阪屋号), 일한서방(日韓書房), 도쿄의 교쿠신도(玉森堂), 오사카의 메이분도(明文堂) 등의 이름이 보이는 점을 미루어 한반도뿐 아니라 오사카야고서점을 통한 구 만주지역, 일본에까 지 센류 잡지가 판매된 것을 알 수 있다.

외에도 결사 규모를 달리 하는 경성센류사, 도미차(鯛茶)센류사, 와카나(若菜)센류회, 수세미(へちま)센류회, 반가사(番傘)센류회, 기누타(きぬた)센류사, 춘천(春川)센류회, 겸이포 하나카쓰라(華かつら)센류회, 인천센류사, 마산센류회, 후타바(ふたば)센류회, 센류 자유음사(自由吟社) 등 한반도 전지역의 다양한 센류 구회의 존재와 그 활동상을 상술하였다. 「센류잡지 단편(柳誌片々)」에서는 일본뿐 아니라 만주 지역에서 발행되고 있는 유수의 센류잡지[23]들 각호에 대해 소개하고 있다. 여기에서 『센류삼매』가 일본과 만주의 센류계 동향과 활동에도 관심을 가지고 조선 센류계를 대표하는 잡지가 되고자 한 노력이 보인다.

잡지 후반부 「센류왕래(川柳往來)」라는 난에 남산음사와 관련된 회원들의 소식과 동정을 싣고 있다. 그리고 권미의 「잡기(雜記)」[24]에는 삼매당(三昧堂)이라는 편집자의 필명으로 『센류삼매』의 각호마다 편집후기에 해당하는 내용을 쓰고 있는 형식이다.

동시대의 다른 문예잡지에 비해 손색이 전혀 없는 충실한 구성과 내실을 갖춘 『센류삼매』는 일본으로부터도 상당한 인정을 받았으며,[25] 대

---

23) 『센류삼매』에서 근황을 취급하거나 선전을 하고 있는 일본의 센류 잡지는 오사카의 『番傘』, 『川柳雜誌』, 도쿄의 『川柳きやり』, 『川柳人』, 『川柳すずめ』 등 1930년 7월에 나온 40호 기준으로는 12종에 이르며, 이중 『番傘』, 『川柳きやり』, 『川柳人』은 2013년 현재까지도 일본에서 간행되고 있다.

24) 10호부터 14호까지는 「삼매잡기」, 15호부터는 「삼매 후기」, 1929년부터는 「남산방 잡기(南無山房雜記)」로 코너가 개칭되지만 편집후기적 성격의 글이다.

25) 류손지(柳樽寺)파 대간부로 일본에서 신센류 운동을 펴며 『신센류 분류 일만구집(新川柳分類一万句集)』 간행 등 대사업을 진행한 곤도 아멘보(近藤飴ン坊, 1877-1933년), 『신센류 일만구(新川柳一万句)』를 간행하여 호평을 얻고 한 달에 일만구가 넘는 투고자들의 인기를 발판으로 일본에서 국민센류회(國民川柳會)를 이끌며 『센류연구(川柳研究)』를 주재한 가와카미 산타로(川上三太郎, 1891-1968년) 등 센류 대가들이 『센류삼매』에 꾸준히 센류와 이론을 기고하고 있다. 또한 『반가사(番傘)』의 주간 기시모토 스이후(岸本水府, 1892-1962년)와 오미 사진(近江砂人, 1908-1979년)도 조선을 방문하여 남산음사의 동인들과 회합을 가졌다. 그뿐 아니라 일본의 대표적 센류 서적에도 『센류삼매』에서

련을 거점으로 만주 지역 센류계에 군림하며 대련센류회를 이끈 오시마

도메이(大島濤明)26)도 빈번히 비평기사를 기고하였다.

　이렇듯 일본과 만주 지역까지 연계된 조선의 류단(柳壇)을 기반으로

『센류삼매』가 그 대표라는 자부 속에 남산음사 동인들은 활발한 문필활

동을 편다. 『센류삼매』에는 시, 단카, 하이쿠에 비해 경박하고 통속적이

라는 센류에 대한 인식을 불식시키고자 '대중시'와 '시예술'로서의 센류

문학론이 거의 매호 강조되었으며, 센류 작품에는 쇼와 초기 시대상을

반영하는 모더니즘과 불황을 반영한 실업 등의 소재27)를 담고 있어 사

회적 현실 분위기를 잘 알 수 있다.

3. 『센류삼매』의 센류 작품과 조선을 그린 센류

　『센류삼매』의 리더 와다 덴민시(和田天民子)28)가 말하듯 센류는 "인정의

발표된 구가 꽤 뽑혔다는 기록도 있다. 近藤飴ン坊(1928), 「異性への川柳 眼」 12号, ①
p.160. 巷頭子(1929) 「南無三方雜記」 28号, ②p.471.

26) 오시마 도메이(大嶋濤明, 1890-1970년)는 1920년대부터 대련을 거점으로 대륙의 센류계
에서 활약하며 그 발전을 위해 진력한 중진의 센류 작가이다. 만주국이 탄생하고 1938
년에는 만주예문협회설립과 더불어 센류부장을 역임하고 1940년에는 전만주센류인의
대동단결에 의해 동아센류연맹이 탄생하고 도메이는 그 회장에 추천되었으며 대륙에
서 발행되는 주요신문 수십 곳의 센류란 선자를 담당하였다. 종전 후 1947년 귀국한
도메이는 이후에도 구마모토(熊本)를 근거로 활발히 센류 활동을 벌였다. 東野大八著,
田辺聖子監修・編(2004), 앞의 책(『川柳の群像』) pp.70-72.

27) '하이칼라(ハイカラ)'는 물론이고 모던 보이를 지칭하는 '모보(モボ)', 모던 걸을 지칭하는
'모가(モガ)' 등의 단어가 잡지 전체에 빈출한다. 특히 「실업(失業)」을 제목으로 "실업은
둘째 치고 귀국한다니 어머니 웃네(ハンマーの音を聞いている失業者)" "실업자된 것 아내
에게 큰 마음 먹고 털어놔(失業者妻には心強く云ひ)" 등을 비롯한 28구의 센류가 게재되
어 있어 재조일본인들이 겪는 쇼와 불황이 드러난다. 南山吟社(1930), 「南山吟社五月例會」
39号, ④p.130.

미묘"한 맛과 "사회의 실상"29)을 예리하게 드러내는 대중문학이었다. 대
중시를 표방하며 『센류삼매』에 실린 센류는 모집 「잡영」과 남산음사 정
례회, 소모임 예회로 나눌 수 있다. 모집 「잡영」은 한반도 각지뿐 아니라
일본, 만주 지역의 작가도 참가하고 있는데 가타카나에 의한 외래어 표
기30)를 다용하거나 여급(女給)이나 웨이트리스 등의 직업여성에 대한 구
가 많은 등31) 시기적으로 당시에 일본에서도 유행한 쇼와 초기의 모던
한 특징이 보인다. 그러나 『센류삼매』의 센류를 대표하는 이 「잡영」란에
조선 현지의 생활이나 풍토, 풍속 등 조선색을 특별히 드러내는 면은 상
대적으로 부족32)하다.

---

28) 본명은 와다 이치로(和田一郎)로 1906년 도쿄 제국대학 법과를 졸업하고 오쿠라쇼(大藏
省)의 관리를 하다 병합 이후 조선으로 건너온 인물이다. 탁지부 이재과장을 거쳐 철
도과장으로 임명된 후, 1922년 재무국장으로 승진, 이듬해 법학박사의 칭호를 얻었으
며 1924년부터는 관료로서의 생활을 접고 조선상업은행의 총재(頭取)가 되었다. 藤澤論
天(1926), 『半島 管財人物評論』京城: 大陸民友社, p.16. 또한 『센류삼매』 1929년 29號(②
p.614)에도 광고문에 조선상업은행 총재에 와다 이치로, 부총재에 박영철(朴榮喆)이라
는 이름이 명시되어 있으므로 조선상업은행 총재를 역임하면서 남산음사 활동을 리드
한 것을 알 수 있다. 그리고 1930년대 중후반부터 1940년대에는 일본에서의 출판활동
이 확인되므로 1930년대에 일본으로 돌아간 것으로 추측된다.

29) 和田天民子(1928), 「卷頭言」10號, ①p.43.

30) 「달이 뜬 밤을 잠들기에 아깝네 캠핑이니까(月の夜を寐るには惜しいキヤンビング)」, 「윈도우
에다 이마를 박고서는 혼자서 웃네(ウヰンドで額を打つて一人笑み)」(이상 誌友(1928), 「川柳
雜詠」11号, ①pp.97-98), 「에이비이씨 정도는 알고 있는 웨이트리스(ABC位はわかるウエト
レス)」(誌友(1928), 「川柳雜詠」12号, ①p.103), 「마네킨이라 어울리는 거라고 하는 여인들
(マネキンだから似合ふと女連れ)」, (諸家(1930), 「川柳雜詠」35号, ③p.357), 「발을 밟혀도 "아,
실례"로 끝나는 러시아워(踏まれても失礼ですむラツシユアワー)」(諸家(1930), 「川柳雜詠」37号,
③p.503.) 등.

31) 「기생에게도 김치를 먹었다는 냄새가 나네(妓生もキミチを喰べた匂ひなり)」(南山吟社(1928),
「會報と寸評」10号, ①p.68.), 「웨이트리스 하카마 입은 손님 상대도 않네(ウエトレス袴の客
へとり合はず)」, 「여급도 이미 돈이 없다는 것을 알고 있구나(女給もう金のないのを知つてゐる)」
(三昧誌友(1928) 「川柳雜詠」11号, ①p.72.), 「대신 써 달라 부탁하는 하녀는 비웃음 사고
(代筆を頼む女中はからかはれ)」(諸家(1930), 「川柳雜詠」37号, ③p.492.) 등.

32) 이 점은 『조선신문사』의 마쓰모토 데루카(松本輝華)의 독후감 중 "역시 로컬컬러는 있
었으면 합니다(失張り)ローカルカラーは欲しいものです)"(『三昧と川柳と』(1928)10号, ①p.61)라는
의견이나, "거기에 로컬컬러가 나오는 것은 지나치게 당연한 소산이어야 한다. 그렇지

또한 이 잡지의 산문은 센류론에 해당하는 것이 상당히 많으나 일본의 센류 명사들의 논리를 재록(再錄)하거나 센류의 문학성을 역설하는 다음과 같은 일반적 당위론에 치우쳐 있다.

- 센류가 대중시라는 것은 시정의 하찮은 농담과 같은 것이라는 의미가 아닙니다. 진보한 시대에는 진보한 인사 기타를 대상으로 하는 것이 대중적인 것입니다.
- 센류는 시입니다. 따라서 열일곱음의 글자를 늘어놓는 것만으로 시로서 수긍하기 어려운 것은 센류가 아닙니다. 센류는 시이지만, 센류시로서의 특이한 존재를 드러내는 특별한 태도가 필요합니다.
- 센류를 사랑하는 마음! 그것을 위트와 유머가 없어서는 안 될 근대인을 상징하는 스케일 중에 손꼽히는 첫째조건으로 삼고 싶다.
- 우리는 대중시로서의 센류를 더욱 더 대중 속으로 밀고나가야 한다. 대중과 동화결합시켜야 한다. 그러기에는 어려운 논의나 센류의 향상을 부르짖는 것만으로 안 된다. 요컨대 그 시대 그 사상에 딱 화합하는 센류, 대중에게 영합되는 구를 보다 많이 낳는 것이라 믿는다.[33]

리더이자 가장 강력한 센류 이론가인 와다는 일본의 센류계 동향에 늘 촉각을 곤두세우며, 센류의 시적 가치나 센류가의 태도, 센류와 대중[34] 등에 관한 센류론을 개진한다. 그러나 위의 인용문에서 보듯 와다

않으면 조선의 센류는 결국 발달하지 않는다(そこにローカルカラーの出るは当然過ぎる所産でなくてはならぬ、デなくては朝鮮の川柳は遂に發達しない)"(竹馬居主人(1928), 「五月号等から」27号, ②p.438.)는 자성(自省)에서도 드러난다.

33) 각각 和田天民子(1928), 「漫言」20号, ①p.589, 和田天民子(1929), 「僕の川柳觀」23号, ②p.154, 寺田五柳子(1930), 「川柳礼讚」34号, ③p.301, 寺田五柳子(1930), 「雜詠の回顧」37号, ③p.540. 에 의한다.

34) 和田天民子(1929), 「柳界即事」28号, ②pp.494-496. 和田天民子(1930), 「柳界偶話」30号, ③pp.40-44 등에서 센류의 특징과 사회적 진출, 당파성 없는 센류 등에 관한 일반 류론(柳論)을 역설하고 있다.

와 그 외의 동인들에 의한 센류론은 일본에서 주창되는 전통 센류파의 논리와 별반 다름이 없고, 조선 대중(재조일본인)의 특수성이나 현실에 부합하는 조선 독특의 센류 이론은 거의 없음을 알 수 있다. 이러한 흐름이 반영되어 창작 센류에도 "십년의 지기 그게 마지막으로 퇴사를 했네 (十年の知己それぎりの退社なり)", "중역이 가진 공허한 마음속이 그대로 보여(重役のうつろな心見へ透いて)", "같은 고향의 친했던 친구에게 돈 꾸러 오다(同郷の よしみに金の事で來る)"35)와 같이, 잡지의 대표적 구를 제시하는 「잡영」이나 「삼매초」에는 일본 센류와 구분되지 않는 실생활에 관한 작품들이 대부분이다.

그런데 이러한 큰 흐름 속에서도 '조선어'를 외래어로 표기하거나 조선과 조선인의 풍광을 드러내며 이채를 띤 것이, 바로 남산음사 멤버들 간의 「월례회」 코너에서 지어진 일부 센류라 할 수 있다. 그렇다면 「월례회」에 실린 조선적 소재를 사용한 센류의 소재별, 내용별 특징은 무엇이며, 그 소재를 통해 조선의 어떠한 측면을 드러내려고 한 것일까?

남산음사 동인들의 월례회에서는 미리 제시된 몇 개의 제목(이를 兼題라고 함)하에 센류가 나열되었는데, 그 첫 번째 제재는 조선의 생활상이나 현실에서 가장 두드러진 풍물로 조선색을 드러내기 위한 것이었다. 구제에 따른 회원들의 연작을 통해 한 가지 조선적 풍물 소재에 대한 여러 회원들 각자의 관찰과 해석을 드러내고 있는데, 그 구제를 정리하면 다음과 같다.

---

35) 諸家(1929), 「川柳雜詠」30号, ③p.36.

호	제재	표기	호	제재	표기	호	제재	표기
10	김치	キミチ, キムチ, 沈菜	19	성벽	城壁36)	28	주머니	囊巾, チユモニー
11	좋은날	チョウンナリ, チョムナリ	20	토시	吐手	29	물장사	水商人, ムルチヤンサア
12	바가지	パカチ	21	안방	內房	30	엿장사	飴賣, ヨツチヤンサー
13	방립	喪笠, パンニツツ	22	인삼	人蔘	31	아이고	哀號
14	빈대	ピンデ, 南京蟲	23	투전놀이	投錢戲	32	장날	市日, チヤンナリ
15	갓	イブチヤ, 笠子, カツ	24	복덕방	福德房	33	조선풍물	朝鮮風物雜詠
16	의생	醫生37)	25	어머니	オモニー	34	월례회	개최되지 않음
17	장구	長鼓	26	토막	土幕	35	조선명승	朝鮮名所詠込
18	나막신	木鞋 ナムクシン, ナマクシン	27	신선로	神仙爐	36	경성명소	京城名所詠込

　이상에서 '갓', '나막신', '토시', '주머니' 등의 조선 특유의 복장, '김치', '신선로', '인삼'과 같은 조선의 고유의 먹거리, '안방'이나 '토막' 등의 독특한 주거 양식에 대한 것이 눈에 띄므로 조선의 의식주라는 생활과 가장 밀접한 기본요소의 특이한 제재에 관한 선택이 가장 많다고 할 수 있다. 이 외에도 '좋은 날'이나 '방립', '아이고' 등 관혼상제와 관

---

36) '성벽'은 일반적 소재일 수 있지만 전호(前號)에서 '조선색을 읊은(朝鮮色を詠まれたし)' 것이라 되어 있다. 南山吟社(1928), 「南山吟社九月例會案內」18号, ①p.507.

37) 민족항일기의 의료인을 말한다. 당시 의료시책이 서양의학체제로 되어 있었으나, 의사가 크게 부족하고 갑자기 단기 양성할 수도 없어서 의사가 확보될 때까지 궁여지책으로 준의사격으로 만든 것이 의생제도이다. 의생은 서민 의료에 많이 공헌하였다. 1913년 2월 총독부령으로 '의생규칙(醫生規則)'을 공포하였는데, 의생 자격은 20세 이상의 한국인으로 이 규칙이 시행되기 전에 한국에서 2년 이상 의업에 종사하고, 일정 수속을 마치고 의생면허를 교부받았다. 이상은 한국학중앙연구원(2013), 『한국민족문화대백과』의 '의생' 검색 내용을 요약한 것이다.(http://encykorea.aks.ac.kr/Contents/Index 검색일자 2014년 4월)

련된 풍속에서 가지고 온 소재도 많으며, '어머니'나 '엿장수', '물장수', '복덕방' 등 대표적 조선인의 표상이 보인다.

이러한 조선 특유의 제재를 고유명사 그대로 표기하면서 조선의 구어와 조선어가 적극적으로 센류에 반영되어 혼효되어 있는 것을 확인할 수 있다. 즉 조선 생활의 일상과 인사(人事)를 중심으로 하는 풍속, 풍물에서 주요 제재를 가지고 온 동인들의 월례회 성격을 드러내주며, 이는 제한적이기는 해도 일본의 독자들에게 조선에 관한 정보를 준다는 점에서도 유용했을 것이다.

이와 같이 조선의 의식주 생활, 인사, 풍속 등 조선적 소재를 사용하고 있는 이들 센류는 내용적 측면에서 조선의 무엇을 그리고 어떻게 형상화되어 있으며, 남산음사 동인들이 조선적 사상(事象)을 대하는 스탠스는 어떠했는지 이하에서 살펴보기로 한다.

> ① 김치에도 익숙해져 출장도 힘들지 않네(キムチにもなれて出張苦にならず).
>   막걸리에 익숙해지고 김치는 일도 아니네(マッカリ(濁酒)に馴れてキムチを事とせず).38)
> ② 삼 년의 상이 너무 길기도 하다 두꺼운 방립(三年の喪が長すぎる太い笠).
>   효성스러운 마음을 머리에 쓴 방립에 보여(孝心を頭に見せてパンニッツ).39)
> ③ 아라랑 노래 흘러나온 입에서 김치 냄새나(アララン(唄)の口からキムチ匂ふなり).
>   빈대에게서 쫓겨나듯이 집을 이사하누나(ピンデから追はれる様に家を越し).
>   고무신 옆에 진열되어 팔리지 않는 나막신(ゴム靴とならべて賣れぬナムクシン).
>   녹초가 되어 토막에 돌아오는 지게꾼 무리(草臥れて土幕へ歸るチゲの群れ).40)
> ④ 내지의 말도 섞어가며 엿장사 아부도 잘해(內地語も混ぜて飴賣の世辭に長け).

38) 南山吟社(1928), 「會報と寸評」10号, ①p.68.
39) 南山吟社(1928), 「南山吟社三月例會」13号, ①p.244.
40) 南山吟社(1928), 「會報と寸評」10号, ①p.68. 南山吟社(1928), 「南山吟社四月例會」14号, ①p.304. 南山吟社(1928), 「南山吟社八月例會」18号, ①p.509. 南山吟社(1929), 「南山吟社四月例會」26号, ②p.387.

"사려"라고도 말하지 않고 가위 소리를 내네(サリオとも云はず鋏の音を立て).
나도 모르게 아이고가 나오는 일본어구나(うつかりと哀号が出る日本語).[41]

내용적으로는 ①처럼 특히 조선의 음식에 익숙해지는, 아니면 반대로
아무리 지나도 익숙해지지 않는 과정에 관한 것이 보이는데, 조선에 거
주하는 일본인으로서 점차 조선의 음식문화에 "익숙해져(馴れて)"가는 단
면을 보여주는 점이 흥미롭다. 또한 관혼상제를 다룬 센류에서는 ②와
같이 조선인의 특별한 효심을 긍정적인 측면에서 그리고 있다는 점이 특
기할 만하다. 한편 ③처럼 조선적인 것의 불편함과 불결함, 구시대성을
드러내어 낙후한 조선을 지배자의 눈으로 바라보는 시선 역시 알 수 있
다. 그리고 ④와 같이 조선어와 일본어가 서로 어설프게 섞여 혼용되면
서 조선의 현실적 언어생활에서 느끼는 위화감의 단면을 드러내고 있는
데, 이는 식민지의 문화적, 언어적 혼종성을 그대로 드러낸다는 점에서
당시 식민지문학의 일반적 현상과 맥을 같이 한다.

비록 한 코너에서 제한된 동인들 간에 이루어진 것이긴 했지만, 이렇
게 조선적인 소재를 하나씩 읊는 구제가 마련된 까닭은 다음과 같은 부
분에서 찾을 수 있을 것이다.

- 종래(『센류삼매』 이전)의 센류잡지는 첫째로 조선이라는 특수한 입
  장에서 발행되고 있음에도 불구하고 조선의 모습이 없다는 것. ……
  그것이 오늘날의 『센류삼매』를 보니, 첫째 조선의 모습을 드러내고
  있다는 점.
- 『센류삼매』는 내선(內鮮) 공히 배본되고 있다. 내지의 애독자들에게
  다대한 흥미를 주는 까닭은 오로지 조선 냄새를 발휘하는 것으로,

---

41) 각각 南山吟社(1929), 「南山吟社八月例會」30号, ③p.77. 南山吟社(1929), 「南山吟社九月例會」
   31号, ③p.140.

그렇지 않다면 경성에 발행소를 둘 의의가 없다.[42]

이처럼 '내지'의 일본인들이 조선적인 센류에 갖는 호기심에 부합하고
자 마련된 유일한 코너가 바로 10호부터 36호까지 확인되는 월례회 첫
번째 겸제였다. 그러나 의식주나 풍속에서 조선임을 드러내고 외래어로
표기할 수 있는 소재는 매우 한정되어 있었던 듯, 표의 항목만이 센류의
조선적 색채를 드러내는 제재로 사용되고 이후는 조선색이 드러나지 않
는 제재로 변모한다. 즉 37호 이후부터는 숫자 '삼(三)'이나, 안심, 표찰,
웃음소리, 절(寺), 반딧불이, 옛날 돈(古錢), 겁(臆病), 국화 등의 구제가 제시
되면서 『센류삼매』의 센류에서 조선색은 점차 사라진다.

이상에서 고찰한 것처럼 한반도의 류단을 대표하는 『센류삼매』에는
재조일본인의 생활공간이었던 조선적 현실을 형상화한 작품이 전체적으
로 비교적 부족하였다고 할 수 있다. 그러나 조선의 풍물과 풍속을 그려
일본에 소개하고, 일본의 센류와 차별을 도모하려는 최소한의 노력이 동
인들 간에 제한적 코너에서 시도되었다. 조선적 풍물을 직접 그려낸 그
작품들의 소재는 조선의 의식주, 풍속, 풍물 등에 걸쳐 있다. 표현 형식
으로도 일본어와 조선어가 혼용되어 있고, 내용적으로는 조선적인 것을
차별화하는 시선과 더불어 조선 문화에 익숙해지는 자각도 엿보이므로,
당시 식민지 문학에서 논해지는 식민지의 혼종성이 보이는 특징을 지적
할 수 있다.

한편 이러한 문제의식을 한반도에서 창작된 일본 전통시가로 확대해
보면, 1920년대부터 조선적 소재에 집착하여 새로운 우타마쿠라(歌枕, 단

---

42) 인용문은 각각 矢田冷刀(1929), 「二ヶ年を振返る」25号, ②p.316. 蛭子生(1929), 「臍先生の旧著
『朝鮮の匂ひ』」28号, ②p.501.

카를 짓는 명소를 일컬음)나 조선의 기고(季語)를 모색하는 등 로컬컬러에 대한 많은 논의가 있었던 단카나 하이쿠에 비해 1920년대의 센류 장르는 현지화에는 오히려 둔감했음을 알 수 있다. 이는 센류라는 장르가 단카나 하이쿠에 비해 보다 대중성이 강한 장르라는 측면, 그리고 전통에 대한 집착이 단카나 하이쿠에 비해 그다지 높지 않다는 측면에 기인한다. 그래서 전체적으로는 '내지'물과 '조선'물을 구분하고자 하는 재조일본인 대중들의 의식이 부족하였기 때문에 역으로 나타난 현상이라 볼 수 있을 것이다. 그리고 이것이 조선 민속에 정통한 인물 라엔(螺炎)이 월례회에서 활동하는 빈도가 낮아지게 된 것과 맞물린 시점이라는 것이 바로 다음 장에서 주목할 점이다.

4. 이마무라 도모(今村鞆)의 활동으로 본 센류와 민속학의 접점

『센류삼매』 간행을 주도한 남산음사의 주요 동인들은 판권지에 지속적이고 공통적으로 명시[43]된 와다 덴민시, 이마무라 라엔(今村螺炎), 구보타 덴난(久保田天南), 데라다 신텐시(寺田沈澱子), 요코야마 고토시, 쓰무라 효지로(津邨瓢二樓) 등이다. 모두 조선의 센류계에서 혁혁한 활동을 한 인물들이지만, 이들 중 센류가 조선의 시정(市井)문학일 수 있도록 조선의 삶

---

43) 다카노 쇼토(高野宵燈), 데라다 신텐시(寺田沈澱子), 아라키 슈치쿠(荒木吹竹)도 10호에 동인으로 소개되어 있고, 여기에 마루야마 다이산시(丸山對山子)는 제11호부터, 신도 난시(進藤南史), 가와라자키 비쿄(川原崎美鄕)는 제16호부터, 하시모토 곤야(橋本言也)는 제18호부터 동인으로 나열되기도 하고 제20호부터는 다시 10명의 이름만 보이다 1929년 봄부터 쓰무라 효지로(津邨瓢二樓)가 들어오는 등 이동이 있다. 또한 1929년 말부터는 원산과 마산의 지부에 간사들 이름도 보이고, 1930년 말에는 겸이포 지부 간사가 추가되었다.

과 생활, 즉 민속을 관찰하여 제시하는 역할의 최대공로자로 이마무라
라엔(본명 今村鞆, 이하 라엔으로 칭함)을 들 수 있다.

　라엔은 일제강점기 경찰 관료 출신으로 조선의 민속을 연구한 학자로
서 이전부터 지적되어 왔으며, 특히 그의 1914년 저작인『조선풍속집(朝
鮮風俗集)』에 근거한 조선관과 민속학, 식민통치와의 관련성 등이 주목되
었다.44) 그러나 라엔이 식민지기 조선에서 하이쿠45)와 센류와 같은 문학
방면에서도 실제 작품을 지었고 평론과 강연활동도 활발했다는 것은 지
금까지 그다지 논의되지 못하였으며, 특히 그가 남산음사 주요 멤버로서
전개한 문필활동에 대해서는 전혀 알려진 바 없다.

　이 글의 테마인 센류 분야에서 라엔을 조명할 때, 그는 남사음사의 가
장 주요한 멤버 중 한 사람46)이었으며, 『센류삼매』제11호의 권두언에서
다음과 같은 센류론도 제시하고 있다.

---

44) 관련 주요 선행연구는 다음과 같다. 김혜숙(2006), 「이마무라 도모(今村鞆)의 朝鮮風俗
　　연구와 在朝日本人」, 『한국민족운동사연구』제48집, 한국민족운동사연구회, pp.75-122.
　　주영하(2006), 「이마무라 도모에의『조선풍속집』연구」, 『제국 일본이 그린 조선민속』,
　　한국학중앙연구원, pp.63-102. 남근우(2008), 「'조선민속학'과 식민주의」, 동국대학교출
　　판부, pp.115-122. 홍양희(2009), 「이마무라 도모의『조선풍속집』과 조선사회 인식 : 가
　　족과 관련된 풍속을 중심으로」, 『동아시아문화연구』제45집, 한양대학교 한국학연구소,
　　pp.293-324. 김영(2010), 「일제강점기 이마무라 도모의 <조선인미풍론>에 대한 비판
　　적 분석」, 『일본문화연구』제33집, 동아시아일본학회, pp.61-84.
45) 이에 관한 연구는 유옥희의 논고가 유일하다. 이 논문에서 다룬『조선하이쿠일만집(朝
　　鮮俳句一万集)』은 1926년에 간행된 단행본인데 유옥희는 여기에서 라엔의 활약상을 지
　　석하고 있다. 유옥희(2004), 앞의 논문(「일제강점기의 하이쿠 연구-『朝鮮俳句一万集』을
　　중심으로-」), pp.275-300.
46) 남산음사에서 그의 위치를 잘 알 수 있는 예로『센류삼매』를 하나의 내각에 빗대어
　　이마무라 라엔은 사법대신에 해당하고 그 이유로 "옛날 무서운 아저씨(昔の恐い伯父さ
　　ん)"라고 부기하고 있다. (1930), 「三昧內閣の成立」41号, ④p.281. 이에 따르면 리더 와다
　　덴민시는 총리대신, 편집자 요코야마 고토시는 "센류삼매의 안방마님 역할(川柳三昧の
　　女房役)"로 내무대신에 할당해 두었으므로 음사 내에서의 역할을 잘 반영한 비유로 볼
　　수 있겠다.

센류는 예술의 하나이다. 교훈의 한 구절도 아니며 금언의 한 조목도
아니고 또한 장난(玩弄)문자의 나열도 아니다. 분명히 예술의 하나이다.
예술의 내용 생명은 무엇인가? 그것은 한 마디로 하자면 감각이다. 감각
의 세계를 눈에 보이는 형태로 표현한 하나이다. 센류는 그 예술 중에서
도 가장 통속적으로 평범한 일상 비근한 감각을 가장 집약적인 문자에
의해 표현하는 예술이다.[47]

교훈이나 금언, 문자 장난의 나열이 아닌 "통속적이고 평범한 일상의
비근한 감각을 가장 집약적인 문자에 의해 표현하는 예술"로 센류를 정
의하며 일반적 센류론를 제시하고 있다. 앞호의 권두언이 법학박사 와다
에 의한 것임을 고려하면 동인 내의 이인자로서의 라엔의 위치를 추측할
수 있다. 이러한 센류론에 기반하여 라엔은,

① 고관대작은 직접 보면 너무도 평범한 얼굴(大官に會へば平凡過ぎる顔)
　속된 일에도 능숙해져 교장은 오래 해먹네(俗事にも長けて校長長續き)
　직함이 효과 있었는지 연설에 사람들 모여(肩書の利きめ演說人がより)[48]
② 효성의 마음 머리에 쓴 방립에 보이는구나(孝心を頭に見せてバンニツツ)
　아이고 하는 목소리 갈라져서 묘지에 도착(哀号の聲がカスれて墓地に着き)
　이 나라에 부는 무자비한 바람을 토시에 보여(此の國の無性な風を吐手に見せ)[49]

①과 같은 인사(人事)에 초점을 둔 작품과, ②와 같이 조선의 풍물에서
조선적 특징을 드러내는 센류를 월례회에서 발표하며 창간부터 1928년
무렵까지는 『센류삼매』의 작구(作句)와 선고에 활발히 참여한 모습이 확

47) 今村螺炎(1928), 「卷頭言」11号, ①p.89.
48) 각각 諸家創作(1928), 「川柳雜詠」12号, ①p.148. 諸家創作(1928), 「川柳雜 詠」13号, ①p.213.
　　川柳三昧(1928), 「川柳三昧鈔」15号, ①p.326.
49) 각각 南山吟社(1928), 「南山吟社三月例會」13号, ①p.244. 南山吟社(1928), 「南山吟社十月例會」
　　20号, ①p.629. 南山吟社(1929), 「南山吟社九月例會」31号, ③p.140.

인된다. 즉 남산음사의 주요 동인으로서 창간부터 2년 정도는 라엔의 센류 참여가 상당히 빈번했다.

그러나 1929년부터는『센류삼매』에 선자로서는 참여하되 창작 센류가 점차 감소해간다. 1930년에 들어서는 또 다른 저술 활동 때문인지 혹은 라디오 방송의 업무 때문인지, 조선풍물을 소재로 한 구회인 남산음사 월례회에도 라엔의 결석이 현저하다. ②처럼 조선의 풍속과 풍물을 제재로 한 남산음사 월례회에 라엔의 참석이 저조해지자 결국『센류삼매』에서도 조선적 센류 창작은 사라지게 되는 것이다.

라엔이 남산음사의 중심적 존재로 활동했을 때 조선적 소재로 센류가 창작될 수 있었던 것은 역시 1928년 시점에 그가 구축한 조선민속학에 대한 깊은 관심 및 조사연구와 밀접한 연관이 있다. 이러한 특징은『센류삼매』에서도 조선의 기담이나 민속에 관한 이야기를 담은 라엔의 글에서 잘 드러난다.

현존본을 확인할 수 없지만 라엔은『센류삼매』창간호부터 9호까지 매호 옛 센류에 대한 다양한 고증을 발표한 것으로 보이며,[50] 같은 맥락에서「메이지 센류의 한 단면」이라는 글도 기고하였다. 이 글은 남산음사가 주최한 전선(全鮮)센류대회에서 라엔이 강연한 내용을 정리한 것으로, 상당 분량에 걸쳐 전통파 센류의 역사, 센류의 타락, 교훈적인 구, 예술미가 있는 구, 성적인 구, 고사와 관련된 구를 소개하고 있다.[51]

음사의 동인들을 자세히 소개하는 코너에서 라엔은 그 인물에 대헤

---

50) "라엔군은 매호 옛 센류에 대한 다양한 고증을 발표하시어 우리에게 대단히 참고가 되는 것이 많다는 것을 감사한다(螺炎君は毎号古川柳に對する種々な考証を發表せられ、我々に大いに參考とするものが多々あることを謝する)"라는 말이 있다. 大島濤明(1928),「十号の雜詠を讀んで」12号, ①p.156.
51) 今村螺炎(1929),「明治川柳の一斷面」32号, ③pp.176-182.

다음과 같이 기술되고 있다.

> …… (생략 기호) 당시의 이름난 서장(署長) 경시(警視) 이마무라 도모
> 씨, 즉 우리 음사의 동인이며 현재는 경성방송국 이사라는 한직에 있으면
> 서 유유자적하고 계시는 <u>조선사정 통(通)</u>으로서 유명한 학자이며 조선풍
> 속, 조선만담 등의 저자이자 센류인(柳人)인 라엔 선생 …… 도사(島司), 부
> 윤(府尹), 이왕직(李王職) 사무관 등 오랫동안 엄격한 관리생활을 지속한
> 사람으로 일견 우리 보통 사람들이 가까이 다가가기 어려운 풍모이지만,
> …… 매우 친해지기 쉽고 사람을 끌어당기는 <u>유머가 풍부한 좌담의 능숙
> 함</u>은 과연 에로틱 방면에 관한 학리적 고찰가이며 숨은 그 방면의 대가
> 라는 것을 내심 수긍하게 된다.[52]

조선사정을 꿰뚫고 있는 조선사정 통(通)이자 "유머가 풍부한 좌담의
능숙함"을 가진 라엔은 센류 창작의 활동보다는 조선의 민속과 풍속에
대한 해설자로 탁월한 면모를 발휘했다. 이러한 이유로 앞서 살펴본 남
산음사 동인들의 월례회에서 조선적 소재를 다루는 코너는 라엔의 불참
이 많아지면서 결국은 사라지게 되는 결과를 초래했다. 또한 "에로틱 방
면에 관한 학리적 고찰가"라는 측면에 관해 라엔 자신은 이렇게 말한 바
있다.

> 그래서 어떻게 했느냐 하면 재빨리 붓을 들어 슥슥 써서 보여 주었지
> 요. 말하자면 뭐뭐뭐 라고. 이런 에로틱한 맛이 있는 이야기는 조선에 산
> 처럼 많습니다.[53]

그것은 『센류삼매』에서 조선의 우스개 이야기를 다룬 시리즈나 은어

---

52) 宵燈子(1929), 「同人片影」26号, ②p.384.
53) 諸家(1928), 「神仙爐」19号, ①p.553.

(隱語)나 성(性)적인 상징성,54) 조선 신방(新房)의 풍경 등55) 조선의 풍속적 특성을 분석한 관찰담을 제시하는 활동과 관련된다. 일례로 조선의 신방에 구멍을 뚫는 습관에 대해서는 백정 신랑이 신부의 피(거죽)를 벗겨야 한다는 속어를 잘못 이해하여 정말로 가죽을 도려냈다는 그로테스크한 옛 이야기를 서술하며,56) 이러한 예가 있어서 생기게 된 기이한 풍습임을 민속학적으로 설명하고 있다. 라엔은『센류삼매』에서 이러한 관찰담을 통해 조선의 기이한 풍속을 화제로 삼아 일본과 비교하면서 일선(日鮮) 공통의 화제로 옮겨가는 방식을 취하며 조선 풍속을 소개하였다.

또한 라엔은『센류삼매』에서 성적인 은어나 현상의 설명을 센류 용례로 설명하고 있다. 예를 들어「에치젠이라는 은어(越前と云ふ隱語)」라는 내용에서는 센류에서 포경수술을 의미하는 은어 사용 용례에서 시작하여 의학, 고고학, 민속학의 연구를 빌어 유대인과 야마토(大和) 민족이 동일하다는 민족우생학상의 대문제로 결론을 확대하고 있다.57) 다시 말해 라엔의 논리전개에서 두드러지는 특징은 일상적 은어나 용어, 기이한 사례의

---

54) 말이 성의 상징이라거나, 코가 성적이 심볼이라는 것에 대해 고서나 옛날 구를 통해 설명하며 보편화시키고 있다. 螺炎生(1929),「破礼句」26号, ②p.427. 今村螺炎生(1930),「性のシンボルと馬」34号, ③p.302.

55)『센류삼매』의 이마무라의 글은 1928년「朝鮮の落語(二)」10号, ①pp.47-48.「朝鮮の輕口話(三)」11号, ①、pp.91-92.「朝鮮の輕口話」12号, ①pp.137-138.「朝鮮の笑話(五)」13号, ①pp.193-195.「朝鮮の笑話(六)」14号, ①p.272.「朝鮮の笑話(七)」15号, ①p.331. 1929년「怨靈が蛇になる話」22号, ②p.97.「ある女生徒」23号, ②pp.156-157.「越前と云ふ隱語」24号, ②p217.「破礼句」27号, ②p.427.「明治川柳の一斷面」32号, ③p.176.「下女」32号, ③pp.196-197.「下女二人」33号, ③pp.252-253. 1930년「性のシンボルと馬」34号, ③p.302.「新房の穴窺き」42号, ④p.357. 등이 있다.

56) 今村螺炎生(1930),「朝鮮の笑話(五)」13号, ①pp.193-195.

57) 今村螺炎生(1929),「越前と云ふ隱語」24号, ②p.217. 이마무라의 비교론적 설명방식에 관해서는 다음 논문들이 지적하고 있다, 김혜숙(2006), 앞의 논문(「이마무라 도모(今村鞆)의 朝鮮風俗 연구와 在朝日本人」) pp.75-122. 홍양희(2009), 앞의 논문(「이마무라 도모의『조선풍속집』과 조선사회 인식 : 가족과 관련된 풍속을 중심으로」) pp.293-324.

설명에서 시작하여 과학적 지식을 빌어 민족성의 설명으로 비약되는 점
이라 하겠다.

센류와 민속학이 라엔을 매개로 밀접한 관련을 갖게 되는데, 그것은
조선에서 센류가 융성했던 1910년대부터 1920년대에 걸쳐 그가 저작한
두 권의 저서 작업 때문이다. 하나는 라엔이 경찰 간부[58]였던 1910년대
에 출간된 『조선풍속집』[59]으로, 이 저서는 재조일본인의 조선학 입문서
로 각광을 받았다. 당연히 라엔은 식민지기 초기 조선의 풍속과 인사(人
事)에 정통한 인물이 되었다.[60] 라엔의 문필활동은 조선의 민속, 풍습, 고
사, 한서적, 인삼(人蔘)[61] 등 광범위에 걸쳐 있다.

또 다른 한 권은 『역사민속 조선만담(歷史民俗 朝鮮漫談)』(이하 『조선만담』)
인데, 500쪽을 넘는 이 대저작은 『센류삼매』가 간행되고 있던 1928년
바로 남산음사출판부에서 발행되어 잡지 내에서도 대대적으로 광고하고
있다.

> 이번에 역사풍속 조선만담이라는 것을 간행했다. 삼천년의 역사를 가
> 지고 이천만의 민중이 있는 조선을 통치하는 것은 좀처럼 어려워 이른바
> 백년하청을 기다리는 결심이 있어야 한다. 그리고 민족의 고전, 역사풍속,
> 전통, 민족성을 연구할 필요가 있다.[62]

---

58) 경찰로서 개명권(改名權)을 가지고 있어서 자신의 원래 이름이었던 '兎毛'가 위엄이 없
   다고 여겨 스스로 '鞜'로 개명을 신청하고 스스로 허가했다는 일화가 있다. 町の子
   (1928), 「閑人勿入」12호, ①pp.143-144.
59) 2011년 『조선풍속집』은 홍양희에 의해 번역되어 출판되었다. 이마무라 도모(今村鞜) 지
   음, 홍양희 옮김(2011), 『제국의 경찰이 본 조선풍속 조선풍속집』, 민속원, pp.1-509.
60) 김혜숙(2006), 앞의 논문(「이마무라 도모(今村鞜)의 朝鮮風俗 연구와 在朝日本人」), pp.96-
   97.
61) 1929년 12월 월례회 겸제 「인삼(人蔘)」은 라엔이 선자를 맡았다. 라엔은 1934년부터
   1940년에 걸쳐 그의 대저(大著) 『인삼사(人蔘史)』(朝鮮總督府專賣局)를 저술한 바, 조선의
   인삼연구 전문가로 일찍이 지목되었음을 알 수 있다.
62) (1928)18호, ①p.512. 광고 문구로 당시 잡지 『조선공론(朝鮮公論)』에도 게재되었다. 책

『센류삼매』에서 『조선만담』을 광고하는 문구인데, 2년 뒤인 1930년에는 이 책의 제2판 역시 크게 광고[63]되고 있어 상당한 반향을 일으켰던 것을 알 수 있다. 『조선만담』은 조선의 민속적 특이성을 역사적으로 고증하거나 기담을 소개하는 113개 항목으로 채워져 있고, 그를 1930년 시점에서 조선민속학의 대가로 확고히 한 것인데, 그러한 소재나 기담 등은 바로 『센류삼매』에서 전개된 그의 문학 활동과 직결되는 것이었다.

『조선만담』 내의 「조선정조센류(朝鮮情調川柳)」[64]

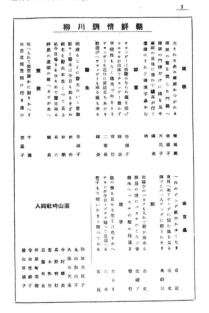

간행에 앞서 "고금에 이르는 취미의 조선연구자료"(16号, ①p.416) "계림 섹스 진기한 이야기, 변태왕 연산군, 조선의 민요, 조선의 성신(性神)"과 같은 자극적 소재를 나열한 광고(17号, ①p.436.)가 있다.

63) 1930년에는 정가 3원 60전의 제2판 광고(④p.348)가 보인다.

64) 今村鞆(1928), 『歷史民俗朝鮮漫談』 南山吟社, pp.503-504.

『센류삼매』의 센류 활동과 라엔의 조선민속학 대표저작인『조선만담』
의 결부를 가장 상징적으로 보여주는 것은,『조선만담』에 들어가 있는
다음의 「조선정조센류(朝鮮情調川柳)」이다. 당시 조선의 정조를 알게 하는
키워드 "지게", "빨래 방망이", "기생", "온돌", "김치", "주막", "양반",
"총각", "의생", "방립", "빈대", "바가지", "갓"을 제재로 한 이 센류들
은『센류삼매』에서 동인들이 월례회의 겸제로 삼은 조선의 풍물 그 자체
와 완전히 일치하기 때문이다.

　요컨대『센류삼매』의 조선적인 소재를 읊은 센류와 제재들 및 조선의
진기한 이야기들은 남산음사의 중심적 존재였던 라엔에게서 배태된 것
이며, 조선 민속학 소개와 연구에 열정을 가지고 있었던 라엔의 문학적
상상력과 센류론의 결합에 의한 결과였음을 알 수 있다. 여기에서 바로
센류와 조선 민속학의 접점, 그리고 라엔의 다양한 인물상65)을 발견할
수 있는 것이다.

5. 결론과 전망

이상 쇼와 초기 경성에서 간행되었던 센류 전문 잡지 『센류삼매』의

---

65) 이마무라는 라디오 방송활동에서도 두각을 나타냈는데, 1928년 3월 하순 JODK(경성
　　방송국 JODK는 1926년 11월 개국)에서 '조선동물왕래(朝鮮動物往來)'를 연속방송했다.
　　(1928), 「三昧往來」13号, ①p.254. (1929) 「DK川柳の夕放送」37号, ③p.554. 1930년 3월 29
　　일에는 DK에서 방송된 이마무라의 센류만담과 센류삼매 회원들의 라디오 촌극이 이
　　루어졌다. 오랜만에 센류의 선전에 라디오를 이용하자는 의도에서 시작되어 경성방송
　　국 이사인 이마무라 라엔의 도움으로 기획에 들어간 155분에 이르는 긴 야간방송이었
　　는데 호평을 얻었다. K・T・S(1930), 「放送實記」38号, ④pp.50-52. 巷頭子(1930), 「南無山
　　房雜記」38号, ④p.78.

1928년부터 1930년까지 3년간의 현존본을 통해, 당시 대중시 센류의 특징과 남산음사 동인들 활동에 관해 살펴보았다. 이를 통해 세 가지를 정리할 수 있다. 첫째, 식민지 초기부터 조선에 류단이 형성되는 과정에서 유력자들을 중심으로 한 남산음사 동인들이 일본에 발신하여도 손색이 없는 센류 잡지를 만들어 낸 점. 둘째, 『센류삼매』에는 전반적으로 조선적 현실을 형상화한 센류가 비교적 부족했지만, 남산음사 동인들 간의 월례회에서는 조선의 풍물과 풍속에 대한 관찰을 그려 일본 센류와 차별을 도모하는 노력이 시도된 점. 셋째, 이를 주도하며 조선의 기담과 조선 풍물에 관한 고증적 기사를 잡지에 제시한 라엔, 즉 이마무라 도모의 『센류삼매』 활동을 통해 센류와 조선민속학의 접점이 확인된 점 등이다.

특히 경찰출신의 민속학연구자로서 알려졌던 이마무라 도모의 경우, 『센류삼매』라는 조선 류단의 대표 잡지를 발굴함으로써 라엔이라는 문학자로서의 인물상을 재발견할 수 있었다. 조선의 민속학에 대한 집착이 센류라는 문학 장르와 그 전문 잡지에 미친 영향뿐 아니라 재조일본인의 입체상, 단면적 해석밖에 할 수 없었던 식민지기 조선의 인물과 사회상이 사실은 다면적 영역으로 통괄되는 것을 드러낸다는 점에서 매우 유의미한 고찰이었다고 생각한다.

이 외에도 『센류잡지』는 많은 과제를 남기고 있으므로 다음과 같은 측면에서 향후의 연구 전망이 기대되는 바이다.

우선 1920년대 말의 『센류삼매』에서 보이는 에로틱한 센류나 그로테스크한 기담, 넌센스 기사66)를 수집하는 것에서 보이듯, '에로·그로·

---

66) K・T・S(1930), 「넌센스(なんせんす)」37호, ③p.538. 言亀(1930), 「실화살인기담(實說殺人奇談)」41호, ④pp.258-260. 특히 현존본 마지막 호에는 "살인적 불경기―넌센스, 에로, 그로 서적의 홍수"라는 표현, 「NONSENSE十篇」이 실려 있고, '에로(エロ)'에 관한 제영(題詠)과 잡문으로서 넌센스 기사를 모집하는 광고도 있어서 『센류삼매』에는 '에로, 그

넌센스'67)라는 모더니티와 대중문화에서 유행한 개념이 일찌기 센류와 결합되어 있다는 점이다. '에로 · 그로 · 넌센스'가 일본은 제국으로서 이미지를 구축하고자 사용한 개념이고, 조선에서는 제국의 이미지를 식민지 조선인들에게 이식하는 과정68)으로 본다면 센류와 식민지 모더니티 역시 밀접한 관계라 할 수 있다.

다음으로, 센류가 당시 조선에서 회화, 특히 만화와 연결되어 대중에게 확산된 경로에 대한 것이다. 『센류삼매』의 모두나 중간에 점차 만화가 한두 컷 곁들여지면서 시각화되거나, 조선남화원(朝鮮南畵院)을 주재한 구보타 덴난 등 남산음사 주요 동인들의 활동에서 회화와 문학의 공통된 대중성69)이 추측되기 때문이다.

또한, 조선 유일의 리요(俚謠, 속요) 잡지인 『까치(かち鳥)』70)와 센류의 관련성이다. 잡지 『까치』의 실체는 아직 명확히 밝혀진 바 없지만, 제명에 까치라는 조선어를 살림으로써 조선에서 이루어진 속요임을 드러내고 있다. 까치리요사(かち鳥俚謠社)의 다카노 쇼토(高野宵灯) 역시 『센류삼매』에서 활발한 집필활동을 하는데, 그를 통해 도도이쓰(都々逸)라는 속곡(俗曲)과 센류가 상당히 근접한 것을 알 수 있으며, 이는 조선에서 시정문학과 리요 장르의 교합이 어떻게 이루어졌는지 규명할 중요한 정보라 여겨진다.

이 외에도 한 번의 누락도 없이 소개된 와다 덴민시의 「조선의 가사(朝

　　로, 넌센스' 내용이 만재(滿載)하다. 각각 45호, ④p.566, ④pp.573-585, ④p.615.

67) 波潟剛(2009), 「昭和モダンと文化翻訳─エロ・グロ・ナンセンスの領域」 『九大日文』vol.13, 九州大学日本語文学会, pp.47-63.

68) 채석진(2005), 「제국의 감각 : '에로 그로 넌센스'」, 『페미니즘 연구』 5집, 한국여성연구소, pp.47-48.

69) 丸山對山子(1929), 「漫畫・川柳・新聞」29호, ②pp.565-566.

70) 1930년 38호에 나온 광고에 따르면 1927년 3월에 재간되어 1년 정도 유지된 『까치』는 다시 휴간 상태가 되었는데, 이를 세 번째 부활시키고자 한다는 모임 개최 안내가 있다.(④p.44) 또한 1930년 5월 성황리에 『까치』가 부활했다는 기사도 보인다.(④p.144)

鮮の歌詞)」는 조선 시가의 일본어 번역 소개라는 측면에서도 귀중한 자료이며, "내선융화어(內鮮融和語)"[71]라는 말로 표현된 일본어와 조선어가 혼용된 구어 등도 당시 조선의 언어 환경을 정확히 이해하는 좋은 자료라 할 수 있다. 이처럼 『센류삼매』라는 한반도의 유력 센류 잡지의 연구를 통해 단면적 해석과 이해에 그쳤던 재조일본인의 인물연구, 식민지기 언어상황, 조선의 대중적 문화와 민속, 문학 장르간의 교섭에 연구 가능성이 크게 확장될 것으로 전망한다.

---

71) 田村靜風(1928), 「融和の言」20號, ①p.619.

제5장

재조일본인잡지 『조선공론(朝鮮公論)』의 괴담연구
민비(閔妃)의 괴담 「사자상의 괴기(石獅子の怪)」를 중심으로

나카무라 시즈요

1. 시작하며

괴담은 일본문화에서 예로부터 탄탄한 인기를 누려왔다. 1990년대의 괴담 붐[1]은 뉴미디어와 호흡을 함께 하며 괴담 장르의 위치를 확고하게 확립시켰다. 그 후에도 괴담에 대한 열기는 식을 줄 모르고 도서, 영화, 인터넷소설이라는 형태로 차례로 생산되고, 심지어 TV나 라디오, 지방

---

1) 1990년대의 괴담붐은 교고쿠 나쓰히코(京極夏彦)와 히가시 마사오(東雅夫), 나카야마 이치로(中山市朗)(1990)의 실화 괴담집『신·귀·주머니·당신의 옆의 무서운 이야기(新·耳·袋·あなたの隣の怖い話)』, 부소사(扶桑社)를 시작해서 일어났던 붐인데, 잇달아 스즈키 고지(鈴木公司) 저 『링(リング)』의 TV드라마화(1995)과 영화화(1998), 시미즈 다카시(淸水崇) 감독의 『주온(呪怨)』(1999) 개봉 등, 대표적인 J호러 영상 작품들이 출현하여 인기를 끌었다. 괴담붐은 빨리 확산되어, 요괴 전문잡지 『괴(怪)』(가도카와(角川書店), 1997), 괴담전문잡지 『유(幽)』(미디어파크트리(メディアファクトリー), 2004)의 간행 등, 현재의 이르기까지 계속되고 있다.

이벤트 등에서 괴담을 즐기는 "괴담회(怪談會)"2)까지도 성황리에 개최되고 있는 상황이다. 현대 일본에서 괴담은, 매니아층부터 일반인에게까지 오락으로서 즐길 수 있는 하나의 문화현상이라 할 수 있다.

그렇다면 사람들은 왜 괴담을 읽고 싶어 하는가? 이에 대해『"초" 무서운 이야기(「超」怖い話)』의 실화괴담작가 히라야마 유메아키(平山夢明)는 다음과 같이 말하고 있다.

> 이 나라는 버블기에는 조증(躁狀態)에 있다가, 지금은 전체가 우울증 환자 같습니다. 우울한 사람은 매일 우울하기에 기분 전환을 하고 싶은 것입니다. 독자 측에 어떤 책임을 요구하는 것이 아니라, 읽고 무서워하다가 금방 잊고 잠들 수 있는 괴담이 좋다는 겁니다.3)

히라야마가 말하는 "기분 전환"은 재미없고 평범한 일상에서의 일탈을 의미한다. 다카다 마모루(高田衛)는 이러한 "기분 전환"을 원하는 충동에 대해, 말을 바꿔 새로운 세계를 찾아가는 '이계 재발견(異界再發見)'의 충동이라고 하였다. 에도(江戸)시대의 괴이(怪異)소설 융성에는 유교학자가 미신적인 '민속적 이계'를 배척하고, 그 대신 『전등신화(剪燈新話)』 등의 중국 문헌을 새로운 이계로 재구성한 데에 있다. 마찬가지로 불교창도괴담도, 예로부터의 민속적 구전(旧伝)(애니미즘)을 극복하기 위해 재구성되어 온 것이다.4)

---

2) 「괴담회」란 원래 중세기에 무사의 자식들의 정신 단련을 위해 한밤중에 모여 번갈아 무서운 이야기를 하는 「장」이었다. 그리고 야경들의 졸음을 쫓는 방법으로서도 실용적인 구승문예이었다. 메이지(明治)시대에는 라쿠고가, 강담사, 작가, 기자, 가부기(歌舞伎) 배우, 게이샤들이 한 곳에 모여 밤을 새면서 「괴담회」가 빈번히 개최되었다.

3) 「새로운 괴이의 발생─하라야마 유메아키 인터뷰(新たなる怪異の發生─平山夢明インタビュー」 이치야나기 히로타카(一柳廣孝)・요시다 모리오(吉田司雄) 편저(2005), 『호러 자파네스크의 현재(ホラー・ジャパネスクの現在)』, 세이큐사(靑弓社), p.33.

이렇게 생각하면 괴담은 결코 옛 것이 아니라, 늘 그 시대에 맞게 재구성된 새로운 것이다. 또 히라야마가 말하는 것처럼 "독자 측에 어떤 책임을 요구하는" 무거운 것이 아닌, "기분 전환" 할 수 있는 가볍고 알기 쉬운 것이기 때문에 사람들을 매료했다고 할 수 있다.

일상에서 비(非)일상이라는 '이계 재발견'을 해나가는 괴담의 성질은, 근대의 괴담5)에서도 유효하다. 근대 합리주의는 사실로 입증할 수 없는 것은 인정할 수 없다는 관점에서 귀신이나 요괴의 이야기인 괴담이나 불가사의한 이야기를 미신적인 것으로 배척해 왔다. 그런데 이 배척에 의해 괴담 속의 귀신이나 불가사의한 이야기는 쇠락해 소멸한 것이 아니라, 곧 근대 과학이라는 신시대의 '심령학'이나 '최면술' 또는 '천리안' 같은 초자연현상의 이야기로 재구성되어 갔다. 이러한 아카데미즘에 의한 흐름은, 괴담 붐6)을 일으켜 일본의 메이지(明治) 후기부터 다이쇼(大正) 시대에는 대량의 괴담물이 출판되었다.7) 이러한 괴담에는 급속한 문명개화에 따라 생겨난 근대합리사회의 모순이나, 사회의 부조리를 고발하는 민중의 시각 등도 나타난다.8) 이것은 괴담이 항상 사람들의 일상과 밀착

---

4) 다카다 마모루(高田衛)(1989), 「해설」, 『에도 괴담집(江戸怪談集(中))』, 이와나미서점(岩波書店), pp.400-404.

5) 일본문학에서 「근대의 괴담」이 어떠한 것을 가리키는지의 대한 특별한 정의는 없다. 본고에서는 <괴이> 또는 <불가사의>한 이야기를 다룬 근대의 문예를 「근대의 괴담」라고 칭하기로 했다.

6) 근대 괴담의 다수는 라쿠고가(落語家)・강담사(講談師)의 속기본(速記本)으로서, 또는 문학자나 배우, 게이샤 등이 여는 「괴담회」의 기록으로서 출판됐다. 한편 나쓰메 소세키(夏目漱石), 모리 오가이(森鷗外), 아쿠타가와 류노스케(芥川龍之介), 사토 하루오(佐藤春夫), 다니자키 준이치로(谷崎潤一郎) 등의 순문학자들도 서양괴기소설의 영향과 당시의 심령학, 정신의학 담론의 영향 하에 <괴기>를 다루는 문학작품을 많이 발표했다.

7) 스나가 아사히코(須永朝彦)(1998), 「근대 괴담의 계보(近代怪談の系譜)」, 『일본환상문학전경(日本幻想文學全景)』, 신서관(新書館).

8) 다니구치 모토이(谷口基)(2009), 『괴담이담 : 원념의 근대의 괴담(怪談異譚 : 怨念の近代)』, 수성사(水聲社), p.53.

한 문예이기 때문에, 이론적으로 정연한 합리주의로 설명할 수 없는 것
이나 다양한 가치관의 모순이 나타난다는 것, 또 그 시대의 사람들이 무
엇을 두려워하고, 그 두려움을 어떻게 그려내고 있었는지 등을 알 수 있
는 단서임을 보여주고 있다.

　본고에서는 괴담이 가지는 이러한 특징에 주목하여, 식민지 조선의 재
조일본인 잡지『조선공론(朝鮮公論)』9)의 <문예란>에 게재된 괴담을 분석
할 것이다. 지금까지의 일본근대문학의 괴담연구는 이치야나기 히로타카
(一柳廣孝)·곤도 미즈키(近藤瑞木)10)의 강담사(講談師)의 햐쿠모노가타리(百物
語)연구, 다니구치 모토이(谷口基)11)의 메이지·다이쇼 시대 괴담 연구 등
이 있으며, 괴담이 사회의 어둠을 비추는 역할을 하고 있다는 관점에서
동시대의 패러다임이나 아카데미즘 주변의 담론연구가 이루어져 왔다.
또 괴담과 관련 깊은 '미신'이나 '영혼'이라는 문제가 어떻게 근대일본과
연관되어 왔는지를 가와무라 구니미쓰(川村邦光)는 국가제도와의 관련을
통해 분석하고 있다.12) 그러나 일본국내의 근대괴담연구는 조금씩 이루
어지는 데 반해, 일본을 벗어난 식민지에서 일본인에 의해 이야기된 괴
담은 식민지라는 특이한 공간에서 이야기된 문예임에도 불구하고, 오늘
날까지 전혀 연구되지 않았다. 수는 적지만 '지배층'이라는 입장에서 조
선을 대표한 재조일본인은, 그들이 만들어낸 괴담 속에서 식민지를 어떻
게 표상하여 그려내고 있었는지, 또 그들이 그리려 한 식민지의 '괴이(怪

---

9) 『조선공론』은 1913년 4월에 마키야마 고조(牧山耕藏)(1882-?)에 의해 발간되어, 1944년
　 11월까지 식민지기 전반에 걸쳐서 간행된 총합잡지이다.
10) 이치야나기 히로타카·곤도 미즈키(2009), 『막부말 메이지 햐쿠모노가타리(幕末明治百
　 物語)』, 도서간행회(図書刊行會).
11) 다니구치 모토이(2009), 『괴담이담 : 원념의 근대(怪談異譚 : 怨念の近代)』, 수성사(水聲社).
12) 가와무라 구니미쓰(1989), 『환시하는 근대공간(幻視する近代空間)』, 청궁사(青弓社), pp.133-
　 135.

異)'란 무엇인지 등을 연구하는 것은 일본 내의 괴담과 식민지라는 특이
한 공간에서 이야기된 괴담의 차이를 명백히 하는 것임과 동시에, 거기
에 나타난 무의식적 식민주의13)나 당시의 재조일본인의 가치관, 사회관
의 실태를 해명하는 것과 연결된다고 할 수 있다.

2. 『조선공론』과 괴담

지금까지 식민지 조선에서의 일본어문학은 이중언어문학으로서의 조
선인작가의 일본어 작품이나 유명작가 중심으로, 또는 시기로는 1930-40
년대를 중심으로 연구되어 왔다. 정병호는 이러한 한정된 연구의 시야를
넓혀, 지금까지 간과되어 온 1900년대 초기의 재조일본인잡지, 특히 정
치성이 배제된 '오락과 취미'로 자리매김한 문예란연구의 중요성에 대해
말하고 있다.14) 이러한 문제제기가 출발점이 되어 재조일본인 지식인층
이 한반도에 남긴 잡지나 단행본을 대상으로 한 연구가 최근 활발히 이
루어지고 있다.15)

---

13) 고모리 요이치(小森陽一)는 일본제국이 <만국공법>을 내면화하면서 마치 자발적으로
   그 의지를 가진 것처럼 「문명개화」를 주장하고 서구 열강을 모방하는 행위 속에, 자
   신의 "식민지화"를 은폐하고 망각하는 "식민지적 무의식"을 구축했다고 말한다(고모
   리 요이치(2001), 『포스트 콜로니얼(ポストコロニアル)』, 이와나미서점(岩波書店)). 이러한
   '야만 국가'의 발견은 자국이 '문명국'임을 증명하게 되고 '야만 국가'의 식민화를 정
   당화하는 논리는 식민지 조선의 문학에도 여실히 나타나고 있다.
14) 정병호(2010), 「한국내 일본어 문학의 형성과 문예란의 제국주의-『朝鮮』(1908~11), 『朝
   鮮(滿韓)之實業』(1905-14)의 문예란과 그 역할을 중심으로」, 식민지 일본어 문학·문화
   연구회 『제국의 이동과 식민지 조선의 일본인들: 일본어 잡지 『朝鮮』(1908~1911)연
   구』, 도서출판 문.
15) 재조일본인 문예란에 대한 연구는 그들의 정체성 형성과정과 문예성립을 분석한 박광
   현의 「재조일본인 잡지의 문예란과 식민지 일본어 문학의 기원연구」가 있다. 그는 초

식민지 조선 초기의 일본어잡지에는『조선지실업(朝鮮之實業)』(1905년 창간),『조선(朝鮮)』(1908년 창간, 이후『조선급만주(朝鮮及滿州)』) 등이 있으며, 특히 잡지『조선』의 문예란 연구는 다양한 테마를 축으로 활발하게 이루어지고 있다.16) 한편『조선』과 함께 장기간에 걸쳐 간행된『조선공론』(1913-1944)은 한일합병 이후 지식인층을 위해 창간된 종합잡지로, 앞서 언급한 잡지들에 비해 조선총독부의 식민정책에 동조하는 성격이 강하게 나타나고 있다. 논조에는 '조국 일본에 조선의 실정을 알리고 이해시키는 것. 조선 동포를 깨우고 당국의 시정에 헌신한다'는 잡지 취지가 강하게 반영되어, 찬조자 명단에는 오쿠마 시게노부(大隈重信), 이누카이 쓰요시(犬養毅)를 비롯한 재계·언론계·대학계의 주요 인사들이 죽 올라 있다. 이것은 '조선 통치에 대한 일본 지식인 집단의 비평을 목표로, 총독부 식민지 정책을 보좌한다'는 잡지의 성격을 잘 나타내고 있다.17) 본고에서는

기 재조일본인 잡지 문예란에 보이는 에도(江戶)적인 정서나 유곽을 배경으로 한 작풍(作風) 등을 동시대의 일본문학과의 시간적 지연으로서의 노스탤지어로 지적하며, 이후 이러한 요소가 어떻게 변천하여 그들의 정체성 형성에 관련되었는지 논하고 있다(『월경(越境)의 기록 : 재조(在朝)일본인의 언어·문화·기억과 아이덴티티의 분화』어문학사, 2013). 또한 당시의 잡지 문예란의 주된 장르는 한시(漢詩)나 하이쿠(俳句) 등의 운문 분야이었다. 이 흐름은 식민지기 초기부터 전쟁 전반에 걸쳐 일관되고 있다. 이에 대한 연구로서 엄인경의 식민지 조선의 일본고전시가 장르와 조선인 작가 연구 등이 있다.

정병호는 이 시기에 간행된 잡지『조선』,『조선 및 만주』의 문예란의 의미와 역할을 일본 문학사에 있어 자리 매김이라는 관점에서 고찰하여, 그 동안 연구되어 왔던 대작가, 또는 조선인 작가의 일본어 문학 중심인 연구의 관점을 전환할 필요가 있다고 말한다. 이러한 문제제기를 출발점으로 식민지 일본 문학·문화연구회에 의해『제국의 이동과 식민지 조선의 일본인들—일본어 잡지『朝鮮』(1908~1911)연구』(도서출판 문, 2010)가 간행되어, 식민주의 담론, 여성 문제, 조선 표상, 조선인 기고 작가, 조선어 작품의 번역 등, 다양한 연구가 이루어지고 있다.

16) 정병호(2010),「한국내 일본어 문학의 형성과 문예란의 제국주의」, 식민지 일본어 문학·문화연구회,『제국의 이동과 식민지 조선의 일본인들 : 일본어 잡지『朝鮮』(1908~1911)연구』, 도서출판 문, pp.18-19.
17) 윤소영(2007),「해제」한일비교문화연구센터 편,『第1卷(通卷1号-4号)朝鮮公論』, 서울어문학

이 『조선공론』의 문예란에 게재된 괴담 중 하나인 「사자상의 괴기(石獅子の怪)」라는 작품을 연구대상으로 한다.

『조선공론』에 대한 연구는 재조일본인 및 조선인작가의 일본어소설을 중심으로 연구한 송미정의 연구[18]가 있지만, 소설작품목록에는 본고의 연구대상인 괴담·괴이담 등의 서사물은 거의 배제되어 있다. 그러나 산문이나 기사 중에도 재조일본인이 발신한 것으로, 그들의 일상과 정체성 문제 등을 고찰하는 데 중요한 텍스트가 많은 것은 간과할 수 없다.

식민지 조선의 괴담은 재조일본인에 의해 간행된 『경무휘보(警務彙報)』(1908-1936), 『조선체신협회잡지(朝鮮遞信協會雜誌)』(1917-194?), 『경성잡필(京城雜筆)』, 『경성휘보(京城彙報)』(19??-194?), 『전매통보(專賣通報)』(1925-1935) 등 다양한 잡지의 문예란에 널리 산재해 있다. 그 중에서도 특히 제목에 괴담이라 나와 있고, 읽을거리로서 일정량의 페이지 수를 갖는 것은 1910년대부터 1920년대의 『조선공론』에 집중되어 있다. 이러한 『조선공론』의 괴담 장르는 문예란의 문학텍스트로서도 간과할 수 없다.

본고는 『조선공론』에 게재된 「(실화) 혼마치 괴담 여자 소매에 저주의 지푸라기 인형((實說)本町怪談女の袂に呪ひの藁人形)」, 「괴담－아이의 사랑에 이끌려(怪談－子の愛に引かされて)」, 「사람을 저주하는 집(人間に祟る家)」, 「봄 괴담 경성의 새벽2시 (상) (하)(春宵怪談京城の丑滿刻(上)(下))」, 「사자상의 괴기(石獅子の怪)」 다섯 편을 식민지조선의 괴담으로서 종합적으로 연구한 것의 일부분이다. 여기서는 『조선공론』 1921년 3월호에 게재된 「사자상의 괴기」를 중심으로 당시의 일본인이 공통으로 인식하고 있던 '조선상', '민비',

---

사, pp.VII-XX.
18) 송미정(2008), 「『조선공론』 소재 문학적 텍스트에 관한 연구 : 재조일본인 및 조선인 작가의 일본어 소설을 중심으로」, 국민대학교 대학원 국어국문학과 박사 학위논문.

'미신'이라는 단어를 키워드로 작품을 분석하고 있다. 분석대상으로 하는 연도는 조선에 정착하는 재조일본인이 계속 증가한 1910년대부터 1920년대의 시기로 정하고, 식민지 재조일본인의 식민의식과 식민지 괴담의 특이성을 분석했다. 1910년대부터 1920년대의 『조선공론』 문예란에 게재된 괴담은 다음과 같다.

게재년도	제 목	저 자	내 용
1918 · 8	실화 혼마치 괴담 여자 소매에 저주의 지푸라기 인형 (實說本町怪談女の袂に呪ひの藁人形)	고초(胡蝶) 이시모리 히사야(본명) (石森久彌)	신경쇠약으로 천리안의 능력을 갖게 된 아내의 죽음과 그 귀신 이야기
1918 · 9	괴담-아이의 사랑에 끌려서 (怪談-子の愛に引かされて)	고초 이시모리 히사야	폐병의 걸려 죽은 엄마가 바다를 건너 아이를 찾아오는 이야기
1919 · 5	홍등가의 치정 이야기 (色町情話)	변영자(變影子)	정사(情死)한 창기의 정화(情話)와 귀신 이야기
1919 · 5	이상한 샤미센 (不思議な三味線)	기자	게이샤(芸者)의 샤미센(三味線)과 관련된 불가사의의
1921 · 3	사자상의 괴기 (石獅子の怪)	게이도(京童)	민비가 살아있을 시절, 사자상에 의한 불가사의의 이야기
1921 · 12	인간에게 저주를 내리는 집 (人間に祟る家)	사다 소진(佐田草人)	어느 셋집에 살던 사람들에게 차례로 재앙이 일어나는 괴기담
1921 · 2	창백한 홍령 (青白い人魂)	나지마 나미오 (名島浪夫)	어릴 적 본 도깨비불과 어머니의 대한 회상이야기
1922 · 4 ~ 1922 · 5	봄 괴담 경성의 새벽2시 (상)(하) (春宵怪談京城の丑満刻(上)(下))	마쓰모토 요이치로 (松本與一郎)	새벽2시가 되면 경성에 나타고 돌아다니는 여자귀신들의 이야기
1927 · 5 ~ 1927 · 6	번역 총림의 얼굴 무서운 하룻밤 이야기 (상)(하) (翻譯 叢林の顔 恐ろしき一夜の話 (上)(下))	야마모토 루리코 (山本瑠璃子)	영국 식민지기의 인도에서 체험했던 무서운 이야기(출처불명)

게재년도	제 목	저 자	내 용
1929 · 1	수필 이상한 흰 목 훈련원의 괴미인 (隨筆 変わった白首 訓練院原頭の 怪美人)	무라야마 지준 (村山智順)	조선인 친구의 아버지가 경험한 괴담

연구가 이루어진 다섯 편의 괴담 중 「사자상의 괴기」 이외의 텍스트는 모두 재조일본인의 일상생활과 밀착한 '괴이'를 그린 이야기이다. 그러나 「사자상의 괴기」는 조선왕조라는 조선의 '괴이'를 소재로 한 것이 특징이며, '민비'라는 정치적 존재를 정면으로 이야기하고 있는 점에서 다른 괴담과는 이질적인 성격을 띠고 있다. 본고에서는 이 괴담에서의 "민비"의 역할, "미신"과 조선왕조가 결부되어 이야기되는 의미, 그 배경에 그려진 경복궁의 역할 등을 동시대의 콘텍스트와 관련하여 분석한다.

작품 「사자상의 괴기」는 『조선공론』(1921년 3월)의 문예란에 게재된 작품으로, 저자 게이도(京童)에 대한 상세한 정보는 없지만, 이전호에 게재된 「남산의 정상에서(南山の頂きから)」라는 수필로부터 저자는 조선에 '새로운 사람'이라는 점, 조선의 예술에 흥미를 보였다는 점 등을 확인할 수 있다.

　　<줄거리>
　　저자가 전해 들었다는 민비시대의 이야기를 소개하는 데부터 이야기가 시작된다. 경복궁 광화문으로 들어가 총독부 박물관으로 가는 길에는, 옛날 궁중의 돌다리에 놓여 있었다는 사자상들이 총독부 건설을 위해 제거되어 풀밭 위에 흩어져 있다. 이 중에 등이 뚫려있는 이상한 사자상이 있다. 이 둥근 흔적은 어떻게 생긴 것인지, 그 까닭에 대해 저자는 "옛날이야기에나 있을 법한, 요괴에 관한 하나의 일화가 있다"라는 서문으로 이야기를 시작한다. 민비가 살아있던 시절, 민비는 원인불명의 병에 걸려 병상에 누워 있다. 그 병을 치료하기 위해 명의의 진료를 받고, 비싼 외국의 약도 복용했지만 효과가 없었다. 궁중에서는 매일같이 회복을 기원하는 기도가 이루어졌지만 조금도 효과가 없었고 민비는 쇠약해져만 갔다. 그녀는 밤마다 거대한 사자가 머리맡에 와서 노려보는 무서운 꿈에 시달렸던 것이다. 하지만 그 다음날이 되면 그것이 어떤 꿈이었는지 전혀 기억나지 않았다. 어느 날 북한산의 산신에게 민비가 마음을 다해 기도를 바치자, 이 괴물의 정체가 돌다리의 네 귀퉁이에 있는 한 사자상임을 계시적으로 알게 된다. 궁중에서는 이 사자상을 어떻게 퇴치해야 할지 토론한 끝에, 한 늙은 양반의 조언에 따라 사자상의 눈을 부수기로 했다. 석고를 사자상의 두 눈에 발라봤지만 효과가 없어서 결국에는 등에 구멍을 내 내장을 도려내 도살했다. 그 후 민비의 꿈에 사자상이 나타나는 일은 없었고, 병도 완쾌했다고 한다.

〈사진 1〉
작품 속에 "사자상"으로 등장하는 영제교(永齊橋)에 있는 가공의 동물 '천록(天祿)'의 모습. 이 '천록'들이 제작된 시기는 태종 11년(1411)이지만, 이 등에 구멍이 뚫린 '천록'은 19세기 초에 조선 수도 한성부의 역사를 기록한 부지(府誌)『한경지략(漢京識略)』에 기술되어 있기에 사실 민비 생전 이전부터 등에 구멍이 뚫려있던 셈이다. 경복궁의 천록 : 나카무라 시즈요 촬영 2013.5.18.

3. '민비'라는 메타포

이야기는 저자 게이도가 경복궁의 어느 풀밭에 흩어져 있는 돌 조각 상에서 "이상한 느낌"을 받는 데에서부터 시작한다. 그 첫 부분은 다음과 같다.

경복궁 광화문에서 오른쪽으로 돌아 총독부 박물관으로 가는 길에서 왼쪽에 얕은 구거(溝渠)를 넘어서 근정전 외벽이 보이는 근처에, 고풍스러운 돌다리가 제거되어 돌조각들이 풀밭에 흩어져있는 것이 눈에 띈다. (중략) 거기에 한 가지 이상한 점은 그 네 마리의 사자상 중 한 마리의 등 가운데가 둥글게 도려낸 것처럼, 바위에 구멍을 낸 흔적이 있다. (중략) 뭘까. 확실히 이상한 느낌이 들지 않을 수 없다.[19](밑줄은 인용자)

과거, 왕조의 풍경이 존재했던 돌다리의 네 귀퉁이에 있던 사자상 조각은 지금은 "다리의 돌과 함께 풀밭 위에 여기저기 흩어져 있고", 옛 왕조의 영화는 "총독부 청사 건축"에 의해 크게 변화해 왕궁은 쓸모없는 공간으로 변해 버렸다. 이 사자상에 얽힌 "이상한" 이야기는 더 이상 존재하지 않는 옛 조선왕조의 이야기인 것이다. 그 "이상함"이란 무엇인가. 저자는 이에 대해 다음과 같이 말하고 있다.

여기에 대해서는 옛날이야기에나 나올 법한 요괴에 관한 하나의 일화가 있다. 하지만 이 이야기도 처음부터 사실인지 아닌지 확인한 것은 아니고 그저 어떤 사람에게 들은 것이지만, 하나의 전설로 듣고 보아도 소설적으로 재미있다.[20]

---

19) 게이도(1921), 「사자상의 괴이」, 『朝鮮公論』, 조선공론사, pp.92-93.
20) 「사자상의 괴이」, p.93.

　이것은 저자가 "소설적 재미"와 흥미를 느꼈기 때문에, 들은 "일화"를 바탕으로 하여 사자상의 괴기에 대해 재구성했음을 알 수 있는 부분이다. 이 "이상함"이 실제로 정말 있었던 이야기인지 아닌지는 저자에게 있어서 "처음부터" 전혀 중요한 것이 아니며, 여기에 있는 것은 "옛날이야기"에 대한 어떤 "요괴에 관한 하나의 일화"나 "하나의 전설"에 대한 "소설적 재미"라는 흥미의 시선인 것이다. 그렇다면 조선왕실이 그려져 있는 이 이야기가 왜 "재미있는" 것일까? 여기서 주목해야 할 것은 "민비 생전" 이야기 속에서 "민비"를 그리는 방법이다.

> 　그 유명한 민비가 살아있을 당시, 어느 날 민비는 병에 걸려 병실에 틀어박혀 누워 있었다. (중략) 어쨌든 당시 민비의 궁중에서의 세력은 대단해서[21](밑줄은 인용자)

　여기서 "그의 유명한 민비"라는 구절은 당시 "민비"에 관한 일본인 공통적인 인식 코드를 시사하고 있다. "민비"가 "유명"한 것은 "어쨌든 당시 민비의 궁중에서의 세력이 대단했기 때문"이라는 권위자로서의 "민비"와 연결되어 당시의 조선왕조 속 "민비"의 권력을 상기시키고 있다. 그러면 한일합병 전의 "민비가 살아있을 당시" 일본인은 조선왕조를 어떻게 파악하고 있었을까. 다음에 인용한 일본의 종합잡지 『태양(太陽)』의 시사평론에서는 조선왕조에 대한 부정적인 시선이 엿보인다.

> 　반도의 왕실은 세계에서 유례없는 사상의 기관(奇觀)이다. 걸주(桀紂)의 포악과 루이말세의 패륜배덕과 로쿠하라(六波羅)의 영화(榮華), 그리고 남양추장(南洋酋長)의 미신을 하나로 엮어 만든 축소판이다. 반도왕실의 패

륜난행에 대해선 언어도단이다. 인류 타락의 축소판을 여기서 볼 수 있다. 반도 쇠망의 원류도 여기에 있고, 사회폐풍의 근본적 원인도 여기 있고, 음모도 여기 있으며, 죄악도 여기에 있어, 한마디로 복마전(伏魔殿)이다.[22]

일본인의 눈에 한일합병 이전의 조선왕조는 중세시대의 일본처럼 보였고, 낮은 지적 수준과 그 낡은 복장문화는 "겐페이(源平)시대"에 비유되어, 그러한 미개함을 이유로 식민통치가 정당화되어 왔다.[23] 인용문에 서술되어 있듯이 "반도왕실"은 "포악", "패륜배덕", "영화", "남양추장(南洋酋長)의 미신"이 소용돌이치는 "복마전"으로 당시 일본인들의 눈에 비쳤던 것이다. 이것은 일본이 식민지 지배를 위해 만들어낸 '조선과 조선인'의 표상이며 당시 재조일본인 사이에서 시대적인 공통인식이었다. 「사자상의 괴기」 속에서 "민비"는 그러한 조선왕조를 상징하는 권력의 주인공으로 그려져 있는 것이다.

또 "남양추장의 미신"처럼 "미신"과 "조선왕조"가 연결되는 담론의 배후에는 식민지조선에서 출판된 민간인의 서적에 의한 영향이 컸다. 우스다 잔운(薄田斬雲)[24]의 『암흑의 조선(暗黒なる朝鮮)』(일한서방(日韓書房), 1902)은 식민지 초기 조선에 이주한 민간재조일본인에 의해 출판 간행된 책으로, 조선의 무녀의 지위나 역할에 대해 다음과 같이 기술하고 있다.

　　　무녀(巫女)
　　◎무녀 조선의 무녀를 무당이라고 한다. 이 무당은 국가의 큰일을 좌

---

22) 시사평론 「반도의 왕실」, 『태양(太陽)』(1907년 9월호) - 남부진(2002), 『근대일본과 조선인상의 형성(近代日本と朝鮮人像の形成)』, 면성출판(勉誠出版) p.18에서 재인용했다.
23) 남부진의 책 pp.9-26.
24) 우스다 잔운(薄田斬雲, 1877-1967)은 쓰보우치 쇼요(坪內逍遙)의 제자이다. 자연주의 작가이며, 저널리스트로서 『경성일보(京城日報)』에서 기자를 했다. 『여보기(ヨボ記)』(일한서방, 1908)의 저자이며, 조선에 <여보(ヨボ)>라는 조선인 차별의 호칭을 보급시켰다.

우하는 큰 권력자처럼 보인다. 이세(伊勢) 신의 가호를 기원한다는 식으로
국가사가 있을 때 궁중에서는 무당을 왕궁내로 불러 기도하게 한다. 이
기도에서 국가의 독립을 유지하려는 등 안이하게 헛된 꿈을 꾸는 것에
기가 막힌다.

　◎요즘에는 우리 위병경관(衛兵警官)이 경계를 엄중히 해 무당을 궁중
에 들여보내지 않지만 궁중의 잡것들은 공물을 들고 마을 안에 살고 있
는 무당의 집에 찾아간다. 그리고 어명이라 하며, 말도 안 되는 다양한 일
들을 무당에게 기도하게 한다. 예를 들어, 일본인을 모두 한국 밖으로 쫓
아내도록 이라든가, 황실 재산을 국유로 옮긴 것을 다시 황실 소유로 돌
아가도록 하는 일 등을 무당에게 기도하게 하는 것이다.

　◎이전에 궁중에 출입하는 무당은 대단한 권력을 가지고, 신과 인간의
중개자로서 로마 교황처럼 대단한 위력을 가졌던 자다. 지금의 통감부 뒤
남산 꼭대기에 있는 국사당(國師堂)의 제주(祭主)는 이러한 무당으로, 그들
은 궁중에서 손님으로 대접받는 것처럼 자랑한다.[25](밑줄은 인용자)

　나라의 중요한 일을 무당에게 기도하게 해 해결하겠다는 왕실의 태도
는, 앞서 말한 "남양추장의 미신"처럼 일본인의 눈에는 비합리적인 것으
로 비쳐지고 있다. 이러한 담론은 신분적으로 천하다고 여겨지는 무당에
게 국가의 중요한 일을 좌우하는 발언의 권리가 주어졌음을 강조하고,
"미신"에 의존하는 정치로 인해 "독립"은 무리라고 주장하면서 조선의
정치 정세를 비판함과 동시에 식민통치의 정당성을 뒷받침하는 논리로
서 기능했던 것이다.

　「사자상의 괴기」에는 "미신"에 사로잡힌 '조선상'을 그려낸 부분이 몇
개 있다. "민비"가 자신의 병에 대해 그 원인을 이상한 꿈의 사자상에
있다고 알아챈 것부터 환자에 대한 기도가 이루어져 사자상의 재앙을 봉

---

25) 우스다 잔운(1902), 『암흑한 조선(暗黒なる朝鮮)』, 일한서방, pp.51-52.

하려 하는 일련의 흐름에는 "미신"적 방법과 수단이 이용되며, 또 "민비"를 모시던 시종까지도 아무런 의심 없이 "민비"가 주장하는 사자상의 재앙을 진지하게 두려워하는 모습 등이 조선인의 "미신 신봉"을 상징적으로 그리고 있다.

또 이야기 속에 등장하는 "사자상"은 일본의 '고마이누(狛犬)'와 비슷하지만, 근정전 앞에 있는 영제교의 돌짐승은 '천록(天祿)'이라는 중국의 상상의 동물로 사슴 또는 소의 모습과 닮았고 꼬리가 긴 외뿔 짐승이다. 이 '천록'의 상징적 의미는 숨겨진 사악한 기운이 궁내로 들어가는 것을 막는 것과 신성한 궁중의 정치 전반이 원활하게 이루어지도록 하는 것이었다.[26] 이 가공의 동물 '천록'에게 밤에 "민비"가 습격당해 가위에 눌려 병에 걸린다는 묘사는 "민비"의 "미신"적 태도를 강조하는 기능을 하고 있다. 이러한 "민비"의 "미신"적 태도에 관한 부분을 아래에 인용한다.

　　민비는 마치 뭔가를 두려워하는 태도로 목소리를 낮춰 시녀 중 가장 나이든 자에게 헐떡이며 이야기 했다. 그 이야기는 이렇다. (중략) 자신의 병은 세상에 있는 보통의 병이 아니다. 때문에 아무리 좋은 약을 먹어도 결코 나을 가망이 없다. 사실 자신은 밤마다 이상하고 무서운 꿈을 꾸는데 매우 기분 나쁜 꿈으로, 아니 꿈이라기보다 이것이 현실인 것 같다. 그것은 한 마리의 거대한 사자가 자신의 머리맡에 와 영악한 얼굴로 자신을 노려본다는 것이다.
　　(중략) 이것은 가만히 생각해 보니 분명 광화문에 있는 돌다리 네 귀퉁이에 있는 사자 중 서남쪽에 있는 그 사자상이다. 오늘밤 자신이 그 괴물의 정체를 알게 된 것은 어젯밤 자기 전에 북한산의 산신에게 진심을 다해 바친 기도의 효과라고 생각한다. (중략) 어기찬 민비도 여전히 몸을 떠

---

26) 배만곤(2007), 「궁궐 石獸彫刻의 象徵性에 관한 연구 : 경복궁 石獸彫刻을 중심으로」, 동국대학교 문화예술대학원 수사학위논문, p.21.

는 것이 그 무서운 광경을 회상하는 것일까. (중략) 이 이야기를 아까부터 듣고 있던 나이 젊은 시녀들은 모두 극도로 공포에 질려 안색이 변하고 검은 눈은 놀라 크게 뜨고, 서로 손을 꽉 잡고 한곳에 모여 떨고 있었다. (중략) 다음날 이 이야기가 궁중에 여기저기 퍼졌다. 이윽고 한 늙은 양반이, 민비의 병은 분명 돌다리의 사자의 재앙임에 틀림없다, 고로 그 병을 치료하기 위해서는 그 사자가 자유롭게 밤 중 민비의 방에 몰래 들어가는 일이 생기게 해서는 안 된다, 이를 위해 그 사자의 눈을 멀게 하는 것 외에 다른 수단은 없을 것이라 하기에 당장 그 날 석고로 사자의 두 눈을 두텁게 바른 것이다.[27](밑줄은 인용자)

작중에서 "민비"가 "오늘밤 자신이 그 괴물의 정체를 알게 된 것은 어젯밤 자기 전 북한산의 산신에게 자신이 진심을 다해 바친 기도의 효과"라 생각하는 모습은 의학의 힘을 무시한 "북한산의 산신" 신앙이라는 "미신"적 태도로 그려져 있다. 또 "민비"가 말한 '사자상의 재앙의 이야기'가 "다음날 궁중에 여기저기 퍼져", 늙은 양반의 제안으로 "재앙"을 봉하기 위해 석고로 사자상의 "두 눈을 두텁게 바른다"는 이야기도 조선 왕조라는 공간이 '사자상의 재앙'이라는 비현실적인 이야기가 당연한 듯이 받아들여져 믿어지는 '전근대적 공간'이라는 점을 부각시키고 있다. 이 일련의 이야기를 말하는 저자는 자신의 감상을 다음과 같이 말하고 있다.

사자상의 눈을 멀게 한다는 생각이 매우 기발하다. 그 방법으로 석고를 두 눈에 바르게 하는 것은 한층 기발하고 과연 미신을 신봉하는 조선식 사고를 유감없이 보여주고 있어 아주 재미있다.[28](밑줄은 인용자)

---

27) 「사자상의 괴기」, pp.94-95.
28) 「사자상의 괴기」, p.95.

회복 기원에 그치지 않고 사자상의 눈에 석고를 바른다는 "기발"한 행위를 저자는 "과연 미신을 신봉하는 조선식 사고"를 "유감없이 보여주고 있어 아주 재미있다"라 하고 있다. 저자가 이 이야기를 "재미있다"고 하는 진의는 바로 여기에 있는 것이다. "조선"은 즉 "미신 신봉"의 상징이며, 그러한 "과연 미신을 신봉하는 조선식 사고"를 '조선왕실'의 이야기 속에서 보는 것이 재미있었던 것이다.

식민지기의 조선에서 "미신"이라는 말은 항상 '계몽'을 전제로 한 식민지의 전근대성을 상징하고, 식민지 조선에서의 "미신"을 규정하는 '이성적 판단'의 패러다임은 '조선통치'를 목적으로 연동해 기능하고 있었다. 조선총독부에 의한 '계몽'은 제국에 의한 학교 설립, 사원의 부흥, 공동묘지, 경찰법으로 처벌 등의 '제도'에 의한 지배적 '계몽'이 중심이었다. 1919년 조선민중에 의해 3·1운동이 일어나자 민족의 결속을 경계한 식민당국은 무당의 조직화나 유사종교의 묵인이라는 방향으로 전환하고, '통치' 우선의 모순된 '계몽'운동을 전개했다.29) 일본통치에 의한 급속한 '근대화'와 '식민화'의 앞에는, 빛에 그림자가 따라다니듯 "미신"에 관한 문제가 끊임없이 부각되었다. 그 속에 나타난 "미신"에 관한 담론은 '조선'이나 '조선인'을 단적으로 표현하는 기호와 같은 기능을 가지고, "미신을 신봉하는 조선인"이라는 담론으로 발전해 갔던 것이다.

---

29) 이방원(2006), 「일제하 미신에 대한 통제와 일상생활의 변화」, 『東洋古典硏究』 Vol.24, 東洋古典學會, pp.281-314, 구도 다다스케(工藤忠輔)(1914), 「재조선 모국인의 미신을 배척한다.」, 『朝鮮及滿州』, pp.79-81.

4. 괴담의 배경 경복궁

그렇다면 이 괴담의 무대인 경복궁이라는 공간과 소재가 된 "사자상"
에는 어떠한 의미가 있었던 것일까. 작품 서두에서 저자가 "사자상"을
바라보고 있는 공간은 왕조시대에 권력의 중추기관의 역할을 했던 궁이
지만, 한일합병 이후, 조선왕조권력의 실추라는 헤게모니의 이동을 상징
하는 공간으로 변해 있다. 그에 따라 근정전의 앞 다리에 있던 "사자상"
의 역할도 변해 버렸다. 이 헤게모니의 이동은 어떤 것이었을까? 다시
한 번 첫머리 부분의 본문을 인용한다.

> 경복궁 광화문에서 오른쪽으로 돌아 총독부 박물관으로 가는 길에서
> 왼쪽에 얕은 구거(溝渠)를 넘어서 근정전 외곽이 보이는 근처에, 고풍스러
> 운 돌다리가 제거되어 풀밭 속에 흩어져 있는 것이 눈에 띈다. 이 돌다리
> 는 당시 광화문으로 들어가 바로 있는 근정전 외부 정문에 이르는 사이
> 의 도랑에 걸쳐 있던 것이다. 그것이 총독부청사 건축에 따라 제거되고
> 이 곳에 옮겨졌다는 것이다. (중략) 난간의 돌에는 웅건한 조선식의 조각
> 이 있으며 그 공교한 솜씨에 놀라는데, 다리 네 모퉁이에 사자상이 있었
> 던 것 같다. 아직도 사자는 돌다리의 돌과 함께 풀밭 속에 여기저기 흩어
> 져 있다.30) (밑줄은 인용자)

민비를 병에 걸리게 해 궁궐을 공포에 빠뜨린 "사자상"은 현실의 저
자의 눈앞에 "풀밭 속에 흩어져 있는" 모습으로 존재하고 있다. "풀밭
속"에 철거된 "사자상"의 모습은 조선왕조의 성쇠를 상기시키고, 또 거
기에 사자상이 있던 다리 대신 "총독부청사"가 경복궁 속에 등장하고 있

---

30) 「사자상의 괴기」, p.92.

다. 거기에 있는 경복궁은 조선왕조의 상징이 아니라 "총독부청사"나
"총독부박물관"이 늘어선 새로운 의미공간으로 변했던 것이다.

1905년 을사조약이 체결되자 일본은 통감부를 경성에 설치했다. 당시
통감부가 있던 남산과 남촌은 재조일본인의 거점으로 번영해 갔다. 한일
병합 이후 1912년부터 본격적으로 경복궁 안에 조선총독부 청사가 건축
되기 시작해, 1915년에는 조선총독부 박물관이 설치된다. 제거된 '영제
교(永齊橋)'는 광화문에서 근정전으로 직결되는 다리였다. 거기에는 외부
의 잡귀가 이 강을 넘을 때 정화되어 궁궐에 들어온다는 의미로, 화재
시 용수로(用水路)로서의 역할을 해 다리에 있던 돌짐승들은 화재로부터
궁궐을 지킨다는 상징적 의미도 지니고 있었다.[31] 이렇게 제거된 돌다리
와 조각상들에 대한 본문을 아래에 인용한다.

> 다리 길이는 약 5간, 폭은 약 3간 정도로 난간은 원형 그대로 남아 있
> 다. 난간 돌에는 웅건한 조선식 조각상이 있어, 그 수법의 교묘함에 놀라
> 는데, 다리의 네 모퉁이에 사자상이 있었던 것 같다. 지금도 사자는 돌다
> 리의 돌과 함께 풀밭 속에 여기저기 흩어져 있다. 그 사자의 모습이 다른
> 곳에서 볼 수 없는 기발한 것이다. 네발로 웅크려 서서, 다리 밑의 물을
> 마시려 몸을 숙여 혀를 내밀고 있다. 그 전체의 구조는 실로 굉장할 뿐만
> 아니라 선 전부의 느낌이 매우 강해 뭐라 형언할 수 없는 강렬함을 주지
> 만, 그 몸의 곡선 공합이 매우 공교해, 신의 경지랄까, 실로 솜씨가 좋은
> 것으로, 허리 근처부터 어깨까지 신체를 웅크린 형태가 무리 없이 매우
> 자연스러워 부드러운 육체의 굴곡에서 보이는 곡선의 집합이라고 밖에
> 보이지 않을 정도이다. 그것이 돌로 만들어졌다는 것이 의심스러울 정도
> 이다.[32] (밑줄은 인용자)

---

31) 배만곤의 논문, p.22.
32) 「사자상의 괴기」, p.92.

풀밭 속에 "흩어져있는" 돌조각임에도 불구하고, 그 서술이 매우 자세해서 작가가 이 돌조각에 깊은 관심을 갖고 관찰하고 있다는 걸 알 수 있다. 작가가 주목하고 있는 이 "사자상"은 '천록'으로 불리며 실제로는 도랑의 좌우에 한 쌍씩 네 마리가 배치되어, 제작된 것은 태종 11년(1411년)이라 전해진다.[33] 또 앞부분의 "혀를 내밀고 있는 것"과 민비의 전설에 나타난 "등에 구멍이 뚫린" 사자상은 『한경지략(漢京識略)』[34]에도 기술되어 있듯이,[35] 조선왕조의 뛰어난 예술품이었다. 『한경지략』은 조선전기(前期)의 부지(府誌)라는 점에서 민비 시대 이전부터 구멍이 뚫려 있었고, 민비의 이야기 내용이 허구임도 알 수 있다. 구멍은 가로로 길게 웅크린 천록의 등에 30센치 정도로 나있고 그 위에는 똑같이 비늘 모양이 새겨진 뚜껑 같은 것이 덮여져 있다.[36] 이 구멍이 왜 생겼는지는 사실(史實)의 기록에 없다는 점에서 이 구멍의 '수수께끼'가 작품의 테마가 되는 "민비"의 병과 연관되었다고 생각된다. "민비"의 이야기가 저자의 창작인지, 혹은 누군가에게서 전해들은 이야기인지 모르지만, 본 사람의 상상력을 불러일으킬 정도로 예술성이 높은 것이었다.

앞서 서술한 것처럼 저자는 '조선'은 "미신을 신봉한다"고 정의해 전근대성을 그리고자 했다. 그런데 여기서 흥미로운 것은 그가 이 작품을 게재하기 이전호인 『조선공론』 1921년 2월호의 「남산 정상에서」라는 수

---

33) 배만곤의 논문, p.19.
34) 『한경지략(漢京識略)』은 조선 수도 한성부에 대한 역사과 그 모양을 기록한 부지(府誌)이다. 제작자는 수헌거사(樹軒居士)라고 기록되어 있지만, 실제로는 유득공(柳得恭)의 아들 본예의 제작으로 보인다. 제작 연대는 미상이지만, 19세기 초로 추측된다. 김현정(2012), 「『한경지략』을 통해 본 19세기 서울인식」, 『都市人文學研究』 Vol.4, No.1, 서울시립대학교 도시인문학 연구소, pp.115-146.
35) 배만곤의 논문, p.20.
36) 배만곤의 논문, p.20.

필에서 경복궁에 관한 감상을 게재하고 있는 사실이다. "새로 온 사람"
인 저자는 남산 꼭대기에서 경성 전체를 바라보면서 식민지 조선의 역사
에는 우여곡절이 있었지만 현재 조선 수도의 인구는 30만이며 전등, 가
스, 수도 등 도시로서 무엇 하나 부족함이 없고, 내선에 맞춰 일곱 번째
도시로 발전한 것 등이 감명 깊게 서술되어 있다. 하지만 그 반면, 경복
궁 내에 세워진 총독부를 보는 저자의 시선에는 우월감과는 구별되어야
하는 '위화감'이 존재했다.

> (전략) 이건 또 무슨 잔인한 일일까, 무슨 부조화이고 또 모순일까. 그
> 홍화문(弘化門)과 근정전 사이에 적당한 광장이 있어야 건축학적 의미가
> 있는 것으로, 그 옛날을 회상해 보면, 광화문에서 적당한 거리를 두고 근
> 정전의 웅장함을 봤을 때 자못 숭경한 마음이 든다. 또 그 후 후방에 우
> 두커니 선 아치형의 바위산과 그 화려한 근정전과의 조화는 얼마나 아름
> 다운지. 특히 광화문 안쪽에는 풍치 넘치는 돌다리가 있다고 들었는데,
> 이런 풍류를 무시하고 그 서양식의 큰 건축물을 사이에 섞어 이 아름다
> 운 풍경을 파괴한 것은 자못 아쉬운 느낌이 든다. 역시 이 산 위에서 보
> 기엔 총독부의 위치로 현재의 장소는 도저히 아니다. 경복궁의 위치가 비
> 록 총독부로서 양호한 위치 중 하나지만 다른 적당한 위치는 없었던 걸
> 까. (중략) 그러나 경이롭고 우수한 미술이 있었지만 현재 그것들이 작품
> 으로 남아있는 게 매우 적다는 사실에 실망한다. 또 창경원 박물관과 경
> 복궁 내 총독부 박물관에서 그 일부를 추측할 수 있지만, 이런 박물관의
> 빈약한 장물을 제쳐놓고는 거의 아무 것도 없다. (중략) 생각하건대 조선
> 인의 국민성이 이 미술품들을 보존한다는 관념이 부족한 결과 파손되거
> 나 유기된 것이 많은 것도 분명 원인 중 하나이다. 그 증거로 국내 박물
> 관 또는 사립대학이 조선 고미술품을 오히려 조선보다 많이 소장하고 있
> 다.[37] (밑줄은 인용자)

---

37) 게이도(1921), 「남산의 꼭대기에서(南山の頂から)」, 『朝鮮公論』, p.174.

저자는 경복궁 근정전 앞에 건축되어 있는 조선총독부의 위치에 대해 "무슨 잔인한 일인가"라고 그 "부조화"와 "모순"에 대해 유감의 뜻을 말하고 있다. 이 "부조화"와 "모순"은 단지 예술적 관점에서 본 조선건축미의 파괴라는 위화감이라고도 할 수 있지만, "잔인한"이라는 말에서도 조선총독부의 '폭력성'에 대한 의문을 던지고 있다. "경복궁의 위치는 적어도 총독부로서 양호한 위치"라고 인정하면서도, "다른 적당한 위치는 없었던 걸까"라는 저자의 말 속에서 앞서 서술한 문명론적인 시선으로 조선을 보는 한편, 총독부의 '폭력성'을 의문시하는 '모순'이 느껴지는 양의적(兩義的) 관점이 나타나 있다.

조선총독부청사는 1912년 준공되어 14년 후, 1926년에 완공했다. 한일합병 후에는 조선박물관 등이 궁내에 지어져, 그 경관은 크게 변했다. 또 1915년 경복궁에서의 시정오년기념조선물산공진회(始政五年記念朝鮮物産共進會)[38] 개최를 통해 식민지 조선 통치의 대대적 선전 사업이 이루어졌다. 공진회가 경복궁에서 개최될 즈음, 총독부 공진회 사무위원장인 이시즈카 에이조(石塚英藏)는 다음과 같이 그 경복궁을 설명하고 있다.

> 회장인 구(舊)경복궁은 경성 시가 북쪽 끝에 있는 백악산(일명 삼각산)의 앞 기슭에 있는데, 정문을 광화문이라 부른다. 조선의 태조 이성계가 수도를 경성에 건설하려 했을 때 북한(北漢)의 승려에게 도읍터를 점치게 한 후, 그곳에 궁궐을 짓고 이주한 것이다. (중략) 임진왜란 때 일본군 본진을 우키타 히데이에(浮田秀家)가 관리했는데, 후에 그 군을 퇴격시킬 때

---

38) 일제는 조선의 시정(始政) 5년을 기념하고 경복궁을 전시회장으로 택하여, 경비 총액 70만엔, 사용 건물 총평수 5,000 평이라는 대규모한 「기념 물산 공진회」를 개최하였다. 이에는 진열관이 임시로 설치되어, 예술, 농업, 수산, 광업, 교통, 경무(警務), 위생, 기계, 인쇄, 사진 등의 산업과, 경제, 문화, 종교를 망라하는 진열물이 전시되었다. 이시즈카 에이조(石塚英藏)(1915), 「기념 공진회 개관(記念共進會槪觀)」, 『朝鮮公論』, p.31.

이것을 한 번에 불태워버려 잔재만 조금 남았다. (중략) 근정전의 장려함, <u>경회루의 고장함, 광화문의 웅장함, 취향정의 우아함이 하나같이 올해의</u> <u>역사를 말하고 있어,</u> 실로 경정 제일의 명소로, 이번 공진회장으로는 동궁 내 7만여 평의 매우 넓은 지역을 이용하고, 근정전, 교태전, 경회루 등의 주요한 건물을 수리해 회장의 일부로 사용하고, 다른 재래건물을 철거해 각종 진열관을 새로 설비한 공진회 사용건물은 총 평수 5천여 평에 이른다.[39] (밑줄은 인용자)

경복궁은 "구 경복궁"이라 불리며 그 역사성을 일본의 "임진왜란" 제패에 기인한다고 말하고 있다. 경복궁 건물의 "장려함(壯麗)", "고장함(高壯)", "웅대함", "우아함(幽雅)"은 "올해의 역사", 즉 조선총독부의 시정오년에 걸맞게 "진정한 경성 제일의 장소"로 칭송되고 있다. 그러나 한편으로는 이 "중요한 건물"를 "수리해 회장의 일부로 사용"한다는 "잔인"한 작업이 공공연하게 이루어지고 있었다. "재래건물"은 "철거"되어, 경복궁은 조선총독부 통치의 성공을 빛내는 전시장으로 변해 버렸던 것이다. 공진회가 경복궁에서 개최된 것은 경복궁 자체가 전시물이며, 일본제국이 조선을 보는 '시선'을 고착화했다. 즉 제국이 식민지의 헤게모니 구도를 경복궁을 통해 재현하는 정치적인 '장(場)'이었다고 할 수 있다. 거기서 보이는 것은 조선의 역사나 조선의 건축미도 아닌, 일본제국의 지배적 시선에 의해 "수리되어 회장의 일부로 사용"되는, 혹은 가치 없는 것으로 "철거"되어버린, 권력도 역사도 없는 빈껍데기의 건물이었다. 이 권력의 절대적 차이가 재현되는 "장소"가 경복궁이었던 것이다. 저자 게이도가 "다른 적당한 위치는 없었는가"라고 의문시한 조선총독부의 "폭력성"은 식민지 조선의 근대화 성공을 표상하는 공진회의 진열관을

---

39) 이시즈카 에이조, 위의 글, pp.31-32.

경복궁에 설치했다. "재래건물"은 "수리"나 "철거"에 의해 '권력을 실추' 당하고, 공진회에 의한 진열관 전시는 '히에라르키' 차이의 효용에 성공한 것이었다. 조선총독부에 의한 재현정치가 성공하기 위해서는 이 "구경복궁"이 바로 "적당한 위치"였던 것이다.

　이러한 점을 고려했을 때 「사자상의 괴기」라는 괴담의 무대로 그려진 경복궁은, 식민지조선이라는 시대배경 속에서 그 의미가 반전되어, '잃어버린 조선'이나 '조선왕조'를 부각시키는 역할을 한다. 찬란한 왕조건축의 색채나, "민비"의 시종들이 왕래하던 "장려"하고 "우아"한 왕조건축물의 공간은, 지금은 더 이상 존재하지 않는 망령들의 공간이다. 작품이 창작된 식민통치기의 시점(時点)에서 조선왕조의 이야기를 그리겠다는 것은 재미있는 조선의 괴담을 소개하고 싶다는 저자의 의도와는 상관없이, 헤이케모노가타리(平家物語)라는 헤이케일가(平家一家)의 영화와 그 몰락, 멸망을 그린 이야기를 상기시킨다. "철거"되어 버린 휘황찬란한 건물과, "풀밭 속에 흩어져 있는" 사자상들은 조선예술에 흥미를 보였던 재조일본인의 시선에 의해 장려하고 덧없는 왕조문화로 재현되었다. 그러나 그것과 동시에 '죽은 자에는 말이 없다'는 말로 대변되는 망자처럼, 식민통치라는 "잔인한" 시대에 의해 일본인의 의식 속 한 구석에 묻혀 버렸던 것이다.

5. 마치며

　저자 게이도는 당시의 재조일본인의 시선으로 "민비"라는 정치적 인물을 메타포함으로써, 조선과 "미신"을 연관시킨 괴담을 그렸다. 『조선공론』괴담 외에 조선의 이야기를 다룬 것은 거의 찾아볼 수 없다는 점에서 "새로 온 사람"인 저자는 조선에 "경이롭고 우수한 미술이 있다"고 평가한 뒤, 그 중 하나인 "사자상", '경복궁의 조선식 건물'에 이끌려 이야기를 창작했음을 알 수 있다.

그러나 아무리 저자가 조선예술을 높이 평가해, 총독부의 위치의 "모순"과 "잔인함"을 문제 삼았다 할지라도 조선총독부와 박물관이 세워지고, 풀밭 속에 사자상이 흩어진 경복궁에서 '조선왕조의 전설'을 회상해 그린다는 것은 결국은 "민비"라는 정치적 코드를 무의식적으로 "미신을 신봉하는 조선인"으로 바꿔 쓰고, 이야기 속에 봉쇄해 버린 결과가 되어 버렸다. 그것은 저자의 우수한 조선의 미술을 배경으로 조선의 재미있는 전설을 그리려한 의도와는 상관없이, 공진회의 '차이의 효용'과 같은 원리로 작품 속에서 "구 경복궁"의 앞 근대적 조선사회를 전시하는 기능을 해 버린 것이다.

일본 내에서의 근대 괴담은 강담사-만담가들에 의해 이야기되면서, 속기본(速記本)으로 문예잡지에 게재되고 있었다. 그러나 식민지조선에서 괴담은 강담사 등이 이야기한 서민층의 문예가 아닌 조선 통치의 '일본인 지식인 집단의 비평을 목표로 한다'는 잡지의 취지에서도 알 수 있듯이, 식민지 '지식인층'에 의해 총독부관사, 지식인들에게 발신되고 있었다. 여기서 괴담은 에도시대의 괴담처럼 '복수'에 중점을 둔 것이 아닌 식민지 조선에서 일본인의 평범한 일상생활을 '이화(異化)'해, 재밌는 읽을 거리로 하기 위한 '틀'로 사용되고 있던 것이다. 작가들은 사회의 여러 모습을 당시 지식인의 시선으로 잘라내, 혹은 무의식의 일상을 괴담으로 다시 그렸다. 그러나 제국이 해체된 후 현대인의 감각 속에서 식민지의 '이화'된 괴담과 그 일상생활을 보았을 때, 그곳에는 "미신"이라는 말이 눈에 띄게 강조되었듯이, 일본 '내지'의 괴담과 분명한 차이가 있었다. 거기에는 제국의 지식인들이 당시 현실을 파악하고 재구성했기 때문에 무의식적 제국주의나 문명론, 차별의식, 사회의 구조를 보는 시선에 의해 보다 명확한 정치성이나 식민의식이 부각되어 있다고 할 수 있다.

괴담 「사자상의 괴기」에서의 일상의 '이화'는 경복궁에 흩어져 있는 "사자상"이 "민비"에게 저주를 내리는 무서운 요괴로 조선왕조를 시끄럽게 한다는 "이야기"에 의해 이루어지고 있다. 공교한 예술품 "사자상"의 살아 있는 듯한 모습과, 등에 뚫린 구멍의 수수께끼에서 아마 당시 저자가 들은 것 같은 일화가 생겨났던 것이다. 그런데 왜 밤마다 "사자상"에게 습격당하는 것이 "민비"였던 것일까? "그 유명한"이란 수식어가 작중에 붙여져 있듯이 과거 "민비"의 세력은 왕조 속에서 대단한 것으로 그 성격도 "어기차다"라고 알려져 있다. 하지만 그러한 강인한 인물이 "사자상"의 저주에 겁내는 약한 인물로 그려진 것은, 반대로 "민비"가 저주하는, 혹은 원망하는 무언가의 원인을 가진 인물로 받아들여지고 있기 때문이다. 이러한 시점에서 봤을 때 「사자상의 괴기」의 '괴이'가 조명하는 것은 이 '민비'의 공포나 두려움이 어디서 오는 것인가 하는 것일지도 모른다.

고마쓰 가즈히코(小松和彦)는 괴담의 특징 중 하나로 인간의 '떳떳하지 못함'이 귀신이나 '괴이'를 초래한다는 점을 들고 있다. 귀신이나 괴이라는 것은 제도나 법으로는 호소할 수 없는 것에 대한 원한이나 복수의 표출이며, 사적인 방법으로 그것을 고발하는 하나의 장치라는 것이다.[40] 저자 게이도에게 조선왕조의 "민비"와 "미신"을 연관시킨다는 당시 문

---

40) 고마쓰 가즈히코(小松和彦)(2013), 「일본의 괴담을 고찰한다.―괴담사 구축을 위한 비망록(日本の怪談を考える-怪談史構築のための備忘錄)」, 고려대학 민족문화연구원 강연, p.9.

명론적 관점이 있었음은 분명하지만, 게이도가 전해 들었다는 이 "전설" 속에서 "민비"가 "사자상"을 두려워하는 구도가 그려진 것은 '떳떳하지 못한' "민비"라는 인식이, 재조일본인, 혹은 조선민중 속에서 존재하고 있었기 때문일지도 모른다.

　현대 우리들의 관점에서 '민비에 얽힌 괴담'을 이미지한다면 일본인에게 암살당한 "민비"가 귀신이 되어 나타난다는 한의 이야기가 상상되겠지만, 이 이야기는 반대로 "사자상"에게 저주 받는 "민비"의 공포체험을 괴담으로 그려낸 것이다. 여기에 "민비"의 '떳떳하지 못함'이나 '두려움'은 그려져 있어도 을미사변을 주모한 일본인의 '떳떳하지 못함'이나 '두려움'은 찾아볼 수 없다. 『조선공론』 게재의 「사자상의 괴기」는 식민지 조선의 재조일본인에게 일본인이 암살한 "민비"에 대한 '떳떳하지 못함'이라는 의식이 전혀 없었다는 당시의 상황을 잘 보여주는 괴담인 것이다.

제2부

일본어와
식민지 조선인의
글쓰기

제6장

잡지『소년』과 후쿠자와 유키치(福沢諭吉)

근대 초, 조선에서의 「수신요령」의 수용과 변용

송혜경

1. 서론

한 언어권이나 문화권에서의 새로운 학문, 지식, 사상, 문학이 다른 지역으로 유입될 때 번역이라는 과정을 거친다. 이 때 '번역은 일차적으로 한 언어를 다른 언어로 옮겨내는 행위나 그 옮겨진 생산물을 지칭'하지만, 단순히 '기계적인 과정이나 수동적인 전환'에 그치지 않는다. 번역은 '중립적이고 투명한 과정'[1]이 아니라는 것이다. 이때 <무엇을> <어떻게> <왜> 번역하는지에 대한 번역의 문맥은 중요할 수밖에 없다.

일본은 19세기 중반 무렵 서구열강의 군사적인 압력을 받게 되면서 근대화·문명화를 추진하는데, 이때 서양의 번역이 광범위하게 전개되었

---

1) 김춘미 편(2008), 『번역과 일본문학』, 보고사, p.8.

다는 것은 주지의 사실이다. 최남선은 두 번의 일본유학을 통하여 일본 '출판계의 우리나라보다 성대함'(『소년』 3권 6호)을 경험하고 『소년』(1908. 11-1911.5)을 창간하여 편집자이면서 필자의 역할까지 담당하였다. 또 「세계적 지식의 필요」(소년 2권 5호)를 강조하면서 『소년』에 다수의 번역물을 게재한다. 조용만은 최남선이 만들어 낸 이 잡지에 대해 '혼자서 원고를 써 냈다'고 하면서 '그 대본은 그(최남선)가 도쿄에서 모아 가지고 온 신학문 책'인데, 잡지원고는 '이를 이용'한 것으로 이를 '우리말로 번역해서 베낀 것'[2]이라고 술회하고 있다. 실제로 『소년』에는 격언, 문학작품, 교훈서 등 다양한 장르의 저작물이 번역되어 실려 있었다.[3] 물론 중역이라는 형식을 취해서이다. 그런데 흥미로운 것은 『소년』의 번역물 중 '일본'의 저작물을 직접 번역한 것은 「수신요령」이 유일하다[4]는 것이다. 또 잡지에 게재된 이후 「수신요령」은 최남선이 직접 운영에 관여하였던 출판사 신문관(新文館)을 통해 단행본으로 출판되어 염가로 보급되었다. 그렇다면 식민지화되어 가는 조선의 상황에서 「수신요령」은 어떻게 번역되었으며 이를 게재한 의도는 어디에 있을까?

　잡지 『소년』과 근대 일본과의 관계에 관해서는 주로 도쿠토미 소호(德富蘇峰)와의 관련 속에서 논하여지면서 축적된 연구 성과를 남기고 있다. 이들 연구는, 도쿠토미 소호가 주재한 잡지 『국민의 벗(國民之友)』에서

---

2) 조용만(1985), 『울 밑에 핀 봉선화야』, 범양사 출판부, p.193.
3) 『소년』의 번역에 관한 연구로는 김욱동(2009), 「번역가로서의 최남선」, 『외국문학연구』 제36호 ; 정선태, 「번역과 근대소설 문체의 발견─잡지 『소년』을 중심으로」, 『대동아연구』 48집 ; 김남이, 「1910년대 최남선의 '자조론'번역과 그 함의─『자조론』(1918)의 변언(辨言)을 중심으로」, 권보드래, 「『소년』과 톨스토이 번역」 등이 있다.
4) 『少年』의 일본 인물관련 기사로서 이토 히로부미(伊藤博文), 사이고 다카모리(西郷高盛), 쇼시다 쇼인(吉田松陰), 사쿠마 쇼잔(佐久間象山)의 사진이 게재되어 있다. 일본 저작물이 번역된 것은 수신요령이 유일하다.

<구일본=노인=동양>과 <신일본=소년=서구>의 대비를 통해 소년의 역할과 계몽을 강조했다는 점을 들어 잡지 『소년』과의 관련성을 언급[5]하고 있다. 또『국민의 벗』이후 이에 영향 받아 일본에서 다수 창간된 소년 관련 잡지[6]를 거론하면서, 최남선이 '종합잡지를 지향'하여 『소년』을 창간한 것은 '일본 출판계의 직접적인 영향'[7]이라고 주장하고 있다. 이들 연구는 최남선이 두 번의 유학을 통해 일본출판계를 직접 경험했다는 것이 논리적인 근거이겠으나, 최남선이 직접 도쿠토미 소호와 그의 잡지를 언급한 것은 전무하다.

한편, 『소년』에 일본 저작물로서 유일하게 실렸던 「수신요령」이나 그 작자라고 언급하고 있는 후쿠자와 유키치에 관한 연구 성과를 보면, 윤영실은 『소년』에서 개인의 '수신담론'이 중요시되어 가는 과정에서 그 내용이 대폭 강화되는 예로서 「수신요령」이 자리매김[8]되고 있다고 한다. 또한, 김지녀는 『소년』에서 '입신'이 '독립'으로, 또 '독립'이 결과적으로 '민족정신의 발견과 강화라는 방식'으로 '전환'[9]된다고 설명하면서 독립 개념이 형성되는 단계로서 「수신요령」을 다루고 있다. 이들 연구는 국민 국가가 만들어지는 과정에서 「수신요령」이 개인의 '수신'과 '독립'의 개

---

5) 전성곤(2008), 『근대 '조선'의 아이덴티티와 최남선』, 제이엔씨 ; 최재목(2006), 「최남선 『少年』지의 '신대한의 소년'기획에 대하여」, 『일본문화연구』 ; 박용규(2011), 「최남선의 현실인식과 「소년」의 특성 변화 : 청년학우회 참여 전후의 변화를 중심으로」, 『한국언론학보』 참조.
6) 당시 일본에서는 『국민의 벗』이후 『女學世界』·『中學世界』(博文館), 『少年』(時事新報社), 『少年系』·『少女系』(金港堂) 등의 잡지가 출간되었다.
7) 김정숙(1991), 『출판인최남선연구』, 중앙대학교신문방송대학원 석사논문 ; 최재목(2006), 「최남선 『少年』지의 '신대한의 소년' 기획에 대하여」, 『일본문화연구』 제18집.
8) 윤영실(2008), 「최남선의 수신(修身)담론과 근대 위인전기의 탄생-『소년』, 『청춘』을 중심으로-」, 『한국문화』 42권, p.115.
9) 김지녀(2008), 「<少年>誌에 나타난 '獨立' 개념의 특징과 그 배경」, 『語文研究』 36권 2호, p.339.

념형성에 기여했다는 점을 인정하고 있다는 점에서 그 의의를 찾을 수 있으나, 각각의 논문이 「수신요령」을 주요 테마로 설정한 것이 아니기 때문에 원문과의 번역차이와 그 의미에 대한 분석이 결여되어 있고 일본에서의 「수신요령」 간행과정에 대한 정확한 이해가 없기 때문에10) 「수신요령」의 게재의도가 '독립지존'의 전달이라는 단편적인 이해에 머물러 있다.

본고에서는 근대초기 조선에서 번역된 「수신요령」의 번역의도와 파급과정을 고찰함으로써 「수신요령」을 새롭게 자리매김하고자 한다. 이를 위해 『소년』에서 「수신요령」을 포함한 연재물의 기획의도를 알아보고 「수신요령」의 번역과정과 동시에 이후 파급양상에 대해 고찰하고자 한다. 이를 통하여 국가적인 운명이 위기에 처한 시기에 수용과 계몽의 이중적인 위치에 처한 계몽지식인의 역할과 더불어 번역의 기능과 효과까지 파악할 수 있을 것이다.

2. 「현대소년의 신호흡」의 기획과 「수신요령」

『소년』에는 1909년 2월부터 1909년 11월까지 총 8회에 걸쳐 「현대소년의 신호흡」이라는 시리즈물이 연재되었다. 이 연재물은 2회부터는 「신시대청년의 신호흡」으로 개명되는데, 「수신요령」은 그 첫 회에 해당한다. 그렇다면 이 연재물은 어떠한 의도 아래 기획된 것이며 『소년』의 전개과정에서 어떠한 의미를 갖을까? 본장에서는 「수신요령」을 포함하고

---

10) 후술하겠지만, 「수신요령」은 후쿠자와 유키치(福沢諭吉)의 저작물이 아님에도 이를 언급한 논문은 전무하다.

있는 연재물의 성격을 고찰하고「수신요령」이 잡지『소년』에서 어떠한 문맥에 위치하는지 고찰하고자 한다.

『소년』에는 다수의 연재물이 실려 있었다.「봉길이의 지리공부」,「쾌소년세계주유시보」,「북극탐색사적」등과 같은 지리 관련 연재물과「갑동이와 을남이의 상종」,「성신(星辰)」,「소년이과교실」과 같은 과학 관련 연재물이 있었다. 또한「소년사전(페터대제, 까리빨띠)」,「나폴레옹대제전」등의 전기물과「이솝의 이야기」,「거인국표류기」,「로빈손무인절도표류기」등 문학 연재물도 있었다. 이처럼 소년은 '잡다하고 비체계적인 지식들이 뒤섞여 있는' '백과사전적 지식'을 전달하면서 '사소한 얘기에서부터 일정한 전문지식까지, 모든 종류의 앎들이 동등하게 공존'하는 '잡종성'11)을 띠고 있었다. 그러나 잡지의 생명으로서의 백과사전이나 박물관식의 지식을 나열하면서도 과학, 전기, 역사, 문학, 철학 등 분야를 구분하여 연재물을 실음으로써 잡지로서의 체계를 갖추고 있었는데, 이들 연재물 중 하나가「현대소년의 신호흡」이다. 연재물들이 일정한 분야를 설정하고 이에 맞는 내용의 연속성을 갖고 있었다고 한다면,「현대소년의 신호흡」은 어떤 내용을 모아 하나의 연재물로 완성하였을까? 이 연재물을 구성하고 있는 위인과 그 제목을 소개하면 다음과 같다.

시리즈명	표지목차	제 목	권호수	발간
現代少年의 新呼吸(一)	福沢諭吉의 處世要領	修身要領 日本 故 福沢諭吉著	2권 2호	1909.2
新時代青年의 新呼吸(二)	와싱톤座右銘	아메리카합중국을 건설한 자유소년 와싱톤의 座右銘	2권 3호	1909.3

---

11) 권보드래 외(2007),『'소년'과 '청춘'의 창』, 이화여자대학교출판부, p.28.

시리즈명	표지목차	제 목	권호수	발간
新時代靑年의 新呼吸(三)	프랭클닌座右銘	아메리카名人 프랭클닌座右銘	2권 4호	1909.4
新時代靑年의 新呼吸(四)	톨쓰토이先生의 勞動에關한 敎示	現時代大導師 톨쓰토이 先生의 敎示(勞動力作의 福音)	2권 6호	1909.7
新時代靑年의 新呼吸(五)	페쓰탈노씨先生의 處世訓	近世敎育革新大家 페쓰탈노씨先生의 處世訓	2권 7호	1909.8
新時代靑年의 新呼吸(六)	栗谷先生自警文	栗谷李珥先生의 自警文17則	2권 8호	1909.9
新時代靑年의 新呼吸(七)	스마일쓰先生의 勇氣論	뿌리탠國德學大家 스마일쓰先生의 勇氣論	2권 9호	1909.10
新時代靑年의 新呼吸(八)	─	로오마國大理學家 에픽테투쓰先生의 『學者의 行儀訓』	2권 10호	1909.11

위의 인용에서 알 수 있듯이, 이 연재물은 동서양을 막론하고 사상가, 정치가, 교육가 등 다양한 인물들이 등장하는 종합적인 형식을 취하고 있다. 1회의 후쿠자와의 경우에는 일체의 설명없이 번역된 「수신요령」을 곧바로 소개하고 있지만, 2회부터는 각각의 장에 머리말을 두고 있는데, 이를 통해 어떤 인물들을 취사, 선택하였는지 가늠할 수 있을 것이다.

그 머리말을 보면, 다루고 있는 인물은 '무장(武將)'으로 '용장(勇壯)한 행적'과 '정치가'로 '위대한 사업'은 물론이거니와 '인격이나 품행'면에서도 '우리 소년의 모범'이 될 만한 워싱톤(2회)과 소년 때에 '극기절욕의 덕을 수양'하여 '옛 사람(古人)의 언행을 기초삼아' '일생'을 지켰던 프랭클린(3회), 또 '현시대의 최대위인=그리스도 이후의 최대인격'자로 평가할 수 있는 '톨스토이'(4회)였다. 또한 '교육계의 혁신깃발'을 세운 페스

탈로치(5회)와 '태서'에 있을지 의문스러울 정도의 '처세이학'을 세운 율곡이이(6회), '고난과 장해에 대하여 각고사구(刻苦思究)'한 스마일(7회), 어려운 환경에서 '자기 의지의 힘을 훈련'한 엑픽테투스(8회)를 싣고 있다. 또한 그 내용에 있어서도 이들의 저작물이나, 생애, 좌우명 등을 소개하여 소년들이 세상을 살아가는 요령으로 할 것을 권하였다. 「현대소년의 신호흡」은 매 회마다 배워야 할 모범의 대상이 되는 인물들을 제시하고 소년으로 하여금 모범의 근거를 좌우명으로 삼아 새로운 사회에 대처하도록 권하는, 철저하게 기획된 계몽 시리즈였던 것이다.

그러나 발간 초기부터 『소년』이 이러한 강한 계몽성을 드러냈던 것은 아니다. 초기 소년이 제공하는 지식은 '철저히 탈정치, 탈현실의 내용에 한정되어 있었'12)고 '일목요연한 계몽의 구조를 갖추기보다 다양한 흥밋거리를 구비하는 데 훨씬 접근'13)해 있었다. 그러나 '1909년 3월정도 부터' '소년에 변화가 나타나기 시작'하여 '재미를 위한 허구적 구성을 한 글들이나 독자투고란'이 '대부분 사라지고' '수신담론이 크게 증가'14)하는 현상을 보이고 있다. 즉, 『소년』이 흥미위주에서 정치성을 띤 계몽잡지로 전환되는 시기에 「현대소년의 신호흡」 기획물이 위치하는 것이다. 그렇다면 이러한 『소년』에서의 양상의 변화가 일어나는 이유는 무엇일까?

앞서 언급한 것처럼 「현대소년의 신호흡」은 1회만이 게재되고 「신시대청년의 신호흡」으로 연재물명이 바뀌고 있는데, 이는 '소년'에서 '청년'으로 그 계몽내상의 변화를 의미하는 것이었다. '현대소년'에서 '신시대청년'으로의 '대체'는 『소년』에서 계몽방침의 변화에 중요한 기점이

---

12) 한기형(2005), 「근대어의 형성과 매체의 언어전략」, 『역사비평』 71호, p.360.

13) 권보드래 외, 『'소년'과 '청춘'의 창』, p.11.

14) 박용규(2011), 「최남선의 현실인식과 『소년』의 특성변화―청년학우회 참여 전후의 변화를 중심으로―」, 『한국언론학보』 55권1호, pp.474-475.

되는 것이다. '육당이 도산(안창호)과의 만남을 통해 청년운동의 새로운 가능성을 발견하고 청년을 실천의 주체로 재소환하고 있음을 의미한다'15)는 주장이나, '청년학우회보'가 게재16)되면서 청년학우회라는 '단체의 기관지역할'을 하게 되는『소년』이 '미래를 위한 준비'를 위해서 '현재의 실천'을 중요시하게 하는 가운데 '청년담론이 등장'17)하게 되었다는 주장은, 모두『소년』의 계몽대상의 변화를 인식한 연구들로 '현대소년'에서 '신시대청년'으로의 변화지점을 포착한 연구라 할 수 있다. 바로 이러한 문맥 속에 「현대소년의 신호흡」기획이 위치하는 것이다.

이 시기『소년』의 계몽방침의 변화는 '소년에서 청년으로' 라는 계몽대상의 변화에서만 의식될 수 있는 것은 아니었다.『소년』은 '운문형식'에 있어 '신시에서 시조로 바뀌'어 갔는데, 이는 '목표하는 공동체의 명칭'이 '신대한'에서 '대조선'으로 바뀌어 가는 것과 같은 맥락에서 '민족성 유지와 발현의 전략'으로서 '조선주의'18)를 내면화시키기 위함이었다. 또한『소년』의 소재적인 문제에 있어 초기에는 '영웅 전기 서사'를 통해 '영웅 중심적인 역사관'이 드러났으나 이후 '영웅 전기 서사'는 해체되고 '애국적 국민'으로 전환된다. 하늘에서 떨어진 영웅이 위기에 빠진 국가를 구해준다는 영웅서사 논리는 그 세력이 약화되고 그 자리에 '수신'19) 하는 국민이 자리잡게 된다.

---

15) 윤영실 「국민국가의 주동력, '청년'과 '소년'의 거리」,『민족문화연구』제48호, p.117.
16) 『소년』 1909.9.
17) 박용규(2011), 「최남선의 현실 인식과 「소년」의 특성변화−청년학우회 참여 전후의 변화를 중심으로」,『한국언론학보』, p.471.
18) 최현식(2006), 「'신대한'과 '대조선'의 사이(1)−『소년』지 시(가)의 근대성」,『현대문학의 연구』, p.162.
19) 윤영실(2008), 「최남선의 수신담론과 근대 위인전기의 탄생−『소년』, 『청춘』을 중심으로」,『한국문화』 42호, pp.111-115.

이처럼 계몽의 주체와 대상은 소년에서 청년으로, 영웅에서 국민으로 전환되고 있었고 박물관식의 다양하고 유익한 정보전달은 이제 구체적이고 적극적이고 현실적인 계몽의 형태를 띠게 되었다. 이러한 교차와 변화의 시점에 「현대소년의 신호흡」의 기획이 위치하는 것이다. 그렇다면 『소년』에 있어 이러한 양상의 변화가 일어나는 이유는 무엇일까? '근대국민국가 건설에 대한 열정'이 '제국주의'에 의해 그 꿈이 좌절'[20]되면서 '국권 상실을 코앞에 둔 시점에서 하늘이 때맞추어 영웅을 보내 줄 것이라는 안일한 역사인식은 설득력을 잃'[21]을 수밖에 없었다. 『소년』은 성격과 장르의 변화, 계몽모델의 해체를 시도하면서 구체적, 현실적, 실제적인 계몽으로 그 양상을 변화시켰다. 또한 이러한 변화의 시점에 「현대소년의 신호흡」 연재물이 있었다.

「수신요령」은 이러한 기획물의 첫 회를 담당하고 있다. 「수신요령」에 대한 '번역의 책임'을 확실하게 담당하겠다고 하면서 '독립자존'[22]이라는 주제의식도 명확하게 제시하는 『소년』은 「수신요령」을 시작으로 계몽의 대상과 방침을 변화시키고 있다. 그렇다면 「수신요령」은 어떠한 과정을 통하여 만들어졌으며 그 내용은 무엇일까? 이는 다음 장에서 고찰하도록 하겠다.

20) 최현식(2006), 「'신대한'과 '대조선'의 사이(1)—『소년』지 시(가)의 근대성」, 『현대문학의 연구』, p.133.
21) 윤영실(2008), 「최남선의 수신(修身)담론과 근대 위인전기의 탄생」, 『한국문화』, p.114.
22) 「수신요령」은 29조를 모두 소개한 후 '번역의 책(責)'은 '본 집필인이 부담'한다고 명시하고 있으며 「신시대청년의 신호흡(二)」의 「와싱톤座右銘」의 말미에는 지난 번에는 '福澤氏의 『處世要領』에서 독립자존을 배웠'다고 하여 주제의식을 분명히 하고 있다.

3. 일본에서의 「수신요령」 간행과 그 의미

『소년』의 「수신요령」은 「현대소년의 신호흡」이라는 제목 아래 '日本 故 福沢諭吉著'라고 하는 저자명이 명시되어 있다. 그러나 실제 「수신요령」은 후쿠자와가 직접 집필한 것은 아니다.

후쿠자와 유키치(이하 후쿠자와)는 자신의 말년에 집필한 『후쿠오자전(福翁自伝)』의 마지막 장인 「노여의 반생(老余の半生)」에서 자신의 삶을 돌아보아 '유감(遺憾)없을 뿐 유쾌한 것만 있다'고 하면서도 '인간의 욕심이 한이 없기에' 남은 '생애에서 이루고 싶은 것'을 세 가지 언급하고 그 중 첫 번째로 '전국남녀의 기품(氣品)을 점차로 고상(高尙)으로 이끌어 진실로 문명의 이름에 부끄럽지 않게 하는 것'[23]을 들고 있다. 여성을 근대화를 위한 주역에 포함시키고자 하는 그의 꿈의 연장으로서 그는 「여대학평론・신여대학(女大學評論・新女大學)」을 집필한다. 그러나 탈고(1898.9. 26) 수일 후 뇌일혈로 쓰러진다.[24]

큰 병에서 완전하게 쾌유되지 않은 후쿠자와는 '세상의 도덕폐퇴(廢頹)에 대한 걱정으로 참을 수' 없어 '어떻게 해서든 이를 구제하지 않으면 안 된다'는 절박한 심정에서 오바타 도쿠지로(小幡篤次郞)를 중심으로 제자들에게 명하여 「수신요령」을 쓰게 한다. 수제자와 아들이 모여 '작년 가을경부터' 이야기가 나오는 가운데 「수신요령」의 편찬이 시작된 것은 1899년 '11월경'[25]의 일이었다. 수차례의 회의를 거쳐 마련된 초안에 후쿠자와의 제안과 의견을 덧붙여 완성(1900.2.11)된 「수신요령」은 제404회

23) 福沢諭吉(1978), 『福翁自伝』, 岩波文庫, p.317.(초출지는 『時事新報』의 「福翁自伝」, 1898.7-1899.2)
24) 土橋俊一, 「「修身要領」の編纂過程に就いて」(『史學』 27卷, 2, 3号), p.124.
25) 小幡篤次郞(1900), 「修身要領の由來」, 『慶應義塾學報』 25号, p.6.

미타(三田)연설회 석상에서 발표(1900.2.24)되고 다음 날 『시사신보(時事新報)』에 전문이 게재된다.[26] 바로 후쿠자와가 죽기 1년 전의 일이다. 「수신요령」은 후쿠자와가 남은 여생동안 실현시키고 싶은 꿈이었던 "일본 남녀의 문명국 국민 만들기"에 대한 구체적인 실현방법으로서 후쿠자와에 의해 제시된 유언에 다름 아닌 것이다. 그렇다면『소년』의 「수신요령」의 원문이라고 할 수 있는 일본에서의 「수신요령」은 어떠한 내용으로 구성되어있으며 또 당시 일본사회에서 어떻게 인식되었을까?

　　대저 일본국에서 살아가는 신민(臣民)은 남녀노소에 상관없이 만세일계(萬世一系)의 제실(帝室)을 받들고(奉戴) 그 은덕을 바라지 않을 수 없다. 이것은 만천하 누구도 의심할 수 없는 바이다. 그렇다면 오늘날 남녀가 사회에 대처하는 도(道)를 어떻게 해야할까. 예로부터의 도덕의 가르침 하나로 만족할 수 없다. 덕교(德教)는 인문의 진보와 함께 변화하는 약속으로 일신문명(日新文明) 사회에는 그 사회에 적당한 가르침이 있다. 이것이 수신처세의 법을 새롭게 할 필요가 있는 이유이다.[27]

위의 인용은 「수신요령」 모두의 부분으로 '만세일계의 제실' 아래 일본국민을 위치시킴으로써 '천황아래' '신민'의 위치를 분명히 하고' 이를 바탕으로 새시대에 어울리는 새로운 규범을 제시하고 있다. 이 「수신요령」은 총 29조로 구성되어 있는데, 이는 크게 구분하면 다음과 같다.

즉, 1조에서 7조까지는 <개인의 독립지존>을 강조한 것으로, '독립지존의 인간'을 '스스로 노동하여 먹는' 것을 '인생독립의 본원'으로 삼아 '자로자활(自勞自活)'(2조)한 것으로 정의하면서 '남녀' 개인이 '독립지존의

---

26) 坂井達朗(2001), 「眞の意味の獨立を問う―「修身要領」と「獨立自尊」―」, 『世紀をつらぬく福沢諭吉 ―没後100年記念―』, 慶應義塾, p.14.

27) 「修身要領」, 『福沢諭吉全集』 21巻(岩波書店, 1971).

주의를 수신처세의 요령으로 삼고' '이를 명심하여 인간다운 본분을 다할 것'(1조)을 주장한다. 또한 8조에서 12조까지는 <가정의 독립지존>을 설명하고 있는데, '남존여비'의 폐해를 없애고(8조) '배우자의 선택'을 '가장 신중'하게 함으로써 '서로 존경하고 사랑(相敬愛)'는 상황(9조)을 만들고 '일부일처(一夫一婦)'(10조)가 유지되는 가족관계를 요구하였다.

13조에서 21조에서는 <사회일반에 대한 독립지존>을 강조하면서 '사회공존의 도'를 위해 '자타의 독립지존'을 존중할 것(14조)과 '인간끼리 서로 믿는 것'을 시작으로 '자타의 독립지존'을 실현(17조)시킬 필요가 있다고 한다. 22조에서 26조까지는 국가와 정부의 역할로서의 독립지존을 설명하면서 '정부의 정령(政令)'과 '군비(軍備)'에 의해 '일국의 남녀를 보호'(22조)해야 하며 '국가의 독립자존을 유지하기 위해 생명과 재산도 바칠 수' 있는 것을 국민된 의무로서 규정하고 있다. 마지막 29조는 이러한 요령을 '명심(服膺)'하라는 다짐으로 「수신요령」을 끝맺고 있다. 「수신요령」은 개인의 독립에서 가정의 독립으로 또 사회와 국가의 독립으로 단계적인 독립의 확보를 주장하였다. 이는 '일신(一身)독립하여 일가(一家) 독립하고, 일가 독립하여 일국(一國)독립하고, 일국독립하여 천하가 독립한다'[28]는 후쿠자와가 일찍부터 가져왔던 단계적 독립에 대한 주장으로, 그의 일관된 독립사상을 보여주는 것이라 할 수 있다. 이러한 과정을 거쳐 만들어진 「수신요령」에 대해 당시 일본사회는 어떠한 반응을 보였을까?

먼저 『도쿄아사히(東京朝日)신문』은 「수신요령」에 대한 찬성의 태도를 표명하며 다음과 같이 언급하고 있다.

---

28) 福沢諭吉(2003), 「中津留別之書」, 西澤直子 『福沢諭吉著作集』第10卷, 慶應義塾大學出版會, pp.2-3.

우리 일본의 덕교 중에서 유교에서도 불교에서도 이제까지 독립지존을 가르친 적이 없었다. 그러나 오늘날 정체(正體) 오늘날 시세(時世)에서는 이 네 글자가 도덕의 1개조가 될 필요가 있다. (중략) 오늘날의 정체 오늘날의 시세에서 일반국민은 무엇보다 도덕을 알아야 하는데, 스스로 그 모범을 보여주고 스스로 방법을 설명하는 후쿠자와 선생이 있어 어느 정도 구체화되었다고 생각한다.[29]

이처럼 '오늘날'에 필요한 규범으로서「수신요령」의 간행을 반기고 있으며 이러한 시선에 대해『니로쿠신포(二六新報)』나『마이니치(每日)신문』은 공감을 표하고 있다. 그러나 이처럼「수신요령」의 내용에 대해 동의하는 의견만이 있었던 것은 아니다.「수신요령」의 비판의 선봉에 선 것은 도쿄대학 철학과 교수인 이노우에 데쓰지로(井上哲次郎)였다. 그는「도덕주의로서의 독립자존(道德主義としての獨立自尊)」(『태양』, 6권5호, 1900.5),「후쿠자와옹의『수신요령』을 평한다(福澤翁の『修身要領』を評す)」(『교육학술계』1권 7호, 1900. 5),「독립자존주의의 도덕을 논한다(獨立自尊主義の道德を論ず)」(『철학잡지』15권 160호, 1900.6) 등 일련의 평론을 통하여「수신요령」을 비판하고 있다.

수신요령 속에서 충효사상을 말하지 않고 오로지 독립자존을 설명하고 있는데, 분명 교육칙어와 배치된다. 처음부터 교육칙어와 배치될 것이라고 자각하는 가운데 나온 것이라는 점은 조금도 의심할 여지없다. 따라서 이설(異說)을 표방하여 칙어를 멸시한다는 점에서 나는 이를 싫어하지 않을 수 없다.[30]

이노우에는 이미 1890년에 이미 교육의 원리로서 만들어 놓은 교육칙

---

29)『東京朝日新聞』(1900.3.10)

30) 井上哲次郎(1900),「獨立自尊主義の道德を論ず」,『哲學雜誌』11巻160号, p.500.

어가 있음에도 불구하고 「수신요령」을 만들어 도덕율로 하는 것은 교육칙어를 '멸시'하는 행위라 하여 이를 비판하고 있다. 교육칙어는 1890년 메이지(明治)천황 이름으로 발표된 칙어로, 메이지유신 이후 일본에서 수신과 도덕교육의 근간으로서 이용되었다. 사실 『시사신보』는 교육칙어가 발포된 다음날인 1890년 11월 1일 관보로서 게재했을 뿐 어떠한 반응도 드러내지 않아 이에 동의하지 않음을 간접적으로 드러내고 있는데, 「수신요령」은 '교육칙어를 의식해서 작성된 것임에는 분명하다'[31] 하겠다.

또한 『도쿄니치니치(東京日日)신문』의 「후쿠자와옹의 수신요령」에서는 '제실(帝室)을 받들고(奉戴)고 그 은덕을 바라지 않을 수 없다'고 말한 것을 지적하면서 이것만으로 "우리 황실을 위하여 의무를 다했다고 하고' '황실을 위해 몸을 바치라'는 말이나 '황위황덕(皇威皇德)을 선양'하라고 말하지 않는 것은 '입안자에게 충군의 사상이 없다'는 것을 보여주는 것이라는 점에는 의심할 여지가 없다'[32]고 비판하면서 「수신요령」의 '황실'에 대한 철저한 충군이 반영되어 있지 않음을 지적하고 있다. 결국 당시 「수신요령」은 황실에 대한 충군의 의무가 부족하고 이를 근간으로 만든 교육칙어에 배치된다는 점에서 비판의 대상이 되었던 것이다. 그렇다면 「수신요령」의 제안자인 후쿠자와는 황실에 대해 어떻게 의식하고 있었을까?

후쿠자와는 「제실론(帝室論)」에서 '우리 황실은 일계만세로서 오늘날의 인민들이 이것으로써 사회의 안녕을 유지하는 이유라는 점은 분명하여 의심할 여지가 없다'고 하여 황실의 존재가 일본인들을 통합할 수 있는

---

31) 坂井達朗(2001), 「眞の意味の獨立を問う―「修身要領」と「獨立自尊」―」, 『世紀をつらぬく福沢諭吉 ―沒後100年記念―』, 慶應義塾, p.17.
32) 『東京日日新聞』(1900.3.4).

원리라는 점을 인정하고 있다. 그러나 '황실은 정치'[33]와는 별개의 것으로서 이전의 황실과 정치와의 관계에 분명한 선을 긋고 있다. 따라서 황실에 대한 충군과는 분리된 새로운 도덕이념을 추구했던 것이다.

「수신요령」의 주요멤버로 참여했던 오바타 도쿠지로는 '논어의 주해가' '시대에 따라' 변한다는 사실을 예로 들면서 '문화의 정도에 따라 지덕의 성쇠가 동일하지 않은 것'처럼 그 시대에 맞는 도덕이 필요함을 역설하고 있다. 결국 「수신요령」은 머리말에 언급한대로 새 시대에 어울리는 새로운 도덕을 추구하는 가운데 만들어진 것이다.

「수신요령」은 '후쿠자와옹 일파(一派)'에 의해 만들어진 후쿠자와의 일관된 사상의 집약이며 그의 유언과도 같은 것이었다. 이제까지의 국민수신을 위한 교육칙어와는 일선을 그으며 새로운 시대에 어울리는 새로운 수신요령으로서 그 지위를 확보해 갔던 것이다.

4. 조선에서의 「수신요령」수용과 변용

일본에서 신시대의 새로운 도덕률로서 만들어진 「수신요령」은 『소년』에 처음으로 번역 소개된다. 『소년』의 편집자 스스로 '번역의 책임'을 지겠다고 하는 번역된 「수신요령」은 후쿠자와 그의 제자들에 의해 만들어진 「수신요령」과 어떠한 차이가 있을까? 이러한 차이는 이후 조선사회에 「수신요령」이 수용되는 데 어떠한 역할을 했을까?

---

33) 福沢諭吉(1986), 「帝室論」, 『福沢諭吉全集第五券』, 時事新報社, p.439.(초출년과 초출지는 1882년 『時事新報』)

『소년』에서 번역된 「수신요령」의 가장 큰 특징 중 하나는 편집자인 최남선의 의도가 주석을 통해서 전달되고 있다는 점이다. 최남선이 「수신요령」에서 주석을 통해 강조하고 있는 것은 22조의 국가의 독립지존에 해당하는 부분이다.

> 나라가 있으면 반드시 정부가 있나니, 1정부는 政令을 행하고 군비를 設하야 一國의 남녀를 보호하야 그 신체·생명·재산·명예·자유를 침해됨이 업시 함이 그 任務니 2그럼으로 국비를 부담하난 의무가 잇나니라34)

위의 인용에 대해 각주 1에서는 '인민의 정부가 아니라, 정부가 인민의 것이라'고 정의한 뒤 서양철학자의 말을 인용하여 정부가 '인민아래 매인' 존재임을 분명히 하고 있다. 또한 '인민(人民)'이 '춥고 배고픈(凍餓) 고통(患)'을 겪지 않아야지만 '조세'의 의무도 지워진다고 하여 국민으로서의 의무보다 국민에 대한 정부의 역할을 강조하고 있다. 그러나 번역된 「수신요령」이 원전과 무엇보다 큰 차이는 모두 부분이다.

> 今日의 士女가 今日의 社會에 處함애 웃더한 道로써 하리오 하건댄 古來로 道德의 教示가 許多하나 그러나 德教란 것은 人文의 進步를 따라서 함끠 變化하난 것이 定理인즉 日新하난 社會에는 또한 그 社會에 적당한 教訓이 업슬수업스니 이 修身處世의 法을 新定치아니치못할 所以니라.35)

위의 인용에서 알 수 있듯이, 번역문에서 '덕교'란 '인문의 진보에 따라' '변화'하는 것으로서 정의하며 '날로 새로워지는(日新) 사회'에 적당한

---

34) 「수신요령」, 『소년』 2권 2호(1909.2).
35) 『소년』 2권 2호(1909.2).

법을 「수신요령」으로 하자고 한다. 한편, 원문에서는 '덕교'는 '인문의 진보와 함께 변하는 약속'으로, '수신처세의 법을 새롭게 할 필요'가 있다고 하여 번역과 원문사이에 완벽한 일치를 보이고 있다. 새로운 시대의 새로운 처세법으로서 「수신요령」을 위치시키는 것이다. 그런데, 번역문에서는 일본 원문의 모두에 있는 '일본국에서 살아가는 신민(臣民)은 남녀노소에 상관없이 만세일계(萬世一系)의 제실(帝室)을 받들고(奉戴) 그 은덕을 바라지 않을 수 없다. 이것은 만천하 누구도 의심할 수 없는 바이다'라는 글이 삭제되어 있다. 일본의 황실과 천황의 존재와 이에 대한 신민으로서의 의무가 삭제되어 있는 것이다. 이로써 「수신요령」은 조선의 독립을 위협하는 '일본'이라는 제국과 분리되어 보편성을 확보하게 되었다. 그렇다면『소년』의 편집자는 「수신요령」의 어떠한 점에 공명하고 있었을까? 이에 대해서는 「수신요령」을 번역하여 단행본으로 소개하고 있는 문구를 통하여 그 의미를 분명히 할 수 있을 것이다.

　　이 書는 日本維新의 建設家를 養成한 大教育家福沢諭吉氏가 畢生의 研究와 經驗에 基하야 新時代士女의 導守할 新道德을 具體的으로 論述한 것을 本舗이 특히 感한바 有하야 제를 譯刊하야 實費3錢으로 頒布함이니 人의 師傳나 長老가 되이는 多數로 購去하야 子弟及隣里에 廣播하심을 務望하오36)

위의 인용에서 알 수 있듯이 최남선은 후쿠자와를 '일본유신의 건설가를 양성한 대교육가'로 형용하고 있다. 또한 「수신요령」에 대해서는 신시대 남녀가 따르고 지켜야(導守)할 <신도덕>을 구체적으로 논술한 것이라 하여 새로운 시대에 맞는 새로운 도덕율임을 강조하고 있다. 최남선

─────
36)『소년』2권 3호(1909.3).

은 「수신요령」이 <신시대>에 맞는 행동지침이라는 점에 공명하고 있었
고 천황에 대한 신민의 자리매김을 삭제함으로서 보편적인 행동강령으
로 만들었다. 이제 시민권을 획득한 「수신요령」은 조선사회에 확산되어
간다. '실비 3전'이라는 염가로 만들어 스승이나 어른이 이를 구입하여
아이들에게 퍼트릴 것을 염원하는 것이다. 이러한 『소년』에서의 최남선
의 의도는 여기에서 그치지 않았다.

> 此書는 栗谷李珥先生의 名著『擊蒙要訣』을 嚴正히 刪修하야 句句마다 讀
> 을 懸하고 또 節節마다 泰西名人의 意義暗合하는 格言을 對照하얏스며 또
> 文中의 神髓를 別 노 摘記하고 일본교육대가복택유길씨의 『修身要領』을 附
> 錄하여 못조록 新時代少年의 德育上實鑑을 作하려 한 것이오.[37]

위의 인용은 『소년』에 대대적으로 선전되었던 율곡이이의 『산수격몽
요결』의 광고문이다. 1909년 최남선은 신문관을 통하여 "십전총서(十錢叢
書)"를 기획하는데 '교훈류'로서 처음 간행된 것이 바로 『산수격몽요결』
이었다. 그런데 그 광고문을 보면 『산수격몽요결』에는 「수신요령」이 부
록으로서 첨부되어 있었다는 것을 알 수 있다. 또한 '신시대소년의 덕육
상 실감'을 만들려는 책의 의도를 명확히 하고 있다. 특히 십전총서는
'가장 적은 돈과 힘으로 가장 요긴한 지식과 고상한 취미와 강건한 교훈
을 얻으려는 우리 소년제자의 욕망을 만족'시키기 위하여 10전이라는 염
가로 의도된 기획이었다. 후쿠자와의 「수신요령」은 조선의 대표적인 사
상가, 철학가, 교육가인 이율곡과 그의 수신서와 나란히 실리게 되었을
뿐 아니라, '십전총서'와 그 광고 등을 통하여 확대 재생산되었던 것이
다. 이는 제국일본, 천황과 신민과의 관계 속에서의 문맥을 의도적으로

---

37) 『소년』 2권 3호(1909.3).

누락시킴으로써 보편성을 획득한 「수신요령」이었기에 가능한 것이었다고 할 수 있다.

그런데 흥미로운 것은 「수신요령」이 '독립군 기지를 조성하고 무관학교를 설립하여 애국계몽운동을 국외 독립군 운동으로 전화시키는 데 성공'[38]하였던 서북학회에서 운영하는 학교의 상품(賞品)으로서도 전달되었다는 사실이다. 서북학회의 기관지인 『서북학회월보』의 12호에는 「本校卒業式에 對하야 諸氏의 賞品寄付」라는 기사가 실리는데, '본교의 졸업식에 임하여' 여러 인사들로부터 기부된 상품이 자세하게 나열되어 있다. 기부된 상품의 내용을 보면 『여자지남』, 『산수격몽요결』, 『국가사상학』, 등의 수신서와, 『중등산학』 5질, 『일어대해』 5부, 『실지 응용작문방법』, 14부 등의 교과용 책들과 함께 공책과 연필 등의 학용품이었다. 그런데 여기에 최창선 씨에 의해 기부된 「수신요령」이 포함되어 있다.

한편, 『기호흥학회월보』 제11호에는 「수신요령」이라는 제목으로 '일본복택유길 저'라는 작자를 명기하여 번역된 「수신요령」이 실려 있다. 『기호흥학회월보』는 기호흥학회의 기관지로서 그 기본정신이 '국가적'이지 '지방적 분열'이 아니라고 하면서 '교육적인 운동'임을 분명히 하고 있었다. 그러나 표면적으로는 '교육진흥'을 강조했지만, '독립·애국사상'을 근본목적으로 하는 학회였다. 이곳에서 역시 '일본국에서 살아가는 신민(臣民)은 남녀노소에 상관없이 만세일계(萬世一系)의 제실(帝室)을 받들고(奉戴) 그 은덕을 바라지 않을 수 없다. 이것은 만천하 누구도 의심할 수 없는 바이다'라는 천황과 신민과의 관계에 대한 언급은 삭제되어 있다.

「수신요령」은 『소년』의 편집자에 의한 의도적인 번역의 누락으로 인

---

38) 이송희(1983), 「한말 서북학회의 애국계몽활동」, 『한국학보』 31, 32호.

하여 보편적인 도덕론으로서 자리잡게 되었다. 조선의 독립을 위협하는 제국 일본과 동떨어져서 「수신요령」은 스스로의 시민권을 획득하는 것이다. 이처럼 보편적인 논리가 된 「수신요령」은 국가의 독립과 일본의 침략을 규탄하는 신문에 혹은 독립사상을 고취시키는 학생들의 상품으로서 사용됨으로써 확대, 재생산된다. 의도적인 번역의 누락으로 인하여 제국의 교육가에 의해 만들어진 사상은 다시 식민지화 되어 가는 조선의 독립을 위한 계몽으로서 이용되는 것이다. 식민지 종주국민들의 독립정신 고취를 위해 만들어진 「수신요령」은 번역의 누락을 통해 식민지를 극복하고자 하는 논리로써 이용되는 아이러니를 드러내고 있었던 것이다.

5. 결론

「수신요령」은 『소년』에 유일하게 게재된 일본어 번역물이다. 「현대소년의 신호흡」이라는 연재물에 수록되어 있는 「수신요령」은 『소년』에서 계몽의 대상이 소년에서 청년으로, 영웅에서 국민으로 현실화되는 전환점에 게재되었다. 적극적이고 실제적인 계몽으로 『소년』의 성격이 변화하는 계기점에 바로 「현대소년의 신호흡」의 연재물이 존재하는 것이다.

『소년』에서는 '일본 후쿠자와 유키치 저'라고 저자 명이 명기되어 있지만, 실제 「수신요령」은 후쿠자와의 저작물이 아니었다. 병환에서 완전하게 회복하지 못한 후쿠자와가 자신이 오래전부터 가져왔던 독립에 관한 사상을 제자들로 하여금 편찬하게 하고 제언과 수정 과정을 거쳐 완성시킨 후쿠자와 말년의 유언과도 같은 것이었다. 「수신요령」은 황실에 대한 충군의 의무가 부족하고 이를 근간으로 만든 교육칙어에 배치된다는 점에서 비판의 대상이 되었다. 「수신요령」은 천황과 신민과의 관계를 분명히 하면서도 새 시대에 어울리는 새로운 도덕을 추구하는 가운데 만들어진 국민도덕이었다.

　이러한 「수신요령」은 『소년』에 번역되어 소개된다. 그런데 여기에서 천황과 신민과의 관계에 대한 내용은 의도적으로 삭제되고 이를 통하여 「수신요령」은 보편성을 확보하게 된다. 당시 국가의 독립을 걱정하는 애국계몽운동의 보편적인 행동규범으로서 단행본이나 잡지를 통해 확대 재생산 되는 것이다. 이는 이후 식민지화되어 가는 조선이 식민지 본국의 사상가의 계몽을 통하여 독립의 사상을 고취시키는 아이러니를 보여주고 있다고 할 수 있다.

제7장

식민지기 제국 일본문학의 번역 양상

1920년대 신문 연재소설 「불꽃(火華)」과 「불씨」을 중심으로

이민희

1. 들어가며

식민지기란 무엇이며, 이때 문학은 어떤 기능을 하는가? 식민지기에 신화는 한 나라의 기원을 알려주는 데 그치는가? 프로문학과 통속소설은 각자의 방식으로 사회를 온전히 논할 수 있는가? 지금부터 전개되는 내용은 이러한 물음에서 출발하여 식민지기 신화와 문학텍스트의 식민지 지배논리로의 수렴 과정 및 번역하는 과정에서 개입되는 언어·민족·사상·검열 등의 제 문제를 고찰하는 연속선상에 놓여있음을 밝혀둔다.

1910년대부터 1920년대에 걸쳐 일본은 민주주의·자유주의 풍조가 만연했던 다이쇼(大正)데모크라시 시기로, 1920년대 초반 문학계에서는 오가와 미메이(小川未明)의 「문예의 사회화」(『요미우리(讀賣)신문』 1920.05), 무샤노코지 사네아쓰(武者小路實篤)의 「문학의 사회주의적 경향」(『요미우리신문』

1921.05), 히라바야시 하쓰노스케(平林初之輔)의 「제4계급 문학」(『해방(解放)』 1921.11), 아리시마 다케오(有島武郎)의 「선언 하나」(『개조(改造)』 1922.01), 기쿠치 간(菊池寬)의 「예술본능에 계급 없다」(『신초(新潮)』 1922.05) 등 계급의 문제가 대두되고 있었다. 이와 같이 이른바 문학의 사회화(예술대중화논쟁 등)가 논해지기 시작하는 시점에 『오사카마이니치(大阪每日)신문』(『도쿄일일(東京日日)신문』)은, 1922년 3월 26일부터 8월 23일까지 총 151회에 걸쳐 기쿠치 간의 「불꽃(火華)」을 연재하였다.

1922년 3월 26일자 『오사카마이니치신문』은 <신소설예고>란에 「불꽃」을 소개하면서 '종래 신문소설은 연애나 가정문제를 다루었지만, 기쿠치씨의 「불꽃」은 이런 인습적 제재에서 벗어나 신시대의 새로운 문제에 대한 새 분야를 개척한 것'이라며 대대적인 선전을 아끼지 않았다. 이러한 선전 문구에 걸맞게 「불꽃」은 노동자와 자본가 간의 계급의 문제를 전면적으로 다루고 있는데, 작자 개인으로 보나 문단사적으로 보다 특이한 작품에 해당한다. 「불꽃」이, '나오미신드롬'이라는 유행어를 탄생시킬 만큼 크게 인기를 얻은 「진주부인(眞珠夫人)」(『오사카마이니치신문』 1920.06.09~1920.12.22)에 이은 두 번째 신문 연재소설로, 통속소설 작가로 자리매김한 가운데 계급문제를 다루고 있다는 점에서, 그리고 당시 문단에서 부르주아작가로서 프롤레타리아문학운동의 이론가들과 대척점에 놓여있던 기쿠치 간이, 제3계급(시민계급)에 대하여 노동자계급(Proletariat)을 말하는 제4계급의 문학을 창작했다는 점에서 그러하다.

집필에 있어 관련 서적을 참고하거나 지인에게 스트라이크(strike) 및 공장 내부에 대하여 묻는 등의 노력에도 불구하고, 「불꽃」에 대한 동시대 평가가 부정적이었음은 「부르주아예술의 오뚝이를 쓰러뜨리다」(『씨 뿌리는 사람(種蒔く人)』 1922.06)에서 자본주의 제도에 대한 증오의 감정이 없는

데 어떻게 노동문제나 계급의식을 예술의 테마로 사용할 욕구가 생겨날
수 있는가 반문하는 쓰다 고조(津田光造)의 평을 통하여 단적으로 확인할
수 있다. 이후에도 「불꽃」에 대한 논의는 광부 파업을 다룬 에밀 졸라의
『제르미날(Germinal)』 수용 양상을 살펴보는 정도에 그치거나,[1] 통속소설
이라는 범주 안에서 실패작이라는 평가가 주를 이룬다.[2] 이러한 가운데
기시 마사코(岸雅子)는 신문 연재소설을 통하여 노동자들에게 직접 읽혔을
가능성이 높다는 점을 지적했으나, 여기서도 「불꽃」에는 '노동자표상이
결여된 텍스트'[3]라는 부정적 평가가 내려진다. 무엇보다 일본 문학계에
서 기쿠치 간은 최근에 이르러서야 비로소 재고의 대상이 되고 있는 실
정이다.[4]

한편 이러한 「불꽃」은 당시 조선에서 거의 동시에 「불꽃」(『매일신보』
1923.12.05~1924.04.05(총 118회))으로 번역·발표되었는데, 앞서 「불꽃」과
마찬가지로 주된 논의의 대상이 된 적이 없다.[5] 우선 『매일신보』 <新小

---

1) 片山宏行(1998), 「菊池寬「火華」: 「ジェルミナール」の受容を視点としつつ」 『青山學院大學總合研究
所人文學系研究センター研究叢書10』、pp.71~84、片山宏行(2000), 『菊池寬のうしろ影』 未知谷、
pp.115~134

2) 前田愛(1973), 『近代讀者の成立』 有精堂、pp.173~177、高木健夫(1976), 『新聞小說史 大正篇』
國書刊行會、p.221、片山宏行(1998), 전게논문, pp.148~149

3) 岸雅子(2005), 「<通俗小說>における勞働者─菊池寬 『火華』論」 『早稻田大學大學院敎育學研究科
紀要 別冊(12-2)』 p.50

4) 日高昭二(1999), 「共同体の資本論─菊池寬再考のために」 『日本文學』48(11)、日本文學協會、pp.31~
42

5) 한국 문학계에서 「불꽃」과 「불꽃」에 대한 논의는 전무하며, 기쿠치 간에 대해서는 최근
5편의 논의(김모란(2009), 「'아일랜드'의 전유, 그 욕망의 '이동(移動)'을 따라서」 『사이間
SAI』 제7권, 국제한국문학문화학회, pp.235~272, 하타노세쓰코(2011), 「이광수와 야마
사키 토시오, 그리고 기쿠치 칸─「삼경인상기」에 씌어 있지 않은 것」 『사이間SAI』 11
권, 국제한국문학문화학회, pp.9~30, 홍선영(2011), 「기쿠치 간(菊池寬)과 조선예술상 :
제국의 예술제도와 히에라르키」 『日本文化學報』 제50집, 한국일본문화학회, pp.235~254,
홍선영(2013), 「기쿠치 간 「아버지 돌아오다」(1917)론─표박자(漂迫者)의 귀환과 '광기'─」,
『日本語文學』 제58집, 한국일본어문학회, pp.203~220, 신하경(2013), 「기쿠치 칸(菊池寬)
멜로드라마의 현재성─『동경행진곡(東京行進曲)』을 중심으로─」, 『일본학보』 제95집, 한

說像告>란을 살펴보면 「불꽃」을 '로동계급과자본계급과의충돌로인하야 열렬혼불꽃을일으키는소설'로 '달큼한련애로부녀즈를울니는소위련애소설 과는그취의가전연히달는것'이라 소개하면서 연애소설과의 차별성 안에서 본 텍스트의 특수함을 어필하고 있다. 이것이 「불꽃」을 소개하는 『오사카마이니치신문』의 방식과 유사하다는 점에서, 1920년대 양국 신문 연재소설이 연애소설에 편중되어 있던 공통된 정황을 짐작할 수 있다.

다음으로 우측 예고편에서 확인할 수 있듯이 『매일신보』는 「불꽃」을 '리극성(李極星)씨 의작'으로 소개하면서 일본어 텍스트 「불꽃」을 번역한 것임을 밝히고 있지 않다. 만약 1회에 번역자가 「불꽃」은 '니디문단에 일홈이놉흔국지관 (菊地寬)씨의창작한염(焰)이라는 소설'을 번역한 것임을 명시하지 않았다면, 당시 조선 독

『매일신보』 1923년 10월 24일자

자는 「불꽃」을 창작물로 알았을 것이다. 어쩌면 1회를 놓쳤거나 혹은 읽었다 하더라도 '이것이본인의순수한창작이안임은물론입니다만은그럿타고순전혼번역도안인듯합니다이소설이 됴션현대사회에덕합할는지안이홀는지는읽어주시는여러독즈의비판에'(1923.12.05) 맡긴다는 번역자의 글을 마주한 독자에게 「불꽃」은, 1910년 한일합병이 되면서 내지(內地)로 불렀

국일본학회, 123~138)가 있다.

던 일본이 아닌, 당시 조선 현대 사회의 문제를 다룬 텍스트로 읽혔을지
도 모른다.

이러한 「불꽃」은 아리시마 다케오식으로 말하면 제4계급을 대리(代理)/
표상(表象)할 수 없는 부르주아작가가 제4계급을 다룬 셈이지만, 통속소설
작가의 텍스트라 하여 그 범주 안에서만 논한다거나, 「불꽃」과 「불꼿」이
당시 일본과 조선에서 계급의 문제가 대두되는 시점에 발표된 제4계급
문학이라는 점이 간과된 채 조명조차 받지 못한다는 것은 재론의 여지가
있다. 무엇보다 「불꽃」은 <타는 자 치이는 자(乘る者轢れる者)>, <빈민굴부
호굴(貧民窟富豪窟)>, <깨끗한 자 더러운 자(淨き者汚れし者)> 등의 소제목이
말해주듯이 텍스트 대부분이 프롤레타리아와 부르주아지를 분명한 대응
항으로 설정하고 있으며, 「불꼿」을 번역한 이극성(본명 이상수)6) 역시 「불
꼿」에서 그리고자 한 것은 '로동계급과자본계급사이에싱기는격렬한충동'
으로 인한 '불꼿'(1923.12.05)이다. 이러한 텍스트의 특성에 주목하여 「불
꽃」과 「불꼿」이 당시 일본과 조선 사회의 계급문제를 어떤 식으로 그려
내고 있는지 고찰할 필요가 있다.

이에 본 내용에서는 일차적으로 언어의 전환과정에서 오는 의미적 차
이에 기초하여, 「불꽃」과 「불꼿」을 면밀히 비교·검토함으로써 민족, 사
상, 검열 등의 제 문제에 접근하고자 한다. 이는 단순히 이 둘의 차이 발

---

6) 갓별과 극성(極星)이라는 호를 쓴 이상수(李相壽)는 일본 유학생 출신으로 번역가이자 신
   문 연재소설 자가로 김억, 홍난파에 이어 1920년대를 통하여 번역문학에 공적이 많은
   인물로 꼽힌다(김병철(1998), 『한국 근대 번역 문학사 연구』 을유문화사, pp.690~691).
   1920년대 상반기 전문 번역가가 지닌 문제성과 번역 출판의 역사적 한계를 재평가한
   박진영은, 입센과 셰익스피어의 희곡을 잇달아 내놓은 이력에 비추어, 이상수가 「불꼿」
   에 이어 추리소설 「귀신탑」(『매일신보』 1924.06.03~1925.01.07)에서 대중적인 감각을
   선보인 것은 대대적 방향전환으로 보이기도 한다고 지적한 바 있다(박진영(2011), 「문학
   청년으로서 번역가 이상수와 번역의 운명」 『돈암어문학』 24권, 돈암어문학회, pp.59~
   88).

견에 그치지 않고, 텍스트의 배경이 되는 사상 및 지역의 일본과 조선
양국 간의 역사적 의미를 밝히기 위함이다. 나아가 일본어 텍스트와 번
역 텍스트가 일본과 조선에서 거의 동시에, 그것도 신문미디어를 통하여
발표되었다는 공통점에 주목하여, 번역하는 과정에서 일국(一國)의 노동계
급과 자본계급의 문제가 어떤 방식으로 식민지와 피식민지 혹은 민족의
문제로 확장되는지 그 경로를 밝히고자 한다.

2. 번역에서 오는 형식적 · 내용적 · 의미적 차이

논의의 전개상 우선 「불꽃」과 「불꽃」의 비교를 통하여 형식적 차이,
누락 · 생략 및 가필이 초래한 내용적 차이, 인명 · 지명 · 사회현상 등 대
체불가능성에서 오는 의미적 차이를 개괄하면 아래와 같다.

일본어 텍스트와 번역 텍스트에서 크게 눈에 띄는 차이점은, 총 19개
의 소제목으로 구성되어 있는 「불꽃」에 비하여 「불꽃」이 소제목을 달지
않는 것은 물론, 한 회에 두 가지 이야기를 동시에 기술하는 등 프롤레
타리아와 부르주아지라는 대응항을 무너뜨리고 있다는 점이다.[7] 예를 들

---

7) 「불꽃」은 <손수건과 5엔지폐(手布と五円札)>, <타는 자 치이는 자(乘る者轢れる者)>, <빈
   민굴부호굴(貧民窟富豪窟)>, <십자가를 지는 자(十字架を負う者)>, <깨끗한 자 더러운 자
   (淨き者汚れし者)>, <회옥유죄(懷玉有罪)>, <쏟아지는 혐의(降りかゝる疑ひ)>, <그 아버지에
   그 자식(斯親斯子)>, <올바른 자, 두려워말라(正者怖れざれ)>, <죽음의 저주(死の咀呪)>,
   <오랏줄을 쥔 자(繩を持ちし者)>, <현대의 지옥(現代の地獄)>, <한쪽 팔의 철(片腕の鐵)>,
   <이상한 재회(珍らしき再會)>, <대우취래(大雨驟來)>, <형과 연인 사이(兄と戀人の間)>,
   <강철 대 강철(鋼鐵對鋼鐵)>, <이미 뽑아든 칼(鞘を出た劍)>, <승리자는 누구인가(勝利者
   は誰ぞ)>의 소제목으로 구성되어 있는데, 그중에서 <손수건과 5엔지폐> 마지막 부분은
   『매일신보』 1923년 12월 14일자와 15일자 분으로, <타는 자 치이는 자>는 1923년 12
   월 23일자와 24일자 분으로, <빈민굴부호굴>은 1924년 1월 2일자와 3일자 분으로,

어 본격적으로 노동쟁의로 돌입하는 <강철 대 강철(鋼鐵對鋼鐵)>을 다룬
『매일신보』 1924년 3월 15일자부터 22일자까지는, <형과 연인 사이(兄と
戀人の間)> 뒷부분과 <이미 뽑아든 칼(鞘を出た劍)> 앞부분의 내용도 포함
하고 있어 난죠(南條)제작소 사장의 딸인 미쓰코(美津子)가 부당 해고된 3명
의 복직과 임금인상을 요구하는 직공들에게 공장 폐쇄라는 극단적 조치를
취하면서 끝나는 일본어 텍스트에서와 같은 집중력을 떨어뜨리고 있다.

다음으로 '아아, 교만이여, 잔학이여(あゝ驕慢や殘虐や~)'로 시작되는 기
쿠치 간이 실제로 재학했던 제일고등학교(第一高等學校) 요가(療歌)가 삽입된
부분을 생략하고 있어,[8] 작품세계와 작자와의 관련성을 희석시키고 있
다. 스즈키 도미(鈴木登美)의 말의 빌자면 1920년대 일본문학의 장(場)에서
글쓰기의 패러다임은 사소설(私小說)이다.[9] 흔히 자전적 소설로 이해되는
사소설이 1920년대 일본 문단에 지배적이었음은, 「불꽃」에서 기쿠치 간
의 실제 경험을 읽어내려는 독자가 많다는 사실을 말하여 준다. 작자의
전력과 중첩되는 텍스트에서는 더욱 그러할 터인데, 번역 과정에서 이러

<깨끗한 자 더러운 자>는 1924년 1월 15일자와 16일자 분으로, <쏟아지는 혐의>는
1924년 1월 26일자와 27일자 분으로, <그 아버지에 그 자식>은 1924년 2월 1일자와 2
일자 분으로, <올바른 자, 두려워말라>는 1924년 2월 6일자와 7일자 분으로, <죽음의
저주>는 1924년 2월 12일자와 13일자 분으로, <오랏줄을 쥔 자>는 1924년 2월 17일
자와 18일자 분으로, <한쪽 팔의 철>은 1924년 2월 26일자와 27일자 분으로, <대우취
래>는 1924년 3월 8일자와 9일자 분으로, <형과 연인 사이>는 1924년 3월 14일과 15
일 분으로, <강철 대 강철>은 1924년 3월 21일자와 22일자 분으로, <이미 뽑아든 칼>
은 1924년 3월 29일자와 30일자 분으로 거의 대부분 나뉘어 기술되어 있다.

8) 「불꽃」에 삽입된 요가는 기쿠치 간이 실제로 재학했던 제일고등학교(旧制第一高等學校)
의 제29회(1919년) 기념제 요가인 '동트기 전 짙은 어둠(まどろみ深き)'의 일부분으로 총 5
절 중 2절에 해당하는데, 「불꽃」에 삽입된 요가와 거의 일치한다.
あゝ驕慢や殘虐や 鐵血の夢の泡沫よ   正しき者は勝鬨の 玉杯さゝげ酒くみて   うたへる春よ丘の
上も 今二十九の祭來ぬ

9) 여기서 사소설은 '특정한 문학 형식이나 장르라기보다는, 대다수의 문학 작품을 판정하
고 기술했던 일종의 문학적이고 이데올로기적인 패러다임'으로 정의된다(스즈키 토
미·한일문학연구회 옮김(2004), 『이야기된 자기』, 나무의생각, pp.30~31).

한 맥락이 삭제되는 것이다. 그밖에 '다이쇼 X년도 자동차에 관한 경시
청 관내 사고수가 1117건으로 사상자는 1007명'10) 등 일본의 교통사정
에 대한 서술을 생략하고 있는데, 이는 일본과 조선의 자동차 대수와 교
통사상자 수를 그대로 대입하기 어렵기 때문이라 판단된다.11)

번역 과정에서는 이러한 누락과 생략뿐만 아니라, 가필 또한 행해졌
다. 예를 들어 일본어 텍스트에 없는 국일관 노름 이야기(1924.01.17)나 송
월 용산철교로 산보 간 이야기(1924.01.18) 등이 나와 당시 조선의 독자라
면 이해할 만한 이야기로 재미를 더하고 있으며, '현명하신 독자여러분
은 이 죽은사람이누구인지 알아내실수가잇슬�껏'(1924.02.13)라며 당시 역
사소설에서 흔히 보이는 구연자와 독자가 마주앉아 이야기를 나누는 담
화 형식12)이 보이기도 한다.

삽화와 관련해서는 「불꽃」이 매회 마다 와타나베 신야(渡部審也)의 그림
을 제공한 것과 마찬가지로, 「불꽃」 또한 1924년 3월 19일자를 제외하
고는 이야기의 핵심을 안석영(安夕影) 그림의 삽화로 제공하고 있다. 주요
사건을 다룬 『오사카마이니치신문』 1922년 5월 5일자, 5월 24일자, 5월
25일자, 5월 27일자, 6월 3일자 삽화를 비교대상으로 일본어 텍스트가
사건 중심이라고 한다면, 번역 텍스트는 인물 중심이라고 할 수 있다. 예
를 들어 「불꽃」에서 돈으로 인숙의 몸을 사려는 최참판의 탐욕(1924.01

---

10) 「火華」, 『大阪每日新聞』(『東京日日新聞』) 1922年 4月 12日.

11) 1925년에 조선연구회(朝鮮硏究會)가 펴낸 『大京城』에 따르면 1923년도 경성의 자동차는
    87대가 전부로, 일본어 텍스트에서처럼 1117건의 사고건수를 발생시킬 수 없다. 그밖
    에도 자동자전차 29대, 자전차 7,635대, 인력차 1,497대, 승합마차 14대가 있었다(朝鮮
    硏究會 編(1925), 『大京城』 朝鮮硏究會, p.197).

12) 1920~30년대 신문 연재소설에는 작자가 빈번히 작중에 등장하는데, 이는 윤백남(尹白
    南), 박종화(朴鍾和) 등 신문미디어를 통한 여타 작가의 역사소설에서 흔히 보이는 서
    술 경향이다(김병길(2011), 『역사소설, 자미(滋味)에 빠지다』, 삼인 pp.205~226).

.29, 1924.01.31)과 천털쇠를 향한 옥희의 악의적인 모습(1924.03.22)은 인물의 심리적 상태가 그림자로 더 잘 표현되어 있다.

『매일신보』 1924년 1월 29일자　『매일신보』 1924년 1월 31일자　『매일신보』 1924년 3월 22일자

번역 텍스트의 삽화와 관련해서 덧붙이자면, 아래 1924년 1월 16일자분은 슌일(아쓰시)이 욕실에서 자신의 형 잘못으로 인숙(오히사)이 억울하게 도둑 누명을 쓰게 되는 이야기를 우연히 듣게 되는 장면으로, 이야기의 내용과는 거의 상관없는 당시로서는 파격적이었을 남성 혹은 여성의 뒷모습 누드 컷을 내보내기도 한다.

1922년 5월 27일 분 일본어 텍스트의 삽화는 '오히사가 새빨간 카펫 위에 쓰러져 울고 있었다. 모모와레(桃割れ)모양의 머리와 옷깃은 단정치 못하게 흐트러져 있다. 아버지는 바로 옆에서 드러낸 가슴을 여미면서 멀거니 서 있다'는

『매일신보』 1924년 1월 16일자

지문을 그저 고개 숙여 울고만 있는 모습으로 표현하고 있다. 번역 텍스

트에서 이 부분은 1924년 2월 1일자분에 해당하는데, 인숙이 최참판(순일의 부친)에게 겁탈당할 뻔한 것을 순일이 목격하는 장면에서 번역 텍스트는 '인숙이는 붉은양탄즈우에업더겨우는대 머리는산산히풀어지고 의복이풀어훗트러지고 짜지고 찌져졋스며 부친은 바로 그것혜 씩-씩-하고 아모말도못하고 섯는대'로 처리하고 있어 인숙 쪽을 좀 더 집중적으로, 그리고 다소 과장되게 표현한 감이 없지 않다. 그리고 이러한 지문 못지 않게 삽화 또한 선정적이다.

『매일신보』 1924년 2월 1일자

「火華」『大阪每日新聞』(『東京日日新聞』)
1922年 5月 27日

다음으로 대체가 불가능한 인명·지명에 관해서 살펴보면 난조 도쿠조(南條得三)는 김치윤(김참판)으로, 가와무라 데쓰조(川村鐵造)는 천털쇠로, 난조 미쓰코(南條美津子)는 김옥희로, 아쓰시(淳)는 순일이로, 오히사(おひさ)는 인숙으로, 사부리(佐分利)는 차찬오 등으로 대체되었다. 그리고 '일본관(日本館)'은 '조선식'으로, '시바조노바시공원(芝園橋公園)'은 '탑골공원'(1923.12. 30)으로 번역함은 물론, 도쿄(東京)에 있는 히요시자카(日吉坂), 다카나와다

이(高輪台) 등은 동대문 일대로 주 무대를 바꾸어 놓았다. 나아가 「불꽃」 마지막에 연인 사이인 두 남녀가 향하는 신천지인 '홋카이도(北海道)'는 「불꽃」에서 '북간도(北間島)'로 대체되었다. 「불꽃」이 연재되는 사이인 1922년 7월 아리시마 다케오는 홋카이도에 소유하고 있던 농지를 소작인에게 무상으로 제공한다는 농장해방을 선언하였다. 만약 이러한 당시 정황과 일본어 텍스트의 배경 사이의 관련성을 논한다면,[13] 1920년대 조선에서 북간도가 갖는 의미 또한 파악되어야 할 것이다.

그밖에도 번역 텍스트를 통해서는 당시 조선의 사회상을 엿볼 수 있다. 예를 들어 '테니스코트(テニスコート)'처럼 설명하기 어려운 어휘는 생략(1924.01.15)하는가 하면 '루이왕조식(ルイ王朝式)'의 경우는 '루이왕조(불란셔네일스치한조뎡)식'(1923.12.28)으로 부연 설명하여 이해를 돕기도 하고, '정원지기(庭番)', 남의 집 가사를 돌보며 공부하는 사람을 일컫는 '서생(書生)', '요리사(料理人)'처럼 아직 정착되지 않은 직업군은 '여러 사람들'(1924.02.26)로 뭉쳐놓기도 하였다. 조선에서 장어구이를 먹는 일이 흔하지 않았는지 '장어 굽는 냄새(うなぎを燒く香)'는 '고기 굽는 냄새'(1924.01.16)로, '전염병연구소(伝染病研究所)'는 당시 조선인에게 생소했는지 '엇던쇠창살문달닌집'(1924.01.17)으로 대체되었다.[14] 'カーテン(커튼)'은 '창거리(쟈뎬)'(1923.12.28)로, '컵(コップ)'은 '곱쑈'(1924.01.20)로, '野球'는 '쎄스쏠'(1924.01.

---

13) 기시 마사코는 기쿠치 간이 아리시마 다케오의 선언에 커다란 영향을 받았다고 지적한 바 있다(岸雅子, 전게논문, p.43).

14) 일본어 텍스트의 '전염병연구소'는 1890년대 후쿠자와 유키치(福沢諭吉)가 설립한 '대일본사립위생회부속전염병연구소(大日本私立衛生會附屬伝染病研究所)'를 연상케 하는데, 당시 경성에는 '공립순화원(公立順化院)'이 유일한 전염병원이었다. 공립순화원은 1908년 설치된 한성위생회(漢城衛生會)가 경영하다 이후 부위생과(府衛生課) 관리 하에 운영되었다. 1921년 각종 전염병이 유행하여 내지인 661명 중 129명 사망, 조선인 230명 중 77명 사망을 기록하였는데, 환자가 대부분 내지인인 원인은 일반적으로 조선인 사이에서는 환자를 은폐하였기 때문이다(朝鮮硏究會 編(1925), 전게서, pp.126~132).

04)로, '同盟罷業(스트라익)'은 '스트라익(同盟罷工)'(1924.03.04)으로 기술한 데서는 당시 외래어 표기법 상황을, '쏙々하고'(1924.03.05)나 노동가(勞動歌)를 '로동가(勞働歌)'(1924.03.18)로 처리한 데서는 일본어의 침식정도를 확인할 수 있다.15)

또한 '짐수레꾼(車力)'은 '쏭통쓰을기'(1924.02.18)나 '쏭통을쓰는 위생인부(衛生人夫)'(1924.02.17)로, '빵 한 조각(パン一切れ)'은 '찬밥훈술'(1924.03.17)로, '독일어'는 '「컴인」영어공부하든김이라영어로드러오라고하였다'(1924.01.09)로, '소학교(小學校)'는 '보통학교'로, 게이샤야(芸者屋)에서 오히사의 몸값 '2~3백엔'은 '5~6백원'(1923.12.24)으로 고쳐 놓는 등 1920년대 당시 일본과 조선의 사회구조와 화폐가치를 고려하는 치밀함을 확인할 수 있다.16) 나아가 경제와 관련해서는 '資本家全盛'은 '資本家全盛'(1924.03.27) 그대로지만 '資本主義'는 '즈본주의(財本主義)'(1924.03.07)로, '不景氣'는 '지계변동(財界變動)'(1924.03.15) 내지는 '경제공황시대(經濟恐慌時代)'(1924.03.25)로 다양하게 번역되어 있어 당시 조선 사회에서 경제 관련 용어가 정착되지 않았음을 짐작케 한다.

마지막으로 사상 검열과 관련하여 살펴보면, 사후검열에 해당하는 '신

---

15) "쏙々하고'에서 '々'는 일본어에서 같은 글자가 겹칠 때 아래 글자를 생략한 것을 표시하는 부호이며, '로동가(勞働歌)'에서 '동(働)'은 일본식 한자이다.

16) 1908년 경성에 설치된 한성위생회는 각호의 '먼지와 쓰레기 제거(塵芥除去)', '배설물 치우기(屎尿の汲取)', '공공변소의 설치(公共便所の設置)' 및 도로와 상하수도 등 '제예시설(除穢施設)' 사무를 담당하였는데, 국고 보조로 행해진 이 사업으로 경성의 불결이 일소된 것(朝鮮研究會 編(1925), 전게서, pp.127~128)으로 보아 많은 인부가 필요했음을 짐작할 수 있다. 그리고 1895년 설치된 '소학교'는 한일합병과 동시에 '내지아동과 조선아동(內鮮兒童)'을 구별하기 위하여 '보통학교'로 개칭하였는데(朝鮮研究會 編(1925), 전게서, p.103), 번역 텍스트는 이러한 정황 또한 놓치지 않고 반영하고 있다. 참고로 오히사의 몸값 '2~3백엔'에서 대체된 '5~6백원'이면 1912년부터 1922년 사이 조선 시세로 일본산 흑나사(黑羅沙)나 박래품 감색 사지(紺セル) 한 마(碼)를 구입할 수 있었다(朝鮮研究會 編(1925), 전게서, p.63).

고주의(屆出主義)’가 채용된 1920년대 일본의 검열 상황[17]이 그대로 드러
난 일본어 텍스트에 반하여 번역 텍스트는, 1920년대 초반 식민지 검열
체계가 아직 정교하게 갖춰지지 못한 탓[18]인지 아니면 1910년대에 이어
1920년대에도 여전히 조선 총독부의 기관지 역할을 담당한 『매일신보』
에 실린 탓인지 검열의 대상이 된 흔적을 찾아볼 수 없다. 아래의 인용
문은 노동쟁의의 클라이맥스에 이르는 <대우취래(大雨驟來)>의 일부분으
로, 오히사의 아버지가 난조가(南條家)에서 금컵을 훔치게 된 사건으로 자
결한 직후, 노동쟁의의 장에서 오히사의 오빠이자 난조제작소 직공이기
도 한 구라타(庫田)가 동료 직공들을 향하여 자신의 의견을 피력하는 장
면이다.

> 아버지가 도둑질한 것을 잘했다고 변호하는 것이 아닙니다. 허나 다른
> 사람은 몰라도 돈 있는 인간은 가난한 사람을 XXXXXX라며 책망해서는
> 안 된다. 왜냐하면 부자는 도둑질할 필요가 없으니까요. (중략) 우리 아버
> 지 같은 사람이 금컵 하나만 훔치면 일, 이년은 맛있는 술을 마실 수 있
> 다고 여겨 훔치고 싶은 마음이 생기는 것도 당연하다고 생각합니다. 아버
> 지가 훔친 금컵도 따지고 보면 제작소에서 일하는 우리들의 고혈로 만들
> 어진 것임에 틀림없는데, 그것으로 우리 가족을 XXXXX라고 바로 무서
> 운 사회적 제재를 가하는 것입니다.[19] (밑줄－인용자)

> 결단코 도적질횃다는부모를 변호하랴는말슴이아니라 물론돈잇는ㅅ람

---

17) 紅野謙介(2009), 『檢閱と文學―1920年代の攻防』, 河出書房新社、p.19.
18) 박헌호(2005), 「‘文化政治’期 新聞의 位相과 反-檢閱의 內的論理―1920年代 民間紙를 중심
　　으로」, 『大東文化研究』 제50집, 성균관대학교 대동문화연구원, pp.199~259. 1920년대
　　나 1930년대 초반에는 몇 행 삭제나 복자(×) 등 검열이 존재했음을 명시적으로 드러
　　내는 증거를 확인하기는 어렵지 않았다(채호석(2007), 「검열과 문학장」, 『외국문학연구』
　　제27집, 한국외국어대학교 외국문학연구소, pp.309~334).
19) 「火華」, 『大阪毎日新聞』(『東京日日新聞』) 1922年7月14.

　　은 도적질을 아니하겟지오 (중략) 우리아버지성각에는 금금곱쌀한기만하
　　면 멋해동안이나 두고ᄉ만는음식과죠흔술을 사먹을수잇슬만하닛가 아마
　　욕심이낫겟지오 아버지가ᄉᄉ져왓다든금곱쌀도 근본을짜지어볼것잣흐면 공
　　장에서일하는우리직공들의흘닌쌈과피로써엇은거시아니겟습닛가　그러면
　　우리부모ᄂ가족이 훔쳐깃달지라도 그리큰죄가될가십지안슴니다20)

　노동자 입장에서 자본가의 자본은 노동자로부터 착취한 것이니 훔쳐
도 아무런 죄가 되지 않는다는 지극히 위험한 발상이 일본과 조선 양국
에 노출되고 있다 하겠다. 비록 그러한 노동자이지만 자본가가 직접적으
로 그들을 비판하는 부분을 'XXXXXX'로 처리한 일본어 텍스트에 대
하여 번역 텍스트는, 그조차 노출시키지 않음으로써 결과적으로 노동자
에 대한 직접적인 비판을 피하고 있다. 그리고 1920년대 검열 상황은 내
지와 일본(인)이 말하는 외지(外地) 조선만이 달랐던 것은 아니다.

　　아버지가 도둑질한 것을 잘했다고 변호하는 것이 아닙니다. 허나 다른
　　사람은 몰라도 돈 있는 인간은 ………………………해서는 안 된다. 왜냐하
　　면 부자는 도둑질할 필요가 없으니까요. (중략) 우리 아버지 같은 사람이
　　금컵 하나만 훔치면 일, 이년은 맛있는 술을 마실 수 있다고 여겨…
　　……………… 아버지가 훔친 금컵도. 따지고 보면 제작소에서 일하는
　　우리들의 고혈로…………………… 틀림없는데, 그것으로 우리 가족을
　　…………………21)

　오사카마이니치신문사(도쿄니치니치신문사)는 신문연재에 이어 1922년
10월 10일에 단행본 『불꽃(火華)』을 간행하였는데, 위의 인용문 중 '……
………………'에서 확인할 수 있듯이 단행본이 신문보다 분량이나 횟수

---

20) 「불꽃」, 『每日申報』, 1924年 3月 7日.
21) 菊池寬(1922), 『火華』, 大阪毎日新聞社(ほか)、pp.382~383.

면에서 검열로 인하여 삭제된 부분이 더 많다. 내지 일본 가운데서도 신문과 단행본의 검열 수위는 달랐던 것이다.

　노동자를 비판하는 부분의 삭제가 검열당국의 어떠한 입장을 대변하는지 명확하지 않지만, 비판으로 인한 삭제는 자본가도 포함되어 있다. 이와 관련하여 구라타에 앞서 사부리가 군중을 향하여 연설하는 장면을 살펴보자.

> 　저는 어떻게 되든 상관없습니다. 저와 기자키, 야마다 모두 남 못지않은 기술을 갖고 있으니, 반드시 저 오만하고 완고, 무식한 난조 밑에서 일해야만 하는 것은 아닙니다. 그러나 어딜 가더라도 노동자의 천국은 없습니다. 자본이라는 독거미가 친 망이 어딜 가더라도 우리의 손발을 묶고 우리의 신체로부터 생피를 빨아들이는 것입니다. 우리는 일본 어디를 가더라도 이 거미와 싸우지 않으면 안 되는 것입니다. (중략) 자본! 그것은 끝없이 커지는 마음이 돌과 같은 정체모를 요괴입니다. 우리 노동자는 그 제단 위에 끝임 없이 바쳐지는 어린 희생양입니다. (중략) 우리가 희생할 수밖에 없는 구조가 교묘하고 뿌리 깊게 마련되어 있는 것입니다. 국가나 법률까지도 이 구조의 편을 들고 있는 겁니다.22)

> 　"저는 어떻게 되든 상관없습니다. 저와 기자키, 야마다 모두 남 못지않은 기술을 갖고 있으니, 반드시 저 오만하고 완고, 무식한 난조 밑에서 일해야만 하는 것은 아닙니다. 그러나 어딜 가더라도 노동자의 천국은 없습니다. 자본이라는 독거미가 친 망이 어딜 가더라도 우리의 손발을 묶고 우리의 신체로부터 ……………………. 우리는 일본 어디를 가더라도 이 거미와 싸우지 않으면 안 되는 것입니다. (중략) 자본! 그것은 끝없이 커지는 마음이 돌과 같은 정체모를 요괴입니다. 우리 노동자는 그 제단 위에 ……………………. (중략) 우리가 희생할 수밖에 없는 구조가 교묘하고 뿌리 깊게 마련되어 있는 것입니다. ……………………."23)

---

22)「火華」,『大阪毎日新聞』(『東京日日新聞』), 1922年 7月 13日.

1920년대 일본의 신문 연재소설에서 <자본>은 '어린 희생양'인 <노동자>의 '생피를 빨아들이는 것'이며, <국가>나 <법률>은 노동자를 옭아매는 '구조의 편'을 드는 존재다. 여기서는 자본주의뿐만 아니라, <국가>마저도 부정된다. 이 부분을 고스란히 들어내어 문맥조차 파악하기 힘든 채 내보낸 단행본에서 자본주의의 문제점을 지적하는 것에 대한 일본 정부의 불편함을 읽어낼 수 있다. 이와 마찬가지로 <자본>을 비호하는 것으로 <국가>가 아닌, '정치와 법률과 종교와 도덕'(1924.03.06)을 지목하는 번역 텍스트에서는 <국가>를 외면하려는 혹은 의식의 표면에 올리려 들지 않는 심리적 억압기제를 확인할 수 있다.

3. 제4계급 문학으로서의 「불꽃」과 「불꼿」

「불꽃」과 「불꼿」은 일본과 조선에서 거의 동시에, 그것도 신문미디어를 통하여 발표되었다. 1925년 시점 일본의 총인구는 대략 6,000만 명이었으며, 1920년대 노동자수는 1910년대에 비하여 2배 이상 증가한 200만 명에 이르렀다.24) 당시 『오사카마이니치신문』(『도쿄일일신문』)의 발행부

23) 菊池寬(1922), 『火華』大阪每日新聞社(ほか)、pp.379~381.

24) 일본 상무성(商務省) 통계에 따르면 1910년 노동자 수의 약 84만 명(남공 37만 명, 여공 47만 명)이었으며(日本文學協會(1987), 『日本文學講座 8 評論』, 大修館書店, p.116), 1920년 일본에는 대략 2,700만 명의 노동력이 있었으며, 약 160만 명(남자 74만 명, 여자 87만 명)이 공장노동자, 40만 명이 광산노동자였다. 1925년 일본의 총인구는 거의 6,000만 명이었으며, 국민소득도 1928년부터 1932년까지의 물가 수준으로 1890년의 23억 엔에서 1930년에는 127억 엔으로 늘어났다. 1인당 국민 소득은 1893년부터 1897년까지 연간 170엔이었던 것이 1918년부터 1922년에는 220엔까지 증가하였다. 이중 산업노동자의 경우는 같은 기간 동안에 316엔에서 444엔으로 증가하여 평균보다 높은 수치를 보였다(W. G. 비즐리 지음, 장인성 옮김(2006), 『일본 근현대사』, 을유문화사,

수가 30만부에 이르고,[25] 노동자들의 독서생활이 압도적으로 신문에 의존했다[26]는 점을 고려할 때, 일본어 텍스트는 당시 노동자들에게 직접 읽혔을 가능성이 매우 높다. 반면 번역 텍스트의 경우는, 대략 10만 명 이하로 추산되는 공장노동자수[27]에 노동자가 근대적 계급으로 형성된 것이 1920년대에 들어와서이며,[28] 조선노농총동맹(朝鮮勞農總同盟)이 결성된 것 또한 1924년 4월이라는 점을 감안할 때, 그 직접성은 떨어진다. 기쿠치 간은 프로문학의 보급에 있어서 신문 연재소설의 이점을 논한 바 있는데,[29] 여기서는 독자를 향한 전달력이라는 측면에서 제4계급 문학으로서 「불꽃」과 「불꽃」의 우위는 어떠한지 가늠해 보자.

「불꽃」의 소제목이 그러하듯 텍스트에 등장하는 두 남녀의 조합 역시 지배자계급과 노동자계급으로 대비적으로 짜여 있다. 미쓰코와 가와무라 데쓰조, 아쓰시와 오히사 조합이 이에 해당하는데, 미쓰코와 아쓰시는 난조제작소 사장의 딸과 아들이며, 가와무라와 오히사는 난조제작소에

---

pp.195~210).

25) 『일본신문연감(日本新聞年鑑)』에 따르면 1923년 5월 현재 『오사카마이니치신문』(『도쿄 일일신문』)의 발행부수는 305,000부로 2위이며, 1위는 360,000부인 『호치(報知)신문』이고 『아사히(朝日)신문』은 290,000부로 3위이다(高木健夫(1976), 전게서, p.207).

26) 1921년 9월 오사카(大阪)시 사회부조사과의 『노동보고조사(勞働報告調査)』에 의하면 1920년대 노동자들의 독서생활이 압도적으로 신문에 의존했다(永嶺重敏(2001), 『モダン 都市の讀書空間』, 日本エディターズスクール出版, p.157).

27) 朝鮮總督府 『統計年譜』 1915年版과 朝鮮總督府學務局社會課 『工場及鑛山に於ける勞働者狀況 調查』 1933年에 의하면 1915년 조선의 노동자수는 24,338명이며, 1931년은 104,362명 이다(許粹烈(2008), 『植民地朝鮮の開發と民衆』, 明石書店, p.142).

28) 역사학연구소(2004), 『메이데이 100년의 역사』, 서해문집, pp.46~47

29) 기쿠치 간은 「무제록(無題錄)—나카니시 이노스케(中西伊之助)군에게—」(『문예춘추(文藝 春秋)』 1923.06)에서 정가 3엔(円) 하는 『자토에 싹트는 것(赭土に芽ぐむもの)』(개조사(改造 社), 1922.02)과 2엔 20전 하는 『너희들의 등 뒤에서(汝等の背後より)』(개조사, 1923.02)를 예를 들어 '현재 프롤레타리아에게는 문예를 감상할 여유와 힘'이 없다면서 '신문에 나와야만 비로소 읽을 수 있고, 10전(錢)일 때에만 살 수 있다'며 프로문학의 보급에 있어서 신문 연재소설의 이점을 지적하였다.

속한 노동자(오히사는 난조제작소 사장집 가정부인 동시에 난조제작소에 속한 노동자 동생)이다. 텍스트에서 이들의 연애는 계급 차이를 자력으로 극복하기보다는, 죽음으로 인한 화해(미쓰코-가와무라(노동자인 가와무라가 자본가로 대표되는 미쓰코를 구하고 대신 죽는다))나 신천지로의 도피(아쓰시-오히사)로 완성되고 있다. 지금까지 「불꽃」이 '멜로드라마로 회수(回收)되었다'[30)]는 식의 부정적 평가를 받은 것은, 이들 두 남녀그룹을 텍스트의 중심으로 파악했기 때문이라 해도 과언이 아니다.[31)]

그렇다면 텍스트에서 노동자들의 모습은 어떻게 그려져 있는가. 난조제작소 노동자들의 신망을 받고 파업에서 주도적 역할을 담당한 사부리를 중심으로 살펴보자.

> 그중에서도 사부리는 공장에서 신망을 얻고 있었다. 그는 열다섯 살부터 스물여덟 살까지 십삼년 간 제작소에서 일했다. 그 사이 도제학교를 비롯하여 공수학교 등의 야학에 다녔다. 그의 명석한 두뇌는 공학에 대하여 놀라울 정도의 지식을 쌓았다. 공장의 실제에 대해서는 젊은 공학사나 고공(高工 : 구제(舊制) 고등공업학교의 약어-인용자) 졸업생 따위는 그 앞에서 머리를 들지 못했다. 예리한 그의 머리는 그러한 지식의 축적에 따라 현대 자본주의의 해악에 눈뜨지 않을 수 없었다. 그는 사회문제에 대한 다양한 책을 읽었다. 지식이 늘어남과 동시에 자본주의에 대한 증오는 일종의 신앙이 되어버렸다. 그는 마음속으로 무지한 동료들의 눈이 되고 입이 될 것을 결심했던 것이다. (중략) 기름으로 진득거리는 옷을 입고

---

30) 前田愛(1973), 전게서, pp.173~177.
31) 「불꽃」과 『제르미날』의 유사점으로 노동자와 자본가의 대비적 구도, 스트라이크에 고양된 노동자들과 관권력(군대/경찰)간의 충돌, 그리고 시위운동이 작중 클라이맥스를 형성하는 구조를 지적한 가타야마 히로유키(片山宏行)는, 주인공 에티엔 랑티에의 자기형성과정이 『제르미날』이 추구하는 계급문제나 노동문제와 겹쳐있는데 반해 「불꽃」에서 이에 해당하는 사부리는 두 쌍의 남녀 주인공에 밀려 조연에 불구하다고 지적한 바 있다(片山宏行(2000), 전게서, pp.124~125).

열심히 일하고 있다. 그러나 마음속에는 이상을 좇는 불꽃이 끊임없이 타
오르고 있었다.32)

열다섯 살에 제작소 일을 시작한 사부리가 자본주의의 해악에 눈뜨기
시작한 것은, 도제학교나 공수학교(工手學校 : 직공을 육성할 목적으로 설립한
직인학교) 야학을 다니면서 공학에 대한 지식을 축적하는 과정에서 이루
어졌다. 이에 대하여 번역 텍스트는, 열여덟 살 차찬오가 공장에 들어오
기 전에 이미 어느 정도 학문적 소양을 쌓았으며, 서울에 올라온 것 또
한 공부를 하기 위해서로 그리고 있다. 그런 차찬오가 '청년회로동학학
과강습소'에서 '일어영어' 등을 배우다가 현대 자본주의의 결점과 폐해
를 인식하게 된 것은 정해진 귀결이라 해도 좋을 것이다.

그중에차찬오는 공장안에셔데일쪽々하고 여러사람의 덕망을가졋다 찬
오는열여덜살브터 스물여덤살되는오날꺼지 십년동안을 하로아침갓치부즈
런이공장에셔일을해왓스며본시싀골 한문글방에셔진동천을 놋코 통감혼길
을씌고밍자와대학을비호다가 서울로학교공부하러온다고 젹슈로올나와셔
고학을하려하엿으나 다른길이업서셔 이공장으로드러와낫이면일을하고 밤
이면열심으로청년회로동학학과강습소들을다녀셔 일어영어 수학들을 비호
고자연이공장에잇스나니공업에취미를붓쳐 공업에대훈셔적을놀랄만치닑어
셔여간한 공업전문학교츌신보다 실디의상식은나으며 坯한신사조(新思潮)
를싸라로동문뎨(勞動問題)에관훈 셔적을만히읽어 현대자본주의(現代資本主義)
의 결뎜과밋 그폐해를텰녀히인식(認識)하게되는동시에 이에 대항하지아니
하면아니될준 김히々ㅈ각하고거의일종신앙(信仰)이되다십히굿세게되엿스며
무식훈동모들의눈과귀가되여할동하여오던터이더라(중략)찬오는 비록직공
으로기름때뭇은직공복을입고일을하나그두뢰는 공장졔도에대훈불평이욱을
々하며 일반사회졔도의불합리(不合理)와불공평(不公平)을 분기하는리상덕

32)「火華」,『大阪每日新聞』(『東京日日新聞』), 1922年 7月 11日.

사상(理想的思想)이 갓득찻다33) (밑줄-인용자)

차찬오에게 자본주의는 증오의 대상으로만 끝나지 않고 대항해야 할 그 무엇으로 깊이 자각되며, 이미 눈과 귀가 되어 활동하고 있던 그에게 있어 '리상뎍사상(理想的思想)'은, 사부리처럼 단지 무지한 동료들의 리더 (눈과 입이 되는 것)가 되고픈 욕망이 아닌,34) 공장제도에 대한 불만에서 한 걸음 더 나아가 일반사회제도의 불합리와 불공평을 자각하고 이를 해결해 나갈 길을 모색하고자 하는 데까지 확대된다. 노동자이기보다는 엘리트에 가깝게 묘사된 일본어 텍스트에 대하여 주먹을 불끈 쥔 「불꽃」에서의 차찬오의 모습은 결의를 다지는 노동자로서의 면모를 과시하고 있다 하겠다.

『매일신보』 1924년 3월 6일자

「火華」『大阪每日新聞』(『東京日日新聞』)
1922年 7月 13日

33) 「불꽃」, 『每日申報』, 1924年 3月 5日.
34) 「불꽃」(「불꽃」)이 당초 의도했던 '불꽃(불꽃)'은 '로동계급과 자본계급사이에 성기는 격렬한 충동'으로 인한 것이지만, 오히사를 둘러싼 난조제작소 사장과 그의 아들 아쓰시 간의 갈등, 동맹파업을 둘러싼 난조제작소 노동자들 간의 분쟁 등 자본가 혹은 노동자끼리의 문제로 생기는 불꽃 또한 적지 않다. 이것이 때로는 노동자 계급의 리더가 되겠다는 사부리의 야심을 뜻하기도 하고, 오히사가 아쓰시와 함께 떠나 결혼하겠다는 편지를 읽고 느끼는 질투를 나타내는 등 다른 의미로 사용되기도 한다.

이처럼 노동운동가로서의 자질을 갖추고 있는 차찬오는, 동맹휴업(同盟
休業)을 결의하는 직공대회(職工大會)에서 '정치와 법률과 종교와도덕이 모
든세력이이것을 보호합니다'라면서 '김치윤이란사람을 대표하는 그러혼
자본!그괴물(怪物)'(1924.03.06)을 없애버리자'며 계급문제의 본질을 꿰뚫고
있다. 나아가 시위 현장에서는 흥분한 군중을 향하여 '우리는렁정(冷靜)히
우리의목덕을달히지아니하면   안될터인대경관(警官)은정면(正面)에나션대적
은 안이니 정숙하게도라갑시다 싸흘째는싸로잇소'(1924.03.18)라며 리더십
을 발휘한다.

한편 「불꽃」에서 본격적인 노동쟁의 현장을 전하는 <강철 대 강철>
은 지인의 진술이나 관련 서적을 통한 기쿠치 간의 간접 경험이 형상화
된 부분이라 볼 수 있다.[35] 그러나 『오사카마이니치신문』에서 시위 관련
장면은 다음 쪽 1922년 7월 31일자를 포함하여 7월 29일자, 8월 2일자,
8월 3일자, 8월 5일자, 8월 9일자, 8월 11일자, 8월 18일자, 8월 21일자
정도가 전부이며, 그마저도 노동쟁의라기보다는 그저 삼삼오오 모여서
모의(謀議)하는 모습에 가깝게 그려져 있다. 『매일신보』 1924년 3월 17일
자 번역 텍스트에서처럼 많은 군중 앞에서 연설하는 모습은 거의 찾아볼
수 없다. 지문은 차치하고라도 삽화에 한해서는 「불꽃」이 제4계급 문학
으로서 극적 효과를 더할 수 있는 신문 연재소설의 이점을 놓친 것이라
할 수 있겠다.

반면 「불옺」의 경우, 그 역시 일본어 텍스트의 지문을 거의 그대로 번

---

35) 기쿠치 간은 「히라사와 케이시치(平澤計七)」(『문예춘추(文藝春秋)』 1924.01)에서 '「불꽃」
    의 인물이 히라사와 케이시치 등을 모델로 했다는 말은 거짓이다. 그러나 히라사와
    케이시치와 만나 노동쟁의를 똑똑히 실감했다는 것만은 사실이다'라고 진술한 바 있
    으며, 사카이 도시히코(堺利彦)의 「기쿠치 간과 나와의 인연(菊池君と私との因緣)」(『문예춘
    추』 1928.03)에 따르면 그가 추천한 졸라의 『제르미날』(堺利彦譯(1921), 『木の芽立』, ア
    ルス)에서 탄광의 스트라이크 실사(實寫)가 소설이 된 것에 감탄하였다.

역했지만, 시위 현장의 현장감 전달이라는 측면에서 삽화가 이를 보완하
고 있다.

『매일신보』 1924년 3월 5일자   「火華」『大阪毎日新聞』(『東京日日新聞』)
                                        1922年 7月 31日

차찬오와 사부리의 의식 있는 노동운동가로서의 면모를 어필하는
1924년 3월 5일자 『매일신보』와 1922년 7월 31일자 『오사카마이니치신
문』의 지문은, 각각의 삽화에서 깃발을 나부끼며 노동자들의 선봉에 선
이를 차찬오로 만들며, 한 손을 흔드는 이를 사부리로 만든다. 그러나 『오
사카마이니치신문』에서 노동쟁의의 현장감이나 노동운동가로서의 면모
를 확인하기는 어려울 것이다. 1920년대 후반부터 만화에서 식민지 근대
도시 경성의 풍경을 담아낸 안석영은, 부르주아의 신체로 계급 · 계층을
형상화하였는데, 이러한 이후 작업은 그가 카프(KAPF : 조선프롤레타리아예
술동맹)와도 관련이 있었다는 점36)에서 인물의 심리적 상태와 시위현장을

---

36) 안석영은 글과 그림이 결합된 장르인 만문만화 「위대한 '사탄'」(『조선일보』 1928.02.
    10), 「거룩한 行列」(『조선일보』 1928.04.13), 「쑤르조아」(『조선일보』 1928.12.26), 「高利
    貸金業者」(『조선일보』 1928.12.27), 「웃키는 사람」(『조선일보』 1929.02.08), 「꿀도야지」
    (『조선일보』 1929.06.06) 등에서 '쑤르조아'의 벗겨진 머리, 거대한 몸집 등 신체의 전
    체를 강조하는 '꽉찬 거리'로 계급 · 계층을 형상화하였다(신명직(2001), 「안석영 만문

예리하게 포착한 「불꽃」에서 예견돼 있었다고 해도 좋을 것이다.

다시 텍스트로 돌아가서 차찬오는 결과적으로 동맹휴업을 이끌어내지 못했다. 뿐만 아니라 마지막에 이르러서는 '이졔논다만파괴(破壞)가남엇슬 다름'(1924.03.29)이라며 자신의 애정이 인숙에게 받아들여지지 않은 것에 대한 분노를 자본가로 대표되는 옥희에게 분풀이하는 과정에서 광포한 폭도로 돌변한다. 결국 차찬오는, 일본어 텍스트와 마찬가지로 의식 있 는 노동자의 면모를 끝까지 관철시키지 못하는 한계점을 드러냈다. 그러 나 삽화가 제공하는 한에서 노동투쟁의 현장에서만큼은 노동운동가다운 면모를 보여주었다 하겠다. 여기에 제4계급 문학으로서 결점이 있는 일 본어 텍스트를 보완하는 번역 텍스트의 가능성이 있다.

이와 관련하여 1924년 3월 18일자 『매일신보』를 살펴보자. 1922년 7 월 31일자 『오사카마이니치신문』은 사부리가 한 손은 위로 다른 한 손 은 허리에 올린 예의 삽화 바로 우측 지문에서 '군중은 누가 지휘할 것 도 없이 종대를 이루었다. 그리고 한사람이 노동가를 부르자 모두 하나 가 되어 줄지어 공장으로 나갔다'라고 기술하면서도 노동가를 제시하지 않는다. 반면 500명이 시위를 벌이는 일본어 텍스트를 '수빅명군중'으로 재설정한 번역 텍스트는, 번역자 이상수의 창작인지 실재 존재했던 노동 가인지 모를 '너논 누구며 나는 누구냐'로 시작되는 '로동가'를 행간에 삽입한다.

만화(漫文漫畵) 연구」, 『현대문학의 연구』 17권, 한국문학연구학회, pp.7~67). 그리고 카프 구성원에는 안석영도 포함되어 있다. 1925년에 조직된 카프는 박영희, 김기진, 이호, 김영팔, 이익상, 박용대, 이적효, 이상화, 김복진, 안석영, 송영, 최승일, 심대섭, 조명희, 이기영, 박팔양 등이 구성하여 준기관지 성격의 문예운동을 발간하였다(김윤 식(1976), 『한국근대문예비평사 연구』, 일지사, pp.31~32).

군즁은 누가 지휘하는듯이 용대(從隊)로 난호여 그즁에 한사람이 로동가(勞働歌)를부르니 일졔히 부르며 령문밧그로 나간다

로 동 가

너도 누구며 나도누구냐 하힘한덕스로 한몸이되여 악임을엇도록 굴지말고 좌화보셰

부모님의엇은 장근 글로 삼을흘녀 일하는우리로동자 텬복을차즈라는부르지짐이 우리의근본 목덕이아닌가

빈무의차별도 귀쳔의구별도 하나님의쥬신 사람의자유 차도록닷름이 우리의텬직

싸호라 닷토라 피를흘녀도 금권과관권은 그무엇인가 우상의미신갓흔 자본쥬의를 흐쥬먹에씌트려 승쳔해보셰

『매일신보』 1924년 3월 18일자

'텬복을차즈랴는부르지짐'이 노동자의 근본 목적임을 환기시키면서 '금권과관권은 그무엇인가 우상의미신갓흔 자본쥬의를 흐쥬먹에씌트려 승젼해보세'를 외치는 노동가의 삽입은, 노동투쟁의 실제 경험 유·무를 불문하고 독자로 하여금 시위 현장을 상기 내지는 짐작케 한다. 이어서 번역 텍스트는 일본어 텍스트에서 '그들은 용감하고 씩씩하기보다는 오랫동안 학대를 받은 노예가 쇠사슬을 끊고 일어서는 듯 처참하였다(虐待されつづけた奴隷が、鎖を切つてたち上つたやうに、彼れ等は勇壯と云ふよりも悽慘であつた)'로 서술한 부분을 '로동가를부르고늘쒸는 그들은 맛치오리동안학대(虐待)를 밧든 로예(奴隷)가묵근줄을끈코니러셔는 듯이 밍렬하고쳐춥하얏다(밑줄—인용자)'로 가필함으로써 노동가를 재차 강조하고 있다. 이러한 청각적 요소를 동원한 노동가가 주는 효과는, 노동투쟁의 현장을 더욱 생생하게 전하는 데 있다고 판단된다.

무엇보다 다음 쪽 「勞働歌」(『동아일보』 1920.04.02)를 위시하여 「懸賞勞働歌募集發表」(『공제』 1920.10.11), 「東京宮仲時計商會 時計工의 示威運動, 社會主義者도 應援하야 로동가를 높히 부르며 오백명 직공이 대시위」(『동아일보』

「平波, 勞動歌」『동아일보』 1920년 4월 2일자

1921.03.19), 「勞農臨時大會, 로동은 팔시간, 삭젼은 최하로 하루 일원식//小作料는 三割로 결의하엿다…//警官의 解散命令…//勞働歌를 高唱하여 數百群衆의 示威…//總同盟位置는 아즉 미뎡이다/事實의 眞相을 表明…」(『동아일보』 1924.04.22) 등의 기사에서 확인할 수 있듯이 노동가는, 1920년대 노동투쟁의 장에서 함께 하였다. 현장감 전달에 있어서 번역 텍스트의 보완 기능은 시위 장면에서 뚜렷이 갖추어지는 것이다. 이렇게 놓고 보면 제4계급 문학으로서 「불꽃」과 「불꽃」의 우위는, 첫 회부터 마지막 회까지 한 회도 빠짐없이 제시된 타이틀 주위의 표제그림이 단적으로 말하여 준다. 꽃문양과 봉홧불을 높이 치켜든 사람이 무언가 외치고 있는 듯한 그림의 대비가 말이다.

계급의 문제는 자본주의 사회가 성립하면서 필연적으로 등장한다. 노동절이 1886년 5월 1일 미국노동총연맹이 8시간 노동제를 요구하면서 총파업을 시작한 이래 시작되었다는 세계사적 흐름을 감안할 때, 1920년대 계급문제를 전면적으로 다루어 '신시대의 새로운 문제에 대한 새 분야를 개척한 것'으로 등장한 「불꽃」은, 연애소설에 편중되어 있던 일본 신문 연재소설의 풍토 속에서 사회문제로 시선을 돌린 텍스트가 등장했다는 문단사적 의의뿐만 아니라, 노동자 계급의 국제적 연대의 부활을 재생산했다는 세계사적 의미 또한 갖고 있다.

전 세계의 노동자들이 스스로의 단결과 권익 쟁취를 기념하는 메이데이 행사는, 제1차 세계대전을 치르면서 일시적으로 중지되다가 1918년에 유럽을 비롯하여 동양 여러 나라에서 부활하였다. 일본의 경우는 1920년 5월 2일 도쿄 우에노(上野) 공원에서 처음 500여명의 노동자들이 옥외에서 집회를 하고 시위를 벌였는데,[37] 그로부터 불과 2년이 경과한 시점 도쿄에서, 그것도 텍스트와 거의 같은 500명이 시위를 벌이는 현장을 내보내는 「불꽃」에서, 신문 독자들이 예의 행사를 연상하는 것은 그리 어려운 일이 아닐 것이다. 1920년 우에노 공원에서의 시위가 1차적으로 노동자 계급의 국제적 연대의 부활을 의미한다면, 1922년 그것을 소환하여 신문 연재소설(「불꽃」, 『오사카마이니치신문』 1922.03.26~08.23)과 단행본(『불꽃』 오사카마이니치신문사, 1922.10.10)을 통하여 유통시킨 「불꽃」은, 이러한 연대를 2차, 3차로 전파시키는 역할을 담당했다고 할 수 있을 것이다.

이와 달리 『매일신보』가 1923년에 계급문제를 전면적으로 다룬 「불꽃」

---

37) 메이데이 행사는 1890년 제1회 대회를 치른 후, 지금까지 세계 여러 나라에서 기념해 오고 있다. 제1차 세계대전이 터진 뒤 제2인터내셔널 기회주의자들에 의하여 일시 중지되었던 메이데이는 1918년 세계대전이 끝나자 유럽(프랑스, 독일 등)을 비롯하여 동양 여러 나라에서 부활했다. 일본에서 메이데이 행사가 시작된 것은 1905년 평민사(平民社:일본의 최초 사회주의자들의 모임)가 '메이데이 다과회'라는 옥내 집회를 연 이후의 일이며, 많은 노동자들이 옥외에서 집회를 하고 시위를 벌인 것은 1920년 5월 2일이 처음이다. 이날 도쿄 우에노(上野) 공원에서 5백여 명이 모여 일본 제1회 메이데이 행사를 열었다(역사학연구소(2004), 전게서, pp.38~39).

을 내보낸 것은 어쩌면 시기상조였을지도 모른다. 앞서 언급한 바와 같이 한국에서 노동자는 1920년대에 들어와서야 비로소 근대적 계급으로 형성되었으며, 문단에서 제4계급 문학이 처음 주장된 것이 1923년경이라는 점[38]에서 그러하다. 무엇보다 신문미디어에서 '동맹파업', '태업', '노농운동' 등의 사회주의 관련 어휘가 새로이 등장한 것이 1920년대[39]라는 점을 고려할 때, 과연 독자들이 「불꽃」에서 다루고 있는 계급문제를 조선 사회로 한정하여 읽었을지 의문이다.

4. 계급의 문제에서 민족의 문제로

식민지기 일본으로부터 진출한 일본인 근대적 대공업이 조선 공업생산액 전체의 22.2%를 차지했다는 사실[40]은, 독자로 하여금 노동투쟁의 주 무대가 되는 「불꽃」에서의 '경성제텰쇼'를 일제 자본의 유입으로 운영된 회사로 만든다.[41]

---

38) 프로문학의 성립은 1920년대 급속도로 부각한 사회주의 사상에 영향을 입은 김기진의 <Promeneade Sentimental>(『개벽』 1923년 7월) 및 박종화의 <文壇의 一年을 追憶하야> (『개벽』 1923년 1월) 등의 소론에서 출발한다. 이들은 민중, 노동자, 노동계급 등을 거론하면서 제4계급의 문학, 노동문학을 주장하기 시작하였으며, 자유나 미를 주장하면서 조선의 현실을 외면하는 문학을 거부하고 혁명주의에 입각한 문학을 건설해야한다고 주장하였다. 김기진과 박영희를 중심으로 한 이러한 문학적 주장들은 1925년 8월 카프의 결성과 더불어 구체화되고 본격적인 비평의 시내를 여는 데 디딤돌이 되었다 (한국문학연구회 편(1999), 『한국문학의 이해』, 한국외국어대학교출판부, pp.239~240).
39) 이승희(2008), 「1920년대 신문 만평의 사회주의 정치와 문화적 효과」, 『상허학보』 제22집, 상허학회, 깊은샘, p.79.
40) 許粹烈(2008), 전게서, p.298.
41) 「조선의 광업계」(『매일신보』 1915.12.04)를 보면, 중공업 분야에는 제철 이외에도 당시 조선의 광업계는 내지 유력한 광업자에 의하여 점차 대규모로 설비되는 경향을 보였는데, 미쓰이광산주식회사(三井鑛山株式會社), 고가합명회사(古河合名會社), 미쓰비시합자

　당시 신문미디어에서는 1910년 미쓰비시(三菱) 제철이 황해도 겸이포에 대규모로 건설한 제철소를 비롯하여 아소광업(麻生鑛業)이 합자한 진남포 제철소와 내지인 10여명을 자본주로 하는 평남제철소 관련 기사를 어렵지 않게 발견할 수 있는데, 실제로 겸이포제철소에서는 「불꽃」에서처럼 처우개선과 관련하여 노동쟁의가 끊이지 않았으며, 노동자가 사고로 다쳐 사망한 사례도 있다.

- 「삼릉제철소 인부 백여명의 대쟁투, 아직도 경계중」(『매일신보』 1917. 06.02)
- 「三菱製鐵 職工의 同盟罷工, 삭전을 올리고자하여 목적을 달함」(『매일신보』 1918.03.27)
- 「조선 人夫가 결속, 겸이포가 또 불온하다」(『매일신보』 1918.04.11)
- 「三菱製鐵所의 직공 3명 즉사, 기중기에서 떨어져서」(『매일신보』 1918.05.03)
- 「工夫 5백명이 同盟罷業」(『매일신보』 1918.09.24)
- 「朝鮮人夫支那職工 수백명의 대투쟁」(『매일신보』 1918.12.20)
- 「技師의 慘死, 겸이포제철소에서」(『매일신보』 1919.07.10)
- 「瓦斯에 중독된 삼릉직공 참사. 겸이포 삼릉제철소」(『조선일보』 1921. 03.05)
- 「삼릉제철 공장소실, 원인은 전기누전, 손해는 약 10만원. 겸이포」(『조선일보』 1921.04.05)
- 「겸이포에서 覆船되어 인부 7명이 행위불명 17일 오후 7시경에」(『조선일보』 1925.10.20)
- 「겸이포에 대동공제 창립. 각 노동단체의 병합으로」(『조선일보』 1925.

회사(三菱合資會社), 구하라광업주식회사(久原鑛業株式會社), 개산철산(价山鐵山) 등이 이에 해당한다. 회사설립 시 총독의 허가를 받아야하는 조선회사령이 1920년에 철폐되었어도 조선의 공업건설은 활발하지 않았던 것이다. 참고로 1910년 12월에 공포된 조선회사령은 조선을 일본공업에 대한 원료제공지이자 상품판매지로 개발한다는 일제의 조선상공업정책을 집약적으로 표명한 것이다.

05.11)
- 「겸이포 勞夜. 성적 자못 양호」(『조선일보』 1927.06.06)
- 「三菱製鐵工 盟罷斷行. 兼二浦 三菱製鐵所 운수과직공 사십여명이 임 금문제와 대 우개선문제로 盟罷」(『조선일보』 1927.12.11)
- 「三菱 제철공 盟罷단행. 운수과 직공 40여명이. 겸이포」(『조선일보』 1927.12.11)

겸이포 삼릉제철소 노동자가 12시간 노동에 종사하여 벌은 돈을 주색에 빠져 방탕한 생활에 쓰거나 그로 인한 각종 소송에 연루되는 것을 질책하면서 '公益的思想과 共同的蓄積'을 주장하는 「兼二浦三能製鐵所 職工諸君의게告홈」(『조선일보』 1921.03.18)의 기고자 '兼二浦支局 孔國燦'과 같은 실존 인물에서 의식 있는 노동운동가로서의 면모를 보여주는 차찬오의 모습을 찾을 수 있다.

나아가 「兼二浦 경찰서朝鮮巡査總辭職. 裏面에 排日本朝鮮人이 潛在하야 朝鮮官吏를 煽動한 듯」(『조선일보』 1920.08.26)은 겸이포 제철소의 문제가 단순히 조선인만의 문제가 아님을 알려준다. 노동쟁의가 1919년 3·1반일시위운동을 계기로 민족의식에 눈뜨기 시작하면서 노동자들의 권익을 보호하는 한편 민족독립운동 세력과 연계하면서 반일적 성격을 띠기도 한 것이다.[42] 다음은 1919년 노동·노농쟁의 관련 기사를 정리한 것이다.

- 「罷業煽動者, 세 명을 체포」『매일신보』 1919.03.15
- 「騷擾煽動者 懲役五年, 동이연초직공」『매일신보』 1919.04.30
- 「경성 각처에 동맹 파공, 장거수와 인쇄직공 일동」『신한민보』 1919.

---

[42] 경우에 따라서는 조선인 노동자가 내지 야하타제철소(八幡製鐵所) 인부감독이 '빠가'라고 욕설한 것에 대하여 항의하기도 하고(「朝鮮人夫 三百餘名이 불온한 행동을 하고자」, (『매일신보』 1919.01.19), 야하타제철소 동맹파공(同盟罷工)의 배후로 지목되는(「日本八幡製鐵 大罷工」『독립신문』 1920.02.14)) 등 노동쟁의는 조선 내에 한정하지 않았다.

10.04

- 「三菱 직공 復業, 15일에 무조건으로」『매일신보』 1919.10.19
- 「동아연초 직공 일부 동맹파업, 19일부터」『매일신보』 1919.10.25
- 「農民說諭解散, 소작료 때문에 소동해, 순사부장이 설유 해산」『매일
  신보』 1919.12.10

海州郡 海州面 職員은 總辭職을 提出하고 休業中임은 旣報하엿거니와 同
地 倭人經營의 東亞煙草會社職工 二千餘名은 同盟罷業을 宣言하다 (「愛國罷
工」『독립신문』 1919.12.25)

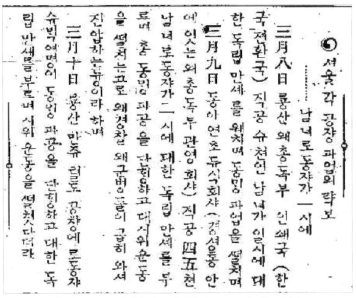

「서울 각 공장 파업의 약보」『신한민보』 1919년 5월 10일자

車掌運轉手. 印刷職工 京城電氣會社車掌運轉手 全部의 同盟罷業에 對하야
會社는 그 要求를 不應하고 又龍山印刷所의 職工도 全部 罷工하야 形勢가
大險惡한데 將次 如何히 解決될는지 不知나 如是의 現象은 我民族間의 始有
의 事件이러라(「京城各處同盟罷業」『독립신문』 1919.09.02)

민족별 자본구성의 비대칭을 체감하거나 위의 기사를 접했을 당시 독자에게 있어 경성제철소는 식민지 본국 일본과 동일시되며, 노동쟁의는 예의 1919년 시위운동부터 입법의 근본취지를 사상탄압에 둔 치안유지법이 시행되는 1925년 5월 전까지의 항일투쟁의 일환으로서의 노동운동으로 직결된다. 피식민지 상황이라는 문맥이 개입되면서 일국의 노동계급과 자본계급의 문제가 식민지와 피식민지 혹은 민족의 문제로 확장하는 것이다.

단순하게만 보였던 언어의 대체가 번역하는 주체의 입장을 대변하는 사례는 「불꽃」 곳곳에서 발견된다. 예를 들어 「불꽃」에서 난조제작소 사장은 '내가 알고 있는 외과 의학박사를 불러주겠다'며 지나가던 노인(오히사의 아버지)을 자동차로 치고서도 사과조차 없이 돈으로 해결하려 드는데, 이후 행해질 자본가의 오만함이 시작되는 장면이다. 번역 텍스트에서 이 부분은 '셰부란스병원에나 총독부의원에 입원이라도해서 고명훈의사의 치료를 밧게해줄터이니 념려말게'(1923.12.19)로 처리되어 있는데, 텍스트에 대한 아무런 사전정보 없이도 1910년에서부터 1945년까지 일제가 조선에 두고 통치하던 기관인 '총독부'라는 단어가 등장하는 것만으로도 텍스트의 배경이 되는 시대가 피식민지 상황에 놓여있는 정황을 짐작할 수 있다. 1910년 9월 대한의원(大韓醫院)에서 개칭한 총독부의원은 1920년대 당시 '가장 대규모적인 관립병원으로 조선 의료계에서 최고로 칭할 수 있는 기관'[43]으로 여겨졌다. 여기에 입원시켜주겠다며 자본가의 오만함을 왜곡시키면서까지 「불꽃」은 '총독부'라는 어휘를 선택함으로써 굳이 식민지 상황을 노출시키고 있는 것이다.

---

43) 朝鮮研究會 編(1925), 전게서, p.126.

이러한 사례는 앞서 사부리가 노동쟁의에서 군중을 향하여 연설하는
장면에서도 나타난다.

> 자본이라는 독거미가 친 망이 어딜 가더라도 우리의 손발을 묶고 우리
> 의 신체로부터 생피를 빨아들이는 것입니다. 우리는 일본 어디를 가더라
> 도 이 거미와 싸우지 않으면 안 되는 것입니다. (중략) 자본! 그것은 끝없
> 이 커지는 마음이 돌과 같은 정체모를 요괴입니다. 우리 노동자는 그 제
> 단 위에 끝임 없이 바쳐지는 어린 희생양입니다. (중략) 우리가 희생할 수
> 밖에 없는 구조가 교묘하고 뿌리 깊게 마련되어 있는 것입니다. 국가나
> 법률까지도 이 구조의 편을 들고 있는 겁니다.[44]

> 텬하에어데를갈지라도 즈본(資本)이란독지주망(毒蜘蛛網)이우리의수족을
> 얼거미고 우리의몸에셔 피를빨아냅니다 이러한이세계에 어데를가던지이거
> 무(蜘蛛)오싸호지 아니할수가업습니다 (중략) 자본가는저희의리익을엇고져
> 저의비속에살을 찌우기위하야 우리로동즈를희성으로하고우리를 피흘린제
> 물(祭物)을삼으랴합니다 (중략) 우리를희성으로 잡어먹게된 모든준비는교
> 묘하고 샐리가 발셔깁히박혓스며 정치와 법률과 종교와도덕이 모든셔력
> 이이것을 보호함니다[45]

'어린 희생양'인 <노동자>의 '생피를 빨아들이는' <자본>을 비호하
여 부정당하기조차하는 <국가>. 이러한 <국가>를 대신하여 동맹휴업
을 결의하며 차찬오는 '정치와 법률과 종교와도덕이 모든셔력이이것을
보호'한다며 자본주의를 통렬히 비판하고 있다. 번역서임에도 나라를 빼
앗겨 국권을 상실한 상황에서 '국가'라는 말을 쓸 수 없었던 것이다. 아
니, 그보다는 오히려 한일합병 이후 10여년이 훌쩍 넘은 시점에서도 일

---

44) 「火華」, 『大阪每日新聞』(『東京日日新聞』), 1922年 7月 13日.
45) 「불옷」, 『每日申報』, 1924年 3月 6日.

본 제국을 <국가>로 칭하고 싶지 않은 피식민지인의 심리적 기제가 작동한 결과라고 보아야 할 것이다.

이렇게 놓고 보면 앞서 '아아, 교만이여, 잔학이여'로 시작되는 요가가 생략된 것 또한 단순히 작품과 작자 사이의 관련성을 희석시키는 데 그치는 것이 아니라, 번역하는 주체의 입장이 개입된 사례로 볼 수 있다. 「불꽃」에서 완전히 드러낸 「불꽃」에서의 예의 요가는 '법률'과 '국가'로 대표되는 세상을 믿을만한 곳이라고 여기는 아쓰시의 심정을 대변하고 있기 때문이다. 이처럼 번역 과정에는 <누가 무엇을 번역하는가>, 즉 피식민지 조선인 번역자가 식민지 본국 일본의 문학을 번역한다는 자각이 개입되어 있다. 번역 주체의 이러한 심리적 기제는, 대체가 불가능한 지명을 번역하는 데 있어 유사한 이미지를 찾기 위하여 식민지 본국을 분할하여 파악하기도 한다.

『제르미날』에서 아나키스트가 계급투쟁의 이상을 품고 향한 곳은 파리인데, 「불꽃」에서 이러한 이상향인 홋카이도의 실상은 '막연한 미래'[46]를 넘어 비참하기 그지없다. 홋카이도에서는 1869년 개척사(開拓使)가 설치된 이후, '내국 식민지화'가 진행되어 수인노동(囚人勞動), 다코방노동(タコ部屋勞働), 청원순사제도(請願巡査制度) 등의 반강제노동이 행해졌다. 이에 반발하여 1910년대를 전·후로 하여 각종 노동운동이 발생하였으며, 『오사카마이니치신문』이 「불꽃」을 연재하기 시작한 1922년에는 소작쟁의도 조직화되었다.[47] 현실의 홋카이도는 「불꽃」에서처럼 '유쾌한 노동

---

46) 「불꽃」이 결과적으로 계급문제·노동문제를 선악·정사(正邪)의 도덕적문제로 전화(轉化)시켰다고 지적한 가타야마 히로유키(片山宏行)는, 이어서 「불꽃」의 한계점으로 '자본가와 노동자 간에 횡단하는 근본적인 문제의 해결은 제시하지 않은 채, 모두 아쓰시와 오히사의 순수한 연애와 그들의 가능성을 애매하게 암시한 막연한 미래로 회수하여 이야기'로 마친 것(片山宏行(2000), 전게서 p.130)을 들었다.

47) 에조치(蝦夷地)로 불렸던 홋카이도에 대한 관심은 1868년 명치유신(明治維新)부터 높아

만이 존재하는(愉快な勞働があるばかり)' 홋카이도는 아닌 것이다. 그리고 다코
방노동폐지가 인간의 존엄에 기초한 인권의식이 국민적으로 형성된 바
탕 위에서만 가능하듯 1922년 아리시마 다케오의 홋카이도 농장해방 또
한 천황을 정점으로 한 차별의식과 신민(臣民)정신이 팽배했던 제2차 세
계대전 종식 이전 일본에서는 불가능한 것이었다.

번역 과정에서 이러한 '홋카이도 목장(北海道の牧場)'은 '북간도농장(北間島
農場)'으로, '홋카이도 광야(北海の曠野)'는 '북도빈벌판(北島廣野)'으로, '유쾌
한 노동만이 존재하는' 홋카이도는 '자유시러운 로동이잇슬다름'(1924.03.
28)인 북간도가 되었다. 번역자이기에 앞서 한 사람의 조선인 독자였을
이극성이 신문미디어를 통하여 접했을 홋카이도는, 「北海道 탄갱부 8백
명 파업, 임금이 적고 해서」(『매일신보』 1921.02.04), 「北海道空知郡阪田 炭坑
瓦斯爆發, 百餘名이 生死不名, 일본북해도 공지군에서//死者六十, 사십오명
은 무사」(『동아일보』 1924.01.07) 등 자연 재해나 탄광 갱부 파업 등 각종

져 이듬해 북방개척을 위한 관청인 개척사가 설치되기에 이른다. 이를 통하여 '인민을
이주시켜 개척의 초석을 다질 것(人民を移し、開拓の基を立べき事)', '내지와 마찬가지로
부현제도를 개편할 것(内地同様、府縣の制を改むべき事)'(「개척사 시정방침(開拓使の施政方
針)」) 등의 항목이 말해주듯이 '홋카이도의 내국 식민지화'가 진행되었으며, 1899년 동
화정책의 일환인 「홋카이도구토인보호법(北海道旧土人保護法)」이 제정되면서 원주민 아
이누족의 생활은 크게 파괴되었다.
노동실태를 살펴보면 1878년 호로나이(幌内)탄광과 호로나이철도 건설이 착수하면서
노동력으로 7000명 이상의 죄수(범죄자와 정치범 포함)가 동원되는 이른바 수인노동
에 이어 감금상태에서 토목·건축 작업을 하는 다코방노동으로 전환되었다. 국민의
기본적 인권을 파괴하는 다코방노동은 1914년부터 개선운동이 전개되는 가운데 대안
으로 1922년 청원순사제도가 실시되었지만 강제노동의 실태는 여전하였다. 200명 이
상의 공장으로부터 직접 청부를 받아 순사 1명을 현장에 설치하는 청원순사제도는,
모든 경비를 공장이 부담할 뿐만 아니라, 본서에 사건을 보고할 의무가 없어 결과적
으로 경찰이 고용자 편에 서 노동자들의 인권보호 개선의 여지는 전보다 더 소원해졌
기 때문이다. 이에 1907년 북탄(北海道炭礦汽船株式會社)·夕張(유바리)·호로나이 등의
탄광을 시작으로 노동운동이 발생하였으며, 1922년에는 일본농민총동맹홋카이도농민
연합(日本農民總同盟北海道農民連合)이 결성되는 등 소작쟁의도 조직화되었다(木村常俊外
(1996), 『北海道の歷史』, 三省堂, pp.136~191).

사건·사고가 주를 이룬다.[48] 그런 보도 사이에 유독 1922년경에 홋카이도로 끌려가거나 혹은 이미 끌려간 조선인 노동자 관련 보도가 눈에 띈다. 「北海道炭鑛株式會社의 朝鮮勞働者가 불온단톄와 긔맥을 통한듯」(『동아일보』 1922.03.04), 「북해도탄갱에서 갱부六名 監視人을 斬殺도주, 北海道 馴路경찰서에 전부 톄포」(『동아일보』 1922.03.05), 「朝鮮勞働者 七十名去處, 日本北海道에 잇는 炭鑛汽船會社로 팔녀가는길에 神戶에서 다라나」(『동아일보』 1922.08.11), 「內地在住朝鮮人犯罪增加, 십년간의 범죄조사, 해마다 증가하는 중」(『매일신보』 1922.09.03), 「濱松市에서 인부를 모집한다는 간판을 걸고 천여명의 조선동포를 北海道기타 탄광에 보내는자를 습격, 조선인 로동자가」(『동아일보』 1922.09.20) 등.[49] 홋카이도에 대한 이러한 이미지가 번역

48) 「北海道弓張炭坑이 爆發, 이백여명의 생사가 불명」(『동아일보』 1920.06.17), 「鮮人勞働者 失業에 關하야, 警務局 발표」(『매일신보』 1920.07.04), 「북해도에 대수해」(『조선일보』 1920.08.17), 「동경과 북해도의 大雪. 봄에 온 눈으로 5자가 싸이기는 처음이다」(『조선일보』 1921.04.02), 「北海道 函館 大火, 순식간에 3천 5백여호를 모두 태워버린 근래의 큰 불」(『매일신보』 1921.04.16), 「日陸軍省 北海道에 一個師團增設」(『동아일보』 1921.05.13), 「北海道 電信不通, 暴風雪로 因하야」(『동아일보』 1922.02.19), 「郵便公金 二萬圓 橫領, 본정서에 돌연자수, 그 죄상을 적적 자백」(『매일신보』 1922.08.15), 「北海道 海溢로 慘死 五十四名」(『매일신보』 1922.08.31), 「2백갱부의 생사. 일본 북해도에서 탄광이 폭발하여」(『조선일보』 1922.12.07), 「坑夫의 참사. 일본 북해도에서 瓦斯가 폭발되어」(『조선일보』 1923.03.23), 「北海道暴風雪, 십륙호가 묻허지고 십일명이 빠저죽어」(『동아일보』 1923.04.11), 「탄광폭발로 工夫 60명 참사. 瓦斯가 폭발되어 사례도 찾지 못해, 일본 北海道」(『조선일보』 1924.01.07), 「北海道에 軍人의 移住計劃, 成功與否는 疑問」(『매일신보』 1924.11.11), 「日本小樽港에 火藥爆發」(『동아일보』 1924.12.29), 「북해도에 풍설. 기차가 불통」(『조선일보』 1925.01.14), 「북해도의 대풍설과 철도의 충돌 轢死.지척을 분별할 수가 없어서 생긴일 각처에서 사고가 계속 발생」(『조선일보』 1925.01.16) 등.

49) 이러한 사건들은 1894년 수인노동이 폐지되면서 다코방노동으로, 그리고 다시 1922년 청원순사제도로 정책이 전환한 것과 연동되어 있는 듯하다. 위의 기사는 각종 감언이설과 가불로 홋카이도로 노동자를 꾀어 극도의 노동착취·수탈을 행한 대상이 비단 일본인 노동자만이 아님을 보고하고 있다. 일제가 조선의 노동력을 착취한 것은 1939년 노무동원계획(勞務動員計畵)이 결정되기 이전인 것이다.
참고로 「大阪의朝鮮勞動者 去一日에 同盟會를 創立. 재류 조선인 로동자상황조사회와 일본 로동 총동맹에서 극력후원」(『조선일보』 1922.12.03), 「노동적금을 횡령. 조선노동자 60여명의 품삭 천여원을 횡령한자 매를 맞아서 생명이 위독. 대판」(『조선일보』 1922.

자로 하여금 북간도를 선택하게 만든 것일까.

「在外朝鮮人數, 78萬餘」(『매일신보』 1921.09.12)에 의하면 1920년대 초 '內地를 除하고 國外在住鮮人'은 70만2천1백 명이며, 그중 북간도 및 혼춘(琿春) 지방에 29만1천4백 명이 살고 있었다. 독립군의 근거지50)인 동시에 일제에 의하여 정치적·경제적으로 쫓겨나는 불모지51)였던 북간도는, 이후 중국과 일본의 세력 다툼의 장52)이 되거나, '됴선인', '지나인', '니디인' 모두 마적단으로부터 습격을 받던 곳53)이 되어버렸다. 김기훈도 지적하고 있듯 1931년 만주사변이 일어나기 이전 북간도 이민의 원인은 극도의 경제적 빈곤으로부터의 탈출과 정치적 억압으로부터의 해방이었으나, 그 특징은 극도의 빈곤으로 요약된다.54)

12.04), 「대동단결을 又復계획. 在大阪조선인명단체 이 단결이 실현되는 날에는 계급운동이 일어나리라고 당국에서는 대단히 주목중」(『조선일보』 1922.12.08), 「동맹회 창립의 경과. 大阪노동자 3만명이 여러가지 난관을 지나면서도 필경에는 설립을 하고야 말어 / 장내에 풍파忽起 / 회장내에 痛哭聲 / 署前에 회중殺到 / 재차로 총회개최」(『조선일보』 1922.12.08) 등의 기사를 보면 1922년경에는 홋카이도뿐만 아니라, 오사카(大阪)에서도 위와 같은 사건들이 속출했음을 알 수 있다.

50) 「연길현(북간도)의 독립군」(『신한민보』 1920.05.14), 「遠東近聞, 북간도에 있는 우리 독립군의 전투 정보」(『신한민보』 1921.02.03), 「民族一致의 民大 發起. 북간도에서까지 발기인이 되겠다고 벌써 승낙한 사람이백오륙십명」(『조선일보』 1923.01.13), 「홍업단의 연루? 북간도 지방에서 독립을 위하여 활동하는 단체, 시내 유교총부 안에서 잡아서 대구로 보내어」(『조선일보』 1923.01.15), 「북해 임시정부를 북경 지방에 이전?, 각 단체로부터 정부 경비 모집, 정부를 북경에 이전키로 결의」(『시대일보』 1925.05.17) 등.

51) 「皇天이 詛說한 평안, 황해의 飢餓가 徹骨한 同胞, 눈물을 뿌리면서 나서는 저 동포의 가는 곳이 어디, 북간도를 가자니 과격파」(『매일신보』 1920.05.14), 「북간도 한인 참상과 일본 군병의 만행」(『신한민보』 1921.04.07), 「최근 북간도 동포의 교육열. 재작년 일본 토벌대가 와서 난폭한 후로 이러한 교육열」(『조선일보』 1923.01.23) 등.

52) 「北間島의 日本警察, 북간도만 이십팔처의 다수재류 조선인 취체가 한 임무」(『동아일보』 1923.11.28), 「漸次 無能하여 가는 北間島의 倭警」(『독립신문』 1924.07.26), 「中日間에 衝突」(『독립신문』 1924.07.26) 등.

53) 「300의 馬賊團이 大擧하여 頭道溝를 襲擊한 詳報」(『매일신보』 1922.06.30), 「馬賊을 豫防코자 高粱재배금지, 北間道延吉道尹의 명령」(『동아일보』 1923.04.22) 등.

54) Kim, Ki-hoon(1992) 『Japanese policy for Korean rural immigration to Manchukuo, 1932-1945』 University of Hawaii, pp.42~54.

「가면 어디로 가나?」『조선일보』 1926년 3월　　「또 천여 명이 쫓겨나는구나」『동아일보』
12일자　　　　　　　　　　　　　　　1924년 4월 25일자

　　특히 1920년대 중반부터 조선(인)에게 있어서 북간도는, 일제로 직결
되는 '동척(동양척식주식회사)'에 의하여 빈농으로 전락한 농민들이 쫓겨 가
는 비참한 곳'55)으로 결코 이상향이 될 수 없다. 「北間島로 가는 同胞 再
昨日에 五十名, 팔십된 백발로인도 셕기어, 京畿一帶의 窮民들」(『동아일보』
1926.11.25), 「一月以來로 六百名이 離鄕, 김천에서 륙백명이 간도로 春窮에
몰려 北間島로」(『동아일보』 1929.04.22) 등의 기사에서 확인할 수 있듯이
「불꽃」에서의 '홋카이도'와 마찬가지로 그것을 대체한 「불꽃」에서의 '북
간도' 또한 1920년대 현실과는 동떨어진 이상향에 불과한 것이다.56) 다
만 차이가 있다면 한쪽은 내지에 속하는 자국이며, 다른 한쪽은 제국의

55) 이승희(2008), 전게논문, pp.77～118.
56) 그밖에 1920년대 북간도 이민의 실상은 「北으로 北으로 쪠저가는 동포」(『매일신보』
　　1926.12.01), 「北으로 北으로 뒤이워간다」(『매일신보』 1926.12.08), 「郭山窮民 數十戶도
　　北間島로 向發, 년래의 빈번한 한재와 수재 못 견디여 압일도 모르고 가 (郭山)」(『동아
　　일보』 1926.12.15), 「北으로 北으로 春風 등지고 가는 同胞, 재작일 오후 청량리를 떠난
　　楊平農民 十六名이 北間島로」(『동아일보』 1927.02.27), 「間島行(二) 金達鎭 北國寒天으로 漂
　　流하는 同胞들 元山서 淸津까지」(『매일신보』 1927.03.23), 「北間島가도 못살고 還鄕, 로
　　비가 업서저 도로에서 방황, 梨坪을 떠낫든 同胞」(『동아일보』 1928.03.20) 등의 기사를
　　통하여 확인할 수 있다.

신민들이 말하는 외지에도 속하지 않는, 생사조차도 보장할 수 없는 '人情風俗이 다른 異域'(「間島行 (二)」(『매일신보』 1927.03.23)이라는 점이다.

이러한 북간도는 문학 작품에서 종종 빈궁이 개인의식에 한정되기도 하고 초월하기도 하는 등 현실에 대한 작자의 태도를 보여주고 있다.[57] 이와 마찬가지로 현실의 반영도보다 작자가 그것을 어떠한 태도로 바라보았는가 하는 점에 주목했을 때 식민지기 제국 일본문학의 번역은, 북간도를 '내국 식민지화'되는 홋카이도 이미지와 오버랩 시키기도 하고 일본어 텍스트를 왜곡시키면서까지 식민지 상황을 노출시키면서 일본 제국을 <국가>로 의식하고 싶어 하지 않는 등 식민지 본국에 대한 피식민지인의 심리적 기제를 보여주고 있다.

5. 나오며

1920년대 『매일신보』는 조선인 노동자를 일본으로 유인하는 조선총독이나 고용자 측의 입장을 대변하는 기사를 내보내는 등 1910년대에 이어 여전히 조선총독부의 기관지 역할을 담당하였다.[58] 그런 점에서 『매

---

57) 최서해, 안수길, 박경리의 작품에서 북간도는 유토피아를 찾아간 한국인에게 빈궁만을 체험하게 한다거나 청국과 일본으로부터의 압박의 현장으로 빈궁의 원인이 되는 일본에 대한 대항이 독립운동으로 승화되어 사회적 · 민족적 각성을 환기시키는 장 내지는 뿌리 뽑힌 사람들의 외로움 속에서도 활기찬 생활의 터전으로 그려진다(김영동(1982), 「한국소설에 수용된 북간도」, 『새국어교육』 제35집, 한국국어교육학회, pp.300~311).

58) 『매일신보』는 고용자 측인 『팔번던보』 출처의 「근검저축을 爲主하는 八幡市의 조선인 촌, 일년에 오백명 가량은 돈을 모와 가지고 온다」(『매일신보』 1920.06.07)나 사이토 마코토(齋藤實) 조선총독의 말을 전하는 「滿顔에 미소를 머금고 九州 조선노동자의 생활상태를 말한다, 그 중에는 불량한 자도 있으나 고향에 땅을 장만한 자도 많다, 齋藤 총독의 車中談」(『매일신보』 1924.02.28) 등의 기사를 내보냈는데, 이는 조선인 노동자

일신보』가 「불꽃」을 연재한 것은, 일본 제국의 식민지 정책을 가감 없이 유포했던 신문사가 일제의 조선침략과 직결되는 자본의 문제59)를 전면적으로 다룬 텍스트를 내놓는 아이러니한 상황을 연출한 것이라 볼 수 있다. 「불꽃」 연재가 『매일신보』에 주는 부담이 결코 적지 않았음은 『京城新報』가 사회주의에 관한 기사를 게재한 것으로 간행 금지되었다는 당시 보고60)에서 미루어 짐작할 수 있다.

따라서 제국 일본문학을 번역한 「불꽃」이 삽화의 탁월함에 이야기의 재미를 더하거나 독자와의 커뮤니케이션을 시도하는 것은, 일제가 3·1 독립운동 이후 이른바 '문화정치'를 표방하면서 『동아일보』, 『조선일보』, 『시사신문』 등 조선어신문 발행을 허가하면서 1920년대 전까지 유일한 한국어 신문이었던 『매일신보』의 메리트가 사라진 때문으로 이해할 수 있다. 1920년대 당시 조선 신문미디어의 장이라는 문맥 속에서 「불꽃」의 연재는 신문사 간의 경쟁 속에서 매회 계속 읽힐 수 있는 거리를 제공해야했던 문단의 산물인 것이다.

그러한 「불꽃」은 형식적인 면에서 프롤레타리아와 부르주아지라는 「불꽃」에서의 대응항을 무너뜨렸으며, 작품과 작자 사이를 떼어놓았다. 일본어 텍스트에 비하여 다소 파격적인 번역 텍스트의 삽화 제공을 포함하는 누락·생략 및 가필은, 결과적으로 이야기의 재미를 더하거나 독자와의 커뮤니케이션을 시도하는 내용적 차이를 가져왔다. 그리고 가필이

를 일본 후쿠오카현(福岡縣)에 소재한 야하타제철소로 유인하는 전형이라 할 수 있다.
59) '근대 일본의 역사는 식민지 획득을 노려 인접국을 침략한 역사이다. 그것은 중국·조선을 표적으로 선진 제국주의 여러 나라와 경합한 까닭에 자본주의에 뒤쳐진 일본으로서는 어느 것 하나 급선무가 아닐 수 없었다'(木村常俊外(1996), 전게서, p.182)는 자국에 대한 진술이 말해주듯 일본 근대에 있어서 자본의 문제는 침략과 불가분의 관계에 놓여있다.
60) 朝鮮硏究會 編(1925), 전게서, p.170.

행해지는 지점에서 노동투쟁의 당사자는 더욱 의식화되었으며, 그 현장은 한층 사실적으로 묘사되었다.[61] 제4계급 문학으로서 「불옷」이 우위를 점하고 있는 것이다. 나아가 이 둘을 비교·검토하는 과정에서 단편적이나마 조선의 사회상을 엿볼 수 있었으며, 사상 단속 면에서 조선보다 일본이, 일본 내에서도 신문보다는 단행본 쪽이 더 강력히 대응하고 있었다는 사실을 확인하였다.

　조선식 인명과 지명, 그리고 번역자의 말이 독자로 하여금 「불옷」을 내지 일본이 아닌 당시 조선 현대 사회의 문제를 다룬 텍스트로 읽도록 유도하고 있더라도, 번역 텍스트의 계급문제는 조선 사회로만 수렴되지 않고 민족의 문제로 확장된다. 당시 피식민지 상황에 놓여있던 독자로 하여금 「불옷」은 굳이 상상하지 않더라도 동시대의 실재와 오버랩되면서 조선의 노동계급과 자본계급 간의 문제를 피식민지와 식민지의 문제로 인지하도록 유도하는 것이다. 단순하게만 보였던 언어의 대체가 피식민지 상황에 놓여있는 번역하는 주체의 입장을 대변하는 사례는 번역 텍스트 곳곳에서 발견된다. 문제는 「불꽃」과 「불옷」 모두 실상과는 달리 홋카이도와 북간도를 이상향으로 제시하는 일본 제국의 식민지 정책에 부합함으로써 자본주의에 대한 문제점 및 그로 인한 자본가와 노동자 간의 문제를 지적해야 할 프로문학에서조차 식민지 지배논리가 적용되어 있다는 점이다.

---

61) 번역자의 개입은 「불옷」 이전 『人形의 家』(한성도서, 1922.11)에서도 확인할 수 있다. 김재석에 의하면 이상수는 입센의 『인형의 집』을 번역하면서 읽기 편하면서도 재미가 있는 번역을 목표로 하였는데, 구어체 대사는 잘 구사되었으나 인물의 성격이 부분적으로 왜곡되는 단점이 나타나기도 했다. 참고로 김재석은 『人形의 家』가 중역이긴 하지만 번역자의 주체적 인식이 나타나있다는 점에서 중요한 의미가 있다(김재석(2012), 「1920년대 <인형의 집> 번역에 대한 연구」 『한국극예술연구』 36권, 한국극예술학회, pp.11~36)고 지적한 바 있다.

「불꽃」에서 아쓰시는 '문학을 가까이한 결과' 자신이 누리고 있는 혜택에 의문을 품게 되었고 결국 계급의식에 눈을 떴다. 이것이 평소 문학에 대해 갖고 있는 기쿠치 간의 사견이 반영된 것인지는 알 수 없으나, 문학의 사회개혁이라는 측면에서 당시 피식민지 조선(인)으로서 식민지 본국 일본(인) 사이의 문제점을 이해하는 경로로 작용했을 「불꽃」이 조선 사회에 수용되었을 의미는 어쩌면 작지 않았을 수도 있다. 어떤 이에게는 그저 선정적 내용의 통속소설로, 또 어떤 이에게는 프로파간다로, 혹은 이후 나카니시 이노스케(中西伊之助)의 『너희들의 등 뒤에서』(개조사, 1923.02)를 번역·발표한 「汝等의 背後로서」(『매일신보』 1924.06.27~1924.11. 08)가 피식민지 조선(인)이 인지했어야 할 냉엄한 현실인식에 대한 기회를 놓치게 하는 결과를 초래한 것[62]과 달리 피식민지로 자각할 기회가 부여되면서 일본 제국이 삶의 실제 상황으로 현시(顯示)되었는지도 모른다. 종종 '제국 일본'은 자명한 실체로 논해지곤 하는데,[63] 만약 그렇다면 그것은 어떻게 포착할 수 있는가? 그보다 앞서 '제국 일본'의 실체 유·무는 확인 가능한가? 이러한 물음에 대하여 일상적 레벨, 다시 말해서 번역이라는 글쓰기 작업에서 피식민지인의 심리적 기제를 보여주는 「불꽃」에서 그 단초를 발견할 수 있기를 기대한다.

---

62) 이민희(2012), 「일제강점기 제국일본 문학의 번안 양상-1920년대 『매일신보』 연재소설 「汝等의 背後로서」를 중심으로-」 『일본학보』 93권, 한국일본학회, pp.151~165.

63) 예를 들어 강상중은 <전후 '일본'의 재구축>에서 전후 '일본의 재구축' 논의는, 전전에 '제국 일본'이 있었고 이것이 식민지와 함께 '소실'되었다는 사실을 전제로 하고 있음에 주목해야 한다고 지적한 바 있다. 여기서 그는 근대 천황제 성립이 일본뿐만 아니라, 동아시아 전체에 군림하는 왕권의 확립이라는 점을 주지시키면서 전후 일본이 국민국가로 재생한 프로세스를 밝히고 있다(요시미 슌야·강상중 외(2013), 『냉전체제와 자본의 문화』 소명출판, pp.131~156).

제8장

한국인 최초의 일본어 탐정소설

김삼규의 「말뚝에 선 메스」

유재진

1. 들어가며

한국의 탐정소설사는, 20세기 초 '신소설'의 한 종류로서 범죄를 다룬 '정탐소설'이 등장하고 일제강점기에 들어서면서 본격적으로 일본에서 번안한 서양 탐정소설을 중역 혹은 번안하면서 시작하였다. 그리고 1930년대에 이르러서야 대중화되어 식자층들의 독서 취미 대상으로 자리 잡게 되어 대중문학의 한 축을 이루게 되었다. 하지만 대중문학의 주요 장르 중 하나인 탐정소설 혹은 미스터리에 관한 연구가 한국에서 시민권을 획득한 것은 최근의 일이다.[1] 다소 늦은 감은 있지만 한국 대중들이 즐

---

1) 국내의 탐정소설 관련 연구서를 소개하면 대략 다음과 같다.
　대중문학연구회(1997), 『추리소설이란 무엇인가?』, 국학자료원.
　오혜진(2009), 『1930년대 한국 추리소설 연구』, 어문학사.

겨 읽었던 문학 장르에 대한 본격적인 연구가 시작된 것은 매우 고무적
인 현상인데, 이마저도 한국(국토)에서 한국인(국민)이 한국어(국어)로 쓴 작
품만을 대상으로 하고 있다는 한계점을 안고 있다. 한국에서 한국인이
모국어로 쓴 작품을 연구대상으로 삼고 있는 것은 지극히 자연스러운 일
이지만 앞서 서술한대로 우리네 탐정소설 장르의 성립이나 그 전개 양상
을 고려할 때 당시 한국이 일본의 식민지하에 있었다는 상황을 사상(捨象)
할 수는 없다. 일국중심주의 문학관의 한계는 식민지기 탐정소설 연구에
있어서 사각지대를 만들어 버리게 된다는 점이다. 그것이 바로 식민지
조선의 일본어 탐정소설이고, 식민지기 한국인이나 재조일본인이 쓴 다
수의 일본어 탐정소설 혹은 미스터리 장르의 글들은 이제껏 그 존재조차
알려지지 않은 채 역사 속에서 매몰되고 말았다.

　식민지기 조선의 일본어 탐정소설은 주로 한국에 거주했던 재조일본
인들이 썼지만 그 중에는 한국인이 쓴 일본어 탐정소설도 있다. 그것이
바로 김삼규라는 인물이 경성에서 발행된 『조선지방행정(朝鮮地方行政)』이
라는 일본어 잡지에 1929년 11월부터 1930년 1월까지 3회에 걸쳐 연재
한 「탐정소설 말뚝에 선 메스(探偵小說 杭に立つたメス)」[2]라는 작품이다. 이 작
품은 종래 한국인이 쓴 최초의 일본어 탐정소설이라고 일컬어졌던 김내
성의 「타원형의 거울(楕円形の鏡)」(『프로필ぷろふいる』 1935. [3])보다 약 6년이나
먼저 발표되었고 한국 탐정소설사를 재고하기에 충분한 자료라 사료된
다. 왜냐하면 김내성의 「타원형의 거울」은 유학 중 일본에서 발표한 작

_____(2013), 『대중, 비속한 취미 '추리'에 빠지다』, 소명출판.
　대중서사장르연구회(2011), 『대중서사장르의 모든 것 3.추리물』, 이론과 실천사.
　정혜영(2011), 『탐정문학의 영역 : 식민지기의 환상과 현실』, 역락.
　최애순(2011), 『조선의 탐정을 탐정하다 : 식민지 조선의 탐정소설사』, 소명출판.
2) 「말뚝에 선 메스」 원문은 유재진・이현진・박선양 편역(2012), 『탐정취미-경성의 일본
　어 탐정소설-』, 도서출판 문에서 소개한 바가 있다.

품이기 때문이다. 1935년의 일본은 탐정소설 제2의 융성기[3]를 맞이하고 있었고 에도가와 란포(江戸川亂步)에 경도됐던 김내성은 근대도시 도쿄(東京)에서 일본의 탐정소설을 모델로 삼으며 탐정소설 전문잡지인 『프로필』에 이 작품을 투고할 수 있는 상황에 있었다. 반면 1929년의 식민지 조선은 겨우 한국인에 의한 창작 탐정소설(단정학의 「겻쇠」, 『신민』 1929.11~1931.6, 미완성)이 발표되기 시작한 시기이다. '내지' 일본과 '외지' 조선이라는 지리적 문화적 차이는 6년이라는 시간의 거리보다도 그 간극은 오히려 더 크다고 할 수 있겠다.

이에 이 글에서는 한국인이 최초로 쓴 일본어 탐정소설 「말뚝에 선 메스」의 작품소개와 이 작품을 동시대 식민지 조선의 한국어, 일본어 탐정소설과 비교 고찰하여 이 작품의 특징과 문학사적 위치를 고찰해 보고자 한다.

2. 한국인 최초의 일본어 탐정소설 : 김삼규 「말뚝에 선 메스」

「말뚝에 선 메스」를 게재한 『조선지방행정』[4]은 1922년[5]부터 간행한 일본어 월간지로 일본의 『지방행정(地方行政)』이나 만주의 『만주행정(滿州行政)』의 자매지이며 조선총독부 각부서의 간부들을 비롯해서 식민지 조선의 지방행정 담당자들이 다수 집필에 참여하였다. 평론이나 법령, 자료

---

3) 山前讓(2001), 『日本ミステリーの100年』, 光文社, p.94.
4) 이 잡지는 1893년에 교토(京都)의 출판업자 오오다니 니헤이(大谷仁兵衛)가 설립한 제국지방행정학회(현재 주식회사교세이(株式會社ぎょうせい))의 조선본부에서 발행했다. 이 출판사는 주로 식민지기 지방행정 관련의 연구서나 법규서, 예규집 등을 간행했다.
5) 1937년에 『조선행정(朝鮮行政)』으로 잡지명을 개정하였다.

집, 조선어 및 조선 문화의 소개, 공무원시험의 기출문제 등 제국일본의 식민지 행정이나 조선통치와 관련된 다양한 분야의 기사가 게재되어 식민지 행정에 관여한 기관이나 공무원 그리고 그 가족6)을 대상으로 한 잡지라 할 수 있다. 또한 이 잡지에는 충실한 문예란이 있어 매월 창작소설, 조선 고전소설의 번역, 소품, 한시, 와카(和歌), 하이쿠(俳句), 센류(川柳), 구어시 등 재조일본인이나 한국인이 집필 또는 응모한 작품을 소개하고 있다.

『조선지방행정』에 연재된 「말뚝에 선 메스」(1929年 11月~1930年 1月)는 셜록 홈즈를 동경하는 신문기자인 '나' 히라이시 쥬이치(平石十一, 왓슨 역)와 동료인 다니시로(谷城, 홈즈 역)가 연속부녀살인 사건에 휘말리게 되는 이야기이다. 경찰은 피해자들이 사살되었다고 단정짓지만 주인공 히라이시와 다니시로는 시체에 남겨진 미세한 방점을 단서로 사살이 아니라 청산가리에 의한 중독사라고 판단하고 범인이 의료관계자

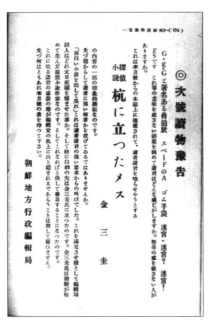

일 것이라고 추리한다. 이 두 탐정과 연구의(研究医)인 마키다(牧田)는 피해자 전원과 연분 관계에 있었던 미나미(南見)라는 연구의를 범인으로 의심

---

6) 가정란도 있어서 이상적인 주부상의 제시서부터 생활에 도움이 되는 지식이나 작은 팁 등이 게재되어 공무원 뿐 아니라 그 가족들도 독자층으로 상정하고 있었던 것 같다.

하게 된다. 미나미의 범행 증거를 수색 중 마키타는 병원에 입원 중이었
던 약혼녀를 미나미한테 살해당하고 그에게 죽음으로 복수를 하고 스스
로도 자살하는 것으로 사건은 일단락 지어진 것처럼 보였다. 하지만 실
은 마키타 본인이 이 연속살인사건의 진범이었고 뭇 여성들에게 인기가
많은 미나미를 질투하여 그와 연분이 있던 여자를 차례대로 특수 제작한
반지 모양의 주사위로 독살하고 이를 미나미에게 들키자 그마저도 살해,
더 이상 도망갈 길이 없다고 판단하여 자살하기에 이르렀다는 사건의 진
상을 마키타의 일기에 남겨진 유서에서 밝히면서 작품은 끝난다.

이 작품에는 연속살인사건의 발생, 의문의 스페이드 카드, 의학지식을
구사한 과학적 추리, 용의자 ─ 경찰은 화자인 히라이시를 용의자로 지목
한다 ─ 에서 범인 ─ 미나미 ─ 으로 그리고 겉과 속의 두 얼굴을 가진
진범 ─ 마키타 ─ 에 의한 진상 밝히기 등 충분히 탐정소설로서의 재미
를 갖추고 탐정소설의 문법을 구사한 작품이라고 할 수 있다.

이 작품은 "재미있는 작품을 보여 달라"[7]는 독자들의 요청을 받아들
여 "문예란의 진전"[8]을 위해서 신설하기에 이른 <신시대 독물(新時代讀
物)>란에 게재된 첫 작품이다. 「말뚝에 선 메스」가 게재된 전월 호에는
잡지 한 페이지를 할애해서 본지로서는 처음으로 작품 예고문까지 신고
대대적으로 이 작품을 선전하고 있다. 이 예고문만으로도 「말뚝에 선 메
스」에 대한 본지의 평가가 어떠했는지 짐작이 간다.

예고문의 "김삼규씨는 조선이 최초로 낳은 탐정소설가입니다"라는 단
언은 그리 틀린 말은 아니다. 즉, "김삼규씨는 조선이 최초로 낳은" 일본

---

7) 朝鮮地方行政編輯局(1929.10), 「◎次号讀物予告」, 『朝鮮地方行政』, 帝國地方行政學會朝鮮本部、
   p.174。
8) 西山向明生(1929.11), 「編輯室より」, 『朝鮮地方行政』, 帝國地方行政學會朝鮮本部、p.206。

어 탐정소설가이며 또한 후술하겠지만 최초로 오락 탐정소설을 쓴 작가
라고도 할 수 있겠다. 하지만 문제는 행정잡지가 전대미문의 예고문까지
실을 정도로 당시에는 어느 정도 평가받을 만큼 완성도 높은 탐정소설을
쓴 "조선이 최초로 낳은 탐정소설가" 김삼규라는 인물이 도대체 누구인
지 알 수 없다는 것이다. 이제까지 관련 학계에 이 작품의 존재가 알려
지지 않았던 것은 게재지인 『조선지방행정』이 『조선급만주(朝鮮及滿洲)』나
『조선공론(朝鮮公論)』과 같이 근래의 식민지 문학 문화연구에서 주목 받아
연구되어 온 잡지가 아니라는 이유도 있겠으나 김삼규라는 이름을 당시
의 식민지 조선의 한국어 문단에서도 혹은 일본어 문단에서도 전혀 찾아
볼 수 없기 때문이다. 현재 김삼규에 대해서는 "조선이 최초로 낳은 탐
정소설가"라는 선전문구 외에는 단서가 전혀 없다.9)

3. 「말뚝에 선 메스」와 한국어 탐정소설의 간극

「말뚝에 선 메스」가 당시의 한국어 탐정소설과 비교해서 얼마큼이나
이질적인 작품인지를 설명하기 위해서 잠시 한국의 탐정소설사를 개관
하겠다. 전술한 대로 1910년대 '신소설'의 일종으로 '정탐소설'이 등장
하였지만 정탐소설이란 조선에 들어온 근대적 인쇄기술과 유통방식의
발전에 따른 미디어 전략의 결과로서 작품의 구매욕을 자극하기 위해서
범죄 장면을 삽입한 소위 범죄소설의 한 종류라고 할 수 있다.10) 즉, 수

---

9) 식민지기 전후해서 언론가로 활약한 김삼규(金三奎, 1908~1989)와는 동명이인으로 판
단하고 있다. 이 작품이 발표된 1929년 당시 김삼규는 도쿄제국대학 문학부 독문학과
에 재학하고 있는 좌익성향의 유학생이었다.

수께끼가 제시되고 그 수수께끼를 이성적 추리에 의해서 설명한다는 '근대적' 탐정소설의 법칙은 정탐소설에서는 찾기 어렵다. 그리고 1912년 1월 보급서림에서 보아고베(Fortune du Boisgobey)작 민준호 역 『지환당』[11]이 최초의 번안 탐정소설로 출판되었고 이후 1910년에서 20년대에 걸쳐서 <셜록 홈즈 시리즈>, <루팽 시리즈>, <듀팡 시리즈>로 번안소설시대를 맞이하게 된다. 한편, 창작 탐정소설의 효시에 관해서는 아직 제설이 있으나 1920년 7~9월 『취산보림(鷲山寶林)』이라는 불교잡지에 게재된 독립운동가 박병호 작의 「탐정소설 혈가사」가 한국인에 의한 최초의 창작 탐정소설이라 할 수 있겠다.[12] 두 번째 창작 탐정소설이 전술한 1929년 11월에 발표한 단정학의 「겻쇠」이고 그 사이를 매우고 있는 것이 번안 탐정소설과 한국 아동문학의 창시자라 할 수 있는 방정환을 비롯한 아동문학가들이 창작 혹은 번역한 소년소녀를 위한 탐정소설(모험소설)이다. 「혈가사」의 초출본의 출처를 발견한 정혜영에 의하면 이 작품은 "외형은 근대적 문학양식인 탐정소설을 내걸고 있으면서도 내용은 종래 신소설의 전근대적 특성을 그대로 답습"하고 있는 "한계"가 있고 한국의 최초의 창작 또는 '근대적' 탐정소설은 1929년 11월에 발표한 「겻쇠」로부터 시작한다는 것이다.[13] 「겻쇠」에는 숫자 암호법, 완벽에 가까운 범죄

10) 고은지, 「정탐소설의 등장과 초기 창작 추리소설」, 『대중서사장르의 모든 것』, 앞의 책, p.150.

11) 원작은 보아고베 1988년 작 「고양이 눈(L'Œil-de-chat)」. 구로이와 루이코(黑岩淚香)가 번안한 『반지(指環)』(金櫻堂、1889)를 저본으로 하여 축약하고 의역한 작품이다. 한국에서 처음으로 구로이와 루이코의 번안 서양 탐정소설을 한국어로 번역한 작품이다. 박진영(2011), 『번역과 번안의 시대』, 소명출판, pp.220-221.

12) 정혜영, 앞의 책, p.239.

13) 정혜영, 앞의 책, P.244. 이건지는 「김내성이라는 비뚤어진 거울(金來成という歪んだ鏡)」, 『現代思想』(1995.2)에서 1923년에 발표한 박준표의 「비행의 미인」을 한국 문학 최초의 탐정소설이라고 언급하고 있으나 정혜영이 「비행의 미인」은 창작이 아니라 번안소설이라고 정정하고 있다.

사건, 의문의 살인, 범죄를 숨기기 위한 트릭 사용 등 「혈가사」와 비교해서 보다 '근대적' 탐정소설이라 할 수 있다. 하지만 「혈가사」에서 「겻쇠」에 이르는 1910년대서부터 1920년대까지의 한국 창작탐정소설의 특징은 그대로 계승되어 있다고 할 수 있다.

독립운동가인 박병호는 「혈가사」를 통해서 "민족계몽문학으로서의 탐정소설의 가능성"[14]을 찾으려 하였고 1920년대에 방정환 등이 쓴 아동용 탐정소설은 "세대적이고 집단적인 공감"[15]에 호소하여 역경을 이겨내는 주인공의 모습을 통해서 식민지 조선의 소년소녀들에게 "조국에 대한 뜨거운 의지와 독립을 기원하는 용기"[16]를 심어주려 하였다. 그리고 「겻쇠」는 탐정역할의 손우건이 <탐정=형사=일제의 밀정>이라는 설정인 반면 범인측이 중국내 조선청년혁명가들로 구성된 혁명단이라는 설정으로 결국 탐정인 손우건이 혁명단에게 붙잡혀 지금까지 그가 해온 반민족적 행위를 질타당하면서 사건의 진상이 밝혀지고 연재가 강제적으로 종료되고 만다. 정혜영이 지적한 대로 조선의 식민지 해방을 꿈꾸는 혁명단이 상하이의 일본 경찰국을 습격한다는 급진적인 작품 내용에서 왜 연재가 중단되었는지 그 이유를 추측해 보기는 어렵지 않다. 즉, 1910년대부터 20년대까지 한국어 탐정소설은 '민족계몽'의 문학이었고 식민지적 상황이 스토리를 구속하고 있는 구조였던 것이다. 이러한 탐정소설사의 흐름 속에 「말뚝에 선 메스」를 넣어 보면 거기에서 일종의 단절을 분명 확인할 수 있다.

예를 들어서 「겻쇠」의 탐정 손우건은 <탐정=형사=일제의 밀정>으

---

14) 정혜영, 앞의 책.
15) 최예순, 앞의 책, p.75.
16) 위의 책, p.76.

로 설정되어 있어 탐정 주체가 경찰이나 공권력과 불가분의 관계에 있
다. 「겻쇠」뿐 아니라 "본질적으로 식민지 조선에서 근대적 조사행위의
주체인 탐정은 셜록 홈즈나 에르퀼 포아로처럼 공권력으로부터 독립한
개인의 사생활을 보호하는 탐정주최가 아니었"17)던 것이다. 이는 수수께
끼를 풀기 위한 과학적 지식, 합리적 이성과 문제를 해결하는 당위성이
토착 네이티브인 식민지 조선인들에게 있었던 것이 아니라 근대적 법제
도와 과학 등으로 표상된 근대의 '지(知)'가 식민지 지배자측에 있었기 때
문이다. 피식민지인인 한국인이 등장하는 한국어 탐정소설에서 탐정주체
는 식민/피식민지라는 시대적 상황에 얽매여서 공권력과 대치할 수 있는
주체가 될 수 없었다. 반면 「말뚝에 선 메스」의 경우 탐정주체라고 볼
수 있는 두 명의 주인공 — 히라이시와 다니시로 — 은 분명히 경찰과 대
치하고 있어서 독자적인 조사를 진행하여 범인을 밝혀내고 있다. 탐정소
설에서는 전형적인 패턴으로 범인을 잘못 지목한 경찰과 경찰이 놓친 단
서로부터 진상을 밝혀내는 탐정의 모습을 이 작품은 보이고 있다.

　이처럼 내셔널 히스토리에 구속당하지 않을 뿐 아니라 식민지 조선인
혹은 무대로서의 조선이 전혀 등장하지 않는 민족적 색채가 탈색되어 수
수께끼를 푼다는 지적 유희만으로 스토리 진행을 유지하고 있는 「말뚝
에 선 메스」라는 탐정소설이 어떻게 당시의 조선에서 나올 수 있었는가?
「말뚝에 선 메스」를 한국어 탐정소설사에 놓고 보면 이질적이고 그 존재
자체가 수수께끼처럼 비춰지지만 같은 시대의 동일한 공간에 있었던 식
민지 조선의 일본어 탐정소설로 장을 옮기면 거기서는 일종의 동질성을
발견할 수 있을 것이다. 즉, 같은 조선이라는 공간에서 일본어로 창작되

---

17) 김지영(2011), 「'탐정'과 '탐정소설 취미'의 탄생」, 『신국어생활』.

었지만 식민지 조선인이나 배경으로써의 조선이 전혀 등장하지 않고 게다가 '민족'이나 '계몽'의 수단이 아닌 오로지 '유희'의 대상으로 쓰인 탐정소설이 당시의 한국에는 분명히 존재하고 있었다.

4. 재조일본인의 탐정소설

식민지 조선에서 발표된 일본어 탐정소설 중 양적으로 가장 많은 것이 재조일본인이 쓴 탐정소설일 것이다. 창작뿐 아니라 서양 탐정소설의 번역[18]이나 「혼마치 괴담」 등의 괴기소설, 독부물, 도적물, 범죄 실화, 혹은 일본에서 발표된 작품의 재게재, 그리고 1930년대 후반에는 탐정물을 대신한 스파이소설 등 다양한 일본어 미스터리가 식민지 조선에서 발행된 일본어 잡지에 게재되어 있었다.

이들 재조일본인이 쓴 탐정소설이나 그 부류의 특징은 무엇보다 아마추어리즘에 있다고 할 수 있다. 예를 들어 『조선공론』에 모인 <경성 탐정 취미회>[19]와 같은 모임이 좋은 예일 것이다. 탐정소설이 아마추어리

---

18) 『탐정 취미』에 번역 수록된 코난 도일 작, 구라모치 다카오(倉持高雄) 역(1925), 「탐정소설 의문의 죽음(探偵小說 謎の死)」, 『朝鮮公論』, 코난 도일 작, 요시노 세이센(芳野青泉) 역(1928), 「탐정소설 명마의 행방(探偵小說 名馬の行方)」, 『朝鮮公論』 등이 그러한 예이다.

19) 『조선공론』 1928년 6월 호에 게재된 「탐정취미의 회 선언」문을 소개하면 다음과 같다. "경성 탐정취미회는 발회식 같은 건 생략하고(그런 번거로운 일은 귀찮기 때문이다) 실제로 이미 경성에 존재하고 있다. 그리고 동인들 중에는 다방면의 면면들이 즐비한 것도 사실이다. 신문기자가 있는가 하면 화가도 있고, 형사가 있는가 하면 경부(警部)도 있다. 그리고 이 모임은 그림자 같은, 혹은 유령 같은 (요괴스러운 면도 갖춘) 존재이다. 하지만 우리들의 탐정취미회는 이렇기 때문에 재미있는 것일지도 모르고, 원래 탐정취미라는 것의 근간에는 요괴스러움이 항상 따라붙기 마련이다. 이 그림자 같은 존재가 분명하게 그 모습을 드러내게 되면 다행이다. 그리고 조선에서도 조선의 고사카이 후보쿠(小酒井不木)나 에도가와 란포(江戶川亂步)가 나온다면 세상은 더 재미있어

즘을 배경으로 성장한 클럽문화에서 발전한 장르[20]였다는 점을 고려하면 식민지 조선의 최상위 유한 소비계층이라 할 수 있는 재조일본인이 취미회를 결성해서 탐정소설을 창작한 것은 어쩌면 자연스러운 현상일지 모른다. 김삼규의 이름이 한국문학사에서 보이지 않는 것으로 미루어 짐작컨대 그는 작가가 아닐 가능성도 크다. 즉, 전업 작가가 아니더라도 탐정소설은 쓸 수 있고 혹은 써도 괜찮다는 가능성을 '경성 탐정취미회'와 같은 아마추어 작가들이 선례를 만들어주고 있었던 것은 아닌가?

두 번째 특징으로는 그들이 쓴 작품이 작가인 재조일본인이 실제 일상생활을 보내고 있는 식민지 조선의 로컬색—조선인이나 조선이라는 공간—을 탈색하고 있다는 점이다. 재조일본인이 쓴 탐정소설에는 일본 내지에서 유행한 모더니즘의 영향이 다분히 보여 변태취미나 일상을 벗어나고자 하는 욕망으로 인해 사건에 휘말리게 되는 재조일본인만이 전경화하고 조선인이나 조선 문화 등의 로컬색은 모두 배제되어 있다. 예를 들어 작품공간으로서는 주로 혼마치(本町)나 혼마치 뒷골목, 왜성대, 혹은 인천을 중심으로 한 일본인 거주 공간만이 등장하고 거기에는 구소련의 비밀경찰조직인 G.P.U.가 비밀 아지트로 사용하고 있는 카페(「여자 스파이의 죽음」)가 있고 미로 같은 소서문의 중국인 거리에는 "경성부 지도에도 실려 있지 않은 비밀 지하실"이 있어 중국인이 보석의 이미테이션을 만들고(「세 구슬의 비밀」) 있는 것이다. 일본어 탐정소설에 그려진 경성은 러시아의 미인 스파이나 중국인의 밀매자가 암약하고 일본인의 변태성욕자가 범죄를 일으키는 다국적이고 이국적인 공간이다. 이처럼 재

질 것이다. 다음에 소개할 작품은 제1회 추천작이다. 우선 이런 작품에서부터 조금씩 출발하여 마침내 본격물까지 나아갈 수 있다면 우리들의 기쁨은 지대할 것이다. 마쓰모토 데루카(松本輝華).

20) 高橋哲雄(1989), 『ミステリーの社會學』, 中央公論社, pp.16-21 참조.

조일본인이 그린 탐정소설에는 「말뚝에 선 메스」처럼 식민지의 네이티
브나 로컬색이 완전히 불식되어 있는 것이다.

재조일본인이 쓴 탐정소설사 흐름 속에 「말뚝에 선 메스」를 놓으면
이상과 같은 동질성을 확인할 수 있다. 실제로 「말뚝에 선 메스」를 게재
한 『조선지방행정』에는 이미 재조일본인의 탐정소설(木內爲棲, 「探偵小說 深
山の暮色」,[21] 『朝鮮地方行政』, 1928.4)이 게재되기도 하였다.[22] 이상의 고찰로
부터 「말뚝에 선 메스」는 작가가 한국인이었다 하더라도 한국어 탐정소
설과 이질적인 작품이라는 것을 확인하였고 이 작품은 오히려 식민지 조
선의 '일본어 문단'이 존재하였기 때문에 나올 수 있었던 작품이었다고
할 수 있을 것이다.

5. 식민지 조선에서의 '내지' 탐정소설의 유통

식민지 조선에서 한국인에 의한 그러나 한국어 탐정소설과는 이질적
인 일본어 탐정소설이 나오는 것을 가능하게 한 또 하나의 요인은 식민
지 조선에서의 '내지' 일본 탐정소설의 유통을 들 수 있다. 당시 조선에
서는 '내지'에서 발표된 탐정소설이 책이나 일본어 잡지에 게재되어 식
민지 조선에서도 읽히고 있었다. 예를 들면 고사카이 후보쿠(「변태심리와
범죄(変態心理と犯罪)」, 『朝鮮地方行政』, 1926.5)나 에도가와 란포(「탐정취미(探偵趣味)」,
『朝鮮及滿州』, 1927.1) 등의 에세이나 모리시타 우손(森下雨村)(「단편 탐정소설 보

---

21) 재조일본인이 쓴 탐정소설 중 유일하게 조선인이 범인으로 등장한다.
22) 재조일본인은 아니지만 사가와 슌푸(佐川春風, 모리시타 우손)의 작품 「단편탐정소설
   보석을 노린 남자」,(『朝鮮地方行政』 1928.3)의 작품도 게재되어 있다.

석을 노린 남자(短篇探偵小說 寶石を狙ふ男)」,『朝鮮地方行政』, 1928.3)의 소품 등이
식민지 조선에서 간행된 일본어 잡지에 게재되었다. 또한 1929~1930년
『동아일보』의 신간 소개란에는 헤이본샤(平凡社)의 <세계 탐정소설 전집>
이나 <루팡 전집>의 광고문[23]이 여러 회 소개되었고 「말뚝에 선 메스」
가 발표된 1929년 『경성일보』의 광고란만 해도 가이조사(改造社),[24] 헤이
본샤,[25] 슌요도(春陽堂)[26] 등에서 간행한 탐정소설전집의 광고문이 여러
차례 실려 있는 것을 확일 할 수 있다. 나아가 1929년 12월 26일자『동
아일보』의 <독서고문>란에서 "探偵小說로서朝鮮文과日本文著書를가르처
주십시오"라는 독자의 질문에 대해서 "아즉朝鮮文著書는듯지못하얏습니
다 日本文으로는平凡社의出版物인世界探偵小說全集이잇습니다"라는 응답을
하고 있는 기사가 있다. 이러한 광고문이나 신문 기사를 통해서 1929년
당시, 일반 독자들이 탐정소설에 관심이 있었다는 사실을 우선 확인할
수 있고 두 번째로 한국어로 쓰인 탐정소설은 별로 읽히지 않았고 오히
려 일본에서 출판된 탐정소설 전집이 훨씬 널리 알려져 있었다는 상황을
엿볼 수 있다.

한국의 신소설 작가들이 일역된 서양의 탐정소설을 재번역 혹은 번안
하면서 한국에서의 탐정소설의 수용과 창작이 시작된 것은 주지의 사실
이다. 하지만 앞서 보아온 것처럼 식민지 조선의 식자층이나 독서계에서
일본에서 쓰인 창작 탐정소설이 보다 넓게 침투되어 있었던 상황을 고려

23) 김종수, 「식민지 탐정소설 서적의 유행과 굴절」, 대중서사장르연구회, 앞의 책, p.210.
24) 1929년 6월 12일, 25일자『경성일보』에 가이조샤판 <일본탐정소설전집(日本探偵小說全集)>(전20권), <고사이후보쿠전집(小酒井不木全集)>(전 8 권)의 광고가 게재되어 있다.
25) 1929년 6월 16일자『경성일보』에 헤이본샤판 <세계탐정소설전집>(전20권)의 광고가 게재되어 있다.
26) 1929년 6월 18일자『경성일보』에 슌요도판 <탐정소설전집>(전24권)의 광고가 게재되어 있다.

하지 않으면 안 된다. 즉, 김삼규와 같은 전업 작가가 아닌 일본어 탐정 소설 창작 주체가 출현 가능할 수 있었던 것은 식민지 조선에서 일본어 탐정소설의 유통과 수용이라는 식민지라는 상황을 통해 주어진 월경과 확산이 있었기에 가능하였다.

6. 나오며

이상과 같이 식민지 조선의 일본어 탐정소설의 유통과 그 수용이 「말 뚝에 선 메스」와 같은 일본어 탐정소설의 창작을 가능하게 한 것은 아닐 까? 이는 당시 조선에서 한국인에 의한 일본어 창작이 「말뚝에 선 메스」 외에도 여럿 있었다는 상황으로도 납득이 갈 만할 것이다. 「말뚝에 선 메스」가 발표된 1929년을 기준으로 살펴보면 그 숫자는 많지 않지만 — 주요 잡지에 게재된 작품이 약 8작품 정도 — 27) 그 중에는 「말뚝에 선 메스」와 같이 일본인을 화자로 하고 있는 작품(한재희 「아사코의 죽음(朝子の 死)」, 『朝鮮公論』, 1928.2)도 있다.

한국인이면서 일본어를 자유로이 구사하고 일본인 화자를 통해서 이 야기를 전하는 이들 작자에게는 더 이상 스스로를 식민지적 상황에 놓인 '피식민지인'이라는 인식은 개입하고 있지 않다. 단정학의 「겻쇠」가 추

---

27) 李壽昌(1924), 「愚かなる告白」, 『朝鮮公論』.
　　　　(1924), 「惱ましき回想」, 『朝鮮及滿州』.
　　　　(1925), 「或る鮮人求職者の話」, 『朝鮮公論』.
　　　　(1927), 「街に歸りて」, 『朝鮮公論』.
　　　　(1927), 「或る面長とその子」, 『朝鮮公論』.
　　韓再熙(1928), 「朝子の死」, 『朝鮮公論』.
　　丁旬希(1928), 「演奏會」, 『朝鮮及滿州』.

리보다도 혁명단의 활약극에 치중하다 탐정의 정체가 드러나 버리고 반대로 혁명단에게 설득을 당하는 등 작가의 피식민지인으로서의 의식이 닻처럼 이야기 전개를 구속하고 있는 만큼 탐정소설로서의 '유희성-재미 놀이'가 줄어든 것이다. 한편 「말뚝에 선 메스」는 식민지적 상황이라는 닻을 잘라낸 만큼 탐정소설로서의 재미를 확보할 수 있었던 것은 아닐까? 「말뚝에 선 메스」에 보이는 이러한 망각에 의한 부유성은 식민지에 유입된 '내지' 일본문학의 유통과 그 수용, 그리고 재조일본인이라는 작가들의 존재들에서 기인한 것으로 판단된다.

1930년대에 들어와서 사회주의 탄압에 의한 문단이나 사회 전반에서의 이념의 퇴조와 문단에서의 집단적 조직 활동이 불가능하게 됨에 따라 『별건곤』(1926), 『신동아』(1931), 『조광』(1935) 등 대중을 위한 잡지에서 많은 신인을 배출하였고 대중문학 융성기를 맞이하게 된다. 탐정소설은 새로운 취미 혹은 유희의 대상으로서 대중문학의 한 축을 이룰 만큼 융성하여 1930년대 식민지 조선에서 '탐정소설 붐'이 도래하게 된다. 1929년 말 한국인 작가 김삼규의 「말뚝에 선 메스」의 출현을 가능하게 한 요인은 1930년대의 식민지 조선에서 '민중계몽'이나 제국주의에 대한 저항문학으로서가 아닌 탐정소설의 문법을 구사한 유희의 문학으로서의 탐정소설의 창작과 향유가 있었기에 가능하였던 것이 아닌가 싶다.

제9장

유진오의 이중언어문학에 투영된 조선 표상

일본어 작품 「황률(かち栗)」, 「기차 안(汽車の中)」,
「할아버지의 고철(祖父の鐵屑)」을 중심으로

김 욱

1. 서론

본 연구는 유진오에 있어서 이중어 글쓰기와 이중언어문학[1]이 어떤
의미를 가지고 있었는지 알아보고 그가 일본어로 창작한 세 작품에 대한
분석을 토대로 하여 과연 유진오의 일본어 소설 텍스트가 어떤 의미를
발신하고 있는지 분석하는 글이다. 먼저 식민지 지식인이자 근대 작가인
유진오에게 이중어인 일본어가 어떻게 내재화되었는지 그 도정을 살펴
본다. 이후 일본어 작품 분석으로 들어가 시대 순으로 「황률(かち栗)」, 「기
차 안(汽車の中)」, 「할아버지의 고철(祖父の鐵屑)」을 텍스트 중심으로 다루어

---

[1] 본문 내 인용문에는 이중언어문학에 대응하는 다양한 용어가 나타난다. 때문에 불가피
하게 전문을 인용할 경우에는 인용문 그대로 옮기되 그렇지 않은 부분에서는 이중언어
문학이라는 통일된 언어를 사용하도록 하겠다.

분석해 보려 한다. 특히 뒤의 두 작품은 「남곡선생(南谷先生)」과 더불어 그동안 친일문학작품으로 알려져 있었으나, 시라카와(白川)가 언급하였던 것처럼 『국민총력』과 『국민문학』에 게재된 작품 「汽車の中」, 「南谷先生」, 「祖父の鐵屑」는 게재 잡지의 성격상, 더불어 유진오 스스로 "강요되어 쓴 글"이라 말하고 있던 점으로 보아도, '친일적'인 작품일 가능성이 예상되었지만, 실제로 이들 작품의 내용을 보면 전체적으로 보아 '친일작품'이라고 말할 수 있는 작품은 없었다[2]는 사실에 주목하고 있다. 특히 「할아버지의 고철」은 유진오의 일본 소설을 연구한 학자들 사이에서도 빠트리거나 간과해 온 부분이 많아 거의 선행연구가 이루어지지 않고 있었던 작품이기도 하다. 앞에서 언급한 세 작품 모두 '조선'이라는 키워드와 맞물려 있으며, 일본어로 쓰였음에도 조선 문화의 정체성이 뚜렷하게 드러나고 있다. 오히려 일본인들에게 널리 부각되어 있었던 부정적인 조선 인상과 부딪히는 표상들이 과하다 싶을 정도로 드러나는 점은 시사하는 바가 크다고 생각한다.

유진오는 일본인이 갖고 있는 부정적인 조선상에 대해 경계하던 식민지 지식인 중 한 사람이었다. 그것은 경성제대를 수석 입학하여 예과와 법과 과정을 공부한 후 겪었던 식민지 지식인의 좌절감[3]에서 기인한 것으로 보인다. 특히 그는 일본 문예란 사설에서 "일본의 많은 사람들은 조선인들이 은혜를 모른다고 하지만 그것은 극히 일부의 조선인들만을 보고 말한 것"이라며 일본인들에게 직접적으로 호소하기도 하였으며, 「기

---

2) 白川春子(2007), 「兪鎭午の日本語小說について」, 下關市立大學, p.237.

3) 조선 제일의 엘리트 코스를 걸어 온 그였지만 대학 졸업을 앞둔 1928년에 식민지인으로서의 첫 좌절을 경험한다. 당시 그는 경성제대 민사소송법 교수로 추천을 받았는데, 교수회의에서 조선인이라는 이유가 원인이 되어 제의가 부결되고 말았다. 이어서 경성지방법원장이 판사로 특별 임용하겠다고 했으나 이 또한 조선인에 대한 시선에 부담을 느껴 거절하게 된다.

차 안」과 같은 작품에서 일본여성이 기차 안에서 조선인을 만나고 조선의 풍경을 바라보며 지금까지 가졌던 선입견을 돌아보는 내용을 담아내기도 하였다.

따라서 본 연구는 유진오가 지은 세 편의 일본어 소설을 구조적으로 분석하여, 창작 의도가 갖는 시대적 의미를 단순히 일제에 대한 협력이나 저항이라는 피상적 규정을 넘어서 보다 정밀하고 심도 있게 규명하고자, 작가의 이중언어문학의 창작 의도와 작품에 드러난 조선 표상을 면밀히 살펴보고자 하는 데에 있다. 이와 같은 연구가 친일 문학행위를 한 친일작가로서 한정적으로 규정되어 왔던 기존의 작가상을 수정하고 보다 정확하고 진실한 작가상을 제시할 뿐 아니라, 한국 식민지기 작가와 작품에 대한 인식의 지평을 확장해 줄 것이라 믿으며 부족하나마 기존 한국문학사의 주변에 머물러 있던 일본어 문학의 위치를 다시 탐색해 볼 수 있는 기회가 되었으면 한다.

2. 본론

(1) 이중어 글쓰기와 유진오

한반도에서의 이중어 글쓰기, 즉 한국어를 사용하는 이들의 공동체 집단에 외부의 언어에 지나지 않았던 일본어가 급격하게 유입된 것은 19세기 말부터였다. 하지만 이때까지만 해도 한민족의 일본어 사용은 정치와 교육의 측면에서 다루어진 바가 크며, 모어인 한국어의 존재에 실질적인 위협으로 자리매김한 것은 한일합방 이후라 할 수 있다. 더불어 사회·문화적인 교양어로서 이중어 글쓰기의 보편성을 획득하고, 일본어 사용의 당위성 획득으로 한국어와 일본어의 위치가 전복되기 시작한 것은 한일합방 이후 1911년 제1차 조선교육령에서 일본어를 '국어'로 규정하고 공용어로 사용할 것을 명문화하면서이며, 1919년 3·1운동 이후 전개된 조선총독부의 문화통치시대에 이르러 일본어 글쓰기 장려가 실질적인 식민지 장악의 도구로 사용되었다고 보는 것이 지배적인 언설이다. 정백수(2000)에 의하면 이른바 내선융화(內鮮融和)의 문화정책을 배경으로 하는 제2차 교육령(1922.02)에는 '국어를 상용하는 자'와 '국어를 상용하지 않는 자'를 구별하는 교육정책이 제시되었다. 이 정책은 외관상으로는 일본어와 한국어교육의 동시적인 실시를 보장했으나, 실질적으로는 식민자인 '내지인'과 피식민자인 '조선인'의 차별을 명문화하는 결과를 초래했다고 보인다. 이후 중일전쟁이 본격화되는 정치적인 상황 하에서 공포된 제3차 교육령(1938.03)은 국어(일본어)에 의해 식민지사회를 전면적으로 통합하는 것을 목표로 설정하였다. 학교교육에서 한국어가 전면적으로 폐지되면서 식민지 조선의 이중어 사용은 한국어와 일본어가 동시적으로 병존하는 상태를 묵인하던 상황에서 점차 일본어로의 단일화로 강제해 나가는 상황으로 이행해 나갔다고 할 수 있겠다.[4]

그렇다면 문학에서는 이러한 이중어 글쓰기가 어떤 양상으로 나아갔는가? 주지하다시피 한국문학에서 신소설의 효시로 일컬어지는 「혈의 누」의 작가 이인직이나 근대소설의 선구적 역할을 한 「무정」의 이광수나 모두 일본문학의 영향을 지대하게 받은 식민지 지식인들이었다. 뿐만 아니라 일본어가 정치적이나 교육적인 차원에서 종용되기 이전에도 신문물

---

4) 정백수(2000), 『한국 근대의 식민지 체험과 이중언어 문학』, 아세아문화사, pp.19~20 참조

의 통풍구로서 혹은 외지인들과의 교류 수단으로서 일본어가 자발적으로 사용되기도 하였다.

김윤식은 1930년대 후반까지 국민국가(nation-state)의 논리에 입각한 한국어로서의 문학이 지배적인 상황에서 알게 모르게 국민문학을 수행해 온 문인들이 일제가 국민국가의 언어적 행사를 한반도에 시행하면서 두 가지 혼란을 겪었다고 밝혔다. 첫째는 국민문학으로서의 근대문학의 종언이다. 한국어를 사용할 수 없는 상황에서는 문학을 할 수 없고, 그럼에도 불구하고 미래의 국민(민족) 국가를 꿈꾸며 절필하고 이와 동시에 무의식의 범주에서 이루어지는 창작과 미래의 발표를 위해 한국어 글쓰기를 지속해야 하는가에 대한 의문에 다름없다. 그리고 그 둘째는 국민국가를 넘어선 곳에서 이루어지는 문학의 영역창출에 대한 고민이다. 조선 작가들이 불가피하게 상상적인 공동체인 국적을 떠나 종주국의 언어를 배워 이로써 문학적인 행위로 나아감이 그 영역인 바, 자기 본래의 모어 문학이 내면화된 상태인 만큼 넓은 뜻에서 이를 이중어 글쓰기(bilingual writing)의 범주라 할 것이다. 이와 같은 양식은 '국적불명의 요성(妖星)'이라는 표현처럼 자칫 위치불명한 곳으로 표류하는 문학으로 전락할 위험 요소를 안고 있다.5) 이 '국적불명의 요성'이라는 표현이 들어맞는 것은 초기 한국 근대문학의 전개과정을 보면 쉽게 파악할 수 있다. 이광수와 같은 중급 이상의 일본어 사용이 가능했던 지식인 작가들은 왕왕 일본어 글쓰기를 통하여 기고 활동을 했다.

유진오 같은 경우에도 1927년『조광(朝光)』을 통해 소설을 창작하기 전 「뮤즈를 찾아서(ミューズを尋ねて)」(1925)와 같은 평론을 일본어로 작성하였고

---

5) 김윤식(2003), 『일제 말기 한국 작가의 일본어 글쓰기론』, 서울대학교 출판부 참조.

이 밖에도 어느 정도 일본어 구사가 자유로웠던 문인들은 습작기 혹은 한국어 창작기 중에도 일본어 작품을 발표하곤 했다. 하지만 각 작가들의 큰 흐름으로 볼 때 일본어 글쓰기는 부수적인 창작형태에 그쳤으며 한국어 창작이 왕성했던 1920-30년대 중반까지는 거의 모든 한반도 작가들이 한국어 글쓰기를 통한 국민문학을 형성하였다고 할 수 있다. 한반도에서 이중언어문학이 본격화된 것은 재차 언급하지만 중일전쟁 이후 조선총독부의 통제가 강화된 이후부터이며 김사량, 장혁주와 같은 일본어 창작이 한국어 창작보다 왕성했던 몇몇 작가들을 제외하고는 자신의 작품이 '국적불명의 요성'과 같은 처지로 전락하는 것을 은연중에 꺼리며 굳이 일본어를 통한 창작활동에 매진하지 않았던 것이다.

한편 1930년대 후반의 상황은 한국어 글쓰기에 불리하게 작용하였다. 일본어 글쓰기는 이제 선택이 아니라 의무가 되었으며 일제의 아시아 침탈야욕을 내재화한 대동아공영권의 논리와 한국어 출판의 엄격한 제한6)

---

6) 조선총독부는 내선일체, 황국신민화를 강화하기 위해, 특히 일본어 사용을 중시하면서 '일한양어동계론(日韓兩語同系論)'으로 언어의 내선일체를 역설하였다. 1937년 2월, 내무국장이던 오다케[大竹十郎]는 각급 관청에서 조선어 통역의 폐지와 함께 일어의 상용을 엄명하였다. 또한 4월부터 미나미[南次郎]는 각급 학교에서의 조선어 교육을 폐지해버렸다. 이후 1938년 7월, 총독부는 용지 절약을 이유로 도서 통제를 강화하면서 회보, 선전지, 기관지 등 각종 조선어 출판물을 통합, 폐간 혹은 감면시켰다.

1939년 8월에는 이 같은 도서 통제의 전면적 확대 실시 방침이 발표되었다. 이리하여 1940년 8월 『동아일보』, 『조선일보』가 폐간당하고, 1941년 4월과 5월에는 제1회 잡지 통제로 『문장』, 『사해공론(四海公論)』 등 21종의 잡지가 폐간되었다. 한편으로 조선 논단(論壇)과 문단의 전면적 일어화 작업이 진행되었다. 이러한 방침에 의해서 1939년 1월 박희도(朴熙道)가 사장인 일본문 종합 잡지 『동양지광(東洋之光)』이 창간되었다.

1941년 11월에는 최재서 발행으로 『국민문학(國民文學)』이 창간되는바, 이들이 조선 문학 일어화에 앞장섰던 잡지들이다. 이리하여 1937년 이후 조선어 박해의 반대 측면에서의 일어 보급 운동이 날로 극성을 더해가고 있었다. 조선인 일어 해독자의 비율은 1933년의 7.8퍼센트가 1938년에 12.4퍼센트, 1941년에는 16.6퍼센트인 3백97만 2천여 명으로 격증한다. 더욱이 1942년 조선어학회사건이 있은 이후 1943년이 되면 '국어(일본어) 보급 운동'이 대대적으로 전개된다.(임우기 외(1997), 『토지사전』, 솔출판사 참조)

은 모어의 정체성마저 흔들리게 만들었다. 이중언어 사회에서 '국어'라는 용어의 혼란이 야기하는 언어적 상황은 생각보다 막대했다. 그 여파는 오늘날에까지 영향을 끼치고 있으며, 적어도 문학의 영역에서는 1930년대 후반에서 해방 전까지의 문학사에 대한 처리가 아직까지도 미궁에 빠진 상태이다. 식민지주민의 입장에서 보면, 이러한 이언어(二言語)상황은 19세기까지 한갓 외부의 언어에 지나지 않던 일본어가 제국주의적 국가권력에 편승하는 언어내셔널리즘에 의해 <國語>로서 사회전체에 강요됨으로써 전개되는 것이다.7) 민족 혹은 국가라는 이름의 상상의 공동체가 전제하는 중요한 요소 중 하나가 언어라면, 이와 같은 국어의 전복은 자칫 수천 년의 역사를 통해 형성되었다고 믿어 마지않는 한 민족 집단의 정체성을 송두리째 뒤엎는 결과에 이르고 말 것이다. 이와 같은 민족성의 훼손을 막기 위해 식민지 지식인들은 지배자가 발신한 내선일체론의 이데올로기를 거꾸로 다민족대국가 안에서 조선인집단의 주체화논리로 전유하였다. 조선문화의 독자성을 강조하고, 동일자로서 조선을 유지하며 제국의 내셔널리티를 획득하려는 전략을 취한 식민지 말기 조선 지식인들의 담론은 다민족대국가 내부에서 주체화 방안을 모색하는 논리였다8)는 말이다.

식민지 지식인으로서의 유진오도 이와 다르지 않았다. 그가 1940년대에 이르러 심취했던 사상이 있었으니 바로 일본 제국주의 최대 산물인 대동아공영론에 입각한 <대동아공영권(大東亞共榮圈)>이다. <대동아공영권>이란 태평양전쟁 당시 일본이 내세운 슬로건으로, 아시아 지역에서 공존공영의 신질서를 세운다는 기치 아래 이를 정당화시키기 위한 사상

---

7) 정백수, 앞의 책, p.16.
8) 정종현(2011), 『동양론과 식민지 조선문학』, 창비, p.136.

이었다. 때문에 정치, 외교 그리고 태평양 전쟁 전반에 '대동아공영권'이라고 하는 개념이 이용되었으며, 잡지 등의 미디어를 통해 이 '대동아공영권'을 언설로서 유포시키는 역할을 완수한 것이 교토 학파의 철학자들이었다. 교토 학파의 중심인물이었던 니시타니 게이지(西谷啓治), 고야마 이와오(高山岩男), 스즈키 나리타카(鈴木成高) 등은 종합 잡지뿐만 아니라 지식인 전용의 사상 철학 잡지『사상(思想)』에 논문을 기고하며 대중과 지식인 쌍방에 대해 <대동아공영권> 개념을 보급시켜 갔다. 교토 학파의 철학자들은 일반 대중에까지 <대동아공영권> 구상을 전파하여, 이 이념에 정책 결정 과정으로서의 논의를 넘어선 '역사 철학적 실체'를 주는 데 결정적인 역할을 담당하고 있었다고도 말할 수 있다.[9] 이렇게 일본이 만들어낸 <대동아공영권>은 외관에 지나지 않고, 전쟁 수행을 위한 자원, 자재, 노동력의 조달과 각국의 외교, 군사 협력을 얻기 위해서 이용된 논리일 뿐이었지만, <대동아공영권>의 근간이 미영(美英)으로 대표되는 서양세력에 대한 반제국주의였으며 동양 평화와 각국의 자주 독립에 있었기에 대동아 회의의 목적이 그것을 내외에 알리게 하는 것에 있던 이상, (각국의 자주 독립이라는 개념에 조선과 대만은 포함되지 않았음에도 불구하고) 조선의 지식인들 중에서 그것을 적극적으로 받아들이는 이들이 생겨나게 되었던 것이다.

　식민지 민족의 정체성과 관련하여 베네딕트 앤더슨은 그의 저서『상상의 공동체』(1983)에서 아래와 같이 서술한 바가 있다.

　　그러나 이중언어를 사용하는 지식인으로서, 무엇보다도 20세기 초 지식인으로서, 그들은 교실 안에서나 밖에서나 일세기가 넘는 아메리카 대

---

9) 河西晃祐(2012),『帝國日本の擴張と崩壞』, 法政大學出版局 참조.

류과 유럽 역사의 격동적이고 혼란스러운 경험에서 민족, 민족됨, 민족주
의의 모형에 접근할 수 있었다. 이 모형들은 차례로 수천의 미완성의 꿈
에 구체적인 형태를 부여하는 데에 기여했다. 다양한 결합에서 크리올,
지방어 그리고 관주도 민족주의의 교훈들은 모방되고, 채택되고, 개진되
었다. 마지막으로, 자본주의가 물리적 지적 통신수단을 급속도로 변형시
키자 지식인들은 글을 모르는 대중에게 뿐만 아니라 다른 언어를 읽을
줄 아는 대중에게도 상상의 공동체를 선전하는 데에 인쇄물 사용을 우회
하는 방법을 발견했다.10) (주 : 강조는 필자)

　이에 따르면, 제국의 언어와 식민지의 언어를 구사할 수 있는 원주민
이, 학교와 관리직에 초청받아 '식민 국가'의 발달에 일조하면서, 한편으
로는 각 조직의 실질적인 권한을 가진 이사회(理事會)에는 배제당하는 '식
민자본주의'에 소외감을 느끼며 제국 지배하의 외로운 지식인 계층이 되
었다고 서술되어 있다. 때문에 이들은 반제국주의 성향의 식민지 민족주
의의 중요한 초기 대변자가 되었으며, 여기서 이중언어를 사용하는 식민
지 지식인들은 언어를 사용해 제국과 식민지 양쪽의 인쇄물에 상상의 공
동체를 선전하였다. 그렇다면 1940년 전후의 식민지 조선의 지식인들이
조선민족의 긍정적인 표상을 선전하려고 했던 부분과, 일본이 주창한 대
동아공영권으로서의 공동체에 동화되어 선전에 참여하였던 부분을 동시
에 보여주는 것은 어떻게 설명될 수 있는가? 그것에 적확하게 들어맞는
예가 바로 유진오에 다름 아니다.

　유진오는 당대 조선 최고의 엘리트로 쟁쟁한 일본학생도 들어가기 어
려웠던 경성고보에 진학하여 경성제대 예과에 수석 입학한, 식민지 교육
을 가장 철저하게 이수한 인재였다. 조선 제일의 엘리트 코스를 걸어 온

---

10) 베네딕트 앤더슨 저, 윤형숙 역(2002), 『상상의 공동체』, 나남출판, pp.180~181.

그였지만, 조선인이라는 이유로 경성제대 교수임용회의에서 거절당하는 등 천재임에도 이등 국민의 삶을 살아야했던 그에게 있어서 조선민족의 위치상승은 지상 최우선의 과제가 될 수밖에 없었다. 교육자이자 법조인의 길을 포기하고 본격적인 문학가의 길을 걸었던 유진오였지만, 조선총독부의 통치가 강화된 시기에 이르러 일본어에 능통한 조선인으로 이른바 식민통치의 협력자로 상정되었음은 자명한 바이다. 유진오 또한 일제의 통치 구조에 조선 민족의 지도자로서 포섭되기 쉬울 수밖에 없는 입장이었으며, 타민족에 대한 굴종이라는 오명 혹은 자존감의 상처를 극복하기 위해 나름대로 논리를 전개하려고 했던 것은 그의 행적과 작품에 선명하게 드러나 있다.

유진오가 대동아문학자대회에 참석하여 '대동아공영론'을 지역 단위의 국가연합이라는 단체주의의 개념[11]이라고 정의한 것도, 일제에 국가취급을 받지 못했던 조선이었기에 은근슬쩍 민족 지역 단위의 개념을 도입하여 해석하려는 노력이었으며, 대동아공영권에 포함된 국민은 민족과 나라를 구분하지 않고 평등한 것이기에 마땅히 대동아공영권을 옹호해야 한다는 방어적 기제에서 나온 생각이라 여겨진다. 유진오는 또한 이 시기에 실력을 닦고 키우면서 때를 기다리는 '견딤과 기다림'의 방식을 제시하는데, 이는 실력양성론에 바탕한 조선적 근대의 추구라는 일제말기 유진오 문학의 핵심 논리로 연결된다. 요컨대, '대동아공영론'이라는 전쟁동원의 이데올로기가 횡횡하는 상황에서도 유진오의 문학이 끝내 놓지 않았던 것은 '조선'이라는 민족적 자아였다.[12]

---

11) 박헌호(1995), 「한 지식인의 근대를 향한 길 찾기」, 『한국소설문학대계 16』, 동아출판사, p.544.
12) 황경(2008), 「유진오의 일제말기 소설 연구」, 우리어문연구, p.579.

이러한 상황에서 유진오의 이중어 글쓰기 혹은 이중언어문학은 조선
이라는 민족성을 사실상 일본이라는 강력한 국민국가의 테두리 안에서
호출하고 있는 모순점을 안고 있다. 어느 때보다 일제의 내선일체에 대
한 의지가 강했던 시대상 속에서 조선 민족이라는 표상을 호출하기 위해
유진오는 문학 안에서의 협력의 방식을 동반할 수밖에 없었다. 이러한
양상은 뒤에서 살펴 볼 세 작품에서도 확인할 수 있다. 식민지 조선의
문인들은 조선어와 일본어 두 언어 시스템의 길항관계 속에서 창작에 임
해야 했고 더구나 일제 말기 일본어 창작을 강요당하면서 이중어 사용은
이전과 또 다른 양상을 띠게 되었다. 일제 말기 문인들은 두 언어 시스
템을 오가면서 글을 써야 했다.13) 이 결과로 「황률」처럼 한국어 텍스트
를 자역하여 탄생한 작품이 생겼으며, 「기차 안에서」나 「할아버지의 고
철조각」과 같은 한국어 원본 텍스트는 존재하지 않으나 모어인 한국어
가 내면화된 이중언어 작가로 유진오를 인식할 때 한국어의 영향력에서
결코 자유로울 수 없는 작품들이 탄생하게 된 것이다.

(2) 유진오의 일본어 작품 양상

① 한국어 작품 「황률」의 자역본 「かち栗」

오무라 마스오(大村益夫)와 호테이 도시히로(布袋敏博)가 영인본을 편집해
출간한 『근대 조선문학 일본어 작품집(近代朝鮮文學日本語作品集) 3기』(2008)에
는 일본어 소설이 2편, 일본어로 쓴 수필이 3편 수록되어 있다. 이중에
일본어 소설인 「かち栗」와 「滄浪亭記」는 각각 한국어 소설 「황률」과 「창

---

13) 김혜연(2012), 『한국 근대문학과 이중어 연구』, 국학자료원, p.64.

랑정기」를 번역한 것인데 「かち栗」는 스스로 번역했고 「滄浪亭記」는 신건 (申建)이 번역하여 『조선소설대표작집(朝鮮小說代表作集)』에 실었다. 이외에도 한국어 텍스트가 존재한 상태에서 자역 혹은 번역된 소설로 「김강사와 T교수」, 「나비」, 「가을」 등 3편이 있다.

작품 「かち栗」의 원전 텍스트라고 할 수 있는 「황률」은 1936년에 한국 어 잡지 『삼천리(三千里)』에 기고한 소설이다. 분량이 일반 단편소설에 비 해서 짧고 텍스트 안에 들어있는 이야기도 말린 밤을 파는 노인을 관찰 자 시점에서 하루 동안 바라보며 묘사를 한 것이 전부이다. 유진오는 이 소설을 1939년에 일본 동경 소재의 척식장려관(拓植獎勵館)[14]에서 발행하 는 『바다를 넘어서(海を越えて)』라는 잡지에 개작하여 실었다. 1937년 『문 학안내』에 처음으로 일본어 소설 「金講師とT教授」를 발표한지 2년 만의 일이었다. 잡지 발행기관의 성격으로 미루어 보아 유진오가 자신의 작품 중에 「황률」을 골라 번안, 개작한 것은 조선사정 혹은 아직도 근대화의 과정에 있는 조선상이 이 작품에 내재화되어 있기 때문일 것이다. 또한 이후에 「가을」에서 「창랑정기」, 「나비」로 이어지는 한국어 텍스트의 선 정과도 연관이 있을 것이라 생각한다. 특히 한국어 작품이라는 원전에 맞게 필요 이상의 의역을 가하지 않는 번역본과는 달리 일본어 글쓰기에 능통했던[15] 유진오가 직접 손을 보면서 다시 썼기에 부분 수정되거나

---

14) 국사편찬위원회에서 제공하는 한국사 데이터베이스에 의하면 척식장려관(拓植獎勵館) 은 후에 일본척식협회(日本拓殖協會)에 흡수되었는데, 일본척식협회의 성격은 1928년 6 월 2일자로 발행된 동아일보 6면 기사에 나타나있다. 내용은 다음과 같다. "인구해결 문제를 강령으로 조선, 대만, 화태(樺太), 북해도, 남양 등 각 식민지와 만주, 몽고, 시 베리아(西比利亞), 남미 등의 사업 조회, 선전 기업 및 기타의 조사, 이식민의 취급 등 을 사업목적으로 하는 대일본척식협회의 설립이 최근 식민지 관계의 유력자에 의하야 계획되야 각 방면과 비공식으로 교섭 중인데……(중략)".

15) 경성제국대학시험에서 경성고등보통학교의 학생이었던 유진오는 자신이 있었던 수학 과 영어 과목 말고도, 스스로 상용하지 않았던 '국어', 즉 일본어의 시험에 있어서도

추가된 부분이 많았다.

 '조금 때 묻은 구깃구깃한 쓰루마키(周衣, 두루마기)를 걸치고, 머리에는 뽀얗게 먼지가 쌓인 갓을 쓴 노인'이라고 묘사된 주인공은 '러시아워의 종로 네거리'와는 걸맞지 않은 인물이다. 이러한 대비를 강조하기 위해 유진오는 한국어 텍스트에는 없는 문단을 일본어 텍스트에 삽입한다.

> 그것은 전혀 다른 풍경이었다. 노인과, 근처의 젊은이들이나 높게 들어 선 빌딩들의 분주하고 혼잡한 것들과의 사이에는 어떤 조화도 찾아볼 수 없었다. 노인은 말하자면 시대를 달리한 알 수 없는 민족의 미지의 문화 속에 돌연 내쳐진 것처럼 보였다. 허나 그런 것 치고 노인의 얼굴에는 별로 당황한 기색조차 없었다.16)

 '시대를 달리한 알 수 없는 민족의 미지의 문화'라는 표현은 조선 표상에 있어서의 두 가지 담론을 호출한다. 하나는 시대착오적인 복색을 하고 종로 한복판에 나타난 노인이 표상하는 옛 조선인이고, 다른 하나는 '엄청난 속도로 달리는 전차나 버스, 자동차들'과 '높게 들어 선 빌딩들'로 나타나는 근대화된 조선의 풍경이다. 한국어 텍스트에는 없었던 이러한 묘사를 집어 넣은 까닭은 무엇일까? 그것은 앞의 일본어 텍스트 인용문에 이어지는 개작된 문장들을 보면 더 명확해진다.

> 앞길을 서두르는 사람들은 아무도 이 노인에 주의를 기울이지 않았고,

일본인 학생을 누르고 수석을 차지했다. 조선인은 일본인보다 열등하고, 때문에 식민지로 전락했다고 – 언제나 일본인으로부터 반복해서 들어왔던 당시의 조선인들에게 있어서 유진오의 성적은 쾌거라는 표현 이외에는 달리 할 수 있는 말이 없었다.(北村幹 (2008), 「歷史を生きることと、裁くこと―朝鮮人作家・兪鎭午の生涯」, 『すばる』(30-2号), p.234.)

16) 大村益夫(2008), 『近代朝鮮文學日本語作品集 3期 セレクション1 (小説)』, 綠蔭書房, p.231 필자 번역.

눈앞을 가로막고 꾸물대고 있는 그를 방해된다는 듯이 스쳐지나가거나 개중에는 매몰차게 밀치고 지나가는 사람도 있었지만, 문득 그 품격 있는 흰 수염에 눈길이 가면 번쩍 정신이 들며 순간 노인의 얼굴을 들여다보는 것이었다. 확실히 그것은 훌륭한 수염이었다. 귀밑에서부터 빈약하고 산란하게 자라있는 그런 멋없는 것이 아니라, 아래턱주변에서부터 볼만하게 은백색으로 길러, 탐스럽게 가슴 부근까지 늘어트린 모습이었다. 죽림칠현을 그린 옛 그림에 자주 등장할만한 풍류 있는 수염이었다. 그러나 수염에 놀라 노인의 얼굴을 들여다 본 사람들은, 이번에는 수염과는 딴판인 초라한 그의 생김새에 놀라 눈길을 돌리게 되었다. 때가 낀 쪼글쪼글하고 늘어진 피부, 어두침침하고 탁하여 광택이 없는 눈, 바보처럼 수염 안쪽에서 멍하니 벌리고 있는 입, 그것은 아마도 상상할 수 있는 가장 참담한 인간의 얼굴이었다. 말하자면, 그 얼굴도 옷차림도 정직하게 노인의 비참한 신상을 말해주고 있었지만, 수염만이 왠지 지금과는 다른 옛날을 그리워하며 버티고 있는 것 같은 모습이었다.[17]

한국어 텍스트에는 이 부분에서 수염보다는 '때 묻고 쭈그러지고 빛이 없어 지나친 군색에 쪼들리는 그' 노인의 얼굴을 더 강조하고 있다. 하지만 유진오는 굳이 '풍류 있는' 수염에 대한 찬사를 몇 줄에 걸쳐 묘사했으며, '눈은 흐리고 탁하며 입은 보기 싫게 멀어져 있는' 노인의 얼굴 묘사로 끝나는 한국어판과는 달리 일본어판에서는 '수염만이 왠지 지금과는 다른 옛날을 그리워하며 버티고 있는 것 같은 모습'이라고 매듭짓고 있다. 이와 같은 구조는 단순히 근대화를 이룬 도시 경성의 외관과 옛 조선 선비와 같은 행색의 노인을 이항대립시켰던 한국어 텍스트에서 나아가, 노인이 가진 초라한 외모와 그럼에도 노인을 한 번 더 돌아보게 만드는 풍채 있는 수염을 대립시키면서 개화—미개의 두 모습 나뉜 조선

---

17) 大村益夫, 앞의 책, 같은 쪽.

표상 안에서 한 번 더 미개 안의 상반된 특징을 구조화시키는 작업을 행하고 있다. 이는 동경에서 일본인들에게 읽힐 작품임을 작가가 인지하고, 조선의 근대화된 풍경을 송출함과 동시에 개화되지 않은 고전적인 인물상을 호출하여 대비시키면서도 그 고전적 인물이 가진 특징을 다시 이분화시켜 나누어 보려 하고 있다는 점을 나타내고 있다.

흰 수염으로 노인의 초라한 외관을 어느 정도 상쇄하려 했다면, 노인이 순사에게 쫓겨 파고다 공원으로 자리를 옮겨 장사할 때에 대한 묘사에서는 한국어 텍스트에 존재했던 노인에 대한 부정적인 묘사를 삭제하고 감정선을 변화시켰다고 할 수 있겠다. 한국어판에서의 노인은 '흐린 눈동자'에 '초조의 빛'이 뜨고 '거리에 벌려진 휴지쪼각같이 언제까지나 그곳에 앉아 있'는 것이었는데, 일본어판에서는 '양반다리'를 하고 '조각상과 같은 모습'으로 '변함없이 여전'하게 앉아 있었으며, '바람이 불 때마다 수염은 하얗게 나부끼는' 것이었다. 다만 이 작품에서는 마지막 부분에 노인을 '그의 어두운 그림자는 어디론가 뻗어있는 길 위의 어둠 속으로, 그 어둠에 동화되듯이 사라져' 버리게 하면서 끝이 나는데, 이점은 3개월 후에 역시 일본어로 개작하여 잡지 『모던일본(モダン日本)』에 발표한 「가을」에서 주인공 기호가 '당초에 생각해 본 일도 없는 조선적인 아름다움을 하나 둘 느끼기 시작'하고 '창경원 문 지붕 추녀를 쳐다보고 감격'하며 마지막에 옛 종복이었던 인력거꾼 수남아범에게 적선을 하고 마음이 포근한 채로 '어둠 속으로 사라지'는 모습과는 매우 상반되는 부분이다. 조선 문화의 부정적 표상이 더 진하게 묻어나 있던 「황률」을 개작하고, 애초부터 조선에 대한 긍정적 묘사가 많이 반영된 같은 해에 발표한 한국어 소설 「가을」을 다음 일본어 작품으로 정한 것은, 내지 일본에 보다 조선의 긍정적인 표상을 발신하려 했던 유진오의 의식을 반영하고 있다.

한국어판에는 없던 수염에 대한 묘사처럼, 역시 한국어 텍스트에는 존재하지 않던 조선지(韓紙)도 노인이 노점(露店)을 열기 위해 가져 온 황률을 꺼내는 장면에서 등장한다. 이와 같은 조선 지방색(Local Color)은 이후 발표한 일본어 소설에서도 계속 나타나는데, 유진오 본인이 지방색에 대한 거리를 둘 것을 표방한 후로부터는 적어도 외관적인 지방색은 사라지게 된다. 김윤식의 말처럼 「汽車の中」는 그 과도기적 성격을 지니고 있으며 「南谷先生」과 「祖父の鐵屑」에서는 주로 정신적인 영역에서의 조선표상을 담론으로 삼게 된다. 일본 문학에 대한 조선 문학의 지방성 문제를 '지방색'으로 보지 않음으로써 그 독자성을 일어 창작으로 할 수 있다는 논법18)에 다름 아니었던 것이다.

② 「汽車の中」에 드러난 식민지 지식인의 낭만과 실존

한국어 원본 텍스트가 존재하지 않는 유진오의 일본어 소설은 「夏」, 「汽車の中」, 「福南伊」, 「南谷先生」, 「祖父の鐵屑」 등 총 5편이다. 「汽車の中」는 유진오가 1972년 간행된 자신의 전집 마지막 부분의 작품해설에서 스스로 밝힌 바에 의하면 「가마」, 「식모난」, 「입학전후」, 「김포 아주머니」 등의 한국어 작품을 쓰면서도 일제의 강요를 받아 친일잡지 『국민총력』에 싣게 되었다고 한다. 이 일본어 소설에 대해 김윤식은 '조선적 미(로컬컬러)와 조선적 전통의 고귀함의 중간지대 모색'이 드러난 작품이라 논하며 '조선적 정신의 기품'과 '내선일체' 담론의 사이에 존재하는 지렛대의 위치에 있다고 평하였다.19) 또한 시라카와 하루코는 작품 내 텍스트를

18) 김윤식, 앞의 책, p.95.
19) 김윤식, 위의 책, p.231.

인용하며 '동아 신질서 건설'이라는 시국적인 명제에 대하여, '조선의 전통적문화로의 회귀'라고 하는 방편을 제시하고 있다[20]고 서술했다.

「汽車の中」의 친일 경향이나 조선 표상을 논하기 전에 간단히 작품에 대해 언급하자면 미쓰코(美津子)라는 일본인 소녀가 등장하는 일인칭 소설로, 미쓰코의 고향 오사카에 사는 이웃인 이(李)씨가 이야기해 준 부정적인 조선 표상과, 이름 모를 조선 청년 화가가 역설한 긍정적인 조선 표상, 그리고 미쓰코가 직접 부산항의 체험과 경성으로 기차를 타고 가며 보았던 창밖의 조선풍경을 보며 느낀 조선의 실체 사이에서 고민하는 이야기라 할 수 있다. 이 세 가지 담론 사이에서 무게추는 역시 긍정적인 조선 표상에 기울어 있고 실제로 작품은 미쓰코가 "이 사람들의 마음과 서로 마주하지 않으면……"이라는 말로 그 동안 자신의 머릿속에 떠다녔던 조선의 표상을 소거하고 직접 실체로서의 조선과 마주해 보겠다는 의지를 암시하며 '감성적'으로 끝맺고 있다. 표면적으로 이 소설은 한 일본 여인의 부정적인 조선 표상에 대한 재고의 과정이라고 할 수 있으나, 그 이면에는 일본인에게 부정적인 조선상을 발신하는 주체가 조선인이라는 아이러니 양상을 제시하는 동시에 작가 유진오가 일본인 독자—지식인에게 투영되고 싶은 모습이 드러난 소설이라 사료된다.

먼저 이씨에 대해 말하자면 그는 도일한 재일조선인으로 '월급쟁이', '선택된 특수한 사람'이란 표현으로 미루어 보아 어느 정도 일본에서 자리를 잡은 자임을 알 수 있다. 문제는 이렇게 일본에서 인정을 받고 있는 자들이 일본인에게 부정적인 조선 표상을 발신하고 있다는 점이다.

　　종종 이씨는 미쓰코의 아버지와 밤늦게까지 잡담에 빠지곤 했는데, 가

---

20) 白川春子, 앞의 논문, p.234.

끔 조선에 대한 이야기가 나오거나 하면 항상 극구 비난하는 것이었다. 이기적이고 은혜를 모르며 더럽고 게으른데다가 그런 주제에 의뢰심만 남보다 훨씬 많다는 둥, 이씨는 언제나 고향 사람들을 욕했다. 장지를 사이에 두고 그의 이야기를 들으면서 미쓰코는 자기 고향 사람들인데, 그렇게까지 말하지 않아도 괜찮을 텐데, 하고 오히려 반감을 느꼈던 일조차 있었다. 그러나 그로써 언제부턴지 모르게 조선에 대해 좋지 않은 인상을 품게 되었던 것이다. 이씨만은 선택된 특수한 사람으로서……21)

이씨는 미쓰코에게 '오히려 반감을 느끼게' 할 정도로 조선에 대한 험담을 늘어놓는다. 이는 인용에 나와 있는 것처럼 조선인이 조선의 부정적인 표상을 해소하려 노력하는 것보다 타자화사켜 일본인과 같이 배척하는 방식에 대해 간접적으로 비난하는 것과 다름없다. 이씨는 매우 부정적인 인물로 묘사되어 있기는 하나 실제로 일본에서 살아가는 한 방편으로서 조선을 타자화하고 탈조선된 자아를 가지고 있다는 것을 노출시키는 이들도 있었을 것이다. 소설 속 이씨에 대한 묘사는 그들에 대한 풍자에 가깝다. 유진오는 물론 이전의 조선 표상 속에 녹아 있는 고루하고 낙후된 조선민족의 성격이나 태도 등을 비판하지만 조선 문화에 대한 비판은 일절 없었으며 안고 포용하여 발전시켜야 할 주체로 바라보았다. 유진오는 장혁주가 「조선의 지식인에게 고함」과 같은 조선민족성의 문제를 거론하며 '격정적'이고 '정의심이 부족'하며, 특히 '뒤틀려 있다'라는 점을 강조한 글에 반박하는 「장혁주씨에게」라는 글을 기고한 적이 있다. 물론 이러한 반박문에도 '조선민족성'의 결함에 대해서는 일정 부분 동의하는 시선이 담겨 있기는 하나22) 이 글의 주요한 논점은 그렇다고

---

21) 이경훈 번역(2007), 『한국 근대 일본어 소설선 : 1940~1944』, 역락, pp.70~71.
22) 남부진, 앞의 책, p.144 참조.

해서 조선인 스스로 조선에 대한 부정적인 언설을 퍼트리는 것은 자제해야 한다는 것이었다. 이씨가 꼭 장혁주를 은유하는 것은 아니라고 해도, 이씨와 같이 부정적인 조선상을 일본인에게 표출하는 경우에 대해서는 작품 전체에 걸쳐 비판하려 했다는 점은 분명하다 하겠다.

한편으로는 앞서 「かち栗」에서 노인의 부정적인 표상을 이분화시켜 흰 수염과 볼품없는 용모로 나누었던 것처럼 조선의 부정적 표상이며 동시에 부정적인 조선상을 발신하는 인물과 대비되는 조선 청년을 미쓰코의 맞은편 자리에 앉혔다. 이 조선 청년이 미쓰코에게 하는 말은 작가 유진오가 일본인에게 하는 말이나 다름없다. 청년은 이렇게 말한다.

> 하지만 그건 꼭 옷 색깔 때문은 아니겠지요. 말도 통하지 않고 풍속과 인정이 다른 곳에 가면 누구라도 처음에는 그렇게 생각합니다. 말을 알고 풍속과 인정을 알고 보면, 조선인은 의외로 친하기 쉬운 사람들입니다. 무엇보다도 이 땅에는 옛 시대로부터 훌륭한 문화가 있었던 것입니다.23)

> 저는 이점이 중요하다고 생각하고 있습니다. 왜냐하면 건축뿐 아니라 모든 점에서 조선은 지나와 내지의 중간입니다. 풍습도 문화도 사람의 기질도-중간이라 하면 어중간하여 나쁜 듯합니다. 하지만 보기에 따라 조선은 지나와 내지의 중용을 이루고 있다고도 할 수 있을 터입니다.24)

이와 같이 유진오는 앞으로 일본이 조선을 바라보아야 할 관점의 방향성을 노골적으로 제시한다. 이 청년의 말은 식민지 지식인이었던 유진오의 조선 의식과 다름없다. 조선인 청년은 일본인 소녀 미쓰코를 앞에 두고 조선에 대해 '풍속과 인정'이 달라서 그런 것이었지 문화는 훌륭하

---

23) 이경훈 번역, 앞의 책, p.75.
24) 이경훈 번역, 위의 책, p.77.

고 지나와 내지 사이에 있는 '중용의 문화'가 살아 숨 쉬고 있다고 역설한다. 조선 청년은 이처럼 조선의 긍정적인 표상을 발신하고 미쓰코도 이에 대해 대부분 수용하는 자세를 보이고 있다. 하지만 이러한 조선의 긍정성이 과연 실체적인 모습으로 미쓰코에 다가갈 수 있었을까? 작품 말미에는 미쓰코가 경성에 내려 '빨리 사촌을 만나 여러 이야기를 듣고 싶'다고 생각한다. 결과적으로 미쓰코의 조선에 대한 긍정적인 판단은 앞에서도 언급했지만 아직 '감성적'인 단계에 머물러 있었고 이성적인 단계에는 이르지 못하였다는 말이다. 결국 청년은 미쓰코의 생각을 다시 돌아볼 수 있게 하는 계기는 되었지만 그것으로 끝이었다. 이는 어떻게 보면 당대의 조선 지식인들이 조선상의 개조에 대한 낭만성은 가지고 있었지만 그것을 실체적인 장에 옮기는 것에 대한 한계를 나타낸다고 볼 수 있지 않을까? 조선 청년 혹은 작가 유진오의 한계는 조선을 현재 위치한 자리에서 앞으로 있어야 할 자리를 설명하고 있는 데에 그치고 있다는 것이다. 이러한 낭만성과 실존적인 조선 지식인의 자아 사이의 괴리는 다음 인용문에서 더 구체적으로 나타난다.

> 저는 화가일 뿐이므로 그림 이외의 것은 잘 모르지만, 지금 우리나라는 동아 신질서 건설을 위해 있는 힘을 모두 내어 싸우고 있습니다. 그리고 새로운 문화를 세우려 하고 있습니다만, 이러한 때에 조선의 특질은 반드시 무언가의 역할을 하리라고 생각합니다.[25]

> 하여튼 지금까지 내지와 조선은 서로 부정만 해 왔습니다. 내지인이 조선인을 대하는 경우뿐만 아니라 조선인이 내지인을 대할 때에도 역시 그랬습니다. 서로 결점만 찾아내서는 서로 경멸합니다. 거기에서부터 여

---

25) 이경훈 번역, 위의 책, pp.77~78.

러 가지 불행도 생긴다고 저는 생각합니다.26)

　『국민총력』으로부터 청탁받은 소설은 대체로 몇 장에 걸쳐 일본의 식민지 지배에 대한 당위성과 적극적인 성전(聖戰) 참여의사를 나타내는 데에 비해, 이 소설에서는 '동아 신질서 건설'을 위해 힘을 모두 내어 싸워야 한다는 것이라는 한 줄을 협력적이라 평가할 수 있을 만하다. 그런데 그 기여방법으로 어떻게 보면 생뚱맞기까지 한 '조선의 특질'의 활용을 제시한다. 동아 신실서 건설이란 다름 아닌 대동아공영론에 근거한 일본 중심의 아시아 세계 구축을 표방하는 논리이다. 그 실체와 허상을 유진오가 알고 있었을지 어땠을지는 모르겠지만 분명한 것은, 이러한 논리를 한편으로는 어쨌거나 일제에 협력하는 위치에 있었던 자기 방어의 담론으로, 다른 한편으로는 유진오가 그토록 수호하고자 했던 조선이라는 공동체에 대한 비호의 논리로 전환하는 출구로서 활용하려 했다는 것은 분명하다. 따라서 동아 신질서 건설=조선의 특질 활용이라는 등식의 비약은 소설에서 아무런 의심의 과정 없이 나타나게 된 것이다. 이러한 담론 형성은 유진오의 과거와도 관련이 깊은데, 그는 항상 조선인이라는 인식표를 달고서도 경성제대 예과에 수석으로 합격하거나 일제 지식인들에게 호평을 받으며 살아 왔다. 항상 시국에 따라 정답만을 내놓으며 살아온 그였다. 따라서 조선상의 극복보다는 조선상의 향상이 식민지 시기에 놓인 그의 일생의 과업이 될 수밖에 없었다. 이러한 자의식의 반영은 소설 말미에 조선과 내지를 동등한 위치에 두고 말하는 것으로 표출된다. '내지인이 조선인을 대하는 경우뿐만 아니라 조선인이 내지인을 대할 때에도 역시 그랬'다는 말은 억압된 식민지 지식인으로서 실존하던 유진오

---

26) 이경훈 번역, 앞의 책, p.79.

에게 낭만의 영역을 제시한다. 끝까지 조선적인 것을 버리지 않으려는 낭만성과, 내지인과 동등하게 대접받고 싶은 식민지 조선인의 낭만성이 병존해있는 것이다. 하지만 유진오라는 실존적 존재는 아무래도 일본인들이 스스로 가지고 있던 조선 표상을 긍정적으로 변화시키려는 것에 대한 확신은 부족했던 듯 보인다. 그 예로 소설 안에서 조선 청년은 일본인 미쓰코에게 일방적으로 말하며 발신만 할 뿐, 어떤 행동적인 묘사나 능동적인 사건을 제시하지는 않는다. 이것은 조선을 긍정적으로 돌아보고 장점을 부각시키려 했던 유진오조차도, 물론 『국민총력』이라는 잡지의 성격에 창작 발상이 억눌린 탓도 있겠지만 조선 표상의 전복에 대해서 꿈꾸긴 했으나, 실제로 그것은 일본인이 개선해야 하는 문제라기보다 그의 민족인 조선인이 점차 더 바뀌어 나가야 할 문제라고 생각했던 반증이 아닐까 생각하는 바이다.

③ 「祖父の鐵屑」에 나타난 조선 문화의 표상

유진오의 마지막 소설작품인 「할아버지의 고철조각(祖父の鐵屑)」은 할아버지 기일에 맞추어 제사를 준비하는 경일의 걱정으로 시작된다. 상황이 마땅치 않아 귤과 식혜, 명태포만 놓여 있는 초라한 제사상을 차리게 되어 낙심한 아내를 도리어 다독이며 할아버지와 함께 했던 그의 어린 시절을 회상하는 것이 이야기의 큰 줄거리이다. 이 작품은 생각보다 주도면밀한 인물 설정을 가미하고 있는데, 특히 할아버지, 아버지, 경일로 이어지는 삼대 구조는 전형적인 조선의 가부장사회를 그리기 위해 한국 근대문학에서 자주 호출되는 설정이기도 하다. 또한 김윤식이 밝혔듯이, 작품 속에 등장하는 '부(父)'가 실제 유진오의 부친인 유치형을 막바로 가리킨다27)면 '조부(祖父)' 또한 실제로 유진오의 조선관이나 인격 형성에

적지 않은 영향을 끼쳤던 인물일 것이다. 물론 주인공의 집안은 아버지 대에서부터 어느 정도 경제기반이 잡혀 있었기에, 다수의 가난한 민중을 대표하는 성격은 부족하다. 하지만 경일의 직업이 분명하게 드러나지 않고 있는 점, 과거의 조선인과 문화에 대해 말하면서 오늘날의 조선 문화에 대해 끊임없이 생각하고 있는 점 등은 작품의 주인공이 1940년대의 일반적인 조선 지식인을 표상하는 일종의 장치적 기능을 수행하고 있다.

그렇다면 이들 삼대는 세대마다 어떠한 특징을 보이고 있는가? 제문에 대한 경일의 회상은 그들의 문화적인 인식 차이를 드러내고 있다.

> 제문을 쓰고 있노라면 경일은 늘 어렸을 때의 일을 떠올린다. 아버지는 제문 쓰는 법을 경일에게 가르쳐 주시려는 속셈이었을 것이다. 제사 때에는 꼭 그것을 경일에게 쓰게 했는데 경일은 그것 또한 싫어서 참을 수 없었다. 아버지는 그저 아무 말씀도 없이 그저 쓰게만 했을 뿐 한 번도 그 의미를 설명해 주지는 않으셨다. 그 때문에 제문 같은 것은 경일에게 뭔지 알 수 없는 주문일 뿐이었다.[28]

할아버지는 전형적인 조선시대 사람을 상징하며 아버지는 일본의 근대화 혜택을 입은 지식인, 그리고 경일은 1940년대의 조선의 일반적인 인물을 대표하여 등장한다. 아버지는 조선 문화와 일본으로부터 받아들인 근대적 가치관을 동시에 받아들인 과도기적인 인물로 어쩌면 과한 격식으로 보이는 제사에 부조리를 느끼지 못하고 있다. 아버지가 제사문화를 당연하게 받아들이고 있는 것에 비해 경일은, 윗대의 문화와 형식은 이어받았으나 그 뜻은 제대로 이해하지 못한 채 이어나가고 있다.

---

27) 김윤식, 앞의 책, p.233.
28) 정비석 외 7명, 노상래 역(2008), 「반도작가단편집」, 제이엔씨, p.114.

식민지기 한국 소설에는 이러한 형식의 삼대에 걸친 이야기가 자주 등장하고 있는데, 염상섭의 「삼대」나 채만식의 「태평천하」가 대표적인 작품이다. 이렇게 삼대 구조가 빈번하게 출현하는 이유는 달라진 시대상과 시대인식을 나타내기 가장 좋은 소재가 삼대기 때문이다. 다만 「할아버지의 고철조각」이 「삼대」나 「태평천하」와 다른 것은, 등장인물에 풍자나 이념을 입히지 않고 지극히 일반적이고 개인적인 경일의 고뇌를 담고 있기 때문이다. 제사에 대해서도 경일은 "그런 까다로운 의례 같은 것이 없는, 자유롭고 활달한 천지를 얼마나 동경했었는지 몰랐다"[29]고 말하며 당시 근대적 지식인으로서는 잘 이해가 되지 않는 제사문화의 허례허식을 지적하고 있는 것이다. 어찌 보면 그 시대의 경향을 가감 없이 담고 있는 소설이기에 어떤 거창한 이야기나 풍자보다 의미 깊은 부분이다.

박헌호는 유진오가 근대에 이르는 것, 그리고 근대의 문제점을 보완하는 것, 이 둘을 동시적인 과제로 설정하고 있었기 때문[30]에 외관에만 치우치지 않고 정신과 사상적인 측면에서 식민지기 조선사회의 여러 가지 문제점을 명확하게 집어낼 수 있었다고 말했다. 이러한 작품 경향은 이 마지막 작품에서 관조적인 시점으로 식민지기 조선인들의 자아를 투영할 수 있도록 이끌었다고 할 수 있겠다.

> 어른들은 멋대로 여러 가지 일을 떠벌리면서, 경일에게만은 "소학(小學)"의 뜻을 절대적으로 강요하는 것이었다. 그러면 왜 어른들은 쓸데없는 것을 말하는 것인지 경일은 불만이 아닐 수 없었다.
> 그러나 할아버지는 근면한 사람이었다. 단 한시도 할아버지가 멍하게 계시는 것을 경일은 본 적이 없었다. 1년에 반 정도는 시골에 가서서 농

29) 정비석 외 7명, 위의 책, 같은 쪽.
30) 박헌호, 앞의 논문, p.538.

사 감독 등을 하셨는데, 경성 집에 계셔도 시종 집 안을 돌아보시고, 하인
을 지도해서 뭐든 꼭 하셨다.31)

경일은 어린 시절을 회상하며 융통성 없고 고지식한 할아버지를 일견
우스꽝스럽거나 비판적인 시선으로 바라본다. 여기서 할아버지의 모습은
전형적인 양반의 모습으로 묘사된다. 양반의 모습이라 함은, 악동들을
집에 데리고 와서는 아이들과 함께 저택 이곳저곳을 뛰노는 것을 경박하
다 여겨 꾸짖거나, 식사하는 자리에서는 '식불언(食不言)의 철칙32)'에 따라
조용히 식사해야 하며 먹는 것을 가리거나 남기는 것을 용납하지 않는
유교적 규범의 것들을 말한다. 반대로 할아버지의 근면성에 대해서는 높
이 사고 있는데 소일거리로 당신의 방에서 칡껍질을 가지고 왕골자리 혹
은 짐을 메는 끈을 만들거나, 한 조각의 휴지도 그냥 버리는 일 없이 주
름을 펴 모아두었다가 창호지를 다시 바를 때 쓰는 모습을 떠올리며 감
탄하고 있다.

근면이라는 조선의 정신적 특질을 내세우는 한편, 이 작품에서는 조선
문화에 대해 크게 '제사'와 '고철'을 언급하고 있다. '제사'가 이야기의
전반부를 이끌어나가는 원동력이 된 소재였다면, '고철'은 이야기의 후
반부와 텍스트 전체를 관통시키는 주제로 연결되고 있는데, 먼저 제사에
나타난 근대적 인식을 살펴보도록 하겠다.

　　여동생은 예상대로 제사에 오지 않았다. 여동생 뿐만이 아니다. 할아버
　지 제사에 모이는 사람은 최근 5, 6년 동안 끊어졌다. 이것도 시대의 변
　화일 것이다.

---

31) 정비석 외 7명, 위의 책, p.111.
32) 정비석 외 7명, 위의 책, 같은 쪽.

(중략)

　그 시절의 제사에는 경성에 있는 친척들은 말할 것도 없고, 멀리 고
향 시골에서도 많은 사람들이 모여서, 제사를 전후한 며칠 동안은 마치
대찬연(大讚宴)과 같은 소동이 일어나는 것이었다.

(중략)

　경일의 아이는 옛날 같았으면 벌써 제사에 참가해도 족히 좋을 나이였
지만 경일은 깨우지 않았다. 자신은 제사를 지내지만 아이에게 보고 익히
게 할 생각은 없었다.

　그러나 선조의 제사가 정말로 선조의 유덕(遺德)을 그리워하는 것이라
면 옛날 제사 소동보다는 지금의 경일처럼 심야에 단 혼자서 조용하게
행하는 편이 도리어 적합한 것처럼 생각되었다. 조금 어두운 촛불 저쪽
의, 검은 단 위의 위패를 가만히 바라보고 있자니 정말로 선조의 영혼이
소리 없이 내려와서 그의 영혼에 자비로운 말을 속삭여주는 듯 느껴지는
것이었다.33)

　작품 내에서 여동생 혜숙은 이화정(梨花町)에 살고 있다고 언급된 적이
있다. 이화정은 지금의 서울시 종로구 이화동을 가리키며, 여기는 이승
만 전 대통령이 해방 이후 귀국하여 기거했던 이화장이 있는 곳으로 당
시 조선의 중산층이 주로 살았던 거주구역이기도 하다. 그렇다면 그녀는
어느 정도 근대화된 시민으로 설정되었을 것이며 제사를 구시대적 유물
로 생각했음이 분명하다. 경일이 느낀 '시대의 변화'란 이전에는 거창한
의식의 일종이었던 제사가 직계자손에게조차 외면 받는 현실을 일컬으
며, 그것은 여동생이 부덕해서가 아니라 근대화의 과정에서 일어나는 당
연한 수순으로 받아들였기 때문에 자신 또한 굳이 자고 있는 자식을 깨
우지 않고 혼자 조용하게 제사를 치르고 있는 것이다.

---

33) 정비석 외 7명, 앞의 책, pp.115~116.

여기에서 지문이 끝났다면 이 텍스트에서 읽어낼 수 있는 것은 단지 근대화 과정에서 체제에 순응하는 개인의 모습을 그리는 데에 그치고 말았을 것이다. 하지만 인용문과 같이 경일은 선조의 유덕과 영혼에 대한 감상을 서술하고 있다. 이는 조선 문화의 제사라는 의식이 품고 있는 가장 중요한 이유이자 존재의의이다. 선조들의 이야기를 되새기고 그들의 영혼과 감응하는 자세. 그것은 경일이, 혹은 유진오 자신이 제사가 없어져야 할 폐단이 아닌 근대화 과정에서 개선되어야 할 일종의 고유문화라는 것을 깨달았기 때문에 가능한 이야기였다. 그렇다면 제사를 간소화시키면서도 선조들을 기리는 경일의 행동은, 일제의 정책에 무기력하게 순응한 결과라기보다는 옛 것을 지키기 위해 바꿔나가야 할 하나의 소중한 유산이라 인식한 결과임이 보다 타당한 해석이 되는 것이다.

이렇듯 조선 문화에 대해 근대적 인식을 바탕으로 비판하며 외관은 개선하고 내면은 계승해 나가야 할 것으로 구조화시키는 논리는, 작품 후반부에 고철을 언급하면서 첨예하게 나타난다.

> 종이보다도 할아버지가 더욱 소중히 여긴 것은 고철이었다. 오래된 못, 구두 장식, 소나 말의 편자, 뭐든 상관없다. 적어도 철이라는 이름이 붙은 것이라면 어떤 녹슨 것이든 작은 것이든 할아버지는 주위 구부려서 주위를 아랑곳 하지 않고 집으로 가져 오셨다. 할아버지의 조끼 호주머니는 언제나 불룩하게 부풀어 있었는데, 그 속에는 거의 고철이나 휴지 종류가 들어 있었다. 고철은 아마도 대장간에 가져가서, 삽날이나 도끼 등의 원료로 썼을 것이다. 할아버지 방의 다락방 구석에는 빨간 녹이 슨 고철류가 가득 쌓인 오래된 귤 상자가 몇 개나 쭉 늘어서 있다.[34]

할아버지는 길을 가다가도 고철이 보이면 그것을 모았다. 고철을 수집

---

34) 정비석 외 7명, 위의 책, p.112.

하는 행동이 스스로에게 도움이 된다고 생각했음이 분명하며, 그러한 행동은 어떤 의무감이 아니라 자연스럽게 배어 온 습관이었다. 그런데 여기서 할아버지가 대장간에 가져간 고철이 '삽날이나 도끼'가 되었을 것이라는 부분은 눈여겨 볼만하다. 삽날 혹은 도끼는 농경중심의 조선사회에서는 필수적인 도구였다. 비록 할아버지가 그것을 직접 다루지는 않았지만 그것들은 할아버지의 사회를 유지시켜나가는 필수품인 것이다.

이후에 경일은 그 고철들을 반장에게 가져다주리라 다짐하면서 할아버지조차 생각하지 못했을 것이라며 다음과 같이 말한다.

"아무리 그래도 이 고철이 지금 미영(米英) 격멸(擊滅)에 한 몫을 할 줄이야, 할아버지께서도 아마 생각하지 못하셨을 거야."[35]

여기서 주목할 것은 할아버지와 고철조각 그리고 경일을 관통하는 맥락이다. 할아버지가 고철을 모아 삽날이나 도끼의 원료로 사용하게끔 한 것은 어떤 애국적인 기치를 내걸고서 한 행동이 아니다. 그저 할아버지의 삶에 있어서 그것이 자신의 터전을 유지시키고 생활력을 보전시키는 한 방편이었기 때문이다. 경일 또한 회상을 통하여 그 미덕을 깨우치고 있다.

다만 그렇다고 해서 여기에 나타난 '미영(米英) 격멸(擊滅)'이라는 문장 표현이 비난을 피할 수 있다는 것은 아니다. 앞서 밝혔지만 이 문장이 당시 일제의 시국 정세에 대한 체제 협력의 슬로건으로 사용된 것은 사실이다. 당시 조선총독부가 주도한 고철회수운동(古鐵回收運動)[36]과 일맥상통하는 논리로, 전시 슬로건으로서의 언설로 수렴된다. 따라서 당시의 정황에 비추어 보았을 때 혹여 어쩔 수 없이 삽입되었다고 하더라도 이

---

35) 정비석 외 7명, 앞의 책, pp.117~118.
36) 전선에 보낼 군사장비를 만들기 위해 조선총독부는 대대적으로 조선 전국에서 고철을 끌어모았다. 후에 고철헌납운동(古鐵獻納運動)으로 발전하여 보다 강압적으로 변질되었다.

부분의 해석은 매우 문제적인 부분이라 할 수 있다.

하지만 작품에 드러난 할아버지의 모습은 조선의 근검정신을 대표할 만하며, 그 정신은 고철조각으로 인해 경일에게 옮겨가는 구조로 이루어진 점은 의미심장하다. 표면적으로는 친일적이고 동양의 초극적인 메시지를 동반하면서도, 속으로는 할아버지의 성격과 조선적 동의가 묻어나는 전통을 결부시키면서 내면적으로는 저 문장을 곧이곧대로 받아들일 수 없게 만드는 부조리를 생성하는 것이다. 한 문장이기 때문에 눈에 띄기 쉽지만, 한 문장으로 최소화시킴으로써 할아버지와 고철 그리고 경일의 정신적으로 연결된 고리를 강화하는 기법은 양날의 검과 같다. 여기서 그 뒷면의 날에 더 힘을 실어주는 것은, 할아버지-고철-경일로 이어지는 정신의 계승구도를 뒷받침하는 다음과 같은 지문의 맥락이다.

> 헌배(獻杯), 제문 낭독이 끝나면 꿇어앉아서 잠시 선조의 유덕을 묵상하는 시간이 있다. 경일의 아버지는 조부모의 제사 때에는 조용히 이 시간에 목소리를 죽이고 흐느껴 우는 것이었다. 처음 얼마 동안은 가만히 눈을 감고 있지만 얼마 지나지 않아 어깨를 떨며 코를 훌쩍이기 시작하는 것이다. 아버지와 달리 경일은 부모상을 당했을 때에도 그다지 눈물을 흘리지 않은 성격이지만, 그날 밤에는 이상하게 마음으로부터 할아버지의 일을 슬프고 그립게 추억할 수 있었다.[37]

이 부분은 앞에서 살펴본 경일의 제사 문화의 새로운 인식이 이루어진 바로 다음의 문장이다. 할아버지로 대표되는 선조들의 문화에 대한 진정한 의미를 깨닫고 난 후, 경일은 아내에게 고철조각들이 담긴 귤 상자의 행방을 묻는다. 그리고는 직접 창고 안으로 들어가 귤 박스를 찾아

---

37) 정비석 외 7명, 위의 책, p.116.

낸다. 그리고는 사람들이 유래를 듣고 비웃을지도 모르겠지만 나는 이것을 가져다 주어야겠다고 다짐한다. 이것은 어떻게든 혼란스러운 시국 속에서도 경일의 방식 혹은 유진오 자신의 방식대로 살아가겠다는 나름의 의지 표명임이 분명하며, 작가가 이 작품을 통해 조선 문화를 어떻게 해야 할 것인가에 대한 방향성을 제시하는 메시지이기도 하다.

이 작품의 제목이 어느 누구의 고철도 아닌 「할아버지의 고철조각」인 것은 단순히 할아버지의 고철마저 일제에 희생하는 친일 행위를 나타내려는 것이 아니다. 암흑과도 같은 식민지기의 평범한 개인으로서의 경일이 제사를 통해 할아버지를 회상하고, 그 회상으로 하여금 조선 문화가 낳은 정신에 대한 의미를 깨닫고 난 결과로 발견된 고철이기 때문이다. 사실 『국민총력』에 실린 소설들의 성향을 미루어 보면, 경일이 이 고철들이 전선에 나간 장병들의 총검이 되어 쓰일 것을 생각하니 기쁘다는 표현이 들어가도 이상하지 않을 지언데, 작품에서는 오히려 귤 박스가 줄어들었음에도 이에 대해 아쉬워하는 기색조차 없다. 고철을 모두 반장에게 처분하려고 하는 행동 자체는 적극적인 친일체제에의 동조로 읽힐 수 있지만, 친일문학의 프레임에서 벗어나 결과가 아닌 과정에서 미루어 보자면 할아버지의 근검과 절약으로 대표되는 정신을 깨닫고 난 후에 고철을 자신이 처한 현실의 선에서 처리한 것뿐인 것이다. 1944년에 쓴 글임을 감안한다면 놀랄 만큼 친일의식이 부재한, 조선 문화의 정신을 되새기는 작품에 가깝다고 생각하는 바이다.

3. 결론

친일문학 연구가 임종국은 저서 『친일문학론』(1966)의 결론 부분에서 친일문학에 대해 먼저 "이 엄연한 오욕의 역사를 거울로 삼고 다시는 이런 오욕이 되풀이되지 않도록 모든 사람이 이것을 가슴에 새겨 두어야 할 것"이라 언급한 뒤, "친일문학은 막연한 은폐의 대상이 되어서는 안 된다"고 밝혔다. 더불어 "밝힐 것은 밝히고, 비판할 것은 비판하고, 버릴 것은 버리고 취할 것은 취함으로써 우리는 우리의 문학을 살찌게 해야 할 것"이라 서술하였다.[38] 한국어 글쓰기가 탄압받던 시기에 절필을 하고 더 나은 미래를 위해 문학을 구상하던 문인들은 칭송받아야 마땅하다. 하지만 문학이라는 것이 독자와의 소통 사이에서 성립하는 것이라면 그간의 한국문학—혹은 국민문학은 작가의 무의식의 영역에서 떠다닌 것과 다름없을 것이다. 따라서 일본어 창작=친일문학의 등식은 1940년대 초 한국문학의 절멸을 의미하기에 성립되지 않고 점차 깨져나갈 수밖에 없었다. 때문에 일본어를 어떻게 사용해야 할까 고민했던 흔적을 탐구하는 것이 식민지 지식인과 식민지하 이중언어문학을 평가하는 데에 있어 올바른 방향성을 가져올 수 있지 않을까 생각해 보게 만든다.

식민지 지식인의 이중어의식은 근본적으로 정치 역학적 토대 위에 놓여 있다. 식민지 지식인은 식민자 언어—유럽어・영어・일본어—를 통해 근대적 지식을 습득하고 식민지에 번역한다. 해외 유학을 통한 외국어 습득과 외국 박사 학위 취득, 유럽과 미국 문화 체험, 귀국 후에도 외국어 실력을 통해 수입하는 식민 본국의 지식과 동향 등은 비단 식민

---

38) 임종국(1966), 『친일문학론』, 평화출판사, 1966, p.459 참조.

지 시대뿐만 아니라 현대 한국에서도 벌어지는 일들이다.[39] 유진오와 같은 경우는 그의 입지전적 인물상으로 보나 조선 표상에 대한 끝임 없는 재고 발신과 애착으로 미루어볼 때, 해방 이후 작가로서의 한계에 환멸을 느끼고 진정한 시정편력을 위해 나아가기까지 식민지의 갇힌 체제와 갇힌 담론, 갇힌 표현의 영역 속에서 끝까지 조선이라는 상상의 공동체를 붙들고 이를 이중어 글쓰기에서도 실천했던 작가임은 부정할 수 없는 사실이다.

유진오의 이중언어문학의 흐름은 앞에서 살펴본 것처럼 「かち栗」와 같은 한국어 개작 소설로 시작하였다. 특히 일본어 독자에 방점을 두고 혹시라도 잘못된 조선상이 드러나지 않도록 신경을 썼다. 이때부터 일관된 정서로 드러나는 부정적인 조선 표상의 수정과 긍정적인 조선 표상의 발신은 작품을 거듭해 가며 발전해 나갔다. 시라카와 하루코가 언급했던 것처럼 「汽車の中」에서는 '동아 신질서 건설'이라는 부분이, 「祖父の鐵屑」에서는 '미영 격멸'이라는 부분이 시국적인 표현이라고 할 만한 정도[40]이다. 오히려 이 작품들은 「かち栗」나 「夏」 등을 뛰어넘는 조선민족의 정신에 대한 고찰이 담겨 있으며 작품성에 있어서도 완성도를 더하고 있다는 생각이 드는 바이다.

물론 이 과정 속에서 친일 잡지에 친일적인 언설을 기고하며 그의 문학적 방향성에 부합하지 않는 부끄러운 행적을 남긴 것은 사실이다. 문학 영역에서 끊임없는 긍정적인 조선 문화에 대한 발신과 이상적인 조선상을 전파하려 했으면서도, 동시에 소설에 나타난 소극적인 친일성을 넘어서는 적극적인 체제 협력이 담긴 기고문을 썼다는 점은 식민지 지식인

---

39) 김혜연, 위의 책, p.61.
40) 白川春子, 앞의 논문, p.237.

의 낭만성과 현실적 위치에 놓인 실존 자아가 부딪히는 괴리를 낳았다고 평할 수 있겠다. 식민지 지배라는 당시 조선의 뼈아픈 역사 속에서 일본어 문학을 통해 긍정적인 조선 표상 담론을 정신적인 영역으로 끌어올리는 것으로 식민지 지식인의 자기 정체성을 지키려 했던 것이다.

제3부

식민지 조선의
문예 활동

제10장

1910년대 조선 활동사진의
식민지정책 반영 양상 연구
총독부 기관지 『매일신보』 기사를 통해

함충범

1. 일제강점 전후 한반도의 정세와 활동사진, 그리고 1910년대 조선

영화사 연구와 정치사 연구는 어찌하여 동일한 맥락에서 행해질 수 있는 것일까? 특히 세계영화사, 그 가운데서도 초기영화사의 경우 이들의 관계가 더욱 밀접해 보이는 이유는 무엇일까? 이는 영화의 태동이 자본주의 발달에 따라 이루어졌으며, 자본주의의 진행 과정 및 지역별, 국가별 격차가 제국주의의 확산을 이끌었던 것과 같이 '시네마(cinema)'의 발명과 전파가 '프로파간다(propaganda)'의 변화를 주도하기도 하였기 때문이다. 따라서 대규모의 인력, 자본, 시스템을 필요로 하는 영화제작의 전제적 조건 및 가장 효과적인 선전능력을 보유한 영화매체의 기능적 특질로 인해 영화와 정치는 필연적으로 연계되어 있는 것이다.

19세기 말 아시아 국가로서는 유일하게 후발 자본주의 국가로 발돋움한 일본의 경우도 예외는 아니었다. 프랑스의 뤼미에르(Lumiere) 형제에 의해 영화 유료상영이 유행하기 시작한 때와 비슷한 시기, 청일전쟁에서 승리한 일본은 대만의 식민지화와 더불어 조선에서의 입지강화에 박차를 가하고 있었다. 이때가 1895년의 시점이었다. 그러나 1897년 초 시네마토그래프(Cinématographe)가 수입된 이후 간단한 단편영화들이 만들어지기는 하였지만 이는 어디까지나 대중의 호기심을 자극하는 단순한 것들이었고, 일본에서 영화제작의 상업적 기반이 형성되기 시작한 것은 러일전쟁(1904)을 통과하며 선전매체로서의 영화의 파급력이 공인된 1900년대 중반 이후의 일이었다.[1]

한편 한반도에 영화가 유입된 것은 대한제국 시절이었으나 자본주의 미정착화, 열강들의 이권다툼 등으로 인해 당시 대한제국은 독립된 근대 국가로서의 면모를 갖추지 못하고 있던 터였다. 더욱이 을사조약을 통해 외교권을 박탈당한 1905년부터 한일병합을 통해 주권을 빼앗긴 1910년까지 약 5년간은 일본의 반식민지의 상태가 지속되었다. 이로 인해 1900년을 전후하여 신기한 볼거리로서의 성격이 강조된 '활동사진'이라는 이름으로 영화가 유입된 이후[2] 약 20년이라는 세월동안 한반도에서는 조

---

1) 이에 대해 사토 다다오는 "영화는 이리하여 진기한 구경거리에서 매스컴의 일부로 승격했다."라며 의의를 부여한다. 사토 다다오(佐藤忠男), 유현목 역(1993), 『일본영화 이야기』, 다보문화, p.14. / 참고로, "요시자와상점이 경영부진에 빠져 있던 아사쿠사(淺草)의 전기관(電氣館)이라는 극장에 필름을 제공함으로써 이것이 최초의 전문영화관이 된" 것은 1903년의 일이었다. 위의 책, p.13.

2) 구한말 영화의 용어 상황에 대해 김려실은 다음과 같이 설명한다. "1897년 일본에서 처음으로 사용된 '활동사진(活動寫眞)'이라는 용어가 어떤 경위로 조선에 들어왔는지는 알 수 없으나 1901년 9월 14일 『황성신문』의 논설을 통해 이 용어가 조선에서도 널리 쓰였음을 확인할 수 있다. 이 용어가 정착하기 전에는 '팔딱사진', '움직사진'이라는 말도

선인에 의한 활동사진제작이 이루어지지 못하였다. 이러한 상황에서 대한제국 정부의 활동사진 통제 및 활용이 가능할 리 만무하였다.

오히려 활동사진의 정치성을 '효과적'으로 살린 쪽은 일본이었다. 일본은 대한제국을 식민지화하기 위해 활동사진을 적극 활용하는 한편 대한제국 통치의 정책기조에 따라 활동사진통제를 강화하였다. 그것들은 기존의 활동사진 통제 및 활용 정책을 그대로 모방한 측면이 컸지만 정복, 지배, 착취의 주체와 대상이라는 입장 차이에 따라 그것들이 이식되는 과정에서의 일본과 대한제국의 태도와 반응은 상이할 수밖에 없었다.

한반도에서 활동사진을 정치적으로 이용한 대표적인 인물은 초대 통감 이토 히로부미(伊藤博文)였다. 그는 요시자와상점(吉澤商店)의 카메라맨을 한반도에 파견하여 을사조약 체결 이후 대한제국의 '평온한' 모습을 기록토록 하였고, 요코다상회(橫田商會)의 카메라맨을 고용하여 순종의 서북지방 순행(巡幸)을 촬영토록 하였다. 그래서 만들어진 <한국풍속(韓國風俗)>(1907), <통감부 원유회(統監府園遊會)>(1907), <한국일주(韓國一週)>(1909) 등의 선전・기록 활동사진물이 대한제국과 일본 양국에서 상영되었다. 한편 1907년부터 강제로 일본에 체류하게 된 영친왕(英親王)의 생활상을 카메라에 담아 이듬해 대한제국 황실과 일반에 공개토록 하였다. 이들 모두 한반도 식민화에 대한 일본 내에서의 우려와 대한제국 내에서의 반발을 활동사진 활용을 통해 무마, 봉쇄하기 위한 정치 전략의 일환으로 진행되었다.[3]

쓰였다." 김려실(2006), 『투사하는 제국 투영하는 식민지』, 삼인, p.39. / 한편, 식민지 조선에서 '영화(映畵)'라는 말이 통용된 것은 1920년대부터이며, 이 또한 일본의 영향 하에서였다. 그러나 즉시 '영화'가 '활동사진'을 대체한 것은 아니었고 1930년대까지도 두 용어가 공존하게 되었다.

3) 이에 관한 자세한 내용은 복환모(2006)의 「한국영화사 초기에 있어서 이토히로부미(伊藤博文)의 영화이용에 관한 연구」, 『영화연구』28호, 한국영화학회를 참고 바람.

활동사진에 대한 관리 및 규제가 시작된 것도 통감부(統監府) 시기부터
였다. 1907년 통감부는 전문 10개 조항으로 구성된 「보안법」을 제정하
여 모든 공연물, 공연장, 공연 및 관람 행위를 감독하기 시작하였다.
1910년에는 부산 이사청(理事廳)에서 공연의 인가, 휴업, 시간, 요금, 공연
장의 위생, 풍속 등 보다 구체적인 내용을 담은 전문 11조의 「이사청령」
을 발표하기도 하였다. 이때 '공연(公演)'은 활동사진뿐만 아니라 연희, 연
극, 연주, 무용, 만담, 마술 등 제반 행위를 모두 아우르고 있었으며, 이
들 공연물은 흥행 업자 또는 조직에 의해 상업적(영리적) 목적으로 행해
지는 경우가 대부분이었다. 그렇기에 보안법과 이사청령은 이러한 "흥행
행위와 흥행장 운영에 관한 사항에 더 큰 비중을 두고 있었"으며 일선경
찰을 단속의 주체로 세웠다.[4] 때문에 보안법 및 이사청령으로 대표되는
당시의 활동사진 통제정책이 독립적, 체계적, 일률적이지는 못하였다.[5]

1910년, 대한제국은 결국 일본에 병합되었고 국호 역시 1897년 이전
의 '조선'으로 환원되었다. 식민지 조선에서 1910년대는 향후 식민통치
의 가닥이 잡히고 토대가 세워진 때로서 제국주의 일본의 조선침탈의 목
적, 의도, 성격이 다소 거칠고 투박하게 일상생활에 침투되던 시기였다.
대표적인 서구 근대문물인 영화 또한 변화의 물살을 탔다. '활동사진'이
라는 명칭에서부터 공연 프로그램, 변사 시스템, 극장 분위기 등이 일본
문화의 영향을 받아 조선사회에 이식되었다. 한편으로 1910년대는 여전

---

4) 김동호 외(2005), 『한국영화정책사』, 나남출판, p.59.
5) 반면, "일본의 경우, 극장 문화가 발달하였던 까닭에 그에 관한 취체 규칙도 일찍부터
   시행되었다. 이를테면 도쿄에서는 1882년 2월 동경부 지사와 경시총감에 의해 '극장취
   체규칙'이 고시되었고, 이후 '관물취체규칙'(경시청령 제15호, 1891년 10월), '연극취체
   규칙'(경시청령 제41호, 1900년 11월), '요세[寄席]취체규칙'(경시청령 제58호, 1901년 9
   월) 등이 공포·실행되었다." 한국영상자료원 엮음(2009), 『식민지 시대의 영화검열 1910~
   1934』, 현실문화연구, p.41.

히 조선인에 의한 활동사진 제작이 실현되지 못한 영화 제작의 맹아기이
기도 하였다. 이러한 현실에서 활동사진은 시간이 지나면서 새로운 대중
문화와 선전매체로 자리하게 된다.

1910년대 조선에서 활동사진 활동은 일본의 식민지 정책기조를 바탕
으로 하면서도 그 위상 및 인식 변화를 반영하는 다양한 차원에서 다층
적으로 이루어졌다. 따라서 당시 조선 활동사진의 식민지정책 반영 양상
에 관한 연구를 통해 '식민 주체/대상 사이의 정치적 관계가 영화 통제
정책과 활용양상에 어떻게 구현되었는가?'라는 물음에 대한 해답을 구하
는 데 보다 근접할 수 있을 것으로 판단된다.[6]

이에 본고는 1910년대 조선에서의 일본의 식민지정책에 따른 활동사
진 통제 및 활용의 궤적을 살펴보고 그 영화사적 의의를 고찰하려 한다.
이를 위해 당시 유일한 조선어신문이자 조선총독부의 기관지였던 『매일
신보(每日申報)』를 주요 사료(史料)로 삼는다. 또한 한일병합이 이루어진

___

6) 한국영화사 '초창기'라 할 만한 1910년대 식민지 조선의 활동사진에 관한 연구는 1990
년대 조희문과 정재왈 등을 통해 학위논문 등의 형식으로 포문이 열렸다고 볼 수 있
다.(조희문(1992), 「草創期 韓國映畵史 硏究 : 映畵의 傳來와 受容(1896-1923)」, 중앙대 박사
논문 / 정재왈(1996), 「韓國映畵 登場以前의 映畵上映에 關한 硏究 : 每日申報의 映畵廣告를
중심으로」, 고려대 석사논문) 그러나 이들 연구는 시기 구분 및 자료(해석)의 명확성 등
의 문제를 포함하고 있었다. 이에, 2000년대 중반 이후 보다 정확한 자료 실증을 통한
다양한 형태의 연구가 진행되어 오고 있다. 학술논문을 예로 들면 대체로 다음과 같은
선행연구들이 발표된 바 있다. 홍선영(2005), 「1910년 전후 서울에서 활동한 일본인 연
극과 극장」, 『한국근대춤연구』 1호, 한국근대춤연구회 / 함충범(2008), 「1910년대 전반기
식민지 조선에서의 활동사진에 관한 연구-1910~1914년 『每日申報』를 중심으로-」, 『영
화연구』 37호, 한국영화학회 / 한상언(2009), 「1910년대 경성의 일본영화인 연구」, 『영화
연구』 40호, 한국영화학회 / 홍선영(2009), 「경성의 일본인 극장 변천사 : 식민지도시의
문화와 '극장'」, 『일본문화학보』 43집, 한국일본문화학회 / 김승구(2011), 「1910년대 京城
영화관들의 활동 양상」, 『한국문화』 53집, 규장각한국학연구소 / 한상언(2012), 「1910년
대 경성의 극장과 극장문화에 관한 연구」, 『영화연구』 53호, 한국영화학회 / 한상언(2014),
「경성고등연예관 연구」, 『영화연구』 59호, 한국영화학회 등. 하지만 이들 연구 역시 대
체로 재 경성 일본영화인이나 경성 소재 활동사진상영관 등 유사한 특정 연구 주제를
대상으로 한다는 점에서는 한계를 보인다.

1910년부터, 3·1운동으로 일본의 식민지정책 기조가 전환되며 조선인의 손으로 연쇄극을 비롯한 영상물을 만들기 시작하는 1919년을 기점으로 그 이전 시점인 1918년까지를 주요 해당시기로 정한다. 여기에 역사학 등 인접학문의 학술적 내용을 연결시키는 작업을 시도한다. 그럼으로써 앞서 언급한 연구의 목적과 의의를 추구하고자 한다.

2. 1910년대 식민지 조선에서의 활동사진 통제정책

(1) 총독부의 식민지 정책기조와 언론정책의 특징, 그리고 『매일신보』

1910년 8월 29일 한일병합 조약이 조인되기 이전부터 조선의 통치권은 이미 조선총독부로 넘어가 있었다. 1910년 6월 일본 각료회의에서 결정된 「병합 후의 한국에 대한 시정방침」, 한일병합과 함께 공포된 「조선총독부관제」 등에서 확인되는 바와 같이 일본의 대 조선 식민지 통치 방식은 다른 식민지들의 그것과는 사뭇 달랐다.[7] 현역 대장 중에 임명되

---

7) 박명규에 따르면, 근대국가의 그것과 비교하였을 때 식민지하의 권력은 단순히 '국가부재론'과 '식민국가론' 두 종류로 나누어지지만 일본의 경우 식민지 유형은 다음과 같이 네 가지로 분류된다.

병합 후 지배방식	법적 통치권	사례
완전통합	일본 법령에 의한 지배	홋카이도, 오키나와
불완전통합	일본 법령에 원칙적 귀속, 예외적으로 총독 지배	대만
별도지역으로 분리통치	일본 내의 이법지역	조선
명분상의 독립국가	독자정부	만주

는 조선총독은 일본 '천황(天皇)'의 직속 인물로 상징화되었다. 조선총독
은 일본내각의 영향을 받지 않으면서 조선 내의 3권을 장악하여 무소불
위의 권력을 휘두를 수 있었다. 물론 조선의 법령은 대체로 본토의 그것
을 모방한 것이었지만 이와는 별도로 '의용(依用)'[8])이 이루어져 일본 내지
와는 전혀 다른 형태로 효력을 발생시켰다. 따라서 1910년대 일본의 식
민지정책은 조선총독부의 그것으로 대변된다. 1910년 10월 1일, 제3대
조선통감으로 부임해 있던 데라우치 마사다케(寺內正毅)가 제1대 조선총독
으로 취임하였다. '무단통치' 혹은 '헌병경찰통치'라는 단어가 함의하듯,
육군대장 출신 데라우치의 통치 스타일은 일방적, 일률적, 강압적이었다.

　1910년대 조선총독부의 식민지정책 기조는 '군사 기지화'와 '경제 귀
속화'에 있었다. 자본주의 후발주자였던 일본의 제국주의가 '군사적 제
국주의', '대응적 제국주의'로 불린다는 점에서도 드러나듯 메이지유신(明
治維新, 1868) 이후 '대륙진출'의 야심을 끊임없이 품어 왔던 일본에게 군
사적 측면에서 한반도의 식민지화는 필수적인 일이었다. 아울러 경제적
측면에 있어서도 원료공급 및 시장독점을 통한 이익창출의 창구로서 한
반도는 활용가치가 충분한, 본토에서 가장 가까운 식민지였다. 이에 대
한 제반 사업으로 1910년대 일본은 철도와 도로를 확충하고 토지조사사
업을 강행하였으며 법체계, 행정망, 도량형, 금융기구 등의 정비를 통해
본토와의 경제적인 동화를 추진하였다.[9]) 이를 위해 일본은 헌병경찰제를

　박명규(2005), 「1910년대 식민통치기구의 형성과 성격」, 서울대학교 한국문화연구소 편,
　　『한국 근대사회와 문화 Ⅱ-1910년대 식민통치 정책과 한국사회의 변화-』, 서울대학
　　교출판부, p.47.
8) 법의 내용이 같더라도 효력이 미치는 법역을 달리하는 것을 일컫는다. 조선총독부의 경
　　우 본토의 법률을 조선에 적용함으로써 효율성을 추구하면서도 조선에 대한 특례를 규
　　정함으로써 조선 내의 독자성을 확보하는 차원에서 일본법을 의용하였다. 위의 글, p.55.
9) 권태억, 「1910년대 일제 식민통치의 기조」, 서울대학교 한국문화연구소 편, 앞의 책,
　　pp.7~19 참조.

도입, 무단통치를 강화하는 한편, 식민지 정책 및 사업을 조선의 근대화
를 위한 것으로 선전하였다. 이 가운데 전자는 통치방식 및 정책기조와
연결되는 것이었으나 후자의 경우는 일본의 대 조선 언론 정책 및 사업
을 통해 실현되었다.

　1910년대 후반기에 접어들면서 일본의 조선통치는 제도적 기반 하에
점차 자리를 잡아 갔다. 1914년 도(道) 경계의 변경, 자치제 형식의 부제
(府制)의 시행, 군(郡)과 면(面)의 통폐합을 내용으로 하는 지방행정구역 개
편이 이루어져, 종전의 317개의 군과 4,337개의 면이 각각 220개와
2,522개로 정리되었고 다수의 군수와 면장의 교체가 진행되었다.10)
1915년에는 5년간의 통치성과 자찬 및 동화주의 확립을 위한, 또한 본
토와 식민지 간의 경제적, 문화적 격차 강조 및 일본 민간자본 유치를
위한 조선물산공진회(朝鮮物産共進會)라는 대규모의 박람회가 개최되었다.
한편 1916년 10월 14일 하세가와 요시미치(長谷川好道)가 제2대 조선총독
으로 부임하였지만(1919년 8월 12일까지 재임) 1919년 발생한 3·1운동 이
전까지 일본의 대 조선 식민지정책에 커다란 변화가 생기지는 않았다.

　일본의 대 조선 식민지 언론 정책 및 사업은 이미 한일병합 이전부터
진행되고 있었다. 이는 1904년 러일전쟁 발발 및 1905년 을사조약 체결
을 계기로 본격화되고 「신문지법」(1907)과 「신문지규칙」(1908)의 제정 등
을 통해 명문화, 통제화가 이루어졌다.11) 「신문지법」은 조선인 발행자의

---

10) 최재성(2003), 「1914년의 지방행정구역 개편과 그 성격」, 수요역사연구회 편, 『식민지
　　조선과 『매일신보』-1910년대』, 신서원, p.34.
11) 정진석에 의하면, "주한 일본군 헌병사령부가 한국의 신문을 검열하여 본격적으로 통
　　제하기 시작한 시기는 1904년 러일전쟁 직후였다. 기사의 삭제, 신문의 정간처분과 같
　　은 탄압을 강행했다." 이후 "1907년 7월 24일 친일 이완용(李完用) 내각이 법률 제1호
　　로 '신문지법'을 공포함으로써 언론통제의 양상은 새로운 단계에 접어들었"는데 "이
　　법은 신문 발행의 허가에서 처벌에 이르기까지 언론통제를 근본적이고 체계적으로 할

신문에 대한 허가 및 검열의 강화를 위해, 「신문지규칙」은 일본인 발행자의 신문에 대한 관리를 위해 마련된 것이었다. 1909년에는 검열권이 통감부로 이양되었으며, 1910년 5월에는 압수처분에 관한 새로운 기준이 세워짐으로써 조선인 발행자의 신문은 설자리를 잃게 되었다.

그 대신, 한일병합을 계기로 조선에서는 조선인을 대상으로 하는 조선어판 『매일신보』, 일본인을 대상으로 하는 일본어판 『京城日報』, 외국인을 대상으로 하는 영문판 『The Seoul Press』가 조선총독부의 기관지로서 독점적인 지위를 차지하게 되었다.[12] 특히 『매일신보』의 경우 "대한의 국호(國號)를 朝선으로 改稱혼 以後에는 대한으로 仍稱ᄒᆞᆫ 것은 事所不然"[13]하다는 이유로 한일병합 다음날부터 '대한(大韓)'이라는 두 글자를 뺀 채 『매일신보(每日申報)』라는 이름으로 연장 발간되었다. 이어 대한제국의 기관지였던 『대한신문(大韓新聞)』의 후신인 『한성신문(漢陽新聞)』을 흡수함으로써 국한문판과 한글판 두 가지 버전의 신문을 발행하였다. 그리하여 『매일신보』는 전신인 『대한매일신보(大韓每日申報)』와는 전혀 다른 성격의, 조선총독부의 조선어기관지가 되었다. 그리고 1910년 12월 말에는 사옥까지 『京城日報』 구내로 옮겨 조직적으로도 『京城日報』의 산하로 들어갔다.[14]

수 있었다." 반면, 재 조선 일본인들은 1908년 4월 30일 통감부령 제12호로 공포된 '신문지규칙'에 적용되어 "'계출(屆出)'로써 신문을 발행할 수 있도록 하는 등"의 특권적 대우를 받았다. 정진석(2007), 『극비 조선총독부의 언론검열과 탄압-일본의 침략과 열강세력의 언론통제』, 커뮤니케이션북스, p.6 및 pp.33~35.

12) 이때까지 조선에서 발간되어 왔던 『제국신문(帝國新聞)』, 『황성신문(皇城新聞)』, 『한양신문(漢陽新聞)』, 『대한신문』 등은 일본에 의해 강제로 폐간되었고, 1904년부터 창간된 『대한매일신보』만이 『매일신보』라는 이름으로 바뀌어 3·1운동 직후인 1920년 『조선일보(朝鮮日報)』, 『동아일보(東亞日報)』가 발행되기 이전까지 경성의 유일한 조선어 신문으로 존재하였다. 한편 1909년 창간된 최초의 지방지 『경남일보(慶南日報)』가 국권침탈 이후에도 계속 발행되기도 하였으나 결국 1914년에 폐간되었다.

13) 『每日申報』, 1910년 8월 30일, p.4.

14) 황민호, 「總論-1910년대 조선총독부의 언론정책과 『每日申報』-」, 수요역사연구회 편, 앞의 책, p.17.

따라서 1910년대 『매일신보』는 사설 및 기사를 통해 식민지 정책, 법령, 제도뿐만 아니라 조선의 정치, 경제, 사회, 문화, 종교, 교육, 외교에 이르는 전반적인 문제에 대한 조선총독부의 입장과 태도를 반영하였는데, 이는 식민체제의 합리성, 동화정책의 정당성 등을 확보하려는 목적 하에 이루어진 것이었다.

언론정책 일환으로서의 활동사진정책 역시 이미 통감부 시기부터 추진되었다. 여기서의 '정책'이라 함은 활동사진 통제 및 활용 정책 모두를 포함하는 것이지만, 그러나 1910년대까지 식민지 조선에서의 활동사진정책은 대개 비연속적, 비체계적으로 이루어졌다. 관련 법령이나 규칙 등이 부재한 상황에서 활동사진 통제는 주로 흥행 장소를 중심으로 임시 검열이나 임시단속의 형태로 실시되었으며, 활동사진 활용 또한 정해진 기구나 체계가 미비한 상태에서 흥행장의 시세(時勢) 반영이라는 차원에서 간접적이고 간헐적으로 행해졌다.

(2) 1910년대 전반기 활동사진 통제정책

1910년대 전반기 조선에서의 활동사진 통제정책은 주로 『매일신보』를 비롯한 총독부 기관지의 사설, 기사 등을 통해 공표되었다. 한일병합 직후부터 조선총독부는 흥행 전반에 대한 지도방침을 기관지에 게재하기 시작하였다. 처음에는 흥행물 관련 내용을 다룬 논설이 주를 이루다가 시간이 갈수록 흥행장과 흥행주체 관련 기사 형식의 글이 비중을 높여갔다. 그러나 활동사진에 대해 직접적으로 다룬 글은 별로 없었다. 흥행의 양태나 여타 흥행물과의 관련성으로 인해 당시 활동사진의 관리감독은 연희, 연주, 연극, 활동사진 등을 아우르는 흥행 전반에 대한 관리감독의 틀 안에 귀속되어 있었기 때문이다.

　비록 법문화하지는 않았지만, 한일병합 이후 일본은 총독부기관지를 통해 흥행물 및 흥행장에 관한 지도방침을 싣도록 하였다. 이에 『매일신보』는 논설, 기사, 기고문 등 다양한 형식으로 관련 글을 지속적으로 게재하였다. 한일병합 이듬해인 1911년부터 『매일신보』는 연희, 연주, 연극, 극장, 활동사진의 폐해, 엄금, 개량에 관한 주장을 간간히 개진하였는데, 일본의 조선통치가 정착화되면서 그 비중은 점차 줄어들었고 1914년 이후 이러한 종류의 논설 형식을 띤 글들은 거의 자취를 감추게 되었다.

　한일병합 이후 일본은 조선병합의 정당성 및 조선통치의 효율성 확보를 위해 조선 고유의 풍습과 조선인의 생활습관 등을 일정부분 인정하면서도 식민지 근대화 전략에 걸맞게 그것들을 수정할 것을 요구하였으며 이는 미신타파, 질서유지, 위생확립 등의 이름으로 조선인에게 '계몽'되었다. 그리고 그 일환으로 흥행물의 제재, 내용, 형식에 관한 논의가 이루어졌다. 때문에 이후의 논점은 자연스레 흥행장으로 옮겨지게 되었다. 이에 따라 신문지상의 글은 일반적인 기사 형식으로 옮겨 갔다. 당시 흥행장을 다룬 기사는 거기서의 사건 및 사고, 이에 대한 관할경찰서의 단속 및 주의 등으로 범위가 보다 확대되었다. 풍속괴란, 질서문란, 위생방해, 시간초과, 무료관람 등으로 내용 또한 다양해졌다.

　대중의 관심은 흥행주체로까지 이어졌다. 비록 소수이긴 하나, 당시 흥행을 주도한 주요 조직 또는 단체였던 극단들을 다룬 기사가 등장하였다는 점이 주목된다. 관련 사례로는 극단의 공익의무에 관한 내용을 다룬 1912년 4월 6일자 3면의 「革新團의 義務」, 공연 중의 사건을 소개한 1913년 11월 25일자 3면의 「영신단 연극을 뎡지」, 극단의 협작을 비판한 1914년 5월 22일자 3면의 「唯一團의 惡俳優」 등이 있었다.

이처럼, 1910년대 전반기 조선에서는 활동사진 통제정책이 체계적이고 독립적으로 수립되어 있지 않았으며 조선총독부의 거시적인 지도방침에 근거하여 각 흥행장의 관할 관공서가 자체적으로 관리감독을 시행하였다. 또한 당시의 흥행 관행, 여타 흥행물들과의 관련성 등에 따라 활동사진의 관리감독은 연희, 연주, 연극 등을 아우르는 공연 전반의 그것에 귀속되어 있었다. 이는 활동사진을 직접적으로 다룬 다음의 기사들을 통해 보다 명확해진다.

[표 1] 1910년대 전반기 활동사진 관련 『매일신보』 기사 목록

날짜(지면)	종류	제목	주요 내용(공연장 또는 관할서)
12.5.30(1)	사고	活動寫眞 殺風景	활동사진 무료상영 중 10여명이 넘어져 부상 (영천군 공립보통학교)
13.3.19(5)	단속	演藝界의 嚴締	활동사진관의 금지된 화면 상영
13.4.23(3)	일반	優美館의 三日觀	변사의 무례와 점원의 악행 (우미관)
13.5.3(3)	단속	優美館에 加一棒	불친절과 풍기문란으로 인한 영업정지 (우미관, 북부경찰서)
13.5.4(3)	일반	優美館의 復活動	불친절 및 급료지발 시정약속으로 인한 영업재개 (우미관)
14.1.5(3)	사건	黃金舘의 大混亂	극장의 재매표 요구에 대한 관객의 항의 (황금관, 남부경찰서)

이렇게 당시 활동사진 관련 기사는 그리 많지 하다. 하지만 이들 기사를 통해, 당시 활동사진에 대한 관리감독이 흥행(물) 전반에 대한 관리감독의 일부분으로 위치하고 있으면서도 한편으로는 나름의 특징을 지니고 있었다는 점이 발견된다. 일례로 1913년의 기사들은 관할 경찰서에 의해 화면의 내용에 대한 검열, 변사의 연행에 대한 감시, 극장의 흥행 및 운영에 대한 점검 등의 관리감독이 이루어지고 있었음을 보여준다.

특히 1913년 3월 19일자 5면의 기사는 활동사진 검열이 신파연극 대

본 검열로 이어질 것이라고 보도하고 있는데, 이를 통해 그 내용에 있어서만큼은 활동사진이 여타 흥행물보다도 우선적으로 관리감독의 대상으로 상정되고 있었음이 확인된다. 활동사진의 사실성과 오락성이 대중에게 반항을 일으켜 당국의 규제와 지시를 받게 된 것은 세계적인 현상이었고,[15] 조선의 경우 이러한 현상이 본격적으로 대두된 시기가 일제강점 초기인 1910년대 전반기였던 것이다.

　여기서 1910년대 활동사진 통제의 주요 정책적 대상층이 누구였는가에 대해, 동시기 흥행 상황 및 관람 문화와 결부시켜 고찰할 필요가 생긴다. 당대 식민지 조선의 최대 도시 경성의 경우를 예로 들어 살펴보자.

　일본의 조선 침략이 가시화되는 1890년대 중후반 무렵부터 경성(京城, 한일병합 이전에는 한성(漢城))에는 일본인이 정착하였는데, 그 수가 증가하면서 경성의 중심부는 자연스레 종로(鐘路) 지역을 중심으로 하는 '북촌(北村)'과 혼마치(本町) 지역을 중심으로 하는 '남촌(南村)'으로 나뉘어졌다. 북

---

15) 초기 세계영화사에서 국가에 의한 영화 통제가 시작된 것은 1900년대 중반 무렵이었는데, 구미 각국의 경우도 주로 지방 행정 당국의 영화상영관에 대한 규제로부터 시작되었다. "이 건물들이 화재와 위생에 취약한 듯 보였기 때문이었다." 그리고 영화 "내용에 대한 규제는 이러한 환경에 대한 문제들의 결과물로 불거졌다." 한편, "영화 상영에 대한 지방 정부의 통제가 확산되자 미국, 영국, 그리고 다른 유럽 국가들에서는 업계의 자율 규제를 위한 전국적인 기관들이 설립되기 시작했다." 또한 "유럽과 남미, 그리고 프랑스 제국과 대영 제국의 대부분의 나라들은 1911년에서 1920년 사이에 검열에 관한 법률을 제정하고 실행에 들어갔고, 1차 대전 동안에는 국가 보안이라는 명목으로 정부의 통제가 강화되었다." 제프리 노웰-스미스(Geoffrey Nowell-Smith) 외, 이순호 외 역(2005), 『옥스퍼드 세계영화사』, 열린책들, pp.291~292. / 이에, 1914년 5월 다롄(大連)의 만슈니치니치신문(滿洲日日新聞) 주필 다와라 데이지로는 "활동사진관 숫자는 전 세계적으로 약 3만 정도에 이"르는 당시 일본, 만주, 조선과는 달리 독일, 영국 등 "구미제국에서는 속악한 영화검열 및 단속법을 엄격하게 실시하고 있"으며 "활동사진을 교육에 응용하고 있는 나라"도 많이 있다면서 그 정책 및 제도 도입의 필요성을 역설하기도 하였다. 田原禎次郎(1914), 「活動寫眞の利用(上)」, 『朝鮮及滿州』, pp.22~24.(김태현 편역(2012), 『일본어잡지로 보는 식민지영화 1』, 도서출판 문, pp.15~21에서 재인용)

촌에는 조선인이, 남촌에는 일본인이 주로 생활하였으며, 따라서 각종 흥행장들 또한 남과 북으로 구분되었다. 관련 선행연구들은 흔히 북쪽의 흥행장을 '조선인 극장', 남쪽의 흥행장을 '일본인 극장'으로 칭한다. 이들 흥행장은 남촌의 경우 왜성대공원(倭城大公園)을 중심으로, 북촌의 경우 파고다공원(塔洞公園)을 중심으로 유곽, 상점 등 여타 환락 시설과 더불어 '근대적 유흥 공간'으로 세워진 것들이었다.16)

최근 연구에 따르면, 1910년대를 거치며 북촌의 흥행장은 대략 6곳, 남촌의 흥행장은 11곳 정도가 있었고 용산 지역에도 3개가량이 존폐와 부침을 거듭하였던 것으로 보인다. 그 가운데 활동사진(상설)관은 북촌(북부경찰서 관할)에서는 우미관(優美館, 1912~1950)과 단성사(團成社, 1907~현재),17) 남촌(남부경찰서 관할)에서는 경성고등연예관(京城高等演藝館, 1910~1915),18) 대정관(大正館, 1912~1935), 황금관(黃金館, 1913~1999),19) 유락관(有樂館, 1915~1945)20) 정도였는데,21) 이들 활동사진관의 소유주는 거의 일본인이었다.22)

---

16) 이는 "1873년 근대화의 일환으로 아사쿠사 지역이 일본 최초의 근대식 공원인 아사쿠사공원으로 조성"된 도쿄(東京)의 사례에서 보듯, 일본의 문화적 영향이 강하게 작용한 것이었다. 한상언(2012), 「1910년대 경성의 극장과 극장문화에 관한 연구」, 『영화연구』 53호, 한국영화학회, p.407.

17) 1918년 이후 활동사진 전용관으로 변모한다.

18) 1913년 '제2대정관'으로, 1915년 '세계관(世界館)'으로 개명된다.

19) '동아구락부(東亞具樂部)', '송죽좌(松竹座)', '황금좌(黃金座)', '성보극장(城寶劇場)' 등으로 개명되었다가 해방 후 '국도극장(國都劇場)'으로 개칭된다.

20) 1919년 '희락관(喜樂館)'으로 개명된다.

21) 위의 논문, p.411 '표2) 1910년대 경성의 극장 목록' 참조

22) 경성고등연예관의 설립자는 가네하라 긴조(金原金藏)이고, 대정관 소유주 겸 경성고등연예관 인수자는 닛다 고이치(新田耕市)이며, 황금관 소유자 겸 단성사 인수자는 다무라 요시지로(田村義次郎)였다. 아울러 우미관의 소유주는 하야시다 긴지로(林田金次郎)이었다. 한상언(2009), 「1910년대 경성의 일본영화인 연구」, 『영화연구』 40호, 한국영화학회, pp.252~253 '<표 2> 1910년대 일본인 극장주 및 흥행사' 참조

하지만 경성 소재 '조선인 극장'과 '일본인 극장'의 경계의 기준은 어디까지나 '관객'에 있었다. 즉 주요 관객층이 '조선어'를 사용하는 조선인인 경우와 '일본어'를 사용하는 일본인인 경우에 따라 이분화되었던 것이다. 당시의 활동사진들은 모두 무성영화(대부분 단편 필름)로서 그것들은 변사(辯士)를 통한 '상연'의 형태로 '소비'되었기에, 주요 관객층의 민족 구성에 따라 변사의 민족 구성도 달라졌다. 또한 "일본인 변사들은 설명변사와 연극변사로 나뉘었지만 조선인 변사들은 모두 설명변사였다."[23]라는 대목을 통해 짐작 가능하듯, 조선인 활동사진관과 일본인 활동사진관 간의 상연 형태 또한 일정 부분 차이를 보이기도 하였다.

요컨대, 1910년대 전반기 식민지 조선에서의 활동사진 통제정책의 주요 대상자는 민족 및 언어 별로 구분되어 있던 대중 관객이었다. 한편으로 특정 흥행장 내에서도 관객의 자리는 성별과 경제력 등에 따라 구분되어 있었다.[24] '통제'를 기반으로 하던 당대 식민지 통치 당국의 활동사진 정책방향과 상응하는 시스템이었다고 볼 수 있다.

그럼에도, 당시로서는 가장 근대적인 오락이자 산업이자 문화인 활동사진 관람(소비) 행위가 일상화되고 있던 활동사진관은 그 어느 곳보다도 개방적이고 소란스럽고 때로는 정치적일 수 있는 공간이었다. 강점 초기, 활동사진 관련 법령이 마련되지 못한 상황에서도 식민지정책 당국이 일선 경찰력을 동원하여 통제정책을 실행하였던 데에는 나름의 이유가 있었던 것이다. 그러면서 무질서와 소란, 불결함과 풍기문란 등에 '전근대'라는 오명(汚名)이 붙여진 채 각 흥행장들은 철저하게 단속의 대상이 되

---

23) 한상언(2010), 「활동사진시기 조선영화산업 연구」, 한양대 박사논문, 2010, p.99.
24) 『매일신보』 기사를 통해, 당시 공연장에 부인석(婦人席, 혹은 여등석(女等席))의 존재와 특등석/일등석/이등석/삼등석 등의 구분이 있었음을 알 수 있다. 함충범, 앞의 논문, p.427 참조.

어 갔다.

(3) 1910년대 후반기 활동사진 통제정책

1910년대 후반기에 들어와서도 당국의 활동사진 통제정책이 크게 달라지지는 않았다. 하지만 『매일신보』 지상(紙上)에서만큼은 다소의 변화가 있었다.[25] 공연 전반을 다룬 글 자체가 크게 줄어들었고 특히 논설 형식의 글이 거의 없어졌다는 점이 그것이다. 특히, 이러한 와중에도 1915년 9월 3일자 3면의 「활동샤진관의 취테」, 1916년 1월 14일자 3면의 「京城風紀取締」, 1916년 4월 1일자 3면의 「劇場의 風紀取締」, 1918년 2월 5일자 4면의 전주 지방 관련 「劇場新築」 등 활동사진 및 활동사진관에 대한 단속 관련 기사가 비중을 차지하고 있었다는 점이 주목된다. 내용의 핵심은 활동사진이 풍기문란을 부추겨 사회적으로 악영향을 미치는 것에 대한 당국의 엄중한 단속을 예고하는 데 있었다. 다음은 이들 기사의 전문이다.

경성에 잇는 흥힝물 중에 특히 활동샤진 「活動寫眞」은 풍긔롤 문란 「風紀紊亂」케 ᄒᆞᄂᆞᆫ 일이 심ᄒᆞ야 그 폐히가 젹지 안음으로 지난번 당국에셔는 관긱셕 「觀客席」을 남녀의 구별로 난ᄒᆞ아놋코 샹당히 취테를 려힝ᄒᆞ얏ᄂᆞᆫ 디 나히 십일셰ᄭᅡ지의 쟈는 별로 졔한을 ᄒᆞ지 안는다는디 ᄌᆞ금으로 취테

---

25) 물론 1915년 8월까지는, 공연시간을 지키지 않고 관객이 차기를 기다리거나 당일 입장하지 못한 관객에게는 불법으로 좌석의 등급을 올려주는 단성사의 행태를 비판한 1월 30일자 3면의 「不法의 團成社 一行」, 광무대 연극공연의 소음을 참지 못한 근처 주민들이 관할경찰서에 공연정지에 관한 탄원서를 제출하였다는 내용을 다룬 6월 29일자 3면의 「광무디와 근쳐 샤롬」, 단성사의 우대권을 위조하여 팔던 사람이 검거되었다는 소식을 전한 8월 11일자 3면의 「演劇票롤 僞造」 등 공연장 관련 기사가 이전 시기에 이어 주로 게재되었다.

가 엄중ᄒ다더라26)

　근시 활동사진이 세상에 밋치는 영향에 더ᄒ야 종종 의론이 잇슴으로 당국에서는 쳐음부터 이에 더ᄒ 취톄에 쥬의ᄒ고 지금 경성에서는 임의 베푼 활동사진관 외에 다른 곳에 신셜을 허가치 안옴과 ㄷ고 유락관「有樂館」의 신셜이 잇스나 그는 황금뎡의 세계관의 폐업인 것을 이 방면에 옴김에 불과ᄒ고 또는 이 뿐 안이라 관람셕 기타에 더ᄒ야도 사회풍교 샹에 밋치는 악영향이 잇는 것은 엄중ᄒ 취톄의 려힝을 ᄒ다는더 즉금으로 각 활동ᄉ진관 기타 연극장의 풍긔는 엄슉ᄒ야지리라더라27)

　요ᄉ히 경성 니 연극장 활동ᄉ진관의 샹황을 보면 폐히되는 일이 만히 잇다고도 훌만ᄒ 바 연극을 흥힝ᄒ 째에 참혹ᄒ 것이나 또는 외셜ᄒ 힝동을 ᄒ야 관긱의 악감정을 일으키는 일과 또 관긱이 변ᄉ 기타 비우실에 츌입ᄒ는 일과 또는 비우나 변ᄉ가 함부로 관람셕으로 츌입하는 등 풍속을 히케 ᄒ는 일과 또는 남녀셕 간에 혼란ᄒ 일이라던지 동셕ᄒ는 일과 활동ᄉ진 변ᄉ로 풍쇽을 히케 ᄒ는 셜명ᄒ는 등이 잇스면 즉금으로 소관 경찰셔에서는 엄중히 취톄ᄒ야 풍긔를 숙정홀 계획이라더라28)

　全州劇場은 全州座가 當局의 命에 依ᄒ야 閉鎖되얏슴으로 再次 劇場 建築의 議가 잇셧스나 決定치 못ᄒ고 그더로 經過ᄒ더니 今回 全州警察署長 萱野 氏의 種々 考慮ᄒ 바가 有ᄒ야…… 二月 末日 頃에는 起工ᄒ리라더라29)

　이 가운데 1916년 1월 14일자 3면 기사를 살펴보면, 1910년대 후반기부터 활동사진 및 활동사진관에 대한 단속이 공연 전반에 대한 단속의

---

26)「활동샤진관의 취톄」,『每日申報』, 1915년 9월 3일, 3면.

27)「京城風紀取締」,『每日申報』, 1916년 1월 14일, 3면.

28)「劇場의 風紀取締」,『每日申報』, 1916년 4월 1일, 3면.

29)『每日申報』, 1918년 2월 5일, 3면.

중심을 이루게 된 커다란 이유가 활동사진이 흥행물의 중심으로 자리함
으로써 새로운 공연 장소로서 활동사진관의 개관이 보다 활발해졌다는
데 있다는 사실을 확인할 수 있다. 실제로, 1910년대 중반기는 조선 활
동사진업계가 일본의 자본과 일본인 흥행업자 중심으로 재편되면서 새
로운 산업적 전기를 경험하던 때였다.[30]

　이에 따라 활동사진의 폐해를 구체적으로 지적하는 글이 등장하기도
하였는데, 1916년 1월 8일자 3면의 「小兒와 活動寫眞」이라는 논설이 대
표적인 경우이다. 일본 오사카(大阪)의 어느 의사가 투고한 이글은 활동사
진관의 탁한 공기와 영사기의 눈부신 빛으로 호흡기와 시신경이 좋지 않
게 되고 활동사진 관람으로 피로, 흥분, 불면의 가능성이 높으며 심리적
인 잔상으로 폭력모방이나 성욕자극의 위험이 있다는 이유를 들어 다음
과 같은 사항을 권고하고 있다.

　　兒童을 爲ᄒ야ᄂᆞᆫ 日曜日이나 土曜日 午後에 特別製作ᄒᆞᆫ 敎育的 映畵를 觀
　覽케 ᄒᆞᆷ이나 如斯히 ᄒᆞᆫ 즉 時間이 短少ᄒᆞᆫ 故로 身體精神 兩方面에 適合ᄒᆞᆯ지
　라 ᄯᅩ 夜間이 안인 故로 睡眠을 妨害ᄒᆞᆯ 事도 無ᄒᆞ고 映寫ᄒᆞᄂᆞᆫ 畵ᄂᆞᆫ 敎育의
　補助가 되야 實로 有益ᄒᆞ게 되겟스니 父母ᄂᆞᆫ 己無可論이오 觀察側에도 此点
　에 多大ᄒᆞᆫ 注意를 拂ᄒᆞᆷ을 切望ᄒᆞ노라[31]

　아동에게 미칠 활동사진의 악영향에 대한 사회적 경각심을 반영하고

30) 경성의 경우, 활동사진 흥행업을 장악한 것은 닛다 고이치가 수장으로 있던 '닛다연예
　부'와 하야가와 마스다로(早川增太郞)이 이끌던 '하야가와연예부'였다. 이에 따라 "일본
　에서의 영화산업의 변동과 맞물려 경성을 중심으로 한 조선의 영화산업도 니카츠 계
　통의 닛다연예부와 텐카츠 계통의 하야가와연예부로 양분되었다. 양 회사에 의해
　1910년대 내내 조선 전역의 활동사진관은 두 계통으로 (배급-유통이) 나뉘게 된다."
　(괄호-인용자) 한상언, 앞의 학위논문, p.93.
31) 『每日申報』, 1916년 1월 8일, 3면.

있는 것이다. 이와 관련하여, 일본에서 실제로 발생한 청소년들에 의한 연쇄살인강도 사건을 소개하며 "이와 갓치 된 동긔는 활동사진의 됴치 못혼 영향이라 ᄒ며 ᄯ 이 ᄋ희들은 항상 절도질을 ᄒ야 군것질 ᄒ기가 일이엿다 ᄒ니 놀납지 안이혼가"[32]라는 표현으로 그 원인을 "활동사진의 좋지 못한 영향"으로 돌리기도 하였다. 물론 "그날의 일댱 활극은 훌륭혼 일폭의 활동샤진이얏스며 그 쟈ᄂ 그날도 네집에 침입혼 대적이라더라"[33]라는 표현을 통해 확인되듯, 언론매체부터가 범죄, 검거 모습을 활동사진 장면을 빌어 설명하는 경우도 있었다. 이는 1910년대 후반기 활동사진이 사회곳곳에 뿌리를 내렸다는 사실을 반증하는 사례로도 볼 수 있다.

이처럼, 1910년대 후반기 식민지 조선에서의 활동사진 통제정책은 1910년대 전반기의 그것을 계승하면서도 부분적으로는 차별성을 드러내기도 하였다. 즉, 한일병합 직후인 1910년대 전반기의 경우 사회정화, 질서유지, 안전보장, 공공확립 등의 차원에서 공연 전반에 귀속되어 있던 활동사진 통제가 간접적, 부차적으로 이루어졌던 데 반해, 일본에 의한 대 조선 식민통치가 정착되어 가던 1910년대 후반기부터는 활동사진의 산업구조 개편 및 영향력 증대에 따라 활동사진 통제 또한 여타 흥행물의 그것을 이끄는 모양새를 띠게 되었던 것이다. 그리고 이는 『매일신보』의 활동사진 통제정책 관련 기사에도 반영되어 있다.

---

32) 「小學生徒의 殺人强盜」, 『每日申報』, 1917년 8월 10일, 3면.
33) 「血路! 宛然一幅의 活動寫眞」, 『每日申報』, 1917년 11월 8일, 3면.

3. 1910년대 식민지 조선에서의 활동사진 활용양상

(1) 식민 지배를 위한 동화주의의 강조와 『매일신보』를 통한 정당화

일본의 조선침탈은 메이지유신을 계기로 제국주의 근대화 노선이 추진된 이후 국내외 지정학적 상황에 따라 '정한론(征韓論)' 등의 형태로 이미 수십 년간 논의되고 계획되고 진행되던 것이었다. 물론 그 목적은 군사적, 정치적, 외교적, 경제적 이권을 차지하는 데 있었지만 오래된 '이웃나라'를 침략함에 이러한 것들을 표면적인 이유로 내세울 수는 없었다. 더구나 대한제국은 정치, 경제, 사회, 문화적으로 독자성을 띤 민족국가였고, 때문에 외세에 대한 민중의 반감이 적지 않았다. 따라서 일본의 입장에서는 한일병합 이후 조선강탈의 정당성을 확립하고 조선민중의 저항을 무마하며 친일 조선인을 양성하는 일이 무엇보다도 시급하였다.

이러한 상황에서 일본이 선택한 것은 '동화주의(同化主義)'를 강력하게 주장하고 적극적으로 확산시키기 위해 그것을 식민통치의 이념적 기반으로 정책화하는 일이었다. 하지만 이는 그 이론적 논리가 견고하게 구축된 뒤에나 가능하다. 이에 일본은 '문명화론', '일조동조론' 등을 내세워 동화정책(同化政策)의 이론적 토대를 마련하고자 하였다.

문명화론(文明化論)은 뒤떨어진 '미개국가'인 조선이 '문명국가'로 발전하기 위해서는 선진 문명국가인 일본의 도움과 인도와 통치를 받아야 한다는 내용의, 여타 제국주의 열강들이 식민지쟁탈 과정에서 흔히 사용하던 일반적인 논리였다. 동조동근론(同祖同根論)은 일본인과 조선인은 그 조상과 뿌리가 같으며 따라서 조선인도 결국 일본 천황의 휘하에 존재한다는 내용의, 메이지헌법 제정(1889)을 통해 확립된 '천황=군주', '국민=신

민'으로 공식화되는 일본식 가족국가주의를 조선으로까지 확대·적용한
특유의 논리였다. 이와 같은 조선침략을 정당화하기 위한 논리는 자립능
력결여론(自立能力缺如論), 병합유익론(倂合有益論), 일조동조론(日朝同祖論), 일조
동근론(日朝同根論) 등의 이름으로 보급되었다.

또한 이들 내용은 "일본 천황이나 총독을 자비로운 군주로, 식민지 민
중을 어리석은 赤子로 표현하고 이들에게 문명의 선정을 베풂으로써 그
복리를 향상시킨다는 도식"으로 조선총독부 기관지 『매일신보』를 통해
조선인들에게 설파되었다.[34]

『매일신보』는 한일병합 다음날인 1910년 8월 30일 "朕이 東洋의 平和
를 永遠히 維持ᄒ야 帝國의 安全을 將來에 保障ᄒᄂ 必要를 念ᄒ며 又 常
히 韓國이 禍亂의 淵源됨을 顧ᄒ야…… 韓國을 帝國의 保護之下에 置하야
써……"라는 일본 천황의 조서(詔書)와 "韓國 황제陛下ᄂ 韓國 全部에 關
ᄒ 一切 統治權을 完全 且 永久히 日本國 皇帝陛下에게 讓與홈"이라는 내용
의 병합조약 제1조를 게재함으로써 식민지 시대가 도래하였음을 공표하
였고,[35] 뒤이어 "其 洲也 一同ᄒ고 人種也 一同ᄒ고 殖産也 一同ᄒ여" "日
本이 强ᄒ면 我国도 强ᄒ고 我国이 弱ᄒ면 日本도 弱홀 것은 一家 內에 兄
則飽ᄒ며 弟則飢홀 理ᄂ 禹無타 홀지니" 이에 조선인은 양국 군주의 결정
을 존중하고 일본 문명에 동화하여 극동의 평화를 지켜야 한다고 주장하
였다.[36]

이후에도 "八万二千 方里의 土地와 一千三百万 人口의 民族을 有ᄒ 朝鮮
半島를 擧ᄒ야 日本帝國에 倂合"한 이후 조선총독부는 "無法天地에서 生活

---

34) 권태억, 앞의 글, p.20.
35) 『每日申報』, 1910년 8월 30일, 1면.
36) 「同化의 主意」, 『每日申報』, 1910년 8월 30일, 2면.

흐든 人民으로 흐여금 文明的 規則的 法令의 拘束을 受케" 하였고 "人民의 生命財產을 安固히 保護"하였을 뿐만 아니라 "地理上 軍略上에 到底히 日本과 朝鮮의 分離"가 가능하지 않았던 것이 한일병합의 이유이므로 "朝鮮民族은 能히" 이러한 것을 자각하고 "總督政治의 眞意를 了解"해야 한다[37]며 일본의 동화정책을 지속적으로 선전하였다.

1910년대 후반기에 들어서도 『매일신보』는 동화정책의 수위를 꾸준히 유지시켜 나아갔다. 1916년 새해 첫날에는 조선총독부의 지난 5년간의 치적에 대해 "倂合 當時에는 百度가 弛廢ㅎ야 民衆이 貧窮의 極에 陷ㅎ얏슴으로써 寺內 總督은 諸種의 施設經營에 一夜로 苦心焦慮ㅎ야" 행정, 제도, 종교, 재정금융, 교통, 산업, 사법, 경찰 등의 전체 부문에서 커다란 발전을 이루게 하였다고 칭송하였다.[38] 총독의 지방순찰에 대해서는 "古者에 賢哲흔 君主는 地方에 巡狩ㅎ야 民情을 察ㅎ이 定例"였으며 이에 데라우치 총독은 "朝鮮 各地의 狀況을 精通ㅎ고 朝鮮 現在의 物情을 明知"함으로 "朝鮮의 民族은 到處에 尊親의 誠을 表現치 안임이 無"하다고 평가하였다.[39]

1916년 10월에는 "我 帝國의 朝鮮 統治의 大方針은…… 日韓倂合의 大業을 斷行ㅎ신 以來로 確立되야" "朝鮮과 如히 痛治上에 特殊흔 用意를 必要ㅎ다 ㅎ는 處에셔는 今回와 如흔 狀態로써 總督의 更任을 見ㅎ는 事가 有흠은 一千三百万 新同胞의 幸福은 勿論 實로 邦家를 爲ㅎ야 慶賀不堪홀 바"라고 언급하며 하세가와 신임 총독의 취임을 환영하였는데[40] 이때를 즈음하여 '再築落成號'라는 이름의 특별호에 2회에 걸쳐 「新日本主義를 高

---

37) 「朝鮮民族觀(一)」, 『每日申報』, 1914년 11월 21일, 1면.
38) 「回顧 新政 五個年 倂合 以後의 槪觀」, 『每日申報』, 1916년 1월 1일.
39) 「總督의 地方巡察」, 『每日申報』, 1916년 5월 17일, 1면.
40) 「朝鮮總督의 新任」, 『每日申報』, 1916년 10월 7일, 1면.

調흠」이라는 제목의 논설을 싣기도 하였다.

이렇게, 1910년대 조선에서 동화주의는 일본의 식민 지배를 위한 가장 핵심적인 이데올로기로서 강조되었으며 그것은 『매일신보』를 비롯한 일상매체를 통해 대중에게 정당화되었다. 이는 당시 동화정책이 "식민지의 안정화, 문명화, 일본화에 의해 성공 여부가 좌우되는 정책이었"기 때문이다.[41] 그렇기에 데라우치는 "자신의 통치이념이나 시정방침을 거론할 때마다 '融合同化', '一祖同仁主義'의 정신을 주지시켰"으며 "민족동화가 가능하고 필연적이라고 표방"하였다.[42] 그리고 이러한 노선은 "데라우치의 통치노선과 총독부 관료 인맥을 그대로 계승했다고 평가되"는 제2대 하세가와 총독 시기로도 이어진다.[43]

(2) 국가적 이벤트의 수용과 활동사진 분야로의 파급

1910년대 조선총독부의 동화정책은 동시기 활동사진정책에도 반영되었다. 물론 동화정책 자체가 조선인을 회유하고 포섭하는 데 초점이 맞추어졌던 것처럼, 이와 관련된 활동사진정책 역시 활동사진 통제보다는 활용의 측면에 무게중심이 가 있었다. 그런데 1910년대는 아직까지 식민지 조선에서 조선인이나 재조선 일본인에 의한 활동사진 제작이 실현되지 못하던 시기였다. 때문에, 그 활동은 주로 활동사진 상영행위를 통해 이루어졌다.

---

41) 정연태, 「조선총독 데라우치(寺內正毅)의 한국관과 식민통치-점진적 민족동화론과 민족차별 폭압정책의 이중성-」, 서울대학교 한국문화연구소, 앞의 책, p.89.
42) 위의 글, pp.67~71.
43) 위의 글, p.73.

한국영화사에서 1910년대는 흔히 '활동사진 상시 상영'의 시대로 일컬어진다. 활동사진상설관의 등장으로 외래문화로서의 영화가 비로소 한반도에 정착되는 시기로서 사적(史的) 의의를 지니는 것이다. 대개 당시 활동사진의 지속적 상영은 보통 활동사진상설관에서 행해졌다. 전술한 바대로 경성 최초의 활동사진상설관은 1910년 개장한 경성고등연예관이었는데, 여기서는 조선인 변사와 일본인 변사를 두고 조선인과 일본인 모두를 대상으로 활동사진을 '상연'하였다. 1912년에는 북촌에 '조선인 극장'인 우미관이, 남촌에 '일본인 극장'인 대정관이 활동사진상설관으로 등장한다. 이때부터 경성의 활동사진관은 민족과 언어를 경계로 구획된 특수한 문화의 장(場)으로서 자리한다.

이들 활동사진관은 1~2주에 한 번 꼴로 프로그램을 바꾸었는데, 하나의 프로그램 안에는 편당 5~10분 분량의 단편필름들이 10~20편 가량 배치되는 게 보통이었다. 각각의 단편필름들은 북촌 활동사진관의 경우 미국영화를 중심으로 하는 구미(歐美)영화가, 남촌 활동사진관의 경우 일본 내지(內地)영화가 주를 이루었다. 그런데, 사실 당시 경성 소재 '조선인 극장'으로 꾸준히 상영 활동을 이어간 것은 우미관 한 곳뿐이었다.[44] 게다가 1910년대 후반으로 가면서 조선에서의 활동사진 배급망은 닛카쓰와 텐카쓰를 중심으로 하는 일본 활동사진산업계로 편입되어 갔다. 더구나 활동사진관의 소유주는 거의 일본인이었다.

이는 당시 어느 장소보다도 정치적일 수 있는 활동사진관이라는 대중

---

44) 1916년 2월 "현재, 경성 활동사진 상설관은 대정관(大正館, 다이쇼칸), 황금관(黃金館, 고가네칸), 유락관(有樂館, 유라쿠칸), 수좌(壽座, 고토부키자), 우미관(優美館, 유비칸) 이외에, 용산에는 황금관의 분관 용강관(龍江館, 류코칸)" 등 모두 6개소가 있었는데, 이 가운데 조선인 전용관은 우미관 한 곳뿐이었다. 江戶ッ子(1916), 「京城活動寫眞界の內幕-當て事の外れた有樂館と壽座は何うなる」, 『朝鮮及滿州』, p.122.(김태현 편역, 앞의 책, pp.40~41에서 재인용)

적 공간의 성격과 역할을 규정하는 구조적 전제조건이 되었을지 모른다
는 점에서 주목을 요한다. 특히, 데라우치가 "민족 융합동화, 一祖同仁을
표방하면서도 헌병경찰제를 근간으로 민권을 억압하고 민족을 차별"하
는 한편으로 "한국인의 민권을 억압한 것은 물론이거니와 일본인 이주
민의 민권도 통제했다는" 부분과 결부시켜 생각해 볼 필요가 있다.45)
"종전 체재를 완전히 바꾸어 활동사진 흥행 상설 전문관으로 신장개업
하려" 한 결과 "개축은 어떻게든 허가를 받을 수 있었지만 흥행은 총감
부로부터 장기간 흥행불허판정을 받았"던 수좌(壽座)의 경우를 통해 확인
되듯, 활동사진업계에서도 관련 사례가 확인되기 때문이다.46)

   여기서, 비록 구체적인 법령이나 체계적인 제도 등이 마련되지는 않았
다 하더라도 데라우치의 이른바 '점진적 동화정책'이 활동사진관의 내·
외면을 통해 발현되며 동시기 총독부의 정책기조가 대중의 일상생활에
침투하는 궤적을 가늠해 볼 가능성도 엿보인다. 1910년대 『매일신보』
활동사진 관련 기사들에 눈을 돌려 보자. 우선, 황실 대사(大事)를 비롯한
일본 국사(國事)를 다룬 것들에 초점이 맞추어진다.

   1912년 10월 1일자 3면의 「演藝界」라는 광고란에 실린, 메이지 천황
(明治天皇)의 '어대상의(御大喪儀)'와 노기 마레스케(乃木希典) 장군의 '어장(御
葬)'을 촬영한 활동사진을 상영한다는 내용의 광고기사가 대표적인 사례
이다.47) 메이지 천황은 일본 근대화 및 강화도조약(1876), 제물포조약
(1882), 한성조약(1884), 청일전쟁(1894), 을미사변(1895), 을사조약(1905), 한

---

45) 정연태, 앞의 글, p.81.
46) 江戸ッ子, 앞의 기사, p.123.(김태현 편역, 앞의 책, p.42에서 재인용)
47) "남대문 밧 어성좌에셔는, 거월 이십칠일브터 십월 일일Ꞔ지, 오일 간을, 명치 텬황 어
    대상의와 고 Ꞔ목 대쟝 어쟝의 실디 샤진으로 활동ᄒᆞ며, 여흥으로, 다른 샤진도, 활동
    ᄒᆞ다 더라.", 『每日申報』, 1912년 10월 1일, 3면.

일병합(1910)에 이르는 조선 식민지화 전 과정에서 '국가'로 상징되는 자였으며, 노기 장군은 청일전쟁과 러일전쟁에 참여함으로써 일본의 한반도 장악을 결정적으로 이끈 장본인이자 메이지 천황이 숨을 거둔 후 아내와 함께 자결한 인물이었다.

한편 일본 본토에서와 마찬가지로 일본 천황이 위독하거나 그의 상중(喪中)일 경우에는 다음과 같이 활동사진을 비롯한 모든 흥행물의 공연이 중단되거나 흥행장의 개축행사가 생략되었다.

> 중부 ᄉ동 연흥사(中部寺洞演興社)서 흥힝ᄒ는, 혁신단 림셩구 일힝(革新團 林聖九 一行)은, 일반샤회의, 됴흔 평판을 엇어, 더욱 흥힝ᄒ는 바 현금 텬황폐하끠옵셔 어환후가 어위독ᄒ옵심에 더ᄒᄒ야, 연극을 흥힝홈이, 신민된 도리에, 황송ᄒ다ᄒ고 작일 밤부터, 연극을 뎡지ᄒ얏다더라[48]

> 경성고등연예관(京城高等演藝舘)의 디방순업듸(地方巡業隊)는 디방에서 순업ᄒ는 중이더니, 션데 어승하ᄒ옵 경보를, 졉ᄒ는 동시에, 그 관쥬(舘主)는, 디방의 순업을 폐지ᄒ고 곳 올나오라는, 뎐보를 인ᄒ야, 모다 철귀ᄒ얏는듸, 그 일힝은, 죠례의 뜻을 표ᄒ기 위ᄒ야, 근신ᄒ는 중이라더라[49]

> 高等演藝舘 희관에서는, 금 삼십일일 밤에, 기관ᄒ다는듸, 대샹 중에는 근신을 표ᄒ야, 기관식을, 거힝치 안이ᄒ고, 그 비용 중에서 금빅원을, 경긔도 ᄌ혜의원에, 긔본금으로, 긔부ᄒ기로 결뎡ᄒ고, 그 전달홈을, 남부경찰셔에 의뢰ᄒ얏다더라[50]

또한 1914년에는 일본 "황태후끠셔 승하"하였다는 이유로 "각 연극

---

48) 「革新團의 休演」, 『每日申報』, 1912년 7월 30일, 3면.
49) 「演藝舘의 勤愼」, 『每日申報』, 1912년 8월 2일, 3면.
50) 『每日申報』, 1912년 8월 31일, 3면.

장"이 "근신 상틱"에 들어간 일도 있었다.[51]

반대로 황실에 '경하(慶賀)'할 일이 생겼을 때에는 보다 적극적으로 상영활동을 진행하였다. 『매일신보』와 『京城日報』는 공동주최로 전년도 가을에 행하여졌던 다이쇼 천황(大正天皇)의 어대례(御大禮)를 촬영한 활동사진의 상영회를 1916년 4월부터 6월까지 무려 두 달여 동안 수원, 인천, 대전, 전주, 군산, 광주, 목포, 마산, 진해, 대구, 부산, 개성, 평양, 원산 등 조선 전역에서 개최하였다. 그리고 이에 관한 내용은 『매일신보』 지면에도 지속적으로 게재되었다. 다음은 4월 26일 첫 상영회 소식을 알린 4월 25일자 『매일신보』 기사의 앞부분이다.

> 客年 秋冬에 御擧行ᄒ신 今上陛下 卽位式의 盛儀ᄂ 我等民國의 一般이 奉祝혼 万歲不折의 大盛典이라 此 千古罕府의 御盛儀ᄅ 御大禮謹寫團 活動寫眞班에서 大禮使로브터 特히 許可後 謹寫혼 賢所移御의 鹵簿와 御大禮에 關ᄒ야 東京, 京都로브터 行幸 還幸의 全部及 東西 兩京市民奉祝의 熱誠혼 在鮮 赤子一般의 拜觀에 供코져ᄒ야 弊社ᄂ 特히 國民拜觀會本部에 依囑ᄒ야 來 二十六日로써 開催ᄒ야 水原을 第一着으로ᄒ고 順次 南鮮要地ᄅ 巡行케 ᄒ기로 決ᄒ얏ᄂ디 其開催地及 日程은 左와 如홈[52]

이후 관련 내용을 다룬 기사는 4월 26일자 2면, 4월 28일자 4면, 5월 2일자 2면, 5월 4일자 2면, 5월 6일자 2면, 5월 9일자 2면, 5월 11일자 3면, 5월 12일자 3면, 5월 13일자 4면, 5월 25일자 3면, 5월 28일자 3면, 6월 2일자 2면, 6월 13일자 3면 등 13회에 달하였으며 이들 기사의 보도를 통해 변경 상영일정, 추후 상영계획, 최종 상영결과 등이 대중에게 알려졌다. 특히 4월 28일자 4면의 「御大禮活動寫眞의 大歡迎」은 "태던

---

51) 「愁雲 慘憺 황태후믜셔 승하 각 방면 근신 상틱」, 『每日申報』, 1914년 4월 12일, 3면.
52) 「御卽位禮의 大盛儀」, 『每日申報』, 1916년 4월 25일, 2면.

지국 쥬최 어대례빈관 사진은 비상훈 환영을 밧어 학싱 오빅명의 단톄롤 위시ᄒ야 대셩황이 될 모양이며"라는 내용을 소개하였는데 이를 통해 학생들을 중심으로 단체관람이 행해졌다는 사실도 확인된다.

아울러, 동조동근(同祖同根)의 전제 하에 일본 천황의 '적자(赤子)'가 된 조선(인)은 일본(인)과 혈연관계에 놓여 있다고 받아들여지기도 하였다. 아래의, 1914년 발생한 일본 규슈(九州) 가고시마(鹿兒島)현의 사쿠라지마(櫻島) 화산폭발 사건 이재민을 위한 자선공연 관련 글들은 이를 반증한다.

> 금번 니디 잉도폭발(櫻島爆發)에 디ᄒ야, 각처로부터 유지쟈와 밋, 기타 샤회에셔, 련속히 의연금(義捐金)을 모집ᄒ야, 특별히 긔부ᄒᄂ 일은, 일반이 모다 아ᄂ 바이어니와, 이즈음, 경셩 즁부 동구 안, 쟝안샤(長安社) 김 지종 일힝(金在鐘 一行)의, 특별훈 열심으로, 일졔히 발긔ᄒ야, 오늘밤부터, 리일밤ᄭ지 량일간, 잉도폭발 ᄌ션연주회(櫻島爆發慈善演奏會)를 열고, 슈입금을 긔부ᄒ다더라[53]

> 본월 십일일브터, 잇흘 동안은, 스동 연흥샤, 혁신단 림셩구 일힝이, 니디 잉도(櫻島)와, 동북 디방 지양을, 맛난 이민을 위ᄒ야, ᄌ션연쥬회를 셜힝ᄒ야, 슈입금을, 그 디방에 긔부ᄒ다ᄂ더, 연극의 예제(藝題)ᄂ, 본샤에셔, 련지ᄒ던 쇼셜 쟝한몽(長恨夢)이라 ᄒ니……[54]

> 경셩 남부 황금유원 안에셔, 흥힝ᄒᄂ, 광무디(光武臺) 박승필 일힝(朴承弼 一行)은, 명일밤브터, ᄌ션연주회(演奏會)를, 대대뎍 긔최ᄒ고, 그 날 슈입훈 돈을, 젼부 긔부ᄒ기로, 결뎡ᄒ얏ᄂ더……[55]

그런데 이들 행사는 어디까지나 극단이 중심이 되어 연극, 연주, 가무

---

53) 「櫻島爆發과 長安社」, 『每日申報』, 1914년 2월 6일, 3면.
54) 「櫻島慘災와 革新團」, 『每日申報』, 1914년 2월 11일, 3면.
55) 「光武臺도 演奏會」, 『每日申報』, 1914년 2월 15일, 3면.

등의 형태로 기획, 공연된 것들이므로 활동사진과는 직접적으로 관련성을 갖지 않았던 것처럼 보인다.

물론 1918년 5월 18일자 3면과 19일자 3면에 소개되었던 동아연초회사 주최의 위안회의 예처럼 공연물 안에 활동사진이 포함된 경우도 있었으나,[56) 이 또한 여전히 활동사진만이 주가 된 것은 아니었다.

활동사진 상시 상영이 일상화되어 가고 있던 1910년대, 당시의 상영 활동은 주로 흥행장에서 행해졌고 이곳에서는 (활동사진상설관이라 할지라도) 대개 연희, 연극, 연주, 무용, 만담, 마술 등 여타 흥행물들을 함께 선보였으며 활동사진 흥행 및 관람 행위도 변사를 매개로 하여 상연의 형태로 이루어지고 있었기 때문이다.[57)

(3) 조선물산공진회의 개최와 활동사진의 이용

식민지 조선에서 활동사진이 보다 직접적이고 본격적으로 일본의 동화정책 선전에 동참한 사례는 1915년 9월 11일부터 10월 31일까지 경복궁에서 개최된 조선물산공진회(朝鮮物産共進會)에서 찾아볼 수 있다.

---

56) "동아연초회사에셔논 금 십팔일 오전 열시부터 황금관에셔 츈긔 직공위안쟝려회롤 열고 직오 표챵식을 거힝혼다논디 여흥으로 활동사진, 마슐, 무도 기타 수죵을 보일 터이라더라" 「東亞煙草慰安會」, 『每日申報』, 1918년 5월 18일, 3면. / "동아연초회사에셔논 믹년 츈긔에 직공 위로〻 대운동회를 여럿논디 금번에는 이 젼례를 변경ᄒ야 십팔일 오젼 열시부터 황금관에셔 직공위안회를 열고 우량 직공에 디ᄒ야 표챵식을 거힝혼 후 위안회를 여럿논디 삼쳔명의 남녀 직공은 너른 관람석에 가득ᄒ얏더라……" 「東煙의 慰安會」, 『每日申報』, 1918년 5월 19일, 3면.

57) 게다가 1910년대 당시는 "일주일에 한 번 영화 프로그램은 바뀌어도 그 내용은 항상 저급하고 속악하며 박정한 것뿐이다."라는 활동사진에 대한 부정적 인식이 여전히 존재하던 때이기도 하였다. 化.村晨二郎(1915), 「朝鮮の浪花節と活動寫眞界」, 『朝鮮公論』, p.96. (김태현 편역, 앞의 책, p.33에서 재인용)

19세기 중엽 무렵부터 영국, 프랑스, 미국 등 선진 자본주의 국가들을 중심으로 열렸던 박람회는 다분히 정치적인 의도를 내포하고 있었으며 이것이 자국의 범위를 벗어날 때에는 제국주의에 편승하는 경향이 컸다. 여러 차례의 세계박람회 참여로 박람회의 정치적 성격을 간파한 일본은 이미 국내 박람회를 통해 자본주의 질서를 구축해 나갔고 이는 식민지정책의 기조인 동화정책을 확립하는 장으로서의 조선물산공진회 개최로까지 이어지게 된다.

조선물산공진회는 경복궁 터이자 총독부청사 건립예정지(청사는 1926년에 완공됨)에서 열렸다. 1913년부터 논의가 시작된 조선물산공진회의 전시장은 72,800평의 대지에 5,352평의 진열관으로 마련되었으며 공사비로만 약 24만원이 투입되었다. 개최기간동안의 전시품 수는 42,026점에, 출품자 수는 18,976명에, 입장객 수는 1,164,383명에 달하였다.

이렇게 일본이 조선에서 전례가 없던 대규모의 박람회를 개최한 이유는 다음과 같이 크게 두 가지로 요약된다. 첫째, 5년간의 식민통치의 치적을 과시함으로써 한일병합의 정당성을 확보하고 조선에서의 동화정책을 강화하기 위해서였다. 둘째, 조선통치의 안정성 및 조선경제의 잠재력을 내보임으로써 자국민에게 조선과의 교류 및 조선에의 투자를 권장하기 위해서였다. 이러한 차원에서 동화정책 강화를 위해 조선왕조의 상징적 장소인 경복궁 자리에 상당수의 기존 건물들을 훼손하여 조선인의 민족혼을 꺾으려 하였고, 전시 및 심사 방식에 있어서도 일본인의 '우월함'과 일본의 '문명성', 조선인의 '열등함'과 조선의 '미개성'을 대비시키는 데 초점을 맞추었으며 조선과 일본의 유력가, 실업가, 사상가 등의 교류활성화를 유도하였던 것이다.58)

『매일신보』 역시 '본분'을 다하여 조선물산공진회 선전에 만전을 기하였다. "今日! 공진회가 열리는 그날 호포의 웅장훈 소릭 각 공쟝의 긔적을 신호로 일반관람쟈를 맛는 십일일의 오젼 십일시 그째가 오늘… 십일일 오젼 십일시 광화문을 넓히 열리는 오십일 동안 환락의 첫 소릭… 경셩은 이로부터 과연 엇더훈 광경을 현츌홀가"[59]라는 문구를 시작으로 조선물산공진회 개최 당일 부록까지 발간하여 전시회장의 평면도와 주요건물의 사진을 싣거나 공진회의 중요 직원, 협찬회의 수뇌들을 소개하기도 하였다. 『매일신보』의 조선물산공진회 관련 기사는 박람회 기간은 물론 전후 기간에 이르기까지 수개월동안 이어졌다.

근대문명의 거대 전시장인 조선물산공진회에서 활동사진의 비중이 작을 리 만무하였다. 회장 안에는 '연예관'이라는 장소가 있었고 그곳에서 활동사진이 상영되었다. 이와 더불어 박람회 기간 동안 경성 시내의 활동사진관에서 특별한 상영회가 열리기도 하였다. 시각적 스펙터클과 심리적 흡인능력을 보유한 활동사진은 박람회장을 찾은 입장객에게 과학문명, 도시문명의 상징적 근대 문물로 각인되었음이 분명하다. 이에, 조선총독부는 지방관객을 주요대상으로 삼아 무료입장 등의 행사를 기획함으로써 활동사진을 통해 박람회의 효과창출을 극대화하도록 하였다.

> ● 무료의 활동사진 협찬회셔 남편 너른 마당에셔는 밤마다 즈미 잇는 활동사진을 빗초이고 일반입장자의게 무료로 관람케 ᄒᆞ는 고로 밤마다 대성황이라 디방의 관람쟈는 단톄로 이장ᄒᆞ야 쳐음 보는 활동사진에 그 신긔홈을 감탄ᄒᆞ는 것도 일대성황이리
>
> ● 회장 이외의 연희장으로 말ᄒᆞ면 동곡 우미관에셔는 「인싱의 불, 비밀의 등더」라는 장쳑의 됴흔 사진에 각종 진품의 활동사진을 영ᄉᆞᄒᆞ며

---

58) 박성진(2003), 「일제 초기 '朝鮮物産共進會' 연구」, 수요역사연구회 편, 『식민지 조선과 『매일신보』-1910년대』, 신서원, pp.95~96.
59) 『每日申報』, 1915년 9월 11일, 3면.

동구 안 단성사와 황금유원 광무디에셔는 밤마다 각종 구연희로 디방관
긱의 환영을 밧으며 명동의 오락원에도 입쟝쟈가 비상히 만터라[60]

조선물산공진회는 활동사진의 촬영대상이 되기에도 충분하였다. 다음
의 기사를 통해 알 수 있듯, 총독부는 박람회 광경을 카메라에 담기 위
해 일본 닛카츠(日活)에서 촬영기사를 초빙하기도 하였다. 그리고 이렇게
찍힌 필름은 일본제국의 우월성과 식민통치의 정당함을 강조하는 선전
수단으로 이용되었다.

> 공진회 대성황에 끌는 듯흔 경셩을 긔념으로 박이기 위ᄒ야 「총독부
> 렬도국」에셔 고빙흔 일본활동샤진쥬식회샤「日本活動寫眞株式會社」의 관셔
> 촬영소「關西撮影所」 기슨는 지나간 일일부터 대활동을 시작ᄒ얏더라 위션
> 공진회장 안 되는 각 진렬관은 물론이오 한원룽「閑院宮」량뎐하 티림이 광
> 경이며 신무문 밧 축하회의 견경 갓흔 것을
> ▲ 전부 화면에 박여 너엇더라 쏘 렬도 관삼 층루상에셔 회쟝 너외룰
> 느려다보고 가진 사람들의 입쟝ᄒ는 혼잡흔 광경을 박인 것도 잇고 다음
> 이튼날에 창덕궁 비원 안에셔 리왕뎐하 동비뎐하와 한원궁 량뎐하씌셔
> 소요ᄒ시는 광경을 박인 것도 있스며 쏘 여흥장에셔는 유명흔 기싱의 츔
> 과 길비무「吉備舞」등도 썩 잘 박앗다 ᄒ고 쏘 스흔 날에는 공진회장인 근
> 정뎐 근쳐에셔 경회루 상의 죠션 텰도 일천 마일 긔념 축하 광경을 박이
> 엿다 ᄒ더라[61]

이와 같이, 1910년대 조선에서의 활동사진 활용은 동화정책을 뒷받침
하는 형태로 이루어졌다. 물론 황실 대사(大事) 등 근대적 국가 '이벤트
(event)'를 촬영, 공개하는 등의 활동은 한일병합 이전부터 시행되어 왔던

일들이며, 관련 기사만을 놓고 볼 때 극단들의 자선공연에서 활동사진의 비중이 큰 것도 아니었다. 그러나 당시 조선에서 활동사진은 대중성이라는 특유의 위력을 발휘하여 갔다. 그러면서 공연 및 흥행업 전반의 중심으로 자리하였으며 이에 따라 식민지 정책 당국의 활동사진 활용 역시 보다 보편화, 체계화되어 갔다.

4. 결론

정책(政策)이란 일반적으로 국가, 정부, 정당 등이 정치적 목적 달성을 위해 취하는 방침이나 나아갈 노선을 가리킨다. 이것은 공리성, 적합성, 현실성 등을 기본으로 하지만 시대나 상황에 따라 일방성, 강제성, 폐쇄성 등을 수반하기도 한다. 그 이유는 정책이 정치권력의 이권 및 역학관계에 민감하게 반응하기 때문이다. 영화정책에 있어서도 마찬가지이다. 영화가 지니는 시청각적 파급력과 사회문화적 영향력으로 인해 정치권력은 영화의 대중수용력을 감독하고 주제전달력을 관리한다. 그리고 이는 영화의 통제정책으로 구조화된다. 1910년대 조선에서의 활동사진 통제정책 역시 이러한 맥락에서 이해 가능하다. 더구나 여기에는 '식민치하'라는 특수한 조건이 덧붙음으로써 보다 복잡다단한 층위가 형성되어 있다.

구미에서의 영화 발명 및 정착화와 일본의 한반도 침략 및 식민지화는 각각 수십 년간 진행되었다. 일본이 식민지쟁탈전에서 우위를 점하기 시작할 무렵 영화 메커니즘 및 시스템이 구축되어 그것이 세계 각국으로 전파되고 있었으며, 일본이 한반도에서 패권을 장악하던 시기에는 영화의 대중화가 이루어져 그 효력과 기능이 입증되고 있었다. 이에 영화의 정치성 또한 부각되어 통감부 시기부터 한반도에서 식민지 권력에 의한 활동사진 활용이 시도되었다. 한일병합 직후인 1910년대에는 활동사진의 상업적 비중이 커짐에 따라, 활동사진상설관을 비롯한 극장 내외에서 일본의 식민지 정책을 직간접적으로 수용하고 반영하게 되었다.

당시 활동사진 통제정책은 식민지정책의 기본적인 틀 안에서 이루어졌다. 물론 그것이 체계성을 띠거나 독립성을 가졌던 것은 아니다. 즉, 조선총독부 지도방침에 근거한 관할 관공서의 관리감독 및 연희, 연주, 연극 등을 포괄하는 공연 전반에의 귀속이라는 한계를 지니고 있었다. 그러나 일본의 식민통치가 정착되어 가고 조선에서 활동사진의 영향력이 증대됨에 따라 활동사진에 대한 통제정책이 여타 흥행물의 그것을 선도하기도 하였다.

한편, 1910년대 한반도에서의 활동사진 활용은 일본의 대 조선 식민지정책과 이것의 근저에 위치한 동화정책을 토대로 하여 언론정책의 일환으로 행해졌다. 일본은 자신을 근대화의 선도자로, 조선을 수혜자로 부각시키며 동화정책을 조직적이고 체계적으로 진행시켜 갔다. 당시에는 주로 상영 활동이 중심이 되어, 흥행장과 박람회장 등지에서 황실 대사, 국장(國葬), 자선회, 공진회 등 주요 국가적 이벤트가 활동사진과 결합되며 그 과정에서 교묘하게 정치성이 덧붙여지는 방식으로 시대적 특수성이 반영되었다.

식민지 조선에서 일본의 활동사진 통제 및 활용 활동이 정책적으로 본격화된 것은 「흥행장 및 흥행에 관한 취체규칙」(1922) 마련이나 '조선총독부활동사진반' 설치(1920)가 이루어지는 1920년대 이후의 일이다. 이는 조선 내에서의 조선인에 의한 연쇄극 제작이 1919년에, 극영화 제작이 1923년에 시작된 것과 깊은 연관을 갖는다. 하지만 활동사진의 위상과 인식이 높아짐에 따라, 더불어 활동사진 통제 및 활용이 활성화됨에 따라 1910년대는 끊임없이 그것들에 영향 받고 그것들과 교섭하며 조선 활동사진 제작의 맹아를 싹트게 하였다. 1910년대가 있었기에 1920년대 무성영화 제작기와 1930년대 중반 발성영화 제작기가 도래할 수 있었던 것이다. 이러한 면에서 1910년대 조선 활동사진의 식민지정책 반영 양상을 고찰한 본 연구에 자그마한 학술적 의의를 부여할 수 있겠다.

 마지막으로 밝혀둘 사항이 있다. 본고의 주요 연구 대상은 1910년대 조선 활동사진 상영 부문이다. 그 중에서도 당시 정착 중이던 활동사진 흥행업계에 분석의 초점이 맞추어져 있다. 그러나 관련 내용의 대다수는 '경성'이라는 공간, 즉 남촌과 북촌의 흥행장에 한정된다. 특히 조선인을 주 관객층으로 하는 북촌의 활동사진(상설)관에 많은 부분이 할애되어 있다. 그 이유는 본고의 핵심적 사료(史料)가 되는『매일신보』자체가 당대 유일한 총독부 조선어 기관지라는 특수한 성격을 띠기 때문이다.

 그렇기에 엄밀히 따지면 본고의 내용이 전 조선의 활동사진 통제정책 및 활동양상 모두를 아우른다고까지는 말하기 어렵다.[62] 그러나『京城日報』등의 여타 1차 문헌자료가 매우 부족한 현실을 고려할 때,[63] 또한 조선 제일의 중심도시로서 경성이 지니던, 총독부의 핵심 언론매체로서

---

62) 물론, 이는 1910년대 식민지 조선(에서)의 활동사진(계)을 대상으로 하는 여타 선행연구들에도 공통적으로 해당되는 한계라 할 수 있다. 그런데, 2000년대 후반 이후 위경혜(2007)의『호남의 극장문화사』, 다홀미디어나 홍영철(2009)의『부산근대영화사』, 산지니 등 실증적 방법론을 통한 지역문화사적 차원에서의 연구 성과가 나오기도 하였다. 앞으로도 더욱 다양한 관련 지역사 연구 및 그것들을 포괄하는 종합적 연구가 시도되어야 할 것이다.
63) 1910년대『매일신보』지면은 대부분 보존되어 있는 반면,『京城日報』의 경우 1915년까지의 것들은 거의 남아 있지 않은 상태이다.

『매일신보』에 부여된 당대의 위상 및 대표성을 감안하면, 본 연구의 내용이 동시기 조선 활동사진(계)이 어떠한 시대적 배경 하에 어떠한 경향을 띠며 당대 식민지정책을 반영하였는지를 파악하는 하나의 가늠자가 될 수는 있으리라 여겨진다.

제11장

1920-30년대 야나기 가네코(柳兼子)의 '조선(朝鮮)을 노래하다'

식민지 조선의 문화와 서양 음악회

이병진

1. 들어가며-조선(朝鮮)을 노래하다

일본인 성악가 야나기 가네코(柳兼子, 1892-1984)는 조선예술의 미적 가치를 새롭게 발견하고 평가한 종교사상가이자 민예운동가인 야나기 무네요시(柳宗悦, 1889-1961)의 부인이기도 하다. 그녀는 야나기 무네요시의 문화 예술운동 자금을 마련하기 위해 일찍이 1918년 <『시라카바(白樺)』 미술관 설립모금을 위한 음악회> 등을 개최한다. 이러한 야나기 부부의 예술문화 활동은 1919년 3·1 독립운동을 계기로 알게 된 식민지 조선의 실상과 그로부터 촉발된 조선예술에 대한 관심과 애정을 피력하기 위해 1920년 최초로 조선에서 음악회와 강연 등을 개최하면서 시작한다. 물론 야나기 가네코의 음악회가 야나기 무네요시의 예술 지상주의적 문화 활동을 경제적으로 지원하기 위한 성격이 강하지만, 그녀의 근대적 서양 독창회를 재조일본인과 식민지 조선의 문화라는 관점에서 살펴보려 한다.

잠시 야나기 무네요시에 대해서 간략하게 살펴보도록 하겠다. 야나기는 당시 일본이 근대와 서구를 동일시하고 서구의 미적 가치가 보편적인 것이라고 맹신하던 시기에, 식민지 조선의 백자에서 동서양을 초월하는 보편적인 미적 가치를 발견한다는 비평적인 예술관을 가지게 된다. 더욱이 조선의 백자와 막사발 등 민중들이 일상생활에서 사용했던 생활 도구(도자기)에서 보편적인 아름다움이 있다는 주장에 이른다. 그리고 야나기는 조선총독부가 철거하려 계획했던 광화문이 동양의 대표적 건축물이라며 그 보존에 힘쓰기도 한다.1) 또한 야나기는 조선 고 건축물의 미적 가치에 대하여 높이 평가하는 한편, 조선 민중들이 일상생활에서 사용하던 생활 용품(공예품)에도 주목하고 미를 발견한다. 그것을 민중공예의 약자인 민예(民藝)품이라고 칭하며 사용 용도에 부합하는 재질과 모양을 가진 민예품의 미적 가치를 널리 알리는 운동을 하게 된다. 이러한 야나기의 문화운동은 올바른 민예품을 사용함으로써 올바른 사회를 건설할 수 있다는 일종의 예술과 사회를 연계시키는 사회주의적 사상의 성격을 지니게 된다.

구체적으로 살펴보면 민예운동은 사용 용도에 부합하는 올바른 물건을 수공업으로 소량 제작하고 사용함으로써 산업자본주의 이후 상실한

---

1) 일제강점기에 경복궁의 정문인 광화문 바로 뒤에 건립한 조선총독부청사(1916년 6월에 공사를 시작해 1925년 10월에 완공)의 위용을 방해한다는 이유로 광화문 철거계획이 있었으나, 이에 반대해 그 보존을 주장한 야나기 무네요시는 '사라져가려하는 조선건축을 위하여'(1922)를 통해 철거계획은 무산되었다. 이후 1927년 9월 경복궁의 東門(建春文)으로 이전되었다. 이후 한국 전쟁 시 광화문은 소실되었고 이후 콘크리트로 복원하여 1968년 현재의 위치로 돌아왔다. 2006년 12월부터 광화문 복원 및 이전공사를 통해 전통적인 옛 모습으로 2010년 8월 완공하였다.

인간성을 복구하려는 지향성을 지니고 있다. 그것은 기계에 의한 대량생산/대량소비를 미덕으로 삼는 근대 자본주의의 병폐를 극복하기 위한 중세(길드)로의 회귀와도 관련된다. 즉 야나기의 민예운동은 인간성과 아름다움의 회복을 꿈꾸면서 동시에 올바른 사회를 지향한다는 예술지상주의적 성격을 지니게 된다. 이러한 배경에는 야나기가 당시 예술 지상주의적 세계관을 지닌 『시라카바(白樺)』 문예잡지의 멤버였다는 사실과도 밀접한 관련이 있다.

이들 그룹은 무샤노코지 사네아쓰(武者小路實篤)로 대표되는 낭만주의적 이상주의의 색채를 지닌다. 그 대표적인 예가 서구 미술을 최초로 일본에 소개하면서 그들이 보이는 서구 미술에 대한 수용태도이다. 『시라카바』 동인들은 서구 미술의 역사적 흐름과 배경보다는, 과도한 감정 이입과 자아의 신장이라는 문제에 집중하면서 서구 미술을 보편적인 가치로 인식하는 동시대의 인식체계에 순응하는 공통점을 지니고 있었다. 그리고 이러한 서구 중심의 보편적인 가치를 일본에 소개하고 전파하는 데 『시라카바』 그룹의 역할은 중요했다.[2]

이러한 『시라카바』 그룹의 활동을 뒤에서 지원했던 것이 야나기 무네요시의 부인 야나기 가네코였다. 1914년 결혼한 이후 지바(千葉)현의 아비코(我孫子)로 이주한 야나기 부부는 이후 시가나오야(志賀直哉), 무샤노코지 사네아쓰(武者小路實篤) 등이 아비코로 이주해 오면서 『시라카바』 동인들과의 교우를 넓혔다. 야나기 가네코가 본격적으로 이들 『시라카바』 그룹의 문화 예술운동에 참가하는 것은 1918년 시라카바 미술관 설립 모

---

2) 동시대의 서구미술(세잔느, 고호 등의 후기인상파)을 일본에 소개. 심미주의적 성향을 가진 시라카바 그룹은 탈정치, 탈 국가적인 세계관을 가졌다. 공통적으로 사회문제에 무관심했지만 야나기의 경우는 예외적으로 조선과 오키나와의 문제들에 대해서 적극적으로 입장을 밝혔다.

금을 위한 도쿄(東京), 교토(京都), 고베(神戸), 신슈(信州) 등 일본 각지에서의 음악회 부터였다.3) 앞에서도 언급했듯이 1919년 조선에서의 3·1 독립운동이 일어나고 일본 정부의 탄압에 야나기 부부는 조선에 대해 관심을 가지게 된다. 후에 조선 문단에서 『폐허(廢墟)』 발간의 중심적인 역할을 한 시인 남궁벽 등의 재일조선인 유학생들과 야나기 부부가 알게 된다. 이들의 도움을 받아 야나기 가네코는 1920년 5월 4일 경성의 『동아일보』사 주최로 기독교 청년회관에서 독창회를 가지게 된다. 이 독창회는 1920년 4월 1일에 창간한 『동아일보』의 창간 기념사업으로 기획된 것으로 조선 최초의 개인 음악회로 기록되었다. 물론 가네코의 독창회와 함께 무네요시의 강연도 함께 이루어졌다. 독창회와 강연회는 조선예술의 우수성과 그것을 제작한 조선민족에 대한 존경심을 표현하고 무차별적인 조선총독부의 정책을 비판했던 야나기 무네요시에 대한 당시 조선사회의 열렬한 환대 속에서 이루어졌다. 이후 가네코는 1934년까지 8회에 걸친 조선방문을 통해 총 22회의 공연을 조선 각지에서 펼친다.

이렇게 야나기 부부를 시작으로 『시라카바』 동인과 남궁벽, 염상섭 등의 『폐허』 동인들과의 교류를 통해 펼친 식민지 조선에서의 문화예술 활동에 대한 검토가 본 논문의 주된 목적이다. 물론 서구의 음악(독창회)을 통해 조선의 정치적 현실을 초월하려 했던 야나기 부부의 사상적 지향성도 간과할 수 없는 문제다. 마찬가지로 식민지 조선에서 근대적 음악회를 통해 탄생된 청중의 의미와, 가네코 음악을 통해 식민지 조선의 암울한 정치적 현실을 극복하려 했던 조선의 『폐허』 동인에 대해서 살펴보고

---

3) 『民藝』 編輯委員會(2010), 『民藝-特集 聲樂家·柳兼子一六月号 第六九〇号』 日本民芸協會、p.29. 이후 야나기 가네코(柳兼子)의 연보 관련 사항은 이 잡지의 「柳兼子 略年譜」와, 松橋桂子編(1987), 『柳兼子音樂活動年譜』 日本民藝協會를 참조하였다.

자 한다.

2. 문화 사업으로서의 음악회

(1) 조선민족미술관 설립모금 음악회

야나기 가네코가 1920년 5월 4일 조선에 건너와 독창회를 한 목적은 야나기 무네요시의 「『音樂會』趣意書」(1920.4)에도 잘 나타나 있다. 이 취지서에는 고통 받는 조선 사람들의 운명을 생각하면 쓸쓸한 감정에 빠져든다는 이야기와, 정치의 힘이 두 나라를 연결하는 데 성공할지는 모르지만 진정한 평화나 우정을 마음 깊은 곳에서 가져오는 것은 종교나 예술의 길이라는 『시라카바』적 세계관을 드러내고 있다. 구체적으로 야나기는 다음과 같이 음악회의 목적에 대하여 적고 있다.

> 또한 일본인과 조선인 협력의 문예나 학예 잡지를 계획하고 운영하고 싶은 마음입니다. 이러한 일은 두 개의 마음이 서로 평화로 나아가는 의미 깊은 최초의 첫발걸음이라고 믿고 있습니다.
> 우리들은 그 계획을 수행하기 위해 여기에 그 자금을 모으려고 생각해 본국(일본) 각처에서 최초로 음악회를 열고, 찾아오신 많은 분들의 기부를 기다리는 것입니다. 우리들은 많은 분들이 언제나 정애(情愛)의 편이라는 사실을 믿고 있습니다. 우리들은 우리들의 일본이 조선에 대해서 정(情)의 일본이고 싶다고 바라고 있습니다. 정애로 하나의 나라가 굳게 맺어진다면, 그것은 미래의 동양문화를 조형하는 아름답고 커다란 동인(動因)이 되리라 굳게 믿고 있습니다.4)

취지서 마지막 부분에는 1920년 4월 야나기 무네요시/가네코 연명으로 적혀 있다. 앞에서도 언급했듯이 야나기 가네코는 1918년부터 『시라카바』 미술관 설립 모금을 위한 음악회를 일본 각지에서 개최한 바 있다. 그 중에서도 주목해야 할 지역이 신슈(信州)이다. 이 지역에서는 교육자들을 중심으로 하는 『시라카바』 잡지 애독자 층이 존재했고, 그들이 『시라카바』 그룹의 예술운동에 공감하고 적극 협력했다. 이른바 <신슈 시라카바>파 라고 불리는 위성 그룹의 존재였다. 이후 이들은 조선에까지 건너와 야나기 무네요시를 중심으로 하는 <시라카바>파의 문화운동에 적극 가담하게 된다. 인용문에서 야나기 부부가 꿈꾸었던 세계는 "일본인과 조선인 협력의 문예나 학예 잡지"를 운영하는 평화로운 것이었다. 아마도 일본의 『시라카바』파와 조선의 『폐허』(1920년 7월 창간)파와의 연대를 염두에 둔 발언이었다고 볼 수 있다. 동양 예술의 우수성을 야나기에게 알려 준 영국인 도예가 버나드 리치(Bernard Leach, 1887-1979) 일행과 동행한 야나기 부부가 부산을 거쳐 5월 3일 경성에 도착했을 때 한국 최초의 서양화가 나혜석(1896-1948)이 마중을 나온다. 그날 밤에는 『폐허(廢墟)』 동인 주최의 환영회가 열렸다.5)

구체적으로 야나기 부부의 조선에서의 강연과 음악회 활동에는 언제나 남궁벽과 염상섭 등의 『폐허』 동인들과 『동아일보』사, 그리고 아사카와 다쿠미(淺川巧, 1891-1931)가 함께 움직였다. 특히 아사카와 다쿠미는 『시라카바』 애독자였고, 1914년 조선에 건너와 임업시험장의 기술자로 근무하면서 조선 각지를 다니며 산림사업과 도자기 가마터 조사를 하며

---

4) 柳宗悅(1981), 「『音樂會』の趣意書」, 『柳宗悅全集 第六卷』, 筑摩書房、p.172.
5) 다카사키 소지 지음/김순희 옮김(2005), 『조선의 흙이 되다—아사카와 다쿠미 평전』, 효형출판, pp.101-2 참조.

야나기 무네요시의 조선에서의 문화 활동에 중심적인 역할을 한 인물이다. 그는 조선 예술의 우수성과 도자기와 목가구 등의 이른바 민예품이라고 칭한 물건들의 미의 세계를 발견하고 야나기를 친절하게 안내하는 역할을 한다.6) 이같이 야나기 부부의 조선에서의 문화 활동에는 『시라카바』 잡지 애독자라는 공통점을 통해 협력 네트워크가 형성되었다.

1920년 5월 4일 경성 종로 기독교 청년 회관(현재 YMCA)에서 야나기 가네코의 음악회가 개최된다. 당시 동아일보 신문(1920년 4월 30일 3면)에는 <柳兼子夫人 獨唱會>라는 제목과 함께 그녀가 야나기 무네요시의 부인이며 세계적 성악가로 반도(조선)에 음악사상의 보급과 문화사업 진흥에 기여하고자 『동아일보』 주최로 독창회를 개최하여 공연 당일 모든 수입은 부인의 희망에 따라 조선의 문화 사업에 제공할 계획이다, 라는 기사가 있다. 이 기사에서도 알 수 있듯이 당시 야나기 가네코의 음악회에 대해 1919년 3 · 1 독립운동 발발 이후 5월 12일에 「조선인을 생각한다」가 『요미우리(讀賣)』 신문 20-24일자에 게재되었고, 1920년 4월 12일부터 18일까지 그 일부가 『동아일보』에 한글로 번역되어 게재되었다. 야나기의 조선에 대한 동정과 온정을 느낄 수 있는 이 글은 많은 조선인 독자들의 반향을 불러일으켰다.7)

---

6) 아사카와 다쿠미의 친형인 아사카와 노리타카(淺川伯敎, 1884-1964)가 1913년 먼저 조선에 건너갔다. 미술(조각)가였던 노리타카는 후에 조선 도자기 연구의 1인자로 유명하다. 시라카바 잡지 애독자이기도 했던 아사카와 형제는 1915년 로댕이 보낸 조각품을 보기 위해 야나기를 방문했을 때 조선백자 항아리를 선물로 가져갔다. 이 항아리를 통해 구체적으로 야나기 무네요시가 조선 도자기의 아름다움을 발견하게 된다.

7) 「조선인을 생각한다」의 내용을 보면, '조선의 역사가 걸어온 운명은 슬픈 것이었다. 그들은 억압에 억압을 거듭하면서 삼천 년의 세월을 보냈다. (중략) 학대받고 구박받은 몸으로서는 무엇보다도 인정이 필요하고 사랑이 필요한 것이다'와 같이 인정에 호소하고 있다. 더 나아가 이러한 역사를 통해 조선의 예술은 쓸쓸함과 그리움에서 위안의 세계를 찾았다고 주장하고 있다. 야나기 무네요시 지음/이길진 옮김(2006), 「조선인을 생각한다」, 『조선과 그 예술』, 신구, pp.23-4.

이 기사에 이어서 야나기 가네코의 독창회 기사가 나갔고, 아마도 그
녀를 알지 못했던 대부분의 조선인들이 무네요시에 대한 호감의 연장선
상에서 그녀의 음악회에 관심을 가진 것으로 보인다. 그리고 근대를 표
상하는 서양 음악에 대한 조선인들의 막연한 동경도 그녀의 음악회에 발
걸음을 재촉하게 한 요인이기도 하다. 또한『폐허』파의 동인인 염상섭은
『동아일보』기자로 재직했기에 야나기 부부의 조선에서의 음악회와 강
연회 등의 문화 활동에 적극 협력했고, 그 활동 모습에 대해 신문 사진
과 기사를 통해 홍보에 힘썼다.[8] 그리고 흥미로운 사실은 야나기 무네요
시와 가네코의 이름을 일본식 발음이 아닌 한국식 한자 읽기로 류종열과
류겸자로 표기하고 있다는 것이다. 당시 가네코의 음악회를 소재로 한
민태원의 소설 「음악회」가 『폐허(廢墟)』 제2호(1921년)에 실리기도 했다.
소설에서 "임정자(야나기 가네코)는 일본 일류의 성악가이며 그 남편 임정
렬(야나기 무네요시)은 모 대학 교수로서 종교철학을 전공하는 이외에 예술
에 대한 이해도 깊었다"라고 묘사되어 있다.[9]

이처럼 야나기 부부의 조선에서의 문화 활동에 직간접적으로 관여하
고 있는 것이『폐허』동인과『동아일보』였다는 사실을 알 수 있다. 그렇
다면 야나기 부부가 조선에 설립하려 했던 조선민족미술관은 어떤 성격
의 것인지를 「조선민족 미술관의 설립에 대하여」(1921)의 내용을 살펴보
면 다음과 같다.

---

8) 1920년 5월 6일 동아일보 3면 기사에는 5월 4일 독창회 모습을 사진과 함께 "聲如玉客
如醉"(옥구슬 같은 목소리에 관객들 취함)이라는 제목의 기사가 실렸다. 성황리의 야나
기 가네코의 독창회가 관객들을 감동시키는 목소리였다고 절찬.
9) 권문경 엮음(2010), 「음악회」,『민태원 선집-한국문학의 재발견』, 현대문학, pp.58-9. 민
태원(1894-1934)은 1920년 동아일보에 입사 후 와세다 대학에 유학 후 귀국. 1920년『폐
허』의 동인이 되어 역사소설과 수필 등을 남겼다.

　　저 상념에 잠긴 아름다운 미륵상이나, 쓸쓸한 선(線)으로 흐르는 고려
자기를 보는 사람은 어떻게 그 민족에게 냉담할 수 있을까. 만약 그 예술
이 이해된다면, 일본은 언제나 따뜻한 조선의 친구가 될 수 있을 것이다.
예술은 언제나 국경을 초월한다. 나는 내가 소유하는 작품을 모든 사람들
이 같이 소유하기를 바란다. 아름다움에 마음이 자리 할 때에, 다툼의 마
음이 어디에 있을 수 있을까. 나는 지금 조선의 예술을 조금 더 사람들에
게 다가가게 해야 할 임무를 느끼고 있다.10)

　　이 글은 1921년 1월호 『시라카바(白樺)』에 발표되었다. 조선 예술에 대
하여 "상념에 잠긴" "쓸쓸한 선" 등의 관념적인 표현은 야나기의 특성적
인 미의식이기도 하다. 그리고 "예술은 국경을 초월한다"라는 주장에서
알 수 있듯이 일본과 조선의 식민자 / 피식민자라는 국제정치적 현실이
조선 예술의 미적 우수성에 공감함으로써 초월 가능하다고 하는 낭만주
의적 성향을 드러내고 있다. 물론 이와 같은 야나기의 조선예술에 대한
초기의 낭만주의적인 주장과 미의식은 조선에 거주하며 조선인들과 일
상적인 교류를 통해 조선 도자기 연구 성과를 올린 아사카와 다쿠미의
협조를 통해 수정된다.

　　야나기와 아사카와는 서로의 삶의 태도와 인간성을 높이 평가하며 형
제와 같이 신뢰하는 관계는 아사카와가 생을 마감하는 1931년까지 계속
되었다. 그리고 조선민족미술관 설립에 필요한 기부금을 경성에 거주하
는 다쿠미에게 보내줄 것을 「조선민족 미술관의 설립에 대하여」 마지막
부분에 적고 있는 것을 보아도 알 수 있다. 야나기 부부의 조선에서의
문화 활동에는 앞에서 언급한 『폐허』 동인과 『동아일보』사와 함께 아사
카와 다쿠미라는 절대적 협력자가 자리하고 있었던 것이다. 이러한 모금

---

10) 앞의 책. 柳宗悅(1981), 「朝鮮民族美術館の設立について」, 『柳宗悅全集 第六卷』, pp.79-80.

활동에 동참한 사람들에 대해서 살펴보면『시라카바』의 시가 나오야(志賀直哉), 도쿄 조선인 유학생 백남훈, 김준연, 백관수(독립운동가로 1937년에 동아일보사 사장) 등이 있었다.11) 야나기 가네코가 개최한 음악회 수입과 이러한 기부금을 기반으로 1924년 4월 경복궁내의 관풍루를 무료로 빌려 개관하게 된다. 이와 관련하여 당시 조선총독 사이토 마코토(齋藤實)의 정치적 배려에 의한 것이라는 비평은 현재까지도 이어지고 있다.12)

(2) 〈경성 시라카바〉파로서의 문화 운동의 확장

예술 지상주의적 세계관을 지녔던『시라카바(白樺)』에서 사상적 근거를 마련하고 각종 예술 활동을 기획하고 실천에 옮긴 야나기 무네요시와 그의 활동을 돕기 위해 헌신한 부인 야나기 가네코의 음악활동, 그리고 『시라카바(白樺)』잡지의 열렬한 독자층이었던 신슈(信州)지역의 교사 그룹(아카바네 오로, 赤羽王郎)과 일본에 유학중이었던 조선인 유학생(남궁벽)을 중심으로 하는『폐허』동인들과의 문화연대 사업에 대해서 구체적으로 살펴보도록 하겠다. 이와 관련해서 다카사키 소지(高崎宗司)의 선행연구13)의 연대기적 사실을 참조하기로 한다. 아카바네 오로의 경우 나가노(長野)현의 교사를 하면서『시라카바』를 애독하고 국가 이데올로기가 아닌 예술

---

11) 앞의 책. 다카사키 소지 지음,『조선의 흙이 되다—아사카와 다쿠미 평전』p.104 참조.
12) 위의 책.『조선의 흙이 되다—아사카와 다쿠미 평전』p.104에 따르면, 다카사키 소지는 "해군 대장이었던 사이토는 해군 소장을 지낸 야나기 아버지의 후배였고, 야나기의 매형 가토 모토시로나 매제 이마무라 다케시와도 잘 아는 사이였다. 미술관 건물을 대여해 준 데는 그러한 친분도 작용했겠지만, 정치가인 사이토 나름의 계산도 있었을 것이다. 1919년 3·1 독립운동 이후 총독에 취임한 사이토 마코토는 무단통치에서 방향을 바꾸어 문화정치를 표방하고 있었다"라고 지적하고 있다.
13) 高崎宗司(1998),『增補新版·朝鮮の土となった日本人-淺川巧の生涯』, 草風館, p.194 참조.

등을 통한 자유교육을 실천하려 했던 이른바 『시라카바』 교사였다. 당시 일본은 다이쇼 데모크라시라고 하는 자유 민주주의의 바람이 불고 있었던 시대이기도 했다.

하지만 이들의 자유교육에 반발했던 지역민들의 반발로 아카바네는 학교를 그만두고 야나기의 권유로 1920년 조선에 건너와 아사카와 다쿠미의 집에서 생활하게 된다. 이러한 배경에는 아카바네가 나가노에서 야나기 무네요시의 강연회 준비를 하는 등의 적극적인 협력이 있었다. 아카바네는 조선의 중앙고등보통학교에서 교사로 근무하며 일본어와 미술을 가르쳤고 조선에서 거주하는 일본인들을 중심으로 예술 지상주의적인 <경성 시라카바>파를 형성하기에 이른다. 아마도 신슈 지역에서 불발에 그친 <신슈 시라카바>의 자유교육과 예술운동에 대한 연장선으로 이해하면 될 듯하다. 아카바네는 짧은 조선에서의 생활을 뒤로 하고 1923년 중앙고등보통학교를 사직하고 조선을 떠난다. 이러한 아카바네의 존재는 아사카와 다쿠미와 함께 야나기 무네요시 부부의 조선에서의 문화 활동에 중요한 의미를 지닌다.

앞에서도 언급했듯이 야나기 부부의 조선에서의 강연 및 음악회 준비와 조선민족미술관 설립에 필요한 도자기의 수집 및 재정적인 문제를 통괄했던 것은 아사카와 형제(노리타카와 다쿠미)였다. 이들은 모두 『시라카바』 잡지를 애독하고 그 이상주의적 예술관에 공감하고 있었다는 공통점을 지니고 있다. 물론 남궁벽 등의 『폐허』 동인들도 예외는 아니다. 하지만 도쿄에서 나가노 지역으로 그리고 식민지 조선으로 향하는 『시라카바』의 낭만주의적 예술 운동의 확장성이 제국주의적 이데올로기와 중첩된다는 비평도 있다. 앞서 아카바네 오로가 조선을 떠나면서 남긴 글을 통해 당시 조선의 현실을 엿볼 수 있다.

눈뜨고 볼 수 없는 일본인의 횡포를 참고 있는 학생에게 '지면 안 돼,
훌륭한 행동으로 일본인을 이겨버려!'라고는 말할 수 없었다. 톨스토이의
무저항주의를 말하는 것은 현지인의 회유책으로 오해받을 위험이 있었다.
학생들이 나를 따르면 따를수록 통치정책 하에 있는 학교생활은 마음의
큰 짐이 되었다.14)

당시 아카바네가 재직했던 중앙고등보통학교는 3·1운동 진원지의 하
나였기에 총독부의 감시가 심했고, 일본인 선생 중에는 이러한 감시와
정찰을 목적으로 채용된 사람도 있었다고 한다. 인용문에서 "톨스토이의
무저항주의를 말하는 것은 현지인의 회유책으로 오해받을 위험"이 있다
는 대목은 낭만주의적 『시라카바』파의 세계관에서 출발해 조선총독부의
조선탄압이라는 현실을 목격한 열혈 교육자 아카바네의 고민이기도 했
다. 야나기 무네요시와 같이 조선과 일본의 정치적 갈등의 문제는 일시
적인 것이기에 예술이라는 보다 보편적이고 인류적인 차원의 문제에 전
념해야 한다는 주장과 대조되는 부분이다.

일제 강점기에 식민지 조선은 새로운 개척지로서 일본인들에게 자리
매김 된다. 식민지 지배의 일환으로 이루어진 조선 이주정책에는 많은
일본인들이 있었다. 조선에 건너온 많은 일본인들 중에 아카바네, 아사
카와 형제 등은 지극히 예외적인 존재였다고 할 수 있다. 그리고 이들에
게 인류애적인 이상사회의 모습을 제시했던 것이 야나기 무네요시였다
는 사실에는 다시 한 번 유의할 필요가 있다. 『시라카바』파에게서 공통
적으로 볼 수 있는 점은 이들이 현실적인 정치·사회문제들에 대해 무관
심했으며 반면 낙천적인 낭만주의적 세계관을 가지고 있었다는 점이다.
이 문제는 이들이 활동했던 다이쇼(大正)시대의 천황시스템 강화와 민주

---

14) 위의 책. 高崎宗司, 『増補新版·朝鮮の土となった日本人－淺川巧の生涯』, p.196.

주의의 번성이라는 시대적 양의성과도 직접적으로 관련하고 있다.

즉 식민지 조선에 대한 일본 제국주의와 천황제의 무단적인 통치와 정책은 보다 보편적인 가치로서의 민주주의와 예술을 지향함으로써 교묘하게 은폐된다는 것이다. 그 결과 현실의 정치적인 문제는 괄호 속에 넣어지고 추상적인 문제 등에 집착하는 결과를 낳는다. 이를 대표하는 그룹이 야나기 무네요시가 속한『시라카바』파였다. 이러한『시라카바』가 추구하는 예술지상주의적 세계관의 영향을 받아 식민지 조선에 건너와 그 이상을 실천하려 했던 그룹이 <경성 시라카바>파였던 것이다. 여기에는 지금까지 언급한 재조일본인 아카바네 오로, 아사카와 다쿠미 형제와『폐허』동인들이 포함된다.『폐허』의 경우 근대 서구의 예술에 보편적 가치를 두는『시라카바』의 예술 지상주의적 세계관의 영향을 노골적으로 받았다. 이러한 세계관은 국가를 상실하고 방황하는 조선의 지식인들에게 하나의 도피처로 자리했을 가능성도 있다. 다음 장에서는 야나기 가네코의 조선에서의 음악회에 대하여 살펴보도록 하겠다.

3. 서구적 가치로서의 야나기 가네코의 음악회

(1) 청중의 탄생과 근대성

한국에 서양음악이 본격적으로 유입된 것은 19세기 말이라고 한다. 하지만 실질적으로는 다양한 경로를 통해 유입되었을 것이라고 추측하고 있다. 그리고 한국 음악사를 이야기할 때에 서양 노래의 유입이 주로 외국인 선교사(신부)를 통해 이루어졌다고 추정되고 있다. 그 이유는 가톨릭

미사에서 음악은 빼놓을 수 없는 중요한 부분이었기 때문이다.15) 이러한 이유에서 한반도에 본격적으로 서양 음악이 유입된 계기는 기독교 전파를 목적으로 하는 종교적 이유에서부터 시작되었다. 그리고 한국에서의 서양 음악 수용 초기에는 찬송가와 일본의 군가가 주로 유입되었다. 즉 찬송가와 군가가 한국 근대음악의 원형적 틀을 제공하고 있다. 일본 군가의 유입은 1906년부터 우리나라 교육권이 일본의 영향권에 놓이면서 시작되었다. 이 같은 한국 초기 양악사의 특징에 대하여 음악 평론가 민경찬은 다음과 같이 지적하고 있다.

> 우리나라에 서양음악은 종교적인 이유, 군사적인 이유, 식민지하의 교육적인 이유로 유입이 되었고, 국가적 차원의 필요성에 의해 수용을 하기도 하였습니다. (중략) 즉 전문 음악가가 양성되지 않은 채 민중이 주도하여 기독교 선교사가 전달한 '찬송가'와 일본인이 전달한 '일본 양악'이라는 조건의 범주 안에서 그것을 우리에게 맞게 만들어 간 것이 초기 한국 양악사의 큰 흐름이었습니다.16)

인용문에서 민경찬은 한국에서의 서양음악이 "종교적", "군사적", "식민지하의 교육적"이라는 토양에서 자라났다는 특수한 환경을 지적하고 있다. 또한 식민지하라는 환경 속에서 "전문 음악가가 양성되지 않은 채 민중이 주도"하여 양악을 수용하고 발전시켰다고 평가하고 있다. 이 같은 근대 한국의 열악한 상황 속에서 "일본인이 전달한 일본 양악"에 대한 조선 사람들의 이중적인 수용태도를 생각할 필요가 있다. 그것은 일본에 의해 서양 음악을 수용하면서도 소개자인 일본을 인정하지 않으려

---

15) 민경찬(2009), 『청소년을 위한 한국음악사 【양악편】』, 두리미디어, p.20 참조
16) 위의 책. 민경찬(2009), p.55.

는 심리구조이다.

이러한 점에서 보면 야나기 가네코의 조선에서의 서양 음악회에 대한 조선 사람들의 수용 태도도 추측해 볼 수 있다. 앞에서 언급한대로 일본인 야나기 가네코라는 사실은 괄호 속에 넣고 조선 사람들이 주체적으로 서양 음악을 수용했다고 하는 심리구조이다. 이러한 배경에는 국가가 아닌『동아일보』사와『폐허』동인들의 주도하에 이른바 시민(민중)사회에 의해 야나기 가네코의 음악회가 개최되었던 원인도 있다. 1920년 5월 4일 종로 기독교청년회관(현 YMCA)에서 개최된 야나기 가네코의 독창회는 우리나라 최초의 개인 음악회로 기록된다. 참고로 공식적인 우리나라 최초의 음악회는 1911년 이승만 박사의 귀국환영회를 겸한 신춘 음악회였다고 한다. 이러한 음악회를 시작으로 조선에서 본격적으로 서구 음악회가 개최되는 것은 경성을 중심으로 1920년대부터였다.[17]

이같이 식민지하 조선에서의 근대 서양음악은 주체적이고 자율적이지 못한 환경 속에서 태동하게 되었다. 따라서 근대적인 서양음악을 연주하는 연주자와 연주공간으로서의 연주회장과 관객인 청중이 불완전하게나마 탄생하게 되었다. 1920년 5월 4일 종로 기독교청년회관에서 열린 야나기 가네코의 독창회에는 당시『동아일보』기사(1920년 5월 6일 3면)에 따르면 강연장이 미어터지도록 청중이 밀려들어 오후 7시에 시작 예정이었던 독창회는 8시에 시작되었다고 한다. 시작을『동아일보』기자이며『폐허』동인인 염상섭이 단상에 올라 야나기 가네코를 소개한 후 남편

---

17) 위의 책. 민경찬(2009), p.122 참조. 1919년 10월 30일에는 경성악우회 창립 연주회, 1920년부터는 경성악대의 연주회가 시작되어 1923년 8월부터 매월 첫째, 둘째, 셋째 목요일에 남산공원, 탑골공원, 장충공원에서 시민 위안 연주회를 개최. 전문적인 음악회는 1924년 1월 19일 중앙기독교청년회 대강당에서 열린 '홍난파의 제1회 바이올린 독주회'로부터 시작. 성악 분야는 1929년 테너 안기영과 1929년 테너 현제명이 독창회를 개최. p123-4 참조.

야나기 무네요시의 간단한 인사말이 있었다고 적고 있다. 이날 음악회는 토마스의 가곡 <미뇽>으로 시작해 비제의 가극 <카르멘>으로 끝을 맺었다. 8시에 시작한 독창회는 10시에 마쳤고 대략 1,300여명의 청중이 몰려 대성황을 이루었고 조선 최초의 순수 예술 모임이었다고 적고 있다. 이처럼 『동아일보』사가 후원과 광고를 하고 『폐허』 동인들의 협력을 통해 근대적인 개인 음악회가 개최되었던 것이다. 그리고 다음과 같이 식민지하 조선 청중들의 안식처로서의 음악회가 탄생하게 된다.

> 식민지라는 특수성 때문에 서구 사회와는 다소 다른 모습을 띠게 되었습니다. (중략) 음악을 통해 자아를 실현하고자 하는 자각과 함께 음악으로써 실의에 빠진 민족을 위로하고 희망을 주고자 하는 사명감이 작용하였기 때문입니다. 그리고 희망이라고는 찾기 어려운 식민지하의 젊은이에게 음악은 자신들이 꿈꾸는 이상이자 슬픈 현실을 외면할 수 있는 도피처였습니다.[18]

서구의 근대적 음악 역사는 자본주의와 결부하여 상업성을 가지면서 발전해 왔다. 예를 들면 상업적인 공간으로서의 연주회장의 건립과 청중의 탄생, 그리고 연주자를 후원하는 페트런(patron)과 같은 자본주의 요소들을 통해 근대 음악이 자리잡게 된 것이다. 하지만 조선의 경우 식민지하의 열악한 상황 속에서 자본주의는 미처 뿌리내리지 못한 상황이었기에 음악회에 필요한 연주회장과 청중, 그리고 페트런은 오랜 시간 존재하지 못했다. 마찬가지로 국가부재로 인한 시민들에 대한 지원을 기대할 수 없었고, 그것을 대신해서 교회, 학교, 언론 매체 등이 페트런 역할을 대신했다고 할 수 있다. 그리고 인용문에서처럼 "실의에 빠진 민족을

---

18) 위의 책. 민경찬(2009), pp.119-120.

위로하고 희망을 주고자 하는 사명감"이 1920년대를 전후로 조선에서 생겨났다.

이 같은 상황은 야나기 가네코의 조선에서의 음악회도 마찬가지였다. 가네코의 음악회를 소재로 한 민태원의 소설 「음악회」에서도 차혜경이라는 이름으로 등장하는 한국최초의 서양화가이자 조선인 여자 유학생 운동 지도자였던 나혜석과, 도쿄 여자 의학 전문학교 출신의 우리나라 최초의 산부인과 의사이자 소설가로 이광수와 재혼 후『동아일보』학예 부장으로 활약했던 당대 최고의 엘리트 지식인 허영숙은 모두『폐허』동인이기도 했다. 이 두 사람은 야나기 부부가 음악회 개최를 위해 1920년 5월 2일에 경성(남대문 역)에 도착했을 때 역으로 마중을 나가기도 했다. 이같이 야나기 가네코의 음악회는 전근대적인 봉건사회에서의 엘리트 여성들의 문화 예술적 욕구를 충족시키는 기회의 장을 마련해 준 일면도 있다. 즉 야나기 가네코의 음악회를 통해 제한적이기는 하지만 근대적인 음악회와 청중들이 탄생하게 되었던 것이다.

야나기 가네코의 조선에서의 음악회는 1920년 5월 4일부터 1934년까지 8회에 걸친 조선방문을 통해 총 22회의 공연을 조선 각지에서 개최되었다. 1920년에는 5월 4일부터 17일까지 총 6회의 음악회가 열린다. 야나기 가네코의 음악회는『동아일보』, 경성 기독교 청년회,『폐허』등의 주최로 개최되었다. 이 가운데 숙명여학교에서 개최된 가네코의 음악회에 후에 조선최고의 무용가가 되는 최승희(1911-1969)도 참석해 가네코의 음악에 깊이 감동하여 예술에 대한 꿈을 키웠고 나중에 가네코를 찾아 갔다고 한다.[19] 도쿄에서 그녀는 일본 현대무용가 이시이 바쿠(石井漠)

---

19) 앞의 책. 松橋桂子編(1987),『柳兼子音樂活動年譜』, pp.18-9 참조.

의 무용발표회를 관람한 것이 계기가 되어 무용계에 입문하게 된다. 그리고 이시이의 제자로 일본 각지에서 공연을 했고, 야나기 가네코와 최승희는 오랫동안 친분을 쌓았다고 한다. 이처럼 야나기 가네코의 음악회를 통해서『폐허』동인을 중심으로 하는 조선 지식인들이 서구의 근대적인 예술에 눈뜨는 계기가 되었다.

일본 신슈(信州)지역에서부터 시작된 <신슈 시라카바>파의『시라카바』미술관 설립기금 모금활동과 조선민족미술관 설립 자금 모집을 위한 야나기 가네코의 독창회는 근대적인 서양음악을 문명으로 표상되는 도쿄에서 주변부인 신슈와 경성으로 전파시킨다. 도쿄를 거점으로 하는 예술지상주의적 세계관을 가진『시라카바』파가 도쿄 주변부인 <신슈 시라카바>파로, 더 나아가 식민지 조선의 <경성 시라카바>파로 확장되었다고 할 수 있다. 이와 관련하여 다음과 같은 문제의식의 설정도 가능하다.

> 조선, 경성, 한양, 한성 등은 '내지'의 주변부로, 그리고 오키나와, 대만 등 구식민지들과 나란히 '제국'이라는 전체 속의 작은 차이를 보이는 지방들로 재배치된다. '제국'이라는 전체를 승인한다는 전제 안에서라면 지역적 차이는 얼마든지 용인되거나 오히려 장려 된다. 쓰보이의 표현대로라면 "균질성을 강조하기 위한 다양성"이기 때문이다. 이제 근대화된 '제국의 중심'으로부터 2단계 3단계 뒤떨어진 지방들은 그 중심을 본받아 닮아가고 통합되어야 하며, 지역의 독자성은 균질성을 위한 것일 때만 장려 된다.[20]

인용문은 1930년대 식민지 시기 조선의 상황을 이야기하고 있다. 한만수는 일본 제국주의가 전 방위적으로 실시되었고 조선은 "내지"(일본)

---

20) 동국대학교 문화학술원 한국문학연구소(2007) / 한만수, 「1930년대 '향토'의 발견과 검열 우회」,『한국문학연구신서 제15권 · '고향'의 창조와 재발견』도서출판 역락, p.205.

의 주변부로 자리하고 있었고, 동시에 "제국이라는 전체 속의 작은 차이를 보이는 지방으로 재배치"되었다고 지적하고 있다. 조선을 둘러싼 이러한 시대 정치적 문맥을 염두에 두고 야나기 가네코의 일본과 조선 각지에서 개최했던 음악회에 대한 비평적인 평가도 가능할 것이다. 예를 들면 야나기 부부가 일본의 도쿄에서 출발해 신슈, 그리고 조선의 경성과 각 지방으로의 문화 예술 운동을 "제국이라는 전체를 승인한다는" 세계관에서 출발한 것으로 볼 수 있다. 인용문 필자인 한만수에 따르면 일본이 자국 내의 지방과 식민지 조선이라는 주변을 발견함으로써 일본적 오리엔탈리즘을 확립했다고 한다면, 근대화된 '제국의 중심'으로부터 떨어져있는 지방들은 중심을 본받아 닮아가며 통합된다고 지적하고 있다. 이러한 지적은 야나기 부부를 둘러싼 <신슈 시라카바>파와 <경성 시라카바>파와 관련된 논의에서도 생각해 볼 수 있다.

조선의 경우 타율적인 근대를 강요받았던 사회 정치적 현실에서 야나기 부부가 제시하는 예술지상주의적인 세계관은 '제국의 중심'이자 '근대의 표상'으로서 매력적으로 수용되었을 것이다. 이러한 상황에서 식민지 조선의 암울한 정치적 현실에서 잠시나마 벗어나 '근대적이고 보편적인 가치'를 추구했던 야나기 부부의 문화 활동이 조선 각지에서 수용되었다고 볼 수 있다. 예를 들면 야나기 가네코의 조선에서의 음악회는 1921년 5월 24일 『동아일보』에 「광화문 이전 계획」 보도 이후 6월 2일 야나기 부부는 경성에서의 음악회를 시작으로 6월 7일에는 개성, 8일에는 평양, 다시 12일에는 경성으로 돌아온다. 이후 1928년 4월 28일에는 마산과 대구에서도 음악회를 개최한다. 이처럼 조선 각지에서의 야나기 가네코의 음악회는 커다란 호응과 관심을 받는다. 식민지 조국의 현실 속에서 조선 지식인들은 야나기 가네코의 근대/서양 음악을 통해 근대적 자아를 발견했다고 할 수 있다.

(2) 예술지상주의적 세계관과 문화정책과의 상관성

앞에서 언급했듯이 야나기 가네코는 1920년 5월 4일 경성에서 첫 번째 독창회를 개최한다. 이 음악회를 소재로 한『폐허』동인 민태원의 중편소설 「음악회」(1921)가 있었고, 얼마 전 작가 다고 기치로(多胡吉郞)는 장편 실화소설『야나기 가네코 조선을 노래하다』를 한국과 일본에서 동시에 출간한 바 있다. 실제 자료를 근거로 쓰인 이 소설은 사실에 근거한 논픽션에 가깝다. 물론 소설적인 허구(남궁벽과 야나기 가네코의 국경을 초월한 연민의 정)도 존재하지만 당시의 상황을 충실하게 재현하고 있다.

이후 소설을 바탕으로 낭독음악극 시나리오를 완성했고『동아일보』와 주한일본대사관 공보문화원 후원으로 2009년 11월 16일부터 18일까지 <국경과 시대를 뛰어넘는 감동·조선을 노래하다>라는 낭독음악회를 개최한다.21) 프로그램 내용도 1920년 5월 4일과 마찬가지로 토마스의 <그대는 아는가 저 남쪽나라를>−가극 <미뇽>으로 시작해서 비제의 가극 <카르멘>으로 이어졌다. 이 같은 장편실화 소설과 낭독음악회를 통해 야나기 가네코의 조선에서의 음악회 활동에 대한 재평가 작업이 이루어지고 있다. 다음은 야나기 무네요시가 1920년에 쓴 「조선의 벗에게 보내는 글」이다.

나는 이번에 조선에 대한 정을 피력하기 위해 하나의 음악회를 당신들에게 바칠까 한다. 음악회는 5월 초순 경성(서울)에서 열릴 예정이다. 나

---

21) 2009년 7월 22일『동아일보』기사, 2010年 1月 29日『朝日新聞』8면 기사 참조.

는 이것이 당신들에 대한 애정과 존경의 표시가 되기를 바란다. 이 민족
이 특히 음악에 대해 깊은 애정을 느끼고 있다는 것을 나는 종종 듣고 있
다. 당신들은 나의 이 계획을 받아 줄 것인가. 나와 내 아내는 이 음악회
를 통해 당신들을 만나게 될 기회가 오기를 얼마나 기대하고 있는지 모
른다.[22]

이 글 마지막에는 1920년 4월 10일 지바현 아비코정에서 야나기 무네
요시 올림이라고 적혀 있다. "당신들에 대한 애정과 존경의 표시"로서의
음악회를 조선에서 개최하려고 생각하고, "당신들은 나의 이러한 계획을
받아 줄 것인가"라고 묻고 있다. 이처럼 야나기의 문장은 감성에 호소하
는 그만의 독특한 흡입력과 진정성으로 많은 독자들을 감동시켰다. 하지
만 야나기의 발언이 당시 조선의 시대적 상황과 연계시켜 부정적으로 받
아들여질 가능성도 있다. 다시 말해 당시 조선총독부의 문화정책의 일환
으로 야나기 가네코의 음악활동이 이용되었을 가능성이다. 공교롭게도
일본 신문에서조차 야나기 가네코의 조선에서의 음악회가 예술을 통해
조선을 교화하기 위한 것이라는 기사도 있었다. 물론 야나기 부부가 식
민지 정책에 부응해 문화 활동을 했다고 단정하기에는 무리가 따른다.
야나기도 이 같은 신문기사에 대하여 잘못된 전달이라고 지적하며, 짧은
안목으로 자신들의 계획을 해석했다고 비난하며 야나기 본인은 교화나
동화 등의 추하고 어리석은 생각은 추호도 없다고 앞의 인용 글에서 밝
히고 있다.

야나기 부부가 지향한 세계관은 종교와 예술을 통해 진정한 이해와
평화가 공존하는 믿음의 세계였다. 물론 현실적인 사회문제보다는 예술

---

22) 앞의 책. 야나기 무네요시 지음 / 이길진 옮김(2006), 「조선의 벗에게 보내는 글」, 『조선
   과 그 예술』, p.49.

지상주의적인 문제들을 중시하며, 감성과 템페라멘트(기질)의 중요성을 주장하는 야나기의 사상적 특징 때문에 초래되는 논란이기도 하다. 예를 들면 위의 인용문은 1920년 4월 19일 『동아일보』 2면에 「朝鮮 벗에게 呈하는 書」라는 제목으로 연재되기 시작한다. 이른바 야나기 가네코의 독창회 선전을 겸한 『동아일보』의 야나기 무네요시 홍보였다고 볼 수 있다. 하지만 야나기의 이러한 활동을 총독부가 음악을 문화정책 수단으로 활용했다는 다음과 같은 내용을 통해 살펴보도록 하겠다.

> 메이지 정부는 음악을 국가 개혁과 국민 사상 계도의 수단 및 전쟁 수행의 도구, 식민 통치의 수단 등으로 이용하였는데, 이것은 결과적으로 일본 근대 음악의 성격을 규정하는 요인으로 작용하였습니다. 즉 전통음악을 배제하다시피 하고 서양 음악을 중심으로 근대 음악의 문화를 형성시켰다는 점, 국가는 음악가를 육성 및 지원하고 음악가는 국가 기관에 종사하면서 국익을 위해서 일한다는 시스템이 일찍부터 구축이 되었다는 점, 개인적 정서보다 집단적 정서를 우선으로 하였다는 점, 서양의 음악을 받아들여 그것을 자기 것으로 재가공한 다음 조선과 타이완 등 이웃 나라에 강제로 이식을 시켰다는 점 등이 그것입니다.[23]

일본은 근대 국민국가 출발점인 메이지 정부의 통치 수단으로서 서양 음악을 이용했고, 그것을 다시 "조선과 타이완 등 이웃 나라에 강제로 이식"했다는 역사를 가지고 있다. 그리고 국가가 일종의 페트런의 역할을 수행하고 음악가는 "국익을 위해서 일한다는 시스템"에 기여했다는 사실에도 주목할 필요가 있다. 이러한 연장선에서 조선의 음악가들이 동원되어 일본의 식민지 정당화에 협조를 했다는 어두운 역사도 엄연하게 존재한다. 마찬가지로 문화정책의 일환으로 허가해 준 『동아일보』의 창

---

23) 앞의 책. 민경찬, 『청소년을 위한 한국음악사【양악편】』, p.166.

간과 야나기 가네코의 조선에서의 음악회 개최가 조선 총독부의 허가 없이는 불가능했다는 점도 간과할 수 없다. 조선 총독부 입장에서는 예술지상주의적인 사상을 펼치는 야나기 부부의 조선에서의 문화 활동이 식민지 지배 정책에 도움이 된다고 생각했을 가능성도 높다.

인용문의 저자 민경찬에 따르면 일본의 식민 음악 교육은 1911년부터 1945에 걸친 조선교육령기라는 커다란 틀에서 살펴보면 제1, 2차는 "심정(心情)을 순정(醇正)하게 하고 미감(美感)을 양(養)하여 덕성(德性)의 함양(涵養)에 자(資)함"에서 제3차의 "황국신민으로서의 정조(情操)를 순화(醇化)시킬 것"이라는 내용이 첨가되었고, 제4차에서는 "국민 음악 창조에 이바지해야 한다"라는 내용으로 확대되었다고 지적하고 있다.[24] 이처럼 조선에서 음악교육이 식민정책의 수단으로 활용된 계기는 3.1운동의 영향으로 기만적 문화정책으로의 전환과 맞물린다. 물론 앞에서도 언급했듯이 이러한 기만적 문화정책에 야나기 부부가 협력했다고 단정하기는 어렵다. 하지만 문화정책이 제한적이기는 하지만 조선의 언론과 문화 활동을 용인하면서 궁극적으로는 조선을 일본에 동화시키려는 전략적 목표가 있었음은 말할 나위도 없다. 따라서 야나기 부부가 의도하지는 않았지만 조선민족미술관 설립모금 활동을 위한 야나기 가네코의 조선에서의 음악회가 간접적으로 조선총독부의 음악 정책에 이용되었다고도 할 수 있다. 그것은 정치는 일시적인 것이고 예술은 영원하다는 야나기 무네요시의 이상적인 예술지상주적 세계관에서 기인한 것이기도 하다.

야나기 가네코의 조선에서의 음악회를 바라보는 시선에는 이상과 같이 비판적인 관점도 있을 수 있다. 기만적인 문화정책은 조선 사회 문화

---

24) 위의 책. 민경찬, 『청소년을 위한 한국음악사 【양악편】』, p.169 참조.

전반에 걸쳐 전방위적으로 실시되었다. 예를 들면 1922년 6월 1일 경성에서 열린 제1회 '선전(鮮展)'이 "지배 측의 뒤처진 조선(미술)의 근대화에 대한 사명과 피지배 측의 근대화에 대한 전망이 만났던 식민지 문화행정의 꽃 이었다"[25]라는 이케다 시노부(池田忍)의 지적대로 1920년대는 '조선미술 전람회' 등 총독부 지배정책의 문화정책으로의 전환기였다. 앞서 야나기 부부가 1920년 5월 2일에 경성(남대문 역)에 도착했을 때 역으로 마중나간 『폐허』 동인 나혜석과 허영숙은 1920년 3월에 창간된 『신 여자』라는 여성잡지를 통해 활약하기도 했다. 자유연애와 결혼, 여성 권리와 지위를 주장하는 그녀들은 일본 유학 시 근대 일본의 여성론의 영향[26]을 받았기에 야나기 부부의 근대적 문화 예술 운동에 공감하고 적극 참여할 수 있었던 토양이 형성되어 있었던 것이다. 일본제국주의의 식민지 통치체제가 "국가 통합 차원의 차별화(식민지주의)와 문화통합 차원의 동일화(자주주의)를 특징"으로 하고 있다고 고마고메 다케시(駒込武)는 지적[27]한 바 있다. 여기에서의 자주주의는 조선 등 타 민족의 자주적 활동을 철저히 억압한다는 의미이다. 1920년 『동아일보』의 신문 창간과 1924년의 경성제국대학 설립 등을 용인한 것은 조선의 자주성을 확보하기 위한 것이 아니라 반대로 일본의 자주성을 확보하기 위한 전략적인 것으로 해석할 수도 있다.

---

25) 요시미 순야 외(2007), 『확장하는 모더니티—1920-30년대 근대 일본의 문화사』, 이케다 시노부・김혜신, 「식민지 '조선'과 제국 '일본'의 여성표상」, 소명출판, p.256.
26) 위의 책. 케다 시노부・김혜신, 「식민지 '조선'과 제국 '일본'의 여성표상」, 소명출판, p.282 참조.
27) 고마고메 다케시 지음/오성철 외 옮김(2008), 『식민지제국 일본의 문화통합—조선・대만・만주・중국 점령지에서의 식민지 교육』, 역사비평사, p.253.

4. 나오며

이상과 같이 야나기 가네코의 조선에서의 음악회와 관련한 문제에 대하여 살펴보았다. 그녀의 독창회가 서구의 고전 음악을 통해 식민지 조선을 계몽하고 선도한다는 계몽주의적 성격을 가지고 있다는 측면도 함께 살펴보았다. 물론 야나기 부부가 정치의 힘이 두 나라를 맺어주는 것은 가능할지 모르지만, 진정한 평화와 우정을 가져오는 것은 종교와 예술이라고 굳건하게 믿고 있었기에 가능했던 일이기도 했다. 이러한 야나기 부부의 세계관이 지극히 비평적인 것이었다는 평가와 함께, 그들이 놓여 있던 당시 일본사회의 시대적 양의성과도 깊이 관련된다는 점을 본문에서 밝힌 바 있다.

당시 일본은 메이지 유신 이후 천황제 시스템의 강화를 통한 제국주의로의 전환과 모든 국민은 천황 아래에 평등하다는 의식을 강화시켰다. 동시에 전 근대적인 봉건사회에서 근대적 민주주의 사회로의 발전 과정에서 발견된 서구의 문화 예술을 받아들이는 데 총력을 펼친다. 이러한 시대적 환경 속에서 야나기 무네요시를 비롯한 『시라카바』 그룹은 서구의 예술에서 보편적인 가치를 상정하고 그 가치를 전파하기에 노력한다. 마치 기독교 복음을 전파하듯이 그들은 미의 전도사로서 일본 각지(內地)와 조선(外地) 각지를 순례하게 된다.

그렇다고 야나기 무네요시와 가네코의 조선에서의 문화 예술 활동을 고도의 식민지 지배정책의 일환이었다고 단정할 수 있는가? 그것보다는 야나기 부부가 획득한 이상주의적 세계관이 좌절과 고통을 통해 치열하게 발견된 '자아'에서 출발하지 않고 있다는 사실에 주목할 필요가 있다. 다시 말하면 조선이라는 타자의 발견을 통해 일본을 뒤돌아보는 계기는 획득하지만, 식민지 지배와 제국주의 이데올로기의 부당성을 전면적으로 부정하기보다는 그 차선책으로 예술 지상주의적 세계를 대체물로서 손에 넣었다고 할 수 있다. 대표적인 예가 야나기 가네코의 조선에서의 음악회였던 것이다.

이러한 음악회에 조선의 『동아일보』와 『폐허』 동인들이 깊숙이 관여하고 그 취지에 공감하는 양상을 보였다. 이 과정에서 또 하나의 근대 수용태도를 볼 수 있다. 그것은 나라를 잃은 좌절감과 일본에 의한 타율적인 근대화 과정을 강요받았던 조선 지식인들이 스스로 근대의 예술을 향유한다는 주체적인 몸짓이기도 했다. 야나기 가네코의 독창회 공간을 가득 메웠던 조선 지식인들 마음속에는 간접적이나마 근대를 주체적으로 향유했던 것이다. 그것은 무력으로 조선을 억압하고 지배하는 일본에 대해 용감하게 비판하고, 이러한 조선의 장래를 걱정하며 그들이 만든 예술의 미적가치를 높게 평가하던 야나기 부부에 대한 공감에서 시작된 것이었다.

하지만 본문에서도 언급했듯이 식민지 정책과 음악 등의 교육이 관련되는 문화 통치라는 시대적 문맥에서 살펴보면 분명히 야나기 가네코에 대해서 긍정적인 평가만 내리기는 어려운 부분이 있다. 따라서 이 문제는 간단하게 평가하기 어려운 문제로서, 한・일간에 걸쳐진 하나의 아포리아로 남게 될 가능성도 있다. 잠정적으로 내릴 수 있는 결론은 야나기 가네코가 조선에서 조선민족미술관 설립 모금활동으로서 개최했던 음악회는 야나기 무네요시가 주장하는 바와 같이 식민지 통치로서의 문화정책과는 무관했을 가능성은 높다. 하지만 야나기 가네코의 조선에서의 음악회는 식민지기의 시대적 담론 속으로 재차 수렴되어 버릴 위험성을 내포하고 있는 것이다.

제12장

일제강점기 전시하 한반도 단카(短歌) 장르의 변형과 전쟁단카로 보는 재조일본인의 전쟁체험

『현대조선단카집(現代朝鮮短歌集) 1938』을 중심으로

김보현

1. 들어가며

1931년 만주사변을 시작으로 1945년 8월 15일 태평양 전쟁이 막을 내릴 때까지 일본은 약 15년 동안 전쟁기(戰爭期)에 돌입한다. 이러한 '15년 전쟁'[1])에 대해 간략히 살펴보면, 1931년 일본이 관리하고 있던 남만주 철도가 폭파하는 '류타오후(柳條湖)사건'을 계기로 관동군은 국제적 맹비난에도 불구하고 만주를 무력 점거하고 만주괴뢰국을 건설, 이듬해에는 해군 장교 일단이 이누카이 쓰요시(犬養毅) 수상을 암살, 1933닌에는

---

1) 15년 전쟁-15년전쟁은 1931년 9월 18일 류타오후 사건을 시작으로, 1945년 8월 14일 포츠담 선언 수락, 9월 2일 연합국에 항복문서조인으로 종결된 약 15년에 걸친 일련의 전쟁을 가리킨다. 15년 전쟁이라는 호칭은 1956년 鶴見俊輔(つるみしゅんすけ)가 처음 사용하였다.

국제연맹을 탈퇴하면서 점차 군국주의 노선을 걷게 된다. 그리고 본격적인 전쟁 전 군부가 정치적 발언권을 쥐게 되는 결정적 계기인 '2·26 사건'이 발생하고, 1937년 '중일전쟁'의 발발과 1941년 '태평양 전쟁'을 거쳐 1945년 패전에 이르기까지 일본은 장기간의 전쟁에 돌입하게 된다. 이러한 전시하(戰時下)에서 일본 국내에서는 1938년에 들어서면서 전시체제가 강화되기 시작했고, 전쟁이 장기화되는 국면을 보이는 가운데 1938년 '국가총동원법(國家總動員法)'이 제정, 1939년에는 '국민 징용령(國民徵用令)'이 실시되는 등 말 그대로 국가의 모든 것이 전쟁에 동원되는 양상을 띠게 된다.

이렇게 모든 것이 전쟁에 동원되는 상황에서 문학 역시 예외는 아니었다. 즉, 문화의 국책협력이 불가피했던 국면에서 전장(戰場)의 현실을 전하고, 총후 민중들의 생활을 기록하고, 또는 어려운 현실 속에서 성실하고 양심적인 삶을 추구하는 작품이 창조되어 대중의 공감을 일으키고 반향을 일으키는 현상이 문학의 영역에 광범위하게 나타났다.[2] 이러한 상황 속에서 15년 전쟁 기간 동안 전쟁을 제재로 한 '전쟁문학'은 '문예동원(文藝動員)'과 '애국문학'이라는 미명(美名) 아래 전쟁의 총후에 있는 국민들에게 전쟁을 선동하고 전쟁터에 나가있는 병사들에게는 전쟁 의식을 고취시키는 도구로서 이용되었다.

이러한 '전쟁문학'은 태평양 전쟁 직후 결성된 '일본문학보국회'[3]와 같은 단체의 등장과 함께 본격화되었으며, 그 영역도 비단 소설뿐만 아

---

2) 藤原彰·今井淸一(1988), 『十五年戰爭史(2)-日中戰爭』, 靑木書店, pp.256~257.
3) '일본문학보국회'-1942년 5월 26일 설립된 문학단체. '전일본문학자의 총력을 결집하여 황국의 전통과 이상을 현현하는 일본문학을 확립하고, 황도문학 선양에 보좌하는 것을 목적으로 한다'는 회의 목적과 그 목적 수행을 위한 사업으로 우선 첫째 '황국문학자로서의 세계관의 확립', 둘째 '문예정책의 수립과 수행에 대한 협력'을 강조하고 있다.

니라 시, 평론, 르포르타주, 기록 등 다양한 장르에 걸쳐 나타나며 긴 전쟁에 걸맞게 방대한 양의 작품을 남겼다.[4] 그 중 운문(韻文) 분야에서 일본의 전통 시가(詩歌) 중에 하나인 단카(短歌)[5]는 그 분류에 있어 전쟁에 직접 참가한 병사들이 전선(戰線)에서 읊은 '전쟁영(戰爭詠)'과 전시하의 사회, 인간의 삶을 읊은 '전시영(戰時詠)', 국가의 평화와 번영을 읊은 '애국영(愛國詠)'과 같이 세분화된 단카 종류가 만들어질 정도로 전쟁기에 융성했던 장르 중의 하나였다. 또한 1930~40년대에는 『지나사변가집(支那事變歌集)』[6]과 『대동아전쟁가집(大東亞戰爭歌集)』[7]처럼 특정 전쟁을 제재로 생산된 단카만을 모은 단카집, 전쟁을 지지하고 천황을 숭배하는 단카 100수(首)만을 모은 『애국백인일수(愛國百人一首)』[8] 등이 대거 등장하였다. 이 시기의 '전쟁 단카'들을 살펴보면 '大君(천황의 높임말)' 'みいくさ(천황의 전투)' '御稜威(みいつ, 천황의 권위와 위엄)' 등과 같이 천황과 관련된 단어들이 눈에 띄며, '聖戰(성스러운 전쟁)'을 강조하며 전장의 상황을 그대로 전하거나 전쟁을 위해 용감히 싸울 것을 강조하는 내용, 그리고 전장(戰場)

---

4) 伊豆利彦(1981), 『日本文學硏究資料叢書－昭和の文學』, 有精堂出版, pp.166~168.
5) 단카(短歌)－5.7.5.7.7의 5구 31음의 음율을 지닌 일본 전통 정형시. 본래는 와카(和歌)의 가체(歌体) 중 하나였는데 長歌와 旋頭歌와 같은 가체가 쇠퇴하면서 와카를 가리키는 말이 되었다.
6) 「支那事變歌集」은 昭和13(1938)년 讀賣新聞社(編), 大日本歌人協會(編)가 발간한 「支那事變歌集－戰地篇」과 昭和15(1940)년 齋藤茂吉(編)이 있다.
7) 「大東亞戰爭歌集」은 昭和18(1943)년 日本文學報國會(編)과 柳田新太郎(編)가 애국편, 장병편(將兵篇)으로 나누어 편찬한 것이 있다.
8) 「愛國百人一首」－柿本人麻呂(かきのもとのひとまろ)부터 橘曙覽(たちばなのあけみ)에 이르기까지 백 명의 가인이 각각 1수씩 '愛國'을 주제로 지은 것을 선정한 것. 「愛國百人一首」가 최초로 공표된 것은 태평양 전쟁 개전(開戰)의 다음해인 쇼와17년(1942) 11월 20일 동경 시내에 발행되는 각 신문의 지면을 통해서였다. 일본문학보국회(日本文學報國會)가 정보국과 대정익찬회의 후원, 마이니치 신문사의 협력으로 발기(發起)하였고 선정위원은 佐佐木信綱・齋藤茂吉・太田瑞穗 등 총 11명이었다. 백 수의 선정위원 및 일본문학보국회 단카부(短歌部) 간사(幹事)의 추천, 마이니치 신문사가 전국에서 모집한 추천에서 엄격히 선발한 것이다.

에서 용감히 싸우는 병사들의 모습을 읊는 등 맹목적인 전쟁협력의 단카들만이 허락되는 시대였다.[9] 때문에 이 시기는 단카사(短歌史)에 있어서 암흑기라고 불릴 만큼 순수한 창작보다는 시류에 편승하는 천편일률적인 '전쟁단카'가 지배하고 있었으며, 이러한 창작 방향은 비단 일본뿐만 아니라 당시 일본전통 운문장르가 융성했던 조선의 가단(歌壇)도 마찬가지였다.

　일본은 중일전쟁을 거치면서 '대동아공영권' 구상을 전면화함으로써 전쟁의 당위성을 설파하고 총동원 체제를 효과적으로 유지하기 위해 '성전(聖戰)'의 개념을 식민지에도 적극 활용하였다. 이러한 동원 체제는 식민지 문인들에게 '강요된 자발성'을 부추겨 <황군위문 문단사절단>[10]을 구성하게 만들었고, <조선문인협회(1939.10)>와 <조선문인보국회(1943.3)>[11] 등과 같은 선전조직을 결성시켰다. 전방과 후방을 따로 구별하지 않는, 말 그대로의 전쟁 수행을 위한 총동원 체제는 식민지 문인들

---

9) 쇼와 16년 후반에 들어 이제 가단은 논쟁은 고사하고 기골에 찬 논문도 나오지 않고 있다. 개인의 필연성을 묻기 어려운 시대의 상황 속에서 자기고유의 정신문제를 잃기 쉬운 때였다. 특히 논문 쪽은 가장 빨리 퇴진할 수밖에 없었다. 말할 것도 없이 노래를 짓는 방향도 시국에 대응하게 되어 있었다. 시국에 대한 인식, 국민정신의 고양 등이 작품의 모티브로 요구되었다. 덧붙여 그것은 가고시마 주조가 '현가단평－시국가와 작가태도'에서 지적하고 있듯이 '뇌동의 소산'을 생각하게 할 정도였다. 「もはや昭和一六年の後半に入ってからは歌壇は、論爭はおろか、骨っぽい論文も出なくなっていた。個の必然性を問いにくい時代の狀況のなかで、自己固有の精神の主題を見失いがちであった。とくに論文のほうは、いち早く退轉せざるをえなかったのである。いうまでもなく作歌の方向も、時局に對應するものとなっていた。時代に對する認識、國民精神の高揚などが、作品のモ-チフにもとめられていった。ちなみにそれは、鹿兒島壽藏が「現歌壇評－時局歌と作歌態度」で指摘しているように、「雷同的所産」を思わせるほどであった。」篠弘(1981),『近代短歌論爭史－昭和編』, 角川書店, pp.538～539.
10) 황군위문 문단사절단－(황군위문 작가단) 일제시대의 문인 종군단체. 1939년 3월 14일 일제의 소위 총후봉공(銃後奉公)이란 미명하에 군사 후원을 목적으로 구성되었다.
11) 조선문인보국회(朝鮮文人報國會)－일제 강점기 말기인 1943년 4월에 기존의 대형 문인 단체인 조선문인협회를 비롯하여 각종 문인 단체를 통합하여 결성한 단체이다. 목표는 '조선에 세계 최고의 황도문학을 수립한다'는 것이었다.

의 환경이 되었고 그 속에서 자연스럽게 '전쟁문학'이라는 문학적 주제
가 부상한다.[12] 따라서 1930년대 중반부터~40년대에 접어 들면 조선에
서 발간되었던 잡지의 내용은 물론이고 평론, 문예물, 수필 등 가릴 것
없이 거의 모든 문예물들은 전쟁색이 짙은 작품들로 이루어져 있다. 단
카 역시 마찬가지로 이전의 계절감이나 일상생활의 풍경, 서정적인 감성
을 읊기보다는 내지 일본과 마찬가지로 전쟁 시국을 반영한 전쟁 단카로
도배되거나 문예란에서 아예 자취를 감추기도 하였다. 실례로『조선공론
(朝鮮公論)』[13]의 경우 1927년 말부터 1942년 초까지 중간 중간 공백기가
있었지만 초창기부터 <공론문예(公論文藝)>란에 단카를 실어왔는데, 태평
양 전쟁 개시 이후 1942년 3월부터 <문예(文藝)>란의 단카는 전쟁과 관
련한 단카 일색의 모습을 보이며 그 수는 약 300수 이상으로 추정된다.
한편 조선에서 발간되는 가집도『현대조선가집(現代朝鮮歌集)』(1938),『성전
(聖戰)』(1938), 『애국백인평석・애국단카집(愛國百人一首評釋・愛國短歌集)』(1943),
『화혼(和魂)』(1944)과 같이 전쟁과 관련된 것만이 발간되는 등 이전의 결사
중심으로 발간되거나 조선 가단만의 특수성을 가진 가집들은 자취를 감
추게 되었다.

　본고에서 다루고자 하는 전쟁단카는 일제강점기 한반도를 공간으로

---

12) 식민지 일본어문학 문화연구회(2008),『제도로서의 한국 근대문학과 탈식민성』, 소명
　　출판, p.288.
13) '『조선공론(朝鮮公論)』은 1913년부터 1914년까지 일제강점기에 일본어로 발간된 종합
　　잡지이다. 1913년 4월 1일 창간호를 시작으로 1942년 436호(1월호)까지 발행되었다가
　　다음달 2월호(347호)부터 개권호로 발행되었는데 현재 남아 있는 최종호는 1944년에
　　발간된 380호(11월호)이다. 380호까지의 발행기간은 총 31년 8개월이므로 일제강점기
　　발행된 월간잡지 중 가장 장수한 잡지였다고 할 수 있다.『조선공론(朝鮮公論)』은 당시
　　조선에서 발행된 일본어잡지『조선급만주(朝鮮及滿洲)』와 함께 쌍벽을 이루었는데 1913
　　년 창간호 발간 당시 일본 언론의 논조는 일본의 대표적인 종합잡지가『태양』이라면
　　조선의 대표적인 잡지는『조선공론(朝鮮公論)』이라고 극찬하기도 했다.' 한일비교문화
　　연구센터(2007),『조선공론 총목차・인명색인』, 어문학사, p.7.

하고 있으며 그 창작자도 일본인이 아닌 조선에 거주하였던 재조일본인
을 대상으로 하고 있다. 따라서 한반도에서의 전쟁단카 연구는 이를 시
대의 조류가 나은 당연하고 자연스러운 문학이었다는 해석 또는 전쟁 찬
양 일색이었던 전쟁단카를 비판적으로 보는 시선이 그대로 적용될 수 없
다. 또한 현재 한반도에서의 단카 장르의 전체상을 분석한 연구를 통해
1930년대 중반과 1940년대 전쟁단카가 다량 생산되고 국책문학으로서
기능하였다는 점은 밝혀졌으나,14) 단카 장르의 변형과정과 그 실체라고
할 수 있는 전쟁단카집에 대한 분석은 부재한 상황이다. 따라서 본고는
한반도라는 공간에서 전개된 조선가단의 흐름 속에서 전쟁단카가 어떻
게 등장하고 또 어떠한 특징을 가지고 국책문학으로서의 성격으로 변형
해 나아갔는가를 분석하고자 한다. 또한 한반도에서 간행된 첫 전쟁단카
집인 『현대조선가집(現代朝鮮歌集)』을 대상으로 재조일본인들의 전시하에서
의 삶을 그린 '총후영(銃後詠)15)'을 분석, 그리고 내지의 전쟁단카와 구별
되는 조선을 소재로 한 단카와 조선인 가인(歌人)의 단카를 통해 이러한
구들을 실은 의도성을 밝혀내어 그동안 다루어지지 않았던 한반도에서
의 전쟁단카집의 실체를 가시화하는 역할을 하고자 한다.

---

14) 최근에 일제강점기 한반도에서 행해진 전통운문장르의 전체상을 분석한 연구가 진행
되면서, 이 시기에 생산된 전쟁단카가 중일전쟁에 접어든 이후 조선의 가단이 국책문
학적 성격과 시류에 적극적으로 편승해 갔음을 단카 잡지와 가집의 발간 상황을 통해
분석한 것으로는 엄인경(2013), 「한반도에서 간행된 일본전통시가 문헌의 조사연구ー
단카(短歌)・하이쿠(俳句)관련 일본어 문학잡지 및 작품을 중심으로」, 『일본학보』 제94
집, 한국일본학회 연구가 있다.

15) 본고에서 다루고 있는 '총후영(銃後詠)'은 '총후단카(銃後短歌)' 또는 '전쟁의 후방에서
읊어진 단카'라고도 풀어쓸 수 있지만, 현재 일본에서는 이와 같은 단카를 '총후영(銃後
詠)'이라는 명사로 통용하여 사용하고 있으므로 본고에서도 이를 그대로 사용하였다.

2. 1930년대 중반~1940년대 전시하(戰時下) 한반도에서의 단카(短歌) 장르의 변형

타국의 문학이 한 나라에 유입될 때는 그 고유한 양식의 우월성의 논리가 강조되기 마련인데 이러한 상대가 식민지일 경우에는 더욱 노골적이고 일방적으로 나타난다. 특히 일본의 민족성과 역사성이 여실히 반영되어 있는 단카의 경우 1930년대 말부터 패전에 이르기까지 일제의 군국주의의 심화와 함께 '일본 정신'을 강조하며 당시의 식민정책에 일조하는 방향으로 전개되어갔으며, 여기에는 항상 일본과 조선이 하나라는 의식이 기본적으로 상정되어 있었다. 여기에서는 전시하 식민지 조선이라는 공간에서 단카가 어떻게 선전되고 어떠한 방향으로 나아갈 것을 의도하였는지, 또한 기존의 단카문학 전개에 어떠한 변형을 가져왔는지를 당시의 잡지 매체들과 가집에 실려 있는 글을 통해 알아보도록 하겠다.

> 일본의 역사와 함께 실로 드높은 전통 속에 발달하고 앞으로도 긴 세월을 이어져 내려갈 단카. 이러한 단카의 길을 실제 파악할 수 있는 자는 일본정신에 심취해 있는 자라고 해도 무방할 것이다 …… 단카를 지음으로써 그 사람은 일본정신에 동화되어 삶이 향상되는 것이다. 때문에 나는 단카를 빨리 조선에 보급 할 필요가 있다고 항상 통감하고 있다 …… 조선에서 단카의 보급 상황은 내지에 비해 초라하게 그지없다. 내지(內地)에서는 과장하여 모든 사람이 가인(歌人)이라 누구라도 단카를 읊을 수 있다. 그러나 조선은 그렇지 않다. 단카를 읊는 사람을 세는 편이 빠르다. 이대로는 안된다고 생각한다. 그렇다면 어떻게 대중들에게 단카를 보급할 것인가? 이에 대해서 나는 이전부터 국민학교에서 이를 가르쳐야 한다고 생각해왔다 …… 그러므로 단카는 국어교육 수단의 하나로서 국민학교 때부터 철저하게 이루어져야 한다. 즉, 국민학교부터 바른 단카와 하이쿠 교육을 시행해야 하는 것이다.16)

앞의 인용은 『조선공론』의 1943년 7월호에 실린 소에야 다케오(添谷武男)의 「조선과 단카(朝鮮と短歌)」의 일부분이다. 그는 이 글에서 단카의 역사성과 일본정신을 발휘할 수 있는 문학으로서 단카를 정의하고 식민지 조선에서도 내지와 같은 수준의 단카 활성을 기대하고 있다. 그리고 그 방법으로서는 조선의 초등학교에서부터 단카와 하이쿠 같은 장르의 교육을 통해 국어(일본어)교육은 물론 일본 정신의 함양까지도 기대할 수 있다고 제시하고 있다. 즉, 그의 「조선과 단카」는 겉으로는 조선에서 단카 문학의 확대를 기대하고 있는 듯하나 그 저변에는 '단카=일본정신의 구현'이라는 등식을 가지고 조선에서의 일본정신의 확장과 일제의 민족 동화 정책을 옹호하고 있는 것이다. 특히 '단카를 지음으로써 그 사람은 일본정신에 동화되어 삶이 향상되는 것이다. 때문에 나는 단카를 빨리 조선에 보급할 필요가 있다고 항상 통감하고 있다'라는 주장은 일본정신을 식민지 조선에 전파시키려는 수단으로서의 단카의 역할을 여실히 보여주고 있다. 또한 '단카는 국어교육 수단의 하나로서 국민학교 때부터 철저하게 이루어져야 한다'에서는 단카가 국어(일본어)교육의 일환과 실천으로 이어질 수 있다는 것을 밝히고 있는데 이는 단카가 일본어로만 창작이 가능한 즉, 단카의 '형식적 제약'을 내포하고 있는 것이다. 이러한 형식적 제약은 당시 조선문단이 가지고 있었던 복잡한 '이중언어상황'의 권역에서 벗어나는 문학 양식으로 일본의 입장에서 보면 일본어 창작만이 가능한 단카를 비롯한 하이쿠와 같은 단형식의 문학은 식민 통치 체재에 이용하기에 더없이 유리한 문학수단이었다. 예를 들어 '조선의 마사오카 시키(正岡子規)'라고 불리던 박노식은 조선 하이쿠 문단의 실

---

16) 添谷武男(1943), 「朝鮮と短歌」, 『朝鮮公論』, pp.107~109.

력자로 호토토기스계 하이쿠 문단의 커뮤니티 네트워크 속에서 탄생한 조선인 하이쿠 시인이었다. 박노식에 대한 평가는 그가 백절미수(白晳美鬚)라 불릴 정도로 항상 조선전통의 하얀 바지저고리 차림으로 일관하고 스스로 민족적 아이덴티티에 극히 자각적이었음에도 불구하고 하이쿠에 저명하였다는 이유로 종주국 문화에 심취한 조선총독부 동화정책의 산물, 더 나아가 일본 식민주의의 화신과 같은 존재로 비판을 받았다.[17] 즉, 이는 개인의 사상이나 창작 내용을 떠나 단카와 하이쿠와 같은 식민지 종주국의 언어와 양식으로 이루어진 문학을 따르는 것은 무조건 친일로 귀결될 수밖에 없는 단카의 형식적인 식민성을 발견할 수 있는 것이다.

한편 이러한 식민지 통치 수단으로서의 단카의 양상은 비단 조선에서만 나타나는 현상이었을까? 제국 일본은 단카 문학의 확장을 비단 식민지 조선 즉, 그들이 하나의 지방으로서 인식하였던 조선으로만 한정짓는 데 그치지 않고 다른 식민지 그리고 더 나아가 세계를 무대로 나아가야 한다고 설파하고 있었다. 소에야 다케오는 「조선과 단카」라는 글에서 이에 대해 다음과 같이 말하고 있다.

'남방 지역에 단카의 길이 흥하여 번성할 때 순수한 아시아를 개척해 가야 한다' 이것은 내가 지은 구인데 남방(南方)에 단카가 널리 전파되었을 때야 말로 진실로 일본의 영토로서 번영해 가는 아시아가 탄생하는 것이라는 뜻이다. 나는 남방뿐만 아니라 북방(北方)에도 단카의 길이 널리 퍼져나가야 한다고 생각한다. 그렇게 된다면 차츰 모르는 사이에 일본을 이해할 수 있게 되는 것이다.[18]

---

17) 나카네 다카유키(中根隆行)(2011), 「조선 시가(朝鮮詠)의 하이쿠 권역(俳域)－박노식(朴魯植)에서 무라카미 교시(村上杏史)로」, 『일본연구』 Vol.15.
18) 添谷武男(1943), 「朝鮮と短歌」, 『朝鮮公論』, p.109.

이와 같이 소에야는 조선뿐만 아니라 외지(外地) 즉, 북해도·혼슈·시코쿠·규슈 등 일본 고유의 영토 이외 제2차 세계 대전까지 일본의 식민지 영토였던 조선·타이완·사할린·남양제도(南洋諸島)[19]에까지 단카의 지역적 확장을 구상하고 있으며, 이를 통해 식민지 종주국인 자신들의 문화와 정신의 전파를 도모하고 있었다. 이렇게 문학을 통해 자신들의 문화의 우월성을 강조하고 식민지에 이식시키려고 하는 움직임은 특히 15년 전쟁기 동안의 치열한 영토전쟁과 일본의 대동아 공영권의 형성기에 극단으로 치닫는 양상을 보이는데 단카도 이와 마찬가지였다. 다음은 1941년 9월 창간된 『국민시가(國民詩歌)』[20] 중 미치히사 료(道久良)의 「정신문화의 문제(精神文化の問題)」에서 인용한 것이다.

우리나라의 정신문화는 항시 조국(肇國)의 이상(理想)을 최선으로 하며, 이를 추구하는 복고(復古)정신을 기초로 하여 오늘날에 이른 것이다. 이것은 시대를 막론하고 우리 일본문화의 근저를 이뤄온 가장 큰 특징으로 즉, 만세일계의 우리 국체(國體)의 절대성을 보전하며 오늘날까지 이어온 것이 일본 문화이다 … 우리 일본 국민은 객관적인 시선을 가지고 좀 더 넓게 주위를 살필 필요가 있다. 이때 우리들이 가지고 있는 서정(抒情) 역시 새로운 시야를 확보 할 필요가 있다. 즉, 중세 이후, 과거 일본 문학의 감상(感傷)을 뛰어 넘어 건전한 국민적인 서정이 탄생해야 하는 것이다.

---

19) 神谷忠孝, 林一信 編(2007), 『<外地>日本語文學論』, 世界思想社, 3면에서 외지(外地)에 대한 정의를 다음과 같이 내리고 있다. 「外地」를 辭書로 引くと「北海島、本州、四國、九州など、日本固有の領土以外に、第二次世界大戰までの日本が領有していた地域。朝鮮、台湾、樺太、(サハリン)、南洋諸島など」(『大辭林』)とある。

20) 『국민시가(國民詩歌)』에 대한 성격과 개괄에 대해서는 최현식(2013), 「일제 말 시 잡지 『국민시가(國民詩歌)』의 위상과 가지－잡지의 체제와 성격, 그리고 출판 이데올로그들」, 『사이(SAI)』 제14집, 국제한국문학문화학회에서 자세히 다루고 있으며, 『국민시가(國民詩歌)』의 단카에 관해서 다룬 연구로는 엄인경(2013), 「일제 말기 한반도에서 창작된 단카(短歌) 연구 : 『국민시가』(1941~1942)를 대상으로」, 『일본학보』 제97집, 한국일본학회 등이 있다.

이렇게 하여 탄생한 서정은 순수함을 가지고 전념하는 가운데 우리 상대
인(上代人)이 지니고 있던 서정과 통함은 물론, 과학적인 생활을 배경으로
하고 있다는 점에서 현대적인 질서를 내포하고 있다. 이와 같이 서정을
바탕으로 한 우리의 시, 노래, 소설 등은 유례없는 강력함을 가지고 있으
며, 다가올 시대의 건설에 참여할 만한 힘을 가지고 있다고 본다 … 조선
이나 조국 일본이나 획기적인 대변혁의 시대에 문학도 시대에 걸맞는 건
설적인 문학이 나와야 한다. 새로운 정신을 기초로 진실로 이 땅에 뿌리
를 내릴 작가의 탄생을 기다릴 때이다. 새로운 조선의 정신문화는 바로
이러한 작가들에 의해 일본 문화의 일환으로서 개척해 나아가야 한다고
생각한다.[21]

위의 인용에서 미치히사 료는 일본 문화의 신성성(神聖性)과 함께 문학
에서는 특히 서정(抒情)을 들어 전통을 유지하는 한편 새로운 국민적인
서정문학의 탄생을 고대하고 있다. 여기서 서정이란 재조일본인이었던
미치히사가 조선의 가단에서 많은 가집과 구(句)를 남기고 있다는 점과
같은 글에서 『만요슈(万葉集)』에 대해 자주 언급하고 있다는 것에서 서정
은 바로 단카 문학을 가리키는 것이라고 할 수 있다. 그리고 국민적 서
정 문학의 태동을 비단 조선에서 뿐만 아니라 '현대적인 질서', '다가올
시대 건설'에서 알 수 있듯이 영토의 확장과 함께 일본정신의 세계적인
확대를 문학에 기대하고 있음을 암시하고 있다. 여기서 언급되는 '현대
적인 질서'와 '다가올 시대 건설'이 구체적으로 지시하는 바는 바로 '일
본에 의해 주도되고 서방 세력에 독립된 아시아 각국의 블록'을 만들어
내려는 욕망, 그리고 '아시아 각국의 공동 번영을 모색하는 새로운 국제
질서를 확립하여 번영과 평화를 함께 도모한다'는 명분하에 일본 제국의
동아시아 침략을 정당화 시키는 슬로건이었던 대동아공영권 사상을 가

---

21) 道久良(1941), 「精神文化の問題」, 『國民詩歌』, pp.19~22.

리키고 있다. 즉 이와 같은 소에야와 미치히사의 글에서 그들이 단카를
통해 식민지는 물론 그 외의 지역에까지 뻗어 나가 대일본 제국을 중심
으로 한 새로운 시대의 도래를 기대하고 있으며 식민지 지역에도 우수한
단카 작가들이 탄생하기를 고대하고 있다는 것을 알 수 있다. 이러한 제
국의 식민성과 야망의 사상이 투영된 단카에 대해 1938년 오카노 나오
시치로(岡野直七郞)는 『단카신론(短歌新論)』[22]에서 '일본국민의 영도는 바로
단카의 영도(日本國民の領圖は卽ち短歌の領圖)'를 통해 다소 강하고 단호한 어조
로 논하고 있다. 그는 글의 첫 부분에서 대만과 조선의 단카잡지인 『あら
たま』와 『新羅野』에 실린 대만인과 조선인이 읊은 단카를 각각 3구씩 소
개하였다. 아래의 단카 3구는 『新羅野』에 조선인이 지은 단카이다.

> アカシヤの幹に脊を寄せふり仰ぐ小山のみどりけぶりたり見ゆ   (朴琪鐘)
> 아카시아의 줄기에 등을 대고 바라본 동산 푸르른 녹색 경치 운치 있
> 게 보이네
>
> 學校の庭の櫻の散りたるを掃くには惜しくわが立ち見ゆり   (崔文洙)
> 학교 교정에 떨어진 벚꽃 잎들 쓸어 담기에 아쉬운 마음들어 서서 바
> 라보는 나
>
> 旅先に父の訃報を受けたりし悲しき君が心思ほゆ   (李建植)
> 여행지에서 아버지의 부고를 접한 그대가 슬퍼하는 모습이 마음에 떠
> 오르네[23]

　　오카노는 이들의 단카가 훌륭하다고 감격하며 신영토(新領土)에서 이들

---

22) 岡野直七郞(1938), 「日本國民の領圖は卽ち短歌の領圖」, 『短歌新論』, pp.159~163.
23) 岡野直七郞(1938), 「日本國民の領圖は卽ち短歌の領圖」, 『短歌新論』, pp.159~160.

과 같이 훌륭한 단카 작가들이 배출되어야 한다고 주장한다. 그리고 '만주와 조선에서 내지인 못지않은 단카작가가 나와야 한다. 교양이 있고 시혼(詩魂)이 뛰어난 사람은 일본민족 예술인 단카의 발전 신장에 힘써야 한다. 그리고 나의 이러한 생각은 만주국에까지 미치고 있다'라고 하며 조선과 대만에 이어 만주국에까지 이러한 움직임이 확장되어야 함을 주장하고 있다. 그리고 그 절정은 '일본 국민은 어느 곳에 있어도 단카를 짓는다는 것을 요새 실감하고 있다. 물론 구작(句作)을 하는 사람의 수는 적어도 단 한명이라도 단카를 읊고 있다면 그곳은 단카의 깃발이 꽂혀져 있는 곳이다. 즉 일본민족이 있는 곳에 반드시 단카가 존재한다는 것이다. 덧붙여 전술(前述)한 것처럼 대만, 조선에 우리 선조(先祖)의 피를 물려받은 자들이 새로운 일본민족으로서 꾸준히 단카를 읊어 나아간다면 일본은 완전히 단카의 나라가 될 것이다'라는 결론에 치닫고 있다. 이러한 오카노의 주장은 결국 단카가 생산, 소비되는 곳을 모두 일본으로 귀속시키며 단카를 매개로 식민지를 하나로 묶어버리는 개념으로 파악할 수 있는데, 이는 대동아공영권을 구상하며 팔굉일우,[24] 내선일체 등의 동질성을 강조했던 제국의 식민통치를 식민지 종주국의 문학 양식 속에 그대로 적용시키고 있는 것이다. 그러나 위와 같이 단카에 식민 이데올로기성이나 전시하 국책 문학으로서의 성격이 부과되고 두드러지는 것은 본격적으로 전쟁이 심화되어 가는 1930년대 중반으로, 이전의 조선 가단에서는 오히려 이러한 이데올로기성을 찾아보기 어렵다.

---

24) 팔굉일우(八紘一宇) - 일본의 천황제 파시즘의 핵심 사상으로, 태평양 전쟁 시기에 접어든 일본 제국이 세계 정복을 위한 제국주의 침략 전쟁을 합리화하기 위해 내세운 구호로, "전 세계가 하나의 집"이라는 뜻을 갖고 있다.

조선의 자연과 인간에 대한 한없는 사랑으로부터 조선의 노래가 태어
나지 않으면 안 된다. 외지벌이(出稼) 근성을 버리라. 우리들이 올바르게
살아가는 길이 그곳에 남겨져 있다.[25]

이 가집은 조선을 주제로 한 한편의 종합시가 될 수 있도록 엮어진 것
이다. 그렇기 때문에 고대조선, 근대조선, 또한 토지에 의해 다른 풍물의
변화, 사람들의 생활, 또는 이곳에 옮겨 와 얼마 지나지 않은 젊은 여성이
지니는 서정시의 세계와 같은, 그것들의 모든 것을 포함하여 현대조선을
나타낼 수 있도록 이 가집은 엮어졌다. 이곳에 시를 통해 얼마라도 현대
조선의 일면이 드러나 있으면 다행이다.[26]

위의 인용은 각각 1929년과 1937년 간행된 『조선가집서편 맑은 하늘
(朝鮮歌集序篇 澄める空)』과 『가집 조선(歌集朝鮮)』으로, 조선의 <진인사(眞人社)>
를 중심으로 활동했던 미치히사 료가 간행하고 편집한 가집이다. 여기서
그는 가집의 간행 목적을 조선에서의 단카 활동과 창작을 통해 조선을
이해하고 사랑하는 마음을 갖기를 권하고 있으며, 또한 조선에서의 삶을
단카의 소재로 적극 불러들이고 있는 부분에서 조선에 대한 애착심과 내
지와는 구별되는 조선 가단만의 특색을 추구하고 있었다는 것을 알 수
있다. 이는 앞서 미치히사 료가 단카에의 일본정신을 강조하며 다가올
시대의 건설적인 문학으로서의 역할을 강조했던 것과는 매우 상이한 것
으로, 이전까지 조선 가단에서 중심적인 역할을 하며 조선과 관련된 가
집을 다량 발간하였던 그 또한 전시하에 있어서는 단카의 국책문학으로
서의 편입을 두둔하는 방향으로 나아갔음을 시사하고 있다. 이외에도 원
산과 목포를 중심으로 활동했던 단카 단체들의 가집인 『가집 송도원(歌集
松濤園)』과 『유달 쇼와8년집(儒達昭和8年集)』 그리고 1935년 발간된 『조선풍

─────────

25) 道久良(1929),「序」,『朝鮮歌集序篇 澄める空』.

26) 道久良(1937),「序」,『歌集朝鮮』.

토가집(朝鮮風土歌集)』등을 통해 조선에서의 단카 활동이 재조일본인의 취미 공유와 커뮤니티의 장(場)으로서의 역할을 하였으며, 단카에서의 조선적인 추구를 통해 내지 가단과의 차별성과 독자적인 외지 가단사(歌壇史)를 개척해 나아가려 했던 것을 알 수 있다. 그리고 이러한 전시 체제 이전의 반도 가단의 국책문학으로의 전향은 전쟁의 심화와 함께 단카 장르의 성격의 변형을 불러왔으며 그 창작의 다양성도 전쟁단카 일색으로 변하게 하였다.

　이상과 같이 전시하 이전 재조일본인의 커뮤니티의 장과 조선적인 것을 특색으로 하였던 조선에서의 단카는 오랜 역사성과 일본정신이라는 민족성의 부가와 함께 국책문학으로서의 편입, 변형해 나아갔으며 이러한 경향은 1930년대 말과 패전에 이르기까지의 시기에 절정을 이루었다.

3. 『현대조선단카집(現代朝鮮短歌集)』과 재조일본인의 총후영(銃後詠)

　일제강점기 한반도에서는 총 22권의 가집(歌集)이 간행된 것으로 현재 확인되는데, 그 중에서도 1938년 5월 간행된 『현대조선단카집』은 가집명과는 무관하게 중일전쟁을 배경으로 읊어진 단카들을 싣고 있는 이른바 '전쟁단카집'이라고 할 수 있다. 이는 이전의 가집들이 주로 조선가단(歌壇)에서의 활동이나 그 결과물로서 내놓은 것과는 상반되는 의도와 목적을 지닌 가집이었다는 점에서 주목할 만한데, 이러한 『현대조선단카집』의 성격은 다음의 '편집의 말'의 인용부분에서 다음과 같이 드러나 있다.

우리는 총후에 있어 위문의 표시로, 이 보잘 것 없는 가집을 전선(戰線)의 장병들에게 바칩니다. 우리의 진심은 작품을 통하여 반드시 황군용사들의 마음을 울릴 것입니다 …… 이와 같은 중대한 시기에 있어 우리들이 종사하고 있는 단카야말로 영원불멸의 조국의 혼을 발현할 수 있는 길이라고 생각합니다 …… 마지막으로 황군용사의 무운장구(武運長久)를 기원하며 각 투고자분들께도 감사의 마음을 표하는 바입니다.[27]

즉, 『현대조선단카집』은 전쟁터에 나가 있는 장병들을 응원하고 위로하기 위한 가집으로, 그 대상이 일반이 아니라는 점에서 당시의 전시하를 철저히 의식하여 간행된 '전쟁단카집'이라는 것을 알 수 있으며, 또한 단카를 매개로 총후의 위치에서의 역할을 다짐하는 곳에서 앞에서 언급한 전쟁문학으로서의 단카의 프로파간다적 성격을 드러내고 있다. 이러한 전쟁 단카집은 이전까지의 조선가단에서는 찾아볼 수 없었던 것으로 특히, 단카 문학의 성격과 창작 방향에 큰 변형을 가져왔는데 이에 대해서 이상인은 다음과 같이 말하고 있다.

이외에도 내지결사의 지사로서 <진인>, <포토나무>, <패왕수(覇王樹)>, <아라라기>, <미즈가메>, <다마(多麻)>, <국민문학> 등 다수가 있는데, 각 가인들은 제각각 조선독특의 지방색을 읊어내는데 고심하고 있는 점은 크게 주목해야 할 것이다.

지나사변 후, 조선가단에서의 동향 중 특별히 여길 가치가 있는 것은 쇼와13년 4월 황군위문조선현대단카집의 간행이었다 … 단카를 가지고 황국에 보국한 발기인들의 의도는 봄의 노곤함에 젖어있는 조선가단에 일대 파문을 일으켜, 이를 계기로 쇼와14년 말에 조선가인협회의 결성을 보기에 이르렀다.[28]

---

27) 末田晃(1938),「編輯の言葉」,『現代朝鮮短歌集』.
28) 李相仁(1938),「現代朝鮮の文藝、美術界を展望す」,『朝鮮及滿州』, p.44.

먼저 위의 인용에서 말하는 『황군위문조선현대단카집(皇軍慰問朝鮮現代短歌集)』은 그 제명이 조금 상이하나 발간 시기나 발기인(發起人), 내용으로 보아 『현대조선단카집』과 일치하며, 가집의 성격을 '황군위문'이라는 말로 강조하고 있다. 특히, 조선가단의 동향을 언급하며 지나사변 이전 이들의 활동이 조선적인 것에 주목하였던 점을 특색으로 보고 있는데, 실제 1920년대 말부터 1930년대 중반까지 가단에서는 '조선색'에 대한 논의가 활발히 이루어졌으며, 대표적으로는 『조선풍토가집(朝鮮風土歌集)』을 중심으로 조선을 제재로 한 가집이 집중적으로 생산되었다. 따라서 이때까지의 조선가단에서의 단카의 성격은 어떠한 정치적 이데올로기성이나 의도를 지닌 문학이 아니었으며, 그 활동도 유파나 지역적 결사를 중심으로 순수창작이나 중앙가단과는 다른 조선가단만의 특색을 모색해 나가는 방향을 추구하였다. 그러나 이러한 단카도 일본의 전쟁 심화와 장기화 국면으로 인해 전쟁 문학으로서 호출받게 되어 단카에 일본정신을 부여받는 등 더 이상 순수창작은 진행될 수 없게 된다. 이에 따라 중일전쟁을 기점으로 조선의 가단에서는 『성전(聖戰)』(1938), 『애국백인일수・애국단카집(愛國百人一首評釋・愛國短歌集)』(1943), 『화혼(和魂)』(1944)과 같은 전쟁관련 가집만이 발간되었고, 그 중에서도 『현대조선단카집』은 조선에서 간행된 첫 전쟁가집으로서 이를 기점으로 조선가단의 작풍과 그 활동에 변형을 가져왔다.

한편, 여기에 노래를 실은 가인들에 대해서는 '출영자 주소록(出詠者住所錄)'에 이름과 당시의 주소, 직업을 적고 있어 어떠한 사람들이 단카를 읊었는지 상세히 알 수 있다. 먼저 총 가인은 86명으로 1~2명을 제외하고는 모두 일본인으로 보이며, 거주지는 경성이 53명으로 가장 많은 비율을 차지하고 있지만 이외에도 황해도, 인천, 강원도, 부산, 대구 등의 출신들도 있어 조선 전 지역에서 단카 투고가 이루어진 것으로 보인다. 이들의 직업으로는 절반이 그 정보가 누락되어 있으나, 당시 총독부 산하의 직원이 가장 많으며 그 다음으로 관리(官吏), 회사원, 교육자, 기자, 학생, 의사 등의 순으로 주로 화이트칼라 층의 비율이 높았던 것을 알 수 있다.

　이러한 『현대조선단카집』의 단카의 내용은 앞서 언급하였듯이 전쟁의 후방에서 장병들을 위로하는 노래로, 현재 단카의 분류로 보자면 전시하의 사회와 인간의 삶을 읊은 '전시영(戰時詠)'에 속한다. 그러나 당시 내지에서의 전쟁 단카는 전쟁터에서 장병들에 의해 읊어진 것을 '전지편(戰地篇)', 전쟁터 밖이나 일반인들에 읊어진 것을 '총후편(銃後篇)'으로 구분하여 각각을 '전지영(戰地詠)'과 '총후영(銃後詠)'이라고 이르는 것이 일반화되어 있었다. 특히, 총후영에서 '총후'라는 말은 전쟁에 직접 참가하지 않으나, 간접적으로 전쟁에 참가하는 일반 국민을 일컫는 말로, 일본의 군국주의의 심화와 함께 총후의 범위와 역할 역시 전영역에 걸쳐 확장, 강조되게 된다.

　　총후라는 말은 현재에는 많은 사람들이 사용하는 통용어(通用語)가 되었다. 총후의 결의라던가 총후국민의 맹세라던가. 이 경우 우리는 총후와 제일선(第一線)을 명확히 구별하여 생각하고 있다. 제일선은 전지(戰地)에서 용감히 싸우는 황군장병을 가리키며, 총후는 내지나 조선에서 생산보국, 근검저축하여 성전(聖戰)의 대목적을 실천하기 위해 고군분투하고 있는 우리들을 가리킨다… '병사의 승패는 무기가 아닌 사람에 있다'라는 말은 '총후'를 관통하고 있는 근본사상이다. 때문에 총후는 직접 총검을 휘두르고 대포를 쏘는 사람, 즉 제일선 장병을 의미한다… 현대의 전쟁은 단지 제일선만의 전쟁이 아니다… 무력전이 중요함은 당연하며 경제전과 사상전도 마찬가지로 중요하다. 현대 전쟁에서 말하는 무기는 소총, 대포,

전차, 비행기뿐만 아니라 경제의 무기, 사상의 무기가 동반되지 않으면
궁극적인 승리는 얻을 수 없다… 우리들도 경제전, 사상전의 용사로서 제
일선 장병의 분투에 감사하며 위문문이나 위문품으로 그 노고를 치하하
는 마음을 가지고 조금도 해이해지면 안될 것이다.[29]

위의 인용에서처럼 '총후'는 당시 전쟁 상황과 맞물려 널리 쓰이던 말
로, 그 범위가 내지 뿐만 아니라 식민지 조선에까지도 미치고 있었으며,
그 역할은 전쟁에서 한 발짝 물러나 있으나 전쟁터의 용사와 동일한 마
음가짐을 가지고 시국에 임할 것을 강조, 요구하고 있었다. 그리고 총후
의 역할은 실로 다양한 형태로 나타났는데 조선에서는 1938년 6월 <국
민정신총동원조선연맹>이 결성되어 일본의 국책 협력을 선동해 나아가
는 중심적인 역할을 하였다. 그 구체적인 실천 강령은 황국정신 현양, 내
선 일체 완성, 비상시 국민생활 혁신, 전시 경제정책 협력, 근로 보국, 생
업 보국, 총후 후원(군인원호 강화), 방공, 방첩, 실천망의 조직과 지도의
철저 등으로 물질적인 뒷받침은 물론 정신적인 측면에서의 협력도 중요
시 되었는데, 특히 조선과 같은 식민지 총후의 경우에는 무엇보다 정신
적인 전쟁 협력에의 세뇌와 강요가 철저하게 이루어졌다. 때문에 조선에
일찍이 뿌리를 내리고 있었던 단카 역시 전쟁 문학으로의 편입을 피할
수 없게 되었으며, 전시하에서 정신적인 영역을 대변하는 대표적인 전쟁
협력문학으로 변질되게 된다. 따라서 이러한 상황 속에서 한반도에서 간
행된『현대조선단카집』에는 총후의 입장에서 전쟁을 경험하는 제조일본
인의 모습과 시선이 그려져 있다. 먼저, 다음과 같은 단카에서 전쟁을 접
하는 재조일본인의 모습을 찾아볼 수 있다.

---

29) 尾高朝雄(1939),「銃後の立場」,『總動員』, pp.37~40.

アナウンサーの泣きつつ語る南京の入城のさまに人よみな泣け

아나운서가 울면서 전해오는 남경으로의 입성 소식에 모든 사람들 눈
물짓네

急下降爆撃のさま報じられ銃後の民の心をもゆする

급하강하여 폭격한다는 소식 전해져옴에 총후의 국민들의 마음도 동요
하네

皇軍の奮戦の記事に知らず織らず手の新聞を握りしめ居つ

천황 군대의 격렬한 전투 기사 접하고 난 뒤 나도 모르게 손의 신문을
움켜쥐네

つはものの呵々大笑の大寫し心なごみてたのもしくみゆ (ニュース映畫)

황군 병사의 크게 웃는 장면이 클로우즈업 되면 안심이 되어 즐겁게
영화 보네(뉴스영화)

週毎にまちかねてゆける映畫館ニュースをみつつひとりかなしむ

매주일마다 기다리고 기다려 보는 영화관 뉴스 보고있으면 홀로 슬퍼
만지네

よろこびに面かがやかせ生還の戦友にすすむる飯盒の飯を (映畫「五人の斥候兵」)

기쁨에 젖어 밝게 빛나는 얼굴로 살아 돌아온 전우에게 밥이 든 밥그
릇을 내주네(영화 <오인의 척후병>)[30]

위의 단카에서 재조일본인들은 조국인 일본과 거리적으로는 떨어져
있었으나 신문 기사, 영화, 라디오 등 다양한 경로를 통해 간접적으로 생
생한 전쟁의 상황을 접하고 있었으며, 이를 통해 전해져 오는 전황의 상

---

30) 現代朝鮮短歌集刊行會 編(1938), 『現代朝鮮短歌集』.

황에 따라 기뻐하고 감격하는 총후 민중들의 감정을 느낄 수 있다. 특히
당시 전쟁의 선전영화로서 기능하였던 뉴스영화가 정기적으로 상영되고,
1938년 일본에서 제작된 국책영화인 '오인의 척후병(五人の斥候兵)'과 같은
미디어가 조선에서도 상영됨으로서 영화를 통한 전쟁에의 선동이 적극
적으로 이루어진 점31)을 짐작해 볼 수 있다. 그리고 이를 보고 난 후의
감상을 단카로 옮긴 다수의 노래들은 영화의 인상 깊은 장면들을 하나의
전경으로 포착하여 읊고 있는데 이를 통해 단지 여가나 오락으로서 영화
를 관람한 것이 아닌 영상으로 접한 전쟁 상황을 리얼하게 받아들이고
깊은 감명을 받고 있었음을 알 수 있다. 그러나 재조일본인들이 전쟁을
간접적으로만 체험하였던 것은 아니다. 왜냐하면 중일전쟁 당시 조선은
일본의 병참기지와 중간기지로서 기능하였고, 때문에 조선에 체류하였던
일본인들의 전쟁 체감 정도는 내지 일본에 못지 않았음을 다음과 같은
단카를 통해 읽어낼 수 있다.

> 皇軍を驛に送ると小旗もち心はりつめて立ち出づるかな
> 천황의 군대 역에서 배웅하며 흔드는 작은 깃발에 긴장되는 마음 솟아
> 오르네

---

31) '흥미로운 것은, 다른 많은 나라의 선동영화와는 달리 일본의 국책영화는 적에 대한
증오를 부추기지 않았고, 미국의 전쟁영화에서 보여지듯이 인종차별적 유형화에도 의
존하지 않았다. 사실, 적은 영화 속에서 잘 드러나지 않았다. 일상적인 인간관계가 강
조되었고 영화의 관점은 본질적으로 인본주의적이었다. 이런 경향은 다사카 도모타나
감독이 만든 중요한 최초의 두 편의 전쟁영화 <5인의 척후병 五人の斥候兵>(1938)과
<진흙탕의 병사들 土と兵隊>(1939)에서 분명하게 확립된다. 이후의 영화들은 평론가
사토 다다오가 전쟁을 정신적 수양으로 취급하는 일본만의 독특한 영화적 선동
(*Currents in Japanese Cinema*, p.103)이라고 부른 것을 창조해 내면서 이러한 경향을 고
수했다.' 아서 놀레티, 데이비드 데서 편(2001), 편장완·정수완 옮김, 『일본영화 다시
보기-작가주의, 장르, 역사』, 시공사, pp.276~277.

眼の前に汽車すすみきぬ群衆をどよもし移る萬歳のこゑ

눈앞의 기차 서서히 다가오자 군중들 사이 뒤흔들며 퍼지는 만세의 함
성 소리

うれしげに慰問の品をうけとりし兵士の面に殘る幼なさ

기쁜 얼굴로 위문품 건네받은 병사의 얼굴 어린아이와 같은 천진난만
담고있네

みいくさに背子を送りて家守る人にも春は近からむとす

천황 군대로 자식을 보내놓고 집을 지키는 자들에게도 봄은 가까워오
려 하네

驛に送りし若き兵士の元氣さを歸りて妻はいきいきと語す

역에서 젊은 병사를 배웅하는 부인 건강히 돌아오라 활기찬 목소리로
말하네

生きて遭はむ時はいはず手にまきしわれ等の時計取換へにけり(出征せる弟に)

다시 살아서 만날 때는 말없이 우리들 손에 감겨져 있는 시계 서로 교
환하리라32)

　중일전쟁은 일본과 중국의 싸움이었으나 일본의 식민지이며 지리적으
로 그 중간에 위치한 조선은 일본의 전쟁 기지로서 다양하고 강력한 전
시체제가 실시되었다. 지원병 제도, 인적 동원, 군수물자생산, 헌금 등의
경제적 역할은 물론 일본어 교육강화, 내선일체 사상의 강요, 위문 등 정
신적 영역의 동원도 요구되는 등 후방의 역할은 막중한 것이었고 이는
재조일본인의 삶과도 곧 연관되는 것이었다. 때문에 위에 인용한 단카와

---

32) 現代朝鮮短歌集刊行會 編(1938), 『現代朝鮮短歌集』.

같이 전쟁터로 나가는 군인을 역에서 환송하는 모습, 자식을 전쟁터로
보낸 부모의 심정, 만세를 부르며 군인들의 사기를 북돋우는 사람들의
모습은 점점 일상화되는 재조일본인의 전시하의 삶을 그대로 반영하고
있다. 특히 그중에서도 조선을 경유하여 전쟁터로 나가는 군인을 환송하
고 위문품을 건네는 일은 총후 민중들에게 가장 중요한 임무로 가장 빈
번히 후방의 전쟁 단카에서 등장하는 소재였는데, 그 대상은 비단 불특
정 다수의 이름 모를 병사들이 아닌 재조일본인들의 가족도 포함되어 있
음을 위 인용의 마지막 단카 3수를 통해 알 수 있다. 이들 재조일본인의
단카는 자신들의 자식, 남편, 형제를 전쟁터에 보내는 심정을 그려내고
있는데, 당시 전쟁이 점차 심화됨에 따라 조선에 거주하고 있었던 일본
인들도 조선인과 마찬가지로 전쟁터로 동원되었던 상황을 확인할 수 있
다. 또한 이외에도 경기도 경찰부의 형사과의 직원이 직업으로 거주지는
경성의 광희정(光熙町)으로 나와 있는 구로세 마사스에(黑瀬正季)는 둘째 형
이 전쟁에 출병한 뒤 형에 대한 걱정과 남겨진 형수, 조카를 염려하는
마음을 읊은 단카[33]를 지음으로서 오로지 전쟁에 대한 찬양, 찬동 일색
인 단카에서 벗어나 재조일본인들 개개의 전쟁 의식과 감정을 느낄 수

---

33) 구로세 마사스에는 『현대조선단카집(1938)』에 총 7수를 싣고 있는데, 단카에 '우리 차
형 정도에 오르다. 그 기념으로, 그리고 만약 무슨일이 있을 경우에는 하며 사진 1장
을   보내왔다(わが次兄、征途にのぼる。その記念に、はた事あり儿際は、とて寫眞一枚を送り來れり。)'
와 '언덕 위 형의 집 문 앞에도 출정 병사의 집이라는 표시로 히노마루 깃발이 드높
게 서있다. 형의 아이는 7살이 되는데 히노마루 깃발을 보며 아빠라고 부르고 있다(丘
の上の兄の門先にも、出征兵士の家のしるしに日の丸の旗が高く高く立つてゐる。兄の子、七歳なる
がこの日の丸の旗をお父ちゃんだといつてゐる。)'라는 글도 함께 서술하고 있어 그의 형이 전
쟁에 출정한 군인이라는 것을 알 수 있다. 또한 「生きてかへるものとはおもへしかすがに心細
きは子に知らきじと(살아서 돌아 올 것이라고 믿지만 엄습해 오는 희미한 불안감은 아이
들은 모르게)」와 「便りなくすぎゆく日にも支那の野に兄の部隊は戰ひすすむ(소식이 없이 지나가
는 나날들 그래도 지나 땅의 형의 부대는 계속 교전해 가네」 등의 단카를 통해 남겨
진 형의 가족들을 걱정하고 형의 무사를 바라는 심정을 드러내고 있다.

있다.

한편, 『현대조선단카집』에는 여성 가인의 투고가 많은데 총 86명의 가인 중 24명이 여성으로 추정되며, 이들 중 어떤 신문기자의 부인 외에는 모두 직업이 나와 있지 않지만 대부분 남편을 따라 조선에 정착하게 된 여성들로 보여 진다. 이러한 여성들의 단카 문학에의 대규모 등장은 이전의 가집 또는 문예란에서는 찾아 볼 수 없던 것으로, 여성과 전쟁의 상관관계를 생각게 한다. 전시하에 있어 여성에의 재인식과 그 역할 부상에 대해서 가노 미키요(加納實紀代)는 다음과 같이 서술하고 있다.

> 하지만 15년전쟁 개시 이후, 재등장한 <총후>는 러일전쟁 때와는 달랐다. 먼저, 전선(戰線)과의 거리가 매우 연장되었으며, 그 거리도 확대되었다. 즉, 중국 대륙의 <전선>에 대해 일본 국내 전역이(당시 일본이 영유하고 있었던 조선, 대만, 사할린 포함)이 <총후>가 되었다. 그리고 그 구성원으로서 여성들이 크게 클로우즈업된 것도 러일전쟁과의 큰 차이점이었다. …… 특히 중일전쟁 개시 이후 <총후의 임무>, <총후의 수비>는 여성들의 역할이었다. …… 따라서 15년전쟁 개시 이후, <여자의 미덕>은 이제까지의 <현모양처>에 더하여 한 사람의 국민으로서 <조국을 위해> 진력해야 한다는 항목이 추가되어 …… 이러한 여성들은 특히 중일전쟁 이후 침략전쟁의 <총후의 여성>으로서 총동원 체제 속에 견고히 편입되어 갔다.[34]

위와 같이 여성의 전쟁에서의 역할 강조는 중일전쟁 이후 대대적으로 제도화되면서 이전까지 가정에서의 부인과 어머니로서의 역할에 더하여 전쟁의 후방을 지키는 역할이 여성들에게 부가되었다. 그리고 이러한 임무는 매우 조직적으로 전개되었는데 내지의 경우 1932년 오사카에서

---

34) 加納美紀代(1995), 『女たちの銃後』, インパクト出版社, pp.65~67.

<오사카국방부인회(大阪國防婦人會)>의 발족을 시작으로 전국적으로 확대되어 약 천만 명의 여성을 중심으로 <대일본국방부인회(大日本國防婦人會)>가 조직됨으로서 '총후의 여성'의 상징이 되어 활발한 활동을 전개해 나갔다. 그 활동 내용은 근검절약, 저축, 헌금 등을 통한 경제적 원조에서부터 군인 환송 행사, 위문품 제작 등의 위문활동, 그리고 더 나아가서는 여성의 모성까지도 국책협력에 동원되는 등 전시하에 있어 여성들의 역할은 전선(前線)의 장병들보다 더 복잡하고 다양한 역할의 수행을 기대하고 있었다고 할 수 있다.

　한편, 이러한 '총후 여성'의 역할은 당시 전쟁의 후방 범위에 포함되었던 조선에서도 마찬가지로 전개되었는데, 특히 내지의 <대일본국방부인회>의 조선 지부로 <대일본국방부인회 경성지부(大日本國防人會京城支部)>가 결성되면서 그 회원수가 8만7천명에 달하였으며, 시국대회를 개최하는 등 총후 부인으로서의 역할은 조선에서도 예외가 아니었다. 그리고 이러한 조선에서의 총후 여성의 활동은 다음과 같이 단카에 고스란히 남겨져 있다.

　　しづかなる齡にいりますははうへのあけくれ忙しく外出したまふ(わが母國防婦人興仁
　　分會長に就任す)
　　한창 평온할 연령임에도 불구 우리 어머님 밤낮으로 바쁘셔 외출나가
　　계시네 (우리 어머니 국방부인 홍인분회장에 취임)

　　宿舍何號と紙貼られたる玄關を掃ききよめつつひたすら待つも(宿舍となりて)
　　숙사 번호가 종이로 붙어있는 현관을 쓸어 깨끗이 청소하고 한없이 기
　　다리네 (숙사가 되어)

　　日ざし暑き停車時間を兵士に洗濯參らすと娘らきほひをり(女學生奉仕隊)

뜨거운 햇살 정차 시간 기다려 병사들에게 세탁해 드립니다 경쟁하는
아이들 (여학생 봉사대)35)

위의 단카들은 각각 국방부인회에서 활동하는 부인의 모습과, 잠시 조
선에 머물러 가는 병사들을 위해 자신의 집이 임시 숙사가 되어 준비하
는 모습, 그리고 여학생들이 병사들을 위해 세탁 봉사를 하는 모습을 읊
은 것으로 전쟁의 후방에서 활동하는 여성들의 생활을 엿볼 수 있다. 그
중에서도 여학생 봉사대가 병사들의 세탁물을 걷어가 세탁봉사를 하고
있는 전경에서 나이 어린 소녀들도 전쟁에 동원되었다는 점을 알 수 있
으며, 이러한 세탁봉사에 대해 자세한 정보는 남아 있지 않으나 비슷한
시기 중국의 쓰촨성과 호남성을 중심으로 16~21세의 여학생들을 모아
강제 징발하여 위문대를 조직 후 세탁을 시켰다는 기사가 남아 있어36)
조선에서도 봉사라는 명분하에 여학생위문대는 강제 징발 형식으로 이
루어졌을 가능성이 높을 것이다. 이외에도 병사들의 사기를 돋우고 위로
하기 위해 위문품을 만들고 위문편지를 쓰며 출병한 병사들의 집을 찾아
다니는 등의 위문활동은 전시하의 여성의 역할 중 중요한 임무였다. 위
문품으로는 전쟁터로 출정하는 병사들을 위해 수건, 비누, 약품, 사진 등
을 넣은 위문주머니(慰問袋)와 출정 군인의 무운(武運)을 기원하는 부적의

---

35) 現代朝鮮短歌集刊行會 編(1938), 『現代朝鮮短歌集』.
36) "(新店에서 二十三日發同盟) 女學生을 强制徵發 慰問隊를 組織二十一日 王家藥鋪에서 逮捕한
   敵第四十八師所屬捕虜의 말에 依하면 痲城은 이미 我軍의 進攻不遠을 豫知하고 民衆은 거
   의 家財를 가지고 避難하야 城內는 텅비엇다. 右將介石은 第一線兵士의 顯著한 戰意喪失
   을 防止하기 爲하야 四川湖南兩省을 中心으로 十六歲이상 二十一歲까지의 女學生及中學生
   을 强制徵發하야 服務班이라고 稱하는 慰問隊를 組織하야 戰線에 보낸 故鄕에의 편지
   를 代筆洗濯奉仕等 兵士의 慰問, 指揮鼓舞에 當케하고 있다. 이들 慰問隊는 모두 將校에게
   獨占되어 도리어 下級兵士內에는 醜惡한 鬪爭을 惹起하고잇는 實情이라고 傳하고 있다.",
   「女學生을 强制徵發 慰問隊를 組織」, 『東亞日報』(1938.10.24.)

일종인 센닌바리(千人針)가 가장 많이 전달되었으며, 이러한 여성의 위문
활동은 다음과 같은 단카에서도 찾아 볼 수 있다.

みいくさに兵を送りし家々に名を記さざる慰問状届けり
천황군대로 병사들을 보내도 집집마다에 이름 적히지 않은 위문장이
와있네

うれしげに慰問の品をうけとりし兵士の面に殘る幼なき
기쁜 얼굴로 위문품 건네받는 병사의 얼굴 어린아이와 같이 천진난만
하구나!

千人の一針にこもる眞心をおし戴きて夫に送りぬ。
천 명이 만든 센닌바리에 깃든 진실한 마음 황송하게 받아서 남편에게
부쳤네

つと胸に迫るものあり老いし母に千人針を請はれし刹那
순간적으로 가슴이 뭉클해져 센닌바리를 늙은 어머니에게 부탁하고 난
후에

誰が爲と問はんとすれどおのづから迫れる念ひは聲とならざり
누구를 위한 센닌바리 인지를 물어 보면은 자연히 생긴 마음 대답할
길 없음에

今日一日幾針われのぬひしならむ家に歸りて靜かに思ふ。
집에 돌아가 오늘 하루 동안에 내가 수놓은 매듭이 얼마인지 조용히
생각하네

急ぎゆく足止めて縫ふ一針もわれおろそかに縫へざりしかな
서둘러지는 발걸음 멈추고서 수놓는 한 땀 그래도 소홀하게 수놓지 아
니하네

ま心をこめて縫ひたる一針は小さく赤き玉と結びぬ
진심을 담아 한 땀 한 땀 수놓는 바늘이 모여 작고 빨간 매듭이 줄지
어 놓여지네[37)]

　그중에서도 재조일본인 여성들이 지은 전쟁 단카에는 일본만의 독특
한 위문품인 센닌바리를 소재로 한 노래들이 다수를 차지하고 있는데 이
를 통해 조선에서도 내지의 풍습인 센닌바리 만들기가 행해지고 있었다
는 것을 알 수 있다. 센닌바리는 1m 정도의 흰 천에 붉은 실로 천 명의
여성들이 한 사람이 한 땀씩 매듭을 지어가며 만드는 것으로 병사들의
무운장구(武運長久)를 비는 일본의 민간신앙에서 전례하였다. 이러한 센닌
바리는 러일전쟁 때부터 태평양전쟁 기간 동안 병사들을 위한 대표적인
위문품으로서 여성들의 손에 의해 만들어졌다. 이러한 의미를 담고 있는
센닌바리의 생산은 조선에서도 재조일본인 여성들에 의해 이루어졌으며,
위의 단카에서처럼 작은 위문품이지만 여성들이 정성을 다해 병사의 안
녕을 빌며 진지하게 한 땀 한 땀 수놓고 있음에서 후방에 위치한 여성들
의 전쟁에 대한 참여와 관심을 읽어낼 수 있다.
　이상과 같이 내지와 멀리 떨어져 있음에도 불구하고 조선에서는 다량
의 전쟁단카들이 재조일본인들에 의해 읊어졌으며, 그 내용은 전쟁에서
한 발짝 떨어져 있는 만큼 전시하의 일상과 병사들의 승리를 염원하고
위로하는 '총후영'이 주를 이루고 있었다. 그러나 당시 조선은 전쟁에 필
요한 물자를 공급하는 병참기지와 군사들이 대륙으로 가기 위한 중간기
지로서의 역할이 부여된 만큼 전쟁 상황을 눈앞에서 체감할 수 있는 공
간이기도 하였다. 따라서 간접적인 전쟁 체험 이외에도 가족이 출정 병

---

37) 現代朝鮮短歌集刊行會 編(1938), 『現代朝鮮短歌集』.

사가 되거나 집이 병사들의 임시 숙소로 지정되는 모습 등 재조일본인이
직접 겪는 전쟁의 모습 또한 노래로 읊어져 있다. 또한 그동안 조선 가
단에서 활동이 두드러지지 않았던 여성들이 다수 등장하면서 일반적인
조선에서의 삶은 아니지만 재조일본인 여성들의 전시하의 삶과 역할을
발견할 수 있었다.

4. 총후영(銃後詠) 속의 조선인의 등장과 그 의도성

이와 같이 『현대조선단카집』은 전쟁가집으로서 '총후영'을 통해 재조
일본인의 전시하의 삶을 읽어낼 수 있는데, 이외에도 다음과 같이 조선
이라는 공간과 조선인이 등장하는 단카, 그리고 조선인이 읊은 단카가
함께 실려 있는 점은 이색적이라고 할 수 있다.

①異國に今宵の雨も降りそそぎつはものどもの服ぬらすらむ
　지금 초저녁 이국땅에는 비가 쏟아지는데 우리 군인들의 옷 젖지는
　않았을까

②酷暑の龍山驛に見送りし愛しき軍馬よ眼にこそうつれ
　어느 혹서에 용산역에서 보낸 사랑스러운 군마여 그 모습은 눈에
　선히 비치네

③手作りの提灯なれど老女(はるもに)も混り打振り勝ちいくさ祈ふ
　손으로 만든 보잘것없는 초롱 들고 할머니 거리에서 흔들며 승전을
　축하하네

④ 年老いし朝女の振れる日の丸に泪浮べますらをありさ

늙은 조녀가 흔드는 일장기에 눈시울 점점 붉어지고 그 안에 대범함을 느끼네

⑤ 白きひげ机に垂れて管制の夜ふかに文寫つす朝鮮老人(圖書館)

새하얀 수염 책상에 드리우고 밤이 새도록 관제를 옮겨 적는 조선의 노인(도서관)

⑥ 半島の乙女の心のつづられて千人針は縫ひ上りゆく

조선 반도의 소녀들의 마음이 새겨져 있는 센닌바리는 점점 그 수를 더해가네

⑦ 朝童ら軍歌うたひて遊び居り耳とめてきくに心たかぶる

군가 부르며 노는 조선아이들 노랫소리를 귀담아 들으면서 뭉클함을 느끼네[38]

(밑줄은 필자)

위의 단카는 모두 재조일본인이 읊은 것으로 ①의 단카에서 이국(異國)이 가리키는 곳은 조선이며, 타국에 있지만 전쟁터로 출정한 군인들을 걱정하는 마음을 그리고 있으며, ②는 용산역이라는 조선의 구체적인 장소에서 자신이 키우던 말이 전쟁에 동원되어 떠나보내는 애틋한 심정을 담고 있다. 그리고 ③~⑦의 단카에는 조선의 남녀노소가 등장하고 있는데 특히 ③의 '노녀(老女)'에는 조선어로 늙은 여자를 뜻하는 할머니가 일본인이 발음하는 그대로 '하루모니(하루모니)'로 후리가나가 되어 있어 재조일본인이 지은 것임을 확실히 드러내고 있다. 이러한 조선을 공간으로 조선인이 등장하는 단카는 내지의 전쟁단카에서는 찾아 볼 수 없는 소재

---

38) 現代朝鮮短歌集刊行會 編(1938), 『現代朝鮮短歌集』.

로 외지에서 읊어진 특색 있는 전쟁단카라는 것을 알 수 있다. 한편 이
들 재조일본인의 전쟁단카에 등장하는 조선인들의 모습은 일본군의 승
전 소식에 기뻐하며, 소녀들은 위문품으로 센닌바리를 만들고, 소년들은
군가를 부르는 등 한결같이 전쟁을 옹호하는 것으로 그려져 있다. 여기
서 조선인은 조선이나 반도라는 말로 일본인과 구별되어 불리고 있으나,
여기에서는 어떠한 위화감이나 차별적인 시선도 느낄 수 없다. 왜냐하면
위와 같이 전시 하라는 시간과 조선을 공간으로 그려진 단카속의 조선인
의 모습은 앞서 본 재조일본인과 마찬가지로 전쟁의 후방 역할을 하며
전쟁을 지원하는 모습으로 그려져 있기 때문이다. 그러나 위와 같이 일
본인과 조선인 사이의 경계가 사라진 동화된 조선인의 모습은 이전에도
존재하였던 것일까? 근대 일본의 조선인상(朝鮮人像)을 연구한 남부진은
메이지 초기부터 한일병합에 이르기까지 근대일본이 만들어낸 조선, 조
선인의 상(像)은 모든 측면에서 민족성에서 기인한 악덕과 부정적인 측면
이 강조되었으나, 이후 조선인의 미덕 또한 식민지에 대한 정책적인 의
도에서 발굴되었다고 하였다. '즉 동화정책과 한일병합, 일선동조론 등의
시대적 요청에 의해 어쩔 수 없이 조선인상에 대한 수정이 불가피 하였
다'[39]고 지적하였는데, 이처럼 일제에 의한 조선표상은 일률적인 것이
아닌 시대와 정책에 따라 변천하였던 것이다. 따라서 위와 같이 전쟁단
카 속의 동화된 조선인의 모습도 당시 일본과 조선이 하나라는 '내선일
체(內鮮一體)' 사상과 지원병제도, 황국신민화정책 등 조선인을 일본인이라
는 카데고리 속에 포함시키려는 동화정책이 실시되었던 상황 속에서 발
굴된 조선인 표상을 반영하고 있으며, 이전의 조선인을 폄하하고 또는

---

39) 南富鎭(2002), 『近代日本と朝鮮人像の形成』, 勉誠出版, p.79.

열등, 동정의 시선으로 보는 식민지적 상하관계에서 벗어나 조선인도 자
신들과 마찬가지로 전쟁을 지지하는 일국민의 모습으로 그려내고 있다.
그리고 이러한 동화정책에 물드는 조선인을 내세우듯 『현대조선단카집』
에는 다음과 같이 두 명의 조선인이 지은 단카가 실려 있다.

⑧ 大君に一人子捧げて巍然たり大いなるかな日の本の母
　천황 군대로 외자식을 바치고 의연하구나 일본의 어머니는 위대하
　기도하네

　ばんざいと肩の子も振る日章旗われも振りたり奮師征きます
　힘차게 적을 치러나가는 군대 어린아이도 만세하며 흔드는 일장기
　나도 흔드네

⑨ 皇軍を見送る心うれしさに驛に一夜を立ち明し居り
　황군 병사를 배웅하는 마음에 그 기쁨 벅차 하룻밤을 역에서 선채
　로 지새웠네

　國護る兵となりたきわが願ひ朝に夕に神に祈れ(朝鮮特別志願兵命公布)
　나라 지키는 병사가 되고 싶은 나의 소원을 낮밤 가리지 않고 신에
　게 빌고있네(조선특별지원병령공포)[40]

　⑧과 ⑨는 각각 이순자(李順子)와 김추실(金秋實)이라는 조선인이 지은 것
으로, 직업은 명기되어 있지 않지만 일본어로 단카를 지은 수준으로 보
아 어느 정도 일본어 교육을 받은 조선인으로 추정된다. 당시 한반도에
서 단카를 짓는 조선인의 규모가 어느 정도였는지는 가늠할 수 없으나
다음의 인용을 통해 그 대강의 규모를 짐작할 수 있다.

---

40) 現代朝鮮短歌集刊行會 編(1938), 『現代朝鮮短歌集』.

조선 가단의 작자는 대다수가 내지인이지만, 근래에는 국어의 보급과
함께 점차 조선측에서도 작자가 나오기에 이르렀다. 현재 추정가인은
1000명 정도로 알려져 있는데, 그 중 약 10퍼센트가 조선이라고 봐도 과
언이 아니다. 이 성대한 인수를 거느린 조선 가단에 우리는 매우 기대하
고 있다.[41]

즉, 한반도에서 조선인의 단카 창작은 단카가 오로지 일본어로만 가능
한 장르이므로 일본어의 보급과 함께 점차 식민지기 후반으로 갈수록 늘
어났을 것이라 추정되며, 위의 인용을 통해 약 100명의 조선인 가인(歌人)
이 존재했을 것이라 보인다. 그러나 『현대조선단카집』에 재조일본인의
단카가 압도적으로 많은 상황에서 이 두 명의 조선 가인의 등장은 단순
히 조선인의 단카 창작만을 의미하고 있지 않다. 주목해야 할 것은 이들
조선인이 읊은 전쟁단카의 내용에 있다. 이순자와 김추실은 각각 여성과
남성으로 이들이 창작한 단카의 내용을 보면, ⑧에서는 전쟁에 외동아들
을 보내고도 의연한 일본 어머니의 모습을 경이롭게 바라보고 있으며,
⑨에서는 자신도 일본인처럼 성스러운 전쟁에 참가하고 싶은 간절한 마
음을 읊고 있다. 특히 그의 단카에는 '조선특별지원병령공포'라는 것이
덧붙여져 있는 것으로 보아 1938년 2월 26일 조선인도 일본인과 마찬가
지로 전쟁에 참전할 수 있는 '조선육군 특별지원병령법'이 공포된 것을
배경으로 읊어진 것으로 보인다. 또한 공통적으로는 전쟁터로 나가는 병
사들의 환송 행사에 참여하여 적극적으로 전쟁의 승리를 기원하는 등 조
선인이지만 적극적으로 전시하 각각 여성과 남성에게 부가된 의무를 실
현하고 싶은 마음을 거침없이 표현하고 있다. 즉, ⑧은 전시하 모성(母性)
을 통한 국책협력,[42] 그리고 ⑨는 당시 전쟁을 지지하는 남성이라면 자

---

41) 李相仁(1938), 「現代朝鮮の文藝、美術界を展望す」, 『朝鮮及滿州』, p.44.

랑스럽게 여겼던 참전과 같이 여성과 남성의 대표적인 전시 역할을 찬동하고 있다. 특히 전쟁에의 지원병 제도의 포고는 식민지인들에게(특히 식민지 지식인들에게) '병사'라는 신민의 지위를 보증하는 어떤 핵을 '상징적'으로 소유하게 되었음을 의미했다. 즉 병사가 될 수 있다는 자격의 부여는 제국의 피식민자를 '국민'으로 재탄생시키는 '기회의 언설'과 연동한다. 따라서 이 순간 (탈식민의 기획으로 전유 가능한 내선일체의 연장선상에서, 그것의 완성을 예감케 하는 것으로) '병사'의 자격이라는 문제에 일군의 식민지 엘리트들이 열광적인 호응을 보내는 것은 논리적으로 전혀 이상한 일이 아니다.43) 따라서 조선인 가인인 김추실에 대한 정보는 알 수 없으나, 그의 단카에서 일제의 식민 정책에 적극 동조, 동화되기를 원했던 일부 계층 속의 조선인의 모습을 발견할 수 있다. 또한 이와 같은 단카는 식민자의 입장에 있는 재조일본인의 전쟁의식이 아닌 피식민자인 조선인의 시선을 통한 전쟁의 당위성이 드러나 있는 부분으로 조선인 스스로가 전쟁에 협력하고 이를 긍정적으로 바라보고 있다는 것을 선전하는 것이기도 하였다. 특히 『현대조선단카집』은 황군 병사를 위문하기 위한 목적성이 분명한 가집으로서, 단지 가단(歌壇) 뿐만 아니라 각 방면과 신문지상에도 그 취지를 게재할 만큼 널리 읽히기를 선전하고 있었으므로 여기에 위와 같은 조선인 가인의 단카를 실은 의도도 분명 당시의 전쟁 협력 분위기의 조장과 무관하지 않았을 것이다.

이와 같이 『현대조선단카집』의 '총후영' 속에 전쟁을 응원하는 조선

---

42) "두 번의 세계대전을 통해 참전국들은 여성에게 국책협력을 호소했다. 이른바 '낳아라, 늘려라'라는 선전문구는 자식을 병사로 키워 국가에 바치는 모성을 통해 국책에 협력하도록 하는 정책을 잘 보여준다." 와카쿠라 미도리(2011), 『전쟁이 만들어낸 여성상(제2차 세계대전하의 일본 여성동원을 위한 시각 선전)』, 소명출판, p.69.

43) 이영재(2008), 『제국 일본의 조선영화』, 현실문화, p.51.

인, 그리고 일제의 식민정책에 적극 협조하는 조선인 가인의 등장은 전체적인 가집의 분량으로 보면 적은 편이다.[44] 그러나 당시 국책문학으로서의 성격을 가지고 있던 단카는 조선인의 모습을 일본인과 마찬가지로 전쟁 역할을 수행하거나 응원하는 것으로 그리고 있었으며, 특히 피식민자인 조선인 스스로 전쟁의 당위성을 긍정적으로 인식하고 있는 단카를 실은 것은 분명 일제의 내선일체와 같은 식민정책을 의식한 산물로 보여진다.

5. 나오며

일제강점기 한반도에서의 재조일본인의 일본어 문학 중 단카(短歌), 하이쿠(俳句)와 같은 일본전통운문장르는 한일병합 이전부터 패전에 이르기까지 장기간동안 지속적으로 전개되었다. 특히 그 중에서도 단카는 그 문학 활동이 결사중심으로 이루어지는 특성상 재조일본인의 커뮤니티의 형성과 취미의 공유, 그리고 창작 방향에 있어서는 내지의 중앙가단과 차별화되는 조선가단만의 특색을 발굴해 나아가고자 하였다. 그러나 1937년 중일전쟁의 발발과 함께 모든 것이 전쟁에 총동원 되는 상황에서 단카 역시 오랜 역사성과 일본 정신의 발현이라는 이데올로기를 부여받으며 본격적으로 국책문학으로시 변형해 나아가게 되었다. 이는 외지 조선도 마찬가지로 조선의 독자적인 가단을 성립시켜 나가고 있던 조선

---

44) 『현대조선단카집』의 86명 중 이순자와 김추실 2명이 조선인으로, 이들은 각각 단카 6구와 5구를 남기고 있어 조선인 가인의 단카는 총 11구이다.

가단도 더 이상 순수창작은 모습을 감추고 오로지 전쟁단카와 전쟁가집만이 읊어지고 간행되게 되었다. 그 중 1938년 한반도에서 처음 발간된 『현대조선단카집』은 재조일본인의 전시하의 삶을 반영하고 있는 단카뿐만 아니라, 적은 양이지만 조선인 가인의 단카도 실려 있어 외지 전쟁단카만의 특색과 피식민자의 전쟁에 대한 당위성 등이 드러나는 특수한 가집이라고 규정할 수 있을 것이다.

제13장

제국 일본과 식민지 조선의 『춘향전』

무라야마 도모요시(村山知義)를 중심으로

이정욱

1. 들어가며

1938년 3월 23일부터 4월 14일까지 일본의 쓰키지 소극장(築地小劇場)에서 상연된 신협극단(新協劇團)의 <춘향전>은 일본인 무라야마 도모요시(村山知義)[1]의 연출로 공연된 조선의 첫 고전작품으로 대성공을 거두었다.

---

1) 무라야마 도모요시(村山知義, 1901~1977) : 도쿄에서 의사의 아들로 태어난 무라야마는 도쿄제국대학 철학과에 입학한 후, 1921년 원시 종교 연구를 위해 독일로 유학한다. 하지만 당시 유럽에서 유행했던 구성주의 미술운동을 체험한 후, 일본에 돌아온 무라야마는 미술단체인 「마보」를 통해 활동을 시작했다. 1926년 이후 프롤레타리아 연극을 접한 이후, 연극을 중심으로 활동하며 생애 3번에 걸쳐 감옥생활을 경험하기도 했다. 1945년 3월부터 12월까지 조선에 체재하며 연극, 영화, 그림 등 다양한 활동을 하며 조선의 수많은 문화인과 교류를 나누기도 했다. 약 1000편에 이르는 연출·희곡 작품 활동으로 프롤레타리아 연극에서 그의 존재는 독보적이다. 또한 2편의 영화를 제작한 감독으로도 활동했다.

무라야마의 말을 빌리면 이 작품은 「일본의 신극이 다룬 최초의 동양적 고전에 기초한 역사극」이자, 「조선의 풍속, 인정 및 문화적인 전통의 소개」[2]로써의 의의를 가졌다. 또한 실제로 도쿄뿐만 아니라 오사카, 교토에서도 상연되어 일본인에게 조선의 전설을 소개했다는 「문화적 의의」[3]의 역할을 하기도 했다. 무라야마 연출의 <춘향전> 공연과 장혁주의 『춘향전』(신초사, 1938년 4월)의 출판에 의해 같은 해 일어난 「춘향전 붐」은, 이후 일본에서 조선영화의 상연,[4] 조선을 무대로 한 영화제작,[5] 잡지 『모던 일본』의 조선판 출간, 일본문인들의 조선여행으로 이어지는 원조 「한류」라고 해도 과언이 아닐 것이다. 단, 이러한 「조선 붐」은 어떤 면에서는 「내선일체」와 「황국신민화」가 계획된 시대의 풍조와 그 맥을 함께 했다는 점에서 비판을 면하기 또한 어려울 것이다. 또 조선의 전통 문화를

---

2) 무라야마 도모요시(1938), 「<춘향전>여담-경성에서도 상연하고 싶다」, 『경성일보(京城日報)』 경성일보사, p.6.

3) 오구마 히데오(小熊秀雄)(19\91), 「신극의 무계통 <춘향전>과 부인객(新劇の無系統『春香伝』と婦人客)」, 『신판, 오구마 히데오 전집 제5권』, 創樹社, p.223.

4) 이 시기 일본에서 상연된 조선영화는 <군용열차>(서광제 감독, 조선성봉영화원과 일본 도호영화사 합작, 1938년 8월 4일), <어화>(안철영 감독, 조선극광영화제작소와 쇼치쿠 합작, 1938년 5월 6일), <한강>(방한준 감독, 반도영화사, 1939년 7월 19일), <수업료>(최인규 감독 고려영화협회, 1940년), <지원병>(안석영 감독, 동아영화제작소, 1940년 8월 1일), <집 없는 천사>(최인규 감독, 고려영화협회, 1941년 10월 1일), <성황당>(방한준 감독, 반도영화제작소, 1941년 11월 9일), <반도의 봄>(이병일 감독, 명보영화사, 1942년)로 1940년 전후에는 조선의 문화를 전하는 영화가 중심적이었다. 연월일은 일본에서의 상영일이다.

5) 일본의 감독과 영화사에 의해 만들어진 작품은 『조선 레뷰(朝鮮レヴュウ)』(관광유치 목적의 문화영화, 1939년 12월 13일), <경성(京城)>(시미즈 히로시(清水宏) 감독, 대일본 문화영화제작소, 1940년), <그대와 나(君と僕)>(허영(許泳) 감독 조선군 보도부, 1941년 11월 15일), <망루의 결사대(望樓の決死隊)>(이마이 다다시(今井正) 감독, 도호영화사, 1943년 4월 15일), <젊은 모습(若き姿)>(도요타 시로(豊田四郎) 감독, 조선영화제작주식회사, 도호와 다이에쇼치쿠 합작, 1943년 12월 1일), <사랑과 맹세(愛と誓ひ)>(이마이 다다시, 최인규 감독, 조선영화사와 도호영화사와의 합작, 1945년 5월 24일) 등이 있다. 이처럼 1940년대 들어서면 전쟁에 협력하는 영화가 중심을 이루었다.

제국 일본 지방의 이국적인 특이문화로 접목시켰으며, 제국 문화를 조선에 주입함과 동시에 혼합하고자 했던 측면 역시 주의가 필요한 부분이라 하겠다.

연극 <춘향전>은, 같은 해 10월 25일부터 「2천명의 대관중이 모인」[6] 경성 부민관 공연을 시작으로 11월 6일까지 조선 전국을 순회하며 상연되었다.[7]「내지」인 일본으로부터 연극이라는 공연예술을 통해 조선에 왔던 최초의 작품 <춘향전>은, 조선의 고전이 일본인에게 어떻게 해석되었는가를 볼 수 있다는 점에서 조선에서도 관심의 대상이 되었다.[8]

하지만 조선의 연극관계자로부터는 「몽룡역을 여성이 연기한 점」, 「조선의 전통적인 문화와 일본의 전통적인 문화인 가부키(歌舞伎)가 혼합된 점」, 「춘향이 고문당하는 장면이 생략된 것」과 「옥에서 나온 춘향이 화려한 한복으로 갈아입는」 장면이 관객들에게 위화감을 주었다고 지적되었다.[9]

암행어사가 된 몽룡을 맞이하는 춘향이, 오랜 옥중생활로 누더기를 걸

---

6) 『매일신보(每日新報)』매일신보사, 1938년 10월 26일, 조간 4면.
7) <춘향전> 상연은 1938년 3월 23일부터 4월 14일까지 도쿄의 쓰키지 소극장, 오사카 (오사카 아사히회관, 4월 27일~30일)와 교토(교토 아사히회관, 5월 1일~3일)에서 이루어졌다. 같은 해 10월부터는 조선의 경성(부민관, 10월 25일~27일)을 시작으로 평양(금천대야, 10월 29일~30일), 대전(대전극장, 11월 1일), 전주(제국관, 11월 2일), 군산(군산극장, 11월 3일), 대구(대구극장, 11월 5일~6일), 부산(태평관, 11월 7일~8일)을 돌며 상연했다. 공연에는 조선인도 관계했으며, 안영일이 조연출로 안영일과 허달, 그리고 도쿄학생예술좌의 단원들이 배우로 참가했다.
8) 무라야마 도모요시(1938), 「조선과의 교류(朝鮮との交流)」, 『아사히신문(朝日新聞)』 아사히신문사, 조간 7면.
9) 당시, 조선총독부 문서과에 근무하고 있던 신태현(申兌鉉)은 『춘향전』에서 가장 중요하다고 생각되는 두 장면이 연극에서 생략되었다고 말하고 있다. 정절을 지키기 위해 춘향이 변학도의 수청을 거절함으로써 매질 당하는 장면과 「춘향이 모든 시련을 이겨낸 후, 암행어사 몽룡에 의해 마지막으로 정절을 시험당하는」 장면의 생략이다. 신태현(1937), 「춘향전 상연을 보고(春香傳上演を觀て)」, 『조선(朝鮮)』 조선총독부, p.60.

쳤어야 했음에도 불구하고, 무라야마는 클라이맥스인 것을 감안하여 이를 따르지 않고 가부키가 그렇듯 가장 화려한 모습으로 연출한 것이다. 이러한 비판 속에서 전통과 현대의 대립과 분열, 신극과 오페라 등의 장르의 차이를 뛰어 넘어, 『춘향전』을 무대, 스크린 위에 표출하려 한 무라야마의 기획은, 역사의 대전환을 맞이하며 좌절에 부딪힌다.10)

이에 본서에서는 우리의 고전인 『춘향전』에 주목하여, 오랜 기간 연극, 영화, 오페라의 장르를 넘나들며 작품 활동을 해온 무라야마의 연극과 영화 시나리오를 통해 다음 두 가지 점을 중심으로 살펴보려고 한다.

첫째, 연극 <춘향전>이 식민지 상황 아래, 특히 1930년 후반 이후의 「내선일체」 운동의 시대에 상연되었다는 점에 주목한다. 소견에 의하면 일본 문화와 조선 문화를 융합시켰다고 생각되는 무라야마 연출의 <춘향전>은 조선을 일본에 동화시켜 황민화를 꿈꾸고자 했던 일본의 문화정책으로 생겨난 작품이라 할 수 있다. 사실, 무라야마의 <춘향전>을 「내선융화를 위한 새로운 노력」11)을 주입시킨 것으로 이해하는 동시대의 평도 있다. 하지만 무라야마의 <춘향전>에는 그와 같은 패권적인 식민지 문화정책에 저항을 의도한 측면도 있다는 것을 본서에서는 주장하고 싶다. 연극 <춘향전> 속에 그려진 봉건시대의 양반과 상놈과의 신분

---

10) 1945년 3월부터 같은 해 12월까지 조선을 활동의 근거지로 삼은 무라야마는, 또다시 오페라 <춘향전>을 기획하였고, 8월 19일 첫 공연을 위한 연습 도중, 일본의 항복으로 상연이 불가능하게 되었다. 무라야마의 일기에 의하면, 그는 일본의 패전직전까지 <춘향전>의 영화제작준비(1945년 7월 4일), 조선어에 의한 오페라 <춘향전>의 상연준비(1945년 7월 7일~8월 14일)를 해 왔던 것으로 보인다. 패전 후인 1948년이 되어서야 무라야마 연출로 후지하라 가극단(藤原歌劇団)과 조선 총련의 협력에 의해 <춘향전>(유라쿠좌, 1948년 11월 20일~26일)이 일본에서 결국 오페라화를 시킨 것이다. 또한 1955년에는 전진좌(前進座)에 의해 전국순회공연이 이뤄졌다. 1972년(도쿄 도시센터 홀)과 73년(전국순회공연)에는 예술적인 작품을 주로 상연해 온 문화좌(文化座)가 또다시 무라야마 연출로 <춘향전>을 상연했다.

11) 히라타 가오루(平田勲)(1938), 「<춘향전> 관극소감」, 『테아토르(テアトロ)』, p.29.

차별, 계급대립은 식민지 상황 아래에서 일본인의 조선인에 대한 차별을 암시적으로 그리고 있으며, 변학도의 농민에 대한 억압은 지배자의 농민에 대한 억압의 암시로 인식될 수도 있다는 것이다. 즉, 무라야마의 <춘향전>은 고전의 현대적 해석을 통해 차별과 억압의 문제는 조선의 역사와 전통에 의해 생겨난 것이 아닌 일본의 식민지 지배가 만들어낸 것이라는 무라야마의 식민지주의 비판으로도 읽힐 수 있다는 점이다.

둘째, 1939년에 『춘향전』의 영화화를 위해 쓴 무라야마의 시나리오 「춘향전 시나리오ー조선영화 주식회사를 위해(春香傳 シナリオー朝鮮映畵株式會社のために)」(『문학계(文學界)』 문예춘추사, 1939년 1월호)는 조선어의 음독과 「서울(京)」에서의 몽룡의 묘사부분에서 특징적인 면이 있다. 조선어의 음독은 조선 문화의 일본화를 위해 이루어진 조선어 금지와 「국어」인 일본어의 강제 사용에 의도적으로 저항한 행위였다는 점이다. 또 「무능력자를 모아 놓은 정부」[12]에 반감을 갖고 정치적인 사상에 눈을 뜨는 몽룡의 「서울」에서의 생활 장면은, 무라야마에 의한 창작이다. 여기서 일본의 식민지 지배에 대한 무라야마의 비판을 읽을 수 있다. 물론 정치적인 청년 몽룡을 강조한 나머지, 시나리오상의 춘향이라고 하는 여성의 존재가 옅어져 버린 점, 즉 남성의 정치관여를 중시한 나머지 젠더 문제를 상대적으로 축소시켜 버렸다는 점은 지적해야 할 것이다. 그럼에도 불구하고 무라야마는 몽룡을 통해 조선의 젊은이들에게 일본의 식민지가 되어 버린 조선의 정치를 「참 정치로 바」꿀 것을 바라고 있음을 엿볼 수 있다.

1930년대 말부터 1940년대의 조선반도의 문화적 전통이 「내선일체정책」과 「황민운동」, 창씨개명, 「국어」로써의 강제적인 일본어 사용 등의

---

12) 무아야마 도모요시(1939), 「춘향전 시나리오ー조선영화주식회사를 위해(春香傳 シナリオ ー朝鮮映畵株式會社のために)」, 『문학계(文學界)』, 문예춘추사, p.145.

식민지 문화정책 아래 억압되어 있던 시대에서 무라야마의 일련의 『춘향전』 작품군은 어떠한 의미를 갖는 것일까? 이를 추구하는 것이 본서의 목적이다.

2. 「내지(內地)」에서 「외지(外地)」로

도쿄 학생예술좌의 연극 <춘향전>(유치진 각색, 주영섭 연출, 쓰키지 소극장, 1937년 6월)으로부터 지대한 영향을 받은 장혁주·무라야마의 <춘향전>은 6막 11장으로 상연되었다.13) 공연의 특징으로는 걸인에 다름없었던 몽룡이 본래의 「양반 신분을 인정받았다 하더라도 어떻게 변학도의 생일을 축하하는 자리에 앉을 수」14) 있었는가라는 의문이 쇄도한 점을 들 수 있다. 일본인들이 품은 의문은 신분이 높은 양반과 그렇지 않는 상놈이라는 조선의 신분제도를 이해하지 못함에서 기인했다. 우리의 『춘향전』에 그려진 몽룡과 춘향, 춘향과 변학도의 관계에서도 이러한 신분의 차이에 의해 상하관계를 명확히 구별짓고 있다. 장혁주 또한 공연 후 현대인에게는 이해되지 않는 「걸인의 모습을 한 양반과 사또가 같은 신분」15)일 것에 대한 설명이 없었음을 반성하고 있다.

---

13) 당시의 공연프로그램에 의하면, 연극 구성은 제1막의 가인풍류(제1장 광한루 발단의 장, 제2장 광한루 애원의 장), 제2막 수원(愁怨)(제1장 춘향집의 수원의 장, 제2장 춘향집의 이별의 장), 제3막 이별(제1장 오리정 애원의 장), 제4막의 신관사또(제1장 기생 점고의 장, 제2장 춘향 수난의 장, 제3장 춘향 옥중의 장), 제5막 암행어사(제1장 농촌 암운의 장, 제2장 옥중재회의 장), 제6장 대단원(제1장 어사또 출도의 장)으로 상연되었다.

14) 후세 다쓰지(布施辰治)(1938), 「<춘향전>을 보고」, 『테아토르』, p.27.

15) 장혁주(1938), 「춘향전 극평과 그 연출」, 『제국대학신문(帝國大學新聞)』, 제국대학신문사.

또한 조선의 공연에서는「변학도와 방자의 멋진 연기」,「조선의 음악과 춤을 넣은 점」, 몽룡이 무대에 나올 때「풍경(風磬)」을 사용한 점이 높이 평가되었지만, 배우의 복장과 양반의 걸음걸이, 여성이 자리에 앉는 법 등은 역사적, 문화적인 실수로 비판을 받았다.16) 이러한 비판에는,『춘향전』을 잘 알고 있는 조선인은 보다 세밀한 점에 주목하고 있었기 때문에 조선인의 문화를 올바로 이해하지 않았던 일본인 제작자들의 무신경함에 대해 분함도 포함되어 있을 것이다.

본서에서 주목하고 싶은 것은 장혁주의 작품(소설)과 무라야마의 작품(연극)과의 차이점이다. 그 차이는, 작게는 문자로 표현하는 문학과 공연으로 표현하는 연극이라는 장르의 차이로부터 시작된다는 점을 밝히고 싶다. 그 후에 무라야마 작품이 갖는 세 가지 특징에 주목하려 한다. 무라야마 작품에만 보이는「조선의 풍습, 관습의 무시」라는 측면,「농민의 데모」, 춘향에 대한 고문의 강조라는 점이다.17)

우선, 조선에서 상연된 <춘향전>에 대한 비판좌담회에서 거론된「조선의 풍습, 관습의 무시」를 통해 무라야마가 의도한 것은 무엇이었는가를 살펴보기로 한다.18) 장혁주 연구자인 규슈대학(九州大學)의 시라카와 유타카(白川豊)는 <춘향전>을「조선적인 것을 전면에 내세우려」했던 장혁주에 비해, 무라야마는「연출가로서 일본인을 쉽게 이해시키기 위한

---

16) 아키타 우자쿠(秋田雨雀) 외(1938),「춘향전 비판좌담회(春香傳批判座談會)」,『테아도르』, pp.66~81.
17) 같은 책, pp.69~70.
18) 1938년 10월에 경성 부민관에서 이루어진 춘향전 비판 좌담회에는 조선에서는 유치진(극작가), 서항석(극단예술연구소), 최승일(영화제작소 메트로폴리탄 아트피로), 홍해성(연출가), 송석하(고고학자), 심영(고려영화협회 배우), 정인섭(연희전문 교수), 현철(연극연구가), 유진오(작가), 일본에서는 아키타 우자쿠(연극비평가, 신협극단 고문), 미키치 아키라(경성YMCA), 하야시 후사오(작가), 장혁주, 무라야마가 참가했다.

변형」19)이었다고 지적하고 있다. 시라카와가 지적하듯 무라야마가 조선 문화를 잘 이해하지 못하는 일본인에게 도저히 이해시킬 수 없는 조선 문화(신분제도 등)를 연극에 넣은 것은 무리였을 것이다. 하지만 연극 <춘향전>에서 무라야마가 「조선의 풍습, 관습을 무시」한 배경에는, 조선을 미신으로 가득 찬 이미지로 그리는 것이 조선에 대한 일본의 부정적인 스테레오 타입을 재생산할 우려가 있었기 때문이지 않았을까 짐작해 본다.

좌담회에서는 옥중의 춘향의 꿈을 해석해 주는 「맹인 점쟁이」, 마을 입구의 양측에 서서 마을을 지켜주는 천하대장군의 존재가 연극에서는 나타나지 않았다는 점을 지적하였다.20) 그러면 왜 무라야마는 전통적인 조선의 문화를 <춘향전>에서 생략했던 것일까?

무라야마의 <춘향전>은, 조선인들이 잘 알고 있는 몇 장면이 생략되었다는 이유로 조선인 관객에게 비판을 받고 있는데 생략이 된 배경과 효과에 대해서 살펴보자.

<춘향전>의 조선공연에서 생략된 「장님 점쟁이」는 옥중에 있는 춘향에게 입신출세한 몽룡과의 재회를 암시하는 중요한 존재이다. 원전을 바탕으로 한 유치진의 <춘향전>각본에서, 점쟁이는 옥중의 춘향에게 「오늘밤 오경시(五更時)에 귀한 사람 만나 좋은 일이 생기고 오늘 일진(日辰)이 갑인(甲寅)이라 내일 유시(酉時)에 가마 탈 일 있을 테니 조금도 걱정 말라」21)고 말하고 있다. 다음 날 죽음을 맞이할 춘향이 오전 3시부터 5시 사이에 몽룡을 만난 후, 오후 5시부터 7시경에는 가마를 탄다고 하는 점쟁이의 예언은 춘향의 운명이 결코 죽음을 의미하지 않음을 관객에게 암시해

---

19) 시라카와 유타가(白川豊)(1995), 「장혁주작 희곡 <춘향전>과 그 공연(1938년)」, 『식민지 조선의 작가와 일본』, 대학교육출판, p.201.
20) 아키타 우자쿠 외, 「춘향전 비판좌담회」, p.72.
21) 유치진(1998), 「춘향전」, 『동랑유치진전집』 서울예술대학출판부, p.188.

주고 있다. 또한 장혁주의 각본에서도 춘향의 운명을 알려 주는 인물이 등장한다. 점쟁이의 역할을 승려로 바꿔 춘향이 아닌 몽룡을 향해 「성춘향, 신변이 불길해 옥중에 있으며 남은 생 얼마 없으니 경성에 있는 몽룡이 전라감사 또는 암행어사가 된 그를 기다리면 소원성취」[22]라는 승려의 대사가 이어진다. 승려는 암행어사인 몽룡의 정체를 이미 파악하고 있었으며, 이미 몽룡이 농민들로부터 「죽었다」고 전해들은 춘향이 살아 있음을 몽룡에게 알려주는 인물로 그려지고 있다. 두 명의 조선인인 유치진, 장혁주의 각본은 이미 결말을 알고 있는 조선인 관객에게 춘향과 몽룡의 미래를 알려주는 존재로 점쟁이와 승려를 택함으로써 안도감을 안겨주고 있다.

이처럼 『춘향전』에서 중요한 역할을 맡고 있는 존재를 생략한 무라야마의 의도를 이해하기 위해서는 현실적인 연출자로서 그의 입장을 생각해야 할 것이다. 클라이맥스까지 긴장감을 중요시한 연출자 무라야마에게, 예언은 극의 전개상 방해물로 여겨졌을 것이다. 하지만 이러한 생략이 무라야마가 샤머니즘을 포함한 조선 문화에 대해 무지했음을 반증하는 역할을 하고 있음 또한 주의해야 할 것이다. 그는 <춘향전>의 일본 공연 프로그램(도쿄, 오사카, 교토)에서도 「조선 문화에 대해 우리들의 무지는 정말로 부끄러워해야 할」[23] 것으로 밝히고 있다. 조선의 문화에 관한 「무지」를 솔직히 인정한 무라야마의 태도는 어느 정도 평가되어야 할 것이다. 하지만, 무라야마의 조선 문화에 대한 「무지」는 다음 해에 쓴 영화 시나리오에 「장승(악귀퇴치, 통나무에 괴물의 얼굴을 조각한 것)」, 「귀신나무(부락의 신, 당산나무)」[24]를 조선어 음독으로 설명하는 것으로 보완하고 있다.

---

22) 장혁주(1938), 「춘향전」, 『신초(新潮)』, 신초사, p.50.
23) 무라야마 도모요시(1938), 「춘향전 연출」, <춘향전> 프로그램, 신협극단.

샤머니즘의 장면을 생략한 것에 대해서는 다른 관점에서 보면 보다 적극적으로 평가할 수 있다. 당시는 식민지 지배자를 「문명」, 피지배자를 지배자에 의해 계몽되어야 할, 미신에 얽매인 존재로써 이해했던 것이 일반적이었다. 샤머니즘을 신봉하는 것이 조선 전통의 일부였다 하더라도 조선인을 미신에 사로잡힌 존재로 그리는 것은 부정적인 스테레오타입을 강조할 위험성이 컸다. 즉, 무라야마에게 「괴이한 신에게 의지하는」25) 조선인을 무대 위에 그리는 것은, 식민지 조선의 곤란을 이겨내기 위해 현실과 싸우지 않고 기도에만 의지하려는 조선인으로 인식될 가능성이 있었기 때문이다.

두 번째로 현실과 싸우려는 무라야마의 의도를 지배자인 변학도의 착취에 반항하는 「농민들의 데모」에서 살펴보기로 한다. 원래 『춘향전』에는 사랑의 승리를 그린 연애 이야기적 요소, 정절을 중시하는 유교적 요소, 신분차별과 억압에 저항하는 사회 비판적인 요소가 포함되어 있다. 이와 같은 작품의 성격으로부터 『춘향전』은 시대에 따라 수많은 형태로 작품화 되어 왔다. 예를 들면 정치적으로 안정된 시기에는 러브스토리를 중심으로 한 작품이, 민주화를 위한 움직임으로 정국이 불안정했던 1980년대에는 농민들을 강조함으로써 사회비판적인 작품이 만들어졌다. 여기서 무라야마로 돌아가면 무라야마의 조선공연은 춘향전 비판좌담회에서 연희전문학교 정인섭(鄭寅燮) 교수가 지적한 것처럼 「농민의 데모, 농민의 한이 조금 과다」26)하게 연출된 사회비판적인 작품이었다.

농민의 투쟁이 어떻게 이루어졌으며 농민들의 한이 어떠한 것이었는

---

24) 무라야마 도모요시, 「춘향전 시나리오 ─ 조선영화주식회사를 위해」, p.162.
25) 무라야마 도모요시(1936), 「두 개의 민족연극(二つの民族演劇)」, 『문학계』, p.191.
26) 아키타 우자쿠 외, 「춘향전 비판좌담회」, p.69.

가는, 당시 상연된 무라야마의 각본이 명확하지 않는 현재로써는 파악할
수 없다. 하지만 유치진과 장혁주의 작품과 무라야마의 영화 시나리오
「춘향전」을 참고로 예상해 볼 수는 있다. 농민을 둘러싼 유치진, 장혁주
의 작품과 무라야마의 시나리오를 비교해 보면 커다란 차이점이 보인다.
유치진과 장혁주의 작품을 포함한 조선의 고전 『춘향전』에는 과거시험
에 합격한 몽룡이 춘향이 있는 남원으로 향하는 도중에 농민들과 만나는
장면이 있다. 걸인 모습의 몽룡은 농민들로부터 변학도의 폭정과 춘향의
이야기를 듣는다. 걸인 모습임에도 불구하고 양반이었던 몽룡은 농민들
보다도 자신을 위에 두며 대화를 하는 반면, 걸인 모습 속에서 고귀한
인물임을 간파한 농민들은 젊고 게다가 초라한 모습인 몽룡에게 경어를
사용한다.27) 이는 조선에 있었던 신분제도로부터 생겨난 것이다.

　하지만 무라야마의 시나리오에서 몽룡은 농민에게 「입니까(ですか)」,
「해 주세요(上さい)」(「下さい」의 오자로 여겨짐), 「없습니까(ありませんか)」, 「고맙습
니다(ありがとうございます)」28)와 같은, 농민에 대해 자신을 위에 두고 하는 말
이 아닌 경어를 사용하고 있다. 이처럼 무라야마의 시나리오는 신분이
높은 몽룡이 농민들에게 경어를 사용하고, 농민은 몽룡의 정체를 알지
못했기 때문에 자연스레 보통의 평상어(젊은이에게 사용하는 말)를 사용하고
있다. 무라야마 시나리오 상의 언어 사용에 대한 문제는 무라야마가 조
선의 신분제도에 「무지」한 것이 아니라 오히려 계급사회를 없애고 차별

27) 「몽룡 : 여보 아침 한 끼 얻어먹고 가세, 농민 : 읍에 가면 부잣집들 많은데 하필 여기
　　와서 왜 이러오?」 유치진, 「춘향전」, p.174.
28) 무라야마의 시나리오에는 몽룡과 농민들이 다음과 같이 그려진다. 「자네는 누군가?」,
　　「예, 보시는 것처럼 걸인입니다만」, 「춘향의 이야기를 들어본 적이 없는가? 어지간히
　　얼빠진 놈 일세」, 「제발 말씀해 주시요」 (중략) 「여보시오 걸인! 이 근방에서 춘향을
　　나쁘게 말하면 사나운 꼴 당할꺼요」, 「예, 예 고맙습니다. 조심 하겠습니다」 무라야마,
　　「춘향전 시나리오」, p.184.

이 없는 사회를 꿈꾸었던 그의 이념을 반영했던 것이리라.

　다음으로 무라야마 연출의 <춘향전>의 특징인 춘향이 곤장을 맞는 고문 장면에 대해 살펴본다. 이 장면은 일본에서와 조선에서의 상연이 조금 다른 점이 있었던 듯하다. 예를 들면 쓰키지 소극장에서의 공연의 모습을 단편소설로 그린 나카노 시게하루(中野重治)는 「여배우 이야기(映畫女優の話)」[29]에서 춘향의 매 맞는 장면을 매우 자세히 그리고 있다. 하지만 조선 공연에서는 「두 세 명의 건장한 남자가 나오더니 춘향을 묶자마자 그 중의 한 명이 곤장을 하늘 높이 쳐들며 막이 내려와 버렸다」[30]고 지적하고 있어, 곤장 맞는 춘향을 기대한 조선인 관객들에게 조금은 아쉬운 감을 주었다.

　그러면 무라야마가 쓰키지 소극장 공연에서 강조한 곤장 맞는 춘향의 모습에 나카노가 주목한 것은 어떠한 사회적, 정치적, 계급적 배경이 있었던 것일까? 나카노는 <춘향전> 공연 중 춘향이 매 맞는 장면에 대해, 다음과 같이 묘사하고 있다.

　　연극의 줄거리는 말씀드리지 못하지만 그 중에서 무엇보다 감동적인 것은 주인공의 매 맞는 장면이었습니다. 젊은 여인이 묶여서 포졸에게 포승 끝을 붙잡혀 지면에 무릎 꿇게 되었습니다. 형리는 춘향의 뒤로 돌아서 곤장을 머리위로 높게 쳐들었습니다.
　　따아악……
　　동시에 「까악─」라는 비명이 들리고 곧이어 또 한명의 포졸이 「한 대요─」

───────

29) 나카노는 1935년 프롤레타리아 문화 활동으로부터 전향했다. 또 신극 배우였던 아내 하라 센코(原泉子)는 당시 임신 중이었음에도 불구하고 <춘향전>에 월매역으로 출연했다. 나카노는 이 공연 전체를 높이 평가함은 물론 춘향역으로 출연했던 영화배우 이치카와 하루요(市川春代)가 임신 중에도 불구하고 춘향역을 훌륭히 소화해 낸 것에 대해 높이 평가하는 한편, 당시 영화회사의 여배우 스타 시스템의 문제점을 비판했다.
30) 신태현, 「춘향전 상연을 보고」, p.60.

라며 매를 셉니다.

따아악……

「까악-」

두-울「까약」

세-엣

그것이 신극의 방식이라는 걸까, 가부키의 매질장면과는 또 다른 종류의 힘이 느껴졌으며 나로서는 본능적으로 눈을 감고 싶을 만큼 끔찍한 광경이었다.[31]

기생은 관리의 교제와 위안을 위해 일해야 한다고 생각하고 있는 변학도에게 기생의 딸인 춘향도 당연히 기생이었으며, 그의 수청요구에 따라야 했다. 하지만 춘향은 그에 따르지 않는다. 그의 명령을 따르지 않는 춘향을 감옥에 넣어도 춘향의 마음은 변하지 않는다. 나카노가 여기서 논하고 있는 것은 그 후에 춘향이 당한 매질 장면을 그린 부분이다. 잘 알려져 있는 일이지만 비합법 활동으로 체포되어, 당국으로부터 고문을 받은 경험이 있는 나카노에게는 춘향에 대한 매질이 자신에 대한 고문의 기억을 되새기게 하는 것으로 이 때문에 매질 장면에서 「본능적으로 눈을 감고 싶」었던 것이다. 이처럼 나카노가 「시종 일관 박해받고, 마지막에 이르러서는 정의와 사랑으로 보상받는」[32] 춘향을 높이 평가한 것은 위장전향이었다고 하지만 자신의 주의주장을 배신한 경험을 갖고 있기 때문일 것이다. 그리고 고문 장면에 대한 나카노의 반응으로부터 추측하면 <춘향전>의 연출자인 무라야마에게도 나카노처럼 체포와 전향의 경험이 있고, 또 고문을 당한 경험이 있었기 때문에 춘향의 박해를 보며

---

31) 나카노 시게하루(1977), 「여배우 이야기」, 『나카노 시게하루 전집 제2권』, 치쿠마쇼보(筑摩書房), pp.491~492.

32) 같은 책, p.491.

자신이 받은 박해를 상기시켰다고 해도 좋을 것이다.

이러한 춘향의 매질 장면은 전직 프롤레타리아 운동가인 나카노에게 만 강한 인상을 남긴 것은 아니었다. 예를 들면 당시 사회파 변호사로 프롤레타리아 문화운동을 지원하면서 조선인을 무료로 변호, 조선인들에 게 존경받았던 후세 다쓰지(布施辰治)33)의 <춘향전> 관극평이 그것이다. 「무라야마군」의 연출 <춘향전>에서 「신임사또가 죄인을 벌하는 장면 중 바짝 엎드린 피고의 태도」에서 식민지차별을 「직접 몸으로 체험하고 있던 조선의 관객들이 하나 둘 흐느끼며 울었다」34)고 후세는 말하고 있 다. 변학도에 의해 매질 당하는 춘향은 조선인의 변호를 수없이 담당한 후세에게는 법정에 세워진 조선인 그 자체로 오버랩되었음이 틀림없다.

무라야마의 다른 작품에서 식민지주의와 계급착취에 맞서 싸우는 조 선인의 표상을 검토해 여기에서의 논의를 보강하고자 한다. 무라야마는 1931년에 공장의 집회소 등의 벽에 붙여 누구나가 짧은 시간에 서서 읽 을 수 있는 「벽보소설(壁小說)」「이(李)」라는 작품을 썼다. 이 작품에는 「나

---

33) 후세 다쓰지(布施辰治, 1880~1953) : 미야기현(宮城縣) 이시마키시(石卷市)에서 태어난 후세는 1902년에 메이지법률학교(현 메이지대학)를 졸업한 후, 판사검사등용시험에 합격, 우쓰노미야(宇都宮)지방재판소에 부임하지만 얼마 후 사직하고 도쿄에 법률사무 소를 개설한다. 후세는 1919년에 도쿄에 유학하고 있던 조선인 학생들에 의한 「2・8 독립선언」으로 체포된 학생들의 변호를 시작으로, 1924년 황거에 폭탄을 던진 「조선 의열단 사건」, 「박열・가네코 후미코사건(朴烈・金子文子事件)」(1926년), 전라남도 궁삼 면의 토지문제(조선의 법정에서 변호, 1926년), 「조선공산당 사건」(조선의 법정에서 변호, 1926년)등, 조선인의 독립운동가와 농민들이 관련된 재판에서 무상으로 변호해 주었다. 제2차 세계대전 중, 나치스에 의해 강제수용소에 수용된 유대인들을 자신의 공장에 고용해 1200명을 학살로부터 구한 오스카 쉰들러(1908-1974)에 빗대「일본의 쉰들러」였던 후세는 2004년 일본인 최초로 대한민국 건국훈장을 수상했다. 연극과도 관계를 가졌던 후세는 신극에 깊은 관심을 보이며 당국에 의한 좌익연극 탄압에도 반 대했다. 후세 간지(布施柑治)(1963), 『한 변호사의 생애-후세 다쓰지(ある弁護士の生涯— 布施辰治)』 이와나미 서점 참조.

34) 후세 다쓰지, 「<춘향전>을 보고」, p.26.

(私)」와 같은 공장에서 행동대원으로 자본가와 싸워 체포된 조선인「이」
와「나」가 1년 반 만에 법정에서 만나는 장면이 그려져 있다. 무라야마
는「이」에게「자네는 대단해, 자네는 가장 밑바닥에 있으면서 맞아왔고,
착취당해왔다」」35)고 말하고 있다. 자본가와 싸운 조선인 노동자는 일본
인 노동자와 같은 노동자이다. 게다가「이」는 일본인 노동자인「나」보다
훌륭한 활동을 했다는 것 또한 읽을 수 있다. 식민지화 자본에 의한 착
취라는 이중의 박해 속에서도 싸움을 멈추지 않는「이」에 대해「나」는
찬사를 아끼지 않는다. 차별 속에서도 이에 굴하지 않는 조선인에 대한
무라야마의 존경까지 느낄 수 있다.

　신협극단의 <춘향전>은「반도동포와 무릎을 맞대고 일선협력의 무대」36)
라고 극찬받았으며「널리 모든 민족을 사랑하는 일본정신이 뚜렷하게
나타난」37) 공연으로 즉 일본제국주의의 성공과 정당성을 앙양하는 공연
이라고 높이 평가되었다. 하지만 사회의 모순과 제국주의 일본의 본연의
측면을 정면으로 보려한 무라야마에게 조선 문화를 대표하는『춘향전』
은 조선과 일본사회의 문제를 날카롭게 부각시키기 위한 절호의 소재로
강하게 의식되었을 것이라고 생각된다. 인습에 얽매여 있는 조선의「괴
이한 신」과 조혼제도를 비판하는 정신은 봉건적 도덕과 신사회적 도덕
이라는 상극의 한 가운데에 놓인 몽룡을 신분사회인 조선의 제도를 폐지
하기 위해 스스로 행동하여 그것을 실현하는 인물로 그림으로써 선명하
게 나타내고 있다.

　그리고『춘향전』이 사상통제가 엄격해지는 전시체제로 향하는 일본에

---

35) 무라야마 도모요시(1931),「이(李)」,『제국대학신문』제국대학 신문사, p.5.
36) 미즈키 교타(水木京太)(1938),『아사히 신문』아사히 신문사.
37) 히라타 가오루,「『춘향전』관극소감」, p.29.

게, 특히 좌익저항운동과 연결되는 문맥을 갖고 있음에 주의하지 않을 수 없다. 즉, 앞에서도 논했듯 무라야마에 의한 <춘향전>의 연출 경향에서 뿐 아니라 좌익사상 탄압 하에 있던 상연전후의 신협극단이, 「내선융화」를 지향하는 작품으로 평가된 <춘향전>의 상연을 일부러 선택하는 것을 통해 우회적인 방법이자 당국의 탄압에 대한 저항의 자세를 나타낸 것이라고 이해할 수 있다. 신협극단의 『춘향전』은 1938년 2월까지 상연된 시마자키 도손(島崎藤村)의 원작 『동이 뜨기 전에(夜明け前)』(무라야마 각색, 구보 사카에 연출)에 이어 공연될 예정이었던 있던 홋카이도의 화산폐허지에서 일어난 지주와 농민의 대립, 농촌운동을 그린 구보 사카에(久保栄)의 희곡 『화산회지(火山灰地)』를 대신해 예정보다 빨리 상연된 작품이다. 이는 1938년 1월 3일에 신협극단의 연출가인 스기모토 료키치(杉本良吉)가 배우인 오카다 요시코(岡田嘉子)와 함께 소련으로 망명한 사건과 깊이 연관되어 있다.[38] 둘의 망명사건으로 인해 당국으로부터 미움을 사게 된 신협극단으로써는 「전시하 저항예술의 최고봉」이었던 『화산회지』를 이 시점에서 상연하는 것은 극단의 강제 해산을 초래할 우려가 있다고 판단하였다. 이를 위해 「내선융화」를 지향하는 작품으로 평가된 『춘향전』의 상연이 결정된 것이다. 하지만 이미 고찰했듯 무라야마 연출의 <춘향전>은 사회비판적 경향이 깊이 포함된 작품이었다고 할 수 있다.

---

38) 「둘[스기모토와 오카다]이 모습을 감추자 우리들[신협극단]로써는 대단히 힘들었다. 당국은 신협극단이 둘을 탈출시켰다고 생각하고 있음이 틀림없었다. 그러면 극단은 곧바로 해산되고, 집행유예중인 자들은 곧바로 유예를 취소당할 것이다. 둘이 사라져 버린 것은 실로 교묘하게 이루어진 일로써 남겨진 사람으로써는 불구경하듯 가만히 있을 수는 없었다. 곧바로 스기모토의 제명을 통고했으며, 3월 공연으로 조선의 아름다운 고전인 『춘향전』을 상연하기로 했다. 무라야마 도모요시(1973) 「여배우 오카다 요시코에 대해(女優岡田嘉子について)」, 오카다 요시코(岡田嘉子), 『후회 없는 목숨을(悔いなき命を)』, 광제당 출판, p.254.

3. 「외지(外地)」에서 「내지(內地)」로 조선영화주식회사와 『춘향전』

1938년 5월 3일 교토에서 공연을 마친 <춘향전>은 같은 달 말부터 조선의 신문에 관련 기사가 속속 등장한다. 「『춘향전』세계적 진출 무라야마 씨 영화화 설계」,[39] 「조선영화주식회사 <춘향전>기획」[40] 등의 기사가 게재되었다. 이 기획은 프롤레타리아 영화 운동을 조선(김유영金幽影)과 일본(이재명李載明, 김혁金赫)에서 동시에 경험한 이들이 모여 1935년에 설립한 조선영화 주식회사로부터의 요구에 무라야마가 응한 것이었다. 무라야마에게『춘향전』영화화의 기회가 온 것은, 말할 것도 없이 그가 연출한 연극 <춘향전>이 일본에서 성공한 것과 무라야마가 이미 영화 감독으로 영화제작에 관계하고 있었던 경험이 높이 평가된 것일 것이다. 무라야마에 의한 <춘향전>은 예정대로라면 곧바로 제작활동이 시작되어 토키영화로 8월 하순에 도쿄에서 세트 촬영을 마치고, 10월에는 완성된 작품을 전국에서 공개하는 한편, 해외에도 진출할 계획이었던 것을 알 수 있다[41]. 그럼에도 불구하고『춘향전』의 영화화는 예정대로 제작이 이루어지지 않았다. 그 이유는 현재까지 밝혀지지 않고 있지만 조선에서의 연극 <춘향전>의 「흥행실패」[42]에 그 원인을 두는 의견도 있다. 확실히 1938년 10월부터 조선에서의 공연은 대성공이라고만은 할 수 없다는 비판적인 반응도 적지 않았다.

---

39)『동아일보』1938년 5월 29일, 조간 2면.
40)『동아일보』1938년 6월 1일, 석간 4면.
41) 무아야마 도모요시, 「춘향전 시나리오-조선영화주식회사를 위해」, p.140.
42) 문경은(2010), 「일제말기극단 신협의 춘향전공연 양상과 문화 횡단의 정치적 연구」,『한국연극학』, 한국연극학회, p.34.

『춘향전』 영화화를 위해 무라야마는 1935년에 이명우 감독이 제작한 조선최초의 토키영화인 「춘향전을 일본에서 재상영시켜」,[43] 1938년 6월에는 『춘향전』의 무대인 남원의 「광한루의 현지시찰」[44]을 실행하기도 했다. 무라야마는 「현지시찰」 및 조선행의 의의에 대해 다음과 같이 말하고 있다.

> 이번 나의 여행은 조선영화주식회사에서 『춘향전』을 영화화하기 위해 사전 준비 작업으로 인한 것이었지만 영화사의 희망은 경제적 이익을 차치하고서라도 좋은 작품을 만들고 싶은 것이었다. (중략) 최근의 조선영화처럼 일본의 영화사와의 제휴로 인해 예술적으로 불순한 것을 만들고 싶지는 않다. 이 영화로 인해 회사가 망한다하더라도 의미 있는 예술이 만들어진다면 결코 후회하지 않는다고 한다.
>   이 의견에 나는 매우 감격했다. 영화의 판로를 위해 내지인 배우를 기용한다든가 조선인에게 내지어를 말하게 하는 내지 사람들의 의견에 반대해 나는 조선인 배우가 조선어를 사용하게 하여 반드시 조선적인 영화를 만들 계획이다.[45]

경제적인 이익뿐만 아니라 예술적인 완성도를 중시한 조선영화 주식회사의 자세에 「감격」한 무라야마는 「조선인에게 내지어를 말하게 하」는 조선의 독자성을 소거하는 영화가 아니라, 「반드시 조선적인 영화」를 제작할 것을 결심한다.

우선, 무라야마에게 『춘향전』의 영화화를 의뢰한 조선영화 주식회사에 주목하고 싶다. 1935년 설립된 조선영화 주식회사에는 프롤레타리아 영화동맹에서 활약한 이재명(李載明)이 제작책임자로 소속되어 있었다. 1934

---

43) 『매일신보』 매일신보사, 1938년 5월 29일, 조간 4면.
44) 『동아일보』 1938년 6월 15일, 석간 6면.
45) 무라야마 도모요시(1938), 「여행 일기(旅の日記)」, 『신초』, 신초사, p.117.

년, 당국의 탄압에 의해 프롤레타리아 영화동맹의 영화제작이 불가능하게 되자 이재명은 조선에 돌아와 영화감독으로 영화제작에 관계하고 있었던 것이다. 프롤레타리아 영화동맹 구성원의 이재명과 프롤레타리아 영화동맹 후원회(プロキノ友の會)의 회원으로서 프롤레타리아 영화동맹을 지원하고 있던 무라야마는『춘향전』을 기회로 또다시 연을 잇게 된다. 이전에 지원했던 측의 무라야마가 이번에는 지원받는 입장이 됐다고 할 수 있다. 두 사람의 인연의 깊이는 무라야마가 1945년 3월부터 12월까지 조선에서의 생활 중에 남긴 수많은 초상화 속에 이재명을 그린 작품이 있는 것으로도 알 수 있다.[46] 이와 같은 인적관계와 함께『춘향전』영화화를 기획한 조선영화주식회사로서는 연극 <춘향전>을 일본과 조선에서 상연했던 무라야마야말로 일본영화 시장에 진출하기 위해 필요한 존재였음에 틀림없다.

　조선의 영화회사가 일본의 영화회사와의 공동제작을 선택할 수밖에 없었던 것은 영화제작에 경제적 기술적인 문제를 보완하기 위한 점도 있지만 그보다 더 근본적인 문제를 살펴보자. 이에 대해서는 무라야마가 감독한 영화 <연애의 책임(戀愛の責任)>(PCL, 1936년)에서 조감독을 맡은 야마모토 사쓰오(山本薩夫)가 조선의 한 영화감독으로부터 공동제작을 요구받고 1939년 가을에 조선에 갔을 때 조선영화계의 현황을 밝힌 다음

---

46) 한국에서 무라야마의 연극을 연구하고 있는 정대성 씨에 의하면 무라야마가 1945년 3월 29일부터 같은 해 12월 14일까지 조선인을 중심으로 그린 초상화는 71점에 이른다고 한다. 초상화의 인물은 조선의 영화인(박기채, 이병일, 이재명, 심영, 전창근, 김소영), 연극인(안영일, 황철, 김관수, 이서향, 허달, 김학상, 박춘명 외 15인), 무용인(조택원, 大田善玉), 문화인의 가족(11인), 불분명(23인)이다. 식민지 시대의 조선인 문화인을 그린 무라야마의 초상화는 당시의 화상 자료가 거의 남아있지 않은 현재 매우 귀중한 자료라고 생각되지만 그 소재는 아직 확실하지 않다. 정대성(2000), 「무라야마 도모요시의 초상화 목록」,『한국연극학』한국연극학회, 제15회 참조.

의 인용으로부터 살펴보기로 한다.

> 조선의 영화계의 상황이 예상했던 것보다 훨씬 힘든 것이라는 것을 잘
> 알 수 있었다. 영화관에서는 거의 일본의 영화밖에 상영되지 않았고 조선
> 에서 만들어진 영화는 상영할 장소도 주어지지 않았다.[47]

막대한 자금을 투자해 영화를 제작하더라도 상영할 장소가 주어지지
않았던 이유는 1940년 전후부터 조선의 영화관이 도호(東宝), 쇼치구(松竹),
닛카쓰(日活), 신코(新興) 등의 일본의 영화회사에 의해 체인화되어, 일본
자본의 하부조직으로 놓이게 되었기 때문이다. 그로 인해 조선의 영화관
에서는 일본의 영화작품 내지는 조선과 일본의 영화회사와의 공동제작
작품만이 상영되고, 「조선영화계는 내지영화가 거의 독점한 듯」[48]했다.
그 이전 조선 영화계는 일본영화보다도 미국이나 유럽의 영화가 중심이
었다. 한편 이와 같은 조선영화계의 상영 장소를 둘러싼 문제는 일본의
영화회사와의 협력에 의해 상영관의 확보와 함께 일본의 영화회사와 공
동제작으로 조선영화를 일본에 진출시키려는 흐름을 만들어낸 것이다.
이와 같은 형태의 제작 구조는 이미 1920년대에 시도된 적이 있었지만
본격적으로 나타난 것은 1930년대 후반부터였다.

조선과 일본의 영화회사와의 최초의 공동제작은 1924년 11월 28일에
아사쿠사에서 상영된 <바다의 비곡>(이경손 감독, 조선키네마, 닛카쓰 공동제
작)이었다. 이후 일본에서 상영된 <나그네>(이규환 감독, 조선성봉영화원, 신
코키네마 공동제작, 1937년 5월 6일, 도쿄 메이지좌), <군용열차>(서광제 감독, 조
선성봉영화원, 도호 공동제작, 1938년 8월 4일, 오사카 도호 시키시마극장), <어

---

47) 야마모토 사쓰오(1984), 『나의 영화인생(私の映畵人生)』, 신일본출판사, p.75.
48) 「일본영화 앞 다퉈 상영(內地映畵の競映)」, 『조선일보』, 조선일보사, 1940년 2월 8일.

화>(안철영 감독, 조선극광영화제작소, 쇼치쿠 공동제작, 1938년 5월 6일, 황금좌)는 모두 조선과 일본의 영화회사의 합작품이었다. 이 시기 공동제작은 경제적, 기술적인 문제의 해결을 위한 것이었지만 1940년 전후가 되면 상영관의 문제까지 더해진다. 이와 같이 조선의 영화계의 현황을 알고 있던 무라야마는 『춘향전』을 조선, 일본의 영화회사의 공동제작이라는 형태를 취함으로써 조선의 영화관에서의 상영은 물론 조선영화의 일본으로의 진출, 더욱이 <나그네>가 이뤄낸 것처럼 서양에도 그 시장 확대를 시도한 것이다. 이 시도는 그때까지 서양에서는 지나치게 변형된 형태(중국풍)로 밖에 소개된 적이 없던 『춘향전』을 조선의 이야기로 세계에 전하기 위함이었다.

하지만 무라야마의 시나리오는 영화로서 완성되지 못했다. 이에 대해서 영화 연구자인 요모타 이누히코(四方田犬彦)는 조선에서의 영화제작에서 「「향토색」을 강조하는 것이 금지에 가깝게 되었기」49) 때문이라고 말하고 있다. 또 1939년의 일본영화법의 시행, 또 1940년의 조선 영화령에 의해 기성의 영화회사가 모두 폐쇄되고 황민화를 찬미하는 필름을 빼고 어떠한 제작도 불가능에 가깝게 되었다는 영화계의 제작에 대한 변화도 있었을 것으로 생각된다.

---

49) 요모타 이누히코(四方田犬彦)(2003), 『아시아 영화의 대중적 상상력(アジア映畵の大衆的想像力)』, 靑土社, p.36.

4. 「슌코덴(春香伝)」에서 「춘향전(春香伝)」

무라야마의 시나리오의 특징으로 일본어의 「슌코덴」에서 한국어인 「춘향전」으로 변해 가는 것을 지적하고 싶다.

1938년에 쓰키지 소극장에서 상연된 <춘향전> 프로그램에서는 『춘향전』을 관객에게 이해시키기 위해 대표적인 몇 몇 단어의 설명이 이루어지고 있다. 예를 들면 방자(パンジャ), 사또(サアト), 상놈(シャンノム), 양반(ヤンバン), 온돌(オンドル), 기생(キイセン) 등은 그에 대응하는 설명과 함께 한글의 음독이 기록되어 있다. 흥미로운 것은 1939년에 발표된 무라야마의 영화 시나리오에도 주막(スルチビ：술집), 탁주(マツカリ：막걸리) 등 연극에서 거론했던 단어보다 더 많은, 그리 중요하지 않은 단어까지 한글의 음독으로 표기되어 있다. 『춘향전』의 「세계화」를 꿈꿨다고 하는 무라야마의 시나리오에 의한 영화 <춘향전>에서 한글에 의한 음독이 덧붙여진 것은 일본인과 다른 나라의 사람들에게는 오히려 위화감을 느끼게 하는 요소이었을 것이다. 하지만 그렇다하더라도 무라야마가 한글에 의한 음독을 선택한 것을 어떠한 이유일까?

이미 장혁주의 소설 『춘향전』에도 방자(パンジャ), 사또(サアト), 양반(ヤンバン), 온돌(オンドル) 이라는 말의 한글의 음독이 붙여진 것이 보이지만 당시 『춘향전』과 조선의 문화에 조금이라도 관심이 있는 일본인이라면 누구나가 곧바로 알 수 있는 단어에 머무르고 있다. 하지만 무라야마의 시나리오에서는 조선의 지명은 물론 다음과 같은 단어까지가 음독화되어 있다.

京(ソウル：서울), 裳(チマ：치마), 上衣(チヨクリ：저고리), 道令(ドリヨンニム：도령님), 馬夫(マブ：마부), 面(メン：면), 客舍(ケクサ：객사), 行廊房(ヘンラン：행랑), 外舍房(エサラン：외사랑), 內舍房(ネサラン：내사랑), 大廳(テーチヨ

ン : 대청), 張栍(チャンスン : 장승), 鬼神木(クイシンナム : 귀신나무), 紅糸(オー
ラ : 오라), 朱鷺(タヲギ : 따오기), 鵲(ガチ : 까치), 藥菓(ヤクグワ : 약과), 五色
餠(ヲセクトク : 오색떡), 華陽煎(ホアヤングチョン : 화양전), 海參煎(ヘエサムチヨ
ン : 해삼전), 煎魚(チヨンヲ : 전어), 肉膾(ユクフエ : 육회), 魚膾(ヲツフエ : 어
회)50)

위 단어들은 조선 문화를 대표하는 듯한 말들이지만 실제로는 의식주
에 관한 말들까지 세세하게 거론되고 있다. 음식인 약과, 오색떡, 화양전,
해삼전, 전어, 육회, 어회로부터 주택용어로 객사, 외사랑, 내사랑, 대청
이 의류인 치마, 저고리 등이 그것이다. 또한「면(面)」에 관해서는「최하
급의 행정구획, 일본의 무라(마을)에 해당한다」는 설명이 시나리오 안에
붙여져 있다. 이와 같이 한글에 의한 음독 표기는 같은 시기에 쓰인 중
편소설「단청(丹靑)」(『중앙공론(中央公論)』 1939년 10월호)에도 빈번하게 보인다.
「단청」은 조선을 방문한 무라야마의 체험을 그대로 그려낸 작품이다.
조선의 한 영화회사로부터 시나리오를 의뢰받고 조선을 방문한「미도리
가와(綠川)」의「경성」체재의 나날이 그려져 있다. 이 작품에는 지명은 물
론「朝鮮靴(シン, 신)」,「歌謠(ノ, 노래)」,「漬物(キムチ, 김치)」,「笠子(カツ, 갓)」51)
등 한글만으로 가능한 표현까지 한글 음독으로 표기되고 있다. 이 작품
에서는 시나리오에 나오는「上衣(チヨクリ : 저고리)」를「上衣(チョクサム : 적삼)」
과 구별하고 있듯 세세한 차이까지 이루어지고 있는 것이 눈길을 끈다.
「저고리」속에 입는 속옷을 의미하는「적삼」과 같이 일본어에서는 구별
할 수 없는 표현을 일본어 루비를 사용해 조선어의 음독으로 명시해 놓

---

50) 무아야마 도모요시,「춘향전 시나리오-조선영화주식회사를 위해」, pp.142~190. 인용
   문 중, 단어의 한글 표기는 인용자에 의함.
51) 한글 표기는 인용자에 의함.

았다.

또한 여기서 주목하고자 하는 것으로 무라야마의 시나리오에는 『춘향전』에는 전혀 등장한 일이 없는 「지게」라는 표현이 나타나고 있다는 것이다.[52] 앞서도 말한 것처럼 한글 음독은 한자의 표현에 한글의 음독을 붙인 것이었는데, 「지게」는 그에 해당하는 한자가 없으며 한글의 음독만이 표기되어 있다. 유치진과 장혁주, 다른 한글의 『춘향전』에는 「지게」라는 표현은 전혀 나타나지 않는다. 하지만 무라야마의 시나리오에는 「지게 위에 야채 등을 실은 농부 등이 삼삼오오 초여름의 길가를 힘없이 걸어가는」 모습이 그려져 있다. 우리의 「지게」라는 것은 일본에서는 니노미야 긴지로(二宮金次郎)가 장작을 실은 도구와 비슷하다. 당시 「지게」는 자동차가 달리지 못하는 좁은 길이나 산길에서 가장 효과적으로 사용된 도구로 농민들에게는 유일한 운송수단이다. 가난한 농민들이 주로 사용하는 「지게」를 진 농민들이 「힘없이 걸어가는」 장면에서는 험난한 노동에 쫓기는 노동자에 대한 무라야마의 공감을 엿볼 수 있다. 이렇듯 이미 조선의 「지게」를 인식하고 있던 무라야마는 이러한 소도구로부터 노동자의 험난한 상황을 적절하게 잘 표현하고 있다. 이와 같이 시나리오 「춘향전」에서 농민들에 대한 동정은 하루 하루 힘겨운 노동에 내쫓긴 수많은 노동자를 향한 것이기도 할 것이다.

무라야마가 「지게」라는 단어를 시나리오에 사용한 시기는, 일본에서 상영된 조선영화는 물론 조선 내에서 상영된 영화에서도 강제적으로 일본어를 사용시키기 시작한 시기와도 맞물린다. 이와 같은 시기에 무라야마가 일부러 수많은 단어의 조선어 음독을 채용했다는 것은 대단히 큰

의미를 가진다고 할 수 있다.

무라야마의 시나리오 「춘향전」 속에서 몽룡에게 조선의 붕당파벌의 나쁜 정치를 개혁하기 위해 「구체적인 곳으로부터」의 행동을 일으키는 일이 필요하다고 강조시켰지만 이 의미에서 무라야마의 「춘향전」에서의 한글에 의한 음독은 조선의 고유한 언어와 문화를 말살하는 갖가지 법률을 시행(창씨개명－1940년 2월, 조선어 신문폐간－1940년 8월)해 가는 일본의 「나쁜 정치를 개혁하기 위해」 무라야마가 선택한 「구체적인」 반항과 개혁의 행동으로 보아도 무난할 것이다. 또한 여기서는 조선 문화를 한글 음독으로 접하고 싶어 하는 의지와 함께 일본의 관객에게 조선의 문화를 그대로 알리고 싶어 하는 의도도 작용했을 것이다.

5. 「서울」의 몽룡

한글 음독과 함께 무라야마의 시나리오의 특징으로 들 수 있는 것이 16세였을 몽룡을 19세로 바꾼 점, 몽룡의 아버지인 이준상과 변학도가 몽룡의 어머니를 둘러싸고 경쟁관계로 묘사된 점, 그리고 남원으로부터 떠난 몽룡의 3년간의 「서울」의 생활이 자세하게 그려진 점이다. 그때까지의 『춘향전』에서는 전혀 그려지지 않았던 무라야마의 순수한 창작인 「서울」에서의 몽룡을 그린 부분에 중점을 두고, 무라야마에게 이것이 어떠한 의미를 가진 것인가를 살펴보고자 한다. 우선 시대배경이 느껴지지 않는 지방인 남원으로부터 일전해서 정치의 움직임이 생생하게 그려지는 「서울」에서의 장면의 하나를 다음 인용으로부터 보기로 한다.

각하(이조판서 윤여첨-인용자)는 우리당(당시, 관리는 파벌붕당으로 나눠져 각각 세력을 얻으려고 서로 싸우는 일이 가장 심했다)의 커다란 기둥으로 우리들의 기댈 수 있는 분이시기에 무릅쓰고 원을 청합니다만 사실은 제 못난 자식, 19세 되는 몽룡에게 이번 과거시험을 보게 하려고 합니다. 부족한 놈이지만 부디 잘 부탁드리겠습니다.
식객이 뒤쪽으로 돌아가 보자 이준상의 하인이 엄청난 조류 및 짐승류의 진기한 물건을 옮기고 있다. (중략) 자네의 자식이라면 앞으로 우리 당의 장래를 이끌 인재가 되어야 하기에 결코 낙제는 시키지 않겠네 정도는 나로서도 약속할 수 있을 것 같네.53)

이는 지방에서 중앙으로 부임한 이준상이 「서울」에 도착한 후 가장 먼저 취한 행동이다. 인용에서는 조선의 국정이 일부의 파벌에 의해 좌우되고 있는 것을 알 수 있다. 파벌에 의한 정치의 모습으로는 같은 파벌이었음에도 불구하고 권력다툼에서 진 후, 「좌천」된 인물로 변학도가 그려져 있다. 남원에서 백성에게 선정을 펼쳐 백성의 편으로 보였던 이준상 조차도 중앙인 「서울」에서는 그 교활한 본질을 드러내, 배가 까만 인물로서 그려지고 있다. 자식인 몽룡을 과거에 합격시키기 위해 실력자에게 뇌물을 바치는 이준상의 행위로부터 자식의 미래를 염려하는 아버지로서의 마음이 느껴지지 않은 것도 아니지만 이는 사리사욕이라 말할 수 있다. 또 과거의 관리 총책임자인 이조판서 윤여첨의 부당한 행위의 근본에는 「우리 당의 장래」만을 우선하는 자세가 명확해, 정치가 얼마나 부패해 있는가를 알 수 있다. 이와 같이 부모 사이의 더러운 「약속」과 대비해, 다음의 인용에서는 「각하」의 아들인 윤기승과 몽룡과의 대화 장면으로부터 젊은이 사이의 정치에 관해 허심탄회한 대화를 엿볼 수 있다.

---

53) 같은 책, pp.165~166.

「지금의 정부를 자네는 어떻게 생각하나? 정부에 있는 자들은 단지 자신들의 붕당을 키워 상대 붕당을 무너뜨리는 일에 광분하고 있을 뿐이야. 권세욕과 질투, 이를 위해 어떠한 수치도 모르며 배신도 어떠한 잔악한 살육도 침 한번 뱉듯 평온함으로 일관하고 있다. 붕당의 밤낮을 가리지 않는 싸움, 그것이 지금의 정치야. 그 이외 정치는 어디에도 없네.」(중략) 「하지만 우리들은 젊네. 밝은 희망을 모두 잃고 살아갈 수야 없지 않는가. 나 또한 언젠가는 이러한 바보스러운 붕당파벌의 정치가 참 정치에 의해 바뀔 때가 올 것으로 믿네. 그리고 그 때를 앞당기기 위해서라면 어떠한 작은 일이라도 힘을 다할 것이야.」54)

「바보스러운 붕당파벌의 정치」를 쥐고 있는 것은 구세대인 두 명의 아버지이지만 「참 정치에 의해 바뀔 때」를 원하고 있는 두 명의 신세대 젊은이들의 입장이 명확히 그려지고 있다. 신세대인 두 사람의 대화를 보면 「권세욕과 질투」뿐인 「지금의 정치」로서는 「밝은 희망」이 있을 리가 없다. 때문에 젊은 두 명이 「어떠한 작은 일이라도 힘을 다할 것」을 다짐하고 있다. 정치의 쇄신을 꿈꾸는 윤기승과 몽룡의 묘사는 무라야마가 1938년에 조선을 방문했을 때에 「봉건적 도덕을 고수하려고 하는 사람들과 새로운 사회적 도덕적 제 관계로 향하려는 사람들」55)과의 먹고 먹히는 관계를 강하게 느꼈기 때문일 것이다.

이와 같이 무라야마는 「서울」에서의 몽룡을 통해 일부의 구세대에 의한 「바보스러운」, 「지금의 정치」가 「밝은 희망」으로 가득 찬 「참 정치」로 바뀌기 위해서는 무엇보다도 젊은이의 힘이 필요함을 강조하고 있다.

---

54) 같은 책, p.168.
55) 무라야마 도모요시(1939), 「단청(丹靑)」, 『중앙공론(中央公論)』, 중앙공론사, p.197.

6. 나가며

사회의 모순과 제국주의 일본의 본연의 모습을 인식하려한 무라야마에게 조선 문화를 대표하는 『춘향전』은, 조선사회와 당시의 일본을 둘러싼 문제를 날카롭게 부각시키기 위한 직절한 소재로써 인식하기에 충분한 작품이었다. 계급문제와 식민지 조선의 젊은이에게 희망의 메시지를 보낸 연극 <춘향전>은 무라야마에게 「내선융화」의 문화정책을 교묘하게 이용하는 방법을 깨닫게 해 주었다.

하지만 무라야마의 시나리오 「춘향전」에서 조선인에게 유감이었던 점은 조선의 모든 사람들이 자랑스럽게 생각했던 고전의 모습이 사라졌다는 것이다. 정숙한 히로인 춘향, 고난을 뛰어넘은 젊은 두 사람의 해피엔드식 사랑 이야기는 여기에서는 깨끗이 옅어져 버렸다. 즉, 무라야마의 시나리오는 지배자인 일본인에 의해 조선사회 내부에 대한 비판으로 읽힐 가능성이 있지만, 당사자인 조선인 관객에게는 받아들여지기 힘든 것이었다고 해야 할 것이다. 그럼에도 불구하고 본서는 무라야마의 영화 시나리오 「춘향전」이 한글 음독을 살리고 있다는 점에 주목해, 당시 조선 사회 및 제국 일본의 정치적 문제를 비판하기 위한 작품이었다는 점을 높이 평가한다. 이 작품을 시작으로 이후의 무라야마 작품에는 한글 음독에 의한 단어들이 두드러지기 시작했다는 점을 감안한다면 시나리오 「춘향전」은 무라야마가 「작은 일」을 통해서라도 조선을 이해하려고 한 작품임을 알 수 있다.

마지막으로 「서울」에서의 몽룡을 통해 당시 조선사회의 구세대와 신세대의 대립을 표현한 시나리오 「춘향전」은, 무라야마에 의해 정치적으로 이용되었다고 할 수도 있으나 한국의 『춘향전』의 전통 속에 새로운 가능성을 나타냈다는 점은 높이 평가해야 할 것이다.

『춘향전』은 시대, 세대, 나라를 뛰어넘어 사랑받아 왔고 당시의 사회적인 상황에 의해 재창작되어 왔다. 하지만 패전까지의 일본에서의『춘향전』수용사가 단순히 조선의『춘향전』을 그대로 번역한데 비해, 창작적 요소를 가미한 무라야마의 고전의 재해석은 현재를 되돌아보기 위한 노력이었으며 이는 높이 평가해야 마땅할 것이다.

편저자 소개

엄인경 | 고려대학교 일본연구센터 HK교수, 일본고전문학・한일비교문화론 전공
주요 논저에『일본 중세 은자사상과 문학』(저서, 역사공간, 2013),『몽중문답』(역서, 학고방, 2013),『마지막 회전』(역서, 학고방, 2014),「1940년대초 한반도의 일본어 국민시가론 – 단카・시 잡지『국민시가』를 중심으로 – 」(『일본문화연구』제48집, 2013.10) 등이 있으며 최근 식민지기 한반도에서 널리 창작된 일본 고전시가 장르에 관하여 연구하고 있다.

김효순 | 고려대학교 일본연구센터 HK교수, 일본근현대문학・번역 전공
「1920년대 식민지조선의 어문정책과 조선문예물 번역 연구」(『일본학보』제96집, 2013.8),「한일병합 전후 일본어잡지의 조선문예물 번역연구 –『조선(급만주)』『조선(만한)지실업』『조선공론』을 중심으로 – 」(『한림일본학』제22집, 2013.5),「1930년대 일본어 잡지의 재조일본인 여성 표상 –『조선과 만주』의 여급소설을 중심으로 – 」(『일본문화연구』제45집, 2013.1) 등, 식민지기 일본어로 번역된 조선문예물에 관심을 갖고 연구하고 있다.

집필진 소개

정병호 | 고려대학교 일어일문학과 교수, 일본근현대문학・한일비교문화론 전공
주요 논저에『한반도・만주 간행 일본전통시가 자료집(전45권)』(공편, 이회, 2013),『요오꼬・아내와의 칩거』(역서, 창비, 2013),「1920년대 일본어 잡지『조선급만주』의 문예란 연구」(『일본학보』제97집, 2014.2) 등이 있다.

김계자 | 고려대학교 일본연구센터 HK연구교수, 일본근현대문학 전공
주요 논저에「번안에서 창작으로 – 구로이와 루이코의『무참』– 」(『일본학보』제95집, 2013.5),『근대 일본의 '조선 붐'』(공저, 역락, 2013),『일본 프로문학지의 식민지 조선인 자료 선집』(역서, 문, 2012) 등이 있다.

나카무라 시즈요 | 고려대학교 대학원 중일어문학과 박사과정, 일본근현대문학 전공
주요 논저에「일본 미스터리 소설의 번역현황과 분석 1945-2009」(공저,『日本研究』제17집, 2012.2),「재조일본인잡지『조선공론』게재「봄 괴담 경성의 야밤중(春宵怪談 京城の丑滿刻)」에 대한 괴담연구」(『日本學研究』제42집, 2014.5),『식민지 조선의 일본어 잡지 괴담・미신』(공편, 學古房, 2014.3) 등이 있다.

송혜경 | 동국대학교 일본학연구소 전문연구원, 일본근대문학 전공
주요 논저에『연애와 문명 – 메이지시대 일본의 연애표상』(도서출판 문, 2010),「잡지「조선」(1908~1911)에서의 "가정"의 역할과 "한인(韓人)"가정에 대한 인식」(『翰林日本學』제16집, 2010. 5),『〈식민지〉 일본어 문학론』(공역, 도서출판 문, 2010) 등이 있다.

이민희 ｜ 한림대학교 일본학연구소 연구원, 일본근대문학 전공
　　　　주요 논저에 『일본 대중문학 형성기와 아쿠타가와문학』(제이앤씨, 2014), 「야담잡지를
　　　　통한 역사소설가로서의 김동인 재조명」(『비교문학』제57집, 2012.6), 「아쿠타가와 류
　　　　노스케의 「스사노오노 미코토(素戔嗚尊)」론」(『일본학보』제89집, 2011.11) 등이 있다.

유재진 ｜ 고려대학교 일본연구센터 소장, 고려대학교 일어일문학과 부교수, 일본근현대문학 전공
　　　　주요 논저에 『식민지 조선의 풍경』(공역서, 고려대학교출판부, 2007), 『제국의 이동과
　　　　식민지 조선의 일본인들』(공저, 도서출판 문, 2010), 『일본의 탐정소설』(공역, 도서출
　　　　판 문, 2011), 『탐정 취미─경성의 일본어 탐정소설』(공편역서, 도서출판 문, 2012) 등
　　　　이 있다.

김　욱 ｜ 고려대학교 대학원 중일어문학과 박사과정, 일본근현대문학 전공
　　　　주요 논저에 「식민지 이중언어문학과 유진오의 일본어 소설 연구─조선 표상을 중심으
　　　　로」(『고려대학교 대학원 석사 학위 논문』, 2013.1) 가 있다.

함충범 ｜ 한양대학교, 경기대학교, 서울여자대학교 강사, 동아시아영화사 전공
　　　　주요 논저에 「식민지 조선의 뉴스영화 〈조선시보〉에 관한 연구」(『인문과학연구』제21집,
　　　　2014.4), 「1941년 조선영화에서의 이중언어 속 일본어」(『아세아연구』제56집, 2013.3),
　　　　「중일전쟁 이후 식민지 조선에서의 영화 법령과 조직의 특징적 양상(1937~1941)」(『현
　　　　대영화연구』제14집, 2012.11) 등이 있다.

이병진 ｜ 세종대학교 일어일문학과 교수, 한일비교문화 전공
　　　　주요 논저에 「야나기 무네요시의 인간부재로서의 '민예론' 읽어보기」, 『야나기 무네요
　　　　시와 한국』(소명출판, 2012), 「사상으로서의 야나기 무네요시 읽기─야나기 무네요시
　　　　의 조선 예술론과 진정성─」(『일본언어문화』제24집, 2013.4), 「오카쿠라 덴신의 일본
　　　　미술 발견과 야나기 무네요시의 공예론을 둘러싼 근대의식」(『비교문학』제60집, 2013.
　　　　6) 등이 있다.

김보현 ｜ 고려대학교 대학원 중일어문학과 박사과정, 일본근현대문학 전공
　　　　주요 논저에 「일제강점기 한반도 간행 단카(短歌)와 하이쿠(俳句) 연구─1930년대 '조
　　　　선색' 담론과 창작물을 중심으로」(『고려대학교 대학원 석사 학위 논문』, 2013), 「단카
　　　　(短歌)로 보는 재조일본인의 삶과 조선표상─조선풍토가집(朝鮮風土歌集)(1935)을 중
　　　　심으로」(『일본학보』제96집, 2013.8) 등이 있다.

이정욱 ｜ 고려대학교 일본연구센터 연구교수, 일본영화연극 전공
　　　　주요 논저에 『사상전의 기록─조선의 방공운동』(공편역, 학고방, 2014), 『일본추리소
　　　　설사전』(공저, 학고방, 2014), 『村山知義　劇的尖端』(공저, 森話社, 2012), 「1930년대
　　　　전후 일본프롤레타리아 아동문화와 사상」(『日本思想』제24호, 2013.6), 「소형영화와
　　　　이동영화관」(『日本研究』제20집, 2013.8) 등이 있다.

재조일본인과 식민지 조선의 문화 1

초판1쇄 인쇄 2014년 5월 10일
초판1쇄 발행 2014년 5월 20일

편저자 식민지 일본어 문학·문화연구회 엄인경·김효순
펴낸이 이대현
편 집 이소희
펴낸곳 도서출판 역락
　　　　　서울시 서초구 동광로 46길 6-6 문창빌딩 2층
　　　　　전화 02-3409-2058(영업부), 2060(편집부)
　　　　　팩시밀리 02-3409-2059
　　　　　이메일 youkrack@hanmail.net
　　　　　등록 1999년 4월 19일 제303-2002-000014호

ISBN 979-11-5686-056-3 94810
　　　　979-11-5686-055-6(세트)

정 가 28,000원

* 파본은 구입처에서 교환해 드립니다.
* 이 도서의 국립중앙도서관 출판시도서목록(CIP)은 서지정보유통지원시스템 홈페이지(http://seoji.nl.go.kr)와 국가자료공동목록시스템(http://www.nl.go.kr/kolisnet)에서 이용하실 수 있습니다.(CIP제어번호 : CIP2014016138)